Buch

England in der zweiten Hälfte des 16. Jahrhunderts. Nicholas Bracewell und seine Theatertruppe Lord Westfield's Men scheinen vom Pech verfolgt zu sein. Erst bricht während einer Vorstellung Feuer aus, dann müssen sie London verlassen, und schließlich wird Bracewell auch noch in einen mysteriösen Mordfall verwickelt. Ein Mädchen aus Barnstaple, Bracewells Geburtsort, stirbt vor seinen Augen, bevor sie ihm eine wichtige Botschaft übermitteln kann. Er versucht, die Hintergründe ihres Todes aufzudecken, und entgeht dabei selbst nur mit knapper Not einem Mordanschlag, nachdem man ihn in einen Hinterhalt gelockt hat. Obwohl es ihm gelingt, sich nach Barnstaple durchzuschlagen, steht er dort wieder vor neuen Problemen. Denn an diesem Ort holen ihn die langen Schatten der Vergangenheit ein ...

Autor

Mit *Die stumme Botin* legt Edward Marston den sechsten Roman um die Theatertruppe Lord Westfield's Men vor, seiner Erfolgsserie von Krimis aus dem alten England. Der Autor lebt in England.

Außerdem als Goldmann Taschenbuch erschienen:

Das Haupt der Königin (41291)
Der Kuß der Kurtisane (42439)
Die neun Riesen (42029)
Pest und Schwefel (41293)
Schwarze Narren, rote Teufel (41292)

EDWARD MARSTON

DIE STUMME BOTIN

Ein Krimi aus
dem alten England

Aus dem Englischen
von Benno F. Schnitzler

GOLDMANN VERLAG

Die Originalausgabe erschien 1994
unter dem Titel »The Silent Woman«
bei St. Martin's New York

Umwelthinweis:
Alle bedruckten Materialien dieses Taschenbuches
sind chlorfrei und umweltschonend.
Das Papier enthält Recycling-Anteile.

Der Goldmann Verlag
ist ein Unternehmen der Verlagsgruppe Bertelsmann

Deutsche Erstausgabe 8/96

Umschlaggestaltung: Design Team München
Umschlagillustration: Foto: AKG, Berlin / Motiv: Caravaggio
Satz: deutsch-türkischer fotosatz, Berlin
Druck: Elsnerdruck, Berlin
Verlagsnummer: 43153
AB · Herstellung: Sebastian Strohmaier
Made in Germany
ISBN 3-442-43153-0

1 3 5 7 9 10 8 6 4 2

Für meine eigene stille Frau,
ohne die
mein Leben
unerträglich stumm
gewesen wäre.

Wie oft sind Pakte unter Zwang
geschlossen worden,
um Land zu Land zu fügen,
nicht Liebe nur zu Liebe?
Um Haus zu Haus zu binden,
nicht Herzen nur zu Herzen?
Wenn dies geschah,
dann wandelten zu Monstern
sich die Männer,
und Frauen wurden Teufelinnen.

Thomas Heywood
A CURTAINE LECTURE

1. Kapitel

Ein Windstoß des Himmels fuhr auf das Feuer der Hölle nieder und verbreitete Verderben. Die Zuschauer, die dichtgedrängt im Innenhof des Queen's Head in der Gracechurch Street standen, dachten zunächst, dies sei Bestandteil der Aufführung, eine neue, sorgfältig geplante Facette, die zu ihrer Belustigung in den Gang des Stückes eingebaut worden war. Das brachte sie noch mehr zum Lachen. Doch schon bald merkten sie, daß ihre Heiterkeit völlig fehl am Platze war und sie sich ernsthaft in Gefahr befanden. Die wilde Komödie war zur krassen Tragödie geworden. Eine Katastrophe bahnte sich an.

Was sie anschauten an diesem sonnigen Nachmittag, war »Des Teufels Ritt durch London«, ein bedeutendes Drama aus dem Repertoire von Westfield's Men, einer der führenden Theatertruppen der Hauptstadt. Es war eine simple Geschichte. Der Teufel – mit überschäumender Ausgelassenheit gespielt von Barnaby Gill, dem offiziellen Clown der Gruppe – hatte beschlossen, die Stadt heimzusuchen, um ihre Bewohner in Angst und Schrecken zu versetzen. Er mußte jedoch feststellen, daß es ihm schlicht unmöglich war, Eindruck auf die Leute zu machen, denn die Pein, das Elend und die Verderbtheit, die er auf der Erde antraf, waren weit schlimmer als alles, was er in der eigenen Hölle zu bieten hatte. Der Mann, der die teuflischen Eigenschaften Londons am stärksten verkörperte und um den sich das ganze Stück mit atemberaubendem Tempo drehte, war Sir Henry Whoremonger. Verräter, Feigling, Lügner, Dieb, Säufer, Spieler und Lüstling – er ließ die Sieben Todsünden mit der Eleganz eines Meisterjongleurs durch die Luft wirbeln. Die Rolle des Sir Henry war wieder einmal eine schauspielerische Glanzleistung von Lawrence Firethorn, dem Manager und unvergleichlichen Star von Westfield's Men, und bot ihm reichlich Gelegenheit, sein Publikum zu amüsieren, zu schockieren, zu belehren, aufzuheizen und in Raserei zu versetzen, indem er seine Worte wie eine Peitsche über ihre Köpfe fegen ließ, wann immer es ihm beliebte. Firethorn machte Verderbtheit interessant und gewann die Herzen und Gedanken aller, die ihm zusahen. Kein Wunder, daß der Fürst der Finsternis zu dem Schluß kam, Sir Henry Whoremonger sei bei weitem der schlimmere Teufel.

Anstatt die Bürger der Stadt mit unheilvollen Prophezeiungen dessen, was ihnen noch bevorstand, einzuschüchtern, sah sich Ihre Satanische Majestät von den Schrecken des täglichen Lebens in London dermaßen erschüttert, daß er so rasch wieder in die Unterwelt zurückstrebte, wie es ihm seine gespaltenen Hufe erlaubten. Dicht über ein Kohlebecken am Rande der Bühne gebeugt, wärmte er seine Hände an der Glut und sann über die Torheit seines Besuches nach.

Der Schwefelgestank in meinem Höllenschlund
erscheint wie Parfüm auf Billingsgate Grund.
Die Huren in Eastcheap können nur lachen
über Qualen und Pein, die wir Teufel machen.
Die Schreie, die aus der Hölle dringen,
für Bedlam klingt's, als ob Engel singen.
Wer Marwoods Ale im Queen's Head trinkt
vor des Teufels Gift nicht zu Boden sinkt.
Was in Southwarks Töpfen als Suppe schmort
ist schlimmer als jedes Mahl im Höllenhort.

Der erste Windstoß ließ das Kohlebecken aufglühen, Flammen loderten empor und leckten an Barnabys rot behandschuhten Händen. Er tat so, als habe er das Feuer vorsätzlich angefacht, und tanzte in komischer Verzweiflung um das Becken herum.

Ihr Menschen, es ist mir nicht geheuer –
London ist das schlimmere Fegefeuer.
Deshalb vermiete ich meine harmlose Höll'
und wohne im feurigen Clerkenwell.

Der Teufel, von Kopf bis Fuß in ein blutrotes Gewand gekleidet, schlug seinen wehenden roten Umhang zurück und nahm die Haltung totaler Niederlage an. Doch lange blieb er in dieser Pose nicht. Kaum hatte sich sein Umhang über den Rand des Kohlebeckens bewegt, da fuhr ein plötzlicher Wind in die Flammen und fachte sie zu einem rasenden Inferno an. Der Umhang fing Feuer, der Teufel verwandelte sich in eine blendend helle Fackel, und Barnaby Gill raste wie wild auf der Bühne hin und her, um sich von seinen brennenden Kleidern zu befreien. Doch seine Anstrengungen brachten ihm keine Sympathie des Publikums ein. Die Zuschauer schüttelten sich vor Lachen und schrien vor Vergnügen. Dieser Akt spontaner Selbstanzündung war das Lustigste, was sie jemals gesehen hatten, sie staunten über Gills theatralische Kunstfertigkeit. Als der unglückliche Clown gegen den Wandvorhang taumelte, der von der Galerie über der Bühne herabhing, war es mit der Heiterkeit jedoch augenblicklich vorbei. Die gemalten Höllenflammen des Vorhangs waren plötzlich erschreckend echt geworden. In Wirklichkeit wurden die Zuschauer nicht Zeugen eines bemerkenswerten Bühnentricks, den ein begnadeter Schauspieler vollführte. Hier stand tatsächlich ein menschliches Wesen vor ihnen in hellen Flammen.

Panik brach aus. Männer brüllten, Frauen kreischten, Pferde wieherten und trampelten in ihren Boxen herum. Jegliche Feierlichkeit war verschwunden. Hunderte von Gästen, die Schulter an Schulter im Hof gestanden hatten, kämpften wie die Wilden, um den nächsten Ausgang zu erreichen. Kavaliere und ihre Damen, die einen oder zwei Pennies extra bezahlt hatten, um einen Sitzplatz auf den Galerien zu bekommen, warfen verzweifelt ihre Bänke um, als gelbglühende Funken hochwirbelten und drohten, ihre feinen Kleider in Brand zu setzen. Nicholas Bracewell war der erste, der auf die Bühne stürzte. Der Impresario, der die Aufführung hinter den Kulissen verfolgt hatte, warf sich jetzt zielstrebig ins Getümmel, rannte mit einem Holzeimer voll Wasser heran und kippte ihn über Barnaby Gill, bevor er ihm die Kleider vom Leib riß. Er verbrannte sich zwar dabei die Finger, doch ohne Zweifel rettete er seinem Kollegen das Leben. Immer noch vor Angst schreiend, rannte der Teufel in Richtung Kostümsaal, um sich in Sicherheit zu bringen. Nicholas verschaffte sich einen Überblick über die Lage, doch selbst seine Findigkeit war hier vergebens. Das Feuer hatte an dem Wandbehang Nahrung gefunden und fraß sich gierig nach oben. Eine flammende Mauer loderte vor den hysterischen Zuschauern.

Chaos verbreitete sich. Das ganze Gasthaus schien in Flammen zu stehen. Wohin die Leute auch rannten, überall waren sie von Rauch umgeben. Der beißende Gestank ätzte ihre Nasen, das Lodern der Flammen dröhnte in ihren Ohren, das Schreckgespenst eines entsetzlichen Todes im Feuer verwirrte ihre Sinne. Sie waren so kopflos und hilflos wie die Tiere, die wie wild in ihren Ställen herumtobten. Taschendiebe, die lieber arm am Leben bleiben als reich sterben wollten, machten sich das Durcheinander nicht zunutze, sondern brauchten beide Hände, um sich einen Weg aus dem Hof zu bahnen. »Des Teufels Ritt durch London« hatte den Queen's

Head in eine echte Hölle verwandelt. Zu überleben war das einzige, was noch zählte. Der Wunsch nach der eigenen Rettung ließ alle anderen Regungen hinter sich.

Nicholas Bracewell verlor keine Zeit. Er wußte, daß das überhängende Strohdach der obersten Galerie die wirkliche Gefahr darstellte. Von der Sonne ausgedörrt und brüchig vom Alter, würde es wie Zunder brennen, sobald ein Funke darauf fiel, und dann wären das ganze Haus und auch die Nachbargebäude verloren. Man mußte das Feuer so schnell wie möglich eingrenzen und seinen Weg nach oben unterbrechen. Nicholas riß seinen Dolch hervor und rannte zur hinteren Wand der Bühne, um das Tau zu zerschneiden, das den Wandbehang hochhielt. Von seiner Halterung befreit, wurde er einen Moment lang nach oben geblasen, bevor er wie eine gewaltige Fahne des Untergangs niederschwebte, um mit brennenden Fingern nach der flüchtenden Menge zu greifen. Das war kein Spaß mehr. Das Jüngste Gericht war angebrochen.

Der Impresario ergriff einen weiteren Eimer mit Wasser aus dem Kostümsaal und rannte auf die Bühne zurück, um den brennenden Wandbehang zu löschen. Dann sprang er mutig mitten in die Flammen und versuchte, sie auszutreten. Andere folgten jetzt seinem Beispiel und brachten weiteres Wasser herbei. Thomas Skillen, der alte Bühnenchef, kippte seinen Wassereimer über das Kohlebecken und schrie seinen Helfern zu, Wasser über den Wandbehang zu gießen. Während diese niederen Mitglieder der Theatertruppe losrannten, um ihre Eimer aus den bereitstehenden Fässern zu füllen, kamen auch die Schauspieler angelaufen, um den gemeinsamen Feind zu bekämpfen. Feuer war ein großer sozialer Gleichmacher. Stellung und Amtswürde galten nichts mehr in diesem wirbelnden Unglück. Westfield's Men halfen nicht nur, um ihre Schirmherren zu unterstützen. Sie wollten auch ihr Theater retten und damit ihren Lebensunterhalt.

Lawrence Firethorn hastete mit einer nassen Decke in der Hand auf die Bühne zurück. Er, der um seinen Applaus und um das gebracht war, was er als seinen gerechten Lohn für seine überwältigende Darstellung des Sir Henry Whoremonger ansah, brüllte vor Wut und schlug auf die Flammen ein. Edmund Hoode, erschüttert über das plötzliche Ende eines seiner besten Stücke, kam mit einem Eimer Wasser in jeder Hand herangewankt. Barnaby Gill hatte sich soweit wieder gefaßt, daß er eine Kohlenschaufel ergreifen und auf die glimmenden Balken einschlagen konnte. Owen Elias' bullige Gestalt tauchte aus dem Maul der Hölle, dem Kostümsaal, auf und wuchtete eines der großen Wasserfässer heran. Nicholas sprang hinzu, um ihm zu helfen, mit vereinten Kräften kippten sie es um. Der brennende Wandvorhang verwandelte sich in einen zischenden Dampfstrahl, der fast den ganzen Innenhof einhüllte. Die Hektik steigerte sich ins Fieberhafte.

Und inmitten all dieses Tohuwabohus stand Alexander Marwood, der kampfbereite Hausbesitzer des Queen's Head, ein Mann, dessen ganzes Leben eine ununterbrochene Generalprobe für diesen endgültigen Augenblick der Wahrheit gewesen war. Er trug zum Geschrei bei, behinderte die Rettungsarbeiten, hüpfte auf den Zehenspitzen herum und wirbelte die Arme wie Windmühlenflügel durch die Luft. Dieser Prophet des Unglücks erlebte es jetzt, daß seine Prophezeiungen sich erfüllten, und das verkündete er mit geradezu schadenfrohem Entsetzen.

»Gott straft mich!« winselte er.

»Helft mit den Eimern!« rief Nicholas.

»Das war ein sündiges Stück!« heulte Marwood weiter, rannte auf der Bühne herum und prallte mit jedem heraneilenden Mitglied der Rettungsmannschaft zusammen. »Wir werden alle zur Rechenschaft gezogen!«

»Tretet die Funken aus!«

Doch der Hauswirt war zu sehr mit seiner ganz persönlichen Feuersbrunst beschäftigt. Flammende Schuldgefühle schossen durch seinen Körper. Schwaden der Reue füllten seinen Kopf. Er wurde zu Tode geröstet wie ein protestantischer Märtyrer am Brandpfahl. Heißer Schweiß brach ihm aus jeder Pore. Doch tief im Innern seines großen schwarzen Entsetzens gab es einen kleinen Trost. Seine Vorhersage war richtig gewesen. Alexander Marwood hatte schon immer gewußt, daß seine Beziehung zu Westfield's Men eines Tages im Ruin enden würde. Das Armageddon war endlich in die Gracechurch Street gekommen. Er spürte eine flüchtige Befriedigung bei dem Gedanken, daß er der Bote des Unterganges war, der seine Nachricht an der richtigen Adresse abgeliefert hatte.

Lawrence Firethorn prallte mit voller Wucht gegen den Hauswirt.

»Aus dem Weg!« brüllte er.

»Seht nur, was Ihr mit meinem Wirtshaus angestellt habt!« kreischte Marwood.

»Das kann noch gerettet werden.«

»Ihr habt die Schuld daran, Master Firethorn. Ihr und Euer teuflisches Theaterstück. Ihr und Eure Bemerkungen über mein Ale. Ihr und Eure Bande von Verrückten. Ich sage Euch, Sir ...«

Aber Firethorn hatte genug gehört und kam zu dem Schluß, ein Eimer voll Wasser über den Hauswirt sei hier weit sinnvoller als auf das Feuer. Er kippte seine Ladung mit wütender Präzision über Marwood aus und lief zurück, um einen weiteren Eimer zu füllen. Naß bis auf die Haut, steigerte Marwood sich in noch wildere Verwünschungen hinein, aber niemand hatte Zeit oder Lust, ihm zuzuhören. Die kleine, dürre, klapprige Kreatur war völlig allein inmitten all dieser herumhastenden Menschen, hielt ihren Monolog vor einem tauben Publikum und zerrte an ihren noch verbliebenen Haarbüscheln wie ein irrer Gärtner, der Wurzeln ausreißt. Alexander Marwood glühte vor Entrüstung, obwohl er triefend naß war.

Dann geschah das Wunder. Der Wind, der das Feuer angefacht und die Vorstellung auf einen Schlag völlig zunichte gemacht hatte, tat Buße, hörte ebenso schnell auf, wie er angefangen hatte, und schickte statt dessen einen milden Regenschauer hernieder. Die Glut verlor ihr bedrohliches Leuchten, Flammen fraßen sich weniger kraftvoll und zögernder vorwärts. Langsam wehte der Rauch davon. Es gab immer noch viel zu tun, doch die Drohung vollständiger Vernichtung war verschwunden. Alle, die gegen das Feuer ankämpften, wimmelten mit frischem Schwung über die Bühne und kletterten zu den Galerien hinauf. Sie spürten den Sieg auf ihrer Seite.

Nicholas Bracewell war überall zugleich, gab der einen Gruppe Anweisungen, während er einer anderen mit tatkräftigem Beispiel voranging, lenkte die Bemühungen seiner Mitstreiter auf die gefährdeten Stellen und sorgte dafür, daß die Flammen nicht auf die angrenzenden Grundstücke übergriffen. Die Gefahr eines Feuers war für Theatertruppen eine immerwährende Bedrohung, sorglose Pfeifenraucher, die mit ihrer Asche unvorsichtig umgingen, konnten erheblichen Schaden anrichten. Nicholas wußte nur zu gut, was eine unkontrollierte Feuersbrunst bewirken konnte, und sorgte deshalb vor jeder Vorstellung für umfangreiche Sicherheitsmaßnahmen. In sämtlichen Gebäudeteilen wurde für einen reichlichen Wasservorrat gesorgt, zahllose Eimer standen griffbereit. Den angestellten Mitarbeitern der Gruppe gab er sogar Anweisungen, wie sie sich in einem Notfall zu verhalten hatten. Dieses Training war durch den Umfang und die Plötzlichkeit des Feuers zwar zunichte gemacht worden, aber jetzt zeigte sich, daß es doch etwas genutzt hatte. Die Leute fingen an, zusammenzuarbeiten anstatt jeder nach Gutdünken. Wasser rauschte gezielt auf brennende und schwelende Stellen, anstatt sinnlos verschüttet zu werden. Methode ersetzte Instinkte. Das Vertrauen in die eigenen Fähigkeiten wuchs. Sie würden gewinnen.

»Schaut euch mein Strohdach an!«

Diesmal hörte jeder Alexander Marwoods Stimme. Mit seinem knochigen Finger zeigte er auf die oberste Galerie und hopste in neu erwachter Verzweiflung umher. Brennende Holzsplitter waren hochgeblasen worden und landeten auf dem Strohdach, aus dem jetzt Rauch und winzige Flammen hervorkamen. Nicholas brauchte nur einen einzigen Blick. Sofortige Maßnahmen waren jetzt ihre einzige Rettung. Wie der Blitz rannte er zum Rand der Bühne, zog sich an dem hölzernen Stützbalken nach oben und schwang sich über das Geländer der ersten Galerie. Alle anderen Männer unterbrachen ihre Arbeit, beobachteten und warnten ihn, als er an dem verkohlten Balken nach oben kletterte wie ein Seemann in der Takelage. Das Strohdach wimmelte inzwischen von glimmenden Herden und konnte jede Sekunde vollends in Flammen aufgehen. Sobald Nicholas herankam, schlug er das Zentrum des Brandes heraus, und ein Schauer rauchender Reetstückchen regnete auf die Untenstehenden hinab. Die Füße fest auf das Geländer gestellt, reckte er sich zu voller Größe auf und warf sich mit dem Oberkörper auf das immer noch brennende Dach.

Dies war gleichzeitig eine so wahnsinnige, aber auch so wagemutige Tat, daß die Zuschauer ihm applaudierten, doch ihre Befürchtungen waren noch nicht aus der Welt geschafft. Hoch über ihnen, durch die sich kringelnden Rauchfahnen von mehr als fünfzig erlöschenden Glutstellen nur schwer sichtbar, riskierte ein Mann sein Leben, um das Dach des Gasthofes zu retten. Seine Füße standen auf dem verkohlten Holz des

Geländers, mit dem Oberkörper preßte er sich auf das glimmende Dach, am tief in das Stroh gerammten Dolch hielt er sich fest. Mit geschlossenen Augen und angespannten Muskeln würgte er heftig und spürte, wie ihm heißer Schweiß übers Gesicht lief. Nur sein ledernes Wams und die Kraft seiner breiten Brust bewahrten ihn vor einem schrecklichen Tod. Nicholas Bracewells mutige Tat wirkte jetzt schon fast wie ein perverser Selbstmordversuch.

Doch irgendwie schaffte er es. Der Regen wurde stärker, der Rauch verteilte sich, und ohne neue Nahrung ließ sich das Feuer Stück für Stück löschen. Die gesamte Dachfläche, die das Gebäude bedeckte, war gerettet worden. Wassereimer erreichten endlich die oberste Galerie und ergossen ihr Naß über Nicholas. Die Gefahr war gebannt, er konnte sich ein wenig entspannen. Er war nun doch nicht auf dem Dach des Queen's Head zu Tode geröstet worden. Anerkennende Rufe von unten zeigten ihm, daß er der Held der Stunde war. Es hatte ihn sein Wams gekostet und eine Reihe allerdings geringfügiger Verbrennungen, die jedoch nur ein kleiner Preis für seinen Sieg waren. Tatsächlich hatte er soeben Westfield's Men den größten vorstellbaren Dienst erwiesen. Er hatte ihr Theater vor der sicheren Zerstörung gerettet.

Zehn Minuten später waren auch die letzten Funken des Feuers gelöscht. Nicholas stand mitten im Hof, noch keuchend von der Anstrengung, und schickte ein stilles Dankgebet zum Himmel. Auch seine Kollegen hatten Verletzungen und Verbrennungen davongetragen, bei den flüchtenden Zuschauern gab es sogar ein paar gebrochene Knochen, doch niemand war zu Tode gekommen, auch die Pferde waren unverletzt geblieben. Gott hatte ihnen wahrhaftig seine Barmherzigkeit bewiesen. Nicholas konnte jetzt die Glückwünsche seiner Kollegen entgegennehmen. Lawrence Firethorn war der erste, der ihn mit größter Herzlichkeit umarmte.

»Nick, mein Lieber! Wir sind für immer in Eurer Schuld!«

»Ihr seid unser Erretter«, fügte Edmund Hoode hinzu.

»Ich will niemals wieder etwas mit einem Kohlebecken zu tun haben«, sagte Barnaby Gill gereizt. »Meine Darbietung ist völlig ruiniert worden.«

»Das Schicksal unserer Theatertruppe ist viel wichtiger als die Qualität Eurer schauspielerischen Leistung«, antwortete Firethorn aufgebracht. »Eurer Idiotie haben wir das alles zu verdanken, Barnaby. Dank Euch wurde unser Theater fast bis auf die Grundmauern niedergebrannt. Dank Nicholas haben wir immer noch eine Zukunft im Queen's Head.«

»Aber vorerst nicht«, sagte Nicholas mit einem Seufzer.

Der Rauch hatte sich mittlerweile so weit verzogen, daß man den Schaden beurteilen konnte. Es war nicht so schlimm, wie es hätte sein können, und beschränkte sich vor allem auf den Kostümsaal und die Galerien direkt über ihnen, dennoch würden wesentliche Neubauarbeiten erforderlich werden. Wichtige Stützbalken waren durchgebrannt oder heftig beschädigt worden, Fußböden waren durchgebrochen. Nicholas erkannte, daß es mehrere Wochen – wenn nicht sogar Monate – dauern konnte, bis das Queen's Head wieder der Arbeitsplatz einer Theatertruppe sein würde.

Alexander Marwood dachte sogar an eine noch viel längere Zeitspanne bis zu ihrer Rückkehr. Als das Feuer schließlich unter Kontrolle gebracht war, wußte er nicht, ob er sich darüber freuen sollte, daß seine Gastwirtschaft gerettet worden war, oder ob er sich verletzt fühlen sollte, weil seine Weissagung nicht in Erfüllung gegangen war. Deshalb wählte er einen Kompromiß und entschied sich für ein abgeschwächtes Elend. Er haßte Theaterstücke, er haßte Schauspieler, und der Anblick all der Trümmer um ihn herum drehte ihm den Magen um. Das war sein Lohn für den Wahnsinn, unverantwortlichen Elementen die Anmietung seines Besitzes zu gestatten.

Er schlängelte sich zu Lawrence Firethorn durch und stieß sein Todesurteil hervor.

»Westfield's Men werden nie wieder hier spielen!«

»Aber wir haben einen Vertrag«, sagte Firethorn.

»Der ist gerade widerrufen worden.«

»Ruhe, du schnatterndes Nichts!«

»Das ist mein letztes Wort, Sir.«

»In der Tat«, zischte Firethorn, riß seinen Dolch hervor und hob ihn hoch in die Luft, um damit zuzustoßen. »Stirb, du giftiges Würstchen! In den Abgrund mit dir, du Ratte!«

»Halt!« schrie Nicholas, sprang zwischen die Kampfhähne und schob Marwood beiseite. »Seid hier mal nicht so hastig«, sagte er in beschwichtigendem Tonfall. »Hier ist ein schreckliches Unglück geschehen, das wir genauso bedauern wie Ihr, aber das Queen's Head steht immer noch. Seine frühere Schönheit kann wiederhergestellt werden. Und uns ist nichts geschehen, so daß wir unsere Arbeit fortsetzen können.«

»Aber nicht in meinem Gasthof, Master Bracewell.«

Firethorns Dolch glitzerte. »Denkt an unseren Vertrag.«

»Das war der Nagel am Sarg meines Lebens.«

»Ein Vertrag ist ein Vertrag.«

»Nein, Master Firethorn!« Der Hauswirt war unerbittlich. »Ihr hattet das Recht, Eure Theaterstücke im Innenhof meines Gasthauses aufzuführen, nicht aber das Recht, meinen Besitz niederzubrennen. Schaut Euch doch das Ergebnis Eurer von Gott verfluchten Arbeit an, Sir!« Marwood machte eine große, theatralische Rundumgeste, die dem großen Star der Schauspielertruppe durchaus würdig gewesen wäre. »Der Teufel braucht nicht mehr durch London zu reiten, wenn Westfield's Men die Arbeit für ihn erledigen. Kommt mir bloß nicht mehr mit einem Vertrag. Der hat sich in Rauch aufgelöst!«

London war ein schnell wachsendes Gemeinwesen, das sich längst jenseits der hohen Stadtmauern ausgebreitet hatte, die seit römischen Zeiten ihre Grenze und ihr Schutzwall gewesen waren. Vorstädte entstanden nördlich und südlich der Themse, wodurch die Stadt zehnmal größer wurde als Norwich, ihre nächste englische Rivalin. In Umfang und Bedeutung war sie gleichauf mit jeder anderen europäischen Stadt und zeigte eine Geschäftigkeit und eine Energie, die jenseits aller Vergleiche waren. Das Gedröhne und die Gerüche Londons breiteten sich meilenweit im Umkreis aus. Diese Stadt war viel mehr als nur ein geographisches Phänomen. Ob man sie als Heimat, Markt, Hafen oder Regierungssitz bewertete – die ganze Stadt strahlte eine überwältigende Vitalität aus.

Um die Vielfältigkeit und Energie dieses Ortes zu betrachten, gab es keine bessere Stelle als Ludgate, eines der mächtigen Tore, die die Stadtmauer unterbrachen und einem Strom von Bürgern und Besuchern den Durchgang unter den hochgezogenen Fallgittern erlaubten. Das Tor war vor kurzem wieder aufgebaut worden, Statuen von Königin Elizabeth, König Lud und seinen zwei Söhnen schauten jetzt von renovierten Säulen auf das geschäftige Treiben hinab. Karren, Kutschen und Fuhrwerke rumpelten in die Stadt. Das Klappern der Hufe hörte niemals auf. Mitten in diesem Verkehr spielten Kinder, Hunde schnüffelten herum, balgten sich und bellten lauthals. Bettler schwankten heran, um von den Fremden ein Almosen zu ergattern und Abreisende zu belästigen. Freunde trafen sich, um miteinander zu reden. Neugierige versammelten sich, um zuzusehen, wie ein Übeltäter von einem Büttel ausgepeitscht wurde. Schlimmere Strafen indes hatten diejenigen auszustehen, die im Ludgate-Gefängnis eingesperrt waren und ihre mageren Arme durch die Gitterstäbe ihrer Zellenfenster streckten, um Brot und Wasser zu erbetteln. Vögel flatterten und flogen überall herum.

Der Mann, der direkt außerhalb des Stadttores auf seinem Pferd saß, beobachtete das alles mit aufmerksamen Augen. Aufgrund seines Körperbaus und seiner Haltung hätte man in ihm einen Kleinbauern vermuten können, das Wams und die Hose, die er trug, deuteten jedoch eher auf einen vornehmeren Stadtbewohner hin. Sein Hut war mit Pelz verbrämt. Er war von mittlerer Größe, sein zerfurchtes Gesicht sprach von mindestens dreißig ereignisreichen Lebensjahren. Mit einer nachdenklichen Geste strich er durch seinen pechschwarzen Bart, der sorgfältig rasiert war und von einer gewissen Eitelkeit zeugte. Der vage Eindruck eines Landmannes ließ sich nur so lange aufrechterhalten, bis er durch den weltläufigen Habitus eines Londoners verdrängt wurde.

Seit dem Morgengrauen hielt er hier Wache, als die Markthändler in die Stadt strömten, um ihre Verkaufsstände aufzubauen. Niemand, der Ludgate an diesem langen Vormittag durchschritt, entging seiner Musterung; der Mann bewegte sich nur ganz selten von seinem Beobachtungsposten, außer, wenn er von Zeit zu Zeit aus dem Sattel stieg, um die Beine zu strecken. Selbst als er in einer finsteren Ecke der Mauer sein Wasser abschlug, ließ seine Aufmerksamkeit nicht nach. Als die Mittagszeit durch anhaltendes Glockenläuten angekündigt wurde, war er längst wieder im Sattel und ließ seinen düsteren Blick über eine letzte Gruppe von Ankommenden gleiten; dann schnalzte er irritiert mit der Zunge, da er das Gesicht, nach dem er so gewissenhaft Ausschau hielt, immer noch nicht gefunden hatte.

Konnte er sich geirrt haben? Es war ihm unmöglich zu glauben, seiner Wachsamkeit sei ein Fehler unterlaufen, doch selbst die schärfsten Augen waren schließlich nutzlos, wenn sie sich auf die falsche Stelle konzentrierten. Was wäre, wenn sein Opfer über Holborn gezogen war, um die Stadt durch Newgate zu betreten? Was wäre, wenn es sogar von noch weiter nördlich gekommen und durch die zinnenbewehrten Stadttore von Aldersgate oder Cripplegate in die Stadt geschlüpft war? Doch er verwarf diese Alternativen, kaum hatte er sie bedacht. Jemand, der von so weit hergeritten kam, würde seinen Weg nicht sinnlos verlängern. Die meisten Reisenden, die von Südwesten kamen, wählten die Route über Westminster bis Charing Cross und von dort am Strand entlang, bis sie Fleet Street erreichten. Dadurch wurde Ludgate der einzig sinnvolle Eintrittspunkt.

Also wo steckte er? Hatte ein Unfall ihn abgehalten? Die Informationen des Wächters stammten aus verläßlicher Quelle, demzufolge war seine Zielperson letzte Nacht in Colnbroke gesehen worden. Konnte es so lange dauern, eine Strecke von fünfzehn Meilen hinter sich zu bringen? Jemand, der es so eilig hatte, London zu erreichen, würde sich bestimmt durch nichts aufhalten lassen. Es sei denn, er hätte erfahren, was ihn erwartete. Bedeutete seine Abwesenheit, daß er tatsächlich gewarnt worden war? Spürte er, was in Ludgates Schatten auf ihn lauerte? Hatte die Angst ihn bewegt, die Stadt auf einer unauffälligeren Route zu betreten?

Der besorgte Wächter war immer noch damit beschäftigt, diese neue Möglichkeit zu überdenken, als sein langes Ausharren sein Ende fand. Eine weitere Gruppe Reisender, etwa zwanzig Personen, näherte sich ihm. Sie waren verschwitzt und staubig von ihrem langen Ritt, doch ihre Freude, das Ziel erreicht zu haben, ließ sie alle Mühsal vergessen. Es war offensichtlich, daß dies für die meisten von ihnen der erste und überwältigende Besuch in der Hauptstadt war. Gaffer aus der Provinz. Augen, die ihnen schon bei den Wundern von Westminster aus dem Kopf getreten waren, weiteten sich jetzt noch mehr, als St. Paul's Cathedral wie ein Berg über die Stadtmauer vor ihnen ragte. Dieser Anblick war gleichzeitig erhebend und einschüchternd.

Er entdeckte sein Opfer auf der Stelle. Der junge Mann befand sich mitten in der Gruppe und benutzte seine Begleiter wie einen Schutzwall. Von dem, was er vor sich sah, wie gebannt, ritt er in einer Art ehrfürchtiger Erstarrung weiter. Er war klein, etwas pummelig, von bleicher Gesichtsfarbe und hatte eine Stupsnase. Seine Haut war glatt, das Kinn sauber rasiert, die Augenbrauen waren dicht und struppig. Er trug Wams und Hose und hatte eine Mütze über sein kurzgeschnittenes Haar gestülpt. Der Mann schätzte ihn auf siebzehn Jahre und war ganz sicher, daß dies sein Opfer war. Alle anderen in der Gruppe waren wesentlich älter; der Junge paßte haargenau auf die Beschreibung, die er erhalten hatte.

Als die Anführer der Gruppe durch das Tor ritten, drehte der Beobachter sein Pferd um und folgte ihnen. Während sich die Reisenden dem wirklichen Herzen der Stadt näherten, vernahm man immer wieder erstaunte Ausrufe der Überraschung über das Gewimmel von Häusern, Tavernen, Kirchen und städtischen Gebäuden und all das geschäftige Treiben um sie herum. Während der Lärm der Straße ihre Stimmen ungehört verhallen ließ, suchten sie sich vorsichtig ihren Weg durch die Menschenmenge, die auf den Kirchplatz vor der St. Paul's Cathedral strömte. Als sie Watling Street erreicht hatten, begannen alle ihren unterschiedlichen Zielpunkten entgegenzustreben, einige in Richtung Cheapside, andere ans Flußufer, wieder andere warfen sich ins Getümmel der Cordwainer Street, um ihre ersten Einkäufe bei den Schuhmachern zu tätigen.

Der Junge blieb bei dem Rest der Gruppe, die sich jetzt in die Candlewick Street begab. Neben ihm ritt ein großer, gut gekleideter Mann mittleren Alters auf einem haselnußbraunen Pferd. Im Gegensatz zu den anderen war er offenbar ein erfahrener Reisender, der sich der Gruppe nur aus Sicherheitsgründen angeschlossen hatte. London schien ihm vertraut zu sein. Dem Jungen gegenüber legte er ein onkelhaftes Verhalten an den Tag und wies ihn immer wieder auf besonders interessante Sehenswürdigkeiten hin. Der Mann mit dem schwarzen Bart, der ihnen noch immer in diskretem Abstand folgte, behielt den Jungen und seinen freundlichen Begleiter scharf im Auge, als diese in den Hof des Queen's Head ritten. Obwohl ein Teil der Gebäude wegen des Feuers vom Vortag geschlossen war, ging es im Schankraum so lebhaft und laut zu wie immer.

»Komm, Junge. Ein Schluck hilft dir wieder auf die Beine.«

»Nein, Sir. Ich möchte mich nicht aufhalten.«

»Ein langer Ritt macht die Kehle trocken. Spül den Staub der Reise hinunter, bevor du dich wieder auf den Weg machst.«

»Das ist nicht nötig, Sir.«

»Ich lasse mich nicht abweisen. Im Namen der Freundschaft mußt du einen Becher mit mir trinken. Das ist das mindeste, was du tun kannst.«

»Das stimmt allerdings«, gab der Junge ihm recht. »Ich danke Euch für Eure Hilfe und trinke auf Euer Wohl, aber ich kann nicht lange bleiben.« Er schaute sich nervös im Schankraum um. »Ich muß mich um meine Angelegenheiten kümmern.«

Sie saßen auf Hockern an einem niedrigen hölzernen Tisch. Dem Jungen war offensichtlich unbehaglich zumute, doch sein Begleiter fühlte sich in vertrauter Umgebung sehr wohl. Seine Handbewegung brachte eine Kellnerin herbei, und rasch standen zwei Becher Ale vor ihnen auf dem Tisch. Zinn stieß beim Toast gegen Zinn, dann kippte der Mann den halben Becher in einem gewaltigen Schluck in sich hinein. Der Junge nippte lediglich an seinem Ale. Ihr Beschatter, der sein Pferd einem der Reitknechte anvertraut hatte, schlich sich in den Schankraum und näherte sich ihnen bis auf Hörweite. Er nahm etwas aus der Tasche an seinem Gürtel, wartete, bis der Junge etwas sagte, und trat mit einem einschmeichelnden Lächeln an ihren Tisch.

»Ich kenne diese Stimme!« sagte er mit dem sanften Tonfall des West Country. »Das klingt doch nach Tiverton, oder ich will verdammt sein!«

»Nicht direkt Tiverton, Sir«, sagte der Junge. »Aber mit dem Landstrich habt Ihr schon recht.«

»Gut geraten, Junge!« Der schwarze Bart näherte sich dem Gesicht des Jungen, als der Mann ihm auf die Schulter klopfte. »Devon ist viel schöner als London. Was führt Euch hierher?«

Verblüfft stotterte der Junge: »Ein ... ein Auftrag, Sir.«

Der Junge hatte keine Ahnung, wie er mit dieser plötzlichen Bekanntschaft, die ihm da aufgedrängt wurde, fertigwerden sollte, und sein Begleiter erhob sich bereits, um ihm zu Hilfe zu kommen, doch seine Unterstützung war gar nicht erforderlich.

»Willkommen, junger Freund!« sagte der Schwarzbart und zog sich mit einem Grinsen zurück. »Genießt Euren Aufenthalt hier!«

Während er sich rasch entfernte, verloren sie ihn im Gewimmel der Menschen im niedrigen Schankraum schnell aus den Augen. Beiden war die Einmischung unangenehm gewesen, sie waren froh, jetzt wieder allein zu sein. Keiner von beiden hatte bemerkt, wie etwas geschickt in den Becher des Jungen geschüttet worden war, als sich der Landsmann aus Devon über den Jungen gebeugt hatte. Der ältere Mann hob erneut seinen Becher.

»Trink aus, Junge!« sagte er nachdrücklich.

»Jawohl, Sir.«

Diesmal nahm der Junge einen größeren Schluck. Um seinem Freund einen Gefallen zu tun, gab er sogar vor, das bittere Getränk schmecke ihm. Der Mann goß den Rest seines Ales hinunter und leckte sich die Lippen, während er seinem Reisebegleiter zulächelte. Es gab nichts Besseres, um das glückliche Ende einer langen Reise zu feiern, als einen gemütlichen Schluck im Gasthaus. Er gluckste zufrieden. Es kam ihm nicht in den Sinn, daß er gerade Komplize in einem Mordfall geworden war.

2. Kapitel

Das Treffen fand in Lawrence Firethorns Haus in Shoreditch statt, denn es war unbedingt erforderlich, dem grimmigen Hauswirt im Queen's Head aus dem Wege zu gehen. Zumindest darüber herrschte Einigkeit. Doch bei wesentlich wichtigeren Punkten war dies keinesfalls so, und die Einwände kamen von einer höchst unerwarteten Seite.

»Nein, nein, nein!« sagte Edmund Hoode fest. »Ich gehe nicht.«

»Hört auf, Witze zu machen«, besänftigte ihn der Gastgeber.

»Es ist mir sehr ernst, Lawrence. Ich werde London nicht verlassen.«

»Bleibt hier, und wir verhungern alle«, sagte Barnaby Gill voller Verachtung. »Westfield's Men müssen auf Tournee gehen. Ich zittere bei dem Gedanken, meinen gottgegebenen Genius vor diesen elenden Provinzschweinen auszubreiten, aber es läßt sich nicht vermeiden. Schauspieler, die ihr Theater verlieren, müssen sich anderswo ein neues suchen.«

»Edmund wird uns bei der Suche begleiten«, sagte Firethorn beruhigend. »Er würde uns in der Stunde unserer größten Not niemals im Stich lassen. Verrat ist seinem Wesen fremd. Er würde eher sterben als zuzusehen, wie seine Truppe in die Wildnis aufbricht. Der Name Hoode ist das Siegel der Loyalität und Kameradschaftlichkeit.«

»Ihr werdet mich zu nichts überreden, Lawrence«, sagte Hoode.

»Ich erinnere Euch lediglich an Euren Ruf und Eure Ehre.«

»Die werden hier zu Hause gebraucht.«

»Zu Hause ist da, wo die Truppe ist«, intonierte Gill mit einer heftigen Handbewegung. »Es ist Eure Pflicht, mitzukommen.«

»Pflicht und Verpflichtung«, fügte Firethorn verstärkend hinzu.

»Ich gebe keinen Deut für beides.«

»Aber Edmund!«

»Entschuldigt mich, Gentlemen. Ich werde anderswo erwartet.«

»Bleibt hier!«

Firethorn stieß einen Befehl aus, der eine ganze Kavallerie auf der Stelle zum Stillstand gebracht hätte, dann postierte er seine füllige Gestalt in die Tür, um den Weggang seines Freundes zu verhindern. Hoode begegnete seinem eisenharten Blick mit gleicher Intensität. Minutenlang standen sie da, ineinandergekrallt in einer erbitterten Kraftprobe. Firethorn spielte sein gesamtes Repertoire durch – wildes Starren, Hochziehen der Augenbrauen, Lippenkräuseln, Zähneknirschen –, aber nichts half. Barnaby Gill fügte ab und zu ein gewisses Naseschnauben und Fußauftreten hinzu, doch selbst diese Zurschaustellung seines Mißbehagens brachte den Abtrünnigen nicht zur Vernunft.

Alle drei Männer waren Teilhaber der Gesellschaft, wohlbestallte Schauspieler, die im königlichen Patent für Westfield's Men namentlich genannt wurden und folglich zu den privilegierten Ausnahmen innerhalb ihres Berufes gehörten, die sich gesetzlicher Anerkennung erfreuten. Ihre Eigenschaft als Teilhaber berechtigte sie zur ersten Wahl aller wesentlichen Rollen in jedem Stück, das zur Aufführung kam, und zu einem bestimmten Anteil an allen Gewinnen, die die Theatertruppe erwirtschaftete. Es gab zwar eine Reihe weiterer Teilhaber, doch dieses Trio legte die offizielle Politik der Truppe fest. Um es noch genauer zu sagen – sie wurde von Lawrence Firethorn entwickelt und seinen beiden Kollegen zwecks Kommentierung und Zustimmung vorgelegt. Barnaby Gill, eingebildet und launisch, forderte immerzu Lawrence Firethorns Autorität heraus, und das Haus in Shoreditch hatte schon manche lautstarke und erbitterte Auseinandersetzung zwischen diesen beiden gehört. Edmund Hoodes übliche Rolle war die des Friedensstifters, er hatte die beiden aufeinander einschreienden Rivalen öfter, als ihm lieb war, wieder miteinander versöhnt; dennoch, hier stand dieser friedliche, unaufdringliche Mann, dieser mondgesichtige Romantiker, dieser Poet und Träumer, diese Stimme der Ruhe und Bescheidenheit, dieser Apostel der Freundschaft, und wagte es, seine Partner im Augenblick einer schweren Krise im Stich zu lassen. Unvorstellbar.

Firethorn brach das bedrückende Schweigen mit seinem lauten Gebell.

»Gehorcht mir, Mann! Oder ich werde Euch mit diesen meinen Händen zu einem Bündel verschnüren und Euch mit uns schleppen.«

Hoode ließ sich von dieser Drohung nicht beeindrucken. »Ich gehe nicht.«

»Ihr werdet.«

»Stellt jemand anderen an meinen Platz.«

»Zum Teufel noch mal, Edmund! Ihr müßt einfach mitkommen!«

Er überschüttete den Abtrünnigen mit einer solchen Flut von Kraftausdrücken, daß die Luft blau wurde und dicke

Staubwolken von der Balkendecke zu Boden schwebten. Hoode krümmte sich, doch er wurde nicht schwach. Zeit für Barnaby Gill, einzugreifen und schlaganfallverdächtiges Gebrüll durch eiskalte Vernunft zu ersetzen. Edmund Hoode war Schauspieler und offizieller Stückeschreiber der Gruppe, die kreative Quelle des Theaters, der wirkliche Erfinder jener langen Reihe von Charakteren, denen durch die unvergleichliche Schauspielkunst von Lawrence Firethorn und Barnaby Gill auf der Bühne Unsterblichkeit verliehen worden war. Ihn mußte man über seine Arbeit zu einer anderen Haltung bewegen.

»Wir werden Euer neues Stück aufführen, Edmund«, sagte er.

»Das ist noch gar nicht fertig.«

»Nutzt die Zeit außerhalb Londons, um es zu beenden.« Gill nahm ihn am Arm und führte ihn durch das Zimmer zum Bogenfenster. »›Der Kaufmann von Calais‹ wird Euer Meisterwerk werden. Wir probieren es auf der Tournee aus und polieren so lange daran herum, daß es glänzt wie die Sonne. Alles, was aus Edmund Hoodes Feder stammt, verdient Aufmerksamkeit, aber dieses Stück wird Euch über all Eure Schreiberkollegen hinaus den Platz an der Spitze sichern.« Jetzt mischten sich persönliche Interessen ein. »Ist meine Rolle schon fertig? Hat sie wahre Leidenschaft? Gibt es Lieder für mich? Und ich muß unbedingt eine Tanzszene bekommen.« Er drückte Hoodes Arm, während er weitere Schmeicheleien vortrug. »›Der Kaufmann von Calais‹ wird die Bühne im Sturm erobern. Ist das keine Aussicht, die Euch reizt?«

»Nein«, sagte der Dichter ärgerlich. »Ich habe kein Interesse daran, die Bühne im Sturm zu erobern – vor furzenden Landpomeranzen in irgendeiner zugigen Dorfkneipe. Ist das die einzige Zuckerrübe, die Ihr mir vorhaltet, Barnaby?« Er wandte sich um, schaute seinen Kollegen an und schob seine Hand beiseite. »›Der Kaufmann von Calais‹ sollte im Theater The Rose vor der Crème de la crème Londons aufgeführt werden. Ich gestatte nicht, daß es in einer Scheune dargeboten wird, um den ordinären Geschmack von Bauerntölpeln zu befriedigen, die während des Stückes auf Strohhalmen herumkauen. Denkt Euch ein anderes Argument aus. Dieses hier hat versagt.«

»Meins wird nicht versagen«, sagte Firethorn, ergriff erneut die Initiative und kam durchs Zimmer, um sich vor ihm aufzubauen. »Ihr habt überhaupt keine andere Wahl, als mit uns zu reisen, Edmund. Eure Loyalität verlangt es. Eure Freundschaft verlangt es. Und die juristische Sachlage verlangt es.«

»Ich bin für alles Flehen taub.«

»Hölle und Verdammnis! Ihr seid Teilhaber!«

»Dann werde ich jetzt an den Vergnügungen Londons teilhaben.«

»Ihr seid vertraglich verpflichtet, uns zu unterstützen.«

»Das mache ich am besten, indem ich mich von der Truppe entferne.«

»Ihr habt überhaupt keine andere Wahl, Mann!«

»Meine Entscheidung ist endgültig.«

»Das schnürt mir das Herz ab«, sagte Barnaby Gill und nahm eine gebrochene Haltung an.

»Und mir zerreißt es das Gedärm!« heulte Firethorn. »Keine Ausflüchte mehr. Wir sind aufeinander eingeschworene Freunde in einer heiligen Bruderschaft. Verratet uns, und Ihr verratet Gott. Schaut mir ins Gesicht, Edmund.« Seine Stimme sank zu einem unheimlichen Flüstern hinab. »Hört mir genau zu. Hört mit diesem Unsinn auf und geht mit uns auf diese Tournee. Oder nennt mich niemals mehr Euren Freund.«

Diese Warnung hatte die Wucht eines Faustschlages, Hoode zuckte darunter zusammen. Wasser trat in seine Augen, seine Wangen verfärbten sich dunkelrot, sein Kehlkopf hüpfte auf und nieder. Seine Verteidigung war nun doch empfindlich angeschlagen, man sah, wie er sich in Schmerzen wand, während er mit diesem Dilemma kämpfte. Westfield's Men waren seine Familie. Sie jetzt aufzugeben wäre ein Akt ausgesuchter Gemeinheit, doch während ein Gefühl der Reue ihn durchströmte und seine Unterlippe zittern ließ, klang ein noch viel stärkeres Stichwort in seinen Ohren. Edmund Hoode konnte London einfach nicht verlassen. Mit ungeheurer Willensanstrengung überwand er all seine Bedenken und machte einen schnellen, jedoch auch würdigen Abgang. Der letzte Appell hatte versagt.

Von Wut und Traurigkeit hin und her gerissen, wedelte Firethorn ohnmächtig mit den Armen in der Luft herum, zutiefst schockiert, daß das zuverlässigste Mitglied seiner Gruppe es gewagt hatte, ihn sitzenzulassen. Hoodes Verhalten war äußerst rätselhaft, bis Barnaby Gill verächtlich schnaubte und die Erklärung lieferte.

»Das ist eine Frauengeschichte, Lawrence«, spottete er.

»Edmund? Niemals!«

»Der Narr hat sich verliebt.«

»Der Narr ist immerzu verliebt, Barnaby. Liebeskummer ist das Markenzeichen seiner Existenz. Es gibt keinen besseren Weg, sich in Liebespein zu stürzen, als den Samen seiner Zuneigung auf steinigem Grund zu verschwenden. Und genau das tut er jedesmal. Edmund Hoode ist der Märtyrer unerwiderter Liebe. Wenn er stirbt, machen sie ihn zum Schutzpatron gepeinigter Herzen.«

»Aber jetzt leidet er nicht an gepeinigtem Herzen.«

»Was sagt Ihr da?«

»Irgendeine Frau hat schließlich seine Liebe erwidert und

seine Beine verzaubert. Sie werden sich nicht aus London fortbewegen, wenn er die Frau nicht verlieren will. Unser verliebter Poet ist ein Opfer seiner Rute.«

»Kann das denn wahr sein?«

»Habt Ihr ihn jemals derartig glücklich gesehen? Für ihn ist das ja geradezu unnatürlich!«

Firethorn war verblüfft. »Welche Transuse ihres Geschlechts würde sich ausgerechnet Edmund als ihren Liebhaber aussuchen? Er würde ihren Körper eher mit seinen Gedichten streicheln als eine lüsterne Hand an ihren Leib legen. Ich kann es einfach nicht fassen. Westfield's Men brauchen ihn unbedingt. Wer kann denn so dumm sein, die Reize einer Frau über das Schicksal seiner Freunde zu stellen?«

»Ihr, Lawrence, um nur einen zu nennen.«

»Was?«

»Habt Ihr Beatrice Capaldi schon vergessen?«

»Haltet Eure Natternzunge im Zaum!«

»Dann gab es da noch Mistress Par ...«

»Genug!« röhrte Firethorn, der sich ängstlich umschaute, ob seine Frau in der Küche auch nichts hörte. »Ich bin es doch nicht, der hier vor Gericht steht. Es ist Edmund Hoode, der der Korruption angeklagt ist.«

»Er hat sich von Euch anstecken lassen«, sagte Gill mit anzüglichem Grinsen. »Die Krankheit heißt ›Reizung des Hosenlatzes‹. Eine Kombination aus schierer Dummheit und pochender Entzündung.«

»Euer eigener Hosenladen ist schon gereizt genug, sobald er nur den Geruch eines jungen Burschen in die Nase kriegt«, gab Firethorn heftig zurück. »Wenigstens – dem Himmel sei Dank! – leidet Edmund nicht an Eurer Art Krankheit. Er würde niemals seine Seele für Schmollippen und knabenhafte Hintern verkaufen.«

»Genug davon! Ich lasse mir das nicht gefallen!«

Barnaby Gill trat so heftig mit dem Fuß auf, daß es seinen Körper durchzuckte und ihm die Zähne im Mund klapperten. Er und Firethorn wußten, wie man Salz in die Wunden des anderen rieb und mit Essig nachgoß, um das Maß vollzumachen. Sie hackten lange aufeinander ein, bis der gesunde Menschenverstand ihnen schließlich die Waffen aus der Hand nahm und sie wieder versöhnte. Ein Streit zwischen ihnen würde den abtrünnigen Poeten auch nicht zurückbringen. Hier mußten sie gemeinsam an einem Strang ziehen, und zwar sofort. Sie reichten sich die Hand.

»Wir müssen rausfinden, wer diese Frau ist, Barnaby.«

»Dann entreißen wir ihn ihren lüsternen Schenkeln.«

Firethorn grinste. »Das laßt mal meine Sache sein ...«

Nicholas Bracewell nahm ein weiteres Kleidungsstück vom Haken und faltete es sorgfältig, bevor er es in den Korb legte. Hugh Wegges, der Kostümmeister, eine gewissenhafte Seele, dem die Verantwortung für das Schneidern, Ändern und Verwahren der Theaterkostüme oblag, vermerkte jedes einzelne Stück, das der Impresario wegpackte, und hakte es auf seiner Inventarliste ab.

»Ein feuerroter Umhang mit grünem Samt und silberner Spitze«, intonierte er. »Frauenkleid mit Goldstoff. Schwarze Samtjacke mit goldener Spitze und blauen Satinärmeln. Umhang Karls des Großen mit Pelzbesatz. Grauer Einsiedlermantel. Ferner, weißes Satinwams, ein Paar bestickte Hosen mit schwarzem Taftfutter ...«

Nicholas wollte gerade das nächste Kleidungsstück einpacken, als er die Brandspuren entdeckte, und legte es beiseite. Das Clownskostüm war während »Des Teufels Ritt durch London« benutzt worden und gehörte zu den Schadensfällen. Sämtliche Textilien, die die Schauspieler bei der Bekämpfung des Feuers getragen hatten, waren beschädigt, und viele Stücke waren ein Raub der Flammen geworden, als diese in den Kostümsaal vorgedrungen waren. Und was das Feuer nicht zerstört hatte, wurde durch den Rauch vernichtet. Der widerliche Geruch hing immer noch in den Kleidern. Es war der Tag nach der Tragödie, Nicholas war heimlich mit Hugh Wegges in das Queen's Head geschlichen, um aus dem Kostümsaal noch alles zu retten, was zu retten war, und es zu dem größeren Bestand an Kostümen zu legen, der in einem angemieteten Raum im Gasthof aufbewahrt wurde. Es war wichtig, eine korrekte Bestandsaufnahme zu machen, bevor sämtliche Teile in Firethorns Haus umgelagert wurden. Die Liste, die der Kostümmeister seinem Chef vorlegen würde, sollte dazu dienen, die Stücke auszusuchen, die auf der Tournee gespielt werden konnten.

»Der ›Teufel‹ reitet nicht mehr«, sagte Wegges mitfühlend. »Jedenfalls nicht, solange das gesamte Ensemble nackend herumläuft. Die Kostüme sind ruiniert, und mir fehlt die Zeit, neue zu schneidern.« Ein resignierter Ton schlich sich in seine Stimme. »Master Firethorn hat keinen Platz mehr für mich, wenn die Truppe auf Tournee geht. Ich bin wie dieser Rock da, den Ihr in der Hand haltet – durch das Feuer arbeitslos geworden.«

»Wir werden aber wieder nach London zurückkehren«, sagte Nicholas.

»Wenn wir kein Theater mehr haben?«

»Der Hauswirt wird sich vielleicht erweichen lassen.«

»Und vielleicht regnet es Goldstücke«, kam die sarkastische Antwort. »Diejenigen, die jetzt entlassen werden, finden vielleicht nie mehr Arbeit bei einer Theatertruppe.«

»Nur Mut, Hugh. Laßt die Hoffnung nicht sinken.«

Aber Nicholas war keineswegs so optimistisch, wie er jetzt klang. Um auf Tournee gehen zu können, mußten Westfield's Men sich auf das absolut Nötigste beschränken. Die Teilhaber waren dabei, und die Schauspielschüler, doch zahlreiche von den angestellten Mitarbeitern würden entlassen werden. Ein eigener Kostümmeister und sein Gehilfe waren ein Luxus, den man sich auf Tournee nicht leisten konnte. Nicholas würde mal wieder die unselige Aufgabe bekommen, einigen Schauspielern, Musikanten und anderen Mitgliedern der Gruppe die Nachricht beizubringen, daß ihre Dienste nicht mehr benötigt würden. Für Leute wie Thomas Skillen, Bühnenmeister der ersten Stunde bei Westfield's Men, würde die Trennung endgültig sein, denn es konnte durchaus sein, daß er starb, bevor die Truppe zurückkehrte. Die Gebrechen des Alters, die es ihm unmöglich machten, die vielfältigen Strapazen einer langen Tournee auf sich zu nehmen, wurden nur durch die tägliche Ausübung seiner Pflichten hinter der Bühne unter Kontrolle gehalten. Ohne Aufgaben, die es zu erledigen galt, und ohne Helfer, die er herumscheuchen konnte, würde seine ehrwürdige Gestalt schon bald in sich zusammensinken.

All das diente nur dazu, die Schuldgefühle noch zu verstärken, die Nicholas wegen des Feuers hatte. Obwohl er die Windböen nicht hatte vorhersehen können, die die glühenden Kohlen in ein tödliches Inferno verwandelt hatten, war es seine Idee gewesen, das brennende Kohlebecken in der letzten Szene auf die Bühne zu stellen, und all die lobenden Worte, die er später wegen seiner heldenhaften Tapferkeit hörte, konnten die Tatsache nicht verdecken, daß er doch auf irgendeine merkwürdige Art für die Katastrophe verantwortlich war. Nachdem er unfreiwillig den Verlust des festen Veranstaltungsortes der Theatergruppe verursacht hatte, schwor er sich innerlich, alles wiedergutzumachen, sobald die Renovierungsarbeiten abgeschlossen waren. Das bedeutete zahlreiche komplizierte Details, vor allem den vorsichtigen Wiederaufbau der Beziehungen zu dem aufbrausenden Gastwirt, und solche delikaten Dinge konnten nicht übers Knie gebrochen werden. Für den jetzigen Zeitpunkt hieß das, daß alles getan werden mußte, um Alexander Marwood zu beruhigen und sämtliche Spuren der verdammenswürdigen Mieter zu entfernen.

Als Nicholas und Hugh Wegges ihre Arbeit beendet hatten, luden sie ihre Körbe auf ein bereitstehendes Fuhrwerk, um sich damit stillschweigend aus dem Staube zu machen, doch ihr heimlicher Besuch war nicht unbeobachtet geblieben.

»Master Bracewell!«

»Guten Tag, Sir«, rief Nicholas, der nur an einem schnellen Fortkommen interessiert war, über die Schulter zurück. »Wir sind in Eile.«

»Aber ich habe Neuigkeiten für Euch.«

Die freundliche Stimme veranlaßte Nicholas, sich umzudrehen; er sah ein bekanntes Gesicht vor sich. Es gehörte zu Leonard, einem gewaltigen, watschelnden Riesen von Mann, in dessen Bart noch Schaumreste von seinem letzten herzhaften Schluck Ale hingen. Sie waren gute Freunde, die sich im Untersuchungsgefängnis kennengelernt hatten, und es war Nicholas gewesen, der Leonard Arbeit im Queen's Head verschafft hatte. Der frühere Brauereikutscher hatte ihm viel zu verdanken und zeigte dies regelmäßig mit rührender Aufrichtigkeit.

»Ich wußte nicht, daß Ihr hier seid.«

»Es ist auch nur ein kurzer Besuch«, erklärte Nicholas, »und wir legen auch keinen Wert darauf, daß ein gewisser Hauswirt etwas davon erfährt.«

»Von mir hört er kein Wort.«

»Danke, Leonard.«

»Ich habe Euren guten Namen schon einmal heute in Schutz genommen.«

»Wie das?«

»Indem ich mit dem Jungen gesprochen habe.«

»Mit welchem Jungen?«

»Dem, der sich nach Master Nicholas Bracewell erkundigt hat. Er kam erst vor ganz kurzem in den Schankraum, erschöpft von der Reise und niedergedrückt von der Botschaft, die er hatte.«

»Botschaft?«

»Die war für Euch bestimmt und sollte unverzüglich überbracht werden.«

»Was habt Ihr diesem Jungen gesagt?«

»Nun«, erklärte Leonard und stemmte die Hände in die Hüften, um seine Geschichte vorzutragen, »als erstes habe ich ihn von Master Marwood weggezogen, denn als der junge Mann Euren Namen sagte, fing mein Chef an, über Euch und Eure Truppe zu fluchen, und zwar mit solch schlimmen Worten, als hättet Ihr seine Frau vergewaltigt und Euch mit seiner Tochter Rose aus dem Staube gemacht.« Leonard lachte, wurde dann aber ernst. »Ich nahm den Jungen beiseite und versicherte ihn Eurer Ehrlichkeit, und dann – als ich sah, daß er ein aufrichtiger Bursche war – gab ich ihm die Adresse Eurer Wohnung in Bankside. Ich hoffe, ich habe alles richtig gemacht, Master.«

»Das tatet Ihr, Leonard. Ihr sagt, er hatte eine Nachricht?«

»Ich hielt sie für wichtig, wenn er eine so lange Reise deswegen gemacht hatte. Es war die Art, wie er sprach, wißt Ihr.«

»Wie sprach er denn?«

»Der Junge – seine Stimme klang so wie Eure.«

Leonard versuchte, den Tonfall seines Freundes zu imitieren, aber seine ungeübte Zunge warf die Konsonanten durcheinander und stolperte über die Vokale. Er hob entschuldigend die Schultern, doch Nicholas hatte bereits verstanden. Irgend jemand aus Norddevon war auf der Suche nach ihm hier hergekommen. Nicholas ahnte Schlimmes. Er bedankte sich bei Leonard für die Information, gab Hugh Wegges den Auftrag, den Karren und seine Fracht nach Shoreditch zu bringen, und verabschiedete sich von beiden. Er trat auf die Gracechurch Street und ging in Richtung Themse. Während er sich durch das Menschengetümmel der Hauptstraßen schlängelte, dachte er darüber nach, welche schlimmen Nachrichten ihn aus seiner Heimat verfolgten, der er vor so vielen Jahren entschlossen den Rücken gekehrt hatte.

Anne Hendrik war erschrocken, als ihr Dienstmädchen den Jungen ins Haus brachte. Er krümmte sich heftig zusammen und preßte sich die Hände auf den Bauch, wollte aber von Hilfe nichts wissen. Seine einzige Sorge war es, ihrem Untermieter seine Botschaft zu überbringen. Als Anne ihm vorschlug, die Botschaft entgegenzunehmen und sie Nicholas auszuhändigen, sobald er komme, erklärte der Junge, es handle sich nicht um einen Brief. Seine Nachrichten seien mündlicher Art, doch wurde er von einem derartigen Würgekrampf gebeutelt, daß Anne ihre Zweifel hatte, ob er sie jemals aussprechen könnte. Zusammen mit dem Dienstmädchen führten sie den Besucher in Nicholas' Zimmer und ließen ihn sich aufs Bett legen. Dann wurde das Dienstmädchen losgeschickt, um einen Arzt herzuholen. Anne war eine mitleidsvolle Frau, die es haßte, jemand solche Schmerzen erdulden zu sehen, aber als sie den erschöpften Boten versorgen wollte, wurde sie erneut zurückgewiesen. Trotz seiner verzweifelten Verfassung, in der er sich offensichtlich befand, wollte der Junge sich nicht berühren lassen und bat darum, allein gelassen zu werden, bis Nicholas Bracewell nach Hause komme.

Bankside war berüchtigt für seine Vergnügungsstätten und seine Sündhaftigkeit, doch Anne Hendrik stellte eine jener wenigen Inseln der Respektabilität in dieser Gegend dar. Die englische Witwe eines holländischen Hutmachers hatte dessen Haus geerbt, sein gutgehendes Geschäft in einem naheliegenden Gebäudeteil und seine positive Lebenseinstellung. Anstatt seinem Dahinscheiden lange nachzutrauern, übernahm sie die Geschäftsführung des Unternehmens und arbeitete hart daran, es erfolgreich weiterzuführen. Sie nahm auch einen Mieter ins Haus – vor allem, um ein Minimum an männlicher Gesellschaft zu haben –, doch die Beziehung der beiden hatte sich weit über das allgemein akzeptierte Maß hinaus entwickelt. In Nicholas Bracewell fand sie einen ehrlichen, sorgenden und empfindsamen Mann, und er sah sie als hübsche, intelligente und bemerkenswerte Frau. Sie waren Menschen gleichen Sinnes und teilten gelegentlich das Bett.

Nicholas hatte ihr viel geholfen, seine zuverlässige Anwesenheit hatte sich als bequeme Zufluchtsstätte vor den unerwünschten Aufmerksamkeiten anderer Bewunderer erwiesen. Nie hatte sie ihn dringender gebraucht als jetzt. Ein kranker Junge stammelte immer wieder seinen Namen, als sei er eine Art Rettung. Sie wünschte sich Nicholas herbei, damit er die Situation in den Griff bekommen, dem leidenden Besucher helfen und die beunruhigenden Gedanken verscheuchen konnte, die ihr durch den Kopf zu gehen begannen. Selbst in ihren intimsten Augenblicken sprach Nicholas nie über sein Leben in Devon, wo er geboren wurde. Für Anne war dieses Leben ein verschlossenes Buch. Der Junge war ins Haus gewankt, um die Seiten dieses Buches zu öffnen, aber sie war überhaupt nicht sicher, ob sie darin lesen wollte.

Von oben war ein dumpfer Schlag zu hören, der sie zusammenzucken ließ. Sie wollte gerade zur Treppe laufen, da wurde der Riegel der Haustür zurückgeschoben, und Nicholas eilte ins Haus. Anne spürte den Wunsch, sich erleichtert in seine Arme zu werfen, doch irgend etwas hielt sie davon ab.

Diese Mischung aus Sorge und Reue auf seinem Gesicht hatte sie noch nie zuvor gesehen. In diesem Moment war er gleichzeitig ihr Liebhaber und ein Fremder.

»Hat jemand nach mir gefragt?« wollte er wissen.

»Ein junger Mann. Er ist noch im Haus und sehr krank.«

»Wo ist er?«

»In deinem Zimmer. Ich habe schon nach einem Arzt geschickt.«

»Was hat er gesagt?«

»Er wollte mit niemandem außer dir sprechen, Nick.«

Sie trat zurück, als er die Treppe hinaufstürmte, und folgte ihm sofort, aber sie kamen bereits viel zu spät. Als sie das Schlafzimmer betraten, lag der jugendliche Besucher zusammengekrümmt auf dem Boden, in einer unnatürlichen Haltung, das Gesicht schneeweiß und in Todesqualen verzerrt. Nicholas tastete nach einem Lebenszeichen, doch er fand keines mehr. Er bemerkte einen seltsamen Geruch auf den Lippen des Toten und beugte sich vor, um diesen sauren Geruch sorgfältig einzuatmen.

»Gift!« flüsterte er.

»Gott sei seiner Seele gnädig!«

Er stand auf, um sie zu trösten. »Komm weg hier, Anne.«

»Laß mich los.«

»Du solltest dir einen solchen Anblick ersparen.«

»Dies ist mein Haus, Nick.«

»Das ist eine abscheuliche Tat.«

»Deren Opfer aber tot unter meinem Dach liegt.«

»Es gibt nichts, was du noch tun könntest. Geh runter.«

»Nein.«

Obwohl sie sich nach seiner Umarmung sehnte, hob sie die Hände, um ihn daran zu hindern. Ihre Intuition wurde stärker als ihr Wunsch. In diesem Augenblick erkannte Anne Hendrik, daß eine vertrauensvolle Beziehung, die sie mehrere

Jahre lang genossen hatte, ihr unwiederbringliches Ende gefunden hatte. Er war auf einmal nicht mehr der Mann, den sie zu kennen glaubte. Nicholas Bracewell bewohnte eine andere Welt, und ein Teil davon lag auf dem Boden seines Schlafzimmers wie eine fürchterliche Anklage. Er sah ihr Entsetzen, fand jedoch kein Wort der Entschuldigung oder Erklärung. Statt dessen beugte er sich nieder, um die Leiche genauer zu untersuchen.

Eine Woge des Mitleids trieb Anne die Tränen in die Augen.

»Armer Kerl! Welch schreckliche Art, zu sterben.«

»Irgend jemand wird teuer dafür bezahlen«, murmelte er.

»Er kam den ganzen Weg, um dich zu sprechen.«

»Nein, Anne.«

»Und das ist jetzt der Dank dafür.«

»Schau mal etwas genauer hin.«

»Kann denn jemand einen so schlimmen Tod verdienen?«

»Da ist etwas, was du nicht bemerkt hast.«

»Er war doch nur ein junger Mann an der Schwelle seines Lebens.«

»Ich fürchte nicht«, sagte er, stand wieder auf und sprach mit kaltem Zorn in der Stimme. »Das ist kein junger Mann, Anne. Der Mörder ist schlimmer, als wir gedacht haben. Er hat eine junge Frau vergiftet.«

Edmund Hoode wurde von Zweifeln gepeinigt und von Bedauern geplagt. Die Woge der Macht, die ihn in die Lage versetzt hatte, seinen Kollegen zu widerstehen und aus dem Haus in Shoreditch hinauszumarschieren, war inzwischen verebbt. Jetzt fühlte er sich schwach und hilflos. Während er durch die Straßen von Bishopsgate Ward ging, klopfte sein Herz wie wild, seine Füße steckten in Stiefeln aus Blei. Das Undenkbare war geschehen. In einem selten erlebten Ausbruch von Selbstsucht hatte ein bescheidener und äußerst uneigennütziger Mann eine brutale Dickköpfigkeit an den Tag gelegt. Edmund Hoode hatte seine eigenen Interessen und privaten Wünsche über die Nöte der Theatertruppe gestellt, der er schon so lange und so treu gedient hatte. Eine ganze Reihe miteinander verbundener Vertrauensbrüche – durch Lawrence Firethorn, Barnaby Gill und andere Teilhaber – war durch die vorsätzliche Verleugnung seiner eigenen kreativen Rolle nur noch verschlimmert worden. Indem er Westfield's Men zurückstieß, trug er dazu bei, seine eigene Karriere als Stückeschreiber zu ersticken.

Niedergeschlagenheit verwandelte sein sowieso schon blutleeres Gesicht in eine bleiche Maske des Kummers. Hoode war ein Verräter. Er kam sich vor wie ein verurteilter Übeltäter im Gefängnis Newgate, den man vor die Wahl gestellt hat, sich selber aufzuhängen oder einen langsamen Tod durch Erdrosseln zu erleiden, und der sich für letzteres entschieden hatte, weil das seinen Erben die Möglichkeit bot, sein Vermögen zu bekommen. In der Tat lasteten große Gewichte auf seinen Schultern, doch bestanden nicht alle aus Eisen und Stein. Eines davon war Nicholas Bracewell, sein bester Freund in der Truppe, der von seinem Verrat wie vor den Kopf gestoßen war und ihn mit der gleichen Kraft bedrängte, mit der er sich auf das flammende Dach des Queen's Head geworfen hatte. Dann waren da Firethorn und Barnaby Gill: Der eine trampelte ohne alle Umschweife auf ihm herum, der andere führte einen seiner berühmten Tänze auf, die Hoodes Stücke auszeichneten. Beide hatten tiefe Narben auf Hoodes eigenwilligem Herz hinterlassen. Was seinen eigenen letzten Willen und sein Testament betraf – was hatte er schon zu hinterlassen außer seiner Arbeit für Westfield's Men? Als Autor und als Schauspieler, existierte er nur während der Aufführung. Piraterie war im Theater weit verbreitet. Alle seine

Stücke, die von der Theatertruppe mit immer gleichbleibender Brillanz aufgeführt wurden, befanden sich in der Obhut des Impresarios, der sie bewachte wie sein eigenes Leben. Konnte Edmund Hoode seine privaten Wünsche tatsächlich und wirklich über das öffentliche Interesse stellen? Konnte er Westfield's Men wirklich erpressen?

Die Last der Schuld und Unentschlossenheit war so gewaltig, daß sie ihn zum Stehen brachte. Wenn er so weitermachte, verlor er den Respekt seiner besten Freunde; wenn er zurückging, verpaßte er seine einzige wirkliche Chance auf wahres Glück. Lange war er ziellos durch die Straßen gewandert, doch seine Füße kannten den Weg und hatten ihn genau an jene Stelle geführt, von der aus ihm der erste Blick auf sein Elysium gewährt worden war. Er befand sich in ihrer Straße, stand ihrem Haus gegenüber und starrte zu ihrem Fenster empor. Eine unsichtbare Hand mußte ihn hier hergeführt haben, um seine nachlassenden Lebensgeister wieder aufzurichten. Sobald er erkannte, wo er sich befand, erschien das himmlische Gesicht seiner Angebeteten vor seinem inneren Auge. Hunderte seiner Freunde würden ihn nicht von ihr trennen können. Tausend Theatertruppen würden ihn nicht dazu bewegen können, London zu verlassen, solange sie die Stadt mit ihrer engelsgleichen Anwesenheit verzierte. Millionen Zuschauer würden ihn nicht umstimmen.

Sie hieß Mistress Jane Diamond, und ihre Schönheit glänzte so kostbar wie ihr Name. Edmund Hoode war ihr von dem Moment an verfallen, in dem der Blick seiner hervorquellenden Augen zum erstenmal auf sie fiel. Sie war selbstbewußt, graziös und lebhaft und von einer erfrischenden Heiterkeit. Jane Diamond war eine echte Königin unter den Frauen, und die Tatsache, daß sie bereits einem König gehörte – ihr Ehegatte war ein langweiliger, aber wohlhabender Weinhändler–, tat Edmunds Bereitschaft, sie zu umwerben, keinerlei Abbruch. Hoodes romantische Verstrickungen grenzten stets an den Rand der Katastrophe, und in einem Augenblick schonungsloser Selbsteinschätzung hatte er seine Affären als Beispiele für die Jagd des Ungeliebten nach der Unerreichbaren bezeichnet. Jane Diamond war anders. Sie ermutigte nicht nur sein Interesse an ihr, nein, sie erwiderte sogar seine Verehrung. Sie bewunderte seine Stücke, schätzte die Gedichte, die er ihr schickte, und liebte seine vielen guten Eigenschaften. Es war nur noch eine Frage der Zeit, bis er das Glück der Vereinigung mit ihr erleben würde.

Als er sich dessen bewußt wurde, verstand er, warum er unwissentlich in die Richtung ihres Hauses gegangen war. Jane Diamond hatte ihm versprochen, das Juwel seines Bettes zu werden, wenn der Zeitpunkt gekommen war, und hatte zugesagt, ihm die ereignisreiche Nacht anzukündigen, indem sie am Nachmittag dieses Tages eine brennende Kerze ans Fenster ihres Schlafzimmers stellte. Während der letzten vierzehn Tage war Edmund Hoode zehnmal täglich zu ihrem Haus gewandert, doch die Dunkelheit seiner Sehnsucht war nicht durch die flackernde Flamme der Hoffnung erhellt worden. Bis heute – trogen ihn seine Augen? Während er noch zum Fenster emporstarrte, erschien eine schlanke Gestalt dahinter und stellte eine Talgkerze auf das Sims. Nach einer kleinen Pause folgte endlich die winzige Explosion eines Lichtes und dann die leuchtende Einladung, die seine ganze Existenz erfüllte. Erst am gestrigen Tage hatte ein Funke des Feuers sein Stück unterbrochen und einen Teil ihres Theaters zerstört; doch diese neue Flamme war sanft und ein Zeichen der Freude. Sie sagte ihm, daß der unwürdige Ehemann während der Nacht außer Haus war und daß ein großartiges Weib heute nacht die Seine würde.

Jeder Hauch von Schuldgefühlen verließ ihn, jetzt fühlte er sich so leicht wie Luft. Westfield's Men hatten keinen Einfluß mehr auf sein Gewissen. Die Verabredung war getroffen, und das war das einzige, was zählte. London war das Paradies.

In dem Haus in Bankside überstürzten sich die Ereignisse. Der Arzt kam, stellte fest, daß das Mädchen jenseits aller Hilfe war, und bestätigte die vermutliche Todesursache. Sie trug nichts an sich, was auf ihre Identität hätte schließen lassen, und alle Nachrichten, die sie zu überbringen gehabt hatte, waren mit ihr dahingegangen. Die Polizei wurde gerufen, die Tote ins Leichenhaus abtransportiert. Nicholas Bracewell, Anne Hendrik, der Arzt und das Dienstmädchen mußten vor dem Untersuchungsrichter beschworene Aussagen machen, aber es war nicht zu erwarten, daß die Behörden energisch nach dem Mörder suchen würden. Die Papiere des Untersuchungsrichters enthielten zahllose Morde an unbekannten Personen, man konnte nur einen winzigen Anteil davon bearbeiten. Die Wichtigkeit hing ausschließlich von der Stellung des Opfers ab. Man hatte einfach nicht die Möglichkeit, bei dem Mord an einem namenlosen Mädchen aus einem fremden Bezirk eine ernsthafte Untersuchung durchzuführen. Ahnungslose trugen stets ein hohes Risiko in einer vom Verbrechen gebeutelten Stadt, in der eine Lumpenarmee von Räubern nur darauf wartete, sich auf die Harmlosen und Unwissenden zu stürzen. Es verging kaum ein Tag, an dem nicht zerschundene Leichen in finsteren Ecken gefunden, aus den Sümpfen gezerrt oder aus dem Fluß gefischt wurden. Diese glücklose junge Frau, entschied der Untersuchungsrichter mit einem weltmüden Seufzer und hauchdünnem Mitgefühl, war eben nur ein weiterer Todesfall in seinen Unterlagen, der nicht geklärt und nicht gerächt wurde.

Nicholas Bracewell bestand auf Vergeltung. Da er von offizieller Stelle nichts zu erwarten hatte, mußte er selber Möglichkeiten finden, den Fall aufzuklären. Das Mädchen war vergiftet worden, doch hatte sie noch etwas Geld bei sich, und ihre Kleidung war sauber und von guter Qualität. Diebstahl war also nicht das Tatmotiv gewesen. Der Mörder hatte selbst ihr Pferd in Ruhe gelassen, er gehörte also nicht zu jenen raffinierten Roßtäuschern, die in der Hauptstadt ihr Unwesen trieben und bei jeder sich bietenden Gelegenheit Pferde stahlen. Bei dem Pferd würde Nicholas seine Nachforschungen beginnen. Er war fest davon überzeugt, daß das Mädchen ermordet worden war, um es daran zu hindern, ihm Informationen von lebenswichtiger Bedeutung zu überbringen. Zwar widerstrebte ihm schon der bloße Gedanke an eine mögliche Rückkehr in seine Heimat, doch wußte er nur zu gut, daß eine Reise nach Devon die einzige Möglichkeit war, herauszufinden, wer sie war und was sie ihm hatte mitteilen wollen. Sobald dieses Geheimnis gelöst war, würde er eine bessere Vorstellung davon haben, warum die junge Botin umgebracht worden war, und wer der Täter war.

Anne Hendrik war nervös, seit der ungebetene Gast über die Schwelle ihres Hauses gewankt war, und nichts, was in der Zwischenzeit geschehen war, konnte ihre Unruhe verringern oder die steigende Spannung zwischen ihr und Nicholas Bracewell abbauen. Sie war sogar so aufgebracht, daß sie ihren Mieter vorsätzlich übersah und den Arzt bat, sie und ihr Dienstmädchen nach Hause zu bringen. Als der Mann mit den beiden Frauen gegangen war, gab Nicholas dem Untersuchungsrichter eine umfassende Darstellung sämtlicher Umstände, einschließlich seiner eigenen Verwicklung in den Fall. Er beantragte das Recht der Obhut über das Pferd des Opfers, damit er es dem rechtmäßigen Eigentümer in Devon zurückbringen und ihn über das Schicksal des Reiters unterrichten konnte. Das Mädchen hatte gewiß besorgte Eltern oder einen beunruhigten Dienstherren, die das Recht hatten, über das Unglück informiert zu werden.

Nach eingehender Befragung des Zeugen kam der Untersuchungsrichter zu der Auffassung, es handele sich hier um eine Person von gutem Leumund und ehrlichem Charakter. Nicholas machte ernsthafte Versprechen und unterzeichnete ein Dokument, das ihn unter Androhung der Verhaftung auf seine Zusagen verpflichtete. Dann konnte er das Pferd übernehmen und ritt es sofort zum Queen's Head zurück. Kaum hatte er den Innenhof betreten, als er auch schon den Pferdeknechten Fragen stellte, ob jemand dieses Pferd schon einmal gesehen habe. Sie hatten mit zu vielen Pferden zu tun, um ganz sicher sein zu können, doch einer glaubte sich daran zu erinnern, daß er das Tier zusammen mit anderen um die Mittagszeit in die Stallungen geführt habe. Ein junger Mann sei von dem Pferd abgestiegen. Sein Begleiter sei wesentlich größer gewesen und habe wie ein Kaufmann ausgesehen.

Nicholas ging mit dieser nicht ganz eindeutigen Antwort in den Keller des Gasthofes, um zu hören, ob Leonard sie korrigieren oder etwas hinzufügen könne. Der sanfte Riese war gerade dabei, sich ein Faß Ale auf die Schulter zu hieven, als sein Freund die Treppe herunterkam, und stellte es sofort wieder zurück, um ihn herzlich zu begrüßen. Leonard war zwar gleich zu helfen bereit, konnte aber keine neuen Einzelheiten über den Begleiter des Opfers beisteuern. Was er jedoch genau sagen konnte, war die Tatsache, daß der ältere Mann den Jungen – denn das glaubte Leonard immer noch – mehr oder weniger gezwungen habe, sein Ale auszutrinken.

»Und der Becher wurde tatsächlich ausgetrunken?« fragte Nicholas.

»Ich stand direkt neben ihm, als er die letzten Tropfen schluckte. Nicht daß es ihm Spaß gemacht hätte.« Leonard kratzte sich den Bart. »Der Himmel weiß, wieso. Es war unser bestes Ale, aber er trank es so langsam, als handele es sich um heißes Pech.«

»In gewisser Hinsicht war es das auch.«

»Wieso, Master?«

»Ich glaube, das Ale ist vergiftet worden.«

Nicholas erklärte die Einzelheiten, und Überraschung zeigte sich auf dem massigen Gesicht vor ihm – »Ein Mädchen? Als Mann verkleidet in einer Kneipe?«–, doch dann verwandelte sich sein Ausdruck in Mitleid und Verwirrung. Als ihm klar wurde, wie wichtig auch das winzigste Stückchen Information war, zermarterte Leonard sich verzweifelt das Gehirn, konnte aber nichts Interessantes mehr hinzufügen. Das Mädchen und der Reisebegleiter waren allein zusammen gewesen, das konnte er mit Sicherheit sagen. Eine dritte Person hätte schon durchaus etwas mit dem Ale anstellen können, doch die Wahrscheinlichkeit deutete eher auf den älteren Mann hin. Kein anderer Besucher des Queen's Head war an diesem Tage vergiftet worden, folglich konnte man Alexander Marwood keinerlei Schuld zuschieben.

»Wer hat ihnen das Ale gebracht?«

»Eines der Schankmädchen.«

»Finde raus, wer's war, und bringe sie sofort zu mir.«

»Könntet Ihr nicht selber in den Schankraum gehen, Master?«

»Doch, das könnte ich«, sagte Nicholas, »aber ich möchte den Gastwirt nicht noch rebellischer machen. Erst müssen die Brücken repariert werden, bevor Master Marwood und ich wieder freundlich miteinander reden können. Je weniger er zur Zeit von Westfield's Men sieht, desto besser ist es. Ich wäre dir sehr dankbar, wenn du mir diesen Gefallen tun könntest.«

»Ich bin schon unterwegs.«

»Vielen Dank, Leonard.«

Es dauerte fünf Minuten, bis er zurückkam, doch das Schankmädchen kam nur sehr widerstrebend mit. Aus Angst, sie würde zu ruchlosen Zwecken in den Keller gelockt, schimpfte und protestierte sie bei jedem Schritt. Nicholas' Anblick beruhigte sie ein wenig, ihr verschmiertes Gesicht konnte sogar lächeln, als er ihr ein paar Münzen in die Hand drückte. Sie schob sich ihr lang herabhängendes Haar aus dem Gesicht, um ihn genau zu betrachten. Nicholas befragte sie nach den beiden Reisenden, die gegen Mittag in die Gaststube gekommen waren; sie konnte auch eine ordentliche Beschreibung der beiden geben, doch sie hatte nichts von dem gehört, was zwischen ihnen gesprochen wurde, und hatte auch niemanden gesehen, der bei ihnen am Tisch gesessen hatte. Bemerkt hatte sie allerdings, daß sich der junge Gast im Wirtshaus nicht besonders wohlgefühlt hatte.

»Man hätte denken können, er wär' zum erstenmal in einer Schänke gewesen.«

»Zum ersten- und zum letztenmal«, murmelte Nicholas in seinen Bart.

Da es im Gasthaus keine weiteren Auskünfte mehr zu holen gab, dankte er beiden für ihre Hilfe und holte sein Pferd. Schon bald befand er sich auf der immer lebhaften Gracechurch Street, bis diese in die Bishopsgate Street mündete. Als er zum Tor selbst kam und unter den Köpfen der Verräter dahinritt, die hier auf Stangen aufgespießt waren, war es ihm gelungen, das Pferd in einen flotten Trab zu bringen, so daß die Reise nach Shoreditch nicht lange dauerte. Als er am Hause seines Vorgesetzten ankam, band er sein Pferd fest und trat unter das Dachgesims. Lawrence Firethorn persönlich öffnete ihm die Tür und geleitete den Impresario sofort ins Wohnzimmer.

»Ihr habt Euch nur wenig Zeit gelassen, um herzukommen!«

»Es ist dringend.«

»Wir müssen unbedingt darüber sprechen, Nick.«

»Deshalb bin ich ja hier.«

»Setzt Euch, Mann, setzt Euch«, sagte Firethorn, schob ihn zu einem Sessel und drückte ihn hinein. »Entspannt Euch, solange Ihr es noch könnt, denn es besteht kaum Hoffnung auf viele Ruhepausen in der nächsten Zukunft.«

»Darüber muß ich mit Euch reden.«

»Aber erst, wenn Ihr mir zugehört habt.«

Firethorn gab seinem Gast einen freundlichen Stoß gegen die Schulter und trat zurück, um ihn mit einem stolzen Lächeln anzuschauen. Eine Karriere beim Theater war bestenfalls eine prekäre Angelegenheit, und nur wenige dort hatten ihre Laufbahn über eine lange Zeit aufrechterhalten können. Lawrence Firethorn war eine dieser Ausnahmen, ein beständiges Talent, das keine Schwächen zu kennen schien, ein Schauspieler von grenzenloser Verwandlungsfähigkeit und Kühnheit. Bewunderer erwähnten seine überragende Stimme, seine Gestik, seine Beweglichkeit, während andere von seiner ganzen beherrschenden Präsenz angetan waren. Obwohl er auf der Bühne überragend war, wußte er nur zu gut, wieviel er der routinierten Kontrolle seines Impresarios hinter den Kulissen zu verdanken hatte. Mit Nicholas Bracewell hinter seinem Rücken konnte er seine Theatertruppe von Triumph zu Triumph führen.

»Ach, Nick«, seufzte er. »Was sollte ich ohne Euch nur machen!«

»Ich fürchte, Ihr werdet das herausfinden müssen.«

»Unser Theater mag niederbrennen, der Hauswirt mag uns hinauswerfen und London uns auf die Landstraße schikken, das alles macht mir überhaupt kein Kopfzerbrechen. Solange Ihr bei mir seid, habe ich immer noch Hoffnung.«

»Was die Tournee betrifft ...«

»... ist bereits alles arrangiert«, unterbrach Firethorn ihn und wanderte im Zimmer umher. »Barnaby und ich haben heute lange daran gearbeitet und alles fein zusammengefügt, wie sorgfältige Schneider. Unser verehrter Schirmherr, Lord Westfield, hat seine übliche Besorgtheit erkennen lassen und Geld und gute Ratschläge für unsere Reise angeboten.« Er ließ ein sattes Lachen hören. »Das Geld wird natürlich leider niemals auftauchen, denn unser lieber Patron kann besser leihen als ausleihen, dafür kamen aber die Ratschläge reichlich. Das hat unsere Reiseroute festgelegt und für guten Empfang unterwegs gesorgt.« Er nahm ein Blatt Pergament vom Tisch und reichte es Nicholas. »So sieht unsere Truppe aus. Wenn sie auch zahlenmäßig klein ist, so ist sie doch groß genug an Talenten, um ein reiches Repertoire an Stücken anzubieten. Sorgt dafür, daß jeder einzelne Mann genau informiert ist. Wir reisen morgen ab.«

»Ihr werdet ohne mich ziehen müssen, Master Firethorn.«

Sein Gastgeber verschluckte sich. »Was habt Ihr da gesagt?«

»Ich bitte um Erlaubnis, mich entschuldigen zu dürfen.«

»Entschuldigen!« wiederholte Firethorn. »Entschuldigen! Nick Bracewell entschuldigt sich bei Westfield's Men! Das wäre, als ob die London Bridge sich entschuldigte, die Themse zu überspannen. Um Gottes willen, Mann, Ihr seid der Fels, auf dem wir bauen! Entschuldigt Euch, und schon versinken wir im Sumpf der Vergessenheit.«

»Das ist nicht meine Wahl, es wird mir aufgezwungen«, erläuterte Nicholas.

»Da gibt es überhaupt keine Wahl. Ihr gehört uns.«

»Meine Entscheidung bleibt bestehen.«

»Darüber setze ich mich hinweg. Ihr reist morgen früh mit uns ab.«

»Das ist unmöglich.«

Firethorn breitete die Arme aus. »Wir verlassen uns auf Euch, mein Lieber!«

»Ich stoße zur Gruppe zurück, sobald ich eben kann. Darauf gebe ich Euch mein Wort. Es handelt sich um folgendes ...«

Er wiederholte seine Geschichte so exakt, wie er konnte, woraufhin Firethorns Verhalten sich sofort völlig änderte. Obwohl er von sich selbst und seiner Theatertruppe geradezu besessen war, konnte der Manager und Erste Schauspieler dennoch Anzeichen von Mitgefühl zeigen. Der Mord an einem harmlosen jungen Mädchen hatte eine gewaltige Verantwortung auf Nicholas Bracewell geladen, und nichts hätte ihn davon abhalten können, sich ihr zu stellen. Er sah sich zur Rückkehr in eine Heimat gezwungen, die er verlassen hatte, und zu einer Familie, von der er sich getrennt hatte.

»Es gibt keine andere Möglichkeit«, sagte er zum Abschluß. »Morgen früh werde ich nach Barnstaple aufbrechen.«

Verächtliches Schnauben. »Barnstaple?«

»Barnstaple.«

Nicholas lehnte sich zurück und wartete auf den Zornesausbruch. Nur wenige Männer wagten es, sich dem Obersten Schauspieler entgegenzustellen, und noch weniger überlebten das mit intaktem Selbstwertgefühl. Wenn Firethorn richtig in Fahrt geriet, konnten seine Stimme wie die Wut eines Sturmes und seine Beleidigungen wie peitschender Regen sein. Als Nicholas seinem Chef ins Auge blickte, sah er, wie der Hurrikan mit plötzlicher Wucht ausbrach, sich dann ebenso plötzlich verflüchtigte und einem lustigen Blinzeln Platz machte. Anstatt den Wirbelwind seiner Leidenschaft zu entfesseln, lächelte Lawrence Firethorn sogar. Das Lächeln wurde zum Grinsen, das Grinsen erweiterte sich zum glucksenden Lachen, und dann versetzte unkontrolliertes Gelächter seinen ganzen Körper in Zuckungen. Er mußte sich neben seinem Freund niedersetzen, um wieder zu Atem zu kommen.

»Barnstaple?« fragte er erneut.

»Soll das ein Witz sein?«

»Nein, Nick«, sagte Firethorn und legte ihm den Arm um die Schulter. »Das war nicht das Lachen des Spottes, sondern die Heiterkeit der Erleichterung. Barnstaple, tatsächlich. Der Himmel sorgt besser für uns als wir selber. Ihr mögt beruhigt gehen. Eure Wünsche werden erfüllt.«

»Weshalb dann diese Erheiterung?«

»Weil Ihr uns auf dem Weg dorthin zu Diensten sein werdet.«

»Wie das?«

»Wir ändern unsere Reiseroute«, erklärte der andere. »Wir hatten zuerst vorgehabt, nach Süden zu gehen und in Maidstone unsere erste Station zu machen. Dann weiter nach Canterbury und zu anderen Städten in Kent, doch die können warten. Canterbury hat genug Besucher.« Er senkte die Stimme, um seinen Vorschlag flüsternd vorzutragen.»Westfield's Men werden Euch großzügig entgegenkommen, wenn Ihr uns ebenfalls ein wenig entgegenkommt. Ist das etwa kein fairer Handel?«

»Sprecht weiter, damit ich die richtige Entscheidung treffen kann.«

»Der Bruder unseres Schirmherrn wohnt in Bath.«

»Das ist in der Tat in Richtung Barnstaple.«

»Hört mir erst noch zu, Nick. Das ist unsere Reiseroute.« Mit dem Finger zeichnete er eine Landkarte in die Luft. »Wir gehen direkt nach Oxford und spielen vor Gott und der Welt. Dann reisen wir nach Marlborough weiter, wo sie uns in der Guildhall immer herzlich empfangen haben. Von dort nach Bristol, wo ein größeres Publikum und ein längerer Aufenthalt auf uns warten.«

»Und Bath?«

»Hübsche kleine Stadt, aber wir spielen im Hause von Sir Roger Hordley, dem jüngeren Bruder unseres Schirmherrn.

Euch brauchen wir, um uns durch Oxford, Marlborough und Bristol zu bringen, in der Halle von Hordley Manor kommen wir allein zurecht.« Er stieß seinen Freund an. »Habt Ihr verstanden, was ich meine?«

»Ich komme auf diese Weise langsamer nach Barnstaple.«

»Ihr kombiniert unsere Erfordernisse mit Euren Zwängen.«

Nicholas überlegte. »Das wirft mich um Tage zurück.«

»Wir bringen ein Opfer, dann müßt Ihr das auch.«

»Bristol ist eine Stadt, die mir sehr gut gefällt.«

»Bringt uns dorthin, dann könnt Ihr mit unserem Segen nach Barnstaple reiten. Erledigt Eure Pflichten zu Hause und trefft wieder mit Westfield's Men zusammen, sobald es Euch paßt.« Firethorn zog ihn näher an sich. »Beide Parteien kommen damit zurecht. Sagt mir jetzt, kann dieser Vorschlag Euch reizen?«

»Er reizt mich allerdings sehr.«

»Dann nehmt Ihr ihn also an?«

Nicholas nickte zustimmend, Firethorn bedankte sich mit einer herzlichen Umarmung. Der Oberste Schauspieler gab ihm alle notwendigen Einzelheiten und begleitete ihn noch bis zu seinem Pferd. Der Anblick des Pferdes brachte beiden Männern das Opfer der Mordtat schmerzhaft ins Bewußtsein. Eine junge Frau hatte ungewöhnliche Strapazen auf sich genommen, um eine Botschaft den weiten Weg von Barnstaple nach London zu bringen, und ihre Tapferkeit hatte sie das Leben gekostet. Der Mord hatte bereits schwerwiegende Auswirkungen auf Nicholas Bracewells Privatleben. Als er sich an das Bild ihres zusammengekrümmten Körpers auf dem Fußboden seines Schlafzimmers erinnerte, verstärkte sich seine Entschlossenheit noch mehr, den Mörder aufzuspüren. Der Teufel war tatsächlich an jenem Tag durch London geritten, um sein Opfer zu finden. Ein Mädchen, das noch nie seinen Fuß in eine Taverne gesetzt hatte, würde dies auch nie mehr tun können.

Wie ein Schauspieler auf der Bühne bedeckte Lawrence Firethorn die unbekannte Leiche mit einem Zitat.

Wer Marwoods Ale im Queen's Head trinkt,
vor des Teufels Gift nicht zu Boden sinkt.

3. Kapitel

Ein quälender Nachmittag mündete in einen langen Abend und verwandelte sich unmerklich in eine unruhige Nacht. Anne Hendrik war sehr bedrückt. Ihr Heim, das ihr soviel wert war und in dessen Mauern sie sich immer so sicher gefühlt hatte, war überrannt worden. Ein sterbendes Mädchen, das sich geweigert hatte, seine Botschaft mitzuteilen, ließ die geordnete Ruhe ihres Lebens in Bankside in Scherben gehen und alle Grundlagen, auf denen dieses Leben gefußt hatte. Anne hatte erkannt, wie sehr sie Nicholas Bracewell liebte, aber auch, wie wenig sie in Wirklichkeit von ihm wußte. Was sie bisher immer als Zurückhaltung und Diskretion an ihm geschätzt hatte, sah sie jetzt plötzlich als Geheimnistuerei. Die ganze Zeit hatte er irgendwas vor ihr verborgen, das jetzt ans Licht gekommen war wie ein lange vergrabener Maulwurf, und die ganze Zukunft ihrer Freundschaft gefährdete. Angenehme Erinnerungen brauchte man nicht zu verstecken; nur finstere Dinge mußten verhüllt bleiben.

Nervös ging Anne im Zimmer hin und her, sehnte sich nach seiner Heimkehr und betete doch gleichzeitig darum, daß er nicht zurückkam. Ihr Herz wünschte sich, daß Nicholas ins Haus gewirbelt käme, um all ihre Sorgen durch das sanfte Ruhekissen ehrlicher Erklärungen zu lindern, doch ihr

Kopf wußte, daß er dazu niemals in der Lage sein würde. Sein Verhalten war ein eindeutiges Geständnis seiner Schuld gewesen. Vor welchem schrecklichen Geheimnis war er davongelaufen, als er seine Heimat Barnstaple verließ? Welchen schlimmen Auftrag hatte das Mädchen ihm überbringen wollen? Von wem stammte diese Botschaft, und warum sollte sie auf diese merkwürdige Weise übermittelt werden? Sie grübelte über alle vorstellbaren Möglichkeiten und fand doch keine, die ihr Erleichterung gebracht hätte. Während die Nacht vorrückte, wurden ihre Nerven immer schwächer, und als sie hörte, daß er nach Hause kam und sein Pferd in den Stall brachte, war sie am Ende ihrer Kräfte. Anne ließ sich rasch in einem Sessel nieder und rang um Haltung. Als Nicholas das Haus betrat, bewegte er sich mit einer gewissen erschöpften Vorsicht. Natürlich rechnete er nicht damit, auf die übliche freundliche Art begrüßt zu werden.

»Du kommst spät«, sagte sie knapp.

»Es gab viel zu tun, Anne.«

»Es ist schon fast Mitternacht.«

»Du hättest schon längst zu Bett gehen sollen.«

»Ich hatte Angst, du würdest mich dort aufsuchen.«

Das brach aus ihr heraus, bevor sie sich zurückhalten konnte; die Schroffheit ihrer Zurückweisung ließ ihn zusammenzucken. Ein gegenseitig akzeptierter Verhaltenskodex war plötzlich zerstört. Wann immer Nicholas und Anne ernsthafte Auseinandersetzungen hatten – und das passierte häufig zwischen diesen willensstarken Persönlichkeiten–, begruben sie diese immer so schnell wie möglich in den Armen des anderen. Diese Möglichkeit zur Versöhnung war ihm nun kurzerhand entzogen worden.

»Wir brechen morgen früh nach Oxford auf.«

Sie versteifte sich. »Ich hatte gedacht, du würdest so schnell wie möglich nach Barnstaple reiten«, sagte sie scharf. »Jemand hat nach dir geschickt. Laß dich von mir nur nicht davon abhalten.«

»Anne ...«

»Wichtigere Dinge rufen dich von hier weg.«

»So hör mir doch bitte zu ...«

»Ich habe statt dessen diesem Mädchen zugehört. Ihr Schweigen war außerordentlich beredt. Es sprach von einem anderen Nicholas Bracewell, einem Mann, zu dem ich niemals eine Beziehung hatte, einer gehetzten Kreatur, die mein Haus als Versteck benutzt hat.«

»Das stimmt doch nicht!« sagte er mit Nachdruck.

»Warum hast du mich denn dann belogen?«

»Ich habe dir immer die Wahrheit gesagt.«

»Nein, Nick«, erwiderte sie und stand auf, um ihm entgegenzutreten. »Du hast mir immer nur so viel erzählt, daß ich ruhig war, und den Rest hast du zurückgehalten. Das Gesicht, das du in London zeigst, ist nur eine Maske, und ich habe das für dein wahres Gesicht gehalten. Nichts als ein gemeiner Betrug. Wer bist du wirklich?

»Ich bin dein, meine Liebe.«

Er streckte die Arme nach ihr aus, doch ihre Augen blitzten ihn so wütend an, daß er sie sofort sinken ließ. Ihre Ablehnung war für ihn doppelt schmerzhaft. Westfield's Men sollten am nächsten Tag London verlassen und auf eine längere Tournee gehen. Am Vorabend solcher Ereignisse feierte Nicholas seinen Abschied normalerweise in der lustvollen Atmosphäre ihres Bettes, doch dieser schöne Brauch war nun ebenfalls gestrichen.

»Du tust mir Unrecht«, sagte er leise.

»Ich zahle dir nur in gleicher Münze zurück, Nick.«

»Die Situation ist nicht so, wie es vielleicht scheint.«

»Dann erkläre sie mir.«

Eine gespannte Pause. »Das kann ich nicht.«

»Weil dir nicht genug an mir liegt.«

»Weil mir zuviel an dir liegt und ich dir nicht wehtun möchte.«

»Ist das dein Trick, Sir?« sagte sie schnippisch. »Du betrügst mich lustig, bis deine Vergangenheit dich einholt, und dann tust du so, als sei alles nur geschehen, um meine Gefühle nicht zu verletzen. Ich bin in die Irre geführt worden. Ich wurde mißbraucht. Warum?«

»Ich kenne den wahren Grund selber nicht.«

»Dann fang am Anfang an«, schlug sie vor. »Warum bist du von Devon fortgelaufen?«

»Das habe ich dir schon früher gesagt, Anne«, sagte er. »Ich habe das Abenteuer gesucht. Ich tat nur, was Tausende von jungen Männern tun, wenn sie den Ruf der See hören. Drake bereitete seine Reise um die Welt vor, und das war für meinen suchenden Sinn eine übergroße Herausforderung. Ich verließ Plymouth mit der ›Pelican‹. Als wir drei Jahre später im selben Hafen wieder einliefen, hatte unser Schiff den neuen Namen ›The Golden Hind‹.«

»Das war nicht die einzige Wandlung, die du zu ertragen hattest«, sagte sie kalt. »Es war Nicholas Bracewell, der Sohn eines Kaufmanns aus Barnstaple, der in See stach, und er kam zurück, um der Impresario einer Theatertruppe in London zu werden.«

Er nickte gedankenschwer. »Das ist richtig, Anne. Die Reise hat viele Veränderungen bewirkt. Ich sah und erlebte Dinge, an die ich mich bis heute lieber nicht erinnere. Jeder Mann wäre nach solchen Erlebnissen ein anderer geworden.«

»Warum bist du denn nie wieder nach Hause zurückgegangen?«

»Ich zog es vor, hierzubleiben.«

»Und wer hat jetzt aus Barnstaple nach dir geschickt?«

»Ich weiß es nicht.«

»Ein Mann oder eine Frau?« Sein Zögern war der Beweis, der ihr noch gefehlt hatte. »Aha! Es ist also eine Frau, und zwar eine, die immer noch so viel Macht über dich hat, daß du dich überschlägst, um ihr zu gehorchen, obwohl ihr Ruf einen Mord nach sich zog.« Anne glühte jetzt vor Zorn. »Und das ist der Mann, dem ich gestattet habe, in meinem Hause zu wohnen und – Gott vergib mir! – mein Bett mit mir zu teilen. Nur zu, verlasse London morgen, aber erwarte nicht, dich hier ausruhen zu können, wenn du zurückkommst.«

»Anne, warte!« bat er, als sie auf dem Absatz kehrtmachte. »Wir können uns doch nicht auf solche Art trennen. Du urteilst falsch.«

»Wo ist denn deine Verteidigung« fragte sie und wandte sich ihm zu. »Sag sie mir, wenn du kannst.«

»Das ist jenseits meiner Möglichkeiten«, gab er traurig zu, »aber ich will nicht, daß du glaubst, alles, was zwischen uns passiert ist, sei von meiner Seite nur vorgetäuscht gewesen. Das stimmt nämlich nicht! Mit dir habe ich einige der schönsten Zeiten meines Lebens verbracht. Und wenn du den wahren Grund wissen möchtest, daß ich lieber in London bleiben möchte als nach Barnstaple zurückzukehren – nun, der wahre Grund steht genau vor mir!«

Sein Appell war so ehrlich und echt, daß ihr Ärger für einen kurzen Moment verflog und sie wieder den Mann in ihm sah, zu dem sie sich rettungslos hingezogen gefühlt hatte. Nicholas Bracewell war wirklich ein lieber Freund, dem sie sich gerne anvertraut hatte. Er hatte viele positive Eigenschaften, doch der Gedanke daran verbitterte sie nur aufs neue. Wegen einer nicht zugestellten Nachricht aus Devon verlor sie einen ehrlichen Mann und erhielt statt dessen einen doppelzüngigen dafür. Während er ihre Vorzüge genoß, lag stets eine unsichtbare Liebhaberin neben ihm. Anne Hendrik hatte ihn sich lediglich geteilt.

Nicholas sprach leiser weiter. »Was zwischen uns unter diesem Dach geschehen ist, bedeutet mir sehr viel, Anne. Das sind Erinnerungen, die mir lieb und teuer sind. Ich habe meine Gefühle nicht verheimlicht. Du sahst in mir den Mann, der ich wirklich war.« Er bot ihr zögernd die Hand. »Ich möchte mich um nichts in der Welt von dir trennen.«

»Dann will ich dich auf die Probe stellen«, sagte sie und übersah die ausgestreckte Hand. »Bleib hier.«

»Wie das?«

»Wenn die Truppe morgen abreist, bleibst du hier bei mir.«

»Aber ich gehöre zu Westfield's Men.«

»Vor einer Sekunde noch gehörtest du zu mir.«

»Ich habe Master Firethorn mein Wort gegeben.«

»Das hast du mir soeben auch gegeben.«

»Er und ich haben eine Vereinbarung geschlossen.«

»Das haben wir auch getan, häufig genug.«

»Ich reise mit der Truppe bis Bristol und von dort allein nach Barnstaple, um ... um ...«

»Sprich ruhig weiter«, sagte sie. »Nenn doch deine wahren Absichten.«

»Um meine Angelegenheiten zu erledigen.«

»Während ich hier sitzen kann wie die geduldige Griselda, um auf die Rückkehr meines gnädigen Herrn zu warten. Ist es das, was du erhoffst?«

»Anne«, besänftigte er sie. »Bitte, hör mich an. Die Phantasie spielt dir etwas vor. Sei doch so standhaft wie früher. Schenk mir dein Vertrauen. Sobald ich zurück bin, werde ich ...«

»Nein!« zischte sie. »Dieses Haus ist ab heute für dich geschlossen. Ich bitte dich, eine Erklärung abzugeben – du kannst es nicht. Ich bitte dich, in London zu bleiben – du kannst es nicht. Dafür gibt es nur einen einzigen Grund.« Ihre Stimme wurde eiskalt. »Dann geh doch zu ihr, Nick.«

»Zu wem?«

»Zu dieser Kreatur, die neben dir in meinem Bett liegt.«

»Du sprichst in Rätseln.«

»Die stumme Frau. Lauf doch zu ihr zurück.«

Nicholas spürte einen solchen Schmerz, daß er taumelte. Zu einem Zeitpunkt, in dem er Annes Liebe und Unterstützung am meisten brauchte, wurden sie ihm vollends entzogen. Wie angewurzelt blieb er stehen, als sie die Treppe hinaufging, und es durchzuckte ihn, als er hörte, wie sie die Tür ihres Schlafzimmers mit einem endgültigen Knall hinter sich zuwarf. Es dauerte Minuten, bis er die Kraft fand, sich auf leisen Sohlen in sein Zimmer zu schleichen, seine Sachen zu packen, mit den Blicken Abschied zu nehmen und hinauszugehen in die schwarze Wildnis eines Lebens ohne sie.

Mitternacht rückte rasch näher, Edmund Hoode zitterte voller freudiger Erwartung. Es war die langersehnte Stunde, in der er und seine Angebetete sich endlich vereinigen würden, in der sie die Wochen erzwungener Trennung in den Wogen der Leidenschaft vergessen wollten. Erstmals seit Jahren befand er sich in Hochstimmung. In diesem Stadium seiner romantischen Verwicklungen litt er meistens unter Demütigungen, die jene befallen, die immer nur Pech in der Liebe haben und die vom Schicksal dazu ausersehen sind, Zielscheibe von Spott und Hänselei zu sein. Jane Diamond hatte seine früheren Leiden geheilt. Indem sie seine Annäherungsversuche ermutigte, gab sie ihm ein Selbstvertrauen, das ihm bisher wie ein Ding der Unmöglichkeit vorgekommen war, und indem sie sich seinem Begehren unterwarf – nein, es durch deutliche Hinweise auf ihre eigenen freizügigen Wunschträume noch verstärkte–, hatte sie seinem Auftreten sogar einen Hauch von Arroganz verliehen. Er war praktisch ein neuer Mann.

Hoode verdiente sie. Sein Glück war der gerechte Lohn für die ausdauernde Leidenschaft seiner Werbung um sie. Briefe, Gedichte und Geschenke waren auf die Dame seines Herzens herabgeregnet. Immer, wenn sie ihm bei den Vorstellungen im Queen's Head zusah, schrieb er zusätzliche Verse für sie in seine Texte, und zwar in einem Geheimcode, den nur sie verstehen konnte. Jedesmal, wenn sie sich in der Öffentlichkeit trafen, antwortete sie ihm mit verstohlenen Gesten, die für jeden bedeutungslos waren, nur für ihn nicht. Jane Diamond war nicht nur eine simple Vision der Schönheit, zu der sich die richtige Veranlagung gesellte. Sie war Edmund Hoodes, des Dichters und Stückeschreibers, feinstes Geschöpf, eine Gestalt, die er für sich in seinen robusteren Phantasien erschaffen hatte, so nahe der Perfektion, wie es ein menschliches Wesen nur sein konnte, und mit jener Eigenschaft, die alle anderen himmelweit übertraf – sie war die Seine.

Er drückte sich in einen Hauseingang und wartete auf den Glockenschlag, der die Mitternacht ankündigt. Nur noch eine einzige Minute der Trennung lag vor ihnen, und er nutzte sie, um über seine neugewonnene geistige Kraft nachzudenken. Noch am selben Nachmittag hatten Lawrence Firethorn und Barnaby Gill eine Doppelattacke gegen ihn geführt, doch seine Verteidigung hatte standgehalten. Am Abend desselben Tages war Nicholas Bracewell an der Reihe gewesen, ihn an seine Verpflichtung der Truppe gegenüber zu erinnern, doch nicht einmal die Vorhaltungen seines Freundes konnten ihn umstimmen. Hoode lehnte es ab, sich in den Provinzen herumzutreiben. London konnte ihm eine unendlich lohnendere Tournee bieten, denn er wünschte sich als Bühne für seine Kunst nichts anderes als die weichen Kissen auf Jane Diamonds Bett.

Die Glocke schlug Mitternacht, die brennende Kerze erschien am Fenster, und Hoode trippelte über die staubige

Straße, um leise an die Tür zu klopfen. Sie öffnete sich einen winzigen Spalt, er hörte das Flüstern des Dienstmädchens.

»Seid Ihr das, Sir?«

»Ich bin es.«

»Meine Herrin erwartet Euch.«

»Gut gemacht.«

Er ließ zwei Münzen in ihre offene Hand gleiten, dann öffnete sich die Tür weit genug, um ihn ins Haus schlüpfen zu lassen, und schwang ächzend wieder zu. Sie drehte den Schlüssel im Schloß um. Im Licht ihrer Kerze konnte er die schweren Riegel erkennen. Bevor er sie noch fragen konnte, warum sie die eisernen Riegel nicht vorschob, führte sie ihn bereits zur Treppe. Kaum hatte er die erste Stufe erklommen, als ihn auch schon jeder Gedanke an Sicherheit verließ. Er befand sich in ihrem Haus und in ihrem Herzen. Die schönste Erfüllung von allen erwartete ihn. Jetzt würde er zur Genüge vom süßesten Wein aus dem Besitz des Weinhändlers trinken können.

Sie erreichten den Treppenabsatz und schritten über die Eichendielen eines Korridors. Vor einer Tür blieb das Dienstmädchen stehen, klopfte und deutete an, daß er eintreten könne. Dann machte sie einen Knicks und zog sich in Richtung Treppe zurück. Edmund Hoode holte tief Luft. Diese Tür war das Tor zum Himmel, und er streichelte sie andächtig, bevor er sie vorsichtig öffnete, um ihr Schlafzimmer zu betreten.

»Kommt herein, Edmund«, rief sie.

»Hier bin ich, meine Liebe.«

Er trat ins Zimmer, schloß die Tür hinter sich und atmete tief ein, um das bezaubernde Parfüm ihrer Anwesenheit zu kosten. Diese Szene hatte er sich einige hundertmal im Geiste vorgestellt, doch die Wirklichkeit übertraf seine Phantasien bei weitem. Sie wirkte und klang viel lieblicher, als er zu träumen gewagt hatte, und das Schlafzimmer war genau die richtige Bühne für sie. Im sanften und klug plazierten Licht zahlreicher kleiner Kerzen ruhte sie auf dem Bett, inmitten weißer Kissen. Ihr Antlitz war eine Blume, ihr Haar ein Wasserfall brauner Seide. Sie trug ein langes seidenes Nachtgewand mit einem Schleifchen am Hals; die Konturen ihres Körpers waren erkennbar und doch gleichzeitig verhüllt. Jane Diamond war die Erfüllung eines oft gesprochenen Gebetes, und sie lag, auf ihn wartend, auf dem Altar der Venus.

Er trat einen schüchternen Schritt auf sie zu.

»Ich habe dich grausam vermißt, Jane.«

»Komm etwas näher, damit du mir sagen kannst, wie sehr.«

»Ich habe nicht gewagt zu hoffen, daß dieser Moment jemals kommt.«

»Geduld und Standhaftigkeit haben ihren verdienten Lohn gefunden.«

»Kein Mann ist geduldiger als ich«, erklärte er und trat etwas näher. »Und was die Standhaftigkeit betrifft, so wird der Londoner Tower eher zusammenstürzen als meine Liebe zu dir.«

»Das weiß ich genau, Edmund.«

Jetzt, nachdem er in den Schein der Kerzen getreten war, konnte sie ihn etwas genauer betrachten und war mit dem Ergebnis ihrer Prüfung sehr zufrieden. Edmund Hoode sah tadellos aus. Er trug ein Wams aus blauem Samt mit grünen Seidenärmeln und eine bestickte Hose, die mit gelbem Damast gefüttert war. Seine Halskrause umrahmte sein breites, weißes, vor Bereitwilligkeit gespanntes Gesicht. Als er bemerkte, wie sie seinen blauen Samthut mit der zitternden Straußenfeder betrachtete, riß er ihn rasch vom Kopf und verbeugte sich entschuldigend. Sie winkte ihn mit einem gekrümmten Finger zu sich, nahm ihm den Hut aus der Hand und legte ihn beiseite. Dann hob sie ihm ihre Lippen zum Kuß entgegen.

Der erste zaghafte Kuß ließ alle Hemmungen dahinschwinden. Mit ungeniertem Eifer zog er sie in seine Arme. Auf diesen wundervollen Moment hatten sie lange gewartet, und beide waren entschlossen, ihn voll auszukosten. Schon bald nestelte Jane an den Knöpfen seines Wamses, während er versuchte, den Verschluß ihres Nachthemdes mit den Zähnen zu lösen. Das war kein simpler Fall von Ehebruch. Die Reinheit ihrer Liebe erhob sie vielmehr auf eine ätherische Ebene. Ihre Sinne waren unendlich geschärft. Ihre Lippen kosteten bei jedem Kuß reineren Honig, ihre Hände ertasteten bei jedem Streicheln wärmeres Fleisch. Der Duft ihrer Leidenschaft ließ beide schwindlig werden, und genau dies war ihr Unglück, denn in der Welt ihrer Phantasie hörte keiner von ihnen das Klopfen an der Tür der wirklichen Welt. Erst als das Dienstmädchen ins Zimmer stürmte, kamen sie von dem Wolkenbett ihres Vergnügens wieder herunter.

»Schnell, Mistress!« rief das Mädchen. »Der Master ist zurückgekommen!«

»Das kann doch nicht sein!« rief Jane voller Entsetzen.

»Er ist schon unten. Habt Ihr die Tür nicht gehört, sie quietscht doch so laut?« Das Mädchen zischte Edmund Hoode etwas zu. »Flieht, Sir! Er wird Euch bestimmt umbringen, wenn er Euch in seinem Bett entdeckt.«

Das Dienstmädchen rannte wieder aus dem Zimmer, die Liebenden sprangen hoch. Jane zerrte ihr Nachthemd zurecht und schlich auf Zehenspitzen zum Flur, gerade rechtzeitig, um den schweren Schritt von Stiefeln auf den Stufen zu hören. Sie wartete lange genug, um Hut und Mantel ihres Ehemannes im Dunkeln erkennen zu können, dann rannte sie ins Schlafzimmer zurück und machte die Tür zu. Zwei Riegel wurden vorgeschoben, zur Verstärkung preßte sie sich auch noch mit dem Rücken gegen die Tür.

»Lauf, Edmund!« flüsterte sie. »Lauf!«

»Ich versuch's!« winselte der schockierte Liebhaber und beeilte sich, seine Sachen vom Fußboden aufzuklauben. Heldenmut meldete sich. »Sollte ich nicht bei dir bleiben, um dich zu verteidigen, meine Geliebte?«

»Er wird uns beide umbringen, wenn er dich hier findet. Lauf!«

Heftiges Klopfen an der Tür überzeugte Edmund Hoode davon, daß ein zügiger Abgang seine einzige Chance war. Er riß das Fenster auf, warf seine Kleider hinaus und sprang ohne die geringste Rücksicht auf sich selbst hinterher. Eine vergessene Halskrause segelte trostlos hinter ihm her, dann wurde das Fenster fest geschlossen. Der unterbrochene Liebhaber schnappte sich seine Sachen und sprintete durch die Straßen, als sei ihm eine Meute Hunde auf der Spur. Vielleicht hätte Jane Diamond London in einen blühenden Duftgarten verwandelt, doch ihr Ehemann hatte soeben eine Tournee mit Westfield's Men zu einer unendlich interessanteren Alternative gemacht. Er rannte weiter, bis er die relative Sicherheit seiner Wohnung erreicht hatte, und selbst dort verrammelte er die Türen hinter sich.

Die Dame seines Herzens hatte ebenfalls ihre Probleme, doch blieb ihr der letzte Schrecken einer peinlichen Befragung durch ihren Ehemann erspart. Als Antwort auf sein Klopfen sagte sie, sie liege bereits zu Bett, er habe sie im Schlaf gestört. Er akzeptierte ihre Erklärung, murmelte eine Entschuldigung und schlurfte davon, um die Nacht in einem anderen Schlafzimmer zu verbringen. Jane Diamond war über ihre knappe Rettung so erleichtert, daß sie sich aufs Bett warf und den Kopf in die Kissen wühlte. Sie probte noch eine Weile die Ausrede, die sie am Morgen vorbringen würde, bis sie endlich erschöpft einschlief.

Der wirkliche Nutznießer dieser nächtlichen Angelegenheit war das Dienstmädchen. Zusätzlich zur Dankbarkeit ihrer Herrin und zu einem Geldbetrag von Edmund Hoode erhielt sie von Lawrence Firethorn ein noch großzügigeres Geldgeschenk. In dem Hut und Mantel, den das Dienstmädchen geliefert hatte, hätte jeder Mann, den man nur mit einem Blick auf einer dunklen Treppe sieht, wie der heimkehrende Ehemann gewirkt. Und die Darstellung war von einem wahren Meister seines Fachs geliefert worden. Der abwesende Ehegatte hatte allen Grund, Lawrence Firethorn ewig dankbar zu sein. Nicht nur hatte der beste aller Schauspieler sich herabgelassen, in seine Rolle zu schlüpfen, er hatte ihn auch um Haaresbreite davor bewahrt, zum Hahnrei gemacht zu werden.

Firethorn holte sein Pferd und ritt in sehr selbstzufriedener Stimmung gen Shoreditch. Sobald er die Anschrift von Edmund Hoodes Angebeteter herausgefunden hatte, zog er das Dienstmädchen durch eine Kombination von Charme und Bestechung auf seine Seite und ließ sich von ihr über das Rendezvous informieren. Für ihn war es ein leichtes gewesen, seine Rolle zu arrangieren und die richtige Reaktion hervorzurufen. Ein Mitglied der Theatertruppe, dessen Anwesenheit dringend erforderlich war, wurde mit List und Tücke in den Kreis zurückgeholt, und ein leichtfertiges Frauenzimmer war zumindest für die nächsten vierzehn Tage zur ehelichen Treue überredet worden. Firethorn konnte jetzt bei sich zu Hause den heimkehrenden Gatten spielen und seine letzte Nacht in den Freuden des Ehelebens verbringen. Seine Frau Margery Firethorn war aus anderem Holz geschnitzt als Jane Diamond. Wenn sie sich ihren Mann ins Bett holte, konnte nichts und niemand sie zum Aufgeben bewegen, bevor sie nicht den letzten Tropfen der Lust aus ihm herausgequetscht hatte. Firethorn versetzte sein Pferd in Galopp.

Im Queen's Head war eine Katastrophe verhindert worden, doch das Feuer war schlimm genug gewesen, um Anlaß für eine Ballade über das Unglück zu sein. Sie wurde im Schankraum von einem zerlumpten Bettler vorgetragen, der früher sicher einmal eine wohlklingende Stimme gehabt hatte, die aber jetzt vom Trinken und vom Alter gebrochen war. Leonard befand sich unter den Zuhörern, die dem Sänger lauschten.

Unten fing das Feuer an,
ein Wunder schlimm und wahr.
Bis zum Kostümsaal kam's heran,
wo Westfield's Men zum Rasten war'n.
Es brannte Dach und Boden an,
verschonte nicht die seid'ne Fahn'.
O Schande, o Schmerz, doch alles ist wahr.

Raus rannten die Damen, raus rannten die Herren,
und es gab viel Geschrei und Gehetz.
Verloren Hüte und Degen im wilden Gefetz.
Auch Firethorn kam, von den Schauspieler-Herren.
Das Queen's Head, ihr Leute, brannt' lichterloh,
bis uns Rettung brachte der Impresario.
O mutige Tat, es war wirklich so.

Fünf Strophen beschäftigten sich allein mit Nicholas Bracewells Beitrag, der verhindert hatte, daß das Feuer sich auf das Strohdach ausbreitete. Der balladensingende Bettler war kein Zeuge des Ereignisses gewesen, doch er hatte genug Einzelheiten von den Leuten erfahren, die dabeigewesen waren, um seine Ballade verfassen zu können. Wie es in seinem Gewerbe üblich war, ging er sehr großzügig mit den Fakten um, doch niemand störte sich daran – außer Alexander Marwood. Der

Gastwirt stimmte einen jammervollen Gesang an, bis er vom Inhalt der letzten Zeilen zum Verstummen gebracht wurde.

Ihr Theaterbesucher, seid alle gewarnt,
daß niemand die Fänge des Feuers umgarnt
und solch ein Brand jene Häuser entfach',
die nur trockenes Stroh haben auf ihrem Dach.
Kein Feuer bricht eines Hauses Siegel,
hat's auf dem Dach die richtigen Ziegel.
O Schande, o Schmerz, doch alles ist wahr.

Leonard klatschte in seine gewaltigen Pranken, um den Applaus anzuführen, dann drängte er sich vor, um ein Exemplar der Ballade zu kaufen. Obwohl er des Lesens nicht mächtig war, starrte er das Papier voller Faszination an und stieß ein rumpelndes Lachen aus.

»Das werde ich Master Bracewell persönlich überreichen«, sagte er voller Stolz. »Es wird ihm für seine Reise gute Laune machen.«

»Wohin reist er?« fragte ihn einer der Zuhörer.

»Mit Westfield's Men, Sir. Unser Innenhof ist so sehr beschädigt, daß sie jetzt kein Theater mehr haben und sie sich etwas anderes überlegen müssen. Sie sind gezwungen, auf Tournee zu gehen.« Leonard war stolz, von solchen Informationen Kenntnis zu haben. »Die Truppe reist nach Oxford und Marlborough, soviel ich höre, aber ihren Impresario verlieren sie schon in Bristol.«

»Wie das?«

»Weil er nach Barnstaple weiterreisen muß.«

Der andere Mann zuckte zusammen. »Barnstaple?« stieß er hervor, wobei sein West-Country-Akzent deutlich zu erkennen war.

»Er ist nach Hause zurückgerufen worden. Und Euer Tonfall sagt mir, daß Ihr aus demselben Landstrich stammen könntet.« Die Gewichtigkeit seiner Informationen ließen Leonards Stimme zu einem respektvollen Flüstern herabsinken. »Wir hatten schlimme Vorzeichen. Ihm wurde eine Nachricht geschickt, doch der Bote wurde hier in diesem Schankraum vergiftet.«

»Wie ist die Botschaft denn dann übermittelt worden?« fragte der Mann.

»Der Mord war für Master Bracewell schon ein Teil der Botschaft. Er weiß, daß man in Barnstaple auf ihn wartet, und er wird dort eintreffen, sobald die Zeit und Westfield's Men es ihm gestatten.«

Der Zuhörer strich seinen rabenschwarzen Bart und verfluchte sich innerlich, daß er sein Opfer nicht schon viel früher mit einem Stich seines Dolches umgebracht hatte. Das Gift hatte erst gewirkt, nachdem der Bote beim Empfänger der Nachricht eingetroffen war. Der Mann, der wegen seiner verbrecherischen Qualitäten angemietet worden war, hatte diesmal versagt, und seine verpatzte Tat hinterließ viele lose Enden, die gefährlich waren. Das alles mußte in Ordnung gebracht werden, bevor er seinen Judaslohn einstreichen konnte. Er wandte sich wieder an Leonard, der sich mit kindlicher Freude mit der Ballade beschäftigte.

»Wann reisen Westfield's Men aus London ab?«

»Um die Mittagszeit, Sir.«

»Hier vom Queen's Head?«

»Nein«, sagte Leonard, »sie wollen sich hier nicht sehen lassen, solange unser Hauswirt wegen des Feuers so wütend ist. Ich bringe diese Ballade in den Bel Savage Inn am Ludgate Hill. Von dort werden sie zu ihrem Abenteuer aufbrechen.«

»Was für ein Mensch ist dieser Nicholas Bracewell?«

»Ein richtiger Held, Sir.« Er wedelte mit der Ballade. »Hier ist der Beweis.«

»Wie erkennt man ihn unter seinen Freunden?«

»Das ist kein Kunststück«, sagte Leonard. »Er ist in jeder Beziehung ein richtiger Mann, hat blondes Haar und einen Bart gleicher Farbe. Und obwohl er unter Leuten lebt, die darin Erfahrung haben, anderen Menschen aufzufallen, ist er der größte und beste von ihnen.« Er schwelgte in Erinnerungen. »Master Bracewell ist mein Freund. Ich erkenne ihn an seiner Liebenswürdigkeit und Kameradschaftlichkeit.«

Sein Zuhörer dankte ihm und verzog sich. Er wußte genug, um sein Opfer identifizieren zu können. Jetzt mußten Vorkehrungen getroffen werden. Diesmal durfte es nicht den geringsten Irrtum geben.

Nicholas Bracewell war der erste, der in Ludgate Hill eintraf. Nachdem er die Nacht bei einem Freund in Southwark verbracht hatte, war er früh wieder auf den Beinen, um die letzten Arbeiten für die Abreise von Westfield's Men zu erledigen. Es war immer eine gefährliche Sache, mit einer ganzen Truppe durch die Lande zu ziehen; es zwang sie dazu, sich zu bewaffnen und darauf vorbereitet zu sein, Angriffe von Räuberbanden, Gesetzlosen und allerhand herrenlosem Gesindel abzuwehren, die sich auf dem Lande herumtrieben. Die Qualität ihrer Darbietungen würde drastisch zurückgehen, und auch ihr Publikum würde nicht so groß und an ihrer Arbeit interessiert sein, wie sie das in London gewöhnt waren. Im Queen's Head konnte schlechtes Wetter eine Aufführung lediglich behindern. Wenn es die Truppe irgendwo weit draußen auf einsamen Landstraßen erwischte, ihre Kostüme durchnäßte und ihre Moral aufweichte, bedeutete das für alle ein erheblich größeres Maß an Unannehmlichkeiten. Nicholas Bracewell wußte, daß nasse, unglückliche Schauspieler viel eher zu Reibereien neigen als solche, die trocken und zufrieden sind.

»Guten Morgen, Nick!«

»Willkommen!«

»Die Pest über diese verdammte Tournee!«

»Ja, Owen«, sagte Nicholas, »und doch ist dies die einzige Tournee, die uns nicht von der Pest aufgezwungen wurde. London erlebt einen schönen, gesunden Sommer, es gibt keinen Grund, die Theater zu schließen und uns aus unserem Beruf hinauszuwerfen. Feuer ist es, das uns vertreibt.«

»… und dies vielleicht bis in alle Ewigkeit tut.«

»Das Queen's Head ist repariert, wenn wir zurückkommen.«

»Aber wird diese elende Made von Hauswirt uns jemals wieder in seine Nähe lassen? Gott! Mir bricht der kalte Schweiß aus, wenn ich diesen Marwood auch nur anschaue, aber trotz allem – ich würde lieber seine jammerige Gastfreundschaft ertragen, als mit meinem Talent kreuz und quer durch ganz England zu reisen.«

Nicholas lächelte. »Und was ist mit Wales?«

»Das ist etwas anderes. Ich würde Westfield's Men sehr gern über die Grenze in das Land meiner Vorfahren führen.«

Owen Elias war ein leidenschaftlicher Waliser, der sich zu einer der Tragsäulen der ganzen Truppe entwickelt hatte. Dunkel und manisch, war er ein begnadeter Schauspieler, dessen Karriere durch sein aufbrausendes Temperament und seine allzu schnelle Bereitschaft, Menschen mit seiner wahren Meinung über sie zu konfrontieren, behindert worden war. Aufgerieben vom vergeblichen Kampf um Erfolg und Anerkennung, hatte Elias sich ins Lager des Hauptrivalen der Truppe, zu Banbury's Men, geschlagen und konnte nur zurückgewonnen werden, indem man ihm in Aussicht stellte, ihn zu einem Teilhaber zu befördern. Jetzt, nachdem er bei Westfield's Men richtig zu Hause war, hatte seine Schroffheit etwas nachgelassen, dennoch fand er immer wieder Spaß an einem hitzigen Streitgespräch, wenn er – wie jetzt – der Auffassung war, das Recht sei auf seiner Seite. Nicholas Bracewell mochte den Waliser sehr und wußte, daß sein Talent stark genug war, um die zusätzlichen Belastungen einer Tournee auszuhalten. Owen Elias, ein stämmiger, furchtloser Mann mittlerer Größe, war zusätzlich ein sehr tapferer Mann, den man beim Schwertkampf oder einer Schlägerei gern bei sich hatte.

»Hallo dort, Gentlemen!«

»Grüße, Sirs!«

»Ich freue mich, Euch so zahlreich zu sehen.«

»Gott segne Euch alle!«

»Tausendfaches Willkommen!«

»Lebe wohl, geliebtes London!«

»Owen, du alter Sünder!«

»Nick, mein Lieber!«

Freundliche Grüße schallten ihnen entgegen, als die Schauspieler einzeln oder paarweise eintrafen, viele von weinenden Frauen und Freundinnen begleitet, die an ihrem Arm hingen. Ein paar auch, wie Lawrence Firethorn, mit ihrer gesamten Familie. Es würde ein herzzerreißender Abschied werden. Das Bel Savage Inn war dafür der geeignete Ort. Es lag außerhalb von Ludgate selber und war ein gewaltiger, höhlenartiger und ausgedehnter Gebäudekomplex in Fachwerkbauweise, der seit mehr als hundertvierzig Jahren existierte. Savage's Inn, wie der Gasthof ursprünglich hieß, war auch unter dem Namen Bell on the Hoop bekannt, und diese Namen waren so geläufig, daß der Besitz weithin berühmt war. Lange bevor das erste Theatergebäude in London im Jahre 1576 eröffnet wurde, hatte das Bell Savage Aufführungen in seinem Innenhof veranstaltet, und es war diese geschichtsträchtige Umgebung, in der Westfield's Men sich jetzt versammelten. Zahllose Preiskämpfe, Fechtspiele und andere Vergnügungen hatten hier stattgefunden, doch die Schauspieler betrachteten diesen Gasthof als Teil ihres geschichtlichen Erbes. Als ihr Blick zu den drei Galerien ging, die an drei Seiten den Hof säumten, sahen sie jubelnde Zuschauer und hörten eine Geisterstimme, die eine Abschiedsrede hielt. Erst als sie ihre Augen auf ihren Anführer richteten, merkten sie, daß der Geist zum Leben erwacht war, denn Lawrence Firethorn präsentierte einen jener Monologe, die er in seinen jüngeren Tagen in der Rolle des Hectors genau in diesem Theater zum besten gegeben hatte.

Nicholas Bracewell hatte diesen Ort ausgesucht, weil er die beste Alternative zum Queen's Head war, aber er hätte ihn vielleicht nicht gewählt, wenn er gewußt hätte, daß dieses Gasthaus genau jene Stelle überblickte, an welcher der Mörder zum erstenmal sein Opfer, die Botin aus Devon, zu Gesicht bekam. Der Innenhof füllte sich mehr und mehr, Kellner brachten Ale herbei, um den Durst der Reisenden zu löschen.

Alle Mitglieder der Theatertruppe waren inzwischen eingetroffen: Nicholas war gerührt, als er sah, wie viele der entlassenen Mitarbeiter sich hier herbemüht hatten, um ihre abreisenden Freunde zu verabschieden. Thomas Skillen stand ganz in der Nähe und beschimpfte und umarmte abwechselnd George Dart, den kleinsten und jüngsten seiner Bühnenhilfsarbeiter, zwickte ihn ins Ohr und ermahnte ihn, seine Aufgaben ordentlich zu erledigen, um ihn dann in seine alten Arme zu nehmen, weil dies vielleicht das letzte Mal war, daß sie sich sahen. Es war ein herzzerreißender Anblick, der den wahren Geist des Theaters widerspiegelte. Die Tradition übergab die Fackel an die jüngere Generation.

George Dart hätte den Mut sinken lassen, wenn er gehört hätte, daß seine Trennung von dem geliebten, aber auch gefürchteten Mentor unter diesem Vorzeichen stand. Der kleine Angestellte hatte die schäbigste Stellung innerhalb der ganzen

Truppe inne, und somit war es ihm zugedacht, mit ernüchternder Regelmäßigkeit der Sünden- und Prellbock zu sein, aber immerhin hatte er noch seinen Arbeitsplatz. Eine Tournee würde die schwere Arbeitslast, die schon auf seinen Schultern ruhte, noch verdoppeln und dazu führen, daß er eine ganze Reihe untergeordneter Rollen in den Stücken zu spielen hatte, doch selbst diese Garantie für zusätzliche Pein und Erniedrigung war immer noch besser, als mit Thomas Skillen und den anderen auf die Straße gesetzt zu werden.

Es waren George Darts hurtige Beine gewesen, derer Nicholas Bracewell sich am Abend zuvor bedient hatte, um die auserwählten Schauspieler und Angestellten über Ort und Zeit der Abreise zu informieren. Der kleinwüchsige Hilfsarbeiter hatte gute Nachrichten zu übermitteln, während Nicholas die unangenehmen und bedrückenden Gespräche für sich reserviert hatte, mit denen er dem Rest der Leute mitteilen mußte, daß man sie nicht mehr brauchte. Da er ihre Wohnorte und Lebensgewohnheiten kannte, hatte er viele Stunden damit verbracht, sie ausfindig zu machen und ihnen die schlechten Neuigkeiten so schonend wie eben möglich mitzuteilen. Jetzt wurde ihm die beißende Ironie der Tatsache klar, daß ein Mann, der so viele andere Menschen entlassen mußte, selbst aus einem Haus, das er liebte, ausgeschlossen worden war.

Die Gefühle schlugen hoch in dem Innenhof, die Frauen begannen zu weinen. Als Nicholas beobachtete, wie Ehemänner ihre Frauen trösteten und Liebende sich umarmten, steigerte sich sein eigenes Empfinden der Verlassenheit noch mehr. Die einzige Person, die er zu einer Zeit wie dieser sehen wollte, war nicht da. Zu Beginn jeder früheren Tournee hatte Anne Hendrik ihn mit ihrer Liebe und guten Wünschen auf die Reise geschickt, doch diesmal würde es keinen Abschiedskuß geben. Das erhöhte noch die Abartigkeit seiner Lage. Nicholas befand sich in einem Niemandsland. Er machte eine Reise zwischen zwei Leben, zwischen einer Frau, die ihn fortgejagt, und einer Familie, von der er sich losgesagt hatte. Das war eine ernüchternde Bestandsaufnahme, denn sie ließ ihn ohne ein endgültiges Ziel zurück.

Da bemerkte jemand anders seine Situation und mischte sich ein.

»Kommt her, Nicholas!«

»Gern, Mistress.«

»Wo steckt Eure freundliche Lady?«

»Wohl anderswo festgehalten, fürchte ich.«

»Dann werde ich Euch ihre Abschiedsküsse geben.«

Margery Firethorn drängte sich mit unverhüllter Zuneigung an ihn und preßte ihre Lippen fest auf seinen Mund. Als hübsche Frau mit einer Lebensfreude, die zum Exzeß neigte, hatte sie den Impresario immer gern gemocht und spürte jetzt seine Niedergeschlagenheit wegen Anne Hendriks Abwesenheit. Beziehungen innerhalb der Welt des Theaters umfaßten sämtliche Extreme menschlichen Verhaltens, und Margery hatte gelernt, mit den Launen und Verschrobenheiten der Kollegen ihres Mannes fertigzuwerden. Nicholas Bracewell war der gefestigtste Mann der gesamten Gruppe, in jeder Beziehung. Wenn er sich von seiner Geliebten getrennt hatte, dann hatte er es ganz sicher nicht leichtfertig getan.

»Schreibt ihr, Nick«, flüsterte sie ihm ins Ohr.

»Was sagt ihr da?«

»Abwesenheit kann manchmal das härteste Herz erweichen.«

Sie gab ihm noch einen Kuß, dann drehte sie sich um und zerrte ihre Kinder aus Lawrence Firethorns Armen, um sich von ihrem Ehemann richtig verabschieden zu können. Wie alles, was der große Schauspieler tat, war auch dies eine Vorstellung für sich, genausogut hätte er eine Szene in einer Liebestragödie spielen können. Margery war das ideale Gegenstück zu ihm, paßte zu ihm im Umfang ihrer Leidenschaft und Zärtlichkeit, war jedoch auch in der Lage, einen wütenden Sturm zu entfesseln, der selbst seine Tiraden vergleichsweise harmlos aussehen ließ. Ob sie zärtlich war zu ihrem Ehemann oder rasend vor Zorn, sie war immer eine bemerkenswerte Frau. Ehemann und Gattin beugten sich jetzt nieder, um ihre Kinder und sich gemeinsam und gleichzeitig zu umarmen. Als diese Abschiedszeremonie nun endlich vorbei war, schwang sich der Erste Schauspieler in den Sattel, zog seinen Degen und reckte ihn in die Luft, während er seiner Theatertruppe eine kurze Rede der Ermutigung lieferte.

Es war Zeit, aufzubrechen. Nicholas ritt zu ihm.

»Wir müssen noch warten, Master. Edmund ist noch nicht hier.«

»Er war unter den ersten, die hier ankamen.«

»Aber ich sehe ihn nicht.«

»Das ist, weil er nicht gesehen werden will.«

»Hat er sich im Karren versteckt?«

»Unser Poet hat eine andere Verkleidung gefunden. Paßt auf.«

Firethorn stieß seinen Freund an und zeigte auf die gekrümmte Gestalt eines alten Pfaffen, der neben dem Tor auf einem Pferd hockte. Er hielt sich von allen anderen fern und schien tief in Gedanken versunken zu sein. Firethorn holte ihn mit einem hellen Ruf aus der Versenkung.

»Edmund!« warnte er ihn, »da ist ein gewisser Master Matthew Diamond hier, der ein Wörtchen mit Euch reden möchte.«

Der Pfaffe wurde lebendig, sein Pferd wieherte und galoppierte auf die Straße hinaus. Westfield's Men faßten das als ihr Stichwort auf und setzten sich ebenfalls in Bewegung. Die Reise hatte begonnen.

Lawrence Firethorn schwenkte seinen Hut zum Abschied und ritt der Gruppe auf seinem Hengst voraus, einem tänzelnden Tier, dessen Temperament dem seines Herrn in nichts nachstand. Neben ihm saß Barnaby Gill auf einer herrlichen grauen Stute, bekleidet mit seinen elegantesten Sachen und glücklich über die Möglichkeit, auf offener Straße zu paradieren. Der Vorhersage entsprechend, war mit Geld ihres Schirmherrn nicht zu rechnen, doch Lord Westfield hatte eine Reihe Pferde aus seinen Stallungen zur Verfügung gestellt, so daß die meisten der Teilhaber die Reise im Sattel antreten konnten. Einer, der dies nicht tat, war Owen Elias, der selbsternannte Fahrer des Karrens, in dem die Kostüme der Truppe, Kulissen und Bühnenrequisiten transportiert wurden. Die beiden stämmigen Pferde zwischen den Deichseln zogen ferner die vier Schauspielschüler und ein paar der Angestellten. George Dart und zwei weitere Unglücksraben trotteten am Ende des Wagens mit dem erschöpften und resignierten Gesichtsausdruck verurteilter Verbrecher, die zur Hinrichtung geschleppt werden. Erst wenn die Prozession London verlassen hatte und schneller reisen wollte, durften sie sich zu den anderen auf dem Karren gesellen.

Nicholas Bracewell ritt am Ende der Karawane auf dem Pferd, das er von dem toten Mädchen übernommen hatte. Das versetzte ihn nicht nur in die Lage, darauf zu achten, daß die Fußgänger der Gruppe nicht hinterherbummelten; es bot ihm auch die Möglichkeit, einen letzten, langen und hoffnungsvollen Blick auf den Hof des Gasthauses zu richten, aber er konnte keine Spur von ihr entdecken. Leonard marschierte neben ihm einher und schob ihm das Papier mit der Ballade in die Hand.

»Ihr seid berühmt, Master Bracewell.«

»Das ist aber nicht das, was Euer Dienstherr von mir sagen würde.«

»Vergeßt seine hitzigen Worte«, sagte Leonard. »Während Eurer Abwesenheit werde ich mit ihm reden und seine Meinung vollständig ändern.«

»Danke, mein Freund.«

»Kommt bald wieder zu uns zurück.«

»Das werden wir, Leonard.«

»Gott mit Euch!«

Leonard hatte noch mehr zu sagen, doch ihm fehlte der Atem, weiterzusprechen. Er blieb stehen und ließ sein Lächeln und Winken an die Stelle der Worte treten. Um ihn herum standen all die anderen, die gute Wünsche und Worte der Ermutigung riefen. Als der Karren und seine Fracht im wimmelnden Getümmel der Massen auf der Bailey verschwanden, befiel ein kurzer Schmerz die hinterherblickende Menge. Tourneen bedeuteten Strapazen, die aber immer noch besser waren, als zurückbleiben zu müssen. Während die Theatertruppe sich jetzt westlich in Richtung Holborn wandte, ließ sie arbeitslose Männer und weinende Frauen hinter sich zurück. Da er kraft seines Berufes nicht zu den ersteren gehörte, schlug sich Leonard zu den Frauen, während reichlich Tränen über seine Wangen liefen. Westfield's Men hatten dafür gesorgt, daß das Queen's Head ein aufregender Ort zum Arbeiten war. Ohne sie würde alles langweilig und wie tot sein.

Ein einzelner Beobachter jedoch war von der allgemeinen Niedergeschlagenheit völlig unberührt. Der Mann mit dem sorgfältig rasierten schwarzen Bart war zufrieden mit dem, was er gesehen hatte. Nicholas Bracewell hatte er auf Anhieb erkannt und ihn genau studiert. Alles, was er wissen wollte, war die Reiseroute, auf der die Truppe die Stadt verlassen wollte. Die kannte er jetzt. Sie ritten an der Stadtmauer entlang bis Newgate und würden sich dann nach links wenden, um die Uxbridge Road zu nehmen. Er konnte sich Zeit lassen bei der Verfolgung. Er konnte ihre Geschwindigkeit abschätzen und sich ausrechnen, wie weit sie bis zum Abend gekommen sein würden. Es war wichtig, ihnen unbemerkt auf den Fersen zu bleiben. Jeder, der sie passieren sah, konnte von ihnen berichten, deshalb würde es ein leichtes sein, ihrer Spur zu folgen. Westfield's Men boten ein bemerkenswertes Bild.

Er rechnete sich aus, daß der erste Tag der Reise sie bis zu den Chilterns bringen würde. Beaconsfield war vermutlich noch zu nah, Stokenchurch jedoch schon zu weit, also würden sie irgendwo dazwischen die Nacht verbringen. Dann würde er zuschlagen. Er hatte seinen Dolch, einen Degen und eine Keule, doch es war die Knotenschnur in seinem Beutel, die er als Mordwaffe ausgewählt hatte. Er stellte sich in den Steigbügeln aufrecht und klopfte auf die lederne Satteltasche, in der sich die Schnur befand. Sie lag dort leise wie eine Schlange in ihrer Höhle, bis sie herausgeholt wurde und ihre tödlichen Giftzähne zeigen durfte. Nicholas Bracewell war ganz sicher ein kräftiger und wachsamer Mann, den man plötzlich überrumpeln mußte. Er war ein viel interessanteres Ziel als das unschuldige Mädchen, dessen Leben er so lässig beendet hatte. Sie war kein ebenbürtiger Gegner für ihn gewesen, aber Nicholas war ein Opfer, das er mit Stolz zur Strecke bringen würde.

Er freute sich schon darauf, ihn zu töten.

4. Kapitel

Der Morgen brachte keine Erleichterung nach einer Nacht des Leides. Anne Hendrik erwachte aus unruhigem Schlaf und stellte fest, daß Nicholas Bracewell weg war. Sein Bett war nicht benutzt, alle persönlichen Gegenstände waren aus seinem Zimmer entfernt worden. Als sie so allein in dem kleinen, leeren und verlassenen Zimmer stand, wurde sie von solch mächtigen Schuldgefühlen überwältigt, daß ihr schwindlig wurde und sie sich festhalten mußte, um stehen zu bleiben. Sie hatte ihn zu schnell verurteilt und zu lange gezögert, vielleicht doch noch zu seinen Gunsten zu entscheiden. Jahre des Vertrauens und des Verständnisses waren in einem Anfall von Wut und Zorn zunichte gemacht worden, und er hatte sich mitten in der Nacht wie ein Ausgestoßener aus ihrem Hause schleichen müssen. Das war eine schlimme Strafe für ein Verbrechen, das es vielleicht gar nicht gab.

Was hatte Nicholas denn wirklich getan? Noch vor vierundzwanzig Stunden hatte sie ihn als den besten Mann überhaupt betrachtet und konnte sich an tausend Beispiele seiner Freundlichkeit und Zuverlässigkeit erinnern. Dann wankte eine junge Reisende auf der Suche nach ihrem Mieter in ihr Haus – und alles war verloren. Offensichtlich hatte die Botin einen Hilferuf überbracht, der Nicholas nach Devon zitierte, wenn auch auf verschlungenen Pfaden mit Westfield's Men. Anne Hendriks erster Gedanke war gewesen, daß es um eine andere Frau ging. Ohne ihre männliche Bekleidung wirkte die Botin wie ein Dienstmädchen, dessen kurzgeschnittenes Haar und etwas pummelige Figur geholfen hatten, ihr wahres Geschlecht zu verschleiern. Ihre geliehene Kleidung war von feiner Qualität, das Pferd stammte aus einem guten Stall, also hatte sie in einem wohlhabenden Hause gearbeitet. Kein vernünftiger Mann würde ein so wehrloses Wesen auf eine so schwierige Reise schicken. Anne nahm deshalb an, das Mädchen sei von ihrer Herrin geschickt worden, um Nicholas Bracewell um Hilfe zu bitten, der möglicherweise ihr früherer Liebhaber oder vielleicht sogar ihr Ehemann gewesen war.

Nicholas leugnete nicht die Existenz einer stummen Frau in seiner Vergangenheit, doch das mußte nicht zwangsläufig auf romantische Verstrickungen hindeuten. Konnte diese Frau nicht genausogut seine Mutter sein, seine Schwester oder eine andere Verwandte? Und konnte man sich nicht auch vorstellen – jetzt, da sie einmal darüber nachdachte, daß es noch einen anderen Grund für seine Weigerung gab, ihr eine vollständige Erklärung zu geben? Nicholas beschützte Anne. Die Nachricht, die das Mädchen überbringen sollte, hatte bereits ein Menschenleben gekostet. Er wollte ihres nicht auch noch gefährden. Je weniger Anne Hendrik wußte, desto sicherer war sie. Das war der Grund, warum er ihr sein Geheimnis nicht preisgeben konnte. Er hatte sie um ihr Vertrauen gebeten, doch sie hatte es ihm verweigert. Annes blinde Eifersucht hatte ihre Urteilsfähigkeit getrübt und ihre tiefsten Gefühle verletzt. Nun hatte sie ihn für immer verloren.

Doch selbst als sie sich ihm jetzt innerlich zuwandte, gab es immer noch Überlegungen, die sie in die andere, schmerzliche Denkweise zwangen. Nicholas Bracewell hatte ihren Appell zurückgewiesen. Bei der schwierigen Entscheidung, entweder bei ihr zu bleiben oder nach Barnstaple zu reisen, hatte er sich für letzteres entschieden. Anne erkannte mit Erschrekken, daß er in jedem Falle mit Westfield's Men gegangen wäre, auch wenn es den Ruf nach Barnstaple gar nicht gegeben hätte. Das Theater und die Truppe waren der wahre Mittelpunkt seines Lebens. Sie war lediglich das schmückende Beiwerk zu einer Existenz, die anderswo stattfand. Das Ganze war eine zum Scheitern verurteilte Beziehung. Margery Firethorn hatte ihr einmal gesagt, einen Schauspieler zu heiraten hieße, sich in einen Mahlstrom der Unsicherheit zu stürzen. Da sie ihr Bett mit einem Mann des Theaters geteilt hatte, befand sie sich in einer vergleichbaren Situation der Hilflosigkeit. Das Beste, was sie jetzt tun konnte, war, ihn vollständig aus ihren Gedanken zu streichen und sich auf ihre Arbeit zu konzentrieren.

»Das braucht Ihr nicht zu machen, Mistress.«

»Was gibt es, Preben?«

»Seit dreißig Jahren mache ich Hüte und bin jetzt zu alt, um noch neue Methoden zu lernen. Steht bitte nicht so vor mir.« Der Holländer lächelte sie respektvoll an. »Ihr seid mir im Licht.«

»Ich bin Euch im Wege«, sagte sie mit einem Schulterzukken, »aber Ihr seid zu höflich, um es so auszudrücken.« Anne ließ ihren Blick durch den Raum schweifen, in dem ihre vier Angestellten und ein Lehrling sich über die Hüte beugten, an denen sie gerade arbeiteten. »Müssen heute vormittag noch Lieferungen zugestellt werden?«

»Nein, keine.«

»Was ist mit den Konten?«

»Sie sind sämtlich in Ordnung und auf neuestem Stand.«

»Es muß doch etwas geben, was ich tun kann, Preben.«

»Nein, Mistress.«

»Vielleicht könnte ich helfen, die ...«

»Laßt die Hutmacher die Hüte machen«, schlug er leise vor. »Dafür bezahlt Ihr uns. Wenn Ihr Arbeit sucht, dann geht los und holt neue Aufträge herein, damit unser Unternehmen weiterbestehen kann.«

»Das ist ein guter Vorschlag.«

»Als Jacob noch lebte, führte er uns durch sein Beispiel, und wir strengten uns an, es ihm gleichzutun. Die Erinnerung an ihn leitet uns an. Wir werden schon nicht bei der Arbeit bummeln oder nachlassen, wenn wir allein sind. Jacob Hendrik achtet schon auf uns.«

Anne seufzte und akzeptierte die Weisheit seiner Worte.

Preben van Loew war ein großer, dünner und kluger Mann von etwa fünfzig Jahren, mit Kenntnissen, die man aus seinem Geburtsland Holland verbannt hatte und mit denen er nach London gekommen war. Stets in Schwarz gekleidet, war er bescheiden und unaufdringlich und trug immer ein schwarzes Scheitelkäppchen auf seinem runden Schädel. Anne verdankte ihm viel, denn er hielt das Unternehmen über Wasser, als Jacob Hendrik, sein bester Freund, starb, und er war es gewesen, der sie in die Geheimnisse seines Berufs eingeweiht hatte, als sie beschloß, die Zügel selbst in die Hand zu nehmen. Ihre Fähigkeiten lagen darin, die anderen anzuleiten, neue Aufträge hereinzuholen, mit den Kunden zu verhandeln und beim Entwurf neuer Hutmodelle mitzuarbeiten. Bis zum heutigen Morgen hatte sie auch immer gewußt, wann sie ihre Belegschaft mit der Arbeit alleinlassen konnte. Doch jetzt benutzte sie sie dazu, auf andere Gedanken zu kommen, und deshalb wirkte ihre Anwesenheit störend.

Mit einer Geste der Entschuldigung wandte sie sich zur Tür. Preben van Loew sprach, ohne von seiner Arbeit mit der Schere aufzublicken.

»Ich hatte gehofft, Master Bracewell heute morgen zu sehen.«

»Nicholas?«

»Er reist mit Westfield's Men ab.«

»Ich weiß.«

»Normalerweise kommt er vorbei«, sagte Preben mit sanftem Tadel. »Immer wenn er für eine Weile verreisen muß, kommt er herein und verabschiedet sich von uns.«

»Nicholas hatte es sehr eilig«, erläuterte sie.

»In der Vergangenheit fand er immer noch Zeit für seine Freunde.«

Anne Hendrik brauchte einen Moment, um ihren Gesichtsausdruck unter Kontrolle zu bringen.

»Die Zeiten haben sich geändert«, sagte sie und ging traurig aus dem Zimmer.

Zu dieser Zeit des Jahres zeigte Buckinghamshire sich in seinen lebhaftesten Farben, und diese bunte Frische wirkte belebend auf jene, deren Geschmack durch den Alltag in der Stadt verdorben und deren Nasen durch den allerorts spürbaren Gestank abgestumpft waren. Den ersten Abschnitt der Reise verbrachten Westfield's Men mit dem Genuß der Schönheiten der Natur und der reinen Landluft. Das half ihnen, ihren Kummer zu vergessen. Das Land war durch die von Ost nach West verlaufenden Chilterns in zwei Teile gespalten. In früheren Jahrhunderten waren diese sanft gewellten Hügel von gewaltigen Buchen bewachsen, doch nach und nach hatten die Äbte von St. Alban, denen ein großer Teil der Chilterns gehörte, die Abholzung befohlen, um den walisischen Viehtreibern zu helfen, die ihre Tiere auf die Londoner Märkte brachten. Diese Buchenwälder waren ideale Schlupfwinkel für Diebe, die praktisch straffrei Vieh, Schafe, Schweine und Gänse stehlen konnten, bis ihre Hinterhalte und Verstecke der Axt zum Opfer fielen.

Wiesen und Weiden herrschten jetzt vor, die zumeist als Futterflächen für das walisische Vieh dienten, bevor es auf seine letzte Reise in die Hauptstadt geschickt wurde. Der lehmige Boden ließ sich gut bearbeiten, deshalb wurde zusätzlich zu Gras und Heu für das Vieh viel Getreide angebaut. Überall schienen Schafe zu grasen, die vor dem Gerumpel ihres Karrens in wilder Flucht über die Weide rannten. Was jedoch für die vorüberziehende Theatertruppe ein Anlaß zur Heiterkeit war, stellte sich für andere als viel ernsthaftere Angelegenheit heraus. Wegen der besseren Profite wechselten viele Landbesitzer vom Ackerbau zur Schafhaltung über. Die daraus resultierenden Einzäunungen von Weideflächen verursachten kleinen Bauern, Pächtern und Arbeitern erhebliche Probleme, und Bukkinghamshire war einer der Midland-Bezirke, in denen es immer wieder zu Aufständen gegen die neue Landverteilung kam. Unter der Oberfläche einer friedlichen Szenerie brodelte Rebellion.

Lawrence Firethorn führte seine Truppe in zügigem Tempo; sie machten nur eine einzige Pause in einem Gasthof in der Nähe von Uxbridge, um sich zu erfrischen und den Pferden nach den ersten fünfzehn Meilen eine Rast zu gönnen. Um noch bei Tageslicht so weit wie möglich vorwärtszukommen, machte sich die Truppe schon bald wieder auf den Weg nach Beaconsfield und legte dann noch einen »Spurt« über fünf Meilen hin, der sie bis High Wycombe brachte. Firethorn war sehr zufrieden. Sie hatten mehr als die Hälfte des Weges nach Oxford hinter sich liegen und trafen im Fighting Cocks auf herzliche Gastfreundschaft. Das war ein schönes, großes, weiträumiges Gasthaus, wo es gutes Essen und starkes Ale in Hülle und Fülle gab und so viele Zimmer, daß noch drei weitere Theatertruppen ohne Probleme hätten untergebracht werden können. Diese Nacht würden jedenfalls alle zwischen frischen Laken schlafen.

Nicholas Bracewell kümmerte sich um die Versorgung der Pferde und die Ladung des Karrens, die komplett ins Gasthaus gebracht und dort sorgfältig eingeschlossen wurde. Der Gegenstand, den Nicholas am peinlichsten hütete, war die Kiste, in der die Texte der Theatertruppe aufbewahrt wurden. Da die meisten nur in einem einzigen Exemplar existierten, enthielt sie im wahrsten Sinne des Wortes den Lebenssaft von Westfield's Men. Sie wurde in dem Zimmer, das der Impresario sich mit Edmund Hoode teilte, unters Bett geschoben – ein angemessener Ort, denn in der Kiste befand sich das gesamte dramatische Werk des Dichters.

Hoode hatte inzwischen seine Pfaffenverkleidung gegen Wams und Hose ausgetauscht, doch seine niedergedrückte Stimmung hielt noch immer an. Er starrte mit traurigem Gesichtsausdruck auf die Kiste.

»Solch klägliches Ergebnis nach so vielen Jahren«, sagte er. »Diese Kiste enthält mein ganzes fehlgeleitetes Leben, Nick.«

»Eure Stücke haben Tausenden viel Freude gebracht.«

»Und dem Autor nur Elend.«

»Edmund ...«

»Vergrabt die Kiste im Erdboden«, sagte er. »Das ist nur wenig Arbeit für den Spaten. Es sind die nutzlosen Überbleibsel eines müßigen Hirns, die unter die Erde gehören.« Er stieß einen tiefen Seufzer aus und schrieb einen Nachruf. »Hier liegt Edmund Hoode, ein armer Skribent, der sich mit Pergament und Feder das Leben nahm und keine Erinnerung an sich hinterließ. Bedauert ihn ob der Leere seiner Existenz und verachtet ihn wegen der Nutzlosigkeit seines Bemühens. Amen.«

Nicholas legte ihm tröstend den Arm um die Schulter. Wieder einmal war eine Liebesaffäre seines Freundes gescheitert, wieder hatte eine Seele, die schon genug erduldet hatte, Wunden davongetragen. Angesichts seiner eigenen zerbrochenen Beziehung hatte der Impresario jetzt besonders viel Mitleid mit dem geschundenen Poeten.

»Laßt uns zum Abendbrot nach unten gehen«, sagte er. »Ein voller Magen wird Euch an Euren hohen Wert erinnern, dann könnt Ihr mir erzählen, was passiert ist.«

»Die Worte würden mir im Halse steckenbleiben, Nick!«

»Ihr braucht Wein, um Eure Kehle zu schmieren. Kommt, Sir, laßt uns zu den anderen gehen.«

Nachdem sie die Zimmertür abgeschlossen hatten, betraten sie einen Schankraum, in dem es bereits munter zuging. Westfield's Men hatten die größten Tische für sich mit Beschlag belegt und machten sich mit Heißhunger über ihr Essen her. Ale vertrieb schon bald alle Müdigkeit. Der Gastwirt war ein lustiger Vogel, die anderen Gäste kamen rasch mit den lebhaften Neuankömmlingen ins Gespräch, und allerorts herrschte ein Ton freundlicher Kameradschaft. Das war schon ein gewaltiger Unterschied zu den geschwärzten Balken des

Queen's Head und dem ewig lamentierenden Alexander Marwood. Es war ganz klar zu erkennen, daß der Wirt im Fighting Cocks Schauspieler mochte.

Einige der anderen Gäste teilten sein Interesse.

»Ihr seid Schauspieler aus London, habe ich gehört«, sagte einer von ihnen.

»Westfield's Men«, verkündete Lawrence Firethorn voller Stolz. »Keine Gesellschaft hat bessere Referenzen.«

»Euer Ruhm läuft Euch voraus, Sir.«

»Das ist exakt das, was uns zukommt.«

Der Mann erhob sich von seinem Stuhl und trat näher. Sein graues Haar umrahmte ein langes, glattrasiertes Gesicht, das vor Freundlichkeit strahlte; sein ganzes Verhalten verriet den Gentleman. Er trug feine Kleider, und die Ringe, die an beiden Händen funkelten, waren ein weiteres Zeichen seines Wohlstandes. Er befand sich in bester Stimmung.

»Westfield's Men«, sagte er lachend. »Werdet Ihr nicht von einem Titan der Bühne namens Lawrence Firedrake geführt?«

»Thorn«, korrigierte der andere ihn ärgerlich. »Firethorn, Sir. Hättet Ihr ihn spielen sehen, würdet Ihr seinen scharfen Dorn nicht mit dem Quaken eines Drachen verwechseln. Lawrence Fire-thorn!«

»Vergebt mir, Sir«, sagte der Mann. »Ich wollte niemanden beleidigen, das versichere ich Euch.« Er schaute sich um. »Und ist dieser Master Firethorn heute bei Euch?«

Der Oberste Schauspieler stand auf und reckte sich zu voller Größe auf, die Hände in die Hüften gestemmt, die Beine gespreizt und den tonnenförmigen Brustkorb aufgebläht. Obwohl er mehrere Inches kleiner war als der andere Mann, wirkte er doch unvergleichlich größer, als er seine dominierende Präsenz im Schankraum zur Schau stellte. Ein arrogantes Lächeln teilte seinen mächtigen Bart.

»Lawrence Firethorn steht hier leibhaftig vor Euch, Sir!«

»Dann fühlen wir uns wirklich sehr geehrt«, sagte der Mann mit einer Mischung aus Bescheidenheit und Freude. »Mein Name ist Samuel Grace, und ich reise mit meiner Tochter Judith nach London.« Er wandte sich um und deutete auf eine attraktive junge Frau, die an einem Tisch saß. »Sie hat noch nie eine Theatertruppe bei der Arbeit gesehen, und diesen Nachteil möchte ich gern wettmachen. Ich bitte Euch, Master Firethorn, spielt uns hier und jetzt etwas vor.«

Auch anderen Gästen gefiel diese Idee, und sie äußerten ebenfalls den Wunsch einer Vorstellung. Der Gastwirt stimmte jedem Vorschlag zu, der seine Gäste bei guter Laune hielt, und das Mädchen selbst, bleich, verschlossen und schüchtern, schaute voller Interesse zu ihm auf. Firethorn war jedoch viel zu erfahren, um seine Einwilligung zu geben, bevor über die Bedingungen verhandelt worden war. Er hob die Hände, um Ruhe einkehren zu lassen, dann sprach er mit gespielter Erschöpfung.

»Wir danken Euch allen für das Kompliment Eures Ansinnens«, sagte er und stützte sich mit der Hand auf den Tisch. »Aber wir sind heute weit über zwanzig Meilen geritten. Ihr bittet um ein Stück, das zwei Stunden dauert und uns den letzten Rest unserer Kräfte rauben würde. Unser guter Ruf basiert darauf, grundsätzlich nur unser Bestes zu geben, und wir werden auch Eurer Güte nichts Geringeres anbieten.«

»Kommt, kommt, irgend etwas müssen wir einfach von Euch haben«, beharrte Samuel Grace. Er wandte sich an die anderen Gäste. »Stimmt's?«

»Jawohl«, bestätigte jemand aus einer Ecke des Schankraumes. »Bietet uns eine Szene oder zwei, Master Firethorn. Eine schöne Rede, um uns zu rühren, oder Lieder, die uns erfreuen.«

»Wohl gesprochen, mein Freund«, bedankte sich Grace

und widmete sich wieder seiner Überredungsaufgabe. »Amüsiert uns wenigstens mit einem Tanz. Bisher habe ich noch kein Stück gesehen, das keinen fröhlichen Tanz enthielt oder eine lustige Gigue. Meine Tochter Judith – Gott segne das Kind! – liebt den Tanz. Bestimmt gibt es bei Westfield's Men ein paar gelenkige Beine, die das schaffen. Erfreut uns, Master Firethorn«, drängte er und schob die Hand in die Geldkatze an seinem Gürtel, »und Ihr werdet um fünf Pfund reicher sein.«

»Und ich lege nochmal die Hälfte dieses Betrages dazu«, sagte der Mann in der Ecke, »wenn Ihr Eure Kostüme anlegt und diese Versammlung hier mit den Schönheiten Eurer Kunst beehrt.«

Firethorn war auf der Stelle einverstanden. Siebeneinhalb Pfund waren erheblich mehr als der Betrag, den sie anderenorts für ein ganzes Stück erhielten, und wenn sie den Gästen hier wirklich etwas boten, bestand durchaus die Möglichkeit, daß auch noch Geld aus weiteren Taschen kam. Das war ein gutes Omen für ihre Tournee. Firethorn besprach sich kurz mit seinem Impresario, dann zog er sich mit seiner Truppe zurück, um sie auf die improvisierte Vorstellung einzustimmen und die richtigen Kostüme anzulegen.

Inzwischen räumte Nicholas, unterstützt von George Dart und den anderen Arbeitern, Tische und Stühle beiseite, um am anderen Ende des Schankraumes eine freie Fläche für die Vorführung zu schaffen. Kerzen und Laternen wurden mit klugem Vorbedacht so plaziert, daß die Fläche gut beleuchtet war, und die Gäste rückten ihre Stühle in die richtige Position. Samuel Grace und seine Tochter nahmen die besten Plätze in der ersten Reihe ein. Der andere Sponsor der Veranstaltung – ein ziemlich stämmiger, rotgesichtiger Mann in den Zwanzigern – schob seinen Stuhl so zurecht, daß er sowohl die Bühnenfläche übersehen konnte als auch den mädchenhaften

Charme von Judith Grace. Aus der Art, wie er sich die Lippen leckte, konnte man erkennen, daß er in Wirklichkeit nur dafür bezahlt hatte, um ihre Reaktion auf die Vorstellung beobachten zu können. Judith Grace sollte sein besonderes abendliches Vergnügen sein.

Die Bühne war bereit, ein Fanfarensignal ertönte, und herein trat Owen Elias in einem schwarzen Umhang, um den Prolog zu sprechen. Er bewegte sich mit solchem Elan und trug seine Rede so gekonnt vor, daß er bereits spontanen Applaus erhielt. Lawrence Firethorn erschien sodann als Karl der Große, marschierte an der Spitze von vier bewaffneten Soldaten und schaffte es doch irgendwie, das Publikum davon zu überzeugen, er befehlige eine gewaltige Heeresmacht. Er hielt seinen Truppen vor der Schlacht eine flammende Rede, um ihnen den Zweck ihrer Mission einzubleuen. Danach führte er sein Heer von der Bühne und stieß dabei einen so durchdringenden Schrei aus, daß eine venezianische Glasvase, die zur Zierde auf einem Tisch stand, in Stücke sprang. Den kriegerischen Darstellungen folgte nun eine ländliche Komödie, in der Barnaby Gill eine Szene aus Edmund Hoodes Stück »Das Opfer der Liebe« spielte. Schon bald war der ganze Schankraum voller Gelächter, und Gill steigerte das Vergnügen der Gäste noch, indem er mit einer seiner urkomischen Tanzeinlagen endete, die sein Markenzeichen waren.

Es blieb Richard Honeydew überlassen, wieder Ordnung einkehren und seine klare Stimme erklingen zu lassen. Im Kostüm einer französischen Prinzessin saß er auf einem Stuhl, kämmte sein langes kastanienbraunes Haar und sang Liebeslieder zur Begleitung einer Flöte. Er war der jüngste und talentierteste der vier Schauspielschüler, und seine helle, klare Stimme ging den Zuhörern zu Herzen. Die Gäste waren begeistert und Judith Grace so fasziniert, daß ihr fast die Sinne schwanden. Ihr Vater stützte ihr den Arm.

»Das ist nur ein Junge, der da singt, Judith, keine richtige Prinzessin.«

»Ich kann niemals glauben, daß das ein Junge ist.«

»Sie ist ein junger Mann, ich sag's dir. Großartige Leistung.«

»Das ist ein Mädchen, Vater. So wie ich ein Mädchen bin – so ist sie es auch.«

Ihr gaffender Bewunderer lehnte sich vor, um sich ins Gespräch einzumischen. »Euer Vater spricht die Wahrheit«, sagte er mit öligem Flüstern. »Unsere Prinzessin ist nur ein Schauspielschüler mit einer hübschen Stimme. Mädchen dürfen auf der Bühne nicht auftreten. Ihre Rollen werden von Jungen gespielt, und das machen sie mit erstaunlicher Fertigkeit.«

»Danke, Sir«, sagte Judith und schloß sich dem Applaus an, als Richard Honeydew seinen Beitrag beendete und mit einem Knicks abtrat. »Dieser Junge ist ein mädchenhaftes Wunder.«

Auch Nicholas Bracewell, der die Vorstellung beobachtet hatte, war von der Leistung des Jungen beeindruckt, jedoch aus anderen Gründen. Edmund Hoode hatte die lyrischen Texte der Lieder geschrieben, aber die Musik dazu stammte von Peter Digby, dem brillanten, wenn auch flatterhaften Leiter der Musikanten, dem man wegen der Erfordernisse der Tournee hatte kündigen müssen. Er war durch einen Angestellten ersetzt worden, der als Schauspieler und zugleich Musiker doppelten Nutzen bot und mehr Aufgaben wahrnehmen konnte als sein früherer Direktor. Der Ersatzmann verließ jetzt mit seiner Laute die Bühne, doch schon am nächsten Morgen würde er sich mit den Zugpferden abgeben, den Karren beladen, beim Aufbau der Bühne helfen, sobald sie nach Oxford kamen, ausfegen, frische Binsen ausstreuen – und auch noch seinen Text auswendig lernen, damit er ein halbes Dutzend unterschiedliche Rollen in einem Stück spielen konnte, das er noch nie zuvor gesehen hatte. Das Leben eines Schauspielers war eine Generalprobe fürs Irrenhaus.

Als Richard Honeydew und seine musikalische Begleitung abgetreten waren, schaffte Nicholas Bracewell alle Möbelstücke und Requisiten von der Bühne, damit die sechs Tänzer, die jetzt an der Reihe waren, sich ungehindert bewegen konnten. Mit ausgefeilter Eleganz führten sie eine Folge höfischer Tänze auf, und die Fliesen des Fighting Cocks wurden zum Marmorfußboden eines königlichen Palastes. Gleich anschließend waren herzerfrischende Possenspiele angesagt, als Barnaby Gill, Owen Elias und Edmund Hoode drei gutgläubige Burschen spielten, die in ihrer Trunkenheit einen alten Mönch mit dem Heiligen Petrus verwechselten und glaubten, sie seien gestorben und im Himmel. In Ordensgewänder gekleidet, verkörperte Lawrence Firethorn einen fröhlichen Kirchenmann, der sich die berauschte Dummheit der drei Männer zunutze machte, um sie wegen ihrer Lasterhaftigkeit zu ermahnen und herauszufinden, ob sie bereit seien, das Tor jenes Gebäudes zu durchschreiten, das in Wirklichkeit eine Bierschwemme war, in der sie zuvor so heftig gezecht hatten.

Firethorn war in dieser Rolle so brillant, daß er immer wieder lautes Gelächter auslöste und so Gelegenheit hatte, Judith Grace ausgiebig zu betrachten, bis die Heiterkeitsausbrüche abebbten. Er hatte durchaus bemerkt, daß der beleibte Mann im Publikum sie ebenfalls zum Ziel seiner Aufmerksamkeit gemacht hatte, doch ihr Vater war zu sehr mit seinem eigenen Frohsinn beschäftigt, als daß er es wahrgenommen hätte. Firethorns zunehmendes Interesse hatte einen entschuldbaren Grund. Er würde das Mädchen nicht zu seinem eigenen Lustgewinn umgarnen, sondern ausschließlich, um sie aus den Fängen eines geilen Fremden zu befreien. Sein gottesfürchtiger Mönch vibrierte aus unfrommen Motiven.

Das Publikum wurde jetzt mit leichter Musik unterhalten,

als zwei weitere Schauspielschüler – Martin Yeo und John Tallis – Duette vortrugen, bei denen sie von zusätzlichen Musikanten begleitet wurden. Perücken, Gewänder und Schminke verwandelten sie in hübsche junge Damen, obwohl das kantige Kinn von John Tallis einen wenig weiblichen Eindruck machte. Als diese beiden die Bühne verließen, kam der Höhepunkt der Veranstaltung, nämlich ein Auszug aus »Vincentios Rache«, einer erschütternden Tragödie, die zum Markenzeichen von Westfield's Men geworden war. Lawrence Firethorn, wie immer absolut blendend in der Titelrolle, hatte die Szene ausgesucht, in der Vincentio der schönen Cariola seine Liebe erklärt, ohne zu merken, daß sie bereits an dem Gift dahinsinkt, das man ihr in den Wein geschüttet hatte. Richard Honeydew stellte als unglückselige Heroine einen glänzenden Partner dar. Hier begegneten sich Anfang und Ziel der Schauspielkunst – der Veteran und der Schüler–, die sich auf halbem Wege trafen, um zehn Minuten bemerkenswertes Theater zu bieten.

Das Publikum war begeistert, doch Firethorn hatte nur Augen für eine einzige Zuschauerin. Sein Werben um Cariola galt ausschließlich Judith Grace, und irgendwann schien das Mädchen das auch zu merken. Der Überraschung machte Besorgnis Platz, doch schon bald wurde die Neugier übermächtig. Er spürte, wie ihr Blick jeder seiner Bewegungen folgte, und als er es sich über dem dahingesunkenen Körper Cariolas endlich gestattete, ihr ins Gesicht zu blicken, da wußte er, daß er sie bezwungen hatte. Firethorn und Honeydew mußten sich einige Male verbeugen, bevor man sie von der Bühne entließ, doch dann kehrten sie mit dem kompletten Ensemble zurück, um den letzten Applaus entgegenzunehmen.

Samuel Grace hüpfte vor Begeisterung umher. Er schob Firethorn die fünf Pfund in die Hand und dankte ihm dafür, daß er seiner Tochter den Zauber des Theaters nähergebracht habe. Der Oberste Schauspieler ergriff die Gelegenheit, ihr die Hand zu küssen und den Duft ihrer Haut einzuatmen. Das war genug. Die zärtliche Bewegung, mit der sie seine Hand berührte, und der verstohlene Blick, den sie ihm zuwarf, waren Versprechungen gegenseitiger Lust, und er schwor sich, ihr in der privaten Atmosphäre ihres Schlafzimmers noch einiges mehr an Zauber näherzubringen. Firethorn hatte einen Konkurrenten. Der plumpe Mann bezahlte zunächst seinen Teil der Kosten, dann versuchte er, sie ins Gespräch zu ziehen, doch Judith Grace wandte sich mit gesenktem Haupt und züchtig in den Schoß gelegten Händen ab. Weitere Zuschauer traten hinzu und bezahlten kleinere Beträge für das Vergnügen, so daß insgesamt zehn Pfund in die Gemeinschaftskasse von Westfield's Men wanderten.

Als die anderen Gäste sich zur Nacht zurückgezogen hatten, lud Firethorn seine Truppe zu einem letzten Glas ein. Nach und nach begaben auch sie sich auf ihre Zimmer, weil sie wußten, daß sie schon kurz nach Sonnenaufgang auf den Beinen sein würden, und noch etwas Schlaf zu erhaschen hofften, bevor die ersten Lichtstrahlen durch die Fenster drangen. Lawrence Firethorn produzierte ein gewaltiges Gähnen und tat so, als müsse er sich am Treppengeländer hochziehen, um in sein Bett zu kommen. Edmund Hoode ließ sich von dieser Vorstellung keine Sekunde lang hinters Licht führen.

»Der alte Kater ist wieder hinter den Mäusen her«, sagte er verbittert. »Wie schafft er das, Nick? Und warum macht er das überhaupt?«

»Weil er eben Lawrence Firethorn ist.«

»Na ja, soll er's eben machen. Ich beneide ihn nicht. Ich schwöre allen Frauen ab. Die werden mich nicht mehr um den Finger wickeln.«

»Wie das?«

Sie waren die letzten, die noch im Schankraum gemütlich

am Tisch saßen. Nicholas Bracewell war nicht in der Stimmung, sich Geschichten von zerbrochenen Romanzen anzuhören, denn die Szene aus »Vincentios Rache« hatte ihn nur zu deutlich an seinen eigenen Verlust erinnert. Als die vergiftete Cariola sich in Todeskrämpfen wand, sah er das ermordete Mädchen aus Devon vor seinem inneren Auge, wie es vor dem Bett in seinem Zimmer in Bankside gelegen hatte. Es war nicht nur die junge Botin, die er nicht mehr erreichen konnte. Auch Anne Hendrik war für ihn verloren. Der Mörder hatte zudem ihre Freundschaft vergiftet. Trotz der seelischen Qualen, die es bedeuten würde, war Nicholas aus zwei Gründen bereit, Edmunds Herzensklage anzuhören. Es war seine Pflicht als Freund, Trost zu spenden, und es würde der ganzen Theatertruppe helfen, wenn er den Stückeschreiber aus dem Abgrund seiner Verzweiflung herausholen und ihn wieder an seine Arbeit bringen konnte. Die Kiste, die all seine Stücke enthielt, barg auch die unfertigen Aufzeichnungen zu »Der Kaufmann von Calais«, dem letzten der drei Dramen, die er in diesem Jahr zu schreiben hatte. Wenn Hoode sich die Last seiner jüngsten Enttäuschung von der Seele reden konnte, dann fand er vielleicht auch wieder die Kraft, die Feder erneut zur Hand zu nehmen.

Mit dieser Hoffnung vor Augen sprach Nicholas ihn an.

»Wer ist sie, Edmund?« fragte er. »Erzählt mir alles ...«

Als Lawrence Firethorn in sein Schlafzimmer kam, legte er das Geld in seine Schatulle und konzentrierte seine Gedanken auf Mistress Judith Grace. Jung und ahnungslos, wie sie war, sehnte sie sich nach Erfahrung und war bereit, ihre Schulung in die Hände eines Meisters zu legen. Ihr kurzer Kontakt mit der Welt des Theaters hatte ihr Herz und Sinne auf bezaubernde Weise erregt. Es wäre ungehobelt von Firethorn gewesen, wenn er ihr den krönenden Akt des Vergnügens verweigert hätte. In der Nacktheit ihrer Umarmungen würde er zugleich ihr Ritter in glänzender Rüstung sein, der sich den unerwünschten Aufmerksamkeiten seines Nebenbuhlers stellt und den rüden Burschen aus dem Sattel fegt. Seine edle Uneigennützigkeit würde ihren verdienten Lohn erhalten.

Ein paar Münzen in der Hand eines der Kammerknechte eröffneten ihm, wo sich ihr Schlafzimmer befand. Er ließ ihr ausgiebig Zeit, sich von ihrem Vater zu verabschieden und ihre Vorbereitungen zu treffen. Inzwischen kümmerte er sich um seinen Schnauz- und Spitzbart, zwirbelte den einen und kräuselte den anderen, um absolut exzellent auszusehen. Als Finger und Kamm ihre Arbeit getan hatten, verließ er sein Zimmer, schloß hinter sich ab und schlich sich mit der routinierten Lautlosigkeit eines erfahrenen Lüstlings über den dunklen Flur. Lawrence Firethorn war gleichermaßen trittsicher, ob er nun mitten auf der Bühne stand oder hinter den Kulissen andere Interessen verfolgte.

Er tastete sich zu ihrem Zimmer vor, klopfte leise an die Tür und wartete. Doch es kam keine Antwort. Er klopfte etwas lauter, erhielt aber immer noch keine Reaktion. Als er den Griff bewegte, entdeckte er zu seiner Freude, daß die Tür unverschlossen war, und schlüpfte hinein. Neben dem Bett flakkerte eine einsame Kerze wie eine freundliche Einladung. Judith Grace hatte sich schamhaft mit weißem Leinen verhüllt, und ihr Körper zeichnete sich nur vage als Erhebung unter dem Laken ab. Er mußte sich einfach neben sie legen und ihren schwachen Widerstand überwinden. Bevor er die Tür verriegeln konnte, hörte er noch ein leises Klopfen, dem ein heiseres Flüstern folgte, dann wurde die Klinke heruntergedrückt. Lawrence Firethorn huschte in den Schatten zurück, als sich eine füllige Gestalt in sein Blickfeld schob. Der Neue schloß hinter sich die Tür, dann schaute er zum Bett hinüber.

»Judith«, rief er leise. »Ich bin gekommen.«

»Dann könnt Ihr genausogut wieder verschwinden«, grollte Firethorn und trat vor, um sich dem Mann entgegenzustellen, der vorhin versucht hatte, sich dem Mädchen aufzudrängen. »Raus hier, Ihr Unhold!«

»Das gleiche gilt für Euch, Sir!«

»Wollt Ihr Euch etwa mit mir streiten?«

»Ich streite mich mit jedem, der sich zwischen mich und meinen Siegespreis stellt. Ihr dringt hier ein, Master Firethorn. Ich hingegen habe das Recht, hier zu sein.«

»Ihr seid eine wandelnde Beleidigung der Weiblichkeit!«

»Ich bin von ihr ausgewählt worden.«

»Euch würde nicht mal eine blinde Hexe mit verwitterten Gliedmaßen auswählen.«

»Euch ebensowenig, Sir!«

»Sie ist mir zu Füßen gesunken.«

»Aber meine Werbung hat sie vorgezogen.«

»Mir hat sie die Hand gedrückt.«

»Und mir hat sie ihr Taschentuch gegeben.«

»Wenn Ihr noch länger hierbleibt, schlage ich Euch nieder!« zischte Firethorn, doch dann blinzelte er, als er plötzlich begriff, was der Mann gerade gesagt hatte. »Taschentuch?«

»Könnte es ein eindeutigeres Zeichen geben?«

»Taschentuch!!!«

»Hier ist es.«

Selbst in der schwachen Beleuchtung konnte Firethorn erkennen, daß es tatsächlich ihres war, und ihr Parfüm darauf riechen. Dieser fette, widerliche Kerl hatte tatsächlich einen Grund, sich in ihrem Schlafzimmer zu befinden. Der Schauspieler wirbelte herum, um Judith Grace zur Rede zu stellen, doch konnte er seine Worte nur an ein paar Kissen richten. Jeder der beiden hatte sich für den ausgewählten Liebhaber gehalten, aber beide waren zum Narren gehalten worden. Es war Firethorn, der zuerst reagierte.

»Wir sind hinters Licht geführt worden, Sir,« sagte er.

»Aber warum?«

»Geht in Euer Zimmer zurück.«

»Mein Zimmer?«

»Sie wollen uns ausrauben.«

»Der Himmel möge das verhindern!«

Sie verließen das Schlafzimmer und tasteten sich in entgegengesetzten Richtungen zu ihren Räumen zurück. Firethorn fand seine Tür offen und stürzte zu seiner Schatulle. Alle Einnahmen der Nacht und alles sonstige Geld waren verschwunden. Während er sich davongeschlichen hatte, um eine Jungfrau zu deflorieren, hatten sie und ihr Spießgeselle ihn und seine ganze Gruppe um mehr als fünfzehn Pfund beraubt. Rachsucht ließ glühende Lava durch seine Adern strömen, er griff nach seinem Degen. Hufschlag auf dem Kopfsteinpflaster auf dem Hof unter ihm ließ ihn zum Fenster springen. Im Licht des Mondes konnte er zwei Gestalten ausmachen, die den Innenhof zu Pferde verließen, bevor sie mit der Dunkelheit verschmolzen. In einer völlig sinnlosen Zurschaustellung seiner Wut hieb Firethorn wie wild mit seinem Degen durch die Luft. Was ihn am meisten verletzte, war nicht die Tatsache, daß die Diebe sich mit seinem Geld davongemacht hatten, dem seines Rivalen und vermutlich auch dem anderer ahnungsloser Gäste. Wirklich beschämend war der Schlag gegen seinen professionellen Stolz.

Lawrence Firethorn war an die Wand gespielt worden.

»Frauen sind wahre Teufel, Nick«, sagte Edmund Hoode mit glasigem Blick.»Sie betören uns mit ihrer Schönheit, um uns zur Hölle zu schicken.«

»Das ist aber hier nicht der Fall«, bemerkte Nicholas.

»Doch, ist es wohl. Sie hielt mich in ihrem Banne .«

»Der Grund dafür könnte eher bei Euch liegen als bei ihr, Edmund.«

»In der Tat, so ist es! Ich gestehe es. Das ist die ganze schreckliche Wahrheit. Ich habe meinen Kopf freiwillig auf den Block der Schande gelegt. Ich bin mein eigener Henker geworden.«

Nicholas teilte diese Sicht der Lage nicht, aber er war zu taktvoll, um dies auszusprechen. Nach dem, was er inzwischen erfahren hatte, war er ziemlich sicher, daß die Axt von wohlbekannter Hand geführt worden war. Die unerwartete Rückkehr eines erzürnten Ehegatten ließ ihn spontan an eine kluge Theaterregie denken, und er erriet sofort, wer diese Rolle an sich gerissen hatte. Doch Edmund Hoode zu sagen, daß er nicht nur von einem Kollegen an der Nase herumgeführt, sondern auch noch um seine fleischlichen Lüste geprellt worden war, hätte bedeutet, ewige Feindschaft zwischen dem Dichter und dem Ersten Schauspieler zu stiften. Nicholas war gezwungen, etwas zu verheimlichen, was er niemals billigen würde.

Sein verzweifelter Freund entdeckte nun ein bestimmtes Muster.

»Das Unglück tritt in dreifacher Gestalt auf«, stöhnte er. »Dies ist das dritte Mal, daß mir der Sturm ins Gesicht bläst.«

»Ihr habt Pech gehabt, Edmund, das ist alles.«

»Ich bin bestraft worden, weil ich mich mit Teufeln eingelassen habe.«

»Ihr tut der Dame Unrecht.«

»Denkt zurück, Nick. Ihr wart bei zwei Gelegenheiten dabei.«

»Wann?«

»Am Ort meiner Niederlagen.« Hoode zählte sie an den Fingern ab. »Erstens – mein Stück ›Schwarze Narren, rote Teufel‹. Erinnert Euch daran, welches Leid es mit sich gebracht hat und was ich dabei auszustehen hatte. Zweitens – mein erneuter Abstieg in die Hölle, ›Des Teufels Ritt durch

London‹. Auch dafür mußte ich schwer büßen. Unser Theater brannte fast völlig nieder. Drittens – Mistress Jane Diamond. Der Weinhändler war gar nicht ihr richtiger Ehemann. Sie war vom Satan persönlich angeheuert worden und trug dazu bei, daß ich die schlimmsten aller Qualen zu ertragen hatte. Ich bin für all meine Narreteien gut bezahlt worden.«

»Aber so ist es doch nicht, Edmund.«

»Wie wollt Ihr das wissen?«

»Laßt mich Eurem Beispiel folgen.« Nicholas zählte ebenfalls an den Fingern ab. »Erstens – ›Schwarze Narren, rote Teufel‹ war nicht Euer Stück, sondern wurde zusammen mit Ralph Willoughby geschrieben. Er war es, der mit dem Teufel im Bunde stand und dafür mit seinem Leben bezahlen mußte. Ihr habt ja schließlich überlebt. Zweitens ...«

Doch weiter kam Nicholas mit seinen Ausführungen nicht. Lawrence Firethorn raste mit dem blanken Degen in der Hand und gefletschten Zähnen die Treppe herunter. Der Impresario überließ daher den einen Leidenden seinem Schicksal und wandte sich dem zu, dem seine Wunden jetzt erst zugefügt worden waren. Firethorn führte sich auf wie ein Berserker.

»Was ist passiert, Sir?«

»Verrat! Betrug! Verruchtheit!«

Hoode mußte tatsächlich lachen. »Sie hat ihn abgewiesen«, sagte er.

»Die Verbrecher haben mich ausgeraubt!« schrie Firethorn. »Sie haben alles Geld genommen, das wir heute abend so mühevoll verdient haben!«

»Wie konnte das geschehen?« fragte Nicholas.

»Sie sind in mein Zimmer eingedrungen, während ich hier unten war. Erst als ich den Inhalt meiner Schatulle überprüfte, habe ich den Diebstahl entdeckt.«

»Moment mal, Lawrence«, meinte Hoode skeptisch. »Unsere Einnahmen wanderten in Eure Tasche und blieben dort, bis Ihr nach oben gingt. Die Diebe konnten kein Geld stehlen, das sich noch gar nicht in Eurem Zimmer befand.«

»Wollt Ihr mich einen Lügner nennen?«

Ein Schwall von Beleidigungen ließ Edmund verstummen, dann gab Firethorn eine sorgfältig vorbereitete Darstellung der Ereignisse. Unter keinen Umständen konnte er zugeben, daß er sich von einem hübschen Gesicht aus seinem Zimmer hatte locken lassen, obwohl Nicholas ganz sicher war, daß genau das passiert war. Als er von der Flucht der angeblichen Tochter und ihrem Vater hörte, wollte er Einzelheiten wissen.

»Ist sonst noch jemand beraubt worden?«

»Der Bursche, der uns für die Aufführung Geld gegeben hatte.«

»Mister Fettwanst?« fragte Hoode.

»Ihm haben sie ebenfalls die Taschen leergemacht.«

»Woher wißt Ihr das?« fragte Nicholas.

»Ich traf den Mann auf der Treppe.«

»Hat er Euch tatsächlich gesagt, er sei beraubt worden?«

»Vergeßt ihn doch, Nick«, sagte Firethorn. »Unser ganzes Geld ist weg. Das ist das einzige, was uns interessiert.«

»Ich fürchte nicht.«

»Wieso?«

»Dahinter steckt mehr. Ruft den Hauswirt.«

»Der kann die beiden Diebe doch nicht verfolgen.«

»Es könnten auch drei gewesen sein«, sagte Nicholas.

Der Hauswirt, den man aus dem Bett holte, war über die Neuigkeiten entsetzt und identifizierte den fettleibigen Gast als einen gewissen William Pocock. Nicholas bat, zum Zimmer dieses Mannes gebracht zu werden, und alle vier trampelten die Treppe hinauf. Die Befürchtungen des Impresarios wurden hier bestätigt. Da er sah, daß Pococks Zimmer leer war, lag die Vermutung nahe, daß der Mann verschwunden war, um sich mit seinen Kumpanen zu treffen. Offensichtlich hatten alle drei raffiniert zusammengearbeitet.

Lawrence Firethorn war zutiefst beschämt. Er war nicht nur von einer jungen Frau hinters Licht geführt, sondern außerdem durch eine weitere List in die Irre geleitet worden, denn Pococks Aufgabe bei dem Unternehmen war es gewesen, ihn möglichst lange in Judith Graces Schlafzimmer festzuhalten, bis seine Kumpane sich gewaltsam Eintritt ins Zimmer des Schauspielers verschafft hatten. Firethorn war viel zu sehr mit seiner verwundeten Eitelkeit beschäftigt, um die ausgleichende Gerechtigkeit in der ganzen Sache zu sehen, doch Nicholas erkannte das sofort. Nachdem Firethorn für Edmund Hoode eine Katastrophe in einem Schlafzimmer inszeniert hatte, war er jetzt das Opfer einer ähnlichen Situation geworden. Doch das war kein Gedanke, bei dem der Impresario sich lange aufhielt. In der vagen Hoffnung, Pocock habe das Anwesen vielleicht noch nicht verlassen, forderte er die anderen auf, das Haus zu durchsuchen, und rannte nach unten in den Schankraum. Er griff sich eine der Laternen und hastete in den Hof.

Der Platz war völlig verlassen. Außer dem Hauch einer leichten Brise und einem gelegentlichen Geräusch der Pferde in den Stallungen war nichts zu hören. Um schnell verschwinden zu können, mußten Samuel Grace und seine Tochter – Nicholas zweifelte mittlerweile sehr stark daran, daß dies ihr wahres Verhältnis zueinander war – ihre Pferde gesattelt bereitstehen gehabt haben. Ebenso brauchte Pocock ein Pferd, das auf ihn wartete und mit dem er sich sofort aus dem Staub machen konnte. Nicholas bewegte sich deshalb auf die Ställe zu, wobei er die Laterne so hielt, daß ihr schwaches Licht auf dem Boden ein paar Schritte vorausleuchtete. Am Tor des ersten Blocks der Stallungen hob er den Balken an, der es verschloß, schob einen Flügel auf und betrat den Stall. Hufe rascheIten im Stroh, aus einem entfernten Winkel drang ein Wiehern an sein Ohr. Sämtliche Pferde waren an ihre Futterkrippen gebunden. Daneben standen Holzeimer mit Wasser.

Nicholas überprüfte jedes einzelne Tier, doch keines war gesattelt. Falls Pocock irgendwo ein Pferd bereitstehen hatte, mußte es auf der anderen Seite des Hofes sein. Als der Impresario sich umdrehte, um an den Ställen entlang wieder zurückzugehen, bekam er einen gelinden Schock. Der Torflügel, den er offen gelassen hatte, war jetzt verschlossen, und der schwache Lichtstrahl, nach dem er sich gerichtet hätte, war jetzt nicht mehr zu sehen. Wenn der Wind dafür verantwortlich gewesen wäre, hätte die Tür in den Scharnieren gequietscht und wäre laut zugeschlagen. Hier war eine menschliche Hand im Spiel. Die Tiere bestätigten diesen Verdacht, denn sie wurden unruhig und neugierig. Dem ersten Wiehern folgte ein weiteres, ein Eimer wurde umgeworfen, das Rascheln des Strohs wurde lauter. Die Laterne war ein ungeeignetes Hilfsmittel, denn sie machte Nicholas zu einem leicht erkennbaren Ziel, deshalb löschte er ihre Flamme rasch aus und stellte sie beiseite. Er schob die Hand nach hinten an seinen Gürtel, um seinen Dolch aus der Scheide zu ziehen.

Gefahr war ein vertrauter Feind, Nicholas hatte keine Angst davor. Jeder, der allabendlich durch die stinkenden Gassen von Bankside nach Hause ging, entwickelte einen sechsten Sinn dafür. Wer befand sich im Stall, und warum wirkte diese Anwesenheit so bedrohlich? Pocock war es ganz sicher nicht, denn dessen einziges Interesse konnte nur eine rasche Flucht sein. Der schlampige, übergewichtige Mann besaß nicht gerade die besten Voraussetzungen, um sich mit dem kräftigen Nicholas auf einen Kampf einzulassen. Und welches Motiv sollte er auch dazu haben? Der Impresario trug kein Geld bei sich. Hier hatte er es mit einem weit gefährlicheren Gegner zu tun, mit einem, der eine quietschende Stalltür geräuschlos schließen konnte, einer, der geduldig auf der Lauer lag, bis sein Opfer nahe genug herangekommen war. War sein Gegner mit Degen, Dolch oder Keule bewaffnet? Oder konnte er sich auf die Kraft seiner Muskeln verlassen, um mit Nicholas fertigzuwerden?

Nicholas strengte seine Ohren an, um bei all dem Atem der Tiere und dem Geräusch ihrer Hufe zu entdecken, wo der Mann sich befand. Das Klirren einer Kette ließ ihn herumfahren, doch Schuld daran war nur ein Pferd, das den Kopf bewegt hatte. Ein plötzliches Wiehern riß ihn zur anderen Seite herum, doch in der Finsternis konnte er nichts erkennen. Es war die Ratte, die es ihm verriet. Sie kam so schnell aus dem Stroh gerannt, daß Nicholas automatisch mit seinem Dolch in ihre Richtung stieß. Ein harter und lähmender Schlag fuhr auf seine Hand nieder und riß ihm die Waffe fort, und dann war der Mann auch schon von hinten auf ihm, warf ihm eine geknotete Schnur um den Hals, zerrte sie fest und stieß ihm das Knie in den Rücken, um noch fester ziehen zu können. Die Schnur war rauh und scharf und schien sich richtig durch seine Kehle zu beißen. Sie wurde von einem Mann festgehalten, der sich mit diesem Instrument des Todes auskannte.

Nicholas reagierte blitzschnell, stieß dem Mann mit einer heftigen Bewegung nach hinten beide Ellenbogen in die Rippen und schob eine Hand unter die Schnur, als der Druck für eine Sekunde etwas nachließ. Er bewegte sich so heftig hin und her, daß der Angreifer sich immer wieder festen Halt verschaffen mußte; der scharfe Biß der Schnur lockerte sich ein wenig, doch Nicholas konnte den Mann nicht abwerfen. Sein Gesicht lief rot an, die Augen traten ihm hervor, die Adern wurden dick, und das Hämmern in seinem Kopf wurde immer schlimmer. Er hatte das Gefühl, als bohrten sich die Spitzen von einem Dutzend Degen durch seinen Hals, um sich in der Mitte zu treffen.

In einem wilden Aufbäumen beugte er sich tief vor, warf sich sofort wieder nach hinten und schleuderte den Mann mit solcher Wucht gegen die lose Wand einer Box, daß er den Griff an der Schnur verlor. Nicholas riß sie sich vom Hals, warf sie von sich und drehte sich um, um seinem Gegner Auge in Auge gegenüberzustehen, doch die Flanke eines Pferdes drängte ihn zur Seite. Der Mann hatte genug. Als er die Chance zur Flucht erkannte, kam er blitzschnell auf die Füße, landete einen harten Fausthieb in Nicholas' Gesicht, rannte den Gang hinunter und verschwand durch die Tür nach draußen. Diesmal krachte sie mit einem lauten Knall zu. Nicholas torkelte hinterher, doch der Kampf hatte ihn viel Kraft gekostet, und für eine schnelle Verfolgung war er zu schwach. Der Angreifer war bestimmt schon längst im Sattel und trieb sein Pferd mit den Sporen zu rascher Flucht an. Bis Nicholas schwankend den Hof erreicht, sich die schmerzende Kehle massiert und mit Augen, vor denen alles verschwamm, den Hof abgesucht hatte, war sein Gegner bereits Hunderte von Yards entfernt.

Als sich sein Kopf soweit erholt hatte, daß er wieder richtig denken konnte, wurde Nicholas auch der Grund für diesen Angriff auf sein Leben klar. Nur weil ein harmloses Mädchen eine Nachricht für ihn hatte, war sie auf brutale Weise umgebracht worden. Da er, Nicholas, sich jetzt auf dem Weg in seine Heimat befand, war auch er zu einem möglichen Opfer des Mörders geworden. Irgend jemand machte sich die größte Mühe, ihn daran zu hindern, Barnstaple zu erreichen, und er konnte froh sein, daß er noch in der Lage war, seine Reise fortzusetzen. Das würde er jetzt mit noch größerer Vorsicht und mit noch mehr Zielstrebigkeit tun, denn eins stand fest: Der Mann, der ihn in diesen Ställen beinahe umgebracht hatte, war ohne Zweifel ein Meister seines Fachs. Er würde mit Sicherheit einen weiteren Versuch unternehmen.

Die drei Komplizen trafen sich in einer verlassenen Hütte in der Nähe von Stokenchurch. Beim Licht einer Kerze zählten sie ihre Beute und teilten sie in vier Teile auf. Der ältere Mann gab dem Mädchen einen davon und einen weiteren dem einstmaligen William Pocock. Als ihr Führer behielt er die Hälfte des Geldes für sich und schob es in eine Schatulle, die bereits aus den Nähten platzte. Dann verglichen sie ihre Erlebnisse dieser Nacht und amüsierten sich lange über die mißliche Lage, in die sie Westfield's Men gebracht hatten.

»Firethorn war der größte Narr von allen«, sagte der alte Mann. Er legte dem Mädchen den Arm um die Hüfte. »Wenn ich mir vorstelle, wie er meine Frau mit einer Handbewegung und ein paar schwülstigen Redensarten ins Bett kriegen wollte! Er hat bekommen, was er verdient. Nein, du bist ganz die Meine, nicht wahr, Judith Grace?«

»Ja, Vater«, sagte sie mit einem sinnlichen Kichern.

»Küß mich.«

Der andere Mann knabberte an einem gestohlenen Stück Schinken, während die beiden eine innige Umarmung und schmatzende Küsse genossen. Zwischen den Zärtlichkeiten warf die junge Frau ihrem korpulenten Verbündeten ein Kompliment zu.

»Ned hat prima mitgearbeitet«, sagte sie.

»Das stimmt wirklich«, fügte ihr Mann hinzu.

»Sollen wir diesen Trick noch mal versuchen?« fragte Ned.

»Nein«, meinte der Ältere. »Wir müssen jedesmal eine neue List anwenden, um unsere Hühnchen zu rupfen, sonst bleiben die Federn noch an uns hängen. Und dem Gastwirt im Fighting Cocks müssen wir jetzt eine lange Pause gönnen, bevor wir sein Haus wieder als Betätigungsfeld benutzen. Zunächst reiten wir zur anderen Seite von Oxford, dann suchen wir uns ein neues Opfer. Für Ellen und mich bedeutet das ein verändertes Aussehen.«

»Ich bin wieder Ellen, nicht wahr?« beklagte sich seine Frau. »Mir hat es so gut gefallen, als Mistress Judith Grace aufzutreten. Die Jungfräulichkeit bekommt mir gut.«

»Und ich war als William Pocock ganz glücklich«, sagte Ned.

Der ältere Mann sprach mit großem Nachdruck. »Neue Orte, neue Kleider, neue Namen. Das ist der einzig sichere Weg, der Verhaftung zu entgehen. Wenn sie nach einem Samuel Grace suchen, seiner hübschen Tochter und einem fetten Gentleman, dessen Hosen wegen ihr in Flammen stehen, dann kümmern sie sich nicht um zwei ältere Studenten aus Oxford und ihr Dienstmädchen.«

Sie aßen und tranken und besprachen ihre weiteren Pläne, dann breiteten sie ihre Decken aus, um vor der Dämmerung noch etwas zu schlafen. Als sie sich zur Ruhe legten, war der alte Mann zu einer Entscheidung gekommen, die ihn erneut zum Lachen brachte.

»Wir schlagen noch mal bei ihnen zu.«

»Bei wem?« fragte Ned.

»Westfield's Men.«

»Denk an das Risiko!« warnte Ellen.

»Die würden uns in der Luft zerreißen, wenn sie das erkennen«, meinte Ned.

»Das ist ja der Reiz an der Sache«, erklärte ihr Anführer. »Es ist ein Kampf der Intelligenz. Lawrence Firethorn ist der Prinz seines Berufes, und ich bin es in meiner Profession. Wir sind vom selben Kaliber. Er kann auf Anhieb fünfzig Rollen spielen, aber er kann sich nicht so gut verstellen wie ich.«

»Glaubst du, er weiß, wer du bist?« fragte Ellen.

»Das wird er schon noch erfahren, meine Liebe.«

Sie war stolz auf ihren Mann. »Der Gastwirt wird es ihm schon sagen, wenn er die Wahrheit herausfindet. Es gibt nur einen Mann, der einen so kühnen Plan gegen eine ganze

Truppe von Schauspielern aushecken kann – und das ist der berühmte Israel Gunby.«

»Der berüchtigte und überall gesuchte Israel Gunby«, fügte Ned hinzu.

Ellen kuschelte sich an ihren Mann und nahm ihn in ihre Arme. Obwohl sie sich nur eine alte Bruchbude in den Chilterns teilten statt eines weichen Bettes im Fighting Cocks, machte ihr das nichts aus. Sie wollte sein, wo sie war. Sie waren reich, glücklich und frei. Die offene Landstraße war ihr Königreich, sie ließen sich von Reisenden durchfüttern, wann und wie sie es selbst wollten. Sie hatten Westfield's Men erst großzügig Geld gegeben und ihnen dann noch mehr abgenommen. Das gab dem ganzen Unternehmen einen gewissen Stil. Wieder küßte sie ihren Mann und preßte sich an seinen schlanken Körper wie ein Eichhörnchen an die Rinde eines Baumes. Israel Gunby war der berüchtigtste aller Straßenräuber, und genau deshalb liebte sie ihn. Das Leben mit ihm war eine einzige ununterbrochene Aufregung. Nur eine Frage war bis jetzt noch offen.

Wann würden sie ihren Komplizen wohl umbringen müssen?

5. Kapitel

Lawrence Firethorns Zorn hatte sich über Nacht keineswegs verflüchtigt. Als er beim ersten Hahnenschrei erwachte, fiel sein Blick auf die ausgeplünderte Schatulle, und er dürstete nach Rache. George Dart war der erste, der die machtvolle Wut seines Meisters zu spüren bekam. Er wurde aus dem Bett gerissen, rechts und links kräftig geohrfeigt und erhielt sodann ein Dutzend Aufträge, die ihn jede Hoffnung auf Frühstück aufgeben ließen. Als neue Zielscheiben den Schankraum des Fighting Cocks betraten, überhäufte der Erste Schauspieler sie mit Beleidigungen und Bezichtigungen. Barnaby Gill wurde rundherum lächerlich gemacht, Edmund Hoode beschimpft, Owen Elias bedroht. Richard Honeydew bekam kritische Bemerkungen über seine Rolle der Cariola am vorigen Abend zu hören, John Tallis mußte eine vernichtende Analyse seiner charakterlichen Mißbildungen schlucken, andere Mitglieder der Gruppe ertrugen noch Schlimmeres. In seiner zutiefst feindseligen Gemütsverfassung hatte Firethorn sogar harte Worte für Nicholas Bracewell übrig. Es war fürchterlich.

Die Stimmung der Gruppe wurde noch schlechter, als man vom Verlust des gesamten Geldes erfuhr. Der Erfolg ihrer ersten Vorstellung auf dieser Tournee war eine Illusion gewesen. Jetzt sahen sie nur noch Fehlschläge vor sich, und der Umstand, daß sie nur das neueste Opfer eines raffinierten Verbrechers geworden waren, bedeutete nicht den mindesten Trost für sie. Jeder hatte schon mal von dem Mann gehört, der sie ausgenommen hatte.

»Israel Gunby!«

»Der Meisterdieb der Landstraße.«

»Der schlimmste lebende Verbrecher.«

»Der stiehlt dir die Kleider vom Leib, während du sie noch trägst.«

»Wir können froh sein, daß wir nicht im Schlaf ermordet wurden.«

»Israel Gunby ist ein Monster.«

»Ein Hexenmeister.«

»Mit dem Teufel im Bunde.«

»Man sagt, Israel Gunby habe einem Bauern in Warwickshire einmal fünfzig Schafe gestohlen und sie dem armen Narren auf dem Markt für den dreifachen Preis wieder verkauft.«

»Bei anderer Gelegenheit raubte er in einem Wald bei Saffron Walden eine kleine Gruppe Reisender aus und ritt mit der ganzen Beute davon. Ohne zu wissen, daß der Räuber einen Komplizen in die Reisegruppe eingeschleust hatte, prahlten sie damit, wie klug sie doch seien, daß sie dem Wegelagerer nur das schäbige Kleingeld in ihren Geldbeuteln überlassen hatten, während sie die wichtigen Wertsachen, die sie am Leibe trugen, vor ihm versteckt hatten. Als Gunby sie nach zwei Meilen Ritt erneut ausraubte, konnte er ihnen jetzt alles das abnehmen, was er zuvor versäumt hatte.«

»Ich habe sogar gehört, daß er ihnen auch die Pferde und die Stiefel weggenommen hat.«

»Israel Gunby stiehlt einfach alles.«

»Sogar die Haare vom Kopf.«

»... und vom Hintern ...«

»... und von deinen Eiern dazu ...«

»Der würde Christus das Kreuz auf dem Weg zum Kalvarienberg stehlen.«

»Da könnt Ihr noch eine weitere Geschichte hinzufügen«, sagte Gill niederträchtig. »Wie Israel Gunby einem großen Schauspieler sein Flittchen vor der Nase hin und her schwenkte, bis ihm der Schwanz dampfte. Sie lud den Idiot ein, die Nacht in ihrem Bett zu verbringen, und inzwischen brachen sie und Israel Gunby in seinem Zimmer ein und klauten alles, was ihnen in ihre diebischen Finger fiel. Dann machte der große Schauspieler ...«

»Kein Wort mehr!« schrie der große Schauspieler mit gewaltiger Stimme. »Ich will den Namen Israel Gunby nicht mehr hören, nie mehr – es sei denn, es ginge um seine Hinrichtung. Ich würde durch halb England reiten, um zu sehen, wie dieser elende Schuft baumeln muß. Bis dahin, Gentlemen – wenn Euch Euer Leben lieb ist –, keine weitere Silbe über Israel und kein Wort mehr über Gunby.«

Lawrence Firethorn unterstrich seinen Befehl noch, indem er jedes einzelne Mitglied seiner Truppe finster anstarrte, dann gab er das Signal zum Aufbruch. Ihm lag sehr viel daran, diesen Ort seiner Schande so rasch wie möglich hinter sich zu lassen. Mit ihrem Anführer an der Spitze setzte sich die Truppe in Bewegung und nahm die Straße nach Oxford, in der Hoffnung, dort besseren Lohn für ihre Mühe zu erhalten. Das Hochgefühl des vorigen Tages hatte einem nagenden Pessimismus Platz gemacht. Es war fast so, als hätte sich Alexander Marwood mitten zwischen das Gepäck in ihren Karren gesetzt.

Auch Nicholas Bracewell war froh, von hier fortzukommen, aber nicht bevor er den Hauswirt und die Pferdeknechte befragt hatte. Doch keiner von ihnen konnte zur Aufklärung des merkwürdigen Überfalls in den Ställen etwas beitragen. Nach Westfield's Men hatte kein Reisender mehr in diesem Hotel nach einem Bett für die Nacht gefragt. Das bedeutete, daß der Mann entweder schon dort war, als sie beim Fighting Cocks eintrafen, oder er kam später, legte sich in der Dunkelheit auf die Lauer und wartete auf seine Chance. Nicholas neigte dieser zweiten Erklärung zu. Der mögliche Mörder hatte nicht wissen können, daß sie sich ausgerechnet dieses Gasthaus zum Übernachten aussuchen würden. Viel wahrscheinlicher war es, daß er ihnen von London aus gefolgt war, sie durchs Fenster beobachtet und auf den besten Moment für den Überfall gewartet hatte. Nicholas kam schon bald zu der Auffassung, daß sein Angreifer derselbe war, der auch das Mädchen vergiftet hatte. Das bedeutete zwei Rechnungen, die es mit ihm zu begleichen galt. Er ritt dasselbe Pferd, das zuvor das junge Mädchen in den Tod getragen hatte, aber er war fest entschlossen, dafür zu sorgen, daß das Tier keinen weiteren Reiter mehr verlieren würde, bis es in seinen heimatlichen Stall in Barnstaple zurückkehrte. Nicholas war deshalb unterwegs ganz besonders aufmerksam, beobachtete unablässig die nähere und fernere Umgebung und war äußerst vorsichtig, wenn die Straße unter überhängenden Bäumen verlief.

Es dauerte eine ganze Stunde, bis er sich mit dem Gedanken anfreunden konnte, daß er inmitten seiner Gruppe sicher war. Hier würde der Mann ihn nicht angreifen. Nicholas war noch ein gutes Stück von Devon entfernt, unterwegs gab es bestimmt noch zahlreiche Gelegenheiten für plötzliche Überfälle. Lawrence Firethorn und die anderen fluchten innerlich immer noch auf Israel Gunby und seine Spießgesellen, aber das waren wenigstens sichtbare Verbrecher gewesen. Der Unbekannte jedoch, der Nicholas hatte erdrosseln wollen, war ein Phantom, eine Ausgeburt der Nacht, ein richtiges Raubtier. Nicholas kannte seine Kräfte und konnte seine Körpergröße einschätzen. Während des Kampfes hatte ein Bart sein Gesicht gestreift. Darüber hinaus hatte er keinerlei Vorstellung von dem Mann, außer, daß er mit erbarmungsloser Zielstrebigkeit vorging. Das war nicht der Mann, der eine Aufgabe abbrach, die er übernommen hatte. Die einzige Chance, die Nicholas Bracewell hatte, um sein Leben zu retten, war die, es vorher seinem Widersacher zu nehmen.

»Nicht Arsen, denke ich, denn das hat nicht diesen bitteren Geschmack. Und wir haben Beweise dafür, daß die Verstorbene das Ale als sehr bitter empfunden hat.« Sein Seufzer enthielt eine Spur von Bewunderung. »Die Tötungsmethode war sehr raffiniert. Das Mädchen hatte noch nie zuvor Ale getrunken und kannte seinen Geschmack nicht. Sie muß angenommen haben, daß es immer so bitter schmeckt.«

»Was war es dann, was in ihr Ale geschüttet wurde?«

»Das könnte ich nur sagen, wenn eine Obduktion gemacht würde, und selbst dann können wir nicht sicher sein. Es gibt so viele Giftarten, die den Zweck erfüllen, und von einem davon hat sie eine tödliche Dosis erhalten. Daran gibt's keinen Zweifel. Sie muß kräftig und sehr gesund gewesen sein, um es so lange auszuhalten.«

Anne Hendrik grübelte immer noch über den Tod ihrer Besucherin und die daraus resultierenden Konsequenzen nach. An diesem Morgen hatte sie auf der Suche nach Aufklärung den Arzt besucht, den man zu ihrem Haus gerufen hatte, als der Zustand des Mädchens so besorgniserregend gewesen war. Er war ein kleiner, penibler, von sich selbst überzeugter Mann in den Fünfzigern, mit einem grauen Bart, den er in der Form einer Miniaturwelle hochgezwirbelt hatte, und mit buschigen Augenbrauen ähnlicher Gestalt. Er behandelte Anne mit der höflichen Aufgeblasenheit eines Mannes, der meint, er sei im Besitz verborgener Kenntnisse, die Leute von geringerer Intelligenz sowieso nie erlangen würden.

Sie versuchte, das Geheimnis seiner Berufung zu ergründen.

»Könnt Ihr mir sonst nichts über sie sagen?« fragte sie.

»Ich konnte sie nur ganze zwei Minuten lang untersuchen.«

»Nicholas meinte, den Geruch von Schwefel an ihr bemerkt zu haben.«

»Master Bracewell ist kein Arzt«, sagte er mit hochmütigem Lächeln. »Verlaßt Euch nicht auf seine Nase, um hier eine Diagnose zu stellen.«

»Er erwähnte Schierling und den Saft von Eisenhut.«

Jetzt wurde er sarkastisch. »Dann solltet Ihr Euch an ihn um Rat wenden und nicht an mich. Ich sehe schon, daß er uns in dieser Angelegenheit alles erklären kann. Ich hätte nie gedacht, daß irgendein Lakai vom Theater mir eines Tages sagen würde, wie ich meinen Beruf auszufüllen habe.«

»Er hat nur ganz einfach eine Meinung geäußert.«

»Drängt mir nicht seine Ahnungslosigkeit auf.«

»Nicholas hat schon früher Opfer von Vergiftungen gesehen.«

»Die sehe ich jede Woche meines Lebens, Mistress Hendrik«, sagte der erboste Arzt. »Ehemänner, die von ihren Frauen vergiftet wurden, und Frauen, die von ihren Männern umgebracht wurden. Brüder, die sich gegenseitig mit Rattengift beseitigen, um eine Erbschaft zu kassieren. Feinde, die ihren Streit mit Blauem Eisenhut und Belladonna ausfechten. Ich habe hundertmal gesehen, wie Arsen seine geräuschlose Arbeit verrichtete, und ich könnte Euch ein Dutzend anderer Mittel nennen, die den Magen verbrennen und einem Menschen das Leben aus dem Leibe ätzen.« Er war offensichtlich gekränkt.»Und Ihr wollt mir erzählen, Master Bracewell sei der bessere Mann, um diese Dinge zu besprechen.«

»Natürlich nicht, natürlich nicht ...«

Anne brauchte zwei Minuten, um ihn zu beruhigen, und weitere drei, um sich zu entschuldigen, bevor sie zusätzliche Einzelheiten aus ihm herauslockte. Chirurgen waren neidisch auf den hohen Respekt, der Doktoren und Ärzten entgegengebracht wurde, was immer wieder dazu beitrug, daß sie sich ihres niedrigeren Status in der Welt der Medizin deutlich bewußt wurden. Dieses Mitglied der chirurgischen Zunft war besonders empfindlich, wenn es um seine Würde ging. Erst als seine gesträubten Federn wieder glattgestrichen worden waren, ließ er sich dazu herab, seine Überzeugung zu äußern.

»Bei einer Leiche achte ich auf drei Dinge«, sagte er lebhaft.

»Was wäre das, Sir?«

»Färbung, Stellung, Geruch. Das sind meine Spione.« Er zupfte an seinem Bart. »Ihre Gesichtsfarbe verriet mir allerhand, und ihre groteske Haltung ließ mich auf die Art ihres Todes schließen. Der Geruch war nur sehr schwach, aber ich konnte das Aroma eines Giftes erkennen.«

»Was enthielt es?« hakte sie nach.

»Wer kann das wissen, Mistress? Irgendeine tödliche Mixtur aus Wasserschierling, süßem Flag, Fingerkraut und vielleicht Mönchshut. Ich könnte es nicht genau sagen. Vielleicht sogar weißes Bingelkraut.« Er machte eine herablassende Handbewegung. »Und es könnte sogar sein – höher würde ich das jedoch nicht ansiedeln –, daß es vielleicht eine ganz winzige Andeutung von Schwefel gegeben hat. Roter und gelber Schwefel, mit den richtigen Zutaten verrührt, könnte den gequälten Ausdruck auf ihrem Gesicht bewirkt haben.«

»Wie wäre das Gift verabreicht worden?«

»In Form eines Pulvers oder eines Getränks.« Abwägend legte er die Fingerspitzen gegeneinander. »Es muß eine Flüssigkeit gewesen sein«, entschied er dann. »Ein Pulver hätte sich in dem Ale nicht schnell genug aufgelöst. Es wäre zu lange auf der Oberfläche sichtbar gewesen. Ich vermute, daß der Täter das Gift in einem winzigen Keramikfläschchen, das mit einem Korken verschlossen war, bei sich getragen hat. Er brauchte nur eine einzige Sekunde, um sein übles Gift in den Becher des Mädchens zu schütten.« Er deutete das Ende des Gesprächs an, indem er ihr zum Zeichen, daß sie jetzt gehen solle, die Tür öffnete. »Das ist alles, was ich Euch sagen kann, Mistress. Ich wünsche Euch einen guten Tag.«

»Eine letzte Frage noch ...«

»Ich habe noch andere Patienten zu behandeln, und die leben noch.«

»Wo könnte man ein solches Gift kaufen?«

»Jedenfalls nicht bei einem anständigen Apotheker.«

»Aber es ist irgendwo in London gekauft worden.«

»Wendet Euch an Master Bracewell«, sagte er bissig. »In dieser Sache ist er der Quell allen menschlichen Wissens. Auf Wiedersehen.«

Anne Hendrik fand sich auf der Straße wieder, aber nur mit der halben Antwort; dennoch hatte sie genug erfahren, um mit ihren Nachforschungen fortzufahren. Auf der Stelle ging sie los, um ein Gespräch mit dem Untersuchungsrichter zu führen, der ihre Aussagen aufgenommen hatte, als der Todesfall gemeldet worden war. Er hatte einen seiner typischen lebhaften Vormittage, und sie mußte lange warten, bis er ihr ein paar Minuten seiner Zeit widmen konnte. Nachdem sie sich ausgewiesen hatte, öffnete er sein Hauptbuch, um sich über die Einzelheiten dieses Falles zu informieren. Der Untersuchungsrichter war in seiner Amtsrobe eine beeindruckende Gestalt, doch die lebenslange Nähe zum Tod hatte ihre Spuren auf ihm hinterlassen. In seiner gemessenen, wohlüberlegten Art hatte er viel Mitgefühl für die Menschen, deren Leichen so stetig wie die Wasser der Themse auf ihn zutrieben. Anne Hendriks Frage war gleichzeitig merkwürdig und überraschend.

»Eine Obduktion?« fragte er.

»Um die Todesursache festzustellen.«

»Das haben wir doch bereits erledigt.«

»Könnt Ihr mir das Gift nennen, mit dem sie umgebracht wurde?«

»Nein«, gestand er. »Ich kann Euch auch nicht den Dolch zeigen, der diesen Mann tötete, oder das Schwert, das jenen niederstreckte. Zu jeder Stunde eines jeden Tages hinterläßt der Tod seine Handschrift in dieser Stadt. Wir können nicht jedesmal eine Obduktion vornehmen, um seine Zeichen zu entziffern.«

»Falls es eine Frage des Preises ist ...«

»Ich habe nicht genug Leute für diese Arbeit.«

»Dieses Mädchen starb in meinem Haus. Ich bin direkt beteiligt.«

»Dann hättet Ihr zur Beerdigung kommen sollen, Mistress.«

Anne riß die Augen auf. »Beerdigung?«

»Das Mädchen ist heute morgen beerdigt worden.«

»Wo? Wie? In wessen Auftrag?«

»Master Bracewell hat es so angeordnet.«

»Aber er kannte die junge Frau doch gar nicht.«

Der Untersuchungsrichter zeigte ein mattes Lächeln. »Er war betroffen genug, um für eine ordentliche Beerdigung zu bezahlen. Das arme Wesen wurde nicht einfach in ein Loch im Boden geworfen, ohne jemand, der um sie trauerte, wie es mit so vielen unbekannten Leichen passiert. Master Bracewell ist ein aufrechter Christ und sehr rücksichtsvoll. Weil er selber bei der Beerdigung nicht anwesend sein konnte, bat er einen Freund zu kommen und für die arme Seele zu beten.«

»Ein Freund? Habt Ihr seinen Namen gehört?«

»Den hat er nicht genannt, Mistress.«

»War es ein Mann oder eine Frau?«

»Ein Mann.«

»Vielleicht ein Mitglied der Theatertruppe, das hierbleiben mußte?«

»Alles, was ich weiß, ist der Name eines Gasthofes.«

»Das Queen's Head in der Gracechurch Street?«

»Richtig, das war es. Dieser Freund arbeitet dort.«

Anne Hendrik hatte eine Antwort bekommen. Es war nicht die, mit der sie gerechnet oder die sie gewollt hatte, aber sie zeigte in eine Richtung, die weitere Erklärungen zutage fördern könnte. Ein zärtliches Gefühl der Wärme durchflutete sie. Die Leiche war beerdigt worden, doch Annes Liebe zu Nicholas Bracewell kehrte mit Macht in ihr Leben zurück. Er hatte Hochherzigkeit und Sorge um das ermordete Mädchen gezeigt. Er hatte ein erhebliches finanzielles Opfer gebracht, als er für die Beerdigung bezahlte, denn er verdiente bei Westfield's Men gerade acht Shilling pro Woche. Es gab noch einen weiteren Punkt, der für Anne viel bedeutete. Der Untersuchungsrichter sprach über Nicholas mit einem Respekt, den er nur einem echten Gentleman zollen würde. Der Chirurg hingegen hatte abwertende Bemerkungen über Nicholas gemacht und ihn mit einer Handbewegung abgetan, doch der Untersuchungsrichter, ein älterer und besserer Menschenkenner, erkannte den wahren Wert des Impresario. Das gefiel ihr.

Sie erkundigte sich, wo die Beerdigung stattgefunden hatte, dankte dem Untersuchungsrichter herzlich für seine Hilfe und ging los, um dem toten Mädchen die letzte Ehre zu erweisen.

Westfield's Men hatten für strahlenden Sonnenschein und herrliche Landschaften keinen Blick übrig. Lawrence Firethorn trieb sie zu solch strammem Tempo an und verbreitete eine derartig schlechte Stimmung in der ganzen Gruppe, daß sie keine Chance hatten, die Schönheiten der Reise zu würdigen. Schauspieler waren schon zu ihren besten Zeiten streitsüchtige Leute, doch jetzt fingen sie ernsthaft an, sich zu zanken. Nicholas verschwendete einen Großteil seiner Energie darauf, sich mit gutgelaunter Bestimmtheit in ihre Händel zu mischen und die Gruppe aus ihrer Marwoodschen auftrumpfenden Griesgrämigkeit zu befreien. Es war eine sehr lange und sehr anstrengende Reise nach Oxford.

Barnaby Gill befand sich an der Spitze der Reitertruppe und überhäufte Firethorn mit Hohn und Spott, weil er sich das Geld, das sie sich mit ihrer improvisierten Vorstellung im Fighting Cocks verdient hatten, auf so tölpelhafte Weise hatte abnehmen lassen. Und er bestand darauf, ab sofort die Verantwortung für alle zukünftigen Einnahmen zu übernehmen, weil er sich niemals von irgendwelchen verräterischen Frauen würde ablenken lassen. Der Oberste Schauspieler ertrug die bissige Kritik, solange er konnte, dann hob er zu seinem Gegenangriff an. Daraufhin verfielen beide Männer in dumpfes

Brüten. Gill brauchte fünf Meilen, bis er wieder richtig sprechen konnte.

»Die Königin hat Oxford bei zwei Gelegenheiten besucht«, sagte er kenntnisreich. »Das erste Mal war vor langer Zeit, das zweite Mal erst letztes Jahr.«

»Was kümmert mich die Herumreiserei Ihrer Majestät?« sagte ein brummiger Firethorn. »Das hat für uns doch keinerlei Bedeutung.«

»Doch, das hat es, Lawrence. Oxford ist eine Universitätsstadt, und es war Universitätstheater, was sie ihr vorgesetzt haben. Richtige Schauspieler waren durch unreife Jünglinge ersetzt worden.« Er schob sein Pferd näher an seinen Kollegen heran. »Wollt Ihr noch mehr darüber hören?«

»Habe ich eine Wahl?« stöhnte der andere.

»Laßt mich beginnen ...«

Barnaby Gill war nicht nur ein hervorragender Schauspieler, sondern auch der selbsternannte Historiker der Theatertruppe Westfield's Men und darüber hinaus der weiten Welt des Theaters. Sein Gehirn war ein lebendes Nachschlagewerk über Stücke und Darsteller, und er vermochte sich mit erstaunlicher Genauigkeit an jedes einzelne Stück zu erinnern, in dem er jemals aufgetreten war. Andere Truppen waren ebenfalls gespeichert; er konnte die kompletten Repertoires aufzählen von Truppen wie The Queen's Men, Worcester's Men, Pembroke's Men, The Chamberlain's Men, Strange's Men, die sich mit Admiral's Men zusammengetan hatten, welche ihrerseits seit dem Tode ihres Schirmherrn im Armada-Jahr mit Leicester's Men kooperierten. Und da Banbury's Men der schmerzhafteste Stachel im Fleisch der eigenen Theatertruppe waren, kannte er buchstäblich jede Einzelheit dieser Gesellschaft. Aus etwas anderen Gründen hielt sich Gill auch auf dem laufenden über die Aktivitäten der Schauspielschüler des Schulchors von St. Paul und der Chapel Royal zu

Windsor und solcher Schulen wie Merchant Taylor's. Jedes Stück, das während seines Lebens irgendwo aufgeführt worden war, kannte er mit Ort, Zeit und Schauspielern.

»Unsere liebe Königin«, sagte er mit ehrerbietiger Vertraulichkeit, »besuchte Oxford erstmals im Jahre des Herrn 1566 und logierte zu Christ Church. Dort war es auch, wo sie eine Aufführung von ›Palamon und Acryte‹ besuchte.«

»In sowas bin ich auch schon aufgetreten«, brüstete sich Firethorn.

»Das stammte von einem anderen Dichter, Lawrence. Es ist eine alte Geschichte, mit der sich viele Stückeschreiber befaßt haben. In Oxford war es das Werk von Richard Edwardes, das die Königin in Christ Church Hall anschaute.« Er verdrehte die Augen. »Bedauerlicherweise war das noch nicht alles, was Ihre Majestät an diesem tragischen Abend zu sehen bekam.«

»Was denn sonst noch, Barnaby?«

»Tragödie, Unglück, Chaos.«

»Dann müßt Ihr ein Mitglied des Ensembles gewesen sein.«

»Ich trat nicht in diesem Stück auf!« gab Gill zurück, »und war noch nicht in dem Alter, in dem das Drama mich gepackt hatte. Um jetzt zu meiner Geschichte über die Queen zurückzukehren ... Ihre Höflinge hatten ihre Plätze auf Balkonen, die an eine Wand gebaut waren, und sie selbst saß auf einem überdachten Sessel auf einer Plattform, die theatermäßig dekoriert war. Jetzt kommen wir zu dem Unglück ...«

»... als Barnaby Gill die Bühne betrat!«

»Als eine größere Menschenmenge aus Stadt und Universität den Raum betrat. Sie kam mit derartigem Ungestüm herein, daß sie eine Wand zum Einsturz brachte, die auf die Zuschauer niedersauste. Drei Personen wurden getötet, fünf weitere verletzt. Die Königin war außer sich.«

»Hatte sie auf ein größeres Gemetzel gehofft?«

»Sie ließ ihre eigenen Leibärzte holen, um die Verwundeten zu behandeln.«

»Und was war mit ›Palamon‹?«

»Das wurde trotz allem hervorragend gespielt und ließ die Königin herzhaft lachen. Sie war vom Autor sehr eingenommen und dankte ihm für seine Bemühungen.«

»Schauspieler machen Stücke, nicht die Autoren!« trompetete Firethorn.

»Laßt dem Autor seine Verdienste.«

»Weist die Tintenschmierer in ihre Schranken.«

»Dieser Richard Edwardes hatte die Universität aufgegeben, um ›Master of the Children of the Chapel‹ zu werden, doch kehrte er zurück, um den ersten Teil seines Stückes zu präsentieren. Die Königin kam auch in den Genuß des zweiten Teils, ein paar Tage später, als sich kein Unglück ereignete.« Er hob einen tadelnden Finger. »Ihr habt ein warnendes Beispiel gehört, Lawrence.«

»Die Warnung habe ich vernommen.«

»Wie lautet sie denn?«

»Ladet die Königin nicht zu unseren Aufführungen ein.«

»Achtet auf gesittetes Benehmen. Haltet unsere Zuschauer im Zaum.«

»Meine Darstellungskunst wird sie zur Ruhe zwingen.«

»Jawohl, sie werden allesamt einschlafen.«

»Ich vermag durchaus ein Publikum zu faszinieren.«

Gill kicherte. »Wie Ihr es im Fighting Cocks bewiesen habt, der nach Euch und Eurem fetten Nebenbuhler benannt ist.«

Firethorn drehte sich im Sattel um, um ihn zu schlagen, doch der lästernde Clown gab seinem Pferd die Zügel und ritt zum Ende der Reisegruppe. Während der Oberste Schauspieler allein vor sich hinschimpfte, fing sein Kollege ein Gespräch mit den Schauspielschülern an, die sich auf dem Karren räkelten. Richard Honeydew besaß eine lebhafte Neugier und echte Hochachtung vor seinen älteren Kollegen.

»Seid Ihr schon früher in Oxford gewesen, Master Gill?« fragte er.

»Ich bin schon überall gewesen, Dicky.«

»Was ist es für ein Ort?«

»Eine ansehnliche Stadt in einer malerischen Landschaft und von einer Stadtmauer umgeben. Sie hat berühmte Schulen, große Kirchen und hervorragende Gasthäuser. Wir hoffen, daß sie Westfield's Men freundlich aufnimmt.«

»Es heißt, Cambridge sei noch schöner.«

»Was weißt du denn schon von Schönheit?« sagte Gill mit einem Zwinkern in den Augen. Doch ein aufmerksamer Blick von Owen Elias, der auf dem Kutschbock saß, ließ den Reiter einen anderen Ton anschlagen. »Cambridge? Nein, mein Junge, das kann Oxford das Wasser nicht reichen. Wenn du es hören willst, sage ich dir, warum ...«

Nicholas Bracewell war nahe genug, um das Gespräch der beiden zu hören, doch er machte sich keine Sorgen. Owen war Manns genug, um auf die Lehrlinge aufzupassen. Gills Vorlieben waren durchaus bekannt und wurden auch toleriert, doch es gab das ungeschriebene Gesetz, daß die Lehrlinge der eigenen Gruppe tabu waren. Wann immer volle Lippen, zarte Wangen oder ein hübscher Nacken Barnaby Gill dieses Gesetz auch nur eine Sekunde vergessen ließen, war Nicholas Bracewell meistens zur Stelle, um ihn daran zu erinnern. Die älteren Schauspielschüler wußten genügend Bescheid, um auf sich selbst aufpassen zu können, wenn der Künstler in ihrer Nähe war, doch Richard Honeydew besaß noch die Unschuld eines Engels. Nicholas würde schon dafür sorgen, daß sie ihm nicht brutal genommen wurde.

»Das ist das Merkwürdige daran, Nick«, sagte Edmund Hoode.

»Merkwürdig?«

»Meine Sonette, meine Verse, meine Inspiration.«

»Was ist damit?«

»Abgedroschen!«

»Wieso das?«

»Weil sie mich liebte.«

»Das macht doch keinen Sinn, Edmund.«

»Der Erfolg war mein größter Fehler!«

Hoode ritt neben Nicholas und versank von Zeit zu Zeit in Träumerei. Aus der letzten erwachte er mit Erkenntnissen, die seine Haltung zu seiner eigenen Dichtkunst von Grund auf änderten. Wenn er sich wahnsinnig und völlig unangemessen in irgendeine Göttin verliebt hatte, war er so aufgewühlt, daß er seine Gefühle in honigtriefende Sonette und erhabene Verse kleidete. Tatsächlich waren seine lyrischen Ergüsse um so lieblicher, je unnahbarer seine Angehimmelte war. Jane Diamond hatte ihn zunächst verzaubert und dann auf seine Werbung mit Eifer reagiert. Hoode schrieb ihr ein Gedicht nach dem anderen, alle in der Hoffnung, eine Treppe aus Worten zu bauen, auf der er zu ihrem Zimmer gelangen könnte, um die Belohnung des Liebhabers zu gewinnen. Wenn er sich jetzt an diese Verse erinnerte – jede Zeile so peinlich wie die nächste –, dann merkte er, daß sie platt, rührselig und ihrer Adressatin vollkommen unwürdig waren. Seine Treppe aus Worten hatte ihn in einen kreativen Keller geführt. Die göttliche Jane Diamond hatte seine Selbsteinschätzung vielleicht geschärft, auf jeden Fall aber sein Talent bis zur Unkenntlichkeit verstümmelt. Der liebeskranke Autor zeigte erste Anzeichen der Erholung.

»Ihr Ehemann war ein verkleideter Schutzengel«, sagte er heiter. »Indem er mich aus den Armen seiner Frau riß, gab er mir meine Erfindungsgabe zurück. Ich bin wieder ganz der alte Edmund Hoode.«

»Wir sind glücklich, daß es so gekommen ist.«

»Wenn ihr Ehemann hier wäre, würde ich mich bei ihm bedanken.«

Nicholas schaute nach vorn, wo Lawrence Firethorn ritt, sagte aber nichts. Der verkleidete Schutzengel war ein rücksichtsloser Erster Schauspieler gewesen, der einen abtrünnigen Dichter für seine Tournee zurückholte, doch diese Art von Wahrheit durfte das schwankende Schiffchen, das Edmund Hoodes Phantasie war, nicht erschüttern. Er war wieder hier bei seinen Kollegen, das war das einzige, worauf es ankam. Nicholas bohrte ein wenig wegen Edmunds momentaner Langsamkeit nach.

»Wie steht's mit dem ›Kaufmann von Calais‹?« fragte er.

»Unbestimmt.«

»Ihr hattet die Ablieferung für Anfang dieses Monats versprochen.«

»Morgen begebe ich mich wieder an die Arbeit.«

»Warum nicht schon heute?«

»Ja, warum eigentlich nicht?« beschloß Hoode, der seine Schwäche von sich warf wie einen alten Mantel. »Ihr werdet mir helfen, Nick. Wer könnte das besser als Ihr? Ihr stammt aus einer Kaufmannsfamilie in Devon und seid häufig in Calais gewesen. Erzählt mir etwas über die Kaufleute von Staple.«

Für Nicholas war das ein sehr unerfreuliches Thema – vor allem zum jetzigen Zeitpunkt –, deshalb wählte er seine Worte mit Sorgfalt. Bevor er sie jedoch zu ganzen Sätzen formulieren konnte, wurde er von dem wieder schwermütigen Edmund Hoode unterbrochen. Seine Melancholie kehrte zurück.

»Erklärt es mir, Nick. Ich bin ein gelehriger Schüler.«

»Was soll mein Thema sein?«

»Glück in der Liebe.«

»Sucht Euch dafür einen anderen Lehrer.«

»Aber Ihr seid das Beispiel, das ich mir ausgesucht habe«, sagte Hoode. »Seitdem wir befreundet sind, habe ich Dutzende von schönen Frauen geliebt und wieder verloren, Frauen, die mir das Herz aus der Brust rissen und es vor meinen eigenen Augen langsam verbrannten. Und Ihr? Nur eine einzige Frau in der ganzen Zeit.«

Nicholas blieb ausweichend. »Mein Fall liegt anders.«

»Das ist ja gerade der Grund, weshalb ich mich an Euch ausrichten will.«

»Folgt Eurem eigenen Kurs, Edmund.«

»Zu weiteren Qualen? Ihr und Anne erfüllt mich mit Neid.«

»Der äußere Anschein kann täuschen.«

»Nein, Nick,« sagte der andere, »Ihr beide seid aus dem gleichen Holz geschnitzt. Ich habe noch nie ein zufriedeneres Paar gesehen, es sei denn, es handele sich um Margery und Lawrence, die sich gegenseitig zerfetzen! Mistress Anne Hendrik ist eine bemerkenswerte Frau.«

»Das ist sie«, stimmte der andere gerne zu.

»An Eurer Stelle würde ich sie heiraten und mich von diesem infernalischen Beruf zurückziehen. Was braucht ein Mann denn sonst noch?«

Das war eine Frage, der sich auch Nicholas in den beiden letzten Tagen hatte stellen müssen. Anne aus seinem Leben zu verlieren hatte eine unbeschreibliche Leere in seinem Innern hervorgerufen. Eine Eheschließung hatte zuvor nie ernsthaft zur Debatte gestanden, doch plötzlich hatte das Thema eine Bedeutung bekommen, die er nicht für möglich gehalten hätte. Die Welt des Theaters brachte viele schöne Dinge mit sich, doch das Leben in dieser Welt war eine gefährliche und anstrengende Sache. Wenn Anne seine Frau würde, könnte er sich eine bessere und wertvollere Arbeit suchen. Wenn er die

Chance für ein dauerhaftes Glück hatte, warum blieb er dann trotzdem bei Westfield's Men?

Ein Blick auf seine Truppe gab ihm die Antwort und trieb ihm das verführerische Bild Anne Hendriks aus dem Kopf. Sollte sie doch die Witwe eines Holländers bleiben. Sein Platz war hier, bei seinen Kollegen, mit denen er schlechte Tage teilte und sich in guten Zeiten freute. Hier mußte ein Stück fertiggestellt werden, private Überlegungen durften das nicht verhindern. Er lächelte Hoode zu und erzählte von jemandem, an den er seit vielen Jahren nicht zu denken gewagt hatte.

»Mein Vater war ein Kaufmann in Staple«, sagte er.

Oxford war unendlich kleiner als London, dennoch hatte die Stadt für die Flüchtlinge aus der Hauptstadt eine Größe und Bedeutung angenommen, die alle Proportionen ihrer wahren Dimensionen sprengte. Die Stadt war ihr ersehntes Ziel, ein Hafen der Ruhe nach einer anstrengenden Reise, ein Ort, an dem man essen und trinken konnte, wo es Frauen gab, wo man vor einem richtigen Publikum auf einer richtigen Bühne auftreten konnte, um wieder einmal die unnachahmliche Spannung einer Aufführung zu spüren, und wo man den Schrecken des brennenden Queen's Head und den hohen Preis ihres kurzen Aufenthaltes im Fighting Cocks vergessen konnte. Die Stimmung der ganzen Tournee würde in Oxford geprägt werden, deshalb waren sie versessen darauf, dorthin zu gelangen, damit sich ihre Lebensgeister erheben und sie ihr Selbstwertgefühl wiederfinden konnten.

Jeder einzelne Mann und jeder Junge in der Truppe hatte seine eigenen Vorstellungen davon, was die Stadt zu bieten hatte. Lawrence Firethorn wünschte sich, daß die alten Mauern ins Schwanken gerieten über die Brillanz seiner Darstellungskünste und daß der Applaus eine ganze Woche lang anhalten würde. Er hoffte ferner, daß Israel Gunby, sein alter

Widersacher, der falsche Vater und raffinierte Dieb, sich in Oxford aufhielt, damit er ihn zur Strecke bringen, mit seinen bloßen Händen zerreißen und seinen elenden Leichnam in Stücke schneiden konnte, um sie dann an räudige Straßenköter zu verfüttern. Owen Elias hatte bescheidenere Vorstellungen. Obwohl er alles andere als ein Akademiker war, wollte er sich das Jesus-College anschauen, das vor mehr als zwanzig Jahren von einem anderen Waliser, einem Dr. Hugh Price, gegründet worden war, um eine keltische Note in die Stimme der Universität zu bringen. Er wollte sich mitten in den quadratischen Hof stellen und seinen berühmten Monolog sprechen, den er zu diesem Zweck in seine Muttersprache übersetzt hatte. Richard Honeydew mit seinen hochfliegenden Erwartungen sah in Oxford einen Ort der Schönheit und Wahrheit. John Tallis, den etwas irdischere Nöte quälten, konnte ausschließlich an gutes Oxforder Essen denken, Martin Yeo lief beim Gedanken an einen ausgiebigen, wenn auch heimlichen Schluck Ale das Wasser bereits im Munde zusammen, und Stephen Judd, der älteste der Schauspielschüler, der sich mit steigendem Interesse mit dem weiblichen Geschlecht auseinanderzusetzen hatte, das zu imitieren er bezahlt wurde, träumte von willfährigen jungen Frauen, die auf Abenteuer aus waren. George Dart sah Oxford als weiches Bett, in dem er bis in alle Ewigkeit schlafen konnte.

Als einziger der ganzen Gruppe betrachtete Edmund Hoode die Stadt als den edlen, international berühmten Hort der Wissenschaft. Er selbst war sehr gut in der Westminster School erzogen worden, gewiß keine schlechtere Bildungsstätte als Camden, doch seine Erziehung war kurz vor dem Universitätsgrad zu Ende gewesen und hatte in ihm das Gefühl hervorgerufen, einen wesentlichen Teil seiner intellektuellen und geistigen Entwicklung verpaßt zu haben. Die meisten seiner Dichter-Rivalen kamen von Cambridge oder Oxford, während andere an den Inns of Court in London gewesen waren. Obwohl er viel las und eine rasche Auffassungsgabe besaß, gab es immer noch große Lücken in seinem Wissensschatz, und deshalb hatte er den Plan gefaßt, in den Collegegebäuden herumzuwandern, in der Hoffnung, daß dies sein Wissen bereichern würde. Westfield's Men waren gekommen, um Theater zu spielen, der Zweck seines Hierseins war es, einige Lücken in seiner Bildung zu füllen.

Nicholas Bracewell verspürte Beklommenheit. Oxford brachte ihn einem Leben näher, das er aufgegeben hatte, und entfernte ihn immer mehr von einer Frau, die er liebte. Außerdem mußte er hier mit einem zweiten Angriff des Mannes rechnen, der versucht hatte, ihn umzubringen. Im Kreis seiner Kollegen war er sicher, aber er konnte nicht damit rechnen, daß die Truppe während des gesamten Aufenthalts in Oxford einen Sicherheitswall um ihn bilden würde. Sobald Nicholas allein und unbewacht war oder schlief, stellte er ein einladendes Ziel für einen Mann dar, der mit katzenhafter Geduld im Dunkeln auf ihn lauerte, bevor er sich auf ihn stürzte. Nachdem ihm der Versuch mit der Knotenschnur mißlungen war, würde er sich beim nächsten Mal eine wirkungsvollere Methode aussuchen, um ihm den Garaus zu machen. Nicholas mußte sich auf das Aufblitzen kalten Stahls gefaßt machen. Doch er hatte ein Problem. Im Durcheinander des Bühnenaufbaus, bei der Leitung der ganzen Truppe und bei der Überwachung der Aufführung würde er permanent abgelenkt sein. Zusätzliche Augen waren vonnöten, die unablässig auf ihn achteten. Er zog Edmund Hoode und Owen Elias ins Vertrauen, verpflichtete beide jedoch zu größter Verschwiegenheit. Wenn der erste sich nicht in Collegehallen herumdrückte und der andere auf seinen walisischen Monolog verzichtete, dann würden sie einem bedrohten Freund aufmerksame Wächter sein.

Die wahre Überraschung aber war Barnaby Gill. Er, der für seinen verschmitzten Humor auf der Bühne und für seine grantige Stimmung hinter der Bühne bekannt war, wurde beim Anblick der Stadt so aufgeregt, daß er an der Reisegruppe auf und ab ritt, seine Kollegen ermunterte und ihnen versicherte, Oxford würde sie für alle Schwierigkeiten entschädigen, die sie bisher hatten erdulden müssen. Er zeigte die Führungsqualitäten, die normalerweise von Lawrence Firethorn erwartet wurden. Sein Überschwang beruhte zum Teil darauf, daß man für das Oxforder Publikum ein beliebtes Stück ausgesucht hatte, zum Teil aber auch darauf, daß er hier eine Taverne kannte, in der er jene gleichgesinnte Gesellschaft für die Nacht finden konnte, die sich außerhalb seiner einschlägigen Londoner Vergnügungsstätten nur schwer auftreiben ließ. Hinzu kam noch, daß Oxford ihm die Gelegenheit bot, sein Theaterwissen zur Schau zu stellen.

Er lenkte sein Pferd an Lawrence Firethorns Seite.

»Als die Königin letztes Jahr hierherkam ...«

»Verschont mich, Barnaby!«

»... sah sie zwei Komödien, die von Schauspielern der Universität in lateinischer Sprache aufgeführt wurden. Die Qualität der Aufführung war miserabel, doch Ihre Majestät hörte aufmerksam zu. Es gefiel ihr alles so gut, daß sie die Schauspieler einlud, das Stück am Hofe aufzuführen, doch da sich deren Repertoire in den sehr engen Grenzen einer toten Sprache bewegte, kam es nicht dazu. Bei Hofe ist man zu dumm, um Latein zu verstehen.«

»Soll das eine weitere erzählte Warnung werden?« fragte Firethorn.

»Ich erhelle Euch nur ganz einfach über ein akademisches Drama.«

»Das ist ein Widerspruch in sich. Zuviel Wissenschaft ist der Tod des Dramas, und zuviel Drama zerstört die Überlegenheit des Geistes.« Die Eifersucht meldete sich zu Wort. »Außerdem – was wissen schwafelnde, pickelige und hohlbrüstige Studenten denn schon von der Kunst des Theaters? Wir haben hier keine Konkurrenz zu befürchten.«

»Genau das meinte ich, Lawrence.«

»Hier hat man bisher kein Talent meiner Größe zu Gesicht bekommen.«

»Außer, als ich letztes Mal hier auftrat.«

»Tretet beiseite und laßt wahre Größe auf die Bühne!«

»Ich verbinde meine erste Warnung mit einer zweiten. Achtet auf Neid und Mißtrauen auf der Seite der Studenten. Es wird Widerstand geben. Sie hassen herumziehende Schauspieler und behandeln sie wie Landstreicher.«

»Lawrence Firethorn wird ihnen schon den Marsch blasen.«

»Vergeßt die Oberschicht und spielt für die Massen.«

»Ich will, daß jede Frau, jeder Mann und jeder rotznasige Student hier ist!«

»Die jüngeren Studenten sind in den Ferien.«

»Holt sie zurück! Sonst verpassen sie noch ein Ereignis, das so selten und beeindruckend ist wie eine Sonnenfinsternis.«

»Beeindruckend, das gebe ich gerne zu«, sagte Gill, »aber doch wohl kaum selten. Eure Sonne verfinstere ich doch jedesmal, wenn ich auf der Bühne vor Euch stehe.«

Sie stritten sich auf freundliche Art, bis die Stadt in der Ferne an Größe und Erkennbarkeit zunahm. Erwartungsvolles Gemurmel erhob sich bei den Reisenden. Endlich rückte die Erlösung in greifbare Nähe. Wald und Wasser sorgten bei Oxford für eine herrliche Umgebung, Wiesen, Felder und Hügel erhöhten den sehenswerten Charme der Stadt. Manche Städte waren nichts als ein Fleck in der Landschaft, eine häßliche Ansammlung von Häusern, Kneipen und städtischen Gebäuden, die von gleichgültiger Hand in der Gegend verteilt worden waren, um die Seelen jener zu bedrücken, die hier leben mußten, und die Augen aller Reisenden zu beleidigen, die vorüberzogen. Im Gegensatz dazu schien Oxford wie ein prächtiger Pilz aus der Erde zu sprießen, der die Schönheit seiner Umgebung erhöht und gleichzeitig vielfachen Nutzen daraus zieht. Stadt und Land befanden sich in Harmonie miteinander, was die Besucher aus einer Hauptstadt beeindruckte, deren ausufernde Grenzen nur zu oft für heftige Zwietracht sorgten.

Es war später Nachmittag, die Sonne war bereits so weit gesunken, daß sie Türme und Kirchturmspitzen mit glänzenden Strahlen verzierte. Als sie sich Pettypoint näherten, der befestigten Steinbrücke über den Fluß Cherwell, staunten sie über die normannische Baukunst, die diesen Übergang konstruiert hatte. Links von ihnen erstreckte sich Christ Church Meadows, doch es war der riesenhafte Turm des Magdalen College, der ihre Aufmerksamkeit gefangennahm. Direkt vor ihnen war die Stadtmauer, in deren Schutz zahlreiche Gebäude mit freundlicher Herablassung auf sie niederschauten. Eastgate war ein weit geöffnetes Stadttor, das sie hereinbat und Lawrence Firethorn das Stichwort für eine Rede gab.

»Tretet ein, meine Freunde!« rief er aus. »Wo Belagerungen gescheitert sind, da werden wir siegen. Wo Universitätsschauspieler lateinisch langweilten, da werden wir mit Queen's English für Begeisterung sorgen. Wo Religion die Menschen auf den Scheiterhaufen warf, da sind wir unserer Herde friedlichere Hirten. Wo die Wissenschaft blüht, erteilen wir unvergleichlichen Unterricht. Wo man das Drama schätzt, verleihen wir ihm neue und erregende Bedeutung.« Seine Rhetorik führte ihn durchs Stadttor und zur High Street. »Oh, meine Herren! Aufrecht die Rücken und hoch das Kinn! Laßt die Leute von Oxford merken, daß wir da sind. Westfield's Men erscheinen im Triumphzug. Wir sind weder kriechende Schausteller noch herumziehende Landstreicher. Die besten Bühnenkünstler der Welt sind in diese Stadt gekommen, und wir müssen dafür sorgen, daß sie uns auf ewig dankbar sind. Lächelt, lächelt! Winkt, winkt! Macht euch zu Freunden von allen und jedem. Verschönt ihr langweiliges Dasein. Wir führen einen Krieg der Glückseligkeit!«

Die markigen Worte belebten die Reisenden und trugen sie in freudiger Erregung die High Street hinauf. Rechts von ihnen erstreckten sich die niedrigen Gebäude der St. Edmund's Hall, gefolgt von der gotischen Fassade des Queen's College. Fast genau gegenüber lag das University College, angeblich die älteste Universität, und jetzt drehten sich die Köpfe, welche die eindrucksvolle Fassade bewundert hatten, zur anderen Seite der Straße, um die ruhige Majestät des All Souls College zu betrachten. Dieses Vergnügen wurde schon rasch von einem anderen abgelöst, als sich die mächtige Pfarrkirche Church of St. Mary über alle anderen Gebäude in ihrer Umgebung erhob und sie zu Zwergen machte und den Himmel mit senkrechter Akkuratesse aufspießte. Zur Linken folgte Brasenose mit dem Oriel College, davor ein mit Bäumen verzierter Rasen. Jenseits dieser offenen Fläche und der verstreuten Gebäude rings um Peckwater's Inn lag das größte College von allen – Christ Church, das 1525, als die Anlage von Kardinal Wolsey begonnen wurde, zunächst Cardinal College hieß und inzwischen von gewaltigeren Ausmaßen war, als es von seinem bereits grandios planenden Gründer vorgesehen war. Obwohl die Arbeiten daran immer noch nicht endgültig abgeschlossen waren, vermittelte es den Eindruck von Vollständigkeit und Dauerhaftigkeit – ein architektonischer Markstein, an dem alle zukünftigen Collegebauten gemessen werden würden.

Barnaby Gill genoß seine Rolle als Fremdenführer.

»Merton College liegt links von uns, direkt neben dem

Corpus Christi, drüben neben der Baumgruppe. Auf unserer Seite sieht man das Lincoln, dann das Exeter und das Jesus College, das von der anderen Seite der Turl Street herüberschaut.« Er schüttelte die Faust. »Ich weiß nie, ob Oxford eine Stadt ist, in der eine Universität Wurzeln geschlagen hat, oder ob es eine Universität ist, um die sich eine Stadt gebildet hat, denn diese beiden Dinge sind so eng miteinander verwoben, daß niemand sagen kann, wo das eine beginnt und das andere endet.«

Das war kein Problem für die Menschen, die in Oxford lebten, wo der Unterschied zwischen der Oberschicht und den anderen sozialen Kreisen so markant war, daß sich beide Gruppen unversöhnlich gegenüberstanden. Die unterschwellige Feindseligkeit entlud sich gelegentlich in gewalttätigen Ausbrüchen und sogar regelrechten Aufständen, aber davon war jetzt nichts zu erkennen. Eine deprimierende Einheitlichkeit hatte sich über die Stadt gelegt und sorgte dafür, daß die herumschlurfenden Studenten unter der normalen Stadtbevölkerung nicht auffielen. Nicholas Bracewell bemerkte auf allen Gesichern den gleichen Ausdruck. Theatertruppen hatten Oxford schon häufig besucht, doch die Ankunft eines berühmten Ensembles aus London hätte eigentlich mehr bewirken müssen als die gedämpfte Neugier, der sie hier begegneten. Lawrence Firethorn ritt an der Spitze seiner Leute, als ob er eine Invasionsarmee anführte, doch selbst sein martialisches Gehabe erregte kein besonderes Interesse. Nicholas beugte sich zu Edmund Hoode vor.

»Hier stimmt etwas nicht.«

»Andere Schauspieler sind vor uns eingetroffen.«

»Die Wahrheit könnte schlimmer sein als das, Edmund.«

»Warum wenden sich die Leute von uns ab?«

»Ich fürchte, dafür gibt es nur eine einzige Erklärung.«

Westfield's Men ritten nun nach rechts zum Cornmarket

und dann zum Cross Inn weiter, wo sie erleichtert in den Innenhof zogen. Die Reise war bisher eine einzige Mühsal gewesen, doch die war jetzt vergessen. Oxfords Gastfreundschaft würde all ihre Probleme lösen.

Aber der Hauswirt des Cross Inn beraubte sie dieser Illusion. Kurz, stämmig und auf alten Beinen humpelnd, kam er heraus, um sie halbherzig zu begrüßen.

»Ihr seid willkommen, Gentlemen, aber auftreten könnt Ihr hier nicht.«

»Wir werden in der Stadthalle spielen«, verkündete Firethorn.

»Weder da noch hier, weder im King's Head noch sonstwo in Oxford, fürchte ich.«

»Was sagt Ihr da, Hauswirt?«

»Schlechte Neuigkeiten, Sir. Die Pest ist mal wieder über uns gekommen.«

»Die Pest!«

Dieses Wort vernichtete die gesamte Gruppe. Sie waren die ganze Strecke gereist, damit ihnen jetzt das Vergnügen ihrer Auftritte und der dringend benötigten Einnahmen versagt blieb. Das war eine niederschmetternde Nachricht. Die Pest, die sie schon so oft aus London verjagt hatte, war jetzt aus schierer Mißgunst nach Oxford gekommen und hatte ihre Anwesenheit unmöglich gemacht. Krankheiten wucherten während der Sommermonate und verbreiteten sich am ehesten bei öffentlichen Zusammenkünften der Massen. Theateraufführungen, Spiele und andere Großveranstaltungen waren verboten. Die Unterbringung von Reisenden war streng begrenzt, Schweine und Abfälle wurden von den Straßen entfernt. Die bedrückten Gesichter, die sie auf ihrem Gang durch die Stadt bemerkt hatten, gehörten den Überlebenden. Bei solcher Gemütsverfassung der Leute konnten Westfield's Men hier nichts erreichen. Menschen, die mit der

Angst lebten, schon morgen ein Opfer der Pest zu werden, waren auf ihrem Weg zu einem frühen Grab nicht an Vergnügungen interessiert.

Der Hauswirt versuchte, sie ein wenig zu trösten.

»Fürchtet nichts, Sirs!« rief er. »Unser Bürgermeister wird nicht knauserig sein. Ihr werdet Geld erhalten, damit Ihr nicht auftretet.«

»Damit wir nicht auftreten!« Lawrence Firethorn erbebte bei dieser Beleidigung und stieß seine Antwort hervor. »Wir sollen bezahlt werden, damit wir nicht auftreten! Werdet Ihr auch den Fluß bezahlen, damit er nicht mehr fließt, und die Sterne, damit sie nicht mehr leuchten? Gebt Ihr dem Gras Geld, damit es nicht mehr wächst? Wieviel habt Ihr dem Regen geboten, damit er nicht niederfällt, und dem Mond, der nicht mehr aufgehen soll? Ha!« Er schlug sich mit lordhafter Geste an die Brust. »Ich bin eine Naturgewalt und lasse mich von irgendeinem elenden Bürgermeisterwurm nicht aufhalten. Oxford hat nicht genug Geld in seinen Schatztruhen, um einen Lawrence Firethorn auszuzahlen.«

»Wir haben die Pest, Sir«, wiederholte der Gastwirt.

»Die Pest über Eure Pest! Und die Pocken auf Euren Gruß!« Er drehte sich im Sattel herum. »Nicholas!«

»Ja, Master.«

»Reitet zu diesem Bürgermeister, der sich in alles einmischt. Sagt ihm, wer ich bin.«

»Ja, Master.«

»Und wenn er es wagt, uns Geld anzubieten, damit wir verschwinden«, fügte Firethorn zornig hinzu, »dann verflucht ihn wegen seiner Unverschämtheit und werft es ihm in sein schuppiges Gesicht!«

Nicholas Bracewell erhielt einen Auftrag, von dem er jetzt schon wußte, daß er ihn nicht ausführen konnte, aber es hatte keinen Zweck, mit dem Ersten Schauspieler zu argumentieren, wenn er so erregt war wie jetzt. Die Pest war ein zu mächtiger Gegner und hatte sie wieder einmal in die Knie gezwungen. Auf Tourneen war es Nicholas' Aufgabe, die städtischen Würdenträger aufzusuchen, um die Lizenz zum Spielen zu erhalten. Im allgemeinen bot man Westfield's Men günstige Bedingungen für ihre Auftritte, doch diesmal war das anders. Als Nicholas davonritt, fand er sich mit der unvermeidlichen Tatsache ab, doch konnte er dem ganzen Elend noch einen tröstlichen Gedanken abgewinnen. Eine Peststadt war zu gefährlich, um sich länger darin aufzuhalten. Selbst ein Meuchelmörder würde die Gefahr einer Ansteckung meiden. Nicholas konnte sich entspannen. Innerhalb Oxfords war er in Sicherheit.

Die Paternoster Road war bekannt für ihre Anknüpfungspunkte zur Welt der Literatur, viele Drucker, Papier- und Buchhändler hatten dort ihre Geschäftsräume. Dennoch war es hier, wo sie die Apotheke fanden, nach der sie suchten. Nach stundenlangem Herumwandern in den Seitenstraßen und Gassen von Cordwainer Ward dehnten sie ihren Radius aus und kamen schließlich in die lebhafte Durchgangsstraße, die nördlich von St. Paul's Cathedral verlief. Kaufleute, Seidenhändler und Spitzenklöppler residierten ebenfalls in dieser Gegend, die außerdem berühmt war für die Anzahl und den guten Ruf ihrer Wirtshäuser. Aus diesen und anderen Gründen war die Paternoster Road niemals still oder leer, und Anne Hendrik war froh über Leonards beruhigende Anwesenheit, während sie sich hinter ihm durch das Gewimmel der Menschen schlängelte. Sie waren ein ungleiches Paar. Seine gewaltige Körperfülle reduzierte ihre zierlich-elegante Gestalt auf ein fast kindliches Format. Leonard, der an weibliche Begleitung nicht gewöhnt war, verfiel in eine schwerfällige Art von Galanterie, die seine Unbeholfenheit nur noch vergrößerte.

Als Anne ihn im Queen's Head aufgesucht hatte, war er mehr als hilfsbereit gewesen und hatte ihr alles berichtet, was ihm von seinem Zusammentreffen mit der unglückseligen Reisenden aus Devon noch im Gedächtnis war. Sie verstand jetzt, warum Nicholas seinen Freund gebeten hatte, ihn bei der Beerdigung zu vertreten. Wenn Leonard auch von langsamem Denken war, so war er doch ein freundlicher Mensch und absolut vertrauenswürdig. Mit rührender Offenheit hatte er ihr erzählt, wie er am Grabe geweint hatte und sich wünschte, daß er den Tod des Mädchens irgendwie rächen konnte. Anne bot ihm diese Gelegenheit. Es war wohltuend, in der Gesellschaft eines Menschen zu sein, der eine so ungetrübte Zuneigung zu Nicholas Bracewell empfand, und seine kräftige Gestalt war eine Sicherheitsgarantie für sie in den lebhaften Straßen.

Sie besuchten mehrere Geschäfte ohne Erfolg, doch Anne ging systematisch vor. Keiner der Apotheker konnte ihr helfen, doch alle gaben ihr eine gewisse Unterstützung, wenn auch in einigen Fällen widerstrebend, indem sie ihr über die verschiedenen Elemente der Gifte berichteten und sie zu einer weiteren möglichen Auskunftsstelle schickten. Dies hatte sie in die Paternoster Road geführt und zu der Adresse, die man ihnen genannt hatte. Es handelte sich um einen kleinen, aber gut bestückten Laden, und der Mann hinter dem Ladentisch war so adrett gekleidet und von solch höflicher Art, daß er sich angenehm von den ungepflegten Erscheinungen und dem brummigen Benehmen einiger seiner Berufskollegen unterschied. Der Apotheker hatte braunes Haar und einen Spitzbart und zeigte noch Spuren einer nahezu überraschenden Ansehnlichkeit. Sein schwach erkennbarer Akzent und seine ausgeprägte Höflichkeit Anne gegenüber verrieten ihr seine Nationalität.

»Was darf ich Madame zeigen?« fragte er. »Parfüms aus

Arabien? Gewürze aus dem Osten? Mein Geschäft steht Euch zur Verfügung.«

»Trifft das auch auf Gift zu?« fragte sie.

»Gift?«

»Führt Ihr diese Stoffe?«

Anne gab ihm die Liste der möglichen Bestandteile des Giftes, die sie mit Hilfe des Chirurgen erstellt hatte. Bei jedem ihrer Besuche in den Geschäften war die Liste ergänzt und erweitert worden, und sie bekam Hinweise auf Apotheken, die diese Stoffe führen könnten. Aus den gesammelten Informationen hatte sie inzwischen eine endgültige Liste zusammengestellt. Philippe Lavalle studierte sie mit Interesse und Erstaunen. Er war ein französischer Hugenotte, der vor zwanzig Jahren aus seinem Heimatland geflohen war, um der Verfolgung zu entgehen. Zunächst hatte er große Schwierigkeiten gehabt, sich niederzulassen, doch jetzt, unter dem Namen Philip Lovel, war er ein geachtetes Mitglied seines Berufsstandes. Die Armut war seine größte Kundschaft. Zu ihm kamen Leute, die es sich nicht leisten konnten, einen Arzt zu konsultieren. Er konnte Krankheiten erkennen, Heilmittel verschreiben und einen Patienten zur Ader lassen, falls nötig. Anne Hendrik war keine seiner typischen Kundinnen; er hatte angenommen, sie sei gekommen, um Parfüm und Gewürze zu kaufen, die er in säuberlich auf seinen Regalen sortierten irdenen Gefäßen feilbot.

»Ihr wünscht dieses Gift, Madam?« fragte er vorsichtig.

»Ich möchte wissen, ob Ihr diese Bestandteile in Eurem Laden führt.«

»Aber ja. Das alles habe ich auf Lager.«

»Hat jemand kürzlich davon etwas gekauft?«

»Warum wünscht Ihr das zu wissen?«

»Bitte, Sir«, sagte sie. »Es ist sehr wichtig.«

»Ich spreche nicht mit Fremden über meine Geschäfte.«

»Helft der Lady«, brummte Leonard in dem absurden Versuch, einschüchternd zu wirken. »Sie gehört zu mir.«

Philip Lovel warf ihm einen bösen Blick zu und übersah ihn für den Rest des Gespräches. Wenn er es auch verabscheute, Informationen über seine Kundschaft von sich zu geben, so hatte er doch die Hoffnung auf materiellen Gewinn. Der Mann hier war ganz offenkundig ein Tölpel. Selbst in der parfümgeschwängerten Atmosphäre seines Ladens konnte er den Bierdunst dieses Mannes erkennen. Vermutlich war er entweder Bierkutscher oder Schankkellner. Die Frau andererseits war attraktiv, gepflegt gekleidet und konnte sich gut ausdrücken. Geld würde hier nicht das Problem sein, wie es bei der Mehrzahl seiner Kunden der Fall war. Nur eine wirklich wichtige Sache konnte sie dazu bewegt haben, solche Nachforschungen zu betreiben, und er war neugierig, herauszufinden, worum es hier ging. Er reichte ihr die Liste zurück und hob vielsagend die Schultern.

»Vielleicht habe ich diese Bestandteile verkauft, vielleicht aber auch nicht.«

»Falls Ihr sie verkauft hättet, wieviel würden sie gekostet haben?«

»Ihr wollt selber etwas davon kaufen?«

»Ich bin bereit, Euch doppelt soviel zu bezahlen, wenn Ihr mir den Käufer beschreibt.«

Die Versuchung wuchs. »Nun ...«

»Das Dreifache«, entschied sie und zog ihren Geldbeutel hervor, um ihr Angebot zu unterstreichen. »Mit dem Gift wurde ein junges Mädchen umgebracht.«

»Mir sagte er, er wolle Ratten damit loswerden.«

»Dann habt Ihr ihm also diese Bestandteile verkauft?«

»Vor vier Tagen.«

»Also am Abend ihrer Ankunft hier in London.«

»Es war ein teurer Einkauf.«

»Wie teuer?«

Lovel nannte den Preis, Anne legte das Geld auf die Theke. Doch bevor der Apotheker die Münzen einsammeln konnte, schob sich Leonards gewaltige Pranke darüber. Die Belohnung mußte erst verdient werden, bevor gezahlt wurde.

»Ich verkaufte ihm die drei Pulver auf Eurer Liste«, sagte der Apotheker. »Dazu weißes Bingelkraut. Dann eine kleine Menge Opium in einer doppelten Blase. Nachdem ich eine bestimmte Menge meiner eigenen Erfindung hinzugefügt hatte – sie ist außerhalb dieses Ladens unbekannt –, besaß er genug, um fünfzig Ratten zu töten. Das war der Grund, den er angegeben hatte, und ich hielt ihn für den Gentleman, als der er wirkte.«

»Gentleman!« zischte Leonard. »Das war ein Mörder.«

»Sagt uns alles, an das Ihr Euch erinnern könnt.«

Philip Lovel konnte sich an sehr viel erinnern, weil der Kunde in seinem Laden so fremdartig gewirkt hatte wie jetzt Anne Hendrik, und er gab sich mit der Beschreibung viel Mühe. Er zeigte ihnen seine Größe, seine Haltung, beschrieb sein Gesicht und seine Kleidung. Der Apotheker machte sogar den Versuch, seine Aussprache zu imitieren. Anne, die den Giftmörder vor ihren Augen lebendig werden sah, vermerkte jede Einzelheit in ihrem guten Gedächtnis. Als Lovel ausgeredet hatte, hob sie Leonards Hand von dem Geld weg und fügte den gleichen Betrag nochmals hinzu. Die Information, die sie gerade gekauft hatte, war von unschätzbarem Wert.

Leonard reagierte langsamer. Erst als sie wieder auf der Paternoster Road standen und sich auf den langen Rückweg machten, bildete sein Gehirn aus all den Einzelheiten ein zusammenhängendes Bild. Er blieb urplötzlich stehen und schlug sich auf die Schenkel.

»Den kenne ich!«

»Wen?«

»Ich hab den Mann getroffen. Genau so, wie er beschrieben wurde.«

»Wo?«

»Im Queen's Head«, erinnerte er sich. »Er war da, als die Ballade vom Feuer gesungen wurde. Sie hat Nicholas zum Helden erhoben. Ich kenne sie auswendig, Mistress. Ich singe Euch gern ein paar Verse vor, wenn Ihr möchtet.«

»Der Mann, Leonard. Ihr sagt, Ihr kennt ihn?«

»Nicht seinen Namen, aber er muß es einfach gewesen sein.«

»Wieso?«

»Er erkundigte sich, ob Nicholas nach Barnstaple reise.« Er riß sich die Mütze vom Kopf, um sich zu kratzen. »Und ich glaube auch, der Bursche war sogar beim Bel Savage Inn, als die Gruppe abreiste. Ja, ich habe ihn dort gesehen, ich kann es beschwören.«

Anne brauchte lange, um ihm alle Einzelheiten zu entlokken, und je länger sie ihm zuhörte, desto mehr Angst bekam sie. Der Mann hatte sich sein Gift in diesem Laden auf der Paternoster Road beschafft und es so zubereitet, daß er es mühelos in ein Getränk schütten konnte. Durch den Mord an dem Mädchen hatte er versucht, sie an einem Zusammentreffen mit Nicholas Bracewell zu hindern, doch dieser Teil seines Plans war gescheitert. Da der Impresario sich inzwischen selbst auf dem Weg in die Stadt befand, aus der das Mädchen gekommen war, war auch er jetzt zu einem potentiellen Ziel des Mörders geworden. Warum hätte der Mann sonst soviel Interesse an Nicholas' Abreise aus London haben sollen?

Nicholas Bracewell schwebte in Gefahr. Anne mußte ihm eine Warnung zukommen lassen.

»Ich muß Euch um einen Gefallen bitten, Leonard.«

»Ist schon gemacht.«

»Bringt mich nach Shoreditch.«

6. Kapitel

Der Bürgermeister von Oxford gab Nicholas Bracewell die erwartete Antwort. Die lokale Verwaltung war außer Kraft gesetzt worden, die Pest regierte die Stadt. Es gab keine Möglichkeit, daß Westfield's Men hier auftraten, und da sie eine Gruppe von Fremden waren, deren Zahl eine bestimmte Grenze überschritt, würde ihnen auch kein Gasthof für diese Nacht Unterkunft geben können. Als Schauspieler und auch als Reisende wurden sie zurückgewiesen. Der Bürgermeister war voller Entschuldigungen, doch seine Hände – er wiederholte den Ausdruck immer wieder – waren ihm gebunden. Nichtsdestoweniger benutzte er beide Hände, um damit hilfslos herumzufuchteln und der enttäuschten Schauspielergruppe wenigstens einen kleinen Trost anzubieten. Er überreichte dem Impresario zwei Pfund und versicherte ihm, die Gruppe würde bei ihrem nächsten Besuch eine ganz andere Begrüßung erleben. Nicholas dankte ihm für seine Großzügigkeit und versprach ihm, man werde so schnell wie möglich weiterziehen, sobald die Pferde gerastet und die Menschen sich erfrischt hatten.

Als er das Rathaus verließ, schob er das Geld in seine Tasche und nahm sich vor, es so lange dort zu belassen, bis Oxford viele Meilen hinter ihnen lag. Lawrence Firethorn mochte anders darüber denken, doch die Gruppe brauchte jeden Penny, den sie bekommen konnte, egal aus welcher Quelle. Nicholas beschloß, seinem Vorgesetzten mehr Zeit zum Abkühlen zu geben, bevor er mit den schlechten Nachrichten zurückkehrte, und machte einen Spaziergang zur Burg. Das gab ihm Gelegenheit, über die Unwägbarkeiten des Lebens in einer Theatergesellschaft nachzudenken. Nach dem Diebstahl in High Wycombe waren sie jetzt aus Oxford vertrieben worden. Die Schauspieler mußten den Eindruck gewinnen, daß ihre Tournee unter einem bösen Stern stand. Insofern, als die Pest seine Reise in die Heimat um einen Tag verkürzte, war er zwar unfreiwillig Nutznießer der Seuche geworden, doch das bereitete ihm keine Freude. Westfield's Men brauchten eine Aufführung in Oxford, um ihre Nerven wieder in den Griff zu bekommen. Betreten hatten sie die Stadt als die führende Theatergesellschaft Londons, verlassen mußten sie sie nun wie irgendwelche tingelnden Schauspieler. Der Verlust ihrer Heimstätte im Queen's Head hatte sie in die Wildnis verbannt.

Nicholas blieb stehen, um die fünf großen Türme von Oxford Castle zu betrachten, einer der ersten von den Normannen in England aus Stein gebauten Burgen. Ein Symbol der Geschichte und umgeben von einem tiefen Graben, war sie eine starke Festung in einer Stadt, die aufgrund ihrer geographischen Lage eine ganz besondere strategische Bedeutung hatte. Oxford Castle hatte eine massive Festigkeit, doch die reichte beim Angriff eines tödlichen Feindes nicht aus. Während Nicholas noch schaute, kamen Pferd und Wagen mit einer wohlbekannten Fracht durch den Torbogen heraus. Beim Anblick und dem Geruch der verhüllten Gestalten wandte er sich rasch ab und wanderte zum Gasthof zurück. Die Pest war heimtückisch.

Die Straßen waren voller Menschen, die ihren Angelegenheiten nachgingen, doch sie taten es ohne Eifer und Elan. Das Gefühl der Lustlosigkeit lag über der ganzen Stadt, wenn Nachbarn miteinander sprachen, um zu hören, wer die neuesten Opfer waren, und um darüber zu spekulieren, wen die Seuche als nächstes niederstrecken würde. Wie die Bewohner eines überfluteten Tales warteten sie hilflos, daß die Pest über sie hinwegspülte, und hofften, daß sie nicht von ihr in den Tod gerissen wurden. Ihr Fatalismus machte traurig und erregte

Nicholas' Mitleid. Westfield's Men hatten nur eine einzige Vorstellung eingebüßt. Viele der Leute hier auf der Straße hatten Familienmitglieder und Freunde verloren.

Dieser Gedanke ließ Nicholas plötzlich stehenbleiben. Die Probleme, auf die sie in Oxford gestoßen waren, hatten die Erinnerung an das ausgelöscht, was sich ein paar Tage vor ihrer Ankunft in der Stadt zugetragen hatte. Ohne genau zu wissen, warum, hatte er mit Edmund Hoode über seine eigene Familie in Devon gesprochen und auch ausführlich über seinen Vater. Das war eine Unterhaltung, die noch vor ein paar Tagen undenkbar gewesen wäre, als er jegliche Erwähnung seines Lebens vor seiner Reise mit Drake unterließ. Sein Akzent verriet eindeutig, daß er aus dem West Country stammte, doch hatte er sich zu keiner familiären Bindung dort bekannt – bis ihn vor kurzem der Ruf aus Barnstaple erreichte. Und doch hatte er seine Kindheit fast eine ganze Stunde lang mit Edmund Hoode diskutiert und sich freizügig auf verbotenem Gelände bewegt. Nicholas konnte kaum glauben, daß er seinem Freund so viele private Einzelheiten berichtet hatte, und er war überrascht, daß es ihm gelungen war, die Gestalt seines Vaters ohne den üblichen Schmerz und Widerwillen aufleben zu lassen.

Robert Bracewell war ein Name, den er in den hintersten Winkel seines Gehirns verbannt hatte. Nicht mal vor Anne Hendrik hatte er ihn ausgesprochen. Auf der Reise nach Oxford war sein Vater endlich »freigelassen« worden. Das wirklich Erstaunliche bei der ganzen Sache war jedoch die Tatsache, daß das Sprechen über jemand, den er verachtete und von dem er sich losgesagt hatte, bei ihm so etwas wie ein vages Sympathiegefühl für diesen Mann ausgelöst hatte, und daß er sogar versucht hatte, seine Fehler zu entschuldigen. Robert Bracewell war eine Geisel des Schicksals. Pech hatte ihn verfolgt. Kaum war er in Staple Kaufmann geworden, da ging der letzte englische Brückenkopf an Frankreich verloren, und englische Kaufleute wurden kurzerhand ausgewiesen. Queen Mary starb mit den Worten auf den Lippen, der Name »Calais« sei in ihrem Herzen eingebrannt, doch er war auch auf die Seele des Robert Bracewell geschrieben. Weitere Rückschläge ließen sich auf dieses Schockerlebnis zurückführen, und Nicholas entsann sich der schlimmen Jahre, in denen sein Vater am Rande des Bankrotts lebte. Es verlangte eine enorme Willenskraft und Anstrengung, seinen guten Ruf und seine Firma wieder aufzubauen. Dafür hätte jeder Achtung und Bewunderung verdient.

Nicholas' Sympathie verflüchtigte sich auf der Stelle. Willenskraft konnte schöpferisch sein, aber auch zerstörerisch. Die rastlose Energie, die es Robert Bracewell möglich machte, seinen Status in der Gemeinschaft der Kaufleute zurückzugewinnen, hatte noch eine andere Seite, und sein ältester Sohn war deren größtes Opfer geworden. Obwohl Nicholas seinem Freund vieles enthüllt hatte, hatte er weit mehr verheimlicht, und er wußte auch, warum. Die tiefe Schande, ein Mitglied dieser Familie zu sein, lastete noch immer auf ihm, und den Namen, den er trug, empfand er wie eine Bezeichnung für eine Abart der Pest. Nicholas war in seinem tiefsten Innern entsetzt über die Aussicht, in die Stadt zurückkehren zu müssen, an die er so viele schlimme Erinnerungen hatte, doch es war eine heilige Verpflichtung, der er sich nicht entziehen konnte. Er konzentrierte seine Gedanken auf die vor ihm liegenden Probleme und beschleunigte seine Schritte.

Westfield's Men hatten sich im Gasthof zum Essen versammelt, doch Lawrence Firethorn fing seinen Impresario bereits im Hof des Gasthauses ab, um mit ihm zu reden. Das Ungestüm des Ersten Schauspielers überdeckte nur seine quälenden Zweifel.

»Wo zum Teufel habt Ihr gesteckt, Nick!« verlangte er zu

wissen. »Ich habe Euch vor mindestens einer Stunde weggeschickt.«

»Der Bürgermeister hatte zu tun, als ich dort eintraf.«

»Hatte zu tun!«

»Deshalb mußte ich warten.«

»Zu tun!« heulte Firethorn. »Wenn die elende Kreatur mich hätte warten lassen, dann hätte ich ihm mit Schwert und Dolch zu tun gegeben und ihn anschließend an seiner Amtskette vom Kirchturm baumeln lassen. Was hatte der dreiste Bursche Euch zu sagen?«

»Die Pest hat diese Stadt für uns unmöglich gemacht.«

»Zorn Gottes! Wir sind die beste Medizin für diese Krankheit. Kapiert er das nicht? Wir tragen Freude in eine Höhle des Elends. Wir bringen das Leben zu einem sterbenden Volk. Wir bringen Hoffnung.«

»Der Bürgermeister erkennt das hoch an«, sagte Nicholas, »aber die Anordnung wird aufrechterhalten. Keine Aufführungen und keine Spiele, keine öffentlichen Versammlungen welcher Art auch immer. Er schickt Euch seine ausgesprochene Entschuldigung, aber wir müssen Oxford vor Sonnenuntergang verlassen haben.«

»Oxford verlassen!«

»Wir sind Fremde in der Stadt und stellen eine Bedrohung dar.«

»Ich bringe dem verräterischen Gezücht eine Bedrohung«, schimpfte der andere. »Der bekommt von mir die Pest nackten Stahls um die Ohren. Er will Lawrence Firethorn verbieten aufzutreten? Er will meiner Truppe befehlen, die Stadt zu verlassen?« Er stolzierte herum, um seine Mißachtung auszudrücken, dann nahm er eine majestätische Pose ein. »Ich bin ein König der Bühne, er wird mich nicht zwingen, zu widerrufen.«

»Das ist doch keine Abweisung gegen Euch persönlich«,

argumentierte Nicholas. »Die Zahl der Pesttoten steigt von Tag zu Tag. Wenn es in diesem Tempo weitergeht, werden die Kirchen bald verriegelt werden müssen. Der Markt ist bereits geschlossen. Das sind sinnvolle Vorkehrungen, die jede Stadt treffen muß, wenn eine Seuche sich festsetzt.«

Firethorn akzeptierte die Wahrheit dieser Aussage. Er maulte zwar noch eine Zeitlang weiter, doch das Gift war weg. Oxford war ein verlorenes Kapitel. Sie mußten weiterreisen. Als sein Zorn verraucht war, zog Firethorn fragend eine Augenbraue hoch.

»Hat man Euch Entschädigung angeboten?«

»Ihr habt mir befohlen, es nicht anzunehmen, Master.«

»In der Tat, in der Tat«, bestätigte Firethorn. »Werft es ihm ins Gesicht, hatte ich gesagt. Ich hoffe, das ist genau das, was Ihr gemacht habt.«

»Ich habe das Geld abgelehnt.«

»Gut.« Die zweite Augenbraue ging hoch. »Wieviel war es?«

»Zwei Pfund.«

Firethorns Seufzer der Reue klang wie zischender Dampf. Seinem Stolz war es zu verdanken, daß sie die Stadt ohne einen Penny in der Tasche verließen. Der Zorn erleichterte ihn, doch das war eine teure Geschichte. Firethorn wußte, daß die ganze Truppe darunter zu leiden hatte. Er übertrug Nicholas eine Aufgabe, die er nicht selbst zu übernehmen wagte.

»Sagt den anderen Bescheid«, befahl er. »Wir brechen innerhalb einer Stunde auf.«

»Ich werde das sofort erledigen.«

»Oh, und noch etwas, Nick ...«

»Ja, Master?«

»Erwähnt nichts von den zwei Pfund.«

Das Haus in Shoreditch war von mittlerer Größe und hatte auf der Rückseite einen hübschen Garten und ein paar Obstbäume. Wie die Nachbarhäuser war auch dieses eine halbe Fachwerkkonstruktion, und die Vorderfront der ersten Etage zeigte eine Flechtwerkverzierung, die Spuren des Alters aufwies. Beide Stockwerke ragten mindestens einen Fuß weit über das darunterliegende Geschoß hinaus. Es schien, als hätten sie sich bequem zurechtgerückt wie zwei Fischweiber, die sich mit dem Arm an die Wand lehnen, um einen lebenslangen Tratsch zu halten. Das Dach war einigermaßen in Ordnung, würde jedoch schon bald die Arbeit eines Fachmannes benötigen. Wie groß die äußeren Mängel auch sein mochten, innen befand sich das Haus in ausgezeichnetem Zustand. Margery Firethorn sorgte dafür. Sie war eine gewissenhafte Hausfrau, die darauf achtete, daß täglich alle Fußböden geschrubbt, alle Fenster geputzt und jedes Spinnengewebe entfernt wurde. Sie bewohnte das Haus mit ihrem Mann, ihren Kindern und Dienstboten, den vier Schauspielschülern und gelegentlich mit einem Angestellten, der noch keinen Platz für sein müdes Haupt gefunden hatte. Margery liebte ihre Rolle als Mutter eines großen Haushalts und erwies allen, die unter ihrem Dach lebten, die ziemlich scharfzüngige Zuneigung, die sie sich in ihrer Ehe mit Lawrence Firethorn zugelegt hatte. Das Haus wirkte jetzt leer und verlassen. Sie vermißte das fröhliche, turbulente Leben mit Westfield's Men und freute sich, als sie zwei unerwartete Besucher bekam, die ihren Tag beleben sollten.

»Und was passierte danach?« fragte sie baß erstaunt.

»Wir besuchten eine Apotheke in der Paternoster Road«, sagte Anne Hendrik. »Das war die Stelle, an der wir schließlich Erfolg hatten.«

»Ich kenne den Mann«, warf Leonard ein.

»Welchen Mann?« fragte Margery.

»Ihn. Den Giftmörder. Den Bart, den Ring im Ohr, den Geruch.«

»Was redet Euer Begleiter da, Anne?«

»Laßt es mich erklären.«

Anne übernahm die Berichterstattung, und Margery hörte ihr mit wachsendem Unbehagen zu. Als sie alle Fakten erfahren hatte, stimmte sie zu, daß Nicholas Bracewell sich durchaus in großer Gefahr befinden konnte, und selbst wenn sein eigenes Leben nicht bedroht war, so würde er in jedem Fall großen Wert auf die Information legen, die Anne über den Mörder des Mädchens herausgefunden hatte. Leonards Beitrag bestand in der monotonen Wiederholung seiner Geschichte, daß er den Mann im Queen's Head gesehen habe. Jedesmal, wenn er das erzählte, strahlte er, als ob er allgemeinen Applaus erwarte. Margerys Geduld begann schon bald dünn zu werden, deshalb führte sie den gutmütigen Riesen in die Küche und befahl einem der Dienstboten, sich um ihn zu kümmern, bis er wieder gebraucht würde. Dann ging sie ins Wohnzimmer zurück und nahm in einem Sessel neben Anne Platz. Margery konnte jetzt ihre Fragen stellen, ohne unterbrochen zu werden.

»Was wollt Ihr jetzt machen, Anne?«

»Ich will Nicholas eine Nachricht schicken.«

»Warum wollt Ihr sie schicken, wenn Ihr sie selbst überbringen könntet?«

Anne blinzelte. »Ich?«

»Wenn das Leben eines Mannes in Gefahr ist, dann kümmert man sich nicht um Kosten oder persönliche Unbequemlichkeiten. Schaut mich an. Ich bin einmal den ganzen Weg nach York geritten, um Lawrence zu erreichen.«

»War er in Gefahr?«

»Jawohl!« sagte Margery lachend. »In Gefahr durch zwei verrückte Weiber, die er unterwegs mitnahm. Die eine war eine Pilgerin und die andere zum größten Teil ein Flittchen. Wenn ich mich nicht aufs Pferd geschwungen hätte und nach

Norden geritten wäre, dann hätte Lawrence sie beide gleichzeitig im Bett gehabt. Mit der einen hätte er Gebete aufgesagt, mit der anderen das etwas sündhaftere Glaubensbekenntnis heruntergeleiert. Mir tat der Hintern weh von der Reise, aber ich habe meine Ehe gerettet.«

»Mein Fall liegt anders«, sagte Anne ausweichend. »Ihr hattet Grund zu gehen. Lawrence war Euer Ehemann.«

»Er ist mein Mann. Ist Nicholas nicht Eurer?«

Anne hielt mit Mühe die Worte zurück, die ihr auf der Zunge lagen, und fuchtelte mit zitternden Händen herum. Margerys wissender Blick fing jede Nuance ihrer Reaktion ein. Als sie Nicholas im Bel Savage Inn auf Wiedersehen gesagt hatte, hatte sie bereits die Möglichkeit einer Kluft zwischen den beiden geahnt; Annes verletztes Schweigen war nur noch die Bestätigung ihrer Meinung. Anne senkte den Kopf und spielte mit dem Ärmel ihres Kleides. Mit verständnisvollem Lächeln beugte Margery sich vor.

»Ihr seid über dieses arme Mädchen gestolpert«, sagte sie ruhig.

»Ja.«

»Hat Nicholas Euch nicht alles genau erklärt?«

»Nein, Margery.« Anne biß sich auf die Lippen, dann sah sie die andere Frau wieder an. »Das ist es ja gerade, was mich so geärgert hat. Irgend etwas ruft ihn nach Devon zurück, aber mir wird nichts darüber gesagt.«

»Nick hatte vielleicht gute Gründe dafür.«

»Er hat mich nie zuvor belogen.«

Margery lachte. »Ist das das ganze Problem hier? Ein paar Lügen und etwas Täuschung? Vergeßt es. Ehrlichkeit ist eine Tugend, doch sie muß mit wenigstens einer Andeutung von Verruchtheit gewürzt werden. Ich könnte es nicht aushalten, mit einem Mann zusammenzuleben, der so offen wäre, daß ich alles über ihn wüßte. Bei meiner Ehre, ich würde innerhalb von vierzehn Tagen an Langeweile eingehen! Lawrence garniert die Wahrheit immer mit einer reichhaltigen Soße aus Lügen, und ich möchte es auch gar nicht anders haben.« Sie wurde wieder ernst. »Geheimnisse machen einen Mann interessant. Das ist ja der Grund, daß wir alle Nicholas Bracewell lieben – wegen der Geheimnisse.«

Anne strengte sich an, die Tränen zurückzuhalten. Wäre sie in anderer Verfassung gewesen, hätte sie Margerys scherzhafte Bemerkung ohne mit der Wimper zu zucken geschluckt, doch ihre augenblickliche Entfremdung von Nicholas gaben den Worten zusätzliche Schärfe. Seine Weigerung, über sein früheres Leben zu sprechen, hatte tatsächlich ihr Interesse an ihm verstärkt. Anne löste das Rätsel der verborgenen Jahre in seinem Leben, indem sie sich eine eigene Version davon ausdachte. Sie kannte ihn so genau, meinte sie, daß sie ihn gut in die Vergangenheit zurückversetzen und sich die fehlenden Einzelheiten seiner Kindheits- und Jugendjahre instinktiv ausdenken konnte. Jetzt zeigte sich, daß ihre Version hochgradig romantisierend und schlicht und einfach falsch war. Sie teilte ihr Leben mit einem gewissen Nicholas Bracewell, doch hatte es vor all diesen vielen Jahren einen völlig anderen Mann gleichen Namens in Devon gegeben.

Margery erkannte die sich widersprechenden Gefühle ihrer Besucherin.

»Geht zu ihm«, drängte sie.

»Vielleicht will er mich überhaupt nicht sehen, Margery.«

»Unsinn! Das ist völlig gleichgültig. Wollt Ihr ihn sehen?«

»Er muß gewarnt werden!«

»Dann bringt ihm die Warnung.«

»Nein«, sagte Anne. »Das ist keine Aufgabe für mich. Ich muß über zu viele Dinge hier nachdenken, bevor ich ihn wiedersehen kann.« Plötzliche Angst ließ sie scharf Luft holen. »Falls ich ihn wiedersehe.«

»Das werdet Ihr ganz sicher«, sagte Margery. »Er kann gut auf sich aufpassen. Aber wir müssen ihm die Informationen zukommen lassen, und zwar schnell.«

»Das ist ja der Grund, daß ich zu Euch kam. Wir schieden im Zorn, deshalb weiß ich überhaupt nicht, wo er ist. Helft mir, Margery. Wie sieht ihr Reiseplan aus? Wo befinden sich Westfield's Men jetzt?«

»Sie hätten heute nachmittag in Oxford eintreffen sollen.«

»Oxford!« Anne schöpfte Hoffnung. »Mit einem Pferdewechsel müßte ein Mann das in einem Tag schaffen können.«

Margery zweifelte daran. »Wenn er morgen früh losreitet, wird er sie dort nicht mehr antreffen.«

»Bleiben sie denn nicht über Nacht und spielen morgen?«

»Oxford wird das nicht zulassen.«

»Warum nicht?«

»Es gibt Gerüchte, daß die Pest in der Stadt ist.«

»Die Pest!«

»Ich bin heute zum Markt gegangen«, sagte Margery. »Ein paar Händler, die von Aylesbury kamen, hatten davon gehört. Wenn die Krankheit richtig ausbricht, muß die Gruppe ihre Koffer packen.«

»Um wohin zu reisen?«

»Marlborough.« Margery brauchte einen Moment, um nachzudenken, dann sprach sie weiter. »Sie werden sich einen Gasthof südlich von Oxford aussuchen und dort übernachten. Ich denke, Lawrence wird sie beim ersten Lichtstrahl im Sattel haben und so rasch wie möglich nach Marlborough reiten.«

»Dort erreiche ich ihn«, entschied Anne, dann warf sie einen Blick zur Küche, als sich eine Idee in ihrem Kopf formte. »Leonard wird die Nachricht überbringen. Ein treuer Freund wird gern dazu bereit sein.«

»Habt Erbarmen mit dem dummen Kerl.«

»Dummer Kerl?«

»Ja«, sagte Margery. »Leonard würde es niemals schaffen, auf den Baumstümpfen, die er als Beine hat, bis Marlborough zu kommen. Das würde einen ganzen Monat oder noch länger dauern. Also braucht er ein Pferd – aber welches Pferd ist so stark, daß es diesen Riesen tragen und dazu noch galoppieren könnte?« Sie schob Leonard mit einer Handbewegung beiseite. »Vergeßt ihn. Er ist kein schneller Bote. Außerdem brauchen wir einen Freund von Westfield's Men im Queen's Head, der für sie spricht. Leonard muß das eisige Herz des Hauswirts zum Schmelzen bringen.«

»Und wer soll jetzt die Botschaft überbringen?«

»Ein Kurier. Laßt es meine Sorge sein, einen zu finden.«

»Dann gehe ich jetzt nach Hause und schreibe sofort den Brief.«

»Wir haben Pergament und Tinte hier, Anne«, sagte Margery. »Aber ein einfacher Brief reicht nicht.«

»Wie soll ich ihn denn sonst warnen?« fragte Anne. »Er muß erfahren, was wir bei diesem Apotheker herausgefunden haben. Ich werde den Mann beschreiben, von dem wir glauben, daß er das Verbrechen an dem Mädchen begangen hat.«

»Anne, es gibt einen besseren Weg als das.«

»Dann zeigt ihn mir.«

Margery betrachtete sie. »Ihr tragt einen schönen Hut.«

»Wieso reden wir jetzt über meinen Hut?«

»Wer hat den gemacht?«

»Preben van Loew.«

»In wessen Auftrag?«

»In meinem.«

»Aber nach welchem Entwurf?«

»Ich zeichne einen Entwurf, an den er sich halten muß.« Margery grinste sie an, Anne verstand jetzt, worauf sie hinauswollte. »Nein, nein, ich bin kein Künstler.«

»Eine Hand, die etwas so Delikates wie diesen Hut entwerfen kann, kann auch das Gesicht eines Mannes zeichnen.«

»Ich habe aber nur die Beschreibung des Apothekers.«

»Und Leonard, der Eure Hand führen kann. Er hat den Mann mit eigenen Augen gesehen, soviel ich weiß. Er hat das mindestens dreitausendmal gesagt.«

Die Frauen lachten, dann befahl Margery ihrem Dienstmädchen, Schreibmaterial zu holen. Leonard war ganz aufgeregt, daß er wieder herangezogen wurde und bei dem Versuch, ein Bild des Mannes mit dem schwarzen Bart zu erstellen, eine führende Rolle spielen sollte. Anne arbeitete langsam, aber sehr sorgfältig mit dem Federkiel, benutzte die Beschreibung des Apothekers als Anfangspunkt und machte Änderungen oder Ergänzungen nach Leonards Angaben. Als das Blatt schließlich nur noch eine Masse von Skizzen war, nahm sie einen neuen Bogen Pergament und arbeitete, um ein klareres Porträt zu bekommen. Schon bald schaute ihnen das Gesicht eines erbarmungslosen Killers von dem Blatt entgegen.

Leonard hüpfte aufgeregt umher.

»Das ist er!« gratulierte er. »Das ist er!«

Oxford hatte schon genug eigene Tote. Jetzt, da die Pest sich ihren Pfad durch die Bevölkerung schlug und massenweise den Tod brachte, bestand kein Grund für den Mann, auf der Suche nach einem einzelnen Opfer in die Stadt zu reiten. Er könnte sich die Krankheit holen, bevor er Nicholas Bracewell erwischt hätte, und das wäre dann die doppelte Katastrophe geworden. Die Pest war ein Mörder, der seine Opfer gnadenlos quälte, bis er sie schließlich in die Grube fahren ließ. Er hingegen zog ein abwartendes Spiel vor, und seine Geduld wurde am selben Abend belohnt. Von seinem Beobachtungsplatz auf einem bewaldeten Abhang sah er, wie Westfield's Men die Stadt verließen und sich in südwestlicher Richtung an den Resten von Osney Abbey vorbeibewegten. Das einstige Kloster lag zwischen den Wiesen jenseits der Burg. Obwohl man seine Steine für den Bau der Christ Church geplündert hatte, strahlte die Ruine noch immer eine Großartigkeit aus, die die Aufmerksamkeit auf sich zog, und sie besaß die unbestreitbare Auszeichnung – für ein paar Jahre nach ihrer Auflösung als Kloster 1539–, Oxfords erste Kathedrale gewesen zu sein. Ihre religiöse Bedeutung machte Lawrence Firethorn noch zorniger, und er bewegte sein Pferd im Halbkreis herum, damit er beißenden Tadel über die Stadt ausschütten konnte, die sie soeben gezwungenermaßen verlassen hatten.

Der Mann auf dem Abhang war mehr als zweihundert Yards entfernt, versteckt zwischen Bäumen, und doch hörte er die Tirade so deutlich, als stünde er direkt neben dem Ersten Schauspieler.

»Oxford, adieu!« grollte Firethorn. »Der Teufel soll dich holen! Wir tauschen deine dreckigen Straßen gegen saubere Gegenden ein. Was ist denn deine berühmte Universität anderes als ein Haufen schäbiger, von Affen bevölkerter Colleges, die von römisch-katholischen Prälaten gegründet wurden! Behalte deine Bischöfe und deinen dicken, fetten Kardinal! Gott hat die Pest über deine Pfaffen geschickt! Wir sind wahre Protestanten und lehnen es ab, unsere Kunst in diesem ekelhaften Vatikan zu zeigen!« Er dehnte seinen Angriff auch auf die andere Universitätsstadt aus. »Die Wissenschaft läßt den Geist verrotten! Sie brütet Puritaner in Cambridge aus und Papisten in Oxford. Zeige mir einen Studenten, dann hast du mir die schlechtere Sorte Mensch gezeigt. Und wenn ihr uns darum bitten würdet, wir würden dennoch nicht vor euch spielen.« Seine geballte Faust begleitete seine letzte Verwünschung. »Ihr seid es nicht, die uns verjagen – wir weisen euch zurück! Es gibt noch eine andere Welt als eure!«

Die Worte ballerten wie eine Salve über das Weidegras, schüchterten die Tierwelt ein und verhallten harmlos an der Stadtmauer. Oxford hatte wegen seines erbärmlichen römischen Katholizismus viel Kritik zu ertragen, doch es hatte keine Chance, sich gegen diesen letzten theologischen Angriff zu verteidigen. Seine ganze Aufmerksamkeit konzentrierte sich auf eine heftige Pestwelle, die unterschiedslos Christen aller Art brutal dahinraffte. Lawrence Firethorn hatte lediglich seine Lungen gelüftet. Er unternahm jedoch nichts, seine niedergeschlagene Truppe wieder aufzurichten; sie schlichen sich davon wie Aussätzige.

Als der Mann mit dem schwarzen Bart sah, welche Straße sie einschlugen, wußte er, wo er sie wieder einholen würde. Eine nahe Verfolgung war nicht erforderlich, er legte Wert darauf, von Nicholas Bracewell nicht gesehen zu werden.

Der Kampf in den Stallungen des Fighting Cocks hatte ihm Respekt vor seinem Gegner beigebracht. Wenn er gegen diesen kräftigen Mann ankommen wollte, war es wichtig, den Vorteil des Überraschungsangriffs zu behalten. Vorgewarnt und jetzt auch entsprechend bewaffnet, war Nicholas zu einem sehr schwierigen Gegner geworden. Diesmal mußte er in den Rücken gestochen werden.

Während der Mann in seinem Versteck blieb, entfernte sich die Theatergruppe unglücklich immer weiter von Oxford. Der Hafen der Erholung hatte sich in die Hölle der Unruhe verwandelt, die sie so rasch aufbrechen ließ wie möglich. Welche Garantie hatten sie, daß man in Marlborough nicht das gleiche Spiel mit ihnen trieb und sich irgendeinen völlig neuen und noch schlimmeren Schlag gegen sie ausdachte? Ihre Tournee verwandelte sich sehr schnell in eine Art Buße. Lawrence Firethorn führte sie auf der Suche nach einem Gasthaus, wo sie die Nacht verbringen konnten, nicht allzuweit von Oxford weg, um ihnen und ihren Pferden weitere Strapazen zu ersparen, aber doch weit genug, um dem Pestilenzgeruch der Stadt zu entgehen.

Ein alter Hirte trat vor ihnen auf die Straße. Firethorn sprach ihn an.

»Wir suchen eine Unterkunft, mein Freund«, sagte er.

»Ich auch, Sir«, antwortete der Hirte, »denn ich bin seit Sonnenaufgang auf den Beinen, um verirrte Schafe zu suchen.«

»Wo liegt das nächste Gasthaus?«

»Das wäre das Bull and Butcher, Sir.«

»Wie weit ist das entfernt?«

»Zwei Meilen oder mehr«, sagte der Hirte, »doch das Dog and Bear ist vielleicht noch näher. Vielleicht aber auch nicht. Laßt mich nachdenken.«

Das zerfurchte Gesicht des alten Mannes war unter seinem struppigen grauen Bart und dem verbeulten Hut kaum zu erkennen, außerdem hatte er die Angewohnheit, sich zu räuspern und geistesabwesend auf die Straße zu spucken. Seine Schultern waren gebeugt, seine Beine krumm geworden unter dem Gewicht seines Wanstes. Während er überlegte, lehnte er sich auf seinen Stock und murmelte vor sich hin, während er die Vorzüge und Nachteile der beiden Gasthäuser gegeneinander abwägte. Firethorn hatte schon bald genug von der ermüdenden Langsamkeit des Schafhirten.

»Welcher denn jetzt, Mann?« drängte er. »Bull oder Dog?«

»Bull, Sir. Ja, ich würde sagen, Bull.«

»Besten Dank.«

»Das wird Euch morgen früh auf die Straße nach Reading bringen.«

»Aber wir reisen nach Marlborough.«

»Dann müßt Ihr das Dog nehmen.«

»Die Heiligen mögen uns beistehen! Entscheidet Euch endlich!«

»Dog and Bear, Sir.«

»Seid Ihr sicher?«

»Biegt nach rechts ab, wo sich die Straße gabelt. Das Dog ist ein gutes Gasthaus, Ihr werdet es bald erreichen.«

»Dafür sei dem Herrn Dank.«

»Wenn Ihr meinen Rat möchtet ...«

»Zieht Eures Weges«, unterbrach Firethorn ihn. »Ihr habt uns schon zur Genüge durcheinandergebracht. Wir werden das Dog schon finden, und Ihr könnt weiter nach Euren Schafen suchen.«

Der alte Schäfer berührte respektvoll seinen Hut und machte sich über ein Feld davon. Firethorn hob die Hand und winkte der Gruppe, weiterzuziehen. Niedergeschlagen folgten sie der kurvenreichen Straße und sehnten sich nach der Bequemlichkeit, die sie in London hinter sich gelassen hatten. Angestellte Leute, die sich glücklich geschätzt hatten, daß sie auf diese Tournee gehen konnten, hatten mittlerweile den Eindruck, unter einem bösen Fluch zu reisen. Bis jetzt hatte die Reise ihnen nichts gebracht, außer ausgeraubt zu werden und vor der Pest davonzulaufen. Welche weiteren Entbehrungen standen ihnen noch bevor?

Sie brauchten eine halbe Stunde, bis sie in den Hof des Dog and Bear einbogen. Obwohl dieses Gasthaus viel kleiner war als das Fighting Cocks, wurden sie freundlich willkommen geheißen und hatten nun endlich das Ende eines ernüchternden Reisetages erreicht. Das Gasthofschild, das in der leichten Brise hin und her schwang, zeigte einen Bären, der an einen Pfosten gekettet war und mit den Tatzen nach einem Hund ausschlug, der nach ihm biß. Das grimmige Bild ließ Firethorn im Gefühl innerer Seelenverwandtschaft kräftig brummen. Auch er war ein großer Bär, den ein grausames Schicksal an den Pfosten gekettet hatte. Während das Tier auf dem Schild sich nur gegen einen einzigen Hund wehren mußte, hatte der Schauspieler eine ganze Meute auf den Fersen. In seinem aufwallenden Zorn beschloß er, den Pfosten herauszureißen und seine Feinde damit in die Flucht zu schlagen. Westfield's Men hatten genug erlitten. Firethorn würde sich gegen das Unglück zu Wehr setzen und seine Truppe zu dem Ruhm führen, den sie so sehr verdient hatte, und zu dem Geld, das sie alle so dringend brauchten.

Nicholas Bracewell nutzte die Gunst des Augenblicks. Als er und sein Vorgesetzter vom Pferd stiegen, kamen Stallburschen heran, um sich um die Pferde zu kümmern. Der Impresario nahm Firethorn für einen Moment beiseite. Er schob die Hand in die Tasche und zog die Münzen hervor, die er in Oxford erhalten hatte. Er legte sie auf den Handteller und spielte den Erstaunten.

»Seht nur!« sagte er. »Der hartnäckige Bürgermeister wollte in seiner Großzügigkeit nicht zurückgewiesen werden. Er muß mir das Geld heimlich in die Tasche geschoben haben, als ich einmal nicht hinsah.«

»Wieviel?«

»Zwei Pfund.«

»Wir werden es nicht berühren.«

»Dann laßt es mich in den Schmutz der Straße werfen.«

»Nein!« sagte Firethorn und packte ihn am Handgelenk, als Nicholas so tat, als wolle er das Geld von sich schleudern. »Wir wollen hier doch nicht so voreilig sein. In gewisser Weise haben Westfield's Men das Geld verdient. Wir sind in bester Absicht in diese schreckliche Stadt gezogen. Es war nicht unsere Schuld, daß die Pest dort bereits ihre Vorstellung gab.«

»Dann nehmt es als kleine Belohnung dafür an«, sagte Nicholas.

»Das werde ich nicht tun«, antwortete Firethorn und verschränkte die Arme verachtungsvoll vor der Brust. »Unsere

Gesellschaft kann mit diesem Geld nicht belohnt werden. Werft es ins Wasser und zeigt unseren Stolz!« Wieder ergriff er Nicholas' Hand im letzten Moment. »Wartet!«

»Sollte man nicht über die Sache schlafen?«

»Das ist ein kluger Ratschlag, Nick.«

»... und morgen früh darüber entscheiden, oder?«

»Wenn Ihr die Rechnung bezahlen müßt.«

Lawrence Firethorn dachte an seine leere Schatulle und riß seinem Freund die zwei Pfund aus der Hand. Nicholas kannte ihn so gut, daß er sich seinen Eigenwilligkeiten schnell anpaßte. Geld, das der Erste Schauspieler von Oxford zurückgewiesen hatte, war jetzt ein reguläres Zahlungsmittel, nachdem sie die Stadt verlassen hatten. Dank Nicholas war dies das erste Einkommen, das sie hatten behalten können. Nie zuvor hatten Münzen so lustig in Firethorns Hand geklimpert. Er schob sie in seine Tasche und gab dem Impresario eine dankbare Umarmung. Der Schauspieler hatte seine Wutausbrüche sehr genossen, doch es war gut, zu wissen, daß es noch einen vernünftigen Mann in der Truppe gab. Firethorn schlug einen hochmütigen Ton an.

»Ich werde es nur bis morgen aufbewahren«, sagte er.

Nicholas lächelte. »Selbstverständlich.«

Der alte Schäfer, der sie zum Dog and Bear gewiesen hatte, suchte nicht mehr lange nach seinen Schafen. Er entdeckte sie auf einer satten Wiese nahe am Rand eines Wäldchens. Als er zwischen den Bäumen hindurchtrat, fand er auf der Lichtung zwei Gestalten, die am Boden lagen. Der fette junge Mann schlief tief und fest, doch das Mädchen sprang leichtfüßig auf und rannte auf den Mann zu, um ihn zu umarmen. Israel Gunby riß sich den falschen Bart ab, damit er seine Frau ungehindert küssen konnte, dann warf er den alten Hut und den zerschlissenen Rock von sich. Ellen steckte voller Fragen.

»Hast du mit ihnen gesprochen?«

»Ich habe sie zum Dog and Bear geschickt.«

»Hattest du keine Angst, sie könnten dich erkennen.«

»Ich bin der Lawrence Firethorn der Landstraße.«

»Und sie sind nicht mißtrauisch geworden?«

»Nein, meine Liebe«, sagte Gunby und nahm wieder den Akzent an, in dem er als Schäfer gesprochen hatte. »Ich bin in dieser Gegend geboren, deshalb ist mir der Dialekt sehr vertraut. Ich könnte drei Tage ununterbrochen so reden, und keiner von ihnen würde auch nur das Geringste ahnen.«

»Schlagen wir im Dog and Bear zu?«

»Sie haben nichts mehr, das man ihnen stehlen könnte.«

»Und jetzt?«

»Wir erwischen sie wieder in Marlborough.«

»Wann werden sie dort auftreten?«

»Morgen, wenn alles gutgeht.«

»Welche Rollen werden wir spielen?«

»Die teile ich zu, sobald ich sie ausgearbeitet habe.« Er schaute sich nach dem liegenden Mann um. »Neds Wanst läßt sich nicht so einfach verbergen. Ich kann meinen Bauch auf diese Weise loswerden.« Er zog die starke Wattierung hervor, die er unter seinen Hosengürtel geschoben hatte, und warf sie von sich. »So problemlos läßt sich Neds Umfang nicht verändern.«

Ellen zog ihn ein paar Schritte zur Seite und flüsterte ihm etwas ins Ohr.

»Aber es gibt einen Weg, wie wir den schwellenden Bauch verstecken könnten.«

»Und wie?«

»Begrab ihn sechs Fuß tief unter der Erde.«

Israel Gunby grinste. »Das wird geschehen, meine Liebe.«

»Wann?«

»Sobald er seinen Zweck erfüllt hat. In Marlborough brauchen wir Ned noch, denn drei Leute können besser arbeiten als zwei. Solange lassen wir ihn noch am Leben.«

»Und anschließend?«

»Dann stutzen wir die fettbäuchige Ratte auf ihr richtiges Format zurück!«

Israel Gunby zog seinen Dolch aus dem Gürtel und warf ihn mit einer blitzschnellen Handbewegung. Die Waffe fuhr nur wenige Zentimeter vom Kopf ihres Genossen in den Boden und riß ihn aus dem Schlaf. Ned murmelte Entschuldigungen, daß er eingeschlafen war. Der Geruch nach Starkbier umgab ihn noch immer.

»Du hast zuviel getrunken«, tadelte ihn Israel Gunby.

»Das war meine Aufgabe«, sagte der andere. »Ich sollte sie im Schankraum festhalten, während du und Ellen nach oben in ihre Zimmer geschlichen seid. Wir haben im Bull and Butcher bis auf ein paar Pennies zwanzig Pfund erbeutet.«

Ihr Raubzug hatte viel mehr als das eingebracht, aber sie hatten ihm die niedrige Zahl genannt, damit sie ihn um seinen Anteil betrügen konnten. In der Verkleidung eines Bauern war Ned in einem Gasthof mal wieder der Lockvogel gewesen und hatte genausoviel Zorn und Wut gezeigt wie seine Trinkkumpane, als der Diebstahl entdeckt wurde. Bis die anderen nüchtern genug waren, um an eine Verfolgung zu denken, war Ned schon in den Wäldern verschwunden, um sich mit seinen Komplizen zu treffen.

»Wir müssen weiterreiten«, sagte Gunby und zog sein Wams an. »Ich habe genug davon, den alten Schäfer zu spielen. Das ist ein stinkender Beruf, der meine Nase beleidigt.«

Das Blöken der Schafe brachte ihm etwas ins Gedächtnis zurück. Er hob den Hut und den alten Rock vom Boden auf und holte sich seinen Dolch. Dann ging er ein Stück zwischen den Bäumen dahin und kam an eine Stelle, an der ein alter, halbnackter Mann gefesselt am Boden lag. Ein Dutzend schnüffelnder Mutterschafe umringte neugierig den Schäfer; sie liefen fort, als Gunby auftauchte. Wieder fielen Rock und Hut zu Boden, die Klinge des Dolchs blitzte auf. Der alte Mann stieß einen Angstschrei aus und schloß die Augen, doch der Dolch fuhr nicht in seinen mageren Leib. Er zerschnitt statt dessen seine Fesseln und befreite ihn, damit er sich Gelenke und Füße reiben konnte.

Israel Gunby schleuderte dem alten Mann den zerschlissenen Rock mit einem Tritt entgegen.

»Vielen Dank, freundlicher Vater«, sagte er. »Wenn Ihr mich fragt, ich würde mich eher eine ganze Woche fesseln lassen, als diesen stinkenden Fetzen auch nur noch eine Stunde länger zu tragen, aber es war nötig.« Er warf dem Mann einen kleinen Geldbeutel in den Schoß. »Das ist für Eure Mühe. Ich bin ein Dieb und Räuber und alles, was sie sonst noch über mich sagen. Ihr könnt ihnen noch etwas anderes über mich sagen, mein Freund.«

»Was wäre das, Sir?« stammelte der andere.

»Israel Gunby raubt keine Armen aus.«

Nicholas Bracewell befand sich in einem Dilemma. Einerseits wollte er mit seinen Gedanken allein sein, andererseits brauchte er die Gesellschaft der Truppe, um in Sicherheit zu sein. Der Gasthof war angenehm, die Aufnahme herzlich, und in seinen Mauern drohte ihm keinerlei Gefahr, doch diese Situation hatte auch im Fighting Cock bestanden, und trotzdem hatte er sich plötzlich in einem Kampf auf Leben und Tod gegen einen tückischen Gegner befunden. Es war besser, kein Risiko einzugehen. Während des Ritts von Oxford hatte er unablässig die Landschaft nach Zeichen einer Verfolgung abgesucht, aber nichts entdecken können. Das verführte ihn jedoch nicht dazu, in seiner Wachsamkeit nachzulassen. Nicholas wußte noch nicht, daß man ihm seit London gefolgt war, doch er war sich sicher, daß genau das geschehen war. Schatten bewegen sich entsprechend dem Stand der Sonne. Sie können dir vorausgehen oder dir lautlos folgen. In der Dunkelheit weiß man nicht einmal, ob sie jemals existiert hatten.

Nach dem Abendessen im Schankraum zog Edmund Hoode sich in sein Zimmer zurück, um an seinem Stück zu arbeiten. Nicholas war gleichzeitig froh darüber und nervös; er freute sich, daß sein Freund seine kreative Energie wiedergefunden hatte, und befürchtete gleichzeitig, daß er zuviel von dem Hintergrundmaterial verwenden würde, das der Impresario ihm gegeben hatte. »Der Kaufmann von Calais« spielte vor fünfzig Jahren, als der französische Hafen noch in britischer Hand gewesen war. Hoode gefiel die Vorstellung einer kleinen britischen Enklave am Rande eines großen und feindlichen Landes. Das erlaubte ihm, eine Reihe beliebter Themen einzubauen. Der Gedanke, sein eigener Vater könne nun in dem Stück dargestellt werden, bereitete Nicholas Sorgen. Hoode war so angetan gewesen von dem, was Nicholas erzählt hatte, daß er seitdem unablässig nach mehr Details fragte. Obwohl er immer bereit war, dem Dichter zu helfen, hatte er doch kein Interesse daran, den »Kaufmann von Calais« zu lesen und herauszufinden, daß sein eigener Vater eine zentrale Rolle darin spielt. Der Anblick seines Vaters, auf der Bühne von Lawrence Firethorn dargestellt, würde dem abtrünnigen Sohn gewiß unerträgliche Qualen bereiten.

»Was plagt Euch, Nick?« sagte eine besorgte Stimme.

»Nichts, Owen.«

»Ihr seid schon den ganzen Abend wie im Traum.«

»Ich bin müde, das ist alles.«

»Dann zieht Euch doch in Euer Zimmer zurück.«

»Noch nicht. Ich möchte noch eine Weile aufbleiben.«

Owen Elias war in friedlicher Verfassung, nachdem er zu

Abend gegessen und sich die unangenehmen Erinnerungen ihrer Reise nach Oxford aus dem Kopf geschlagen hatte. Schauspieler fühlten sich schnell von jeglicher Form von Zurückweisung getroffen, doch sie hatten eine Widerstandskraft, die phänomenal war. Nicholas hatte das schon viele Male zuvor beobachtet, aber es überraschte ihn immer wieder, wenn er sah, wie Männer, die sich noch ein paar Minuten zuvor in den Klauen schierer Verzweiflung gewunden hatten, energiegeladen auf die Bühne traten und sich überragend in einer komischen Rolle freispielten. Owen Elias war ein solcher Typ, der bei schweren Konflikten auflebte, sich blitzschnell aus tiefer Melancholie in wahnsinnige Heiterkeit versetzen konnte, und dessen Selbstwertgefühl Schläge einsteckte, die wie tödliche Wunden wirkten. Doch in der nächsten Sekunde sprang er mit grenzenloser Vitalität aus dem Sarg ans Licht.

»Macht Euch keine Sorgen, solange ich bei Euch bin, Nick.«

»Danke, Owen.«

»Ich bin ein guter Leibwächter.«

»Scharfe Augen. Ich brauche scharfe Augen.«

»Meine Blicke können Holz zerschneiden.«

Nicholas war froh, daß er den Waliser ins Vertrauen gezogen hatte. Elias hatte seine Fehler, und Nick hatte von Zeit zu Zeit die wenig beneidenswerte Aufgabe, ihm dies auch zu sagen, aber die guten Eigenschaften des Schauspielers überwogen die schlechten. Es gab noch einen anderen Grund dafür, daß der Waliser Nicholas all seine Hilfe anbot. Der Impresario war es gewesen, der seine Beförderung in der Theatertruppe betrieben hatte. Nachdem er sich so lange in den Reihen der angestellten Leute bewegt hatte, spürte Owen Elias, daß sein wahrer Wert nicht anerkannt wurde, und hatte sich von den Versprechungen der Truppe Banbury's Men verführen lassen. Nur Nicholas' kluge Regie hatte ihn wieder aus der konkurrierenden Truppe herausholen können und ihm einen Platz unter den Teilhabern verschafft. Elias war seinem Freund dafür ewig dankbar und würde für ihn bis auf den Tod kämpfen. Nicholas hoffte zwar, das Problem allein lösen zu können, doch wenn Hilfe nötig wurde, war die Kraft des kampfeslustigen Walisers sicher mehr wert als die Zaghaftigkeit einer sanftmütigen Seele wie Edmund Hoode.

Das Trinken machte Owen Elias melancholisch. »Wir können vor unserer Vergangenheit nicht davonlaufen, Nick«, sagte er. »Irgendwann holt sie uns doch ein. Schau dir meinen Fall an. Wales läßt seine Söhne niemals los.«

»Ihr habt es geschafft, Euch zu lösen,Owen.«

»Ein Trick des Lichts, sonst nichts. Hört Euch meine Stimme an. Ich kann wie ein richtiger Engländer reden, wenn ich es will, aber meine Zunge haßt es, den Verräter zu spielen.« Er leerte seinen Becher und wischte sich mit dem Handrücken über den Mund. »Ich trage mein Heimatland auf dem Rücken wie eine Schnecke ihr Haus. Wales wird immer meine Heimat sein, obwohl ich eine Frau und ein Kind und eine ehrliche Arbeit hinter mir zurückließ, als mich der Wahnsinn des Theaterspielens packte und ich nach London lief.«

»Ich wußte nicht, daß Ihr verheiratet gewesen seid, Owen.«

»Es war ein Fehler, den ich begraben sein lassen möchte.«

»Und ein Kind, sagt Ihr?«

»Der Junge starb kurz nach meinem Weggang. Er war schon immer ein krankes Kind gewesen und für unsere harte Welt nicht stark genug.« Voller Schuldgefühle spielte er mit seinem Becher. »Ich schickte das bißchen Geld, das ich aufbringen konnte, an meine Frau, aber wir verloren uns aus den Augen, als Rhodri starb. Sie war eine gute Frau gewesen, Nick, und hatte einen Besseren verdient als mich.«

»Seid Ihr nie wieder nach Hause gegangen?«

»Niemals.«

»Fragt Ihr Euch nicht, was aus Eurer Frau geworden ist?«

»Die ganze Zeit, aber ich tröste mich mit dem Gedanken, daß ein Leben ohne einen schlechten Ehemann schon eine Art Verbesserung ist. Sie hat eine große Familie, es wird ihr an nichts mangeln.« Seine Hände schlossen sich fest um den Becher. »Sie sprechen nicht gut über mich. Ich wäre ihnen nicht willkommen.«

»Ihr habt immer so liebevoll von Eurem Land erzählt.«

»Wales liegt mir im Blut«, sagte Elias mit einem einfachen Stolz. »Ich würde niemals mein Geburtsrecht aufgeben. Doch eine Frau ist etwas ganz anderes. Ich bin nicht einfach so gegangen, Nick. Sie hat mich gebeten, zu gehen.«

»Ich verstehe.«

Nicholas war gerührt, daß sein Freund mit ihm über so private Dinge sprach, und es erklärte die rührselige Anwandlung, die den Waliser gelegentlich überkam. Gleichzeitig war ihm völlig klar, warum Owen Elias das Thema der unverziehenen Sünden der Vergangenheit ansprach. Indem er seine eigenen Wunden bloßlegte, bot er einer verwandten Seele sein Vertrauen an. Er versicherte Nicholas seiner Sympathie und seines Verständnisses, falls dieser den Wunsch haben sollte, über die Gründe zu sprechen, die ihn nach Hause führten. Männer des Theaters sind Nomaden, wandern von Truppe zu Truppe, von Frau zu Frau und lassen ihre Fehler und ihr Versagen hinter sich zurück auf der rastlosen Suche nach einer Perfektion, die sie doch niemals erreichen würden. Talent und Status waren vergängliche Dinge. Lawrence Firethorn hatte als Schauspieler bisher keinen ebenbürtigen Rivalen, doch hier war er, hatte seine Familie in London alleingelassen und rannte mit einer demoralisierten Truppe von Stadt zu Stadt, um Arbeit und Lohn zu finden. Sicherheit und Beständigkeit waren seltene Eigenschaften in der Welt des Theaters, und jeder, der diese Welt betrat, mußte sich damit abfinden. Tatsächlich waren für manche – und Owen Elias gehörte dazu – die immer wieder auftretenden Gefahren und plötzlichen Veränderungen ein Teil des Reizes, den die Theaterwelt ausstrahlte. Die Bühne war ein Glücksspiel. Mit seiner unbestreitbaren Kameradschaft war es auch ein guter Platz, an dem man sich verstecken konnte. Owen Elias erkannte einen weiteren Flüchtling.

»Warum geht Ihr nach Barnstaple?« fragte er.

»Das sage ich Euch, wenn ich zurückkomme.«

»Falls Ihr zurückkommt.«

»Oh, ich werde schon zurückkommen«, sagte Nicholas bestimmt. »Da ist nichts, was mich halten könnte. Meine Sorge ist nur, ob ich es überhaupt erreiche.«

»Niemand wird Euch daran hindern, solange ich in der Nähe bin.«

»Wir können uns aber nicht gegenseitig auf dem Schoß sitzen.«

Owen lachte. »Barnaby Gill würde vor Neid tot umfallen!«

»Inzwischen haben wir Aufführungen vorzubereiten. Denkt daran.«

»Oh, das tue ich schon, Nick. Ich bin Schauspieler. Meine Eitelkeit ist geradezu monströs. Ich stolziere und paradiere die ganze Zeit vor meinem inneren Spiegel auf und ab.« Er blinzelte dem anderen zu. »Aber ich habe immer Zeit für einen Freund, der in einer Notlage steckt.«

»Danke, Owen.«

»Zögert nicht, mich anzusprechen.«

Nicholas lächelte ihm dankbar zu. Einige der anderen begannen, an einem Tisch in der Nähe Karten zu spielen, Owen entschuldigte sich bei Nicholas und ging hin, um sich ihnen anzuschließen. Die Schauspielschüler waren bereits zu Bett gegangen, und auch ein paar Teilhaber hatten die Vorzüge eines langen Schlafes zu schätzen gewußt. Lawrence Firethorn saß mit Barnaby Gill zusammen und besprach die Auswahl der Stücke für Marlborough und Bristol. Zwei Männer, die zugleich Schauspieler und Musikanten waren, arbeiteten heftig daran, sich sinnlos zu betrinken. Nicholas war zufrieden, daß man ihn auf seinem Eichenstuhl allein ließ, und konnte seine Gedanken ungestört zwischen London und Barnstaple wandern lassen, zwischen dem Schmerz über einen Verlust und dem drohenden Unbehagen über eine wieder auflebende Bekanntschaft. Eine Stunde verging wie im Fluge. Als er erneut aufsah, waren die meisten seiner Kollegen nach oben gegangen, der Schankraum war völlig verlassen. Nicholas wollte gerade aufstehen, um in sein Zimmer zu gehen, als einer der Stallknechte durch die Haupttür hereintrat. Er sah sich um, bis sein Blick auf Nicholas fiel, und kam auf ihn zu.

»Master Bracewell?« fragte er.

»Ja.«

»Nicholas Bracewell? Ich habe eine Botschaft für Euch, Sir.«

»Von wem kommt sie?«

»Ein Gentleman. Ich soll Euch sagen, er wünsche Euch zu sprechen.«

»Laßt ihn eintreten.«

»Er wünscht ein privates Gespräch, Sir. Draußen.«

»Im Dunkeln?«

»Laternen brennen bei den Stallungen.«

»Wie sah der Mann aus?« fragte Nicholas.

»Ein feiner, aufrechter Mann.«

»Jung oder alt? Was trägt er? Wie spricht er?«

»Ich wurde nur bezahlt, um Euch die Nachricht zu überbringen, Sir«, sagte der Stallbursche und wandte sich zum Gehen. »Er erwartet Euch bei den Ställen.«

Nicholas hatte noch ein Dutzend weiterer Fragen, doch der Stallbursche war verschwunden, bevor er sie stellen konnte. Der Mann, der ihn nach draußen rief, mußte mit größtem Mißtrauen behandelt werden. Er mußte den Schankraum beobachtet haben, bis er leer war, und dann die Nachricht geschickt haben, um den Nachzügler herauszulocken. Nicholas hatte im Augenblick keine direkte Hilfe – außer zwei schauspielernden Musikanten, die dicht vor dem Umkippen standen, und einem zwergenwüchsigen Dienstmann. Owen Elias war inzwischen ebenfalls zu Bett gegangen, und Edmund Hoode befand sich zweifellos in seiner kreativen Phase. Weshalb wollte der Mann ihn bei den Stallungen sprechen? Nicholas zuckte zusammen, als ihm der Grund klar wurde. Er stand einer Herausforderung gegenüber. Nachdem es seinem Gegner nicht gelungen war, ihn bei den Ställen des Fighting Cocks zu erledigen, lud er ihn jetzt zu einem zweiten Duell ein. Es ging um einen Kampf Mann gegen Mann. Falls Nicholas zusammen mit anderen aus dem Schankraum nach draußen trat, würde der Mann in der Dunkelheit untertauchen. Nur wenn er allein kam, hatte der Impresario eine Chance, seinen Gegner zu treffen und zu töten.

Sein Degen lag neben ihm, und er riß ihn an sich. Er machte ein paar Schritte auf die Vordertür zu, hielt jedoch inne. Was, wenn die Herausforderung eine Falle war? Nicholas überlegte einen Moment, dann kam er zu dem Schluß, daß er es mit einem Einzelkämpfer zu tun hatte. Wenn es Komplizen gäbe, hätte er den Überfall in High Wycombe nicht überlebt. Der Mann machte ihm indirekt ein perverses Kompliment. Er gratulierte Nicholas zu seinem früheren Erfolg und bot ihm einen zweiten Waffengang auf vergleichbarer Ebene an. Außer daß ein Mann, der versucht, seinen Gegner von hinten zu erdrosseln, immer verquere Vorstellungen von Chancengleichheit haben wird.

Nicholas nahm die Herausforderung an, doch seine Tapferkeit verband sich mit Vorsicht. Anstatt durch die Vordertür nach draußen zu gehen, glitt er schnell durch den Schankraum nach hinten und trat in einen schmalen Durchgang mit einer Fliesentür. Durch diese Tür gelangte man zu umliegenden Gebäuden, die er als Deckung benutzen konnte, um die Ställe zu erreichen. Nachdem er geräuschlos nach draußen getreten war, hielt er seinen Degen bereit und bewegte sich vorsichtig weiter. Eine Eule schrie in der Dunkelheit. Eine Füchsin antwortete mit einem hellen Ruf. Wolken schoben sich vor den Mond. Die Lampen warfen nur schwaches Licht auf den Innenhof.

Als Nicholas um die Ecke eines Gebäudes schlich, hörte er ein schwaches Klirren von Metall, als ein Pferd auf sein Gebißstück biß. Das Pferd war gesattelt und wartete am anderen Ende der Stallgebäude. Nicholas konnte seine Umrisse schwach erkennen. Jetzt war es sicher, daß er nur einem einzigen Mann gegenüberstand. Das Pferd sollte einen schnellen Rückzug nach getaner Arbeit ermöglichen, doch Nicholas hatte die Absicht, die Pläne seines Gegners zu durchkreuzen. Er beugte sich nieder und bewegte sich langsam vorwärts, die Waffe in seiner Faust wies ihm den Weg. Viel zu spät hörte er das Geräusch hinter seinem Rücken. Es gab einen Schlag, ein tiefes Grunzen und kurzes Klirren von Stahl. Als Nicholas herumwirbelte, bohrte sich eine harte Schulter mit solcher Wucht in seine Brust, daß er seinen Degen fallenließ und sich nach hinten überschlug. Zwei Gestalten kämpften heftig über ihm, doch bevor er auf die Beine kam, war der Kampf bereits beendet. Er hörte einen Schmerzensschrei und ein Klirren, als etwas neben ihm zu Boden fiel, dann rannte eine der Gestalten über den Hof und schwang sich in den Sattel des Pferdes. Zum zweiten Mal galoppierte der Mörder in die Sicherheit der dunklen Nacht zurück.

Nicholas sprang auf, um sich um den verwundeten Mann zu kümmern. Er hatte Owen Elias' Stimme erkannt und fürchtete, sein Freund könnte ernsthaft verletzt sein. Mit dem Degen noch in der Hand krümmte sich der Waliser vor Schmerzen zusammen. Nicholas legte ihm eine hilfreiche Hand auf die Schulter.

»Seid Ihr schwer verletzt, Owen?« fragte er.

»Der Schurke hat mich an der Hand erwischt, Nick. Es ist nur ein Kratzer, aber es blutet wie der Teufel und tut genauso weh.«

»Laßt mich Euch ins Haus helfen.«

»Ich schaffe das auch allein. Laßt mich los.«

Nicholas trat einen Schritt zurück, um ihn anzuschauen. »Was in aller Welt hattet Ihr hier draußen zu suchen?«

»Ich habe versucht, Euch das Leben zu retten.«

»Ich dachte, Ihr wäret längst zu Bett gegangen.«

»Das ist genau das, was Ihr denken solltet«, sagte Owen. »Falls der feige Hund wieder zuschlagen würde, täte er es nur, wenn Ihr allein wärt. Ich versteckte mich in dem Durchgang und hörte, wie der Stallbursche Euch die Nachricht überbrachte. Der Absender hat Euch ausgetrickst.«

»Richtig«, gab Nicholas zu. »Er wußte, daß ich versuchen würde, mich von hinten an ihn heranzuschleichen, deshalb legte er hier seine Falle aus. Wenn Ihr nicht wärt, würde ich jetzt tot am Boden liegen, einen Dolch zwischen den Schulterblättern. Tausendmal Dank.«

»Euer Leibwächter hat scharfe Augen und noch schärfere Ohren.«

»Ihr seid wegen mir verwundet worden. Kommt ins Haus, damit ich Euch die Hand verbinden kann. Ihr könnt soviel Ale haben, wie Ihr wollt, um die Wunde zu kurieren.« Nicholas hob seinen Degen auf – und noch eine kleine weitere Waffe. »Er hat seinen Dolch verloren.«

Owen glühte vor Zorn. »Damit schneide ich ihm die Eier ab!«

»Die Waffe könnte uns einen Hinweis geben.«

»Wo ist das Ale, von dem Ihr gesprochen habt, Nick? Ich kann es gebrauchen.«

»Und ich nehme mir diesen Stallburschen nochmal vor.« Er hörte Schritte, die sich näherten. »Wir bekommen Gesellschaft, Owen.«

Vom Lärm geweckt, kamen der Hauswirt und ein paar Dienstboten mit Laternen aus dem Haus gerannt. Edmund Hoode und andere Mitglieder der Theatergruppe folgten ihnen auf dem Fuße. Sie sahen die gezogenen Degen.

»Was ist denn hier los?« fragte der Wirt.

»Jetzt ist alles vorbei«, sagte Nicholas beruhigend.

»Wer hat den Kampf begonnen?«

»Wir kennen den Namen des Verbrechers nicht.«

»Aber was hat Euch hier nach draußen geführt, Nick?« fragte Hoode alarmiert. »Und was war das für ein teuflischer Schrei, den wir gehört haben?«

»Das war ich«, sagte Owen Elias mit tapferem Lächeln. »Ich blutete leise zu Tode.«

Der Waliser litt eindeutig heftige Schmerzen. Er schwankte vor Erschöpfung, strengte sich an, seine verletzte Hand hochzuheben – und sank Nicholas Bracewell ohnmächtig in die Arme.

7. Kapitel

Das Licht des neuen Tages brachte Westfield's Men keine Erleichterung. Als sie erwachten, stellten sie fest, daß ein Dauerregen niederging. Das würde eine nasse Reise nach Marlborough werden. Während sie Toastbrot und Ale zum Frühstück einnahmen, waren sie unglücklich und rebellisch. Das Leben außerhalb Londons war eine einzige Tour der Schmerzen. Owen Elias war noch geschwächt vom Blutverlust, denn seine Verletzung war schlimmer, als er zugegeben hatte. Der Dolch, der auf Nicholas' Rücken gezielt hatte, war statt dessen durch den Jackenärmel des Schauspielers gefahren und hatte ihm eine tiefe Wunde an Arm und Hand beigebracht. Es war lebenswichtig, die Blutung schnell zu stoppen, und Nicholas übernahm diese Aufgabe persönlich. Während seiner drei Jahre auf See hatte er einige schreckliche Verletzungen und schlimme Krankheiten kennengelernt. Durch seine schnelle und sorgfältige Behandlung hatte der Schiffsarzt viele Leben gerettet und unzählige gebrochene Knochen wieder gerichtet. Nicholas hatte ihm zugesehen, wie er die scheußlichsten Wunden reinigte und verband, und ging jetzt bei Owen Elias nach dem gleichen Schema vor. Der feste Verband würde die Wunde schützen, bis sie in eine Stadt kamen, wo ein Arzt sie untersuchen und erneut verbinden konnte.

Ein weiterer Schlag traf die Truppe, wenn auch nur im Rückblick. Der Bauer, der den täglichen Bedarf des Gasthofes an Milch lieferte, war gleichzeitig Übermittler lokaler Nachrichten. Er erzählte von einem Schäfer, der angehalten und seiner Jacke, Hut und Schäferstab beraubt worden war – von niemand Geringerem als Israel Gunby. Die Verkleidung war nach einer Stunde zurückgegeben worden, zusammen mit einer kleinen Geldsumme. Lawrence Firethorn war rasend. Sich einmal von Israel Gunby hinters Licht führen zu lassen war beschämend; ein zweites Mal betrogen zu werden war unerträglich. Während Firethorn das als persönliche Beleidigung auffaßte, sah die Truppe darin ein Zeichen allgemeiner Bedrohung. Nachdem sie sich schon einmal auf sie gestürzt hatten, umkreisten Gunby und seine Raubvögel sie erneut, bevor sie angriffen und sie endgültig erledigten.

Ihre Moral war schlechter denn je, als sie im Regen aufbrachen. Die allgemeine Unzufriedenheit fand in Barnaby Gill ihren Sprecher. Mit einem höhnischen Grinsen identifizierte er den Schuldigen.

»Das alles haben wir unserem Impresario zu verdanken!«

»Ihr seid ungerecht«, antwortete Firethorn. »Nicholas Bracewell ist geradezu das Rückgrat unserer Truppe. Bei allem, was er tut, stehen Westfield's Men an erster Stelle.

»Warum reist er dann nach Barnstaple?« fragte Gill.

»Weil seine Familie dort lebt«, warf Edmund Hoode ein.

Gill war gereizt. »Wir alle haben Familien. Lawrence hat eine in London, Ihr habt Eure Eltern in Kent, ich habe meine Mutter und zwei Schwestern in Norwich, sogar dieser gottlose Waliser muß jenseits der Grenze irgendwo Kind und Kegel haben.« Mit aufgeplusterter Entrüstung erhob er sich im Sattel. »Wenn die Truppe uns braucht, dann rennen wir allerdings nicht wegen irgendwelcher Familiengeschichten nach Hause.«

»Nick ist loyal«, sagte Firethorn. »Er hat sich bereiterklärt, uns den ganzen Weg ins West Country zu begleiten, bevor er uns verläßt. Ich frage Euch, Barnaby – wo wären wir ohne Nicholas Bracewell am Ruder?«

»Im Queen's Head in der Gracechurch Street.«

»Wir sind abgebrannt, Mann.«

»Wer ist denn auf die Idee mit dem Kohlebecken gekommen?« fragte Gill eisig. »Wer hat denn die Flammen entfacht? Unser Impresario. Er ist die Ursache all unseren Elends, und das wird immer so bleiben.«

»Nick war der Held dieses Feuers«, sagte Hoode leidenschaftlich, um seinen Freund zu verteidigen. »Erinnert Ihr Euch denn nicht mehr an die Gefahr, die er abgewendet hat? An seinen selbstlosen Einsatz erinnern? Habt Ihr noch nichts von der ›Ballade vom Feuer‹ gehört?«

»Ein miserables Stück«, sagte Gill, »und nicht im mindesten glaubwürdig. Mich erwähnt die Ballade überhaupt nicht. Dabei war ich das erste Opfer der Flammenhölle.«

Die drei Männer ritten an der Spitze der Reisegruppe, die sich auf holpriger Straße der Ortschaft Wantage näherte. Die anderen Teilhaber waren hinter ihnen verstreut, und der Karren war jetzt bis obenhin beladen. Owen Elias konnte ihn nicht lenken, deshalb hatte Nicholas Bracewell die Zügel in die Hand genommen. Owen saß neben ihm auf dem Kutschbock und sang mit trübseliger Stimme ein walisisches Lied. Die vier Lehrlinge drängten sich unter einer Plane zusammen, und die angestellten Leute hatten Schutz unter Decken und Mänteln gefunden. George Dart war mit der einzigartigen Ehre ausgezeichnet worden, das Schlußlicht der Reisegruppe zu bilden, und dort ritt er nun mit einem Stolz, dem auch der schlimmste Dauerregen nichts anhaben konnte. Als einziger von Westfield's Men empfand er diesen Tag als den schönsten des ganzen Jahres.

»Denkt mal darüber nach«, fuhr Gill mit seinem Angriff fort. »Nicholas Bracewell hat uns nichts als Unglück gebracht. Seine Schuld ist es, daß wir aus London rausmußten und in High Wycombe ausgeraubt wurden.«

»Das könnt Ihr ihm doch nicht auf seine Schultern bürden«, sagte Hoode.

»Seine Schultern und Lawrences Hosenstall. Das sind die verantwortlichen Teile der Anatomie.« Er hob die Stimme, um Lawrence Firethorns Protest zu übertönen. »Wir sind die Schauspieler und haben genug damit zu tun, unsere Rollen in provisorischen Darbietungen zu spielen. Wir verlassen uns auf Nicholas, daß er die Bühne aufbaut und ein ausgewogenes Publikum einläßt. Israel Gunby hätte er erkennen müssen.«

»Wie denn?« fragte Hoode.

»Instinktiv.«

»In einem Schankraum voller Gäste?«

»Nicholas ist doch unser großer Reisender, nicht wahr?« höhnte Gill. »Er ist um die Welt gesegelt und hat jede Art von Menschen zu Gesicht bekommen. Das hat ihm einen sechsten Sinn für Menschen gegeben. Lawrence hat sich immer wieder an ihn gewandt.«

»Ja«, sagte Firethorn, »weil Nick uns noch nie im Stich gelassen hat. Er erkennt den Charakter eines Menschen auf den ersten Blick und sieht seine Vorzüge und Nachteile.«

»Israel Gunby hat er aber nicht auf den ersten Blick erkannt.«

»Ihr auch nicht, Barnaby. Ich nicht, und Edmund ebenfalls nicht.«

»Nicholas ist da, um uns zu beschützen.«

»Selbst er hat seine Grenzen.«

»Auf dieser Reise sind sie sichtbar geworden«, fuhr Gill fort. »Ich gebe zu, daß er uns in der Vergangenheit viel geholfen hat, aber jetzt ist er das Symbol für unsere Pechsträhne. Ohne ihn hätte es keinen Israel Gunby gegeben, der uns ausplündert, keine Pest in Oxford, die uns wegjagt, und keinen zweiten Besuch von Gunby, der uns bevorsteht.«

»Vergeßt den Regen nicht«, sagte Hoode sarkastisch. »Ohne Nick würden wir uns in strahlendem Sonnenschein aalen und uns die Taschen mit Geld füllen, das auf jedem Strauch am Straßenrand wächst. Das ist alles totaler Unsinn, Barnaby!«

»Ist Owen Elias' Verwundung auch totaler Unsinn?«

»Das ist eine andere Geschichte«, murmelte Firethorn.

»Eine andere Geschichte, für die unser hochverehrter Impresario verantwortlich gemacht werden muß«, beharrte Gill. »Letzte Nacht wurde er im Dog and Bear angegriffen. Der tapfere Waliser eilte ihm zu Hilfe und verlor fast seinen Arm. Wollt Ihr Nicholas etwa auch davon freisprechen?«

»Das will ich«, sagte Hoode hitzig. »Ihr könnt einen Mann nicht verurteilen, weil er von einem betrunkenen Burschen angepöbelt wird.«

»Dieser betrunkene Bursche war so nüchtern wie eine Tannennadel.«

»Owen wird wieder gesund«, sagte Firethorn in dem Versuch, seine Kollegen von diesem unangenehmen Thema abzulenken. »Das ist das einzige, worauf es ankommt, soweit es Westfield's Men betrifft.«

»Bis der Schurke wieder zuschlägt.«

»Welcher Schurke?«

»Der, der Nicholas im Nacken sitzt.«

»So einen Menschen gibt es gar nicht«, sagte Hoode mit schwacher Stimme.

»Hört jetzt auf mit diesem Gerede«, sagte Firethorn unbehaglich.

»Sagt mir, wer das Durcheinander im Fighting Cock verursacht hat, und ich schweige«, forderte Gill ihn heraus. Seine Kollegen wechselten einen schnellen Blick. »Ich bin nicht blind, meine Herren. Nicholas ging zu den Stallungen hinaus und kam völlig durcheinander wieder zurück. Man hat gehört, wie ein Pferd vom Gasthof wegraste. Wer war der Reiter?«

»Israel Gunbys fetter Komplize.«

»Der würde es nicht wagen, seine Kräfte mit unserem Impresario zu messen. Er war vielleicht ein unverschämter Flegel, aber ein Kämpfer war der nicht. Ich glaube, daß Nicholas vom selben Mann angegriffen wurde, der letzte Nacht zurückkam und Owen verletzte. Leugnet es, wenn Ihr wollt.« Er machte eine Pause. »Und?«

Lawrence Firethorn und Edmund Hoode blieben still. Sie waren beide von Nicholas Bracewell darüber informiert worden, warum er nach Barnstaple reisen mußte; Gefahr war ein unausgesprochener Bestandteil dieser Reise. Barnaby Gill hatte für sich allein herausgefunden, was sie beide bereits wußten, und hatte Rückschlüsse daraus gezogen, die ihr Unbehagen noch erheblich verstärkten.

»Wir sind gebrannte Leute«, sagte Gill. »Solange wir Nicholas Bracewell bei uns haben, schweben wir alle in Gefahr. Wann und wo wird der Verbrecher seinen nächsten Angriff unternehmen? Wer von uns wird dann verwundet werden?« Er stieß Firethorn in die Seite. »Werft ihn raus, Lawrence. Stellt die Sicherheit Eurer Truppe an erste Stelle und laßt ihn nach Barnstaple ziehen. Oder der Kerl, der ihn verfolgt, wird uns der Reihe nach umbringen. Jeden einzelnen von uns!«

Die Ehe mit einem Schauspieler war schon immer ein riskantes Unterfangen, und wenn der Schauspieler auch noch Lawrence Firethorn war, dann konnte die Beziehung niemals auch nur annähernd den Standard konventioneller Auffassungen über den heiligen Ehestand erreichen. Ernstgemeinte Schwüre vor dem Altar konnten ein Paar nicht in alle Ewigkeit festlegen. Im Interesse des gemeinsamen Überlebens mußten sie immer wieder einander angepaßt werden, um jeder neuen Situation gerecht zu werden, so wie sie entstand. Margery Firethorn war eine starke Persönlichkeit, die als einziges Ziel die feste Absicht hatte, ihren Willen durchzusetzen, doch selbst sie konnte ihrer ehelichen Gemeinschaft keine starre Struktur geben. Ihr Mann konnte geführt, doch niemals völlig kontrolliert werden. Es wäre leichter, das Vaterunser auf eine Luftblase zu sticken als Lawrence Firethorn in irgendeine Form zu pressen, die auch nur entfernt an das gewöhnliche Bild ehelichen Lebens herankam, und Margerys stürmische Natur würde sich nie mit der üblichen Rolle der Frau zufriedengeben. Ihre Liebe war des öfteren hart geprüft worden, und obwohl sich auf ihrer Seite einiges an Zynismus angesammelt hatte und bei ihm ein paar überraschende Flekken aufgetreten waren, war ihre Ehe niemals zu einer hohlen Angelegenheit geworden. Sie mochten miteinander kämpfen und sich gegenseitig beschuldigen, doch hatten sie immer ein gemeinsames Ziel. Und dieser Gedanke führte dazu, daß sie einander mit Leib und Seele zugetan waren.

Das gemeinsame Ziel führte sie jetzt in das Queen's Head.

»Sie haben ernsthaft mit der Arbeit begonnen.«

»Das sehe ich, Leonard.«

»Die Zimmerleute werden vierzehn Tage oder länger hier sein«, sagte er. »Danach kommen die Tapezierer und Anstreicher.«

»Das Dach muß auch erneuert werden,« bemerkte sie und sah nach oben zu jenem Teil des Daches, das Nicholas durch seinen Einsatz vor den Flammen gerettet hatte. »Ihr werdet frisches Reet brauchen, um Wind und Regen abzuhalten.«

»Das wird alles zu seiner Zeit geschehen, Mistress.«

Sie standen im Innenhof des Gasthauses, mitten im Lärm der Sägen und dem Geräusch der vielen Hämmer. Zimmermannsarbeit war eine lautstarke Angelegenheit. Das Problem bei der Restaurierung war, daß das Queen's Head zunächst einmal einen schlimmeren Anblick bieten mußte, bevor er wieder besser aussehen konnte. Ein Teil der Galerien war vollständig entfernt worden und ließ in der einen Ecke des Innenhofes ein gähnendes Loch zurück. Hölzerne Gerüste hielten den Rest der Konstruktion an Ort und Stelle. Wo Stützbalken durchgebrannt waren, wurden vorübergehend Ersatzstützen eingezogen, damit es keine weiteren Einstürze gab. Sie würden schon bald von den mächtigen Schiffsbalken aus Eiche ersetzt werden, die hier noch eine sinnvolle Aufgabe fanden, nachdem ihre seefahrenden Tage vorüber waren. Die Arbeit ging langsam vonstatten, war hart und teuer, folgte aber einem klar vorgegebenen Plan.

»Habt Ihr einen Kurier gefunden?« fragte Leonard.

»Er hat die Stadt bei Morgengrauen verlassen«, sagte Margery. »Bei gutem Durchkommen sollte er morgen irgendwann in Marlborough eintreffen. Wir wollen hoffen, daß die Warnung früh genug eintrifft, um noch etwas zu nutzen.«

»Habt ihr Master Bracewell geschrieben, daß ich den Mann gesehen habe?«

»Das haben wir nicht vergessen, Leonard.«

»Danke, vielen Dank.«

»Das Porträt des Verbrechers war hauptsächlich Euer Verdienst.«

»Ich bin froh, daß ich helfen konnte.«

Margery bedachte ihn mit einem gnädigen Lächeln. »Laßt Euch von mir nicht von der Arbeit abhalten«, sagte sie und schaute sich auf dem Hof um, »denn ich muß mich jetzt um meine kümmern. Wo steckt dieser winselnde Gastwirt, von dem Ihr Euren Lohn erhaltet?«

»Im Schankraum. Wollt Ihr mit ihm sprechen?«

»Nein, ich will nur wissen, ob er beschäftigt ist, damit ich meine Argumente dort anbringen kann, wo sie bessere Wirkung haben. Es ist noch zu früh, um mit Alexander Marwood zu sprechen.«

»Das stimmt«, fügte Leonard hinzu. »Er bekommt jedesmal einen Anfall von Schüttelfrost, wenn der Name Westfield's Men auch nur erwähnt wird. Ich halte mich noch zurück, bis er etwas ruhiger geworden ist.«

»Geht vorsichtig zu Werke.«

»Ich bewege mich nur auf Zehenspitzen.«

»Wählt den passenden Moment, um die Kreatur auf unsere Seite zu ziehen.«

»Das werde ich. Und Ihr?«

»Überlaßt mir die Aufgabe, seine Frau zu bearbeiten.«

Sie verabschiedeten sich und gingen auseinander. Leonard

fuhr damit fort, Bierfässer von einem Karren abzuladen, und Margery machte den ersten kleinen Schritt, um die zerstörten Beziehungen zwischen dem Queen's Head und Westfield's Men zu reparieren. Sie war auf ausdrücklichen Wunsch ihres Mannes gekommen. Während sich die Gruppe auf Tournee befand, waren sie und Lord Westfield ihre Londoner Repräsentanten. Der aristokratische Schirmherr sollte zu einem späteren Zeitpunkt ins Spiel gebracht werden, wenn der Einfluß eines Lords vonnöten war. Zum jetzigen Zeitpunkt war Margery Firethorn jedoch der bessere Advokat für die vertriebene Gruppe. Sie vermochte sich an Orten einzuschmeicheln, die kein normaler Mann jemals freiwillig betreten würde.

Sybil Marwood befand sich in einem Raum am anderen Ende des Gasthofes, der als Wohnzimmer benutzt wurde, wenn sie und ihr Mann sich in den seltenen Erholungspausen hierher zurückzogen. Sie war eine plumpe, strenge und wenig liebenswürdige Person, die ihre mittleren Jahre in bitterer Reue über die Narreteien ihrer Jugend verbrachte. Was früher einmal hübsche Gesichtszüge gewesen waren, hatte sich inzwischen in eine Maske tiefer Enttäuschung verwandelt. Sybil Marwoods Seele war so eisenhaltig, daß eine Gruppe von Bergleuten einen ganzen Monat dafür arbeiten müßte, um das Erz zu fördern, und dann würden noch mehrere Spitzhacken dabei zu Bruch gehen.

Sie hieß Margery brummig willkommen und bat sie herein.

»Wir haben uns schon früher einmal getroffen«, erinnerte Margery sie.

»Ja«, kam die knappe Antwort.

»Ich hatte Euch einen guten Rat gegeben. Auch damals war ich in der Lage gewesen, Euch die Schwachpunkte Eurer Haltung vor Augen zu führen und Euch zu zeigen, wo wahrer Gewinn und Fortschritt liegen.«

»Was wollt Ihr von mir?« zischte Sybil.

»Ich möchte mit Euch sprechen, von Frau zu Frau.«

»Wohl eher von Ehefrau zu Ehefrau, denke ich!«

»Das auch.«

»Ich kenne Eure Tricks, Mistress Firethorn«, sagte Sybil mit einem spöttischen Grinsen. »Mein Mann hat mit Eurem Mann gebrochen, und Ihr kommt jetzt und versucht, mich dazu zu bewegen, sie wieder zusammenzubringen.«

»Völlig falsch.«

»Weshalb solltet Ihr Euch denn sonst herablassen, mich zu besuchen?«

»Um sie voneinander fernzuhalten.«

Sybil Marwood war perplex. Sie war äußerst ungehalten gewesen über ihre Besucherin, die sie an den Mann erinnerte, dessen Truppe fast ihr ganze Haus und ihren Arbeitsplatz niedergebrannt hätte. Ihre erste Vermutung war gewesen, Margery sei nur gekommen, um im Interesse von Westfield's Men auf Wiedereinstellung im Queen's Head zu pochen. Welches andere Motiv hätte sie denn sonst haben können? Sybil setzte den schlangengleichen Blick auf, den sie normalerweise bei ihrem Ehemann anwandte, doch Margery zeigte sich ungerührt. Ruhig und gelassen wartete sie auf ihr Stichwort für eine ausführliche Erklärung. Ihr Mann hatte sie darauf hingewiesen, wie wichtig es sei, sich für jede Gelegenheit korrekt zu kleiden, deshalb hatte sie ihr bestes Kleid und ihren gewagtesten Hut ausgesucht. Schuhe, Handschuhe und alle Accessoires verbanden sich zu einem überwältigenden Gesamteindruck. Sybil Marwood befand sich in Anwesenheit einer Lady, was dafür sorgte, daß sie sich ihrer eigenen tristen Aufmachung und der fettigen Kopfbedeckung um so deutlicher bewußt wurde. Sie wurde ein winziges bißchen freundlicher.

»Möchtet Ihr Euch nicht setzen, Mistress?« fragte sie.

»Ich werde nicht lange bleiben«, sagte Margery und warf

einen Blick auf den Staub, der sich überall im Zimmer niedergelassen hatte, und schwor sich, damit nicht in Berührung zu kommen. »Ich habe zuviel zu tun.«

»Ihr sagtet, um die beiden voneinander fernzuhalten?«

»Ganz richtig.«

»Aus welchem Grund?«

»Westfield's Men sollen nie mehr hierher zurückkommen.«

»Werden sie auch nicht«, versprach Sybil. »Mein Mann hat geschworen, daß sie nie wieder ihren Fuß über unsere Schwelle setzen werden, und bei dieser Entscheidung unterstütze ich ihn.«

»Ich hoffe sehr, daß Ihr das tut, Mistress.«

»Warum?«

»Weil sonst unser großes Glück zusammenbricht.«

»Großes Glück?«

Margery trat auf sie zu und senkte ihre Stimme zu einem vertraulichen Flüstern. Der schlangengleiche Blick hatte inzwischen einem großäugigen Staunen Platz gemacht.

»Kann ich mich darauf verlassen, daß Ihr das niemand weitersagt?« fragte Margery.

»Auf meine Ehre!«

»Vor allem darf Euer Mann nichts davon erfahren.«

»Alexander ist ein Narr. Dem erzähle ich gar nichts.«

»Ein gutes Rezept für jede Ehe.«

»Worum geht's bei diesem großen Glück?«

»Westfield's Men sind angesprochen worden.«

»Von wem?«

»Von einem anderen Gastwirt. Als er hörte, daß der Vertrag hier gekündigt worden ist, machte er der Gesellschaft sofort ein Angebot über eine dauerhafte Spielmöglichkeit in seinem Gasthaus. Sind das nicht wunderbare Neuigkeiten?«

»Äh … ja«, sagte Sybil unsicher, die den ersten Stich von Neid spürte. »Wer ist dieser Gastwirt?«

»Das ist ein Geheimnis, das ich in meinem Busen bewahren muß. Aber soviel kann ich Euch sagen: Wenn sein Gasthaus auch kleiner ist als Eures, so sieht es doch so aus, daß er einen größeren Gewinn mit seinen neuen Mietern machen wird.«

»Gewinn?« Das war das Zauberwort.

»Er versteht einfach nicht, warum der Queen's Head eine so kräftige Einkommensquelle gehen läßt.«

»Diese kräftige Einkommensquelle hat uns das Haus über dem Kopf angezündet!«

»Das war der Wind, der das gemacht hat, Mistress«, sagte Margery. »Westfield's Men haben Euer Gasthaus vor vollständiger Zerstörung bewahrt. Diese Ballade beschreibt alles genau. Nicholas Bracewell und die anderen haben ihr Leben aufs Spiel gesetzt – für Euch und Euren Mann. Das ist einer der Gründe, der diesen anderen Gastwirt dazu bewogen hat, sein Angebot zu unterbreiten. Er bewundert Männer von solcher Qualität.«

»Wo befindet sich sein Gasthaus?«

Margery klatschte vor Freude in die Hände. »Das ist ein weiterer Pluspunkt«, erklärte sie. »Es liegt außerhalb der Stadtmauern und unterliegt deshalb nicht der städtischen Rechtsprechung. Die Behörden hassen das Theater und tun alles, um es zu unterdrücken. Wenn Westfield's Men hier ausziehen, lassen sie Einmischung und Unstimmigkeiten hinter sich zurück. Von jetzt an kann sie niemand mehr belästigen.«

Sybil war verblüfft. »Und weshalb kommt Ihr zu mir?«

»Um die Sicherheit des neuen Vertrages zu gewährleisten.«

»Auf welche Weise?«

»Dieser Gastwirt ist ein sehr anspruchsvoller Mann. Er will, daß die Gesellschaft ausschließlich bei ihm spielt. Mein Mann hat ihm versichert, daß das Queen's Head den Vertrag mit der Theatergesellschaft nicht mehr anerkennt. Ist es nicht so?«

»So ist es, so ist es.«

»Dann muß es auch so gesehen werden«, unterstrich Margery. »Falls Euer Mann auf die Idee kommen sollte, den Vertrag zu erneuern, fürchte ich, daß das unseren neuen Hauswirt abschrecken würde. Er ist sehr eifersüchtig und neigt zu impulsiven Handlungen. Sie wissen ja, wie Männer sind, wenn sie sich etwas in den Kopf gesetzt haben.«

»Nur allzu gut!«

»Können wir hier also auf Eure Hilfe rechnen?«

»Jawohl«, sagte Sybil. »Ich werde dafür sorgen, daß Alexander in Zukunft keinen Vertrag mehr mit Westfield's Men macht. Was haben diese Schauspieler denn schon getan, außer daß sie unseren Hof mit niederem Volk der untersten Sorte füllten?«

»Sie haben Eure Balkone und Galerien mit Kavalieren und ihren Damen gefüllt«, rief Margery in Erinnerung. »Und sie haben Euch die Taschen mit Geld gefüllt. Wieviel Bier und Ale habt Ihr verkauft, wenn ein Theaterstück Euch die Massen ins Haus trieb?« Sie landete noch mit einem anderen Argument einen harten Treffer. »Wieviel Ruhm und Ehre hat die Truppe Euch eingebracht? Warum sind so viele Reisende in London zur Gracechurch Street gekommen, wenn sie Vergnügen suchten, und sind nicht nach Southwark oder Shoreditch gegangen? Westfield's Men haben Euch einen guten Ruf verschafft.«

»Das stimmt«, gab die andere zu. »Aber es ist der Ruf schlechten Benehmens. Schauspieler sind die geborenen Lüstlinge. Unsere Tochter Rose konnte ihre Jungfräulichkeit nur mit Mühe zweimal täglich retten, wenn wir diese lebenslustigen Herren im Hause hatten.«

»Nun kommt aber«, sagte Margery wissend, »wir sind auch mal jung gewesen. Erinnert Euch doch mal. Damals waren uns lebenslustige Herren gar nicht so unwillkommen.«

Ein Schimmer weit zurückliegender Erinnerungen an frühere Lustbarkeiten huschte über Sybils Gesicht, doch er verschwand sofort wieder, als sie eine Beschuldigung hervorstieß.

»Einer der Schauspieler hat Rose immer Verse geschickt.«

»Ein paar Reime haben noch keiner ein Kind gemacht.«

»Meine Tochter kann nicht lesen.«

»Dann ist sie vor Verderbtheit sicher.«

»Wir sind froh, wenn wir Westfield's Men zum letztenmal gesehen haben.«

»Dann habt Ihr auch die Gewinne, die sie Euch gebracht haben, zum letztenmal gesehen.«

Sybil schnaufte. »Wo sind denn Gewinne in einem lichterloh brennenden Feuer? Wieviel Geld verdienen wir, wenn Schauspielschüler sich prügeln?«

»Feuer ist ein Akt Gottes«, sagte Margery, »und jedes Gasthaus und jedes Wohnhaus hat Angst davor. Was Rempeleien zwischen Lehrlingen betrifft, so liegt das nur an Eurem Ale und nicht an den Theaterstücken. Außerdem ist eine Aufführung von Westfield's Men noch nie wegen Aufruhrs abgebrochen worden. Ein Drama bringt Ruhe über die Rastlosen. Die Betrunkenen prügeln sich immer erst hinterher.«

»Jetzt nicht mehr. Wir haben Leonard, der jede Schlägerei im Keim erstickt.«

»Und wer hat Leonard in den Queen's Head geholt?«

Sybil machte eine Pause. »Master Bracewell.«

»Das war nur einer von vielen Gefallen, die er Euch getan hat.«

Margery hatte die Saat des Eigennutzes ausgestreut und ihr genug Wasser gegeben, um kräftig zu sprießen. Jetzt konnte sie Sybil Marwood auf ihren immer und ewig leidenden Ehemann loslassen. Die Vorstellung, daß er durch sein Verhalten einem anderen Gastwirt zu einem lukrativen Vertrag verhalf, würde dazu führen, daß er die ganze Sache nochmal überdachte, wobei ihm niemals der Gedanke kommen würde, daß Margery sich den Rivalen nur ausgedacht hatte. Ein Paar, das nur mit ehelichen Dissonanzen leben konnte, hatte jetzt einen handfesten Anlaß für Konflikte bekommen.

An der Tür landete Margery ihren letzten Schlag.

»Ihr habt noch einen weiteren Grund, Nicholas Bracewell dankbar zu sein.«

»Und das wäre?«

»Ein Bote, der aus Devon zu ihm geschickt worden war, nahm hier im Queen's Head eine Erfrischung zu sich und starb, bevor er die Botschaft zustellen konnte.«

»Starb? Woran?«

»An vergiftetem Ale.«

»Unser Ale ist das sauberste in ganz London.«

»Das ist das, was alle glauben«, sagte Margery. »Ich bin ganz sicher, daß Ihr nicht wollt, daß die Leute etwas anderes denken.«

»Wie könnten sie?«

»Durch bösartige Berichte. Nicholas Bracewell sagt, das Gift sei im Schankraum von einem Eurer Gäste in das Ale des Boten geschüttet worden. Hier unter diesem Dach ist ein Mord passiert.«

»Mord!«

»Der Bote ist irgendwo anders gestorben, aber das Verbrechen fand keine zwanzig Schritte von da statt, wo wir jetzt stehen. Es wäre bestimmt nicht gut, wenn sich eine solche Geschichte verbreitete.«

»Das darf nicht passieren!«

»Nicholas Bracewell ist Euch zuliebe sehr diskret.«

»Wir sind ihm sehr zu Dank verpflichtet.«

Margery Firethorn war eine sorgfältige Gärtnerin. »So eine Sache könnte Euer Ruin sein«, warf sie ein und bewässerte den ausgebrachten Samen ein zweites Mal. »Als das Queen's Head die Heimat von Westfield's Men war, hatte er einen guten Ruf und war sehr angesehen. Würdet Ihr denn ein Gasthaus besuchen, das wegen seines vergifteten Ales bekannt ist?«

Sie konnte schon fast hören, wie der Samen Knospen trieb.

Berkshire war ein schöner Landstrich, und als der Regen nachließ, konnten sie seine Schönheit auch erkennen. Warme Sonnenstrahlen trockneten sie, ließen sie die Köpfe heben und mit Zuversicht um sich blicken. Das Valley of the White Horse war deshalb etwas Besonderes, weil es fast ausschließlich zum Getreideanbau genutzt wurde. Goldfarbene Felder erstreckten sich allerorts und bewegten sich im Wind. Von der Höhe eines Pferdewagens aus betrachtet, war die Schlichtheit des ländlichen Lebens etwas, das einen gewissen Reiz auf die Reisenden ausübte, und mehr als nur einer machte sich Gedanken darüber, ob er es gegen die Wechselfälle seines jetzigen Lebens eintauschen sollte. Die hier ansässigen Landbewohner sahen das aus dem genau entgegengesetzten Blickwinkel, staunten, wenn die grell und bunt gekleidete Truppe vorbeizog, und stellten sich die Freuden vor, die sie als Mitglieder einer solch elitären Gesellschaft genießen würden. Selbst erschöpfte Schauspieler wußten, wie sie die Aufmerksamkeit des Publikums auf sich ziehen konnten.

In Wantage ließ sich ein Arzt für Owen Elias auftreiben, der die Wunde behandelte und frisch verband. Da Owen sich die Verletzung wegen ihm zugezogen hatte, übernahm Nicholas die Kosten des Arzes, der ihn wegen der Sorgfalt lobte, mit der er sich zuerst um die Wunde gekümmert hatte. In einem Gasthof in Hungerford konnten sie sich richtig erfrischen; als sie sich jetzt auf den letzten Teil der Tagesreise begaben, waren ihre trübseligen Gedanken schon fast völlig vergessen. Selbst Barnaby Gill hatte seine Bissigkeit abgelegt. Die Aussicht auf wohlgestimmte Zuschauer ließ die Truppe noch schneller ausschreiten. Die Passagiere des Pferdewagens stimmten ein Lied an, Owen Elias' Stimme klang jetzt fröhlich und melodiös.

Als sie die Grenze nach Wiltshire überschritten, stieß die Reisegruppe unwillkürlich einen Jubelschrei aus. Jetzt hatten sie es nicht mehr weit. Richard Honeydew kletterte auf den Kutschbock neben Nicholas und versuchte, seine Bildung zu erweitern.

»Es heißt, Wiltshire sei von Wald bedeckt.«

»Das stimmt nur zum Teil«, sagte Nicholas, der immer noch die Zügel führte. »Es gibt in der Tat große Waldgebiete, die sich über das ganze Land erstrecken, und wenn wir Marlborough erreichen, befinden wir uns am Rande eines der schönsten Wälder Englands.«

»Wie heißt er?«

»Savernake.«

Das Gesicht des Jungen leuchtete auf. »Gibt es dort wilde Tiere?«

»Hunderte davon, Dick.«

»Bären und Wölfe?«

»Die sind schon vor Jahrhunderten ausgerottet worden, als Savernake noch königlicher Forst war. Aber man findet immer noch Füchse, Dachse, Hasen und Kaninchen, von den vielen Rehrudeln ganz zu schweigen. Und es gibt jagdbare Vögel aller Art.« Nicholas drehte sich zu dem Jungen um und lächelte ihn an. »Aber die meisten wilden Tiere laufen auf zwei Beinen.«

»Auf zwei Beinen?«

»Wilderer«, erklärte Owen Elias, der hinter ihnen saß. »Wenn wir dort eintreffen, wird Savernake ein weiteres zweibeiniges wildes Tier bekommen. Ich kann Hasen oder Fasanen so gut wie die anderen fangen. Habt nur Vertrauen in mich, dann haben wir eine ganze Woche lang gerösteten Rehbraten.«

»Und das Gesetz auf dem Hals«, fügte Nicholas warnend hinzu.

»Ihr sagtet, das stimme nur zum Teil«, sagte der Lehrling. »Was gibt es denn sonst noch in dieser Gegend?«

»Weite, vom Wind gepeitschte Ebenen und Niederungen. Dort liegt der wahre Reichtum von Wiltshire, nicht in seinen Wäldern und Ackerflächen. Weißt du, warum, Dick?«

»Nein.«

»Schafe.«

»Davon haben wir schon Hunderte gesehen.«

»Reise durch dieses Land, und du wirst Tausende und Abertausende sehen.« Nicholas erwärmte sich für sein Thema. »Wiltshire kann eine unendliche Menge von Schafen auf seiner dünnen Schicht guten Bodens ernähren. Ihre Wolle und ihr Fleisch haben viele Leute reich gemacht. Denk nur an William Stumpe.«

»An wen?«

»William Stumpe von Malmesbury.«

Der Junge lachte. »Das ist ein komischer Name.«

»Niemand lachte über ihn, als er noch lebte, denn er war einer der reichsten Männer der Stadt. Soll ich dir sagen, warum?«

»Bitte«, nickte Richard Honeydew begeistert.

»William Stumpe war ein Herrenausstatter«, sagte Nicholas. »Er kaufte sich ein Kloster, als diese vom Staat aufgelöst wurden.«

»Weshalb denn?«

»Ein Mann braucht Platz, um seine Webstühle aufzustellen. Für Malmesbury Abbey zahlte er über fünfzehnhundert

Pfund, dann erlaubte er der Stadt, das Mittelschiff der Klosterkirche zu benutzen, damit die Pfarrei eine Kirche hatte.«

»Was hat er denn mit dem Rest des Gebäudes gemacht?«

»Er setzte seine Weber rein«, fuhr Nicholas fort. »Innerhalb weniger Jahre produzierten sie dreitausend Rollen Stoff. Das ergab ein hohes Einkommen. Stumpe stammte von einfachen Leuten ab, doch er schaffte es, Mitglied des Parlaments zu werden und Oberster Steuereinnehmer für Wiltshire. Aber selbst das reichte ihm noch nicht. Er hatte ein weiteres Projekt im Auge, das noch großartiger war.«

»Und was war das?«

»Osney Abbey.«

»In Oxford?«

»Wir sind direkt daran vorbeigefahren, Dick.«

»Wollte dieser Tuchhändler das auch kaufen?«

»Ja«, sagte Nicholas, der die Geschichte auswendig kannte. »Er plante, in Osney bis zu zweitausend Arbeiter zu beschäftigen. Zweitausend – kannst du dir die Größe eines solchen Unternehmens vorstellen? Die Kosten einer solchen Sache?« Er hob die Schultern. »Wir werden niemals erfahren, ob dieser Plan in Osney funktioniert hätte, denn er führte ihn nicht aus, aber man muß die Kühnheit dieses Mannes bewundern. Zweitausend!«

»Was passierte mit William Stumpe?«

»Er investierte sein Geld in Land, Dick, und das machte ihn noch reicher denn je. Er lebte lange genug, um zu sehen, wie sein Sohn in den Ritterstand erhoben wurde, und seine drei Enkeltöchter heirateten alle Grafen.« Nicholas bewegte die Zügel, um die beiden Zugpferde zu etwas mehr Tempo zu bewegen, dann hob er die Moral seiner Geschichte hervor. »Stumpe bewies den Wert harter Arbeit und klarer Zielvorstellungen. Egal, von wo du im Leben startest, du kannst dich immer hocharbeiten.«

»Woher wißt Ihr soviel über ihn?« fragte der Junge.

»Mein Vater hat es mir erzählt.«

Der Satz kam ihm so rasch über die Lippen, daß er ein paar Augenblicke brauchte, um seine Bedeutung zu erfassen. Ohne sich darüber im klaren zu sein, hatte er Richard Honeydew gerade eine jener Geschichten erzählt, die sein Vater ihm oft als Beispiel vorgehalten hatte, als er im gleichen Alter war wie der Lehrling. Es war eine brutale Erinnerung an eine Zeit, in der Robert Bracewell seinen Sohn stundenlang mit seinen Geschichten von erfindungsreichen Geschäftsleuten belehrt und unterhalten hatte. Wiltshire war schon immer ein Hauptproduzent und Exporteur von Tuch gewesen, und obwohl seine Wolle nicht an die Qualität der Cotswolds oder der Walisischen Grenze heranreichte, konnten in diesem Geschäft immer noch Vermögen verdient werden. Der größte Teil der Produktion wurde jetzt von Mitgliedern der Company of Merchant Adventurers in London verkauft, die die alten Grundstoffhändler verdrängt hatten. Andere folgten jetzt dem Pfad, den William Stumpe freigemacht hatte.

Nicholas Bracewell hatte solche Geschichten mit Vergnügen gehört und die Interessen und Einstellungen seines Vaters kritiklos übernommen. Dies war jetzt nicht mehr so. Die Ernüchterung war vollkommen. Es war schon fast obszön, sich mit einer Zeit seiner Vergangenheit zu befassen, in der er und Robert Bracewell tatsächlich Freunde gewesen waren. Nicholas warf seinem jungen Begleiter einen verstohlenen Blick zu. Richard Honeydews Unschuld und Neugier erinnerten ihn an diese Eigenschaften bei sich selbst. Da er für den Jungen so etwas wie ein Ersatzvater war, schwor er sich, dessen Vorstellungen niemals zu betrügen, wie es einst ihm passiert war. Das mußte dem Lehrling erspart bleiben.

Richard Honeydew merkte nichts von dem inneren Aufruhr seines Freundes.

»Lebt Euer Vater noch?« fragte er.

»Ja.«

»Er freut sich bestimmt, wenn er Euch sieht, sobald Ihr nach Devon kommt.«

Nicholas wagte es nicht, seine Worte auszusprechen.

Marlborough war eine attraktive Stadt. Auf einem Hügel oberhalb des sich windenden River Kennet liegend, bot sie einen wunderbaren Blick nach Südosten auf den Savernak Forest und über die abwechslungsreiche, hügelige Landschaft in den anderen Richtungen. Die High Street war eine Hauptdurchgangsstraße, die die ganze Strecke von St. Mary's Church an der Spitze des Hügels hinabführte bis zur Church of Saints Peter and Paul am unteren Ende der Stadt. Wohnhäuser, Läden, Gasthäuser und andere Gebäude säumten eine Straße, die für die Religionen eine klare Trennungslinie darstellte. Allerorts gab es strohgedeckte Dächer.

Westfield's Men mochten den Anblick dieser Stadt, und das aufgeregte Interesse ihrer Bewohner war nach dem kühlen Empfang von Oxford besonders wohltuend. Lawrence Firethorn führte sie die High Street entlang und in den Hof des White Hart-Gasthofes. Es war ein großes, gutgeführtes Gasthaus mit einem Innenhof in der Form eines Hufeisens und einem Garten mit drei Bäumen. Obwohl Nicholas wußte, daß Aufführungen von gastierenden Theatertruppen in der angrenzenden Guildhall stattfanden, betrachtete er den Hof als mögliche Freilichtbühne. Seine äußere Form machte ihn anpassungsfähig, und in den oberen Galerien konnten Sitzmöglichkeiten geschaffen werden, um das Publikum zu vergrößern. The White Hart wäre ein ideales Freilufttheater für die Schauspieler. Wie das Queen's Head in der Gracechurch Street.

Firethorn verplemperte keine Zeit mit Formalitäten. Während das Fuhrwerk entladen wurde, wurde Nicholas losgeschickt, um die Stadtväter aufzusuchen und Berechtigungsscheine für die Aufführung zu beantragen. Bei solchen Gelegenheiten führte der Impresario stets die Lizenz der Theatergesellschaft mit sich, weil diese ihre Arbeit gesetzlich absicherte und sie von den willkürlich zusammengesetzten Gruppen herumstreunender Schauspieler unterschied, die durchs Land zogen und sich mit einem Publikum zufriedengaben, dem es weniger auf Qualität ankam. Die Vorschriften brandmarkten solche Truppen als Gesetzlose. Nur Gesellschaften mit einer Lizenz, die den Namen des Schirmherrn trug, hatten einen legalen Anspruch aufzutreten, wann immer sie ein Dorf oder eine Stadt besuchten. Da Offizielle immer und überall offiziell waren, führte Nicholas seine korrekten Papiere bei diesen Besuchen mit sich.

»Westfield's Men! Welche Ehre für uns!«

»Besten Dank, Sir.«

»Lawrence Firethorn hat unsere Stadt schon früher beehrt.«

»Sie ist ein Ort angenehmer Erinnerungen für ihn.«

»Und für uns, mein Freund. Auch für uns.«

Der Bürgermeister war ein kleiner, bärtiger, mißgestalteter Mann in den Fünfzigern, der so stolz auf seine Amtskette war, daß er sie immer trug und unablässig mit ihr herumspielte. Obwohl er sich freute, die Gruppe begrüßen zu können, mußte er gute Nachrichten dennoch mit schlechten mischen. In Marlborough waren ein paar Pestfälle ausgebrochen. Die Pest hatte sich noch nicht ausgebreitet und – man betete inbrünstig in beiden Kirchen – würde vielleicht auch nicht den Charakter einer Epidemie wie in Oxford erreichen, aber sie war nun mal vorgekommen, und Besucher mußten darauf aufmerksam gemacht werden. Der Bürgermeister sagte, er würde es sehr bedauern, wenn Westfield's Men angesichts solcher Neuigkeiten ihre Aufführungen absagen müßten, doch hätte er Verständnis dafür, wenn sie entschieden, das Risiko sei ihnen doch zu hoch.

»Wir werden unsere Stücke aufführen«, sagte Nicholas entschlossen.

»Dann begrüßt Marlborough Euch mit offenen Armen.«

»Master Firethorn würde niemals davonlaufen.«

»Unsere Guildhall steht zu Eurer Verfügung.«

Nicholas war berechtigt, alle erforderlichen Arrangements zu treffen und aufgrund seiner Erfahrungen zu urteilen. Sie kamen überein, Westfield's Men sollten zwei Darbietungen geben, die eine am selben Abend und die andere am selben Ort am folgenden Nachmittag. Das würde es einer großen Zahl von Einwohnern von Marlborough ermöglichen, die Aufführungen zu besuchen; die Schauspieler könnten bereits am frühen Abend des zweiten Tages auf dem Weg nach Bristol sein. Der relativ kurze Aufenthalt würde weiterhin das Risiko einer Ansteckung reduzieren, die bereits drei Todesopfer gefordert hatte. Für die erste Vorstellung, die von der oberen Gesellschaftsschicht besucht werden würde, zahlte der Bürgermeister freiwillig zwanzig Schilling aus dem Stadtsäckel. Das war ein großzügiges Angebot. Wenn Nicholas die Kassenberichte des Stadtkämmerers für die letzten zehn Jahre hätte einsehen können, dann hätte er festgestellt, daß die meisten Theatergesellschaften erheblich weniger bekamen, einige sogar gerade mal zwei Schilling. Wie Westfield's Men, so war es auch diesen Truppen möglich gewesen, den Beitrag der Stadt durch die Erhebung von Eintrittspreisen zu erhöhen oder am Ende der Aufführung eine Sammlung durchzuführen. Bei der Vorstellung am folgenden Nachmittag würde Lawrence Firethorn seinen Helfern befehlen, beides zu tun.

Nicholas verabschiedete sich vom Bürgermeister und eilte zum White Hart zurück, um Lawrence Firethorn zu berichten. Erste Anzeichen der Pest konnten den Ersten Schauspieler überhaupt nicht beunruhigen.

»Gebt mir Publikum, dann spiele ich sogar in einer Leprakolonie.«

Barnaby Gill kicherte. »Das würde ja ganz hervorragend mit Eurer schauspielerischen Leistung zusammenpassen«, sagte er.

»Wagt Ihr es, meine Kunst zu beleidigen?«

»Das sage ich Euch, falls ich sie mal zu Gesicht bekomme.«

»Hinfort mit Euch, tanzender Dummkopf!«

»Die Leute, die gekommen sind, Lawrence Firethorn zu sehen, gehen weg und reden über Barnaby Gill.«

»Sie werden sich fragen, wer denn dieser blinzelnde Idiot war.«

»Genie scheint immer durch.«

»Denkt daran, wenn mein Genie heute abend Eure Augen blendet.«

Bei den Schauspielern im White Hart breitete sich Zufriedenheit aus. Wenn Lawrence Firethorn und Barnaby Gill sich wieder gegenseitig an die Gurgel fuhren, dann war bei Westfield's Men alles in Ordnung.

Nicholas Bracewell übernahm die Kontrolle. Zwei angestellte Männer erhielten den Auftrag, kreuz und quer durch die Stadt zu gehen und das Ereignis des Abends anzukündigen. Einer von ihnen sollte eine Trommel schlagen, der andere ins Horn stoßen. Ihre Aufgabe war es, Marlborough die Ohren voll zu schreien und die Leute durch das Vortragen einiger speziell ausgesuchter Reden zum Besuch der Aufführung zu bewegen. Nicholas selbst begab sich mit seinen Helfern in die Guildhall, um die Verhältnisse vor Ort zu prüfen. Es war ein großer, niedriger Raum mit kräftigen Sparren, die den Knick in der Decke abstützten. Als erstes legte der Impresario die Position der Bühne fest, und zwar am entfernten Ende der

Halle, wo eine Tür zu einem Nebenraum führte, der als Kostümsaal geeignet war. Die vorderen Reihen sollten aus Stühlen gebildet werden, danach folgten Holzbänke für die niederen Stände, und für alle anderen gab es reichlich Stehplätze. Ein Eintrittspreis von zwei Pennies für einen Stuhl oder Sitz und einem Penny für den Stehplatz würde schönes Geld in die Kasse bringen.

Die wichtigste Entscheidung betraf die Beleuchtung. Aufführungen im Queen's Head waren vom Wetter abhängig, und die Theatergesellschaft verließ sich darauf, daß das Publikum dafür Verständnis aufbrachte. Doch immer wieder gab es anzügliches Gelächter, wenn Szenen, die in den Wüsten Asiens spielten, von Schauspielern dargestellt wurden, die im kalten Wind zitterten, oder wenn Personen sich über Schnee und Eis beklagten, während sie in der heißen Nachmittagssonne schwitzten. Handlungen, die im Dunkel der Nacht passierten, kamen im hellen Tageslicht auf die Bühne. The Guildhall veränderte die Bedingungen, unter denen gespielt wurde, und erlaubte ein gewisses Maß an Kontrolle. Nicholas entschied, das natürliche Licht zu nutzen, das während der ersten Hälfte des Stückes durch die Fenster strömte, und es nach und nach durch Kerzen, Fackeln und Laternen zu ersetzen. Für die letzte Szene sollten teergetränkte Taue in besonderen Halterungen angesteckt werden.

Lawrence Firethorn kam auf einem Erkundungsspaziergang in die Guildhall.

»Alles in Ordnung, Nick?«

»Ich wüßte nicht, wo Probleme auftreten könnten.«

»Die Guildhall hat meine Fähigkeiten bereits früher einmal getestet.«

»Die Stimmen tragen gut.«

»Meine wird bis nach Stonehenge hinüberreichen!« dröhnte der Schauspieler und machte eine ausladende Geste.

»Horcht! Hört Ihr nicht das Krachen und Schwanken der Steine in meinem Donner? Ich kann sogar Jupiter niederbrüllen!«

»Das will ich gerne glauben, Master.«

Nicholas wandte sich jetzt an die Angestellten, die in der Nähe warteten, und gab ihnen seine Anweisungen. Sie liefen los, um die Behelfsbühne und die provisorischen Vorhänge zu holen, die sie auf ihrem Pferdewagen mit sich führten. Eine Generalprobe war unbedingt erforderlich, es galt, keine Zeit zu verlieren. Der Impresario war ein geduldiger Mann, aber mit Leuten, die herumbummelten, konnte er auch streng sein. Er war fest entschlossen, bei der ersten Vorstellung ihrer Tournee eine hervorragende Leistung zu bieten. Das würde nicht nur das Publikum begeistern, sondern auch die inneren Spannungen der Gruppe lösen und ihnen ihr Selbstvertrauen zurückgeben.

Als Lawrence Firethorn mit ihm allein war, ergriff er die Gelegenheit, mit Nicholas ein persönliches Wort zu reden.

»Wir müssen über Owens Verletzung reden«, sagte er.

»Die wird ihn nicht davon abhalten, heute abend aufzutreten.«

»Ich mache mir mehr Sorgen darüber, wie er sie bekommen hat, Nick. Der Dolch in der Dunkelheit war für Euch bestimmt, nicht wahr?«

»Ich fürchte, das stimmt.«

»Wißt ihr, wer der Verbrecher ist?«

»Noch nicht«, gestand Nicholas. »Der Stallbursche im Dog and Bear konnte gerade einen Schatten des Mannes erkennen und daraus gewisse Schlüsse auf Alter und Körpergröße ziehen. Die hatte ich mir allerdings schon ausgemalt.«

»Und keine weiteren Hinweise auf seine Identität?«

»Nur dieses bißchen.«

Er zog den Dolch hervor, der beim Kampf in der vergangenen Nacht zu Boden gefallen war. Es war eine schöne Waffe, ein Dolch mit schlanker Klinge und einem verzierten Griff, der einen sicheren Halt ermöglichte. Als Nicholas ihn in der Hand hielt, spürte er die perfekte Ausgewogenheit und schaute ahnungsvoll auf die nadelspitze Klinge. Owen Elias hatte sehr viel Glück gehabt. Der Dolch war es nicht gewohnt, nur einfache Wunden zu schlagen, wenn er mit einem einzigen Zustechen töten konnte.

»Das Ding gehört keinem normalen Halsabschneider«, sagte Firethorn, als er die Waffe untersuchte. »Auch wurde es nicht von einem englischen Handwerker gemacht. Das ist französische Qualitätsarbeit. Der Mann, dem diese Waffe gehörte, hat viel Geld dafür bezahlt.«

»Er wird wiederkommen, um sie sich zurückzuholen.«

»Dann soll er sie sich aus den eigenen Rippen herausziehen, Nick.«

»Ich muß sehr vorsichtig sein.«

»Wir brauchen Euch lebendig, mein Lieber!«

»Er wird mich nicht unvorbereitet erwischen.«

»Verlaßt Euch auf Eure Freunde. Wir sind hier, um Euch zu beschützen.«

»Ich muß ihn zu einem weiteren Angriff bewegen.«

»Habt Ihr den Verstand verloren?«

»Das ist die einzige Möglichkeit«, sagte Nicholas. »Solange er hier herumschleicht, lebe ich mit dieser Bedrohung, und die Truppe ist es, die darunter zu leiden hat. Der Mann möchte mich umbringen, damit ich nicht nach Barnstaple komme. Dafür muß er einen guten Grund haben. Den muß ich herausfinden. Ich muß ihn ganz einfach ans Licht zerren.«

»Mit einem lebendigen Köder? Nein, Nick, das ist heller Wahnsinn!«

»Helft mir, ihn zu fassen.«

»Wenn Ihr ihn habt, dann überlaßt ihn mir«, sagte Firethorn und fuchtelte mit dem Dolch in der Luft herum. »Ich werde ihm schon die Wahrheit aus seinem Verbrecherherz herausschneiden.«

Der Mann erreichte Marlborough eine Stunde vor Westfield's Men und stand an der High Street, als die Truppe in die Stadt ritt. Nachrichten von der Aufführung am Abend verbreiteten sich wie ein Lauffeuer, erwartungsvolle Erregung hatte schon bald auch die umliegenden Gegenden gepackt. Londoner Theatergruppen gingen nur selten auf Tournee, wenn sie die Möglichkeit hatten, in den Theatern der Hauptstadt vor größerem Publikum zu spielen. Marlborough freute sich über sein Glück und würde es voll auskosten. Beide Vorstellungen konnten mit absolut höchstmöglichen Zuschauermengen rechnen. Der Mann beschloß, unter den Zuschauern der Abendvorstellung zu sein. Ein dritter Anschlag auf Nicholas Bracewells Leben innerhalb von drei Tagen war nicht vernünftig. Der Impresario würde jetzt äußerste Vorsicht walten lassen und hatte – wie der Mann am eigenen Leib erfahren mußte – wachsame Freunde um sich herum. Der Meuchelmörder konnte nicht die ganze Theatergesellschaft niedermachen, um an Nicholas Bracewell heranzukommen. Er mußte sich andere Methoden überlegen, um sein lebenswichtiges Ziel zu erreichen. Er hoffte, daß der Besuch der Vorstellung an diesem Abend ihm neue Ideen eingeben würde, wie er seinen Auftrag erfüllen könnte.

Er nahm sich ein Zimmer in einem Gasthaus in der Nähe der Burgruinen am anderen Ende der Stadt. Der Nachmittag gab ihm die Chance, etwas von dem Schlaf nachzuholen, auf den er bei der Verfolgung seines Opfers hatte verzichten müssen. Am frühen Abend war er wieder frisch und munter und eifrig dabei, sich für den Besuch in der Guildhall vorzubereiten. Er verlangte nach einem Fernglas. Das Mädchen, das es ihm brachte, zeigte ein willfähriges Lächeln. Sein rauher Charme, der ihn als Gentleman auswies, hatte es ihr angetan. Er hatte eine finstere Art an sich, doch dadurch kam er ihr noch reizvoller vor. Als sie lächelnd vor ihm stand, rechnete sie mit einem Trinkgeld, hoffte allerdings auf einen Kuß als Belohnung. Sie bekam weder das eine noch das andere. Ihre Willfährigkeit ärgerte den Mann derartig, daß er ihr das Glas aus der Hand riß und sie zur Tür hinausschob. Das einzige, das ihre Lippen berührte, war die Tür, die er ihr ins Gesicht knallte.

Obwohl der Mann Kleidung zum Wechseln mit sich führte, behielt er seinen Reitanzug an. Das war in einer Marktstadt der Provinz weniger auffällig, wo er sich ungesehen unters Volk mischen wollte. Bart und Haar waren etwas anderes, er verbrachte lange Zeit mit dem Kamm vor dem Spiegel. Er hielt einen Ohrring mit Perle ans Ohr und genoß sein lustiges Blitzen, bevor er ihn beiseite legte. Was er in London ganz normal hätte tragen können, würde in Wiltshire viel zuviel Aufsehen erregen. Er war immer noch wütend über den Verlust seines Dolches, doch er besaß ein weiteres, identisches Exemplar, daß er in die lederne Scheide schob, die er hinten am Gürtel trug. Nachdem er nochmals einen prüfenden Blick in den Spiegel geworfen hatte, war er bereit und ging aus dem Haus.

Die Guildhall füllte sich zügig, als er dort eintraf; für zwei Pennies bekam er einen der letzten noch freien Sessel. Er wählte einen aus, der sich mitten in einer Reihe ungefähr in der Saalmitte befand, damit er sich unauffällig unters Volk mischen konnte. Rechts von ihm saß ein freundlicher Bauer, der fünf Meilen geritten war, um die Aufführung zu genießen. Links von ihm hatte ein pummeliger junger Mann Platz genommen, der nur geringes Interesse an den Vergnügungen des Theaters zu haben schien. Er beklagte sich die ganze Zeit bei seiner attraktiven jungen Frau, daß sie ihn hier in die Guildhall geschleppt hatte. Der Mann hatte für seine Nachbarn in der Reihe kein Interesse. Er wünschte sich nur, daß der Bauer nicht so aus dem Mund stinken würde und daß das zänkische Paar – ein Müller und seine Frau, wie er ein paar aufgeschnappten Worten entnehmen konnte – endlich den Mund halten und sich auf das Stück konzentrieren würde. Der Mörder war aus einem Grunde hier, der seine ganze Aufmerksamkeit erforderte.

»Der fröhliche Nörgler« erfüllte alle Wünsche. Es war eine witzige Komödie über einen Londoner Arzt namens Doktor Blackthought, der seine Tage damit verbrachte, überall nur Kritik und Mißgunst zu verbreiten. Nichts war ihm gut genug. Mit bissigen Beleidigungen wetterte er gegen die ganze Welt an. Anstatt seine Patienten zu heilen, infizierte der nörgelnde Doktor Blackthought sie nur noch mehr mit seiner Unzufriedenheit. Das Problem wurde so drängend, daß seine Frau und seine Freunde sich zusammensetzten, um einen Plan zu entwerfen, wie sie ihn da herausholen könnten, doch es half alles nichts. Als sie schließlich den wirklichen Grund für seine Verbitterung herausgefunden und durch finanzielle und andere Mittel beseitigt hatten, da tobte Blackthought, denn auf einmal hatte er keine Quelle mehr für seine schwarzen Gedanken. Nur im Unfrieden war er wirklich glücklich. Als den anderen das klar wurde, übten sie so heftig Rache an ihm, daß ihm eine lebenslange Unzufriedenheit sicher war. Der Doktor heulte mit unverhohlenem Vergnügen gegen ein schlimmes Schicksal an.

Das Stück war gut gewählt. Den Zuschauern gefiel es, die Schauspieler waren hervorragend, und Barnaby Gill durchlief als nörgelnder Doktor sein komplettes Programm lustiger Gesten und Stimmen. Für ein Publikum, dessen Stadt mit ersten Anzeichen der Pest zu kämpfen hatte, war das medizinische Thema von ganz besonderem Interesse, und ihr herzhaftes Lachen verschaffte ihnen ein wenig Erholung von ihren Ängsten. Galgenhumor hatte mehr Tiefe. Selbst in der verkürzten Form, die ihnen von einer reduzierten Mannschaft aufgezwungen worden war, brachte »Der fröhliche Nörgler« viel Zufriedenheit ins Publikum. Es war ein elegantes und gut aufgebautes Stück, das sie Marlborough hier präsentierten.

Lawrence Firethorn war in seinem Element. Westfield's Men hatten wieder einmal ihr Publikum in ihren Bann geschlagen, und wieder einmal war seine Rolle die beste. Barnaby Gill hatte zwar die Titelrolle, doch es war der übersprudelnde Sir Lionel Fizzle, der Szene um Szene für sich gewann. Als spritziger Ritter lieferte Firethorn eine Nebenrolle, die alle bezauberte. Er war es, der den Nörgler in seinem Elend wirklich glücklich machte, indem er ihm die Hörner aufsetzte. Während der Verführungsszene mit Richard Honeydew, der die reizende, aber wissende Gattin spielte, entfaltete Firethorn eine derartig intensive Wirkung auf den weiblichen Teil des Publikums, daß man fast hören konnte, wie die Frauen ohnmächtig wurden. Das versetzte den Obersten Schauspieler in beste Stimmung. Als er nach dieser Szene von der Bühne nach hinten kam, hatte er ein kurzes Gespräch mit Nicholas Bracewell.

»Barnaby denkt immer noch, dies sei sein Stück!«

»Es läuft prima«, sagte Nicholas und behielt das Textbuch im Auge. »Master Gill ist gut in Form.«

Firethorn grinste. »Der ist ein altes Pferd, das auf der Bühne im Kreis herumgaloppiert, während ich wie ein dressierter Affe auf seinem Rücken Kunststücke vollführe.« Er stieß den Impresario an. »Such dir deine Rolle aus, das ist das ganze Geheimnis der Schauspielerei. Barnaby macht die ganze Arbeit, aber ich bekomme den ganzen Applaus.«

Nicholas schob ihn sachte beiseite, um einer Gruppe von Schauspielern, die jetzt auf die Bühne mußte, ein Zeichen zu geben. George Dart, der soeben seine fünfte Rolle an diesem Abend spielte, gehörte dazu und konzentrierte sich mit verwirrter Resignation auf seine Arbeit. Der reduzierte Umfang der Truppe legte dem Impresario viele zusätzliche Dinge auf die Schultern, doch es war der kleine Bühnenarbeiter, der am meisten darunter zu leiden hatte. Neben dem Aufbau der Bühne, dem Anbringen der Vorhänge, dem Umlagern sämtlicher Kostüme, Kulissen und Requisiten in den Kostümsaal arbeitete George Dart auch noch als Eintreiber, der das Eintrittsgeld kassierte, bevor er wieder hinter die Bühne raste, um sich für Szenen umzuziehen, die er sämtlich mit völligem Mangel an jeglichem Talent spielte, und um seine übliche Rolle als Prügelknabe der ganzen Truppe fortzusetzen. Hier war einmal ein Nörgler, der überhaupt keine Zeit hatte, glücklich zu sein.

Die Guildhall jubelte. Der Bürgermeister beteiligte sich an dem brüllenden Gelächter über Barnaby Gill, während seine Frau sich still und leise in Lawrence Firethorn verliebte. Die Zuschauer auf den Sesseln applaudierten, die anderen auf den Bänken trampelten mit den Füßen, und die, die weiter hinten standen, taten beides gleichzeitig und schrien ihre Begeisterung laut heraus. Einige der Witze gingen über das Verständnis des Publikums hinaus, aber es waren immer noch genügend Späße übrig, die die Aufführung zu einem herrlichen Vergnügen machten. Selbst der Müller hatte an dem ersten Teil viel Freude. Doch als sich das Stück dem Ende näherte, schien er sehr plötzlich jegliches Interesse zu verlieren und fiel in Schlaf. Zuerst sank sein Kopf auf die Schulter seiner Frau; als die ihn abschüttelte, kippte er auf den Nacken des Mannes vor ihm. Während alle sich vor Lachen ausschütteten, schnarchte der pummelige junge Mann vor sich hin.

Zunächst ignorierte sein direkter Nachbar ihn. Obwohl er aus eher finsteren Gründen hier war, genoß er die Aufführung. Vor allem Barnaby Gills Darstellung beeindruckte ihn so sehr, daß er die Augen kaum von ihm lösen konnte. Während der letzten Szene lag der Zuschauerraum im Dunkeln, die Bühne war von Kerzen beleuchtet und vom Glühen der teergetränkten Tauenden, die in ihren Behältern üble Gerüche produzierten. Der schnarchende Müller sank langsam auf den Mann mit dem schwarzen Bart, der ihn sofort zurückstieß. Der Ruck weckte ihn jedoch nicht auf, ebensowenig der donnernde Applaus, der das Ende des Stücks anzeigte. Lawrence Firethorn und Barnaby Gill wetteiferten um den zentralen Platz auf der Bühne, beide gleichermaßen davon überzeugt, der leuchtende Stern dieser Aufführung zu sein.

Der Mörder beobachtete Gill scharf, als dieser sich tief verbeugte und dem Publikum Kußhände zuwarf, aber seine Aufmerksamkeit wurde schon rasch abgelenkt. Lauter schnarchend als je zuvor, kippte der Müller wieder gegen seinen Nachbarn, doch seine Hände schliefen nicht. Mit geübter Fingerfertigkeit schlossen sich seine Finger um den Geldbeutel des Mannes und ertasteten sein Gewicht, bevor sie ihn vorsichtig herauszogen. Aber der Taschendieb war zu langsam. Eine eiserne Klammer packte sein Handgelenk. Entsetzt riß er die Augen auf.

Lawrence Firethorn kostete den Applaus bis zum letzten aus, nahm dann seine Mannschaft in den Kostümsaal und überhäufte sie mit Komplimenten. Die Vorstellung war ein ungeheurer Erfolg gewesen, all ihre Rückschläge von fünf Akten einer begeisternden Komödie hinweggefegt worden. Westfield's Men hatten gut gearbeitet und einen schönen Geldbetrag in ihre Schatulle geholt. Jetzt konnten sie ihre Kostüme ausziehen und sich im White Hart einem wohlverdienten Abendessen widmen. Da die Guildhall abgeschlossen wurde, konnte alles über Nacht dort verbleiben, um für die Vorstellung des nächsten Tages bereitzuliegen.

Barnaby Gills Eitelkeit brauchte noch ein paar Streicheleinheiten.

»Habt Ihr meine Darstellungskunst bemerkt, Lawrence?«

Firethorn stöhnte auf. »Die kam mir schrecklich bekannt vor.«

»Ich habe sie nach einem Vorbild gestaltet.«

»Ganz sicher war das kein menschliches Vorbild.«

»Alexander Marwood.«

»Beschmutzt Eure Zunge nicht mit diesem vergifteten Namen.«

»Ich war ein lebensechter, unzufriedener Kneipenwirt.«

»Laßt das Theater und kümmert Euch lieber um Eure wahre Rolle.«

Edmund Hoode schob sich zwischen sie, und damit hatte das Geplänkel schon bald ein Ende. Firethorn war glücklich darüber, daß er Gill mal wieder unzufrieden gemacht hatte.

Die Zuschauer verließen den Saal voller sprudelnder Erinnerungen an das abendliche Theatervergnügen. Einige wiederholten die Witze, andere die spöttischen Lieder, und einer versuchte sogar, die Schritte von Doktor Blackthoughts verrücktem Tanz nachzumachen. Nicholas Bracewell gab ihnen noch ein paar Minuten, dann trat er hinaus. Jetzt befand sich nur noch eine einzige Person im Zuschauerraum, in seinem Sessel zusammengesunken und vom allgemeinen Aufbruch völlig unberührt. Der Impresario ging zu dem Mann, um ihn aufzuwecken, bevor die Schauspieler ihn entdeckten. Schlafendes Publikum war schlechte Kritik. Firethorn und Gill würden sich jeden vornehmen, der es wagte, während einer Vorstellung einzunicken.

»Wacht auf, Sir«, sagte Nicholas. »Das Stück ist zu Ende.«

Der Mann bewegte sich nicht. Sein Gesicht war völlig weiß.

»Das Stück ist zu Ende, Sir, Ihr müßt jetzt gehen.«

Nicholas schaute genauer hin und glaubte halbwegs, den Mann zu erkennen.

»Wacht auf, Sir. Ihr könnt hier nicht schlafen.«

Der Impresario schüttelte ihn, doch der Mann war über jedes Aufwachen hinaus. Sein Kopf rollte zur Seite, dann fiel der Körper zu Boden. Als Nicholas sich hinkniete, wußte er, wer der Mann war. Ein Kleiderwechsel und eine andere Mütze hatten den früheren William Pocock in einen Müller aus Wiltshire verwandelt. Der Mann war so fachmännisch durchs Herz gestochen, daß der Tod sofort eingetreten war. Das Blut war unter seinem Wams hervorgesprudelt und hatte einen großen roten Fleck auf dem Stoff hinterlassen, doch im Halbdunkel der Guildhall hatte keiner der Zuschauer etwas bemerkt. Inmitten ihrer Heiterkeit war einer von ihnen kaltblütig ermordet worden.

Nicholas Bracewell erkannte nicht nur Israel Gunbys Komplize. Die Handarbeit des Killers trug auch eine klare Unterschrift. Nicholas hatte sie bereits am Arm von Owen Elias gesehen. Er widmete dem toten Mann ein kurzes Gebet, dann spürte er alle Anzeichen des Alarms.

Der Mörder hatte wieder zugeschlagen.

8. Kapitel

Barnstaple war die größte Stadt im nördlichen Devon. Sie war stolz auf ihre Geschichte, denn sie besaß bereits seit sächsischen Zeiten Stadt- und Marktrechte. Ihre Verwaltung handelte vor allem im Interesse ihrer Mitglieder aus dem Kreis der Kaufleute, deren Wohlstand größtenteils aus dem Küsten- und Außenhandel stammte. Der Fluß Taw litt unter Verschlickung, dennoch hielt die Stadt an seinen Ufern ihre

Stellung als führender Hafen des Bezirks. Die benachbarte Stadt Bideford lag am tieferen und weniger kurvenreichen River Torridge, und Appledore bot Tiefgangankerung beim Zusammenfluß der beiden Ströme, dennoch konnten beide trotz ihrer natürlichen Vorzüge mit Barnstaple nicht konkurrieren.

Das Haus in der Crock Street war eines der größten in der Stadt, dennoch zeigte es den Reichtum und Status seines Besitzers auf sehr unaufdringliche Weise. Es lag an einer Straßenecke und hatte eine vergleichsweise schmale Vorderfront, doch die Seiten waren gut fünfundvierzig Meter lang. Das Erdgeschoß bestand aus zwei Gebäudeteilen, die durch einen Innenhof getrennt wurden; der vordere umfaßte einen Laden, ein Wohnzimmer und eine kleine Vorratskammer, während der hintere Teil die Küche, die Speisekammer, die Hauptvorratskammer und eine kleine Brauerei beherbergte. Hinter dem Küchenblock befand sich der große Hof, an seinen Seiten das Lager. Stallungen mit Heuböden darüber vervollständigten das Erdgeschoß.

Trotz seiner Größe wirkte der Gebäudekomplex keineswegs überwältigend, sondern paßte sich seiner Lage unauffällig an und erlaubte auch den Nachbarhäusern ihren ungeschmälerten Platz. Das Haus hatte insgesamt vier Etagen. Im ersten Stock befanden sich die Halle, die als wichtigster Wohnraum des Hauses diente, und seitwärts ein kleines Kontor. Die großen Schlafzimmer lagen auf der zweiten Etage, direkt über dem Wohnzimmer. Der vordere Teil blickte durch hübsche Stabwerkfenster auf die Straße und erlaubte einen auf eigenartige Weise verzerrten Blick auf das nahegelegene Westgate und die benachbarte Chapel of St. Nicholas. Vom obersten Stockwerk aus konnte man Lage und Ausdehnung des größten Teils der Stadt übersehen. Über die Spitze des Westgate erkannte man gelegentlich die den River Taw befahrenden Schiffe und verstand ihre Bedeutung für die Stadt Barnstaple.

Die Frau, die allein im vorderen Teil des Zimmers saß, zeigte allerdings kein Interesse daran, die unterschiedlichen Ausblicke, die das Haus bot, zu erforschen. Ihre Augen konnten nur nach innen schauen. Sie saß bewegungslos in ihrem Sessel, auf ihrem Schoß lag ungelesen eine offene Bibel. Mary Whetcombe trug die dunkle und korrekte Kleidung einer trauernden Witwe, doch der Tod ihres Gatten, der erst kurze Zeit zurücklag, hatte ihre bleiche Schönheit nicht zerstört. Das kleine, herzförmige Gesicht, von gut frisiertem, dunklem Haar eingerahmt, hatte einen hoffnungslosen Ausdruck angenommen, den es früher nie gekannt hatte. Trotz der Trauerkleidung hatte ihr wohlgestalteter Körper seinen Reiz bewahrt. Mary Whetcombe trug ihre dreißig und mehr Jahre mit überraschender Leichtigkeit. Sie war eine schlanke, elegante Frau mittlerer Größe, die viele Schicksalsschläge hatte hinnehmen müssen, deren Spuren jedoch kaum sichtbar waren. Ihr Schmerz war irgendwie in ihrem Innern eingeschlossen, wo er sehr lebendig, doch seine Auswirkung weniger erkennbar war.

Als es an der Tür klopfte, fuhr sie aus ihrer Versunkenheit hoch. Ein Hoffnungsschimmer huschte über ihr Gesicht, verschwand aber sofort wieder, als sich die Tür öffnete und ein Dienstmädchen einen großen, dünnen, glatzköpfigen Mann ins Zimmer führte. Arthur Calmady trug die schwarze Kleidung seines Amtes und den frommen Gesichtsausdruck eines Mannes, der eine Mission im Leben hat. Als das Dienstmädchen sich zurückzog und die Tür hinter sich schloß, machte der Besucher eine respektvolle Verbeugung und trat auf die Dame des Hauses zu.

»Guten Morgen«, sagte er leise.

»Guten Morgen«, schien sie zu antworten.

»Habt Ihr den Text gelesen, den ich Euch empfohlen habe?« fragte er und deutete auf die Bibel. »Ich hoffe, er hat Euch Trost und Ruhe gebracht, Mary.« Er wartete, bis sie ein leichtes zustimmendes Nicken zustande gebracht hatte. »Trauer ist eine Zeit, in der wir uns an den Verlust eines geliebten Menschen gewöhnen müssen, doch dürfen wir das nicht im Geiste der Verzweiflung tun. Matthews Tod war Gottes Wille. Es war kein sinnloser Unfall, sondern Teil eines göttlichen Plans. Laßt Euch von diesem Gedanken unterstützen.«

»Ich will es versuchen«, murmelte sie.

Arthur Calmady war der Pfarrer der Kirche St. Peter. Obwohl er zu Lebzeiten von Matthew Whetcombe nur selten in dieses Haus gekommen war, hatte er es seit dem allzu frühen Tod des Kaufmanns täglich besucht und glaubte, seine salbungsvolle Sorge habe eine segensreiche Wirkung auf die Witwe. Er war ein Mann mit scharfen Gesichtszügen und einem Muttermal in der Höhlung seiner Wange. Man bewunderte seine Intelligenz und lobte sein Pflichtbewußtsein, doch die etwas eigenständigeren Christen seiner Gemeinde wären gut ohne seine Belehrungen von der Kanzel ausgekommen. Sie wünschten sich einen umsorgenden Hirten, der seine Herde behütete und sie nicht wie ein heiliger Hirtenhund zusammentrieb. Dem Pfarrer, der nie geheiratet hatte und immer keusch gewesen war, haftete der Hauch eines Einsiedlers aus einer anderen Welt an, doch wurde dieser Eindruck durch seine Knopfaugen und feuchten Lippen wieder aufgehoben. Arthur Calmady erledigte all seine Pflichten mit bewunderungswürdigem Eifer, aber besonderes Vergnügen empfand er, wenn er trauernde Witwen in der privaten Sphäre ihres Schlafzimmers besuchen konnte.

»Soll ich Euch vorlesen, Mary?« fragte er.

»Nein, danke.«

»Es wird Euch helfen, Trost zu finden.«
»Ich bin zufrieden.«
»Darf ich eine Weile bei Euch sitzen?«
»Wenn Ihr möchtet.«
»Darf ich Euren Kummer mit Euch teilen?«
Calmady ließ sich in den Sessel neben ihr nieder und nahm ihre Hand zwischen seine Hände. Mary protestierte nicht. Als der Pfarrer begann, ein Gebet zu intonieren, war sie sich seiner Anwesenheit im Zimmer nicht einmal bewußt. Ihre Gedanken waren meilenweit von Barnstaple entfernt. Zehn Minuten vergingen, bis er ihre Hand freigab und aufstand, um zu gehen. Calmady überspielte seinen Abschied geschickt mit der Entschuldigung, daß er sie gestört habe, und bewegte sich zur Tür. Während er sie offenhielt, drehte er sich nochmals zu ihr um.
»Gibt es irgend etwas Neues, Mary?«
»Nichts.«
»Wie lange ist es nun schon her?«
»Zu lange.«
»Wir müssen wachen und beten«, belehrte er sie. »Das ist der einzige Weg, um mit Angst und Furcht fertigzuwerden. Das Gebet heilt alle Wunden.« Jetzt wurde er schon geschäftsmäßiger. »Wenn es etwas Neues gibt, laßt es mich bitte sofort wissen. Schickt einen Boten ins Pfarrhaus.«
»Ja.«
»Auf Wiedersehen, Mary.«
Arthur Calmady verschwand wie ein Gespenst und zog die Tür geräuschlos hinter sich zu. Für einen Mann von solch übertriebener Religiosität war die ganze Welt das Haus Gottes, in dem er mit dem gemessenen Schritt des wahren Gläubigen umherging. Seine stattliche Gestalt bewegte sich die Treppe hinunter, als befände er sich auf den Stufen seines Altars. Als das Dienstmädchen ihn durch die Vordertür hinaus-

ließ, war die ganze Straße das Mittelschiff einer Kathedrale. Kaum war er weg, kam das Kind aus seinem Versteck hinter einem Regal hervor und lief nach oben in das Vorzimmer. Es ging ohne anzuklopfen hinein und stellte sich vor seine Mutter. Lucy Whetcombe war ein kleines, aber drahtiges Mädchen, dessen Alter irgendwo zwischen zehn und fünfzehn Jahren lag. Ihr Körper entsprach ihren jungen Jahren, doch das konzentrierte, kleine Gesicht ließ eher auf ein höheres Alter schließen. Was sie von ihrer Mutter an Schönheit geerbt hatte, war von Sorge und Unbehagen überdeckt. Das dunkle, langweilige Kleid, das sie trug, unterstrich ihr helleres Haar und ihre bleiche Gesichtsfarbe.

Sie zwang ein Lächeln auf ihr Gesicht und nickte fragend.

»Nein, Lucy«, sagte ihre Mutter und schüttelte den Kopf.

Das Mädchen wiederholte seine Frage ernsthaft mit den Augen, bekam aber trotzdem nur die gleiche traurige Antwort. Während des Sprechens artikulierte Mary Whetcombe sehr sorgfältig, damit ihre Tochter ihr die Worte von den Lippen ablesen konnte, und sie unterstrich das, was sie sagte, mit ausdrucksstarken Bewegungen ihrer Hände.

»Wir haben noch keine Nachricht von ihr«, sagte sie. »Wir wissen nicht, wohin sie gegangen ist, noch weshalb. Aber sie ist nicht wegen dir weggelaufen, Lucy. Sie liebt dich doch. Wir alle lieben dich. Susan wird zu dir zurückkommen. Man wird sie finden. Sie gehört ja hier zu uns.«

Als das kleine Mädchen die Worte entziffert hatte, versuchte es, mit seinen eigenen Worten zu antworten, aber alles, was es hervorbringen konnte, waren dumpfe, sinnlose Laute. Voller Verzweiflung schlug sie sich mit den Fäusten auf die Oberschenkel und begann stumm zu weinen. Mary Whetcombe beugte sich vor, um ihr Kind in die Arme zu nehmen und fest an sich zu drücken. Jetzt liefen auch ihr die Tränen über das Gesicht.

»Wir haben doch einander«, sagte sie. »Wir haben doch einander.«

Aber das Mädchen konnte sie nicht einmal hören.

Israel Gunby hatte aufgrund seiner Raffinesse schon so lange überlebt, daß er sich allen Veränderungen einer Situation blitzschnell anpassen konnte. Anstatt wegen des Todes eines Kumpans Zeit mit Gejammer zu verbringen, versuchte er, die guten Seiten der Tatsache hervorzuheben.

»Ned war niemand, der dieses Leben lange führen konnte«, sagte er unbeschwert. »Dieser Fremde hat mir nur die Arbeit abgenommen, mich von seinem fetten Kadaver zu befreien.«

»Er wurde unmittelbar neben mir umgebracht«, beschwerte sich Ellen, der noch immer der Schrecken im Nakken saß. »Ich konnte mich nur mit Mühe davon abhalten, vor lauter Entsetzen laut loszuschreien.«

»Das hätte unser Ende bedeuten können, meine Liebe.«

»Genau aus diesem Grunde habe ich mich zusammengerissen.«

»Der Arm des Gesetzes wäre über uns gekommen«, warnte Gunby. »Alles wäre durch das Geschrei einer Frau verloren gewesen. Und für was? Für Ned Robinson, unseren ungeschickten Taschendieb!« Ein kurzes Lachen. »Eines Tages erwischen sie uns, Ellen, und knüpfen uns nebeneinander auf, aber wegen eines Narren wie Ned Robinson will ich nicht an den Galgen. Er hat verdient, was er bekommen hat.«

»Es war schrecklich, Israel!«

»Du hast dich wacker gehalten, meine Liebe.«

»Ich hatte Angst.«

Israel Gunby zog sie an sich und strich ihr übers Haar. Sie lagen im Bett in einem kleinen Gasthof namens Fox and Elm, ein paar Meilen südwestlich von Marlborough. Die Ereignisse in der Guildhall vergangene Nacht machten einen raschen Abgang aus der Stadt unverzichtbar. Während Ellen und Ned Robinson im Theater im Team gearbeitet hatten, war Gunby nur ein paar hundert Yards entfernt im Schankraum des Rising Sun gesessen. Im Gespräch mit dem Kneipenwirt und durch seine kluge Fragestellung hatte er herausgefunden, wie viele Gäste im Haus übernachteten, ob sie einen wohlhabenden Eindruck machten und welche Richtung sie am folgenden Tag bei der Weiterreise einschlagen würden. Während ein Verbrechen gerade begangen wurde, war Gunby bereits mit der Ausarbeitung weiterer beschäftigt. Sorgfältige Vorbereitung war die Grundlage seines Erfolgs. Wenn Pläne schiefgingen – wie es in der Guildhall der Fall war –, mußte er schnell reagieren, um sich abzusetzen und seine Spuren zu verwischen.

Im vorliegenden Falle gab es reichlichen Ausgleich.

»Wieviel hat Ned hereingeholt, bevor es ihn erwischte?«

»Sieben Pfund und noch mehr.«

»Seine fetten Finger waren ziemlich geschickt.«

»Waren sie«, sagte Ellen. »Die beiden ersten Geldbeutel holte er, während wir uns durch die hereinströmende Menge schoben. Ein Mann hatte fünf Pfund bei sich. Ned steckte sie mir zu, damit ich sie aufbewahre.«

»Und wieviel hat er während des Stücks geschafft?«

»Die Börsen der beiden Männer vor ihm und die des Mannes, der direkt neben mir saß. Ned lehnte sich über mich, als sei er fest eingeschlafen, und hatte das Geld so schnell wie der Blitz.« Ellen schnalzte mit der Zunge. »Wenn er sich damit zufriedengegeben hätte, könnte er jetzt noch am Leben sein, um die Beute zu genießen. Aber diesmal hat er eine Börse zuviel gestohlen.«

»Und sein Mörder?«

»Ein gutaussehender Mann mit einem schwarzen Bart.«

»Aber nicht aus dieser Gegend stammend, wage ich zu behaupten«, sagte Gunby lachend. »Die Leute aus Wiltshire sind zu vertrauensselig. Die würden nicht einmal Verdacht schöpfen, wenn du ihnen in den Geldbeutel klettern und die Münzen einzeln aus der Tasche werfen würdest.«

»Er hat mein Blut zu Eis erstarren lassen.«

»Ned Robinson?«

»Der Mörder.«

»Vergiß ihn, Ellen«, drängte ihr Mann sie. »Der ist in der Menge untergetaucht und bestimmt schon in einer ganz anderen Gegend. Ned hat Pech gehabt, aber wir haben Vorteile durch sein Mißgeschick.«

Ihr Gesicht erhellte sich. »Du hast recht, Israel. Wir sind frei und zusammen. Das ist das einzig Wichtige auf der Welt. Trotzdem war das mit Ned eine schlimme Sache.«

»Wieso?«

»Er hat mir das ganze Stück verdorben. Bis dahin hatte es mir so gut gefallen.«

»Hieß es nicht ›Der fröhliche Nörgler‹?«

»Ein lustiges Stück. Die ganze Stadt hat sich amüsiert.«

»Westfield's Men haben uns bei der Angelegenheit geholfen. Sie holten die dicken Geldbörsen heran, und Ned klaute sie. Leute, die voller Lachen stecken, sind leichte Opfer.«

»Lawrence Firethorn ist der größte lebende Schauspieler«, sagte sie mit ehrlicher Bewunderung. »Wenn ich nicht mit dir verheiratet wäre, würde ich gerne mein Bett mit ihm teilen. Und die Hälfte aller Frauen in Marlborough würde das gleiche sagen.«

»Ich glaube nicht, meine Liebe.«

»Warum nicht?«

»Weil ich ihm mal wieder das Vergnügen aus den Armen gerissen habe.« Er fing an zu lachen. »In dieser Stadt wird Lawrence Firethorn keine Eroberungen machen, Ellen. Darauf gebe ich dir mein Wort.«

»Ich lasse mir das nicht gefallen, Sir! Ihr mißbraucht meine Gastfreundschaft!«

»Hört mich zu Ende!«

»Ich würde lieber Euer Ende sehen und auf Nimmerwiedersehen sagen.«

»Aber wir haben heute nachmittag eine Vorstellung zu geben.«

»Jawohl, Master Firethorn! Ihr möchtet meine Rolle übernehmen und meine Angelegenheiten zwischen den Bettlaken erledigen!«

»Das ist nicht wahr, Sir!«

»Warum habt Ihr meiner Frau dann einen Brief geschrieben?«

»Das habe ich nicht getan.«

»Warum versucht Ihr, sie mit heißen Worten zu betören?«

»Ich habe Eure gute Frau ja noch nie zu Gesicht bekommen.«

»Warum stachelt Ihr ihre Leidenschaft an?«

»Nichts liegt mir ferner.«

»Verschwindet mit Euren geilen Absichten aus Marlborough!«

»Ihr seid das Opfer einer Fehlinformation.«

»Bietet Euren Schwanz in einer anderen Stadt feil.«

Der Bürgermeister steigerte sich in solchen Zorn hinein, daß seine geröteten Wangen aussahen, als würden sie gleich platzen. Seine Augen blitzten, sein ganzer Körper zitterte, und seine kleinen Hände umklammerten die Amtskette mit dem Griff eines Ertrinkenden, der sich an dem rettenden Strick festhält. Lawrence Firethorn hätte am liebsten über solche absurden Mätzchen laut gelacht, doch das hohe Amt seines Besuchers und die gleichzeitige Anwesenheit eines städtischen Polizisten zwangen ihn zu mehr Vorsicht. Der Bürgermeister und seine Frau hatten während der Vorstellung des »Fröhlichen Nörglers« in der ersten Reihe gesessen, aber der Oberste Schauspieler hatte für sie nicht mehr als einen flüchtigen Blick übrig gehabt. Die Guildhall hatte jede Menge wesentlich hübscherer Reize für seine Augen geboten als den einer Frau mittleren Alters mit rosigem Gesicht und kurzatmigem Kichern. Sie war ganz sicher nicht das richtige Objekt für Firethorns Fleischeslust.

Sie befanden sich in einem Privatzimmer im White Hart. Als der Bürgermeister an diesem Morgen hereingestürmt kam, um ihn zu sprechen, hatte Firethorn angenommen, er sei hier, um die gesammelten Glückwünsche der Stadt zu überbringen. Anstatt Lob über die Qualität seiner Schauspielkunst zu hören, wurde er des Versuchs beschuldigt, die Frau des Bürgermeisters verführen zu wollen.

»Wüstling!« kreischte der Bürgermeister.

»Senkt die Stimme, Sir.«

»Schwindler und Ehebrecher!«

»Ich weise alle Beschuldigungen zurück.«

»Verräter!«

»Ruft Eure Frau herbei, sie wird meine Unschuld bestätigen.«

»Aghhhhh!«

Der Bürgermeister stieß einen Wutschrei hervor und verhedderte seine Amtskette so heftig um seinen Hals, daß er in Gefahr geriet, sich selbst zu strangulieren. Frauen waren abscheuliche Kreaturen, und Liebe war ein zweischneidiges Schwert. »Der fröhliche Nörgler« hatte Tränen nach dem Gelächter bewirkt. Die Frau des Bürgermeisters war von der Brillanz des Stückes und der sinnlichen Intensität der Darstellung von Lawrence Firethorn so hingerissen gewesen, daß sie sich – die eine solche Lust schon seit Jahren nicht mehr verspürt hatte – in der intimen Atmosphäre ihres Bettes mit solcher Leidenschaft auf ihren Gatten gestürzt hatte, daß ihm zu nichts anderem mehr Zeit blieb, als sich Hosen und Strümpfe vom Leib zu zerren. Die Vereinigung erfolgte wie der Blitz, und was ihn mehr als alles andere bei der ganzen Sache erfreute, war, daß dieser außergewöhnliche Vorgang passiert war, während er noch seine Amtskette trug. Seine Bürgermeisterwürde und seine Männlichkeit waren in einer Nacht der Wildheit eine Koalition eingegangen. Doch alles war nur eine flüchtige Illusion. Die Lüsternheit seiner Frau war von Lawrence Firethorn entfacht worden, und dieser war das wirkliche Objekt ihrer neuentdeckten Begierde.

»Wo ist dieser Brief?« fragte Firethorn.

»Er besteht nur aus Schmutz und Schmeicheleien.«

»Zeigt ihn mir, bester Herr.«

»Was habt Ihr mir nur in meine Stadt gebracht?« winselte der Bürgermeister.

»Ein Fest des Theaters.«

»Ein Mann ermordet, eine Frau am Rande der Entehrung!«

»Haltet inne und zeigt mir den Brief.«

»Wir werden Westfield's Men aus der Stadt jagen!« Der Bürgermeister zog den Brief aus dem Gürtel und hielt ihn Lawrence Firethorn unter die Nase. »Nehmt diesen widerlichen Vorschlag zurück, Sir! Die Gunst meiner Frau steht Euch nicht zur Verfügung.«

Lawrence Firethorn las den Brief, zuckte wegen der Eindeutigkeit der offenen Sprache zurück und zerknüllte das Papier in der Hand. Eine wütende Faust reckte sich in die Luft.

»Höll' und Teufel! Das lasse ich mir nicht gefallen!«

»Habt Ihr das etwa nicht geschrieben, Master Firethorn?«

»Geschrieben? Nein, Sir. Abgeschickt? Niemals, Sir. Gewünscht? Nicht in tausend Jahren, Sir. Dies ist ein Trick, mit dem man uns gegeneinander aufhetzen will. Ihr habt eine gute, liebende Frau. Laßt sie Euch von keinem Verbrecher in eine Hure verwandeln.«

»Wie kann ich Euch glauben?« stammelte der Bürgermeister. »Der Brief trägt Eure Unterschrift.«

»Meinen Namen allerdings, aber von jemand anderem geschrieben. Laßt mir Papier und Feder bringen, dann zeige ich Euch meine wahre Unterschrift. Vergleicht beide und erkennt, welche die falsche ist. Außerdem, Sir«, sagte er mit beschwichtigendem Lächeln, »welcher Lüstling, Lügner oder Ehebrecher würde so dumm sein und seinen Namen dem Manne einer Frau verraten, die er verführen möchte? Wenn Ihr eine Frau dazu bewegen möchtet, Euch ihre Gunst zu beweisen, würde der Brief dann euren Namen und Titel tragen?«

Der Bürgermeister war überzeugt. Lawrence Firethorn und seine Frau waren nun doch keine heimlichen Liebhaber. Vielleicht würde er doch noch einmal diese ungezügelte Leidenschaft bei gleichzeitigem Tragen seiner Amtskette genießen. Erleichterung und Reue überkamen ihn, doch bevor er den fälschlicherweise beschuldigten Schauspieler unter einem Gebirge von Dank und Entschuldigungen begraben konnte, klopfte es an die Tür. Der Gastwirt trat ins Zimmer.

»Der Stadtkämmerer ist da, Master Firethorn«, sagte er.

»Laßt ihn warten.«

»Das wird er nicht. Ein Brief hat ihn in Raserei versetzt.«

»Nicht noch einer!« grollte Firethorn.

»Auch der Stadtschreiber erwartet Euch schon ungeduldig.«

»Das wäre der dritte Fall!«

»Er verflucht Euch wegen seiner Frau.«

»Um Himmels willen!«

Lawrence Firethorn widerstand dem Wunsch, den ersten Brief zu nehmen und ihn dem Gastwirt in den Hals zu stopfen. Es war wichtig, zwischen Absender und Boten zu unterscheiden. Der Gastwirt war nicht verantwortlich für die

Nachrichten, die er überbrachte. Firethorn war ganz offensichtlich das Opfer eines übelwollenden Briefeschreibers und mußte den Autor so schnell wie möglich identifizieren. Er faltete den zweiten Brief auseinander und betrachtete die ungehobelte Handschrift, die es gewagt hatte, sich als seine auszugeben. Wer könnte versuchen, ihn auf diese Weise zu blamieren? Er dachte an eine bezaubernde junge Frau im Fighting Cocks, an ein Gespräch mit einem angeblichen Rivalen in ihrem Schlafzimmer und an eine geplünderte Schatulle. Er dachte an einen alten Schafhirten auf einer Landstraße außerhalb von Oxford. Und er dachte an den größten Trickdieb der gesamten Christenheit – da hatte er seinen Mann gefunden.

»Israel Gunby!«

Nicholas Bracewell hatte einen viel angenehmeren Vormittag als sein Chef. Der glänzende Erfolg des »Fröhlichen Nörglers« war durch den Mord an einem Zuschauer beschmutzt worden, und das war auch der Anlaß gewesen, daß er dem Magistrat der Stadt eine eidesstattliche Erklärung darüber abgab, wie er die Leiche entdeckt hatte. Nicholas gab bekannt, daß das Opfer ein Komplize von Israel Gunby sei, erwähnte den mutmaßlichen Mörder jedoch nicht. Westfield's Men wurden von jeglicher Verwicklung in das Verbrechen völlig freigesprochen; er wünschte sich soviel Abstand wie möglich zwischen dem Verbrechen und seiner Truppe. Der Mörder war ein persönliches Problem von Nicholas Bracewell, mit dem er sich auch persönlich befassen wollte. Man erreichte überhaupt nichts, wenn man mit den örtlichen Behörden über Recht und Ordnung spekulierte. Nachdem er an den jetzt allerdings etwas gedämpften Erfolgsfeiern der Truppe im White Hart teilgenommen hatte, zog er sich in sein Schlafzimmer zurück, um eine wachsame Nacht zu verbringen.

Der nächste Morgen brachte Zufriedenheit, Freude und

ehrliche Begeisterung. Zufriedenheit resultierte aus der Tatsache, daß ihm endlich einmal eine Nacht außerhalb Londons beschert gewesen war, in der er nicht das Ziel eines Überfalls wurde. Freude war das Ergebnis der Nachricht, daß Edmund Hoode sich so stark auf den »Kaufmann von Calais« konzentrierte, daß er sich in seinem Zimmer eingeschlossen hatte und wie wild arbeitete. Da seine schöpferischen Säfte zum Glück wieder ungehindert flossen, würde der Dichter das Stück in Kürze vollende. Nicholas hatte immer noch Bedenken über seinen eigenen Beitrag zu dem Werk, doch die Vernunft sagte ihm inzwischen, daß dies nicht so wichtig sein konnte, wie er befürchtet hatte. Edmund Hoode arbeitete nun seit mehreren Wochen an dem Stück, und die wichtigsten Handlungsstränge und Charaktereigenschaften lagen längst fest. Nicholas hatte den Szenen des kaufmännischen Lebens lediglich Tiefe und Realität hinzugefügt. Robert Bracewell würde nicht der Kaufmann von Calais sein.

Die Begeisterung kam etwas später. Während Lawrence Firethorn sich mit einem unangenehmen Brief zu beschäftigen hatte, erhielt Nicholas einen, der zugleich unerwartet und willkommen war. Der Kurier hatte eine schnelle Reise von London hierher gemacht. Pferdewechsel in regelmäßigen Abständen und eine Übernachtung in einem Gasthof hatten ihn am Vormittag nach Marlborough geführt. Die ganze Stadt wußte, wo die Schauspieler logierten, der Kurier konnte sofort ins White Hart eilen. Nicholas war gerührt. Es war eine sehr teure Angelegenheit, einen Brief in so kurzer Zeit über eine so weite Strecke zu schicken, und das sprach Bände über Anne Hendriks Großzügigkeit und Sorge. Er dankte dem Boten, gab ihm ein paar Münzen und schickte ihn in den Schankraum, wo er sie wieder ausgeben konnte.

Als er das Siegel aufbrach und ihre Unterschrift las, wurde er von großer Freude erfüllt. Der Inhalt der Botschaft ließ seine Liebe für sie erneut aufflammen. Anne hatte sich in seinem Interesse erheblichen Mühen unterzogen und Leonards Hilfe in Anspruch genommen. Sie hatte nicht nur die genaue Zusammensetzung des Giftes herausgefunden, das das Mädchen aus Devon umgebracht hatte, sie hatte auch noch eine grobe Beschreibung des Mannes zusammengestellt, den man für den Mörder hielt. Nicholas betrachtete die Skizze mit Interesse und Dankbarkeit. Anne besaß kein besonderes Talent zum Porträtzeichnen, doch hatte sie genug von der Gestalt und dem Gesichtsausdruck des Mannes eingefangen, daß Nicholas ihn erkennen konnte, falls sie sich trafen. Auch war ihr Brief nicht nur Ausdruck ihres Wunsches, ihm zu helfen. Er war eine mächtige Waffe in seiner Hand. Er hatte es jetzt nicht mehr mit einem unsichtbaren Angreifer zu tun.

Seine Freude war jedoch nicht völlig ungetrübt. Die Botschaft enthielt nichts, was von privaterer Natur gewesen wäre. Kein Zeichen des Bedauerns, keine Entschuldigung für die ruppige Behandlung, die er hatte aushalten müssen, kein Wort, daß er wieder in das Haus in Bankside zurückkehren könne. Anne Hendrik unternahm alle Anstrengungen, um ihm das Leben zu retten, aber sie schien es nicht mit ihm teilen zu wollen. Nicholas entschied sich für einen gebremsten Trost. Der Kontakt mit Anne war wieder hergestellt. Das war eine positive Grundlage, auf der er aufbauen konnte.

Doch nun war erst einmal eine Probe angesetzt. Nicholas hatte jetzt keine Zeit mehr, ihre Worte zu interpretieren und das Porträt zu studieren. Er wurde jetzt in der Guildhall gebraucht, um die Probe zu überwachen. Er schob den Brief in die Innentasche seines Wamses, sammelte die angestellten Leute aus dem Schankraum um sich und nahm sie mit zur Guildhall. Es war Schwung in seinem Schritt, und er hatte das Gefühl, eine wichtige Grenze überschritten zu haben.

Eine stumme Frau hatte schließlich gesprochen.

Ihre Befürchtungen waren grundlos. Weil bei der Aufführung des »Fröhlichen Nörglers« am vergangenen Abend ein Mord geschehen war, hatten Westfield's Men sich auf eine wesentlich geringere Zuschauerzahl am folgenden Nachmittag gefaßt gemacht. Man konnte nicht erwarten, daß sich die Leute in einem Theater wohlfühlen würden, in dem vor kurzem jemand erdolcht worden war. Diese Tragödie mußte einfach eine negative Auswirkung auf die Truppe haben. In Wirklichkeit war jedoch das ganze Gegenteil der Fall. Da das Mordopfer nicht aus der Stadt stammte, hatte sein Tod keine abschreckende Wirkung auf die Bewohner.

Angelockt von glänzenden Berichten über die schauspielerische Qualität des Ensembles und getrieben von einer makabren Neugier, den Stuhl zu sehen, auf dem Ned Robinson seinen letzten Atemzug getan hatte, kamen die Zuschauer in solcher Menge, daß nicht alle in die Guildhall Einlaß finden konnten. Sämtliche Türen im Auditorium wurden offengelassen, damit die Leute draußen stehen und das Stück wenigstens teilweise verfolgen konnten. Und ganze Trauben eifriger Theaterfreunde umlagerten die Fenster und preßten ihre Nasen dagegen.

Marlborough hatte in diesem Jahr bereits einiges an Unterhaltung geboten bekommen – Musikanten, Jongleure, Akrobaten, Bärenführer und Schwertkämpfer hatten hier gastiert. Ringer waren mehrmals in der Stadt gewesen, und einigen Truppen herumtingelnder Darsteller hatte man Aufführungserlaubnis erteilt.

Westfield's Men waren allerdings von ganz anderem Kaliber. Anstelle der hausgemachten Unterhaltungen boten sie echte Theaterqualität. Der bürgermeisterliche Segen war ein weiterer Faktor. Nach der Versöhnung mit seiner Frau fand der zerknirschte Bürgermeister keinen besseren Weg, ihr zu Gefallen zu sein und Lawrence Firethorn zu beschwichtigen, als ein zweites Mal in voller Amtspracht ins Theater zu kommen. Wieder saß er in der ersten Reihe, spielte mit seiner Kette und mit seinen Phantasien und meditierte über die Freuden des Ehelebens. Das Siegel behördlicher Zustimmung war der Truppe endgültig verliehen.

»George!«

»Hier, Master Bracewell.«

»Die Bank.«

»Ich habe sie hier bei mir.«

»Du hast die kleine Bank«, sagte Nicholas gutmütig. »Aber in dieser Szene wird die große gebraucht.«

»Sind wir denn schon im vierten Akt?«

»Dritter Akt, zweite Szene.«

»Das ist die kleine Bank.«

»Die große.«

»Ich kenne ›Vincentios Rache‹ auswendig.«

»Aber wir spielen den ›Schwarzen Antonio‹.«

George Darts Verwirrung war verständlich. Er war der Erschöpfung nahe. Seit jenem glücklichen Augenblick, in dem er seinem kleinen Körper ein Frühstück hatte zuführen können, war er unablässig mit Holen und Herumlaufen beschäftigt gewesen. Seine Beine taten ihm weh, seine Arme schmerzten, und sein Kopf war wie leer. Obwohl er drei verschiedene Auftritte in dem Stück hatte – als Wächter, Diener und Kaplan –, hatte er kein Wort sprechen müssen. Für ihn fühlte sich das Stück an wie »Vincentios Rache«, auch wenn es sich tatsächlich als »Der schwarze Antonio« herausstellte. Bei beiden handelte es sich um wirbelnde Tragödien von verschmähter Liebe, beide waren eine einzige Mixtur aus Eifersucht, Intrige und Leidenschaft. Man konnte George Dart seinen Fehler verzeihen. Er seinerseits konnte sich auf Nicholas Bracewell verlassen, der diese Patzer mit seiner üblichen Diskretion vertuschen würde.

Der fünfte Akt verlangte sowohl die kleine wie auch die große Bank. In der schrecklichen Schlußszene warf Lawrence Firethorn, überragend wie immer in einer Titelrolle, die speziell für ihn geschrieben worden war, die eine Bank um und stürzte kopfüber über die andere. Sein Tod war so überwältigend und dramatisch, daß das Publikum vor Entsetzen stumm blieb. Fasziniert vom Schicksal des edlen Antonio, vergaß es völlig das Ableben des Ned Robinson. Ein richtiger Mord in der Guildhall war eine kleine Geschichte. Doch über den gespielten Tod eines Lawrence Firethorn würde man noch nach Wochen mit gedämpfter Stimme sprechen. Das war ein Thema, das der Bürgermeister im Bett mit seiner Frau diskutieren konnte, bevor er seine Amtskette ablegte.

Feierliche Musik wurde gespielt, Antonio gemessenen Schrittes weggetragen, das Stück war zu Ende. Das einzige Geräusch, das man in der angespannten Stille hören konnte, war das unterdrückte Schluchzen der Frauen. Es war heller Nachmittag, doch der Eindruck eines besonders tragischen Verlustes lag über ihnen wie ein Halbschatten. Der Schwarze Antonio exhumierte sich und trat vor den Vorhang, um seinen Applaus geradezu mit vollen Armen zu empfangen. Die Truppe folgte ihm, das Publikum gab allen großzügigen Dank. Sogar George Dart machte seine Verbeugung mit Vergnügen. Er war immer dankbar, wenn ein Stück zum Ende gekommen und seine lange Tortur überstanden war.

»Master Bracewell ...«

»Später, George, sprich später mit mir.«

»Dann ist vielleicht keine Zeit. Wir verlassen Marlborough jetzt.«

»Kannst du nur innerhalb der Stadtgrenzen reden?«

»Jetzt sind wir allein. Auf dem Pferdewagen sind andere da ...«

»Ist es so wichtig?«

»Ich denke schon.«

»Dann komm zur Seite, Junge, aber schnell.«

Sämtliche Spuren der Anwesenheit von Westfield's Men waren inzwischen aus der Guildhall entfernt worden. Das einzige Textbuch zum »Schwarzen Antonio« war sicher in Nicholas Bracewells Kiste eingeschlossen, und beide Bänke waren mit allen anderen Requisiten auf dem Karren verstaut. Marlborough gehörte nun zu ihrer Vergangenheit. Bristol war die Zukunft. Als sich die Truppe unmittelbar vor der Abreise im Hof des White Hart versammelte, ergriff George Dart die Chance, ein paar private Worte mit dem Impresario zu sprechen.

»Dann rede, George«, sagte Nicholas. »Was quält dich?«

»Sie sagen, Ihr geht nach Barnstaple.«

»Das stimmt.«

»Nehmt mich mit!« bettelte er.

»Was?«

»Nehmt mich mit Euch nach Barnstaple!«

»Warum?«

»Damit ich Euch nachfolgen kann.«

»Ich habe mich um Familienangelegenheiten zu kümmern, die ich mit niemandem teilen kann.«

»Ihr habt mich nicht richtig gehört, Sir«, sagte Dart und prüfte, ob auch niemand sie hören konnte, damit die anderen nicht über sein Geheimnis lachten. »Ich möchte Eurem Beispiel folgen. Nehmt mich mit nach Barnstaple, damit ich weglaufen und zur See fahren kann.«

Nicholas war überrascht. »Du bist kein Seemann, George.«

»Aber ich könnte einer werden«, sagte der andere, um sich zu verteidigen. »Ich bin auch kein wahrer Seemann des Theaters. Ich laufe zu oft auf Grund. Wenn ich bei Westfield's Men bleibe, verwechsle ich das eine Stück vielleicht wieder mit einem anderen. Aber ein Schiff ist ein Schiff. Kein Seemann würde es jemals mit etwas anderem verwechseln.« Er gab seiner Verzweiflung Ausdruck. »Ich bin für dieses Leben nicht geschaffen.«

»Aber wir brauchen dich in der Truppe.«

»Ihr denkt vielleicht so, Master Bracewell. Alle anderen brauchen nur jemanden, den sie herumstoßen, schlagen und anbrüllen können.«

»Bist du so unglücklich?«

»Ich möchte weglaufen und zur See fahren, so wie Ihr.«

»Das ist kein Leben für dich, Junge«, sagte Nicholas bedrückt. »Dazu muß man geboren sein. Ich wuchs am Ufer des Meeres auf und machte meine Lehre als Kaufmann. Mir liegt das im Blut.«

»Warum habt Ihr es denn dann aufgegeben?«

»Das habe ich nicht, George. Theater ist eine Entdeckungsreise. Jetzt segle ich unter vollem Tuch mit Lawrence Firethorn als Kapitän.« Nicholas lächelte ihn aufmunternd an. »Vielleicht ist er mehr Pirat als Schiffskommandant, aber er führt ein strenges Regiment, bei dem ich freiwillig mitarbeite.«

»Aber ich bin hier nur der Kabinenjunge«, sagte George Dart.

»Wärst du lieber Bettler in den Straßen von London? Das ist das, was einige von denen, die wir zurücklassen mußten, jetzt sind. Bleib lieber bei uns.«

»Die See ruft mich.«

Nicholas wurde philosophisch. »Nein, George. Was dich ruft, ist der Gedanke an Flucht. Du rennst nicht irgendwohin, sondern du läufst vor etwas davon. Das war auch mein Fehler, und ich hoffe, ich kann ihn endlich korrigieren. Wenn dir etwas nicht gefällt, dann arbeite daran, bis es dir gefällt.«

»Das habe ich getan«, stöhnte George Dart. »Ich änderte ›Vincentios Rache‹ in den ›Schwarzen Antonio‹, und wohin hat mich das gebracht?« Andere Mitglieder der Truppe kamen in ihre Nähe, was ihn zwang, seine Bitte ein letztes Mal zu wiederholen. »Nehmt mich mit nach Barnstaple und rettet mein elendes Leben!«

Nicholas schüttelte den Kopf. »Ich muß allein gehen.«

»Zeigt mir die See.«

»In Bristol gibt es genug Schiffe.«

»Ich will dort stehen, wo Ihr zuerst gestanden habt«, sagte Dart. »Ich will die Wahl treffen, die Ihr getroffen habt. Ihr hattet den Mut, um die ganze Welt zu segeln. Laßt mich auch diesen Mut für mich finden.«

»Das war es nicht, was mich fortrief, George.«

»Was war es dann?«

Nicholas stellte sich der Wahrheit ohne zweideutige Formulierungen.

»Feigheit.«

Ein Besitz auf dem Lande war der Traum und das Ziel eines jeden Kaufmanns. Es war nicht nur ein Zeichen des Erfolgs, es war ein Ort, an dem sie dem Schmutz und der Hektik der Städte, in denen sie ihren Geschäften nachgingen, entfliehen und das etwas entspanntere Leben des niederen Landadels genießen konnten. Gideon Livermore war ein typisches Mitglied der Gemeinschaft der Kaufleute von Barnstaple. Als wohlhabender und erfolgreicher Mann kaufte er sich einen umfangreichen Besitz ein paar Meilen von Bishops Tawton entfernt. Damit lag er immer noch innerhalb einer bequemen Reitentfernung zum Hafen, dem er seinen Reichtum verdankte, aber die zwanzig Morgen Parkgelände, die sein Haus umgaben, bildeten ein beruhigendes Bollwerk gegen die Sorgen des Handels. Gideon Livermore liebte das Landleben und konnte nie verstehen, warum Matthew Whetcombe – sein Partner bei zahlreichen Geschäften – es vorgezogen hatte, den größten Teil seiner Zeit in seinem Stadthaus in der Crock Street zu verbringen. Für einen Mann wie Livermore war das Attraktivste an Barnstaple die Straße, die hinausführte.

Sein Haus war ein langgestrecktes, niedriges und weiträumiges Gebäude, das vor mehr als hundertfünfzig Jahren von einem reichen Landbesitzer gebaut worden war. Durch großzügige Geldaufwendungen und mit viel Sorgfalt hatte er das Landgut in eine Villa verwandelt. Bestehende Gebäude waren renoviert, ein neuer, prächtiger Flügel hinzugefügt, der Stallkomplex im großen Stil erweitert worden. Teure Möbel und prunkhafte goldene Teller bereicherten die Innenräume. Livermore bewohnte sein Haus mit seinen fünf Kindern und zehn Dienstboten, dennoch blieben noch Zimmer für Gäste übrig. Er war ein Mann des großen Stils und hatte schon immer zu Exzessen geneigt.

Er hob einen Becher kanarischen Weins, um einen Toast auszubringen.

»Auf ein erfolgreiches Unternehmen!«

»Dazu kann ich nur Amen sagen.«

Beide Männer tranken, dann lehnten sie sich in ihren Sesseln zurück. Gideon Livermore war ein wohlgenährter, selbstzufriedener Mann in den Vierzigern, mit dicken Bakken und umfangreicher Leibesmitte. Seine Gesichtszüge waren angenehm, doch seine Vorliebe für Wein und Alkohol hatte ihnen einen dunklen Farbton gegeben. Er trug ein Wams aus blauem und grünem Satin und dazu passende Hosen. Eine breite Halskrause stützte sein glattrasiertes Doppelkinn. Sein Gesprächspartner war etwas jünger, wesentlich schlanker und von bleichem Teint. Barnard Sweete trug das etwas verhaltene und respektvolle Lächeln eines Rechtsanwalts zur Schau. Sein Bart war sorgfältig gestutzt.

»Berichtet mir alles«, sagte Livermore. »Haben sie sich bereits entschieden?«

»Das haben sie.«

»Und mit welchem Ergebnis?«

»Ihr werdet ohne Verzögerung gewählt werden.«

»Ich hatte nichts anderes erwartet«, sagte sein Gastgeber leichthin, »doch diese Nachricht ist gleichzeitig gut und schlecht. Gut, weil Gideon Livermore ein sehr verdienstvoller Stadtrat ist, den man bereits vor Jahren hätte zulassen müssen. Schlecht, weil öffentliche Aufgaben mich häufig von hier wegholen werden.« Er hob die Hände, als wolle er Vor- und Nachteile gegeneinander aufwiegen, doch schienen die Vorteile ganz eindeutig das schwerere Gewicht zu haben. »Ich nehme diese Ehre gnädig an. Stadtrat Livermore hat einen Klang, der in den Ohren der ganzen Stadt zu hören sein wird. Ich habe es geschafft, Barnard.«

»Ihr könnt damit rechnen, eines Tages Bürgermeister zu sein.«

»Oder Steuereinnehmer oder Sheriff oder sogar Mitglied des Parlaments. Sie alle werden aus diesem Kreis ausgewählt. Es gibt nur vierundzwanzig Stadträte, die auf Lebenszeit bestellt sind.« Er ließ einen ärgerlichen Unterton einfließen. »Man hat mich lange genug ausgeschlossen.« Jetzt war sein Ärger deutlich zu erkennen. »Es ist nur korrekt, daß ich der Mann bin, der Matthew Whetcombe ersetzt.«

»Nicht nur im Stadtrat.«

»Wir werden sehen, wir werden sehen.« Seine Freundlichkeit kehrte zurück, er nippte am Wein. »Habt Ihr Nachrichten von ihr?«

»Leider gibt es da nichts Neues zu berichten, Gideon.«

»Ihr müßt doch irgend etwas wissen. Mary ist ein Mensch wie jeder von uns. Die Lady muß essen und trinken und sich mit irgend etwas während des Tages beschäftigen. Was macht sie denn den ganzen Tag in dieser Scheune von Haus in der Crock Street?«

»Sie hält sich in ihrem Schlafzimmer auf.«

»Keine Besucher?«

»Niemand außer Mr. Calmady. Unser Pfarrer kommt jeden Tag zu ihr.«

»Ihre Familie, ihre Freunde?«

»Sie hat sich von allen abgeschottet.«

»Immer noch in Trauer?«

»Nicht um ihren Ehemann. Sie hat tiefergehende Sorgen.«

Gideon Livermore lächelte. »Dafür gibt es Abhilfe.«

»Alles zu seiner Zeit«, sagte der Rechtsanwalt vorsichtig. Er öffnete die neben ihm liegende Tasche und zog ein Blatt Pergament hervor. »Ihr wolltet die Begräbniskosten sehen.«

»So ist es, Barnard«, sagte Livermore. »Ich möchte alles sehen, was Mary Whetcombe betrifft. Auch der kleinste Betrag ihrer Haushaltsausgaben interessiert mich. Wieviel hat es gekostet, Matthew zu seinem Schöpfer zu schicken?«

»Hier ist die Liste, Gideon.«

Der Kaufmann nahm sie in die Hand und prüfte sie sorgfältig. Mit sichtlich zunehmender Verärgerung las er einige der Rechnungspositionen laut vor.

»Zwanzig Yards schwarzes Tuch für Trauerkleider, einunddreißig Pfund; Begräbnis in der Pfarrkirche St. Peter, achtzehn Pfund; Sarg aus Ulmenholz, zwei Pfund, drei Schilling; Grabstein, zwei Pfund, acht Schilling; eingemeißelter Name auf dem Grabstein, ein Pfund, vier Schilling; Geld für die Totengräber, zwei Schilling.« Er warf seinem Besucher einen Blick zu. »Diese Liste hört ja gar nicht mehr auf, Barnard. Sie enthält alles – bis zum Totenschmaus im Speisezimmer des Hauses in der Crock Street. Das kostet allein siebenundzwanzig Pfund, was die Summe insgesamt – ich kann das kaum ausrechnen – auf hundertundneunzehn Pfund hochtreibt.« Er wedelte mit dem Papier in der Luft herum. »Matthew Whetcombe hat ein teures Loch im Boden bekommen. Als meine liebe Ehefrau dahinschied, habe ich für das Beste von allem bezahlt, aber ihr Begräbnis hat bei weitem nicht soviel gekostet wie dieses hier.«

»Matthew Whetcombe war eine wichtige Persönlichkeit in Barnstaple.«

»Das war Alice Livermore auch«, sagte der Kaufmann stolz. »Meine Frau verlangt grundsätzlich den höchsten Respekt.«

»Darüber gibt es überhaupt keine Diskussion.«

»Hundertundneunzehn Pfund!«

»Ich muß das aus dem Familienbesitz bezahlen.«

»Tut das, Barnard. Befolgt ihre Wünsche.« Ungläubig schüttelte er den Kopf. »Einhundertundneunzehn Pfund! Das ist eine Menge Geld für das Begräbnis eines Ehemannes, den man haßt.«

Wieder studierte er die Liste und verlor sich in seinem Nachdenken über Details und ihre Bedeutung. Barnard Sweete kostete seinen Wein und wartete still. Sein Gastgeber schätzte keine Unterbrechungen. Das hatte der Rechtsanwalt schon früher herausgefunden. Die Kaufleute von Barnstaple waren eine kleine, kompakte Gruppe, die durch Heirat eng miteinander verbunden war. Sie wurde aber auch von Feindschaften und kleinlichen Eifersüchteleien gebeutelt. Sweete sicherte sich ein gutes Leben, indem er den Kaufleuten zu Diensten war, doch das hieß gleichzeitig, daß er über alles genauestens informiert sein mußte – sei es wirtschaftlicher oder privater Natur. Die Leute vertrauten ihm. Da man ihn wegen seiner Diskretion schätzte, erhielt er Kenntnis von intimsten Details der Angelegenheiten seiner Kundschaft, und sein gutes Gedächtnis vergaß keines davon. Wissen bedeutet Geld, und Barnard Sweete wußte Dinge, die sich in große Summen verwandeln ließen.

Schließlich legte Gideon Livermore die Liste beiseite.

»Ich muß sie haben!« sagte er begehrlich.

»Alles bewegt sich in diese Richtung.«

»Es darf keine Verzögerung und kein Hindernis geben.«

»Ihr habt das Recht auf Eurer Seite.«

»Und einen klugen Rechtsanwalt, der es mir auslegt.« Er nickte kurz zum Zeichen der Dankbarkeit. »Ich bin ein großzügiger Mann, Barnard.«

»Das habe ich immer feststellen können.«

Livermore machte noch einen Zusatz. »Wenn ich zufrieden bin«, sagte er.

»Ihr werdet keinen Grund zur Klage haben.«

»Gut.« Wieder warf er einen blutunterlaufenen Blick auf die Liste. »Einhundertundneunzehn Pfund! Das alles wurde für Matthew Whetcombes Begräbnis ausgegeben, und doch konnte es ihm keine ehrliche Träne der Trauer bei seiner Frau erkaufen. Und was ist mit dem Mädchen? Lucy Whetcombe könnte nicht einmal einen Schmerzensschrei über den Tod ihres Vaters ausstoßen. Das Schicksal ist grausam. Matthew hat all diesen Reichtum geschaffen, doch konnte er nur ein einziges Kind hervorbringen, und dann noch so ein armseliges Beispiel seiner Männlichkeit. Das Kind kann weder hören noch sprechen. Nachdem ihr Vater ins Grab gesunken ist, kann Lucy Whetcombe noch nicht einmal nach ihrem Anteil am Erbe rufen.«

»Man braucht eine kräftige Stimme bei solchen Dingen«, sagte der Rechtsanwalt gezielt. »Stummheit kann zum Ruin führen.«

»Darauf verlasse ich mich.«

Gideon Livermore erhob sich und trat mit seinem Becher an den Tisch, um nachzufüllen. Den Dekanter hatte er von einer Reise nach Venedig mitgebracht. Einen Moment lang starrte er in die Flüssigkeit, dann goß er sie in einem Zuge hinunter. Barnard Sweete war sicher, daß man auch ihm noch

Wein anbieten würde, und er leerte sein Glas vorsorglich, doch die Einladung kam nicht. Statt dessen klopfte es an der Tür, und ein junger Mann trat ein, der dringende Angelegenheiten zu haben schien. Er hielt abrupt inne, als er den Rechtsanwalt sah, aber Gideon Livermore winkte ihm, näher zu kommen. Die beiden traten beiseite. Der junge Mann flüsterte aufgeregt mit seinem Herrn.

Der Rechtsanwalt, der Schwierigkeiten befürchtete, stand auf und beobachtete erwartungsvoll seinen Gastgeber. Der Zorn des Kaufmanns brauchte nicht lange, um sich aufzubauen. Seine Freundlichkeit verwandelte sich in bösartige Wut, er streckte die Hand aus, ergriff den Dekanter und schleuderte ihn in wilder Raserei mit voller Wucht gegen die Wand. Glassplitter flogen durch den ganzen Raum. Sein Sekretär zog sich zurück und schloß die Tür hinter sich. Gideon Livermore drehte sich um und starrte seinen Gast an.

»Er kommt nach Barnstaple«, sagte er.

»Wer?«

»Nicholas Bracewell.«

»Gott behüte!«

»Er ist schon auf dem Weg hierher.«

»Aber das kann doch nicht sein.«

»Meine Informationen sind jederzeit korrekt. Ich zahle ja auch genug dafür.«

»Nicholas Bracewell! Dann hat die Nachricht ihn also erreicht?«

»Jedenfalls die Botin. Bevor sie starb.«

»Wieviel weiß er?«

»Genug, um ihn nach Barnstaple zu bringen.« Er ballte die Faust und schlug damit auf die offene Hand. »Er muß gestoppt werden. Wir wollen keinen Bracewell hier, der sich in unsere Angelegenheiten einmischt, vor allem nicht dieses Mitglied der Familie. Die Bracewells sind dickköpfig.«

Schweiß glänzte auf seiner Oberlippe. »Die haben gute Gedächtnisse.«

»Kann er daran gehindert werden?« fragte Sweete.

»Er muß.«

»Und wie?«

»Auf die gleiche Art und Weise.«

»Lamparde?«

»Der wird wissen, was zu tun ist.«

»Warum hat er es dann nicht schon längst getan?« fragte der Rechtsanwalt nervös. »Warum hat Lamparde seinen Auftrag bis jetzt noch nicht erfüllt? Das ändert alles vollständig. Wenn Nicholas Bracewell auch nur bis ...«

»Das wird er nicht!«

»Aber wenn er ...«

»Er wird es nicht!« donnerte der Kaufmann. »Lamparde wird uns nicht im Stich lassen. Er schätzt es, am Leben zu bleiben, deshalb wird er Gideon Livermore nicht enttäuschen.« Sein Wutanfall hatte ihm seine Sicherheit zurückgegeben. »Nicholas Bracewell wird gar nicht in unsere Nähe kommen. Wir sind in Sicherheit und für ihn unerreichbar. Wir können ihn und seine ganze Familie vergessen.«

»Aber er ist noch unterwegs, sagt Ihr?«

»Ja.«

»Allein?«

»Er reist mit einer Theatertruppe.«

»Wo ist er zur Zeit?«

»Dicht vor seinem Tod.«

Nicholas Bracewell begleitete sie bis an den Stadtrand und winkte ihnen zum Abschied zu. Er hatte noch etwas in Marlborough zu erledigen und konnte sie auf seinem Pferd bald wieder einholen. Es war ein lebhaftes Tier, das nach einem ganzen Tag im Stall unbedingt Bewegung brauchte. Lawrence

Firethorn schlug mit seiner Gruppe die Straße nach Chippenham ein. Westfield's Men waren vom Erfolg ihrer Aufführung am Nachmittag noch völlig durchdrungen, vor allem, weil sie damit rechnen konnten, ihn in Bristol zu wiederholen. Firethorn selbst schwankte zwischen Hochstimmung und Unruhe hin und her. Obwohl seine Leute zweimal vor dem Publikum eine hervorragende Leistung geboten hatten, beunruhigte ihn Israel Gunbys Einmischung. Der Vorfall im Fighting Cocks in High Wycombe plagte ihn immer noch, zumal er für diese spezielle Wunde noch keine Medizin gefunden hatte. Mittlerweile hatte er drei Nächte von seiner Frau entfernt verbracht und keine gefunden, die ihre Stelle in seinem Bett eingenommen hätte. »Der Schwarze Antonio« verfehlte es nie, weibliches Interesse zu wecken, und er hatte gehofft, mit irgendeinem hiesigen Mädchen einen netten Abschied in seinem Zimmer feiern zu können, während unten der Pferdewagen beladen wurde, aber es sollte nicht sein. Der Bürgermeister war von der zweiten Aufführung begeistert gewesen und wich nicht von Firethorns Seite, bevor er ihm nicht mindestens ein Dutzend Mal den Grund dafür erklärt hatte. Gewissensbisse nisteten unter seiner Amtskette. Er verbrachte so viel Zeit damit, sich bei Firethorn dafür zu entschuldigen, daß er es gewagt hatte, auch nur zu denken, er, Firethorn, wolle anderer Männer Frauen schänden, daß anderer Männer Frauen, die gekommen waren, um sich dem Schauspieler zu Füßen zu werfen, überhaupt nicht in seine Nähe kamen. Israel Gunby hatte sich zwischen Lawrence Firethorn und den Lohn des Kampfes geschoben. Vergeltung war notwendig.

»Warum bleibt er zurück?« fragte Barnaby Gill.

»Eure Visage beleidigt sein Auge.«

»Was gibt es an Marlborough Interessantes für Nicholas Bracewell?«

»Reitet doch zurück und fragt ihn selbst.«

»Nein«, sagte Gill, »ich bin dankbar für diese kleine Gnade, die uns beide voneinander entfernt. Ich habe ja schon gesagt, daß er noch mehr Unglück über uns bringt, und das hat er auch getan.«

»Ja«, reizte Firethorn ihn, »er hat mich dazu überredet, den ›Fröhlichen Nörgler‹ aufzuführen, und wir mußten uns zwei Stunden lang Eure Nörgelei und Herumstolziererei ansehen.«

»Ich war ganz hervorragend.«

»Das muß mir entgangen sein.«

»Aber nicht den Zuschauern.« Gill warf sich in die Brust, während sie weiterritten. »Sie liebten mich. Ich konnte ihre Begeisterung spüren. Mein Talent hat sie atemlos gemacht. Ich war inspiriert.«

»Berauscht Euch nur an Eurer eigenen Eitelkeit, wenn Euch das gefällt. Streichelt nur Eure Einbildung. Aber keine Anschuldigungen gegen Nick!«

»Der hat den Mann im Publikum umgebracht.«

»Ach ja? Mit dem Textbuch in der Hand?«

»Überlegt doch nur, Lawrence. Drei Tage unterwegs haben uns drei Unglücke gebracht. Räuberei, Pest, Mord. Das ist die Leistung unseres Impresarios. Räuberei, Pest, Mord. Teufel auch! Was braucht Ihr denn noch?«

»Frauen!«

»Wenn Nicholas bei uns ist, haben wir nichts als Pech«, sagte Gill. »Er lastet wie ein Kainsmal auf uns. Soll er doch in Marlborough bleiben, solange er will. Wir brauchen keine weiteren Erstochenen im Publikum.«

»Dann müßt Ihr Euch von der Bühne zurückziehen, Barnaby«, sagte der Oberste Schauspieler. »Denn Eure schauspielerischen Künste sind ein Dolch im Rücken eines jeden Publikums.«

Tief gekränkt ritt Barnaby Gill weiter.

Sie näherten sich einem winzigen Dorf, als sie ihn sahen. Er hockte neben der Straße an einem Baum. Schon von weitem konnten sie seine zerfetzten Lumpen und seinen heruntergekommenen Zustand erkennen. Die verkrümmte Gestalt gehörte zu der großen und rasch anwachsenden Zahl von Landstreichern, die auf der Suche nach Mitleid durchs Land zogen. Gesindel und Vagabunden waren eine immer wiederkehrende Belästigung in Marlborough, und der städtische Büttel erhielt zwei Pennies für jeden, den er auspeitschte. Dieser alte Mann hatte sich zu einem der abseits liegenden Dörfchen geschleppt, um einer weiteren Tracht Prügel zu entgehen und Reisende anzubetteln. Als sie näherkamen, sahen sie das filzige Haar und den Dreck einer Kreatur, die ihre Nächte mit anderen wilden Tieren im Freien verbrachte. Ein Auge war geschlossen, das andere glänzte hoffnungsvoll, als sie heranritten. Er zog eine Bettlerschale unter seinen schäbigen Lumpen hervor. Seinen Gestank spürten sie schon aus zwanzig Yard Entfernung.

Edmund Hoode schob eine mitleidige Hand in seine Geldbörse.

»Armer Kerl«, sagte er. »Wir wollen ihm etwas helfen.«

»Nein«, riet Gill. »Gebt ihm etwas, und Ihr müßt jedem Bettler etwas geben, dem wir begegnen. Im ganzen Königreich gibt es nicht genug Geld, um all diesen räudigen Kerlen zu helfen.«

»Zeigt ein wenig Mitleid, Barnaby.«

»Ignoriert den Burschen und reitet weiter.«

»Überlaßt ihn mir«, sagte Firethorn.

Er hob die Hand, damit die ganze Gruppe stehenblieb. Mit offenem Abscheu schauten sie auf den alten Mann hinunter. Er befand sich in erbarmungswürdigem Zustand und hatte nicht einmal die Kraft oder den Verstand, sich in den Schatten zu schleppen. Es gab noch einen weiteren Grund, sich zu ekeln. Der Bettler schien nur ein Bein zu haben.

Die Bettlerschale wurde ihnen entgegengestreckt.

»Almosen, gute Leute!« rief eine zittrige Stimme. »Almosen!«

»Warum?« fragte Firethorn mit eisiger Stimme.

»Um der Liebe Gottes willen.«

»Bettler sind nichts anderes als Straßenräuber.«

»Ich suche Barmherzigkeit, Sir.«

»Und warum?«

»Um leben zu können.«

»Leute, die leben wollen, müssen dafür arbeiten.«

»Dafür bin ich zu alt und zu schwach, Sir.«

»Seid Ihr das?«

»Ich habe im Dienste für mein Land ein Bein verloren.«

»Ihr wart also Soldat, oder?« spottete Firethorn.

»Seemann, Sir. Früher war ich jung und fröhlich. Aber ein Mann, dem ein Bein fehlt, wird schnell alt. Gebt mir einen Penny, Sir, damit ich mir etwas Brot kaufen kann. Gebt mir zwei Pennies, und mein Segen wird Euch immer begleiten. Bitte, gute Leute! Helft mir!«

Edmund Hoode wollte gerade eine Münze in die Bettlerschale werfen, da trat Lawrence Firethorn dem Bettler die Schale aus der Hand. Wie der Blitz war er vom Pferd, zog seinen Degen und hielt ihn dem Mann an den Hals. Die ganze Truppe holte tief Luft angesichts eines Verhaltens, das sie als zutiefst brutal empfanden.

»Das ist kein Bettler!« sagte Firethorn wütend. »Das ist derselbe elende Hund, der uns in High Wycombe ausgeplündert hat. Der selbe räudige, alte Schafhirte, der uns auf der Straße nach Oxford so übel mitspielte. Derselbe verleumderische Schuft, der Briefe schrieb, um meinen guten Ruf in den Kot zu zerren.« Er fuchtelte mit dem Degen in der Luft herum; der Bettler verwandelte sich in ein Häufchen Angst. »Das ist kein ehrlicher Bettler, meine Herren! Seemann, behauptet er! Das Miststück hat noch nie in seinem ganzen Leben seinem Lande gedient. Einen Lawrence Firethorn führt er nicht hinters Licht. Vor mir kann er sein Bein nicht verstecken und zugleich schwören, er habe es bei einer Schlacht auf See verloren. Ich lasse mich nicht noch einmal betrügen!« Er packte den Mann bei den Haaren, um ihn hochzureißen. »Achtung, Gentlemen! Das ist Israel Gunby!«

Ein entsetztes Stöhnen wurde laut. Als der Bettler in der Luft zappelte, wurde seine Verstümmelung nur zu offenbar. Der widerliche Beinstumpf brachte alle dazu, sich abzuwenden. Dieser Mann war nicht Israel Gunby in einer neuen Rolle, mit der er sie verhöhnen wollte. Der Mann war der elende Rest des jungen Seemannes, der er einmal gewesen war.

Lawrence Firethorn wurde von Schuldgefühlen übermannt. Er ließ den Mann vorsichtig wieder zu Boden und lehnte ihn gegen den Baum. Dann packte er die Bettlerschale, warf ein paar Münzen hinein und ging in der ganzen Truppe damit herum. Anstatt vom Obersten Schauspieler umgebracht zu werden, bekam der Bettler jetzt genug Geld, um sich die nächsten vierzehn Tage über Wasser halten zu können. Er krächzte seinen Dank. Westfield's Men ritten in einer Wolke aus Scham und Reue davon.

Er brauchte eine Stunde, um das Gasthaus zu finden. Nicholas Bracewell hatte richtig kombiniert. In der festen Überzeugung, der Mann habe die Nacht in Marlborough verbracht, suchte er jedes Gasthaus der Stadt auf. Die Porträtzeichnung, die Anne Hendrik ihm geschickt hatte, mußte er einem Dutzend oder mehr Wirten zeigen, bevor er an einen geriet, der sich wenigstens schwach an den Gast erinnern konnte.

»Er könnte es sein«, sagte der Mann unsicher.

»Wann ist er gekommen?« fragte Nicholas.

»Gestern vormittag.«

»Ist er über Nacht geblieben?«

»Er hat für ein Bett gezahlt, Sir. Aber als das Zimmermädchen heute morgen raufging, war das Bett unbenutzt. Und das Pferd des Mannes befand sich nicht mehr in unserem Stall. Er muß sich heimlich davongemacht haben.«

Nicholas überlegte. Der Mann, der ihn verfolgte, mußte die Absicht gehabt haben, sich Zeit zu lassen und über Nacht zu bleiben, bevor er ihn erneut angriff. Während der Aufführung in der Guildhall hatte er Israel Gunbys Komplizen umgebracht und mußte so schnell wie möglich aus der Stadt verschwinden. Nicholas hatte keinen Zweifel daran, welche Richtung der Mann eingeschlagen hatte. Er war irgendwo schon voraus. Es war seine Aufgabe, den Impresario daran zu hindern, Barnstaple zu erreichen, und daran würde er sich eisern halten.

»Nan kann Euch vielleicht helfen, Sir«, sagte der Gastwirt.

»Nan?«

»Eines meiner Schankmädchen. Sie fand Gefallen an dem Mann, was nichts zu bedeuten hat, Sir, denn Nan findet an jedem aufrechten Mann Gefallen.« Er seufzte. »Ich habe sie gewarnt, daß sie eines Tages ins Unglück rennt, aber das Mädchen hört ja nicht auf mich und kann mit Reisenden gut umgehen.«

»Kann ich mit ihr sprechen?«

»Ich rufe sie sofort herbei.«

Der Gastwirt verließ den Schankraum und kam nach ein paar Minuten mit dem Mädchen zurück. Sie trug die typische einfache Bekleidung ihres Berufes, hatte aber den Schnitt so verändert, daß Nacken und Brustansatz zu sehen waren. Sobald sie von einem Mann gerufen wurde, kam sie mit gefälligem Lächeln, was sich noch verstärkte, als sie Nicholas Bracewells große, kräftige Figur sah. Er zeigte ihr die Zeichnung, sie erkannte den Mann sofort. Sie war ganz sicher, daß dieser Mann am Tag zuvor hier logiert hatte, und sprach ziemlich schroff über ihn. Der einzige Unterschied zu der Zeichnung war, daß der Mann keinen Ohrring getragen hatte, als er im Gasthaus war.

»Hat er seinen Namen genannt?« fragte Nicholas.

»Ja, Sir«, antwortete der Gastwirt, »aber den habe ich vergessen. Wir haben so viele Reisende, die jeden Tag hier durchkommen, daß ich mir nur ein paar Namen merken kann. Wenn es aber wichtig ist, kann ich meine Frau fragen.«

»Bitte, tut das.«

»Ihr Gedächtnis ist besser als meines.«

»Ich wäre ihr sehr zu Dank verpflichtet.«

Nicholas bat um die Erlaubnis, das Schlafzimmer sehen zu können, in dem der Mann gewohnt hatte. Während der Gastwirt hinausging, um seine Frau zu suchen, führte das Mädchen Nicholas zwei knarrende Treppen hoch zu einem niedrigen Flur. Sie bewegte sich mit der sicheren Vertrautheit eines Menschen, der sich auch im Dunkeln zurechtfinden konnte – und das auch schon so manches Mal getan hatte. Sie blieb vor einer Tür stehen und schloß sie auf.

»Hier ist es, Sir«, sagte sie.

»Besten Dank.«

»Das Zimmer ist so, wie er es verlassen hat.«

»Ist das Bett neu bezogen worden?«

»Das war nicht nötig. Er hat nicht darin geschlafen.«

Nicholas sah sich im Zimmer um. Nichts war zurückgelassen worden, doch es bestand die Möglichkeit, daß der Besucher sich hingelegt hatte, um sich auszuruhen. Wenn er auch nicht in dem Bett geschlafen hatte, so konnte es doch sein, daß er den Kopf auf das flache Kissen gelegt hatte. Anne Hendriks Brief hatte eine Beschreibung des Mannes enthalten, die das grobe Porträt ergänzen sollte. Leonard hatte über den »Geruch« des Mannes gesprochen, ohne weitere Hinweise geben zu können. Nicholas beugte sich über das Bett und schnupperte. Er spürte einen ganz leichten Schimmer eines Duftes.

»Er hat süß gerochen«, sagte das Mädchen. »Das hat mir an ihm so gefallen. Die meisten Reisenden stinken aus dem Hals und nach Schweiß, aber der hier nicht. Es war ein schöner Geruch, von dem ich gerne etwas für mich hätte. Was war es denn, Sir?«

Nicholas schnüffelte erneut. »Bergamotte-Öl.«

Bei seinen zwei Begegnungen mit dem Mann hatte er keine Zeit gehabt, einen Geruch wahrzunehmen. Die muffige Luft im Stall des Fighting Cocks hätte sowieso jeden feineren Duft unterdrückt, und die Rauferei im Dog and Bear war nach ein paar Sekunden vorbei. Was Nicholas verpaßt hatte, war von dem Schankmädchen und von Leonard jedoch bemerkt worden. Er dankte dem Mädchen und gab ihr ein paar Münzen. Als zusätzliche Belohnung holte sie sich kichernd einen Kuß von Nicholas und führte ihn wieder nach unten. Der Gastwirt hatte seine Frau noch nicht gefunden, deshalb ging Nicholas auf den Hof hinaus und wartete dort. Die frische Luft wirkte wie ein Schlag ins Gesicht und half ihm, den Tatsachen ins Gesicht zu sehen.

Er war allein auf sich gestellt. Westfield's Men waren ihm meilenweit voraus, und er war völlig ohne Schutz. Doch das machte ihm keine Angst. Statt dessen vermittelte ihm der Gedanke ein plötzliches Gefühl von Freiheit. Er befand sich irgendwo in der Mitte seiner Reise von London nach Barnstaple. Hinter ihm lagen die Trümmer einer Liebe, die ihn einige Jahre lang aufrechterhalten hatte; vor ihm lagen nichts als Gefahr und Unsicherheit. Wenn er jetzt zurückging, konnte er vielleicht zurückgewinnen, was er in Bankside verloren hatte. Anne Hendrik sorgte sich noch um ihn. Sie hatte ihm Informationen geschickt, die ihm vielleicht das Leben retten konnten, aber dieses Leben war außer Gefahr, wenn er seine Absicht aufgab. Was hoffte er denn in Barnstaple zu erreichen? Die Stadt war ein Brandzeichen, das zahllose glühend heiße Botschaften in seine Gedanken eingraviert hatte. Warum sollte er sich diesen brennenden Schmerz erneut zumuten?

Es war nicht nur eine Entscheidung zwischen einer neuen Heimat und einem alten Zuhause. Nicholas befand sich an einem geistigen Scheideweg. Wenn er jetzt zurückging, würde er gleichzeitig auch eine Art zu leben widerrufen. Westfield's Men waren seine engsten Freunde, aber diese Freundschaft war im höchsten Maße instabil. Der Verlust des Queen's Head hatte sie nicht nur aus der Gracechurch Street vertrieben, er konnte auch dazu führen, daß sie London für immer fernbleiben mußten und eine fast ununterbrochene Tingeltour durch die Provinz vor sich hatten. Lawrence Firethorn würde das niemals tolerieren, und Barnaby Gill auch nicht. Andere Theatergesellschaften würden die beiden Schauspieler in die Hauptstadt abwerben, und Westfield's Men wären am Ende. Nicholas hatte keine Lust dabeizusein, wenn das passierte. Ein klarer Schlußstrich jetzt würde ihm einen langsamen beruflichen Tod mit einer dahinsiechenden Truppe ersparen.

Selbst wenn die Truppe eine neue Spielmöglichkeit in London fand, war er nicht sicher, ob er daran teilhaben wollte. Theater war nach wie vor weit von der Realität entfernt. Owen Elias hatte ihn daran erinnert. Nicholas versteckte sich vor etwas. Wenn er in London blieb und eine neue Liebesbeziehung mit Anne Hendrik aufbaute, konnte er sein Schlupfloch verlassen und ein normales Leben führen – wenn er nach Devon ging, würde er genau die Geister erwecken, die ihn von dort vertrieben hatten. Lawrence Firethorn und die anderen verließen sich in hohem Maße auf ihn, aber das drückte sich nicht in seiner Stellung aus. Nicholas war noch immer nur ein angestellter Mitarbeiter der Gesellschaft, einer in der Menge der Theaterleute, die ja nach Laune der Teilhaber geheuert oder gefeuert werden konnten. Wenn sich der Impresario auch eine relativ feste Stellung in der Truppe erarbeitet hatte, so gab ihm das dennoch nur eine sehr zerbrechliche Sicherheit. Im Endeffekt war Nicholas Bracewell nicht viel besser dran als der zutiefst desillusionierte George Dart.

Sein Ziel zu verfolgen würde Ärger bedeuten, zurückzugehen hieß mögliche Entspannung. Er mußte verrückt sein, wenn er sich selbst vorwärtstrieb. Ein gesichertes Leben mit einer Frau, die er liebte, war das Beste, was ein Mann erhoffen konnte. Nicholas wäre am liebsten sofort nach Hause geritten und hätte mit Anne Hendrik neu angefangen. Sie war der entscheidende Punkt in seinem Leben, es war an der Zeit, sich das klarzumachen. Seine Liebe zu ihr führte ihn zu ihr zurück. Phantasiegebilde ruhiger Zufriedenheit kamen ihm in den Sinn, aber sie verflogen nur zu rasch im kühlen Wind der Wahrheit. Anne Hendrik war nicht mehr allein. Sie hatte einen neuen Mieter in ihrem Haus, ein totes Mädchen, das auf der Suche nach Nicholas den weiten Weg von Barnstaple nach London gemacht hatte. Ihr Schatten würde immer in seinem Schlafzimmer sein, solange ihr Tod nicht gerächt war. Wenn er jetzt nach London zurückkehrte, hieß das, nur seine eigenen Interessen zu verfolgen. Als er sich des toten Mädchens entsann und an den Mann dachte, der sie ermordet hatte, brauchte er keinen Wegweiser mehr, um seinen Weg zu finden. Er mußte ganz einfach bis zum Ende seiner Reise gehen.

Nicholas band sein Pferd los und schwang sich in den Sattel. Er war bereit, seinen Freunden nachzujagen und seine Blutsverwandtschaft mit ihnen zu erneuern, bevor er sich seinen persönlichen Angelegenheiten in Devon zuwandte. Erst danach gab es für ihn die Möglichkeit, sich um eine Versöhnung mit Anne Hendrik zu bemühen.

»Bleibt, Sir!« rief der Gastwirt.

»Was gibt es?«

»Ich habe mit meiner Frau gesprochen.«

»Das hatte ich ja ganz vergessen.«

»Dann ist Euer Gedächtnis so wie meines, Sir«, sagte der Mann. »Ich wußte, daß ich mich auf sie verlassen kann. Namen bleiben ihr im Gedächtnis haften wie trockenes Laub an einem Igel. Sie erinnert sich an den Namen.«

»Der Mann mit dem schwarzen Bart?«

»Genau der, Sir.«

»Und, wie lautet er?«

»Ein schöner, vollmundiger Name, Sir. Er hat ihn ihr gesagt.«

»Wie hat der Bursche sich genannt?«

»Nicholas Bracewell.«

9. Kapitel

Bankside war kein Teil der Stadt, den Margery Firethorn häufig besuchte. Wenn sie in der Vergangenheit nach Southwark gekommen war, so nur deshalb, um Westfield's Men in der Rose auftreten zu sehen, einem der drei speziell gebauten Theater in London. Da die beiden anderen – The Theater und The Curtain – beide in Shoreditch lagen, konnte sie sie zu Fuß von ihrem Haus erreichen. In Begleitung eines Dieners überquerte sie die Themse per Fährboot und begab sich zum Hause von Anne Hendrik. Diese war überrascht und gleichzeitig etwas alarmiert, als sie ihre Besucherin sah. Sie führte Margery in ihr Wohnzimmer.

»Habt Ihr irgendwelche Nachrichten?« fragte sie.

»Der Kurier ist heute nachmittag nach London zurückgekehrt.«

»Hat er meinen Brief zugestellt?«

»Persönlich«, sagte Margery. »Nick lebt und ist wohlauf.«

»Gott sei Dank.« Anne deutete auf einen Stuhl und setzte sich ihr gegenüber. »Wo hat die Nachricht ihn erreicht?«

»In Marlborough.«

»Und es geht ihm gut, sagt Ihr?«

»Er war in bester Verfassung und hocherfreut, von Euch zu hören.«

»Zum Glück gingen unsere Befürchtungen ins Leere«, sagte Anne. »Wir haben ihm eine Warnung geschickt, die er nicht braucht. Vielleicht ist der Mann in meiner Zeichnung doch nicht hinter ihm her.«

»Doch, das ist er, Anne.«

»Woher wollt Ihr das so sicher wissen?«

»Der Kurier hat es mir gesagt«, antwortete Margery. »Bevor er sich auf die Heimreise machte, hat er mit den Schauspielern ein Glas zusammen getrunken. Sie bedrängten ihn wegen der neuesten Nachrichten aus London, hatten allerdings auch selbst etwas zu erzählen.«

»Was war das?«

»Tatsächlich wird die Gruppe von jemandem verfolgt.«

»Haben die Leute ihn gesehen?«

»Schlimmer noch, Anne. Sie haben sein Gift bereits zu spüren bekommen.«

»Hat er angegriffen?«

»Ja. Nick war zweimal sein Ziel.«

»Gott behüte!«

»Hat er schon«, sagte Margery. »Der Kurier hat sich mit Owen Elias unterhalten. Beim zweiten Mal hat unser vorlauter Waliser, so scheint es, Nick davor bewahrt, einen Dolch in den Rücken zu bekommen. Er mußte für seine Tapferkeit allerdings bezahlen. Owens Arm wurde von oben bis unten aufgeschlitzt.« Sie lachte. »Aber das konnte ihn nicht davon abhalten, in Marlborough aufzutreten. Owen Elias ist ein zweiter Lawrence. Nur der Tod könnte ihn daran hindern, auf die Bühne zu gehen.«

»Dieser Verbrecher wird nicht so einfach zu stoppen sein.«

»Nick hat gute Freunde in seiner Nähe.«

»Doch nach Barnstaple reist er ganz allein.«

»Habt Vertrauen zu ihm, Anne. Er ist ein kluger Kämpfer.«

»Aber trotzdem in Gefahr.« Anne bemühte sich, ihre wachsende Sorge unter Kontrolle zu halten. »Gab es ... irgendeine Antwort auf meinen Brief?«

»Er schickt Dank und alle guten Wünsche.«

»Sonst nichts?«

»Nick ist besonnen«, sagte Margery. »Er wollte ein Zeichen seiner Liebe schicken, wußte aber nicht, wie es aufgenommen werden würde. Ihr habt ihn aus dem Haus gejagt, und in Eurem Brief stand nichts, was ihn zurückgerufen hätte.« Aufmerksam beobachtete sie die andere Frau. »Wünscht Ihr Euch, daß er wiederkommt?«

»Ich will nicht, daß er ermordet wird.«

»Und wenn er den Angriffen entgeht – würdet Ihr ihn dann zurückhaben wollen?«

»Um in meinem Haus zu wohnen?«

»In Eurem Haus und in Eurem Herzen.«

Anne Hendrik hob hilflos die Schultern. Sie war immer noch geteilter Meinung über Nicholas Bracewell. Tage und Nächte voller Grübelei hatten ihr zu keiner endgültigen Entscheidung verholfen. Sie fürchtete um sein Leben, und weil er so weit von ihr entfernt war, vergrößerte sich ihre Angst zusätzlich. Wenn er noch in London wäre, dann hätte sie ihn sehen und ihm helfen können, aber Nicholas befand sich mittlerweile außerhalb ihrer Reichweite. Das hieß, daß die Nachrichten aus Marlborough alte Nachrichten waren. Er konnte ja wohlauf gewesen sein, gestern, als der Kurier ihn traf, inzwischen konnte er aber auch mit durchschnittener Kehle irgendwo in einem Straßengraben liegen. Der Giftmörder hätte auch erneut mit Gift zuschlagen können. Anne erschauerte bei dem Gedanken, Nicholas könnte einen so qualvollen Tod erleiden.

Sorge um seine Sicherheit war jedoch etwas anderes als der Wunsch, ihn wiederzusehen. Ursache und Grund für ihre Entfremdung bereiteten ihr immer noch Schmerzen. Vor die Wahl gestellt, hatte Nicholas sie beiseite geschoben und war nach Devon aufgebrochen, und zwar ohne ihr die Gründe für seine Handlungsweise zu erklären. Jahre der Liebe und des Vertrauens zwischen ihnen waren einfach aufgehoben worden. Sie respektierte sein Recht darauf, nicht über seine Vergangenheit zu reden, aber auch Anne hatte gewisse Rechte. Wenn Ereignisse aus der Vergangenheit hereinbrachen, die den Frieden ihres Hauses und das Glück ihrer Existenz bedrohten, dann konnte sie verlangen, daß ihr die Wahrheit gesagt wurde. Was war denn so schändlich, daß er es nicht gestehen konnte?

Margery sah, wie Anne mit diesen Widersprüchen kämpfte. Weil sie Nicholas mochte und wegen ungezählter Dienste tief in seiner Schuld stand, versuchte sie, einmal zu seinen Gunsten Regie zu führen.

»Ich bin im Queen's Head gewesen«, sagte sie.

»Habt Ihr mit der Frau des Gastwirtes gesprochen?«

»Sybil Marwood und ich sind einer Meinung, soweit es um Ehemänner geht. Sie müssen vor ihren Fehlern beschützt werden.« Sie zeigte ein breites Grinsen. »Ich habe sie so geschickt bearbeitet, daß sie Westfield's Men schon ein bißchen freundlicher betrachtet und zu der Auffassung gelangt ist, ihr zappelndes Reptil von Ehemann sei ein wenig zu schnell dabei gewesen, als er sie aus dem Gasthof vertrieb. Sie wird noch einiges an Überredung brauchen, das erledige ich privat. Wenn ich sie überzeugt habe, dann ist er auch überzeugt. Er ist ja schließlich kein Alexander der Große. Groß ist dieser Alexander nur in der Angst vor seiner Frau und in seiner Dummheit.«

»Also können Westfield's Men vielleicht doch noch in den Queen's Head zurückkehren?«

»Dieses ›vielleicht‹ gibt uns viele Probleme in einem kurzen Wort, aber ich setze alles daran, damit fertigzuwerden. Wir haben Hoffnungen, Anne, laßt uns nicht nach noch mehr streben. Es ist noch nicht alles verloren.«

»Das sind gute Nachrichten.«

»Sie könnten Nick nach London zurückführen.«

»Wenn er dann noch lebt ...«

»Er lebt und ist wohlauf«, sagte Margery voller Zuversicht, »und er wird nach Bankside zurückkommen wollen. Werdet Ihr ihn treffen?«

Anne war aufrichtig. »Ich weiß es nicht.«

»Werdet Ihr den Mann wenigstens anhören?«

»Er hatte Gelegenheit, sich auszusprechen«, fauchte Anne.

»Warum diese Schärfe?«

»Ich habe ihn gebeten, hier bei mir zu bleiben, Margery.«

»War das eine berechtigte Forderung?«

»Ich brauchte ihn.«

»Ich brauchte Lawrence auch, und trotzdem ist er mit ihnen losgeritten. Welches Vergnügen bereitet es mir wohl, wenn mein Mann fort ist und seine Gläubiger bei mir an die Tür klopfen?« Ihr Lächeln zeigte Resignation. »Sie lieben uns, Anne, aber das Theater lieben sie noch mehr. Jedes Stück ist eine neue Geliebte, die sie in ihr Bett lockt. Akzeptiert diese Tatsache, dann werdet Ihr auch lernen, Nick zu verstehen.

Wenn Ihr wirklich glaubt, Ihr könntet ihn vom Theater weglocken, dann jagt Ihr hinter dem Mondschein her.«

»Westfield's Men sind nicht meine Sorge.«

»Wer ist es dann?«

»Die Person, die ihn nach Barnstaple gerufen hat.«

»Und wer ist diese Person?«

»Das sagt er nicht, das ist ja gerade der Grund meines Ärgers.«

»Nick wird Euch einen vollständigen Bericht geben, wenn er zurückkommt.«

»Vielleicht will ich ihn dann gar nicht hören.«

»Warum nicht?«

»Weil ich diese Beleidigung nicht ertragen kann.«

»Welche Beleidigung?«

»Die schlimmste Sorte, Margery. Er hat mir den Rücken gekehrt. Als ich seine Anwesenheit am meisten brauchte, ist er fortgegangen. Er hat jemand anderen mir vorgezogen.« Bitterkeit preßte ihre Lippen zusammen. »Deshalb will ich ihn nicht mehr. Er hat ihr den Vorrang gegeben.«

»Ihr?«

»Derjenigen, die nach ihm geschickt hat.«

»Und wer ist das?«

»Die stumme Frau.«

Lucy Whetcombe hatte die erhöhte Wachheit eines Kindes, dessen andere Sinne behindert sind. Ihre Augen sahen mehr als die Augen anderer Leute, ihre Hände konnten alles erkennen, was sie berührten, und ihre Nase vermochte den leisesten Hauch von Freundlichkeit oder Gemeinheit zu erspüren. Ihre stumme Welt hatte ihre eigenen Laute. Das Kind lebte ein einfaches und unkompliziertes Leben, bewohnte die äußersten Außenbereiche elterlicher Liebe und blieb weit weg vom lebhaften Getriebe Barnstaples. Sich ihrer Behinderung durchaus bewußt, wies sie andere Kinder ab und wurde ihrerseits von ihnen abgewiesen. Aus der Einsamkeit, die ihr aufgezwungen war, machte sie eine Tugend. Ihr Vater war ein Mann von großer Bedeutung gewesen, der von der ganzen Stadt respektiert wurde. Häufig waren Besucher und Gäste im Haus an der Crock Street, aber Lucy hielt sich von ihnen fern. Sie haßte Erwachsene, weil sie sie bemitleideten und herablassend behandelten. Ihre Mutter haßte sie aus anderen Gründen. Susan war ihre einzige wirkliche Freundin, aber Susan war verschwunden. Jeder Tag vergrößerte Lucys Schmerz. Das Kind ahnte einen schrecklichen und unwiederbringlichen Verlust.

»Wir haben immer noch nichts gehört, Lucy«, sagte ihre Mutter.

Geschickte Finger übersetzten ihrer Tochter die Worte.

»Sie werden so lange nach ihr suchen, bis sie sie gefunden haben.«

Ein Dutzend unausgesprochener Fragen hingen an den Lippen des Kindes.

»Susan liebt dich. Sie würde niemals für immer von dir fortgehen und dich allein lassen. Eines Tages kommt Susan zurück.« Mary wollte sie loswerden. »Geh jetzt und spiel mit deinen Puppen. Die werden dich an Susan erinnern.«

Obwohl Lucy die Stimme ihrer Mutter nicht hören konnte, spürte sie die fehlende Überzeugung der Worte. Auch die Hände deuteten mehr Hoffnung als Wissen an. Ihre Mutter wußte nicht, wo sich das junge Dienstmädchen befand, und sie hatte auch zu viele andere Dinge im Kopf, um sich wirklich darum zu kümmern. Mary Whetcombe hatte schon immer eine merkwürdige Haltung Susan gegenüber eingenommen; sie mochte sie und lehnte sie gleichzeitig ab, sprach Lob nur aus, um es sofort wieder zurückzuziehen, und benutzte das Dienstmädchen, damit es sich um Lucy kümmerte und sie ihr aus dem Weg schaffte. Lucy verachtete ihre Mutter, weil sie ihre einzige Freundin so schlecht behandelte. Mary Whetcombe hatte sich schließlich aus dem Schlafzimmer herausgetraut und es bis in das große Wohnzimmer geschafft, doch diese äußere Veränderung ging nicht mit einer geistigen Wandlung einher. Sie war immer noch von einem Schmerz erfüllt, den ihre Tochter nicht verstehen konnte. Lucy wußte nur eines – daß sie und Susan ausgeschlossen waren.

Es klopfte an der Tür, und ein Dienstmädchen führte Arthur Calmady ins Zimmer. Er machte ein enttäuschtes Gesicht, daß er nicht mehr im Schlafzimmer empfangen wurde, bekam sich jedoch schnell wieder in den Griff. Er hatte seine tagtägliche Litanei von Fragen bereits abgespult, bevor er das Kind bemerkte.

»Wie geht es dir heute, Lucy?« fragte er.

Sie tat, als habe sie nichts verstanden, und schüttelte den Kopf.

»Du siehst sehr hübsch aus.«

Sie starrte ihn mit konzentriertem Mißtrauen an.

»Deine Mutter und ich werden jetzt in der Bibel lesen«, sagte Calmady. »Obwohl du keine Ohren zum Hören hast, wird der Klang der Heiligen Worte in deiner Seele nachklingen.«

Seine ungeschickten Handbewegungen kamen auch nicht im entferntesten an eine Übersetzung heran.

Als er die Bibel aufschlug, war das für das Mädchen ein Signal, zu gehen. Sie machte einen schnellen Knicks, rannte zur Tür und aus dem Zimmer. Dann ging sie ins Kontor ihres Vaters und schob sich langsam zum Fenster vor, bis sie hinausschauen konnte.

Die beiden waren immer noch da. Einer stand direkt in der Crock Street, der andere lehnte hinter einer Ecke an der

Mauer. Die Männer hielten das Haus unter lässiger, aber konstanter Kontrolle. Sie konnten jeden sehen, der es betrat oder verließ. Lucy wußte nicht, warum die Männer dort standen, aber es gab ihr ein unangenehmes Gefühl. Sie war im Hause eingesperrt. Susan hätte gewußt, was man in einer solchen Situation hätte tun können, aber Susan war nicht da, um sie zu führen und für sie zu sprechen. Eines Nachts war das Dienstmädchen verschwunden, und mit ihr das schnellste Pferd im Stall. Wohin war sie gegangen, und warum hatte sie Lucy nicht mitgenommen? Sie hatten schon früher davon gesprochen, zusammen wegzulaufen. Lucy hatte eine Möglichkeit gefunden, mit ihrer Freundin zu sprechen.

Sie verließ das Kontor und lief die überdachte Galerie entlang, die das Wohnzimmer mit den Räumen über dem Küchentrakt verband. Hier war es, wo Susan schlief. Lucy benutzte einen Schlüssel, um die überfüllte, stickige Kammer zu betreten, in der sich die beißenden Kochgerüche sammelten. Es war ein kahles, langweiliges Zimmer, und doch hatte sie hier einige der schönsten Momente ihres Lebens verbracht. Susan hatte gelernt, so wie sie lautlos zu lachen. Lucy schloß die Tür hinter sich ab, kniete sich hin und hob das Federbett mit einer Hand hoch. Mit der anderen griff sie hinein und zog etwas hervor, das fest in ein Stück Tuch gewickelt war. Lucy legte das Tuch auf den abgewetzten Boden und rollte es langsam auf.

Die Puppen waren völlig durcheinandergewürfelt, hingen mit ihren winzigen Armen aneinander und drehten die Köpfe von dem plötzlichen Licht weg. Lucy hob sie nacheinander hoch und legte sie nebeneinander hin. Sie waren alle versammelt. Ihre Mutter, ihr Vater, Lucy selbst, Susan und die anderen Mitglieder des Haushalts. Sie waren aus alten Zweigen und Hölzchen gemacht, nur ein paar Zentimeter groß, und trugen kleine Anzüge und Kleider, die aus Stoffresten gefertigt waren. Lucy hob die Vikar-Puppe hoch und kicherte über das trübselige Gesicht, das Susan ihr aufgemalt hatte. Lucys Sache waren die Näharbeiten gewesen, Gideon Livermore hatte die farbenprächtigsten Sachen bekommen. Die Bekleidung des Rechtsanwalts war viel einfacher ausgefallen. Susans Pinsel hatte den scharf ausrasierten kurzen Bart von Barnard Sweete angedeutet.

Lucy betrachtete ihre Sammlung mit Stolz und Liebe. Sie hatten viel Zeit dafür gebraucht, sie alle herzustellen. Ihre ganze Welt lag nun in einem Mikrokosmos vor ihr, enthielt jedoch zwei Fehler. Matthew Whetcombe gehörte nicht mehr dazu. Sein tiefernstes Gesicht, das seine Ablehnung seines einzigen Kindes widerspiegelte, konnte wieder in das Tuch gewickelt werden. Als sie damals angefangen hatten, die Puppen herzustellen, verwahrte Lucy sie in ihrem Schlafzimmer, damit sie dort mit ihnen spielen konnte, aber ihr Vater hatte die wenig schmeichelhaften Konterfeis von sich und seiner Frau entdeckt und sie in Stücke zerbrochen. Lucy und Susan waren bestraft worden, und es wurde ihnen strengstens verboten, solche Verächtlichmachung ihrer Eltern zu wiederholen. Matthew Whetcombe war wütend über den Mangel an Respekt und Dankbarkeit. Wochenlang übersah er die beiden Mädchen völlig. Die neuen Puppen hatten sie heimlich gemacht und vor ihm versteckt.

Jetzt, da ihr Vater gestorben war, nahm Lucy Susans Puppe mit vorsichtigen Fingern hoch. Auch sie gehörte nicht mehr in die Sammlung. Das Mädchen küßte das strähnige Stückchen Katzenfell, das Susans Haar sein sollte, und drückte die Puppe fest an sich. Mit der freien Hand legte sie die anderen Puppen in einem Kreis um sich herum, in dessen Mitte sie jetzt stand. Sie war von Feinden umgeben. Einer von ihnen war gestorben, aber die anderen beschnitten immer noch ihre Freiheit. Ein Aufwallen von Rebellion gab ihr den Wunsch ein zu fliehen, und sie hob Susan ans Ohr, um ihren Ratschlägen zu lauschen. Die primitive Puppe mit ihrem billigen, schmuddeligen Kleidchen durchbrach ein Schweigen, das sonst niemand durchdringen konnte. Lucy hörte die Worte und zitterte vor Freude.

Sie wußte jetzt, wie sie aus dem Haus gelangen konnte.

Bristol bescherte ihnen ein derartig herzliches Willkommen, daß sie sich wie die verlorenen Söhne vorkamen, die an die Fleischtöpfe zurückkehrten. Westfield's Men hatten in Chippenham eine ruhige Nacht verbracht, waren frühzeitig aufgebrochen und zogen jetzt weiter. Da sie eine flotte Gangart anschlugen, erreichten sie Bristol am Nachmittag und erhielten sogleich einen Beweis für die Beute, die ihrer hier harrte. Nicholas Bracewell zog los, um die Spielgenehmigung der Stadtväter für die Gesellschaft zu erhalten, und kam mit dreißig Schilling zurück und der Zusage, mindestens drei Vorstellungen geben zu können. Wie in Barnstaple, so war auch die Verwaltung dieser Stadt fast ausschließlich in der Hand von Kaufleuten, und diese freuten sich bei dem Gedanken, ihre Frauen und Freunde ins Theater zu führen und einer Londoner Schauspielergruppe zuschauen zu können. Die erste Darbietung, der der Bürgermeister und die gesamte Verwaltung beiwohnen würden, sollte am nächsten Nachmittag in der Guildhall in der Broad Street stattfinden; die dreißig Schilling, die der Schatzmeister bereits bewilligt und ausgezahlt hatte, würden sich durch Eintrittsgelder noch vermehren lassen.

Westfield's Men waren begeistert. Hier war von der Pest nichts zu sehen und kein Gedanke daran, vorzeitig abreisen zu müssen. In bezug auf Größe und wirtschaftliche Bedeutung rangierte Bristol unter den britischen Seehäfen hinter London an zweiter Stelle, und seine lebhaften Straßen weckten bei den Besuchern angenehme Erinnerungen an das Treiben in der Hauptstadt. Lawrence Firethorn gefiel die Atmosphäre der Stadt und die hohe Zahl potentieller Zuschauer. Bristol hatte fünfzehntausend Einwohner. Wenn auch viele davon nie ins Theater gingen, würden sich doch genug in die folgenden Vorstellungen in der Guildhall locken lassen, um Westfield's Men einen erfolgreichen Aufenthalt zu ermöglichen. Drei Auftritte waren genehmigt worden, Firethorn war jedoch davon überzeugt, genügend Interesse wecken zu können, um eine ganze Woche zu spielen.

Die Gruppe logierte im Jolly Sailor in der St. Nicholas Street im Westteil der Stadt. Firethorn machte sich seinen Spaß aus dem Namen der Straße.

»St. Nicholas Street für unseren eigenen St. Nicholas.«

»Ich bin kein Heiliger«, antwortete Nicholas Bracewell.

»Ich wette, Mistress Hendrik kann das bestätigen.«

Nicholas zuckte leicht zusammen. »Das ist hier ein bequemes Gasthaus«, sagte er. »Der einzige Grund, weshalb ich es ausgesucht habe.«

»Zum Teufel mit dieser Bescheidenheit, Nick. Ihr habt uns hier hergeführt, wie Ihr uns überall hingeführt habt. Wir sind wie Kinder in Euren Händen. Ihr seid uns immer ein guter Schutzheiliger gewesen.«

Sie standen im Innenhof des Jolly Sailor, die angestellten Männer sangen, während sie den Pferdewagen abluden. Lawrence Firethorn wandte sich praktischen Fragen zu.

»Wann müßt Ihr abreisen?« fragte er.

»Ich bringe ›Tod und Finsternis‹ noch über die Bühne«, sagte Nicholas, »und dann instruiere ich meinen Stellvertreter über seine Aufgaben während meiner Abwesenheit. Dann muß ich nach Barnstaple aufbrechen.«

»Wie lange müssen wir auf Euch verzichten?«

»Das weiß ich frühestens, wenn ich in der Stadt bin.«

»Wir müssen erst einmal dafür sorgen, daß Ihr sie überhaupt erreicht«, sagte Firethorn grimmig. »Westfield's Men können es sich nicht leisten, daß ihr Impresario diesem mörderischen Verbrecher mit dem schwarzen Bart zum Opfer fällt. Paßt gut auf, Nick. Ohne Euch sind wir nur noch die Hälfte wert.«

Dieses Kompliment beunruhigte Nicholas auf eine ganz merkwürdige Weise. Nachdem er nun all diese Jahre so hart gearbeitet hatte, um sich unverzichtbar zu machen, so empfand er jetzt die Last der Verantwortung als ziemlich bedrükkend. Obwohl er sich auf die Reise nach Barnstaple beileibe nicht freute, würde sie ihm doch eine angenehme Erholung von seinen beschwerlichen Pflichten ermöglichen. Nicholas mußte sich noch mit dem wichtigsten Hindernis, das zwischen ihm und seiner früheren Heimat stand, befassen. Der Mann, der im Wirtshaus in Marlborough seinen Namen angegeben hatte, trieb sein Spiel mit dem Impresario. In Chippenham hatte er sich zurückgehalten, würde aber ganz sicher in Bristol angreifen. Nicholas war so vorsichtig gewesen, Anne Hendriks Porträt des Mörders seinen Freunden zu zeigen. Lawrence Firethorn, Edmund Hoode und Owen Elias wußten jetzt also, vor wem sie auf der Hut zu sein hatten. Vier Paar Augen konnten in Bristol nach Anzeichen für Gefahr suchen.

Der Pferdewagen war inzwischen entladen und die Fracht sicher verstaut, bis sie am nächsten Tag in der Guildhall gebraucht wurde. Die Arbeit dieses Tages war beendet, Westfield's Men hatten den ganzen Abend zu ihrem Vergnügen vor sich. Firethorn sah zu, wie sie nach und nach in den Schankraum strömten.

»Das reinste Vergnügen, Nick. Das reinste Vergnügen.«

»Sie haben ein bißchen Fröhlichkeit verdient.«

»Wir aber auch, lieber Freund. Was könnte ich mir jetzt

mehr wünschen als einen Teller Aal und einen Humpen Südwein, um ihn runterzuspülen?« Seine Stimme wurde ernst. »Nur noch eines, auf das ich Appetit hätte.«

»Und was wäre das?«

»Den Kopf von Israel Gunby auf einem silbernen Teller.«

Barnaby Gill war ein wichtiger Bestandteil des Erfolgs einer jeden Aufführung von Westfield's Men, und er paßte sich dem Rest der Gruppe perfekt an, solange er auf der Bühne war. Sobald er jedoch abtrat, fühlte er sich völlig losgelöst von seinen Kollegen und behandelte sie mit hochnäsiger Geringschätzung. Ihre Welt war nicht die seine. Bristol machte ihm das ganz besonders deutlich. Mit einem freien Abend vor sich verhielten sich die Mitglieder der Gruppe völlig vorhersehbar – ein Grund mehr für Gill, sich abseits von ihnen zu halten.

Lawrence Firethorn zechte heftig im Schankraum und schäkerte mit weiblichen Gästen und der Bedienung. Ein paar der Teilhaber waren bei ihm, doch andere hatten sich auf die Suche nach Kneipen begeben, in denen die Frauen lockerer und die Gesellschaft lebhafter waren. Den angestellten Mitarbeitern waren die Preise im Schankraum ein wenig zu hoch für ihre schmalen Geldbeutel, sie spielten und tranken in einer nahegelegenen Bierschwemme. Die Lehrlinge beobachteten die älteren Schauspieler mit offensichtlichem Neid und sehnten sich nach dem Augenblick, in dem Stimmbruch und männlicher wirkende Körper ihnen halfen, den Kleidern, die sie auf der Bühne trugen, zu entkommen und ihr Recht auf alle Arten sündiger Vergnügungen auszuleben. Richard Honeydew war die einzige Ausnahme, Gill vermißte die Betrachtung der naiven Schönheit des Jungen, doch der jüngste Lehrling hatte sich mit Edmund Hoode auf eine Besichtigungstour durch die Stadt begeben. Nicholas Bracewell spielte den Fremdenführer, denn er kannte Bristol seit seiner

Jugend wie seine Westentasche und hatte versprochen, ihnen alles Sehenswerte zu zeigen. Doch es gab in dieser Stadt ein paar Orte, die auch der Impresario nicht kannte, und es war eines dieser Lokale, nach denen Barnaby Gill sich auf die Suche machte, als das Licht des Tages über dem Hafen schwächer wurde.

Bristol war eine schöne alte Stadt, deren mittelalterlicher Grundriß noch weitgehend unverändert war. Es hatte eine wehrhafte Burg, zahlreiche Kirchen und einige öffentliche Gebäude, deren Zahl und Ausstattung durchaus etwas Besonderes waren. Die ganze Stadt wurde von einer hohen Steinmauer umgeben, die von mehreren Stadttoren durchbrochen wurde. Auf einigen dieser Stadttore waren Kirchen errichtet worden. Bristols geographische Lage machte die Stadt zum Wächter des West Country, sie war zur Verteidigung erbaut worden. Doch Bristols wichtigster Besitz war der großartige natürliche Hafen. Schiffe, die von der Severn-Mündung flußaufwärts segelten, konnten dies auf dem hervorragend navigierbaren River Avon tun, der sie mitten ins Herz der Stadt führte, und ihr Handelsaufkommen war stets lebhaft und einträglich gewesen. Lagerhäuser, Frachtschuppen und Kasematten waren voller Güter des Küsten- oder Außenhandels. Bristol vermeinte neuerdings, Londons unfaire Konkurrenz zu verspüren, doch sein Hafen war immer noch stark befahren, und in den Kneipen, Tavernen und Wirtshäusern entlang des Kais waren zahlreiche Seeleute zu sehen.

Barnaby Gill schlug die Richtung zum Hafen ein, und schon bald begleiteten ihn kreischende Seemöven, die über seinem Kopf dahinschwebten und ihm den Weg zeigten. Aus Rücksicht auf die etwas gedämpfteren modischen Auffassungen der Provinz hatte er auf seine auffälligere Kleidung verzichtet und statt dessen ein Wams aus feuerrotem und schwarzem Satin gewählt, mit aufgeschlitzten Ärmeln und dazu passenden Hosen. Seinen roten Hut zierte eine weiße Straußenfeder, seine Schnallenschuhe, auf Hochglanz poliert, klackten auf dem Pflaster. Eine orientalische Perle baumelte an einem Ohrläppchen.

Es gab Reichtum und Armut in Bristol, und er fand Beispiele für beides, während er seinen Weg durch die Straßen verfolgte. Die Bürger der Stadt hatten viel Geld, aber wenig Ideen, wie sie es für ihre Kleidung oder die ihrer Frauen ausgeben sollten. Bei einigen modischen Richtungen, die er sah, stöhnte Gill innerlich auf, bei diversen Vagabunden und alten Weibern, die seinen Weg kreuzten, wandte er angewidert den Blick ab. Bristol hatte die gleiche zu Kopf steigende Mischung aus Wohlstand und Elend wie London. Gill war so in seine Gedanken über das nahe Beieinander dieser beiden Pole vertieft, daß er überhaupt nicht bemerkte, wie ihm jemand folgte.

Der Black Boy befand sich in einer engen, stinkenden Gasse, die direkt zum Hafen führte. Von außen sah dieses Lokal aus wie jede andere der zahlreichen Kneipen und Tavernen der Hafengegend. Doch der Eingang war verschlossen; wer hineinwollte, wurde sorgfältig geprüft. Gill klopfte kräftig an, in der Tür öffnete sich ein vergittertes Fensterchen. Dunkle Augen betrachteten ihn sorgfältig eine Sekunde lang, dann wurden auf der Innenseite der Tür starke Riegel zurückgeschoben. Die Tür ging auf, damit er eintreten konnte, und fiel krachend hinter ihm wieder zu. Er befand sich in einem großen, schlecht beleuchteten Raum, der voller Tische und Stühle war. Gill schaute sich mit der Zufriedenheit eines erschöpften Reisenden um, der lange auf ungastlichen Straßen unterwegs gewesen war und jetzt sein Ziel erreicht hatte. Der Raum war nur etwa zur Hälfte besetzt, doch die Atmosphäre war bezaubernd. Gut gekleidete Herren räkelten sich auf Sesseln oder Sofas. Hübsche junge Mädchen servierten ihnen Getränke, lagen in ihren Armen, oder sie rauchten gemeinsam die Pfeife. Der dichte Tabakdunst wirkte auf Gill wie ein zusätzlicher Reiz. Eine große, strahlende Frau watschelte auf ihn zu und geleitete ihn zu einem Platz, schnippte mit den Fingern nach Wein und bot Gill ihre eigene Pfeife an. Als er den ersten kräftigen Lungenzug inhalierte, stieß er den Rauch durch geschürzte Lippen wieder aus. Die Frau gab ihm einen Kuß auf den Mund.

Zwei der jüngsten und hübschesten Mädchen kamen jetzt zu Gill an den Tisch und tranken kanarischen Wein mit ihm. Schon bald war er mit beiden in angeregter Unterhaltung, lenkte seine Aufmerksamkeiten mit kapriziösem Vergnügen von der einen zur anderen und bestellte eine neue Flasche Wein, kaum daß die erste geleert war. Dies war sein privates Universum; er war so entspannt, daß er den Mann mit dem schwarzen Bart nicht bemerkte, der soeben vom Türsteher eingelassen wurde. Barnaby Gill befand sich in seinem Elysium. Hier gab es Amüsements einer Art, von der seine Kollegen nicht einmal träumten. Sie hatten nur einen einfachen Appetit und gewöhnliche Vorlieben. Gill lebte auf einer höheren Ebene. Die Frau, die über das Lokal befehligte, schüttelte sich vor lauter Vergnügen, die Mädchen ließen helles Lachen hören, und der herumwirbelnde Tabakrauch stachelte die Lust an. Barnaby Gill war als Mann vertraut mit der Gesellschaft anderer Männer. Als die beiden Jungen in ihren Taftkleidern neben ihm kicherten, beschloß er, den zu wählen, der Richard Honeydew am ähnlichsten sah.

»Ein Wort für Euer Ohr, bester Herr.«

»Wer? Ich?« fragte Gill und schaute auf.

»Seid Ihr nicht der Mann, für den ich Euch hielt?«

»Und wer sollte das sein, Sir?«

»Ihr werdet nicht wollen, daß ich Euren Namen vor anderen ausspreche.«

Lamparde hatte eine halbe Stunde gewartet, bevor er sich Gill näherte, um mit ihm zu sprechen. Er trank viel, gab freizügig Geld aus und genoß die Anwesenheit eines Mädchens, doch ließ er den Schauspieler keine Sekunde aus den Augen. Als er spürte, daß Gill kurz davor war zu gehen, trat er zu ihm.

»Nennt meinen Namen nur, ich bitte Euch«, sagte Gill stolz. »Ruhm ist ein Mantel, den ich trage, wo immer ich auch bin. Wer bin ich?«

»Einer der besten Schauspieler der Welt, Sir.«

»Dann kennt Ihr mich gut genug.«

»Ich habe Euch in London so manches Mal spielen sehen.«

»Mein Name?«

»Master Barnaby Gill. Es gibt keinen, der Euch ebenbürtig wäre.«

Lamparde wußte, wie man schmeichelt. Sein leicht säuselnder Devon-Akzent verlieh seinen Worten einen honigsüßen Charme, doch es waren seine Augen, die am meisten sprachen. Sie blitzten mit einer derartig machtvollen Mischung aus Bewunderung und Herausforderung, daß Gill wie hypnotisiert war. Hier stand ein echter Mann vor ihm, kräftig, gutaussehend, von gutem Geschmack und zweifellos sehr interessant. Seine Kleidung stammte von einem Londoner Schneider, sein Ohrring war das exakte Gegenstück zu dem, den Gill trug. Aber es war der Bart, der den Schauspieler am meisten entzückte. Schmal und kurzgeschnitten in der Form, verlieh er dem Gesicht des Trägers eine satanische Qualität, der er nicht widerstehen konnte. Kein Junge konnte sich mit einem Mann dieser Art messen.

Lamparde nickte ihm respektvoll zu.

»Ich habe hier ein Zimmer gemietet, Sir. Werdet Ihr mir aufwarten?«

»Es wäre mir eine Freude.«

»Laßt mich Euch hinführen.«

»Ich folge gerne.«

»Diese Auszeichnung ist überwältigend.«

»Geht voran.«

Die beiden Jungen, die sich so sehr bemüht hatten, ihren Gast zu unterhalten, waren ziemlich verärgert, aber auf ein Fingerschnippen der Chefin wandten sie sich einem neuen Gast zu, um ihn zu umschmeicheln. Wenn die Männer ein privates Zimmer haben wollten, um ihre Bekanntschaft zu vertiefen, dann waren sie bereit, einen hohen Preis dafür zu bezahlen. Was immer ein Gast sich wünschte, der Black Boy verdiente daran.

Barnaby Gills neuer Freund führte ihn mit ausgesuchter Höflichkeit durch eine dunkle Gasse. Beide Männer waren Kenner solcher Etablissements und sprachen deren Sprache. Die Pest hatte Gill daran gehindert, ein ähnliches Lokal in Oxford zu besuchen, und in dem langweiligen, verschlafenen Marlborough gab es dergleichen nicht. Männer-Bordells waren streng verboten; dem Prostituierten und seinem Kunden drohten bestialische Strafen, falls sie gefaßt wurden, doch diese Gefahr diente nur dazu, die erwartete Lust noch zu steigern. Gills bevorzugtes Haus in London war ein Bordell in Hoxton, dessen Räumlichkeiten vor offiziellen Razzien ziemlich sicher waren, weil einflußreiche Persönlichkeiten wie Sir Walter Raleigh und Francis Bacon zu den dortigen Kunden zählten. Die Angst, die dort fehlte, war hier immerzu präsent, das verstärkte noch seine Gier. Gefahr war sein Aphrodisiakum.

Sie stiegen eine Treppe hinauf und blieben vor einer Tür stehen. Lamparde öffnete sie mit dem Schlüssel, den man ihm gegeben hatte. Dann trat er zurück und bedeutete seinem Gast, einzutreten.

»Hier entlang, Master Gill«, lud er ein.

»Nach Euch, bester Herr.«

»Ihr seid diesmal mein Gast.«

»Dann tue ich das, was ich möchte.«

»Ihr seid der Schauspieler. Ich bin nur ein einfacher Zuschauer.«

»So sollte es auch sein.«

Mit arrogantem Gehabe betrat Barnaby Gill das Zimmer, als befände er sich auf einer Bühne. Die Tür hinter ihm fiel ins Schloß. Er wollte sich gerade umdrehen und seinen neuen Freund mit einem freundlichen Lächeln ansprechen, da traf ihn der Knüppel so hart auf den Hinterkopf, daß er sofort zu Boden stürzte. Lamparde hatte es nicht nötig, die Wirkung des Schlages zu überprüfen. Er fesselte seinem Opfer Hände und Füße, dann knebelte er ihn mit einem Stück Stoff.

Barnaby Gill war mit selbstsicherem Gehabe in den Black Boy gekommen. Jetzt verließ er ihn auf der Schulter eines Mörders.

Die Pfarrkirche von St. Peter war passenderweise das größte Gebäude in Barnstaple, und ihr massiver Turm, den eine mit Blei gedeckte Spitze krönte, reichte näher an den Himmel heran als jedes andere Bauwerk der Stadt. Die Kirche stand auf offenem Land zwischen High Street und Boutport Street und hatte jahrhundertelang den Unbilden des Wetters und zahlreichen Turbulenzen im religiösen Klima getrotzt. Während der Herrschaft von Königin Elizabeth waren systematische Umbauten durchgeführt worden, was durch eine Anhebung der Kirchensteuer finanziert wurde. Auf dem Dach hatte man neue Schindeln angebracht, die Decke über der Kommunionbank war repariert, der Fußboden neu gefliest, die bleiernen Abflußrohre erneuert und das ganze Gebäude mit Zitronenessig abgewaschen worden. Auch der Kirchhof hatte eine neue Pflasterung und ein neues Tor erhalten.

Eine weitere Veränderung, die sich ergeben hatte, war das Interesse an privaten Kirchenbänken. Reiche Familien, die regelmäßig in die Kirche gingen, legten während der langen Predigten des Vikars Arthur Calmady zunehmend Wert auf Bequemlichkeit. Sie zahlten, um private Bänke zum persönlichen Gebrauch aufstellen zu können, womit sie ihren Status in der Öffentlichkeit demonstrierten und sich gleichzeitig ein gewisses privilegiertes Maß an Privatsphäre sicherten. Diese Bänke wurden als Sitz bezeichnet, und es war der Sitz der Whetcombes, in der eine kleine Gestalt in einem schwarzen Mantel kniend betete. Als Matthew Whetcombe den Sitz mietete, tat er es, um einmal seine Stellung innerhalb der Gemeinde zum Ausdruck zu bringen, aber auch, um sein taubstummes Kind zu verstecken, das ihm eine stetige Quelle der Peinlichkeit war. Seine Tochter war es, die jetzt hier betete, aber nicht für die Seele ihres verstorbenen Vaters, sondern für die rasche und gute Heimkehr eines Dienstmädchens.

Lucy Whetcombe erhob sich und blickte sich um. Ihr Plan war aufgegangen. Sie und Susan hatten in dem labyrinthartigen Innern des Hauses in der Crock Street häufig Verstecken gespielt und kannten dort jeden Winkel. Dieses Wissen half ihr bei der Flucht. Die beiden Männer draußen auf der Straße konnten nur jemand beobachten, der das Gebäude durch die Vordertür betrat und verließ. Den Eingang an der Rückseite des Lagerhauses konnten sie nicht sehen, noch weniger die Tür zur Kornkammer, die sich darüber befand. Lucy wartete, bis die Dämmerung einsetzte, dann handelte sie. In Hut und Mantel gekleidet, bewegte sie sich vorsichtig über den großen Hof, betrat das Lagerhaus und kletterte die Leiter zur Kornkammer hinauf. Mit Hilfe eines Flaschenzuges wurden die Getreidesäcke nach oben gehievt. Lucy benutzte diese Anlage für ihre eigenen Zwecke, ließ sich rasch am Seil nach unten gleiten und lief zur Kirche. Wer das rennende Kind sah, erkannte es nicht, und die beiden Männer vor dem Haus wußten nicht einmal, daß sie überhaupt weg war.

Doch jetzt war es Zeit, zurückzugehen. Lucy schickte ein Gebet zum Himmel, daß ihr Fluchtweg nicht entdeckt worden war, denn sie brauchte das Seil, um wieder ins Haus zu kommen. Es war inzwischen dunkel geworden, schon bald würde die Polizeistunde ausgerufen werden. Sie schlich zur Kirchentür und hob den eisernen Sperrhaken, bevor sie die massive Holztür aufschob. Nach einem letzten Blick auf den Hauptaltar schlüpfte sie nach draußen und zog die Tür hinter sich zu.

Sie wollte gerade nach Hause rennen, als sie wenig vor sich zwei Gestalten entdeckte. Sie waren in ein lebhaftes Gespräch verwickelt. Lucy konnte beide nur im Profil sehen, erkannte sie jedoch auf der Stelle. Arthur Calmady schien eine heftige Auseinandersetzung mit Barnard Sweete zu haben. Der Vikar und der Rechtsanwalt waren beide Männer von großer Selbstbeherrschung, dennoch standen sie hier in hitzigem Streit und wedelten mit den Armen in der Luft herum wie zwei Kunden, die sich über den gleichen Einkauf auf dem Markt streiten. Lucy Whetcombe konnte nicht hören, was sie sagten, doch schien es irgendwie auch um die Kirche zu gehen. Auf dem Höhepunkt des Streits zeigte Sweete auf das Gotteshaus, um seine Worte zu unterstreichen, und Calmady gab schließlich nach. Es war ein geknickter Vikar, der kurz darauf davonschlurfte.

Lucy Whetcombe lief zurück zu ihrem Haus und gelangte durch die Tür der Kornkammer hinein. Niemand bemerkte sie, und sie war auch von niemandem vermißt worden. Als sie Susans Zimmer erreichte, betrat sie es und holte die Puppen aus dem Versteck. Arthur Calmady hielt sie in der einen Hand, Barnard Sweete in der anderen. Sie betrachtete sie aufmerksam, dann schlug sie sie wie im Kampf fest gegeneinander. Der Kopf des Vikars fiel plötzlich ab. Es war der Rechtsanwalt, den man fürchten mußte.

Das tappende Geräusch ließ Nicholas Bracewell aus dem Schlaf auffahren. Mit dem Dolch in der Hand saß er sofort aufrecht in seinem Bett, doch ein Angriff erfolgte nicht, und die Tür blieb zu. Als das Geräusch sich wiederholte, überlegte er, ob vielleicht ein Vogel ins Zimmer gekommen war und jetzt herumflatterte. Nicholas hatte sich eine Kammer unter dem Dachboden genommen, in der er allein schlief. Nach Owen Elias' Verletzung wollte er nicht dadurch ein weiteres Leben gefährden, daß jemand mit ihm im selben Raum übernachtete. Es war gegen Morgen, ein feiner Lichtstrahl drang durch den Fenstervorhang. Nicholas starrte in die Dunkelheit und lauschte angestrengt. Was er hörte, war kein Vogel, aber vielleicht der leisere Flügelschlag einer Fledermaus. Das Tier mußte irgendwie durch eine Lücke in der Dachbedeckung hereingekommen sein. Nicholas stieg aus dem Bett und zog den Vorhang zurück, um den Raum etwas heller zu machen.

In dem Moment sah er es. Ein Stück Pergament schaute unter seiner Tür hervor. Eine kräftige Brise wehte vom Fluß herüber und sorgte für Luftzug im Dachgeschoß des Jolly Sailor. Das Pergament flatterte wie ein Flügel. Nicholas hob es auf und öffnete die Tür, konnte aber keine Spur eines Boten entdecken. Er faltete das Papier auseinander, trat damit zum Fenster und hielt es ins Licht. Mit Mühe konnte er die Worte erkennen, aber sie machten ihn schlagartig hellwach. Die Nachricht stammte von seinem gedungenen Mörder und war in einer guten Handschrift geschrieben. Ihre Knittelverse waren eine gezielte Verhöhnung der Gruppe.

Dies ist, was ich haben will:
Nick Bracewell gegen Master Gill.
Wer das Geschäft nicht machen kann,
macht ihn rasch zum toten Mann.
Kommt sogleich, oder Westfield's Men
werden Barnaby nicht wiederseh'n.

Nicholas wurde leichenblaß. Ihm wurde das schlimmste aller Geschäfte angeboten. Wenn Barnaby Gill sich tatsächlich in der Hand dieses Mannes befand, wurde er ohne den geringsten Skrupel ermordet. Die einzige Möglichkeit, ihn freizubekommen, bestand darin, dem Mörder entgegenzutreten. Er mußte mit dieser Botschaft sehr sorgfältig umgehen. Wenn sie verlorenging, konnte niemand außer Nicholas sie verstehen. Der Satz, der ihm den Weg zeigen sollte, stand als letzter auf dem Blatt.

Merchants wise are never meek.

Wise Street befand sich mitten in dem Netzwerk der Straßen und Gassen des Hafengebietes. Meek Row traf am anderen Ende mit ihr zusammen. Die ganze Gegend war voller Lagerhäuser und Keller. Die Fracht, die jetzt hier zur Abholung bereitlag, war Barnaby Gill, aber es gab keinen Beweis dafür, daß er überhaupt noch lebte. Nicholas zog sich rasch an und nahm Degen und Dolch an sich. Als er sein Lederwams überstreifte, schob er den Dolch in den Ärmel. Selbst mit drei Waffen fühlte er sich im Nachteil. Der Angreifer war ihm immer ein paar Schritte voraus.

Als erstes ging Nicholas nach unten, um sich Barnabys Zimmer anzusehen, doch der Raum war leer, das Bett unbenutzt. Er wurde also tatsächlich als Geisel gehalten. Das war der Trick, mit dem Nicholas aus der Sicherheit der Gruppe gelockt werden sollte. Es war sinnlos, jemanden mit sich zu nehmen. Nicholas war ganz sicher, daß jeder seiner Schritte auf dem Weg zum Hafen genau beobachtet würde. Falls er das Jolly Sailor zusammen mit Owen Elias oder Edmund Hoode verließ, wäre Barnaby Gill jenseits aller Hoffnung. Die Wahl des Zielortes zeigte die hohe Intelligenz des Mannes. Als er die Aufführung des »Fröhlichen Nörglers« in Marlborough gesehen hatte, wußte er um Barnaby Gills entscheidende Bedeutung für die Arbeit der Theatertruppe. Gleichzeitig hatte er sich den Einzelgänger des Ensembles geholt, einen Mann, der seinen Vergnügungen im stillen nachging und sich genau deshalb besonders verletzbar machte.

Nicholas verließ das Gasthaus und ging rasch in Richtung Hafen. Es war ein heißer Tag, und viele Leute befanden sich bereits auf den Straßen. Händler strömten von den Außenbezirken in die Stadt, um ihre Waren auf dem Markt zu verkaufen. Eifrige Hausfrauen, mit Körben bewaffnet, warteten auf die günstigsten Angebote. Die ganze Stadt würde schon bald wie ein Bienenstock summen und brummen. Er hoffte inbrünstig, daß auch sein Handel gut ausgehen würde.

Nicholas brauchte sich Anne Hendriks Zeichnung des Mannes nicht mehr anzuschauen. Sie war unauslöschbar in seinen Kopf eingebrannt. Inzwischen hatte er noch etwas über seinen Gegner herausgefunden. Er war aus Devon gebürtig. Nur ein Hiesiger konnte überhaupt wissen, daß Nicholas Bracewell als kaufmännischer Lehrling drei Monate in Bristol verbracht hatte. Wise Street und Meek Row würden den meisten Bewohnern der Stadt nichts sagen. Aber jemand, der im Hafen und seiner Umgebung gearbeitet hatte, kannte sie ganz sicher, und der Mann verließ sich auf diese Kenntnis. Vielleicht stammte der Mörder sogar aus Barnstaple. Das würde erklären, warum er ausgewählt wurde, die Botin in London abzufangen.

Er befand sich jetzt dicht beim Hafen, seine Schritte wurden unwillkürlich langsamer. Von jetzt an war äußerste Vorsicht geboten. Nachdem der Mann ihn aus dem Gasthof geholt hatte, konnte er durchaus eine Falle für ihn aufgebaut haben. Nicholas zog den Dolch im Ärmel ein wenig herunter, damit der Griff in Sekundenschnelle in seine Hand gleiten konnte. Er hielt sich in der Mitte der Straße, damit er nicht so einfach aus einer Einfahrt oder Nische angesprungen werden konnte.

Wise Street erstreckte sich jetzt vor ihm. Einige der Lagerhäuser öffneten bereits ihre Tore, und die ersten Leute erschienen schon zur Arbeit. Meek Row verlief am anderen Ende. Wo beide Straßen zusammentrafen, lag ein Gebäude, und Nicholas sah sofort, warum es ausgesucht worden war. Es handelte sich um ein kleines Lagerhaus, von dem ein Teil durch Feuer zerstört worden war; das Dach fehlte, Türen und Fenster waren mit Brettern vernagelt, aber zwischen den Planken waren Lücken, durch die ein Mann leicht hineinschlüpfen konnte. Ein idealer Ort, um eine Geisel festzuhalten. Niemand würde im Schutt eines abgebrannten Gebäudes danach suchen, gleichzeitig hatte der Geiselnehmer drei verschiedene Fluchtwege – in die Wise Street, zur Meek Row oder über den Hof an der Rückseite des Hauses, von wo er in einem Labyrinth von Gassen und Straßen untertauchen konnte.

Nicholas ging zweimal um das Lagerhaus herum, bevor er es betrat. Am hinteren Eingang war eines der Bretter herausgerissen worden, hier verschaffte er sich Zutritt. Er befand sich jetzt in der einstigen Haupthalle, und seine Schritte knirschten auf den Resten verbrannter Bestände. Als er sich mitten im Zentrum der Halle befand, hörte er eine Stimme.

»Stehenbleiben!«

Nicholas hielt an. Er hatte recht gehabt. Die Stimme hatte

einen Klang, der leicht an Barnstaple erinnerte. Er hatte es also mit einem Landsmann aus Devon zu tun. Jetzt versuchte er herauszufinden, wo sich der Mann versteckt hielt.

»Werft Eure Waffen zu Boden!« befahl Lamparde.

»Sobald ich Master Gill gesehen habe.«

»Werft Eure Waffen nieder, oder ich bringe ihn auf der Stelle um.«

»Beweist mir zuerst, daß er noch lebt.«

Es gab eine lange Pause, Nicholas befürchtete bereits, der Mann habe seine Drohung schon wahrgemacht. Dann zwang ein schleifendes Geräusch seinen Blick zu einer Tür, die zu einem anderen Teil des Lagerhauses führte. Gefesselt und geknebelt wurde Barnaby Gill völlig ohne Umschweife durch den Schutt gezerrt. Seine Augen, vor Angst und Panik weit aufgerissen, starrten Nicholas Bracewell entgegen. Gill lebte noch, war aber von den Torturen stark mitgenommen.

»Werft Eure Waffen nieder!« wiederholte der Mann.

»Woher soll ich wissen, daß Ihr uns nicht beide umbringt?«

»Dieser Idiot hier interessiert mich nicht«, sagte Lamparde und versetzte der am Boden liegenden Gestalt einen Tritt. »Und ich halte meine Vereinbarungen.«

Nicholas Bracewell schaute sich den Mann genau an, der ihn so gnadenlos verfolgt hatte. Nach zwei Morden und zwei Mordversuchen gegen ihn selbst stand er dem Mann jetzt Auge in Auge gegenüber. Anne Hendriks vage Zeichnung hatte schon eine gewisse Ähnlichkeit mit dem Mann, ließ jedoch nichts von seiner Bösartigkeit erkennen. Der fehlende Ohrring war jetzt an seinem Platz, der schwarze Bart glänzte.

Der Mann zog seinen Degen und drückte die Spitze auf Gills Brust.

»Ihr habt noch eine einzige Chance, Eure Waffen fortzuwerfen.«

Gill wand sich am Boden, doch der Degen zielte erbarmungslos auf sein Herz. Er starrte den Mann an, dem er sein intimstes Geheimnis offenbart hatte. Verrat bei einer solchen Gelegenheit und an solchem Ort war absolut unerträglich.

Nicholas warf Dolch und Degen zu Boden.

»Kommt näher!« befahl der Mann, brachte ihn aber wieder zum Stehen, als er weit genug von seinen Waffen entfernt war. »Zieht Euer Wams aus!«

»Warum das denn?«

»Zieht es aus, damit ich sehen kann, ob Ihr keine weiteren Waffen an Euch tragt.« Sein Degen drückte gegen Gills Brust. »Und zwar sofort!«

Nicholas gehorchte. Er war jetzt zehn Yards von ihnen entfernt, aber doppelt so weit von seinen Waffen. Er hatte keine Chance, seinen Degen so schnell zu erreichen, daß er dem Mann mit Waffengleichheit gegenüberstand. Vorsichtig zog er sein Wams aus, nahm zuerst den linken Arm heraus und ließ es über seinen Rücken nach unten rutschen, bevor er es über den rechten Arm herunterzog. Nicholas hatte das Wams jetzt über dem rechten Handgelenk, um den zweiten Dolch zu verstecken. Er breitete die Arme aus, um Hemd und Gürtel zu zeigen.

»Dreht Euch herum!« befahl Lamparde. »Langsam!«

Mit ausgestreckten Armen drehte Nicholas sich herum und nahm den Griff des Dolches fest in die Hand. Er würde ihn schon sehr bald brauchen. Jetzt, da sein Opfer ihm scheinbar wehrlos ausgeliefert war, sprang Lamparde vor, um ihm mit dem Degen den Todesstoß zu versetzen, aber Nicholas war auf der Hut. Er wirbelte blitzschnell auf dem Absatz herum, schleuderte sein Wams auf die Spitze von Lampardes Degen und brachte ihn damit aus der tödlichen Richtung. Gleichzeitig zuckte sein Dolch hoch, schlitzte das Wams seines Gegners auf und drang in den Arm ein. Blut schoß hervor, Lamparde stieß einen Wut- und Schmerzensschrei aus. Er riß seinen Degen aus Nicholas' Wams heraus, doch diesmal landete es in seinem Gesicht. Wieder fand der Dolch des Impresarios sein Ziel, fuhr über Lampardes Hand, die den Degen hielt, und zwang ihn, die Waffe loszulassen.

Nicholas warf sich auf den Mann und schleuderte ihn zu Boden, aber Lamparde war ein sehr starker Kämpfer. Er packte Nicholas' Hand, die den Dolch hielt, mit derartig brutaler Kraft, daß er die Dolchspitze herumdrehte und nun damit auf Nicholas' Gesicht zielte. Während sie über den Boden rollten und miteinander rangen, sah Nicholas, wie die Dolchspitze unaufhaltsam näherkam und auf seine Augen zielte. Wenn er den Dolch jetzt losließ, war seine Waffe endgültig weg, doch sie richtete sich jetzt mit solcher Gewalt gegen ihn selbst, daß er kaum noch dagegenhalten konnte. Er tat so, als kämpfe er gegen den auf ihn zielenden Druck an, ließ jedoch plötzlich nach und riß den Kopf blitzschnell nach links, wodurch der Dolch wirkungslos in den Boden fuhr und sein Gegner überrascht und aus dem Gleichgewicht geworfen wurde.

Ein gut plazierter Stoß mit dem Knie und eine rollende Bewegung der Schulter warfen Lamparde zur Seite. Wie der Blitz war Nicholas wieder auf den Füßen und hielt den Dolch bereit. Lamparde sprang zu seinem Degen, doch ein schwerer Fuß erreichte die Waffe zuerst. Aber der Mann war noch nicht am Ende. Er packte eine Handvoll Schmutz und Asche, warf sie Nicholas ins Gesicht und gewann eine wertvolle Sekunde, in der er zur Tür stürzte. Nicholas wischte sich den Schmutz aus den Augen und nahm den Degen auf. Dann trat er zu Barnaby Gill, zerschnitt ihm mit dem Degen die Handfesseln und ließ ihm die Waffe da, damit er sich von den anderen Fesseln befreien konnte. Dann ging er durch die Tür, durch die Lamparde verschwunden war, und betrat den anderen Teil des Lagerhauses.

Das Feuer hatte hier weniger stark gewütet, viele der alten Stützbalken standen noch unversehrt. An der entfernten Wand zog sich eine Reihe von Buchten hin, in denen die Waren aufgestapelt worden waren. Kisten und große Berge alter Säcke boten weitere Versteckmöglichkeiten. Nicholas war seinem Gegner jetzt wieder ebenbürtig. Der Mann hatte bestimmt einen Dolch bei sich, seine Geschicklichkeit mit dieser Waffe hatte er ja schon bewiesen. Während Nicholas an der Wand der Halle entlangschlich, war ihm bewußt, daß der erste Stich der entscheidende war. Ein einziger Fehler konnte tödlich sein.

Lamparde rührte sich nicht. Rasend vor Wut über seine Wunden, war er jetzt fest entschlossen, Nicholas aus reiner Mordlust umzubringen. Er strengte sich an, sein heftiges Atmen zu unterdrücken. Er brauchte nur hinter dem mächtigen Holzpfeiler zu warten, bis sein Opfer herankam. Durch ein Astloch sah er, wie Nicholas sich näherte. Der Vorteil lag wieder auf seiner Seite. Es war nicht befriedigend gewesen, das Mädchen zu vergiften, und den Taschendieb im Theater niederzustechen war eine reine Reflexbewegung gewesen. Aber diesmal war es anders. Langsam und genüßlich würde er Nicholas Bracewell vom Leben zum Tode befördern.

Nicholas, der sich in gebückter Haltung vorsichtig bewegte, schaute nach unten und sah Blutflecken auf dem Boden. Der Mann war also irgendwo direkt vor ihm. Er näherte sich dem Pfeiler, hinter dem sein Gegner steckte, immer mehr, ahnte aber zunächst nichts von der unmittelbaren Gefahr. Erst als er fast schon neben dem Pfeiler stand, ließ ihn etwas innehalten. Er atmete die Luft durch die Nase ein. Leonard hatte etwas von einem Geruch gesagt, und auch das Schankmädchen in Marlborough hatte davon gesprochen. Nicholas erkannte das Bergamotte-Öl wieder. Ein krankhaft süßlicher Duft für einen Mann, der so viel Wert auf seine äußere Erscheinung legte, daß er täglich vor den Spiegel trat. Der Geruch war absolut unverwechselbar und rettete Nicholas das Leben.

Er tat so, als mache er einen Schritt nach vorn, am Pfeiler vorbei, zuckte jedoch schnell wieder zurück, als der mörderische Dolch hervorkam. Seine eigene Waffe stieß vor, drang dem Mörder ins Herz und schickte ihn, vor Wut und Schmerz schreiend, zu Boden. Nicholas stand keuchend vor ihm. Barnaby Gill kam mit dem Degen in der Hand herangestolpert, sah den toten Mann und stieß ein erleichtertes Winseln aus.

»Habt Ihr das gesehen!« sagte er. »Er hätte mich fast umgebracht!«

»Jetzt sind wir beide in Sicherheit.«

»Er hat mich wegen Euch als Geisel genommen.«

»Wo ist das denn passiert?« fragte Nicholas mit kühler Stimme. »Wie konntet Ihr einen Mann dieser Sorte auch nur in Eure Nähe lassen?«

Barnabys Zorn verwandelte sich rasch in Scham und genauso schnell in Dankbarkeit. Er brach in Tränen aus und versuchte, Nicholas an sich zu drücken. Auf seiner Suche nach gewissen Vergnügungen hatte er sich unwissentlich einem Killer ausgeliefert, der ihn dazu benutzte, Nicholas in das Lagerhaus zu locken. Nur der Tapferkeit des Impresarios hatten sie es zu verdanken, daß sie nicht beide ermordet worden waren.

»Das muß natürlich gemeldet werden«, sagte Nicholas.

»Ich werde für Euch aussagen, Nick«, versprach Gill. »Ihr habt in Notwehr getötet. Dafür kann niemand verhaftet werden.«

»Vielleicht finden wir noch weitere Beweise dafür, daß dieser Mann ein Verbrecher war.«

Nicholas beugte sich nieder, um die Leiche zu durchsuchen, und entdeckte einen Brief in Lampardes Wams. Es war eine Anweisung, die Botin zu töten, die von Devon nach London unterwegs war, enthielt eine Beschreibung des Mädchens und nannte das Datum ihres vermuteten Eintreffens in der Hauptstadt. Der Schreiber hatte natürlich streng darauf geachtet, seine eigene Identität nicht zu verraten, als Empfänger des Schreibens wurde ein gewisser Adam Lamparde genannt. Es war ein Name, der Nicholas nichts sagte, ebensowenig wie der zweite, der in dem Papier genannt wurde, doch immerhin waren jetzt zwei Geheimnisse der mysteriösen Angelegenheit geklärt. Nicholas wußte jetzt wenigstens, wer versucht hatte, ihn umzubringen, und wer den weiten Weg von Barnstaple nach London geritten war, um ihn zu rufen.

Der Name des ermordeten Mädchens war Susan Deakin.

Die Long Bridge in der Stadt Barnstaple war fast dreihundert Jahre alt. Sie spannte sich über den River Taw und hatte sechzehn Bögen, die hoch genug gebaut waren, um kleineren Segelschiffen die Durchfahrt zu gestatten. Die Brücke war ein architektonisches Wunder, an dessen Wucht und Bedeutung man sich gewöhnt hatte, dennoch war es immer wieder ein erregender Moment – selbst für den zynischsten und abgebrühtesten Betrachter –, wenn man den Fluß entlangsegelte und den ersten Blick auf die Brücke warf. An sonnigen Tagen fand sich das Spiegelbild der Konstruktion so perfekt auf der Wasseroberfläche wieder, als werde einem sich nähernden Schiff das Vorrecht eingeräumt, unter irgendeinem der sechzehn ovalen Bögen hindurchzusegeln. Die Bedeutung der Brücke für den Fußgängerverkehr war unschätzbar – die Long Bridge war ein wichtiger Bestandteil des täglichen Lebens in Barnstaple.

Gideon Livermore stand am Kai und betrachtete das Bauwerk. Er erinnerte sich daran, wie er von seinem großen Bruder von der Brücke ins Wasser geschubst worden war und entdeckt hatte, daß er tatsächlich schwimmen konnte. Er entsann sich seiner ersten, in einer Katastrophe endenden Versuche, unter einem der gewaltigen Bögen hindurchzurudern, und an den Schaden, den er am Boot angerichtet hatte, als er mit dem unnachgiebigen Fundament zusammengestoßen war. Der Kai war Barnstaples Mittelpunkt. Schiffe, Frachtkähne, Lastenboote, Fischkutter und alle Arten von Wasserfahrzeugen schaukelten vor Anker. Frachten wurden entladen, andere an Bord gebracht. Wollfilz, Kaliko, Leinen, Segeltuch, Messing- und Zinntöpfe, Schuhe, Seife, Wein, Ingwer, Käse, Salz, Zucker und Pfeffer – all das wurde an die walisische Küste verschifft, während ein Schiff aus Milford Haven Schaf- und Kaninchenfelle sowie Leder auslud, dazu Weizen, Gerste, Roggen und eine Ladung Austern. Andere, exotischere Güter stammten aus weit entfernten Ländern. Neufundland, Guinea und Bermuda handelten regelmäßig mit Barnstaple. Seemännischer Unternehmergeist hatte sogar die Karibik in die Nähe des Hafens in Norddevon gerückt.

Gideon Livermore hatte die Entwicklungen und Veränderungen über die Jahre mit Faszination beobachtet. Er stand jetzt in der Nähe jener Stelle, an der die örtlichen Kaufleute ihre Geschäfte auf jüdische Art besiegelten, indem sie nämlich eine Anzahlung vor Zeugen auf den Tome Stone legten. Vertrauen war die Basis aller kaufmännischen Handlungen. Barnard Sweete eilte herbei, um ihn zu begrüßen, aber Livermore hatte keine Zeit für freundliches Geplauder. Er hatte sein geliebtes Haus verlassen und war in die Stadt geritten, und jetzt erwartete er zum Dank gute Nachrichten.

»Habt Ihr sie gesprochen, Barnard?« fragte er.

»Ich habe eine ganze Stunde mir ihr verbracht«, antwortete der Rechtsanwalt.

»Welchen Eindruck habt Ihr von ihr?«

»Sie ist immer noch sehr beunruhigt.«

»Versteht Mary, wie verwickelt die Dinge sind?«

»Ich habe ihr alles ein weiteres Mal erklärt.«

Gideon Livermore seufzte. »Warum um alles in der Welt hat sie diesen Matthew Whetcombe nur geheiratet?«

»Die gleiche Frage stellt sie sich selbst auch«, sagte Sweete. »Trauer hält sie noch gefangen, doch ist auch Bedauern dabei. Mary Whetcombe war keine glückliche Ehefrau, sie wurde gezwungen, das einzusehen. Mir tut sie leid, Gideon.«

»Mir auch, Barnard. Mir auch.«

»Sie ist immer noch eine außerordentlich schöne Frau.«

»Das kann doch die ganze Welt sehen, Mann!«

»Aber nicht, wenn sie sich immerzu versteckt.«

»Das wird sich schon bald ändern!« Livermore rieb sich mit schlaffer Hand übers Kinn. »Habt Ihr mich ihr empfohlen?«

»Das tue ich jedesmal, wenn ich sie treffe.«

»Wie reagiert sie auf meinen Namen?«

Sweete war diplomatisch. »Positiv.«

»Hat sie zugestimmt, mich zu sehen?«

»Bis jetzt noch nicht.«

»Wie lange soll ich denn noch warten, Barnard?« fragte der andere. »Ich werde langsam ungeduldig. Redet ihr mit Engelszungen zu, Rechtsanwälte können das. Arbeitet, Mann, arbeitet!«

»Sowas kann man nicht überstürzen, Gideon.«

»Meldet mir Fortschritte!«

»Sie ist immer noch in Trauer.«

»Das ist die beste Gelegenheit.«

Gideon Livermore ging ein paar Schritte beiseite, um seine Unzufriedenheit zu demonstrieren. Barnard Sweete rückte ihm näher, um Entschuldigungen und Erklärungen vorzubringen. Mary Whetcombe befand sich immer noch in einem komplizierten geistig-seelischen Zustand, man konnte nicht von ihr erwarten, daß sie solche großen Entscheidungen so kurz nach dem Tode ihres Ehegatten treffen würde. Aber der Rechtsanwalt versprach, von jetzt an etwas mehr Druck auszuüben. Dann kam er zu Nachrichten, die er nur mit einer gewissen Zurückhaltung vorzutragen vermochte.

»Gestern hatte sie einen Besucher.«

»Einen Besucher?«

»Er war heute morgen wieder am Haus, aber sie weigerte sich, ihn zu sprechen. Der Mann wurde auf unmißverständliche Weise aus dem Haus gewiesen.«

»Wer war es?«

»Sie will niemand außer mir und dem Vikar empfangen.«

Livermore drehte sich zu ihm um. »Wer war der Mann?«

»Robert Bracewell.«

»Robert Bracewell?« knurrte er.

»Er wurde zweimal abgewiesen, und zwar mit aller Deutlichkeit.«

»Ihr habt Robert Bracewell Erlaubnis gegeben, dieses Haus zu betreten?«

»Er kam lediglich, um seinen Respekt zu bezeugen, Gideon.«

»Haltet ihn vom Hause fern.«

»Meine Männer hatten nur den Auftrag, das Haus zu beobachten.«

»Haltet ihn fern!« brüllte Livermore. »Er ist der letzte, von dem ich möchte, daß er Mary Whetcombe zum jetzigen Zeitpunkt belästigt. Instruiert Eure Männer. Bracewell muß ferngehalten werden!«

»Wenn Ihr es wünscht.«

»Allerdings wünsche ich es, Barnard!«

»Er kann keinerlei Unheil anrichten.«

»Um Himmels willen, Mann! Schon der Anblick dieser

Kreatur ist zuviel!« Er kniff den Rechtsanwalt in die Schulter, um seinen Worten mehr Gewicht zu geben. »Robert Bracewell darf nicht in ihre Nähe gelassen werden. Er hat schon genug Schaden in dieser Stadt angerichtet. Das ist einer der Gründe, daß ich sie völlig von Barnstaple weghaben möchte. Hier gibt es viel zu viele grausame Erinnerungen.«

Barnard Sweete nickte, die Hand auf seiner Schulter zog sich zurück. Er versuchte, die schmerzende Stelle zu massieren. Gideon Livermore war ein starker Mann, der seine Kräfte gerne einsetzte, um andere zu verletzen.

»Was ist mit dem Kind?« fragte Livermore.

»Lucy ist völlig verwirrt.«

»Habt Ihr mit ihr gesprochen?«

»Ich hab's versucht, aber sie rannte weg. Ich scheine ihr Angst einzujagen.«

Livermore stieß ein brüllendes Gelächter aus. »Mit einem Gesicht wie Eurem könnt Ihr jeder Frau Angst einjagen. Vielleicht war es der Anblick Eurer Visage, die sie taubstumm gemacht hat, Barnard.« Er bemerkte das Unbehagen des anderen und tätschelte seinen Arm. »Ich mach nur Spaß, Mann. Ein harmloser Scherz.«

»Lucy ist nicht unser Problem, Mary Whetcombe ist es.«

»Ich muß sie haben!«

»Die Aussichten steigen von Tag zu Tag, Gideon.«

»Ich muß sie haben!«

Sweete wollte gerade eine Bemerkung machen, da wurde ihm klar, daß sein Begleiter überhaupt nicht von Mary Whetcombe sprach. Mit dem kaufmännischen Gespür für das Auftauchen eines neuen Segels am Horizont hatte Gideon Livermore sich umgewandt und blickte flußabwärts. Ein stattliches Schiff näherte sich dem Hafen. Selbst auf weite Entfernung konnte Livermore das Schiff erkennen. Größe und Wasserlage sagten ihm genug. Er schaute jenes Schiff an, dem

Matthew Whetcombe den Namen seiner Frau gegeben hatte, ein Schiff von hundert Tonnen Bruttogewicht und einer Besatzung von achtzig Mann, der Stolz von Barnstaple. Nur wenige Kaufleute besaßen eigene Schiffe. Selbst wohlhabende wie Gideon Livermore hatten nur Anteile an einem einzigen. Wie in vielen anderen Dingen, so war Matthew Whetcombe auch hier die Ausnahme von der Regel, und das ließ heftigen Neid aufkommen. Nach einer Laufbahn, die sich hauptsächlich auf einen Viertelanteil an einem Boot von sechzehn Tonnen gründete, begehrte Gideon Livermore dieses Schiff, das jetzt in den Hafen einlief.

Vielleicht lag Mary Whetcombe eines Tages als seine Gatting an seiner Seite, doch in ihm brannte ein ganz anderes Begehren. Er wollte die MARY besitzen. Das war die wirkliche Ehe, die er anstrebte. Die Liebesaffäre zwischen einem Kaufmann und einem Schiff konnte nur durch den Besitz desselben geheiligt werden.

»Ich muß sie haben!« wiederholte er.

Sie wandten sich ab und gingen in die Stadt zurück. Livermore mußte im Büro des Rechtsanwaltes Papiere unterzeichnen, außerdem gab es Verhandlungen mit seinen Geschäftspartnern. Er führte sie durch das Westgate in die Stadt zurück, so daß sie das Haus sehen konnten, in dem Mary Whetcombe ihre einsame Wache hielt, aber es war nicht das liebliche Antlitz seiner künftigen Frau, das ihn durchs Fenster ansah. Es war das harte und ausdruckslose Gesicht von Lucy.

Livermore wandte den Blick ab und hastete an dem Gebäude vorbei.

»Habt Ihr mit Mr. Calmady geredet?« fragte er kurz angebunden.

»Wir hatten ein langes Gespräch miteinander.«

»Steht er auf unserer Seite?«

»Inzwischen ja, Gideon.«

»Gab es Widerstand von diesem geschwätzigen Vikar?« fragte der andere irritiert. »Was hat der Narr im Sinn?«

»Er hält sich für einen Mann mit Prinzipien.«

»Wieso, das tue ich auch, Ihr ebenfalls, das tut doch jeder von uns. Wir alle sind Männer mit Prinzipien, aber wir müssen lernen, sie nach den Gegebenheiten zu formen. Ha!« Verärgert schlug er die Hände zusammen. »Ich dulde keine Argumente eines Kirchenmannes, der ganze dreißig Pfund im Jahr verdient.«

»Arthur Calmady hat noch andere Benefizien.«

»Aber die sind weit weg, Barnard«, sagte der Kaufmann. »Das Gesetz verbietet es inzwischen, verschiedene Pfründe innerhalb von sechsundzwanzig Meilen zu besitzen, und das ist auch gut so. Diese knabbernden Pfaffen fressen die ganze Kirche auf, wenn man sie gewähren läßt. Dann haben sie bald ein Dutzend Pfarreien, von denen sie Geld bekommen, die sie aber niemals ordentlich betreuen.«

»Unser Vikar ist sehr gewissenhaft, das wollen wir ihm zugestehen.«

»Ja«, witzelte der andere, »er ist ein Mann mit Prinzipien. Aber ich bin alt genug, um mich an andere Männer mit Prinzipien zu erinnern, die in Devon den geistlichen Rock nahmen. Einer war eines Sonntags dermaßen betrunken, daß er nicht die Messe lesen konnte. Ein anderer trug einen Degen und war ein stadtbekannter Wüstling. Einer braute sogar Bier im Pfarrhaus und verkaufte es seinen Freunden wie ein ganz gewöhnlicher Kneipenwirt.«

»Arthur Calmady hat sich solche Dinge nicht zuschulden kommen lassen«, argumentierte der Rechtsanwalt, »aber er kann dickköpfig sein. Ich glaube allerdings, daß ich ihn davon geheilt habe. Mit dem Vikar auf unserer Seite haben wir den Erfolg in der Tasche. Es ist nur noch eine Frage der Zeit.«

»Dieser Gedanke begleitet mich in jeder wachen Stunde.«

»Keine dunklen Wolken bedrohen uns.« Er machte eine Pause. »Vielleicht nur eine einzige.«

»Was wäre das?«

»Nicholas Bracewell.«

»Diese Wolke ist verweht, Sir. Daraus entsteht kein Sturm mehr.«

»Könnt Ihr da sicher sein?«

»Lamparde versteht sein Geschäft. Ich beschäftige nur die Besten.«

»Nicholas hat die Zielstrebigkeit seines Vaters.«

»Er ist bereits tot, während wir gerade über ihn sprechen.«

»Habt Ihr das gehört?«

»Das brauche ich nicht zu hören.«

»Aber wenn Lamparde es nicht schafft ...«

»Habt Vertrauen in ihn.«

»Ich bin Rechtsanwalt«, sagte Sweete, »und wir Rechtsanwälte vertrauen nicht dem puren Glauben. Tatsachen sind unser Geschäft. Ihr setzt Glauben in Lamparde, aber Tatsache ist, daß Nicholas Bracewell auf dem Weg nach Bristol ist. Das ist viel zu nah, um noch harmlos zu sein. Wenn Euer Mann versagt ...«

»Auch diese Möglichkeit ist bedacht worden«, sagte Livermore, »denn ich überlasse nichts dem Zufall. Selbst wenn ein Wunder geschieht und er Lamparde entwischt, schafft er es niemals, näher als zehn Meilen an uns heranzukommen.«

»Wieso nicht?«

»Ich habe sechs kräftige Burschen entlang der Straße plaziert, die er nehmen muß. Sie haben Auftrag, ihn zu erledigen und sofort zu verbuddeln, wo auch immer sie ihn erwischen.« Er lächelte selbstgefällig. »Darauf habt Ihr mein Wort. Wir sind völlig in Sicherheit. Nicholas Bracewell hat überhaupt keine Chance, Barnstaple zu erreichen.«

Bristols Hafen war an diesem Morgen so betriebsam wie immer, Schiffe legten an, andere setzten Segel, um abzulegen. Fischer luden ihren Fang aus, Händler kauften und verkauften, Schiffe aller Art wühlten das Wasser auf. Seemöven segelten über das Heck derer, die aufs offene Meer zuhielten. Westfield's Men waren würdig vertreten. Lawrence Firethorn war zur Stelle, winkte freundlich und brüllte gute Ratschläge übers Wasser. Edmund Hoode übertönte seine Sorge mit guten Wünschen, Barnaby Gill murmelte unentwegt Dankesworte vor sich hin, und Owen Elias sang ein Lied, das zum Anlaß paßte. Richard Honeydew weinte, weil er eine Zeitlang ohne seinen Freund zurechtkommen mußte, und George Dart sah sich schließlich doch noch mit der Wirklichkeit des Seemannslebens konfrontiert, als er die wettergegerbten Gesichter und die harten Augen der Männer an Deck bemerkte, ihre obszöne Sprache hörte und erkannte, welche enormen Anforderungen an diese Leute gestellt wurden. George Dart begann nun darüber nachzudenken, daß das Leben in einer Theatergesellschaft vielleicht den einen oder anderen Vorteil hatte.

Die sechs Männer stießen einen kräftigen Abschiedsruf aus, um dem Schiff gute Fahrt zu wünschen. Mit einem sicher untergebrachten Pferd an Bord begab sich Nicholas Bracewell auf die Fahrt nach Barnstaple.

10. Kapitel

Israel Gunby spürte den Unterschied sofort. Als er im Publikum in der verschwenderisch ausgestatteten Guildhall saß, schaute er einer Aufführung des »Fröhlichen Nörglers« zu und spürte ein merkwürdiges Unbehagen. Das Stück war ein wahres Vergnügen, die Schauspieler brillant und die

Regie hervorragend. In der Tat, die Leute aus Bristol, die in so großer Zahl gekommen waren, um Westfield's Men zu sehen, bewunderten das schauspielerische Talent, das sich ihnen hier bot. Ununterbrochenes Gelächter und immer wieder spontan ausbrechender Applaus bewiesen ihr Vergnügen. Doch Gunby war irgendwie nicht zufrieden, ohne den Grund dafür nennen zu können. Am Nachmittag zuvor hatte er auf den Stehplätzen hinten in der Guildhall gestanden, als der Bürgermeister und seine Verwaltung sich von der tragischen Geschichte in »Tod und Finsternis« hatten rühren lassen. Das ganze Ensemble war hervorragend gewesen, Gunby waren sogar die Tränen gekommen, als Count Orlando sich umbrachte, um neben seiner Frau im Grab liegen zu können, die ihm am Tage ihrer Hochzeit auf so grausame Weise entrissen worden war. Lawrence Firethorn war in der Hauptrolle so hervorragend gewesen, daß Gunby schon fast Gewissensbisse bekam, weil er ihn in High Wycombe ausgeraubt und um die Befriedigung seiner fleischlichen Gelüste gebracht hatte.

»Der fröhliche Nörgler« war nicht ganz so brillant; Ellen war es, die den Hauptgrund dafür nennen konnte. In Marlborough hatte ihr das Stück so gut gefallen, daß sie es in Bristol liebend gerne ein zweites Mal sehen wollte, aber diese Vorstellung war nur ein magerer Abklatsch der ersten. Als Ehefrau des fetten Kaufmanns an ihrer Seite war sie schäbig gekleidet und sah unattraktiv aus. Sie beugte sich zu ihrem Mann hinüber.

»Master Gill geht es nicht gut«, entschied sie.

»Der ganzen Gruppe geht es nicht gut.«

»Seine Stimme ist weg, seine Kraft, seine Freude am Spiel.«

»Und seine Beine auch«, fügte Gunby hinzu. »Im Fighting Cocks hat er für uns besser getanzt. Irgend etwas hat den Schwung aus Barnabys Beinen genommen.«

»Sieh mal«, sagte Ellen und zeigte auf die Bühne, »ich hatte recht.«

Das Stück endete in allgemeinem Applaus, das Ensemble trat vors Publikum, um sich zu verbeugen. In Marlborough war Barnaby Gill noch mitten auf die Bühne gestürmt, aber hier überließ er Lawrence Firethorn diesen Platz und hielt sich ein wenig hinter ihm. Anzeichen für Streß waren jetzt überdeutlich zu sehen. Gill war von der Aufführung so erschöpft, daß er beinahe vornüber kippte, Firethorn mußte ihn stützen und von der Bühne führen. Das Publikum glaubte, Doktor Blackthoughts zusätzliches Stolpern sei eine letzte lustige Einlage dieser Gestalt, und applaudierte dankbar, aber Israel Gunby und seine Frau ließen sich nicht täuschen.

»Da fehlt noch irgend etwas anderes«, sagte er nachdenklich.

»Master Gills schlechte Verfassung beeinflußt die ganze Gruppe.«

»Nein, Ellen. Das sind routinierte Schauspieler. Die schlechte Leistung eines Schauspielers können sie überspielen und ihn durchs Stück bringen, aber da fehlte irgend etwas an der ganzen Vorstellung.«

»Sie war viel zu langsam.«

»Für die Bürger von Bristol schon flott genug.«

»Aber nur halb so gut wie in Marlborough.«

»Wer hat die Schuld daran?«

Gunby verstand jetzt. »Sie haben ihren Impresario verloren!«

Das Stück hatte nicht wegen der schwachen Leistung eines schlecht aufgelegten Schauspielers an Klasse verloren, ihm fehlte die kontrollierende Hand des Regisseurs. Auftritte waren verpatzt worden, Szenenwechsel zu langsam gewesen. Als Barnaby mit dem Text durcheinandergeriet und dem Souffleur Zeichen machte, kam sein Stichwort so spät und so laut, als sei es ein zusätzlicher komischer Trick, den man absichtlich eingebaut hatte, um das Publikum zu amüsieren. Die Vorstellung, die Israel Gunby im Fighting Cocks bezahlt hatte, war ein reines Vergnügen gewesen, aber es waren nicht nur die Schauspieler gewesen, die ihm gefallen hatten. Nicholas Bracewell hatte alles mit meisterhafter Regie arrangiert. Seine unsichtbare Gegenwart war das Gerüst, das die ganze Gruppe zusammenhielt. Ohne ihn standen Westfield's Men auf wackligen Füßen.

»Master Bracewell ist verschwunden«, sagte Gunby.

»Warum?«

»Das ist seine Sache, mein Schatz.«

»Neben Master Firethorn war er der hübscheste Mann in der ganzen Gruppe«, sagte Ellen. »Wenn ich die Liebesszene hätte spielen müssen, die wir gerade gesehen haben, dann, glaube ich, hätte ich mich vom Impresario genausoschnell verführen lassen wie vom Ersten Schauspieler. Master Bracewell war ein großartiger, richtiger Mann.«

»Aber trotzdem hat er sie verlassen.«

»Sein Stellvertreter ist ein lahmer Ersatz.«

»Westfield's Men werden darunter zu leiden haben.«

»Das haben wir ja gerade schon bemerkt.«

»Sie werden auf der Bühne und dahinter zu leiden haben, Ellen«, sagte er, als sich eine Idee in seinem Kopf zu bilden begann. »Master Bracewell war ihr Schutzengel. Ohne ihn kann ihre Verteidigung mit Leichtigkeit durchbrochen werden. Kannst du mir soweit folgen?«

»Das kann ich, mein Lieber.«

»Ihr Verlust ist unser Gewinn.«

»Wann schlagen wir zu?«

»Gib ihnen noch einen oder zwei Tage«, riet er. »Dann fühlen sie sich in Sicherheit, und es bringt ihnen auch noch mehr Geld ein. ›Tod und Finsternis‹ füllte die Guildhall bis zum letzten Mann, und auch ›Der fröhliche Nörgler‹ läßt das Geld in ihre Taschen fließen, wie wir gerade gesehen haben. Wenn wir noch ein Weilchen warten, hat Firethorn zwanzig Pfund und mehr in der Schatulle.«

»Wie holen wir uns das Geld?«

Er lächelte seine Frau an und drückte ihren Arm. Die anderen Zuschauer hatten das Theater inzwischen größtenteils verlassen, sie gehörten jetzt zu den letzten. Die Sitze vor ihnen waren leer, so daß sie einen freien Blick auf die Behelfsbühne hatten, die Nicholas Bracewell am Ende der Halle errichtet hatte, um möglichst viel Licht durch die Fenster zu erhalten. Die Bühne zeigte noch die Aufbauten des letzten Aktes.

»Ich glaube, du hast Lawrence Firethorn bewundert«, sagte er.

»Das hat jede Frau hier getan.«

»Und vorhin hast du gesagt, du möchtest diese Szene mit ihm spielen. Kannst du das so gut wie Richard Honeydew?«

»Besser.«

»Der Junge war hervorragend.«

»Aber er war immer noch ein Junge. Stimme und Bewegungen waren zwar eine gute Kopie einer jungen Frau, aber er kann sich nicht wirklich mit einer Frau vergleichen.« Ellen ballte neidvoll die Fäuste, als sie auf die Bühne blickte. »Wenn ich da oben mit Lawrence Firethorn gewesen wäre, dann hätte ich den Jungen sicher in den Schatten gestellt.«

»Frauen dürfen allerdings nicht auf Theaterbühnen auftreten, meine Liebe.«

»Das ist eine Schande und ein Verbrechen.«

»Sie können jedoch immer noch auf einer anderen Bühne agieren.«

»Im Schlafzimmer?«

»Da würdest du den Lehrling völlig an die Wand spielen!«

sagte Gunby gefühlvoll. »Ich weiß ja, daß das stimmt. Aber könntest du das mit Firethorn machen?«

»Gar keine Frage, daß ich das kann!«

»Er ist ein kluger Mann und läßt sich nicht so leicht hinters Licht führen.«

»Das ist mir einmal gelungen, und das schaffe ich auch ein zweites Mal.«

»Aber es kann gefährlich werden, Ellen.«

»Das interessiert mich nicht die Bohne«, antwortete sie. »Wo die Gefahr ist, da ist auch die Beute am größten. Das hast du mir beigebracht. Lawrence Firethorn wird mich überhaupt nicht erkennen.«

»Dann laß uns an die Arbeit gehen!«

»Ich brauche neue Kleider.«

»Dafür sorge ich schon.«

»Dann werde ich ihm zeigen, wie eine richtige Frau spielen kann!«

Israel Gunby lachte und legte den Arm um sie. Als sie aufstanden und zur Tür der Guildhall gingen, bemerkten sie die zerknirschte Gestalt des George Dart, der den wenigen letzten Zuschauern eine Schale hinhielt. Sie hatten zwar schon Eintrittsgeld bezahlt, doch die Vorstellung hatte ihnen so gut gefallen, daß sie sich gerne noch von ein paar Münzen trennten. Gunby warf einen Engelstaler in die Schale, George Dart bedankte sich murmelnd. Gunby ergriff die Chance, sich die Tatsachen bestätigen zu lassen. Der Hilfsbühnenarbeiter war geplagter denn je zuvor. Den fetten alten Kaufmann brachte er nicht mit Samuel Grace vom Fighting Cocks in Verbindung. Gunby hatte sich den örtlichen Akzent zugelegt.

»Master Bracewell ist nicht da, höre ich.«

»Ja, Sir.«

»Hat er die Theatergruppe verlassen?«

»Ja, ich fürchte, das ist leider der Fall.«

»Wohin ist er denn gegangen?«

»Nach Barnstaple.«

»Merkwürdig, daß er abreist, wenn er hier gebraucht wird.«

»So ist es, Sir. Er kommt eines Tages bestimmt zurück, aber das kann eine Woche oder länger dauern, und wir müssen inzwischen ohne ihn fertigwerden.«

»Das konnte ich bemerken«, sagte Gunby. »Westfield's Men haben einen guten Ruf, aber der wird durch das Gehampel des augenblicklichen Impresarios bestimmt nicht verbessert. Wir haben schon viele Theaterstücke gesehen, die in dieser Halle aufgeführt wurden, aber nur wenige mit so vielen Fehlern im Ablauf.« Er beugte sich vor. »Sagt mir, junger Mann. Welcher armselige, zappelige Idiot hat denn heute von Master Bracewell die Regie übernommen? Wer war denn der Narr?«

George Darts abgekämpftes Gesicht gab die Antwort.

»Der Narr steht hier vor Euch«, gestand er.

Gunby warf einen weiteren Engelstaler in die Schale und ging.

Die Gabriel war ein Küstenhandelsschiff, das fünf Kaufleuten aus Barnstaple gehörte, die alle einen gleichgroßen Anteil daran besaßen. Es hatte bereits Carmarthen und Tenby angelaufen, bevor es in Bristol festmachte; seine Ladung hatte aus Zinn, Hafer, Gerste und viertausend Schaffellen bestanden. Die Gabriel hatte nur fünfzehn Bruttoregistertonnen und war eines von zahlreichen Schiffen mit einem offenkundig religiösen Namen. Nicholas Bracewell fand schon bald heraus, daß an dem verbitterten alten Kapitän allerdings überhaupt nichts religiös war.

»Ein Stück Scheiße in sein Maul«, knurrte der Seemann.

»Ihr kennt ihn also?«

»Jeder in Barnstaple kannte Matthew Whetcombe.«

»Kannte?« wiederholte Nicholas. »Hat er die Stadt verlassen?«

»Nein, Sir, er ist noch hier – der HERR soll ihn verrotten lassen!«

»Dann dauert Eure Bekanntschaft ja an.«

»Das stimmt«, sagte der andere. »Ich kann jetzt mit meinen eigenen Worten über ihn reden. Jedesmal, wenn ich an seinem Grab vorbeikomme, spucke ich zweimal darauf und hebe das Bein, um dreimal darauf zu furzen. Das ist die einzige Unterhaltung, die er verdient hat.«

Nicholas hatte Glück gehabt, daß er ein Schiff fand, das nach Barnstaple fuhr. Es war nicht gerade der schnellste Weg, die Stadt zu erreichen, aber es ersparte ihm eine lange und gefährliche Reise ohne Begleitung über extrem schlechte Straßen. Es half ihm ferner, einem Hinterhalt zu entgehen, den man möglicherweise auf der Straße nach Barnstaple für ihn gelegt hatte. Nicholas hatte eine drohende Gefahr erledigt, aber der Mann, der Lamparde bezahlt hatte, konnte sich ein Dutzend weiterer Verbrecher mit dem gleichen Auftrag leisten. Es war sehr wichtig, so schnell wie möglich herauszufinden, wer dieser Mann war, und das konnte er nicht, wenn er schon vorher in eine Falle lief, bevor er die Stadt überhaupt erreicht hatte.

Die GABRIEL war ein kleines, altersschwaches Schiff, aber es war gut, wieder einmal unter einem Segel zu stehen und zu spüren, wie der Wind an Kleidung und Haaren zerrte. Nicholas stand am Bug und ließ sich die salzige Gischt ins Gesicht wehen. In den Hafenregistern wurde das Schiff mit dem glänzenden Namen LE GABRYELLE DE BARNSTAPLE geführt; sein knorriger Kapitän war stolz auf diesen klangvollen Namen, den er pausenlos benutzte, ohne aber auch nur im entferntesten in die Nähe einer korrekten Aussprache zu kommen.

Der Mann war knochentrocken und mundfaul, doch Nicholas war nur zu gerne bereit, ihm Gesellschaft zu leisten. Obwohl der Mann aus Ilfracombe stammte, hatte er die letzten zehn Jahre von Barnstaple aus gearbeitet und kannte alle wichtigen Kaufleute der Stadt. In den Hafenkneipen fing er den örtlichen Klatsch auf, und das war exakt das, was Nicholas jetzt interessierte.

»Wann ist Matthew Whetcombe denn gestorben?« fragte er.

»Vor einem oder zwei Monaten, Sir. Vielleicht sogar schon früher.«

»Und woran ist er gestorben?«

»Pest, Pocken und Schweißausbrüche.« Der Kapitän spuckte in den Wind. »Das wäre es wenigstens gewesen, wenn ich über seinen Tod zu bestimmen gehabt hätte. Ich hätte den Verbrecher in Eisen gelegt und ihn als Anker benutzt, schade nur, daß ich zuviel Respekt vor der GABRYELLE DE BARNSTAPLE habe, um so was von ihr runterhängen zu lassen.«

»Den Mann mochtet Ihr wohl nicht, wie ich sehe«, sagte Nicholas mit kühler Untertreibung. »Was für Geschäfte hattet Ihr denn mit ihm?«

»Keine, Sir, und das ist ja gerade der Ärger!«

»Ihr suchtet eine Anstellung?«

»Ich hatte sie verdient!« schimpfte der Seemann. »An der ganzen Küste von Devon gibt es keinen Schiffer, der mehr Erfahrung hätte als ich. Als er einen neuen Kapitän für die MARY suchte, da hätte er mich nur anzuschauen brauchen, aber er schlug meine Bewerbung in den Wind. Er sagte, ich sei zu alt! Ha! Ich bin jung genug, um ihm einen Haufen auf sein Grab zu scheißen, wenn ich das nächste Mal daran vorbeikomme!«

Der Kapitän verlor sich in einer Flut von Kraftausdrücken, was Nicholas Zeit gab, die Einzelheiten, die er bisher erfahren hatte, in eine sinnvolle Ordnung zu bringen. Matthew Whetcombe war unermeßlich reich gewesen, aber dieser Reichtum beruhte weniger auf regulärem, legitimem Handel als vielmehr auf reiner Piraterie. Keiner konnte die Scheinheiligkeit, die diesem Wort anhaftete, besser erkennen als Nicholas Bracewell, denn er war unter einem der bekanntesten Kaperkapitäne Englands gesegelt. Francis Drake und seinesgleichen waren vom königlichen Hofe Kaperbriefe ausgestellt worden, eine offizielle Erlaubnis zur Piraterie. In den fünf Jahren seit dem Sieg über die spanische Armada war Seeräuberei ein ganz besonders einträgliches Geschäft, und Matthew Whetcombe war einer der Nutznießer gewesen.

Im Jahre 1590 war die MARY mit voller Mannschaft und einer starken Bestückung mit Kanonen in See gestochen. Nach einem Überfall auf ein ausländisches Schiff vor der Küste Guineas kehrte sie in den Hafen zurück – mit einer Beute, die die Stadt eine ganze Woche lang in Begeisterungstaumel versetzte. Vier Kisten voller Gold wurden aus den Frachträumen entladen, dazu ein Korb voller Perlen. Der Gesamtwert der Ladung betrug annähernd fünfzehntausend Pfund, ein Betrag, der Matthew Whetcombe reicher machte als jeden seiner Zeitgenossen. Obwohl er behauptete, er habe sein Vermögen mit Handel erworben, war es das Ergebnis nackter Piraterie. Kaperbriefe waren nichts anderes als legalisierte Seeräuberei.

Um die wilden Beschimpfungen des Kapitäns zu beenden, lenkte Nicholas Bracewell das Gespräch auf ein verwandtes Thema. Er biß die Zähne zusammen, bevor er seine Frage stellte, aber er mußte die Wahrheit ohnehin früher oder später erfahren.

»Habt Ihr etwas über einen gewissen Robert Bracewell gehört?«

»Hab ich vielleicht vor ein paar Jahren mal.«

»Ist er denn auch tot?« fragte Nicholas überrascht.

»O, nein, Sir. Hat eine Pechsträhne erwischt, glaube ich.« Er nahm die Mütze ab, um sich mit seinen abgebrochenen Fingernägeln den Kopf zu kratzen. »Mein Gedächtnis ist nicht mehr das, was es einmal war, aber ich kann mich an den Namen erinnern. Laßt mich mal nachdenken. Ich komm schon noch drauf.« Nach einer Weile geschah das auch tatsächlich. Er stülpte sich die Mütze wieder über den Kopf, um die Tatsache hervorzuheben. »Robert Bracewell, wie? War das nicht einer von diesen Kaufleuten, die Rohwolle und Flanell nach Frankreich exportierten?«

»Genau der!«

»Jetzt weiß ich's wieder. Sein Schiff kam mit Flachs und Hanfstoff aus Rouen und St. Malo zurück.« Der Seemann nickte. »Es ist derselbe Mann, aber nicht mehr derselbe Handel. Der arbeitet nur noch wenig im Hafen.«

»Er hatte zwei Söhne«, half Nicholas ihm weiter.

»Das war ein Teil des Dramas, Sir. Der jüngere bekam Streit mit ihm und ging nach Exeter. Er arbeitet dort als Kaufmann, soviel ich weiß, und hat mit seinem Vater nichts mehr zu schaffen.«

»Und der andere Sohn?«

»Der brach seinem alten Vater das Herz.« Der Kapitän hatte jetzt die ganze Geschichte im Griff. »Dieser andere Sohn ging nach Plymouth und segelte mit Drake. Er ist nie zurückgekehrt. Der tapfere Sir Francis ist ein großer Seemann, da gibt's gar keinen Zweifel, aber er hat auf seiner Reise viel zu viele Leute verloren. Ich würde besser auf meine Mannschaft aufpassen. Wenn ich die MARY um die Welt gesegelt hätte, wäre mir kein einziger Mann abhanden gekommen. Ich hätte der Kapitän dieses Schiffes sein sollen!«

Er brabbelte weiter vor sich hin, aber Nicholas hörte ihm nicht mehr zu. Er war zu beschäftigt, das zu verarbeiten, was er gerade gehört hatte. Robert Bracewell hatte erneut gelogen. Um das Verschwinden und anhaltende Fernbleiben seines Sohnes zu erklären, erfand er seinen Tod auf See, irgendwo in einem abgelegenen Winkel des Globus. Das war die Art seines Vaters, mit Problemen umzugehen. Er ließ seinen ältesten Sohn einfach sterben.

Die GABRIEL machte gute Fahrt entlang der Küste, und Nicholas war kein untätiger Passagier. Wenn die Segel getrimmt werden mußten, arbeitete er mit der Mannschaft Seite an Seite. Wenn es um navigatorische Fähigkeiten ging, bot er höflich seine Dienste an. Der Kapitän hielt ihn für einen richtigen Seemann und ließ ihn sogar für eine Weile ans Ruder. Das war ein teures Vergnügen. Obwohl Nicholas diese Momente am Ruder genoß, so mußte er sich auch weiteres Gestöhne und Gerede des Kapitäns anhören. Segler waren wie Fischer. Das Schiff, das ihnen entgangen war, ähnelte dem riesigen Lachs, der ihnen gerade eben entwischt war. Dieser Mann wäre niemals in der Lage gewesen, ein Schiff von der Größe der MARY zu segeln, die dazu auch noch schwierig zu steuern war, dennoch beklagte er sich für den Rest seiner Tage über sein herbes Schicksal. Der Kapitän der GABRYELLE DE BARNSTAPLE war an den Mast seiner Träume gekettet.

Gegenläufige Winde zwangen sie zu kreuzen, während sie Ilfracombe passierten, aber die Fahrt wurde leichter, nachdem sie das Vorgebirge umschifft und südlichen Kurs eingeschlagen hatten. Schließlich kroch Barnstaple Bay am Horizont herauf, und Nicholas spürte die plötzliche Freude des Seemanns, der nach langer und langweiliger Reise den ersten Blick auf seine Heimat werfen kann. Als er allerdings daran dachte, was ihn dort erwartete, verwandelte sich seine Freude in Befürchtungen. Zum letztenmal zapfte er die Voreingenommenheit des Kapitäns an.

»Hat Matthew Whetcombe eigentlich eine Familie hinterlassen?« fragte er.

»Allerdings, Sir«, sagte der andere. »Eine hübsche Frau und einen Strich von Tochter.«

»Nur ein Kind?«

»Das könnt Ihr wohl sagen, Sir. Ich habe selbst sechs, und die meisten Kaufleute in Barnstaple haben drei oder vier. Aber Matthew Whetcombe nicht.« Er stieß ein krächzendes Lachen aus. »Der Fluch, den ich auf ihn geworfen habe, muß gewirkt haben. Der Bursche konnte nur ein einziges Kind in die Welt setzen, und das war so schrecklich beisammen, daß er sich niemals mit ihm auf der Straße blicken ließ.«

»Schrecklich beisammen?«

»Taub und stumm, Sir.«

»Das arme Kind!«

»Armes Kind, reiche Mutter.«

»Was meint Ihr damit?«

»Die Frau, Sir. Er hat das Schiff nach ihr benannt.«

»Das habe ich schon verstanden«, sagte Nicholas leise. »Mary. Ihr Name ist Mary Whetcombe. Er war mit seiner Frau gesegnet.«

»Gesegnet ist sie«, sagte der Kapitän. »Sie hat das Schiff und das Haus und den Reichtum und alles. Sie ist eine einmalige Frau. Ich wette, Mary Whetcombe ist die reichste Witwe in ganz Devon. Sie hat mehr Verehrer um sich herum, als eine Kuh im Sommer Fliegen am Arsch hat.« Er gab Nicholas einen harmlosen Stoß. »Habt Ihr vor, Euch zu verheiraten, Sir?«

Er hatte seinen Besuch perfekt geplant. Fünfzehn Minuten nach Arthur Calmady ließ Barnard Sweete sich in die große Halle des Hauses in der Crock Street führen. Der Vikar war seine tägliche Litanei an Beileidsbezeugungen losgeworden und las aus der Bibel vor. Mary Whetcombe war in aufgeschlossener Stimmung. Sie protestierte nicht, als das Hausmädchen den Rechtsanwalt hereinführte.

»Ich bitte um Entschuldigung, daß ich so früh komme«, sagte er. »Ich möchte mich Euch und Master Calmady nicht aufdrängen.«

»Wir sind schon fast fertig«, sagte der Vikar feierlich. »Ich lasse Euch jetzt mit Mistress Whetcombe allein.«

»Bleibt!« bestimmte Sweete.

»Ihr werdet Geschäftliches besprechen wollen.«

»Eure Anwesenheit wird dabei hilfreich sein, Master Calmady.«

»Dann gehorche ich natürlich.«

Der Vikar lehnte sich in seinem Sessel zurück, als habe er sowieso keineswegs die Absicht, sich von dort fortzubewegen. Er war bereits gewarnt worden, daß er dazubleiben habe, aber Mary Whetcombe war zu bedrückt, um das zu bemerken. Sie sah auch nicht die sprechenden Blicke, die zwischen ihren beiden Besuchern gewechselt wurden. Sie hatte das Gefühl, von Kirche und Gesetz eingeengt zu werden.

Barnard Sweete räusperte sich und trug die Rede vor, die er in seinem Kontor eingeübt hatte. Seine Stimme war sanft und überzeugend, sein Gesicht zeigte den Ausdruck höflicher Trauer.

»Wir müssen über den Letzten Willen und das Testament sprechen«, fing er an. »Matthew Whetcombe war ein sehr wohlhabender Mann und wollte sein Erbe auf verschiedene Leute verteilt sehen. Die Art seiner Krankheit und sein unerwartet schneller Tod erlaubten keine langen Diskussionen über die Vererbung seines Vermögens. Er selbst hat keine detaillierten Anweisungen niedergeschrieben. Was wir haben ...« Er hustete erneut, als Marys Aufmerksamkeit nachließ. »Was wir haben, ist lediglich ein mündlicher Letzter Wille. Das heißt also, ein Testament, das vom Erblasser mündlich vorgetragen wurde und später niedergeschrieben worden ist. Das ist eine absolut korrekte gesetzliche Vorgehensweise und keineswegs ungewöhnlich.«

Ein sprechender Blick zum Vikar ließ dessen Bestätigung auf dem Fuße folgen.

»In der Tat, überhaupt nicht«, sagte er. »Mündliche Testamente werden überall akzeptiert. Ich selbst bin bei einigen Zeuge gewesen. Die Kirche hat mancherlei Funktionen am Totenbett.«

»Vielen Dank, Master Calmady«, fuhr Sweete fort und öffnete seine Tasche, um Papiere herauszunehmen. »Hier sind der Letzte Wille und das Testament des Matthew Whetcombe aus Barnstaple, wie es von mir und anderen Personen, darunter Gideon Livermore, bezeugt wurde.« Er betonte Livermores Name etwas stärker und schaute auf, ob die Witwe eine Reaktion zeigte, was aber nicht der Fall war. »Ich übergebe es Euch, damit Ihr es studieren könnt, doch die wichtigsten Punkte sind so, wie ich bereits erklärt habe. Ihr und Eure Tochter Lucy seid bestens versorgt und habt keinerlei finanzielle Probleme, doch der Großteil des Erbes, darunter auch die MARY, geht an den engen Freund und früheren Partner Eures verstorbenen Gatten, an Gideon Livermore.«

Diesmal gab es eine Reaktion, die allerdings einen derartig offenkundigen Abscheu zeigte, daß Barnard Sweete sich fest vornahm, in dem exakten Besuchsbericht, den er Gideon Livermore vorzulegen hatte, davon kein Wort zu erwähnen. Als Matthew Whetcombe noch lebte, war der Kaufmann ein häufiger Besucher des Hauses gewesen und hatte aus seiner Bewunderung für Mary kein Geheimnis gemacht. Diese Bewunderung beruhte allerdings nicht auf Gegenseitigkeit. Mary Whetcombe erschauerte bei dem Gedanken, daß Gideon Livermore nicht nur in der Lage sein würde, das Haus auch zukünftig zu besuchen – er würde es sogar besitzen. Das bedeutete, daß sie mit Lucy und den Dienstboten ausziehen und in ihrem fünf Meilen von Barnstaple entfernt liegenden Landhaus wohnen müßte. Eine grauenvolle Aussicht. Ihre Ehe war unglücklich gewesen, doch Matthew Whetcombe hatte ihr einen gesellschaftlichen Status und Sicherheit gegeben. Beides war ihr jetzt mittels legaler Verfahren entrissen worden.

»Laßt mich Euch die juristische Prozedur erläutern«, sagte Sweete und schaute auf ein Blatt Papier, das vor ihm lag. »Matthew Whetcombes mündliches Testament wurde am 23. April verfaßt. Er starb zwei Tage später. Am 1. Mai wurde er beerdigt. Wie üblich wurde am folgenden Tage eine Bestandsaufnahme seiner sämtlichen irdischen Besitztümer gemacht. Ich habe hier eine Kopie davon, datiert auf den 2. Mai, von mir und anderen Personen korrekt bezeugt. Diese Bestandsaufnahme wird in zehn Tagen hier in Barnstaple veröffentlicht, wenn das Testament bestätigt wird.«

»Das ist bewundernswert klar«, sagte Arthur Calmady.

»Habt Ihr dazu Fragen?«

»Nein, Sir«, antwortete Arthur Calmady mit feierlicher Unterwürfigkeit.

»Ich sprach zu Mistress Whetcombe.«

»Oh, Verzeihung, Sir.«

»Habt Ihr noch Fragen?« drängte der Rechtsanwalt.

Der Vikar versuchte, sie zu überreden. »Mary ...«

Sie warteten eine Weile und entschieden dann, Mary Whetcombe habe nichts zu sagen. Barnard Sweete ordnete die Papiere, die er mitgebracht hatte, und legte sie in einem sauberen Stapel auf den Tisch. Er war zuversichtlich, daß Mary Whetcombe höchstens einen flüchtigen Blick darauf werfen würde. Das Bestandsverzeichnis war klar und verständlich, doch das Testament war in einem derartig verzwickten juristischen Kauderwelsch abgefaßt, daß sie niemals in der Lage sein würde, es zu ihren Gunsten zu entwirren. Barnard Sweete hielt es für narrensicher.

Freundlichkeiten murmelnd, erhob sich der Rechtsanwalt, der Vikar stand ebenfalls auf. Beide näherten sich bereits der Tür, als die Witwe mit bemerkenswert fester Stimme etwas sagte.

»Matthew hat ein reguläres Testament hinterlassen.«

»Und das liegt hier genau vor Euch«, sagte Sweete aalglatt.

»Ich rede von einem geschriebenen Testament, von ihm persönlich verfaßt und von anderen bezeugt.« Die Männer nahmen wieder ihre Plätze ein. »Sein Ende kam rasch, doch der Arzt hatte ihn über seine Herzkrankheit informiert. Matthew machte sein Testament. Dr. Lymette war als Zeuge zugegen.«

»Er war auch Zeuge des mündlichen Testaments.«

»Kann das eine das andere aufheben?«

»Das ist der Zweck der Sache.«

»Ja, ja«, stimmte Calamdy bei und gab die vorgegebene Antwort. »Was wir zu einem bestimmten Zeitpunkt entscheiden, mag zu anderer Zeit unpassend erscheinen. Nur, wenn ein Mensch seinem Schöpfer gegenübertritt, kann er ein endgültiges Urteil fällen.«

»Der Letzte Wille ist das Testament«, bemerkte Sweete. »Es ist nicht wichtig, wie viele es vorher gegeben hat. Nur das letzte zählt.«

»Wo ist das erste?« fragte sie.

»Das ist unwichtig.«

»Nicht für mich, Sir. Wo ist es?«

»Eine Kopie muß sich bei Euch befinden«, sagte Calmady unschuldig und wandte sich an den Rechtsanwalt. »Habt Ihr das Dokument noch in Eurem Besitz?«

»Wir haben es nicht, Master Calmady.«

»Warum nicht?« fragte Mary mit Nachdruck.

»Ja, wieso eigentlich nicht?« fragte auch der Vikar, der mit seiner Loyalität geschmeidig umschwenkte.

»Weil, Sir«, sagte Sweete gezielt, »wir in Barnstaple und Umgebung zahlreiche Klienten haben. Bei uns sind Hunderte von Testamenten deponiert, und einige davon werden mehrfach geändert und umgeschrieben. Wenn wir jede einzelne Version ungültiger Testamente aufheben würden, hätten wir in unserer Kanzlei keinen Platz mehr für andere Dinge. Seid Ihr damit zufrieden, Master Calmady?«

Der Vikar war angemessen eingeschüchtert. »O, ja, ja doch, gewiß.«

»Was ist mit der Kopie?« fragte Mary.

»Kopie?« echote Sweete.

»Vom ersten Testament.«

»Ich habe Euch soeben erklärt, es sei vernichtet worden.«

»Das betraf Eure Kopie, Sir. Ich rede von Matthews Kopie.« Die beiden Männer bewegten sich unruhig auf ihren Plätzen. »Mein Mann hatte seine Fehler – welcher Ehemann hätte die nicht –, aber in seinen geschäftlichen Angelegenheiten war er sehr gewissenhaft. Das Testament kann durchaus bei Euch deponiert worden sein, aber er hätte sich in jedem Falle eine Kopie aufbewahrt, falls Eure verlorenginge.«

»Bei uns gehen keine Kopien verloren.«

»Dann eben vernichtet würde.«

»Befindet sich die Kopie denn nicht hier in Eurem Haus, Mary?« fragte Calmady.

»Wir haben vergeblich nach ihr gesucht.«

»Als die Bestandsaufnahme gemacht wurde, fand sich nichts in seinen Unterlagen«, sagte Sweete. »Seine eigene Kopie muß deshalb verlegt oder vernichtet worden sein.« Er überging ihren Einwand, bevor sie ihn äußern konnte. »Wie dem auch sei, das erste Testament hat keinerlei Wert und interessiert auch niemanden. Es wurde durch ein anderes ersetzt. Wobei ich Euch sagen kann, daß die Vorschriften der ersten Fassung weitgehend mit denen der zweiten Fassung übereinstimmen.«

Mary fühlte sich von dieser Aussage so verletzt, daß sie sie nicht in Frage stellte. Barnard Sweete war ein bekannter Rechtsanwalt. Er hatte jahrelang für ihren verstorbenen Mann gearbeitet. Warum sollte er sie belügen? Erschöpft warf sie einen Blick auf den Stapel Papiere und nickte. Ein Zeichen der Niederlage.

Der Rechtsanwalt hüpfte geschmeidig auf die Füße und winkte dem Vikar, ihm zu folgen. Sie verabschiedeten sich und wandten sich zur Tür, doch ihr Abgang wurde zum zweitenmal verhindert. Nach einem lauten Anklopfen trat das Hausmädchen ein und stand vor ihnen, unsicher, ob sie warten sollte, bis die beiden gegangen waren, bevor sie ihre Nachricht übergab. Mary hatte jedoch nichts zu verbergen.

»Nun, was gibt es?« fragte sie.

»Ein Gentleman wartet unten auf Euch.«

»Hat er seinen Namen genannt?«

»Nicholas Bracewell.«

Als Nicholas mit seinem Pferd von Bord der GABRIEL gegangen war, ritt er am Flußufer entlang und betrat Barnstaple durch das Westgate. Er blieb nicht stehen, um seinen Geburtsort zu betrachten oder um sentimentalen Gedanken Raum zu geben. Er war hier, weil er wichtige Dinge zu erledigen hatte, das mußte Vorrang vor allem anderen haben. Alles, was ihn leiten konnte, war der Name eines toten Mädchens, doch das reichte. Zusammen mit den Einzelheiten, die er an Bord des Schiffes erfahren hatte, führte ihn das geradewegs zur Crock Street. Der Captain hatte mit geiferndem Neid von einem großen Haus gesprochen, das er rasch gefunden hatte. Zuerst ritt er zu den Stallungen auf der Rückseite des Anwesens. Der junge Bursche, der das Sattelzeug reinigte, erkannte das Pferd sofort und freute sich, es jetzt wieder in seiner Obhut zu haben, aber Nicholas erzählte ihm nicht, wie das Pferd in seinen Besitz gekommen war. Diese Information war für die Herrin des Hauses reserviert. Überzeugt davon, an der richtigen Adresse zu sein, ging er wieder nach vorn und klopfte an die Tür. Ein Hausmädchen fragte nach seinem Namen, bat ihn, einzutreten und zu warten, und ging, um zu hören, ob er jetzt empfangen würde.

Nicholas Bracewell stand in einem Durchgang zwischen dem Laden und dem Wohnzimmer. Er konnte den Geruch von Leder erkennen. Eine Treppe führte zum ersten Stock, hier war das Hausmädchen nach oben gegangen. Er wartete geduldig, bis er über sich ein Knarren hörte. Er schaute auf und erwartete, das Hausmädchen zu sehen, statt dessen wurde er mit einem Anblick konfrontiert, der ihm Herzklopfen verursachte und den Kopf verwirrte. Er sah ein kleines Mädchen in einem schwarzen Kleid, das ihn mit großen, fragenden Augen beobachtete. Ihr Gesicht glich so sehr dem ihrer Mutter, daß dies ihre Tochter sein mußte. Nicholas fand sich zwanzig Jahre in die Vergangenheit zurückversetzt, als er und Mary Parr zusammen auf der Straße gespielt und sich im Kirchhof von St. Peter nachgelaufen waren. Er sah seiner Liebsten aus seinen Kindheitstagen ins Gesicht. Andere Erinnerungen kamen zu diesen hinzu und verwandelten alles in Bitterkeit.

Das Kind betrachtete ihn mit aufmerksamer Neugier. Sie entdeckte einen Freund. Als Nicholas sie anlächelte, winkte sie sogar schüchtern mit der Hand. Jetzt war sie nicht mehr Mary Parr, jetzt war sie auf einmal die taubstumme Tochter von Mary Whetcombe. Obwohl sie einiges von der Schönheit ihrer Mutter hatte, war ihr Haar viel heller und ihr Gesicht auf subtile Weise anders geschnitten. Das Mädchen mochte ihn. Während der kurzen Zeit, in der er am Fuß dieser Treppe wartete, verband sie eine Art Verwandtschaft miteinander. Nicholas dachte gerade darüber nach, welche Art von Verwandtschaft das wohl sein mochte, da hörte er die Schritte des Hausmädchens auf den eichenen Dielenbrettern. Das Kind verschwand, als das Hausmädchen auftauchte.

»Sie kann Euch heute nicht empfangen, Sir«, sagte sie.

»Habt Ihr ihr meinen Namen genannt?« fragte er in verletztem Ton.

»Meine Herrin ist indisponiert, Sir.«

»Sie wird mich ganz sicher sprechen wollen.«

»Ihr habt ihre Antwort gehört.« Das Hausmädchen versuchte, ihn zur Tür zu drängen. »Dies ist ein Trauerhaus.«

»Sagt ihr, daß ich wichtige Nachrichten für sie habe.«

»Kommt morgen wieder.«

»Ich weiß, was mit Susan Deakin passiert ist.«

Das Verhalten des Hausmädchens veränderte sich urplötzlich, sie riß die Hände hoch und hielt sie an ihre geschwollenen Backen. Nicholas hatte mit seiner Vermutung recht gehabt, daß das ermordete Mädchen zu einem wohlhabenden Haushalt gehörte. Sie hatte in Diensten des verstorbenen Matthew Whetcombe gestanden.

»Wo ist Susan?« fragte das Hausmädchen neugierig.

»Das werde ich Eurer Herrin sagen.«

»Habt Ihr sie gesehen? Geht es ihr gut?«

»Ihr werdet alles zu seiner Zeit erfahren«, sagte Nicholas verschwiegen. »Susan war Hausmädchen in diesem Haus, nicht wahr?«

»Gott segne Euch, Sir, ja, das war sie. Wie vorher ihre Mutter. Susan trat in die Fußstapfen ihrer Mutter Joan Deakin.«

»Lebt ihre Mutter noch?«

Das Hausmädchen schüttelte den Kopf. »Tot, Sir. Schon seit Jahren.«

»War Susan ein zuverlässiges Mädchen?«

»Keine war besser als sie«, kam die Antwort. »Susan arbeitete so hart wie jeder andere im Haus und kümmerte sich um Miss Lucy. Wir waren alle so überrascht, als sie aus dem Haus wegrannte.«

»Wegrannte?«

Aber das Hausmädchen hatte genug gesagt und verfiel in vorsichtiges Schweigen. Der Fremde wurde nicht eingelassen. Sie hatte die Antwort ihrer Herrin überbracht und mußte ihn jetzt zur Tür bringen. Nicholas Bracewell war ein Name, den sie oft gehört hatte, der jedoch hier nicht willkommen war. Die Ankunft dieses Besuchers hatte auf Mary Whetcombe einen so nachhaltigen Eindruck gemacht, daß sie Zeit brauchte, um sich zu sammeln, und Barnard Sweete fühlte sich ebenfalls äußerst unwohl. Das Hausmädchen vermutete, der Fremde sei der Sohn von Robert Bracewell, und der durfte das Haus nicht mehr betreten. Einem Mann, dessen bloße Besuchsanmeldung soviel Aufregung verursachen konnte, mußte die Tür gewiesen werden.

»Ihr müßt gehen, Sir«, sagte sie mit Nachdruck.

»Gebt Eurer Herrin meine Empfehlung«, bat er. »Sagt ihr, daß ich im Dolphin in der High Street absteige. Das ist ganz in der Nähe, man kann mich schnell erreichen.«

»Guten Tag, Sir.«

»Und erinnert Euch an den Namen. Nicholas Bracewell.«

Das Hausmädchen erinnerte sich des Namens nur zu gut als Ursache der leichten Panik in den oberen Räumen. Sie hätte gerne alles über Susan Deakin erfahren, fürchtete jedoch schlechte Nachrichten. Nicholas wurde sanft zur Tür und aus dem Haus komplimentiert. Als er langsam davonging, spürte er, daß er beobachtet wurde, und drehte sich um, um das Haus zu betrachten. Gesichter zogen sich von den Fenstern des großen Wohnzimmers zurück, doch am Fenster des oberen Stockwerks blieb ein Gesicht erkennbar. Lucy Whetcombe winkte ihm wieder zu und hielt etwas in der Hand, was er aber nicht erkennen konnte. Aus der Entfernung war das winzige hölzerne Objekt nur ein undeutlicher Fleck in ihrer kleinen Hand. Er war weit entfernt von dem Gedanken, die kleine Puppe könne Nicholas Bracewell sein.

Ellen fühlte sich von einer Mischung aus Neid und Wagemut getrieben. Obwohl ihr alles gefiel, was sie bei Westfield's Men gesehen hatte, gaben ihr die Rollen der Lehrlinge zu denken. Junge Burschen konnten niemals wahre Frauenrollen spielen. Perücken und Kleider konnten die Verkörperung nur in gewissem Maße vorgaukeln. Vollständigkeit konnte damit nicht erzielt werden. Sie hatte zugeschaut, wie Lawrence Firethorn in einem Stück eine zärtliche Liebesszene mit Richard Honeydew gespielt und ihn in einer anderen Vorstellung mit gleicher Schauspielkunst verführt hatte, aber in beiden Fällen hatten sie sich nicht richtig geküßt. Worte traten an die Stelle von Umarmungen, Leidenschaft wurde in die Form schöner Verse gegossen. Wäre sie auf der Bühne, davon war sie überzeugt, dann würden die Gefühle zwischen den Liebenden stärkere Wirkung haben, und es schmerzte sie, daß sie niemals die Chance haben würde, das zu beweisen.

Was sie in der Öffentlichkeit nicht tun konnte, ließ sich jedoch vielleicht auf privater Ebene bewerkstelligen, und dies war der Punkt, an dem der Neid vom Wagemut vertrieben wurde. Als Judith Grace hatte sie gekünstelt gelächelt und gekichert, um ihn in ihr Schlafzimmer zu locken, aber diesmal brauchte es schon ein Netz ganz anderer Art, um ihre Beute an Land zu ziehen. Firethorn war jetzt auf der Hut. Wenn ihm ihre Schauspielkunst auch nur eine Spur unglaubwürdig vorkam, würde er sie entlarven. Ellens Wagemut war jedoch von einer Qualität, die sie auch vor ihrem Ehemann geheimhielt.

Firethorn war der Betrogene, aber er war auch ein ansehnlicher, maskuliner Mann, der seinen Charme versprühte, sobald er auf die Bühne trat. In diesem Punkt brauchte sie ihre Gefühle nicht zu verhüllen. Seine Ausstrahlung auf sie war echt. Ellen war sich ihrer Fähigkeit, ihn in ihr Schlafzimmer zu locken, ganz sicher, wußte aber gar nicht so genau, was sie dann machen sollte. Ihre Aufgabe war es, ihn abzulenken, während ihr Mann sein Zimmer im Jolly Sailor durchwühlte. Es gab nur einen verläßlichen Weg, um einen echten, vollblütigen Mann abzulenken.

Vorsichtig wurde an die Tür geklopft.

»Seid Ihr fertig?« fragte eine respektvolle Stimme.

»Kommt rein und urteilt selbst.«

Die Tür öffnete sich, ein Kutscher schlurfte ins Zimmer. Israel Gunby hatte sich mit Hut und langem Mantel eine andere Gestalt gegeben. Voller Erstaunen riß er den Mund auf, als er seine Frau erblickte. Ellen war völlig verwandelt. Die reizende Tochter, die ein so wirkungsvolles Schild gewesen war, um sich dahinter zu verstecken, war zu einer Dame von aristokratischem Gebaren geworden. Sie trug ein Kleid aus dunkelblauer Seide, das an den Schultern gepolstert und gesteppt war, mit Fischbein verstärkt, reich bestickt mit einem helleren Blau, und geschlitzt, um darunter noch schöneres Seidenfutter zu enthüllen. Silberfarbene Schuhe waren unter dem tiefen Saum des Kleides sichtbar. Die Perücke, die ihr Gesicht krönte, war kastanienbraun. Schminkkunst hatte eine attraktive junge Frau in eine umwerfende Schönheit verzaubert. Israel Gunby hätte sie auf Anhieb nicht erkannt.

»Er wird sich dir zu Füßen werfen, meine Liebe«, sagte er.

»Ich erwarte auch nichts anderes.«

»Das wird dein größter Triumph, Ellen.«

»Dann los jetzt.«

Sie brachen auf und legten die kurze Wegstrecke zum Jolly

Sailor zurück. Ein Teil des Plans war bereits am Nachmittag vorbereitet worden. Während der Aufführung von »Liebe und Glück« hatte sie von ihrem sorgfältig gewählten Sitzplatz eine so enge Verbindung zu Lawrence Firethorn hergestellt, daß es nur noch eines Briefchens bedurfte, in dem Zeit und Ort festgelegt wurden. Obwohl sie keine Kutsche besaßen, begleitete ihr Kutscher sie nichtsdestoweniger zu einem privaten Zimmer im Jolly Sailor und zog sich dann unter lauter Verbeugungen zurück. Firethorn war fasziniert. Mehrere Sekunden lang konnte er nichts anderes tun, als sie anzustarren und den betörenden Duft ihres Parfüms einzuatmen. Er trug Wams und Hosen aus schwarzem Samt. Beides war reich bestickt und geschlitzt, um das blutrote Seidenfutter hervorzuheben. Er legte seinen Hut beiseite, machte eine tiefe Verbeugung und nahm ihre Hand, um einen zarten Kuß darauf zu hauchen.

Ellen spürte ein Hochgefühl, das ihre Kühnheit noch steigerte.

»Ihr wart geradezu majestätisch heute nachmittag«, lobte sie ihn.

»Meine ganze Vorführung war ausschließlich Euch gewidmet.«

»Sie hat meine größte Anerkennung verdient.«

»Mein einziges Ziel war es, eine so wunderschöne Frau wie Euch zu beglücken.« Er strahlte sie an. »Lawrence Firethorn liegt Euch zu Füßen. Darf ich den Namen des Engels erfahren, der sich herabgelassen hat, mich zu besuchen?«

»Penelope, Sir.«

»Penelope«, sagte er und liebkoste den Namen mit seiner Stimme. »Penelope, Penelope, Penelope! Der Name wird sich für immer in mein Herz einbrennen. ›Die süße Penelope aus dem Jolly Sailor‹.«

»Dies ist kein angemessener Ort für mich, Sir«, sagte sie

mit entschiedener Ablehnung. »Ich habe zugestimmt, Euch zu empfangen, aber nicht, mit Euch zu soupieren. Westfield's Men sitzen unten im Schankraum. Ich werde nicht mit Euch hier oben alleinbleiben, während sie unten Witze machen und kichern. Ich verlange Privatsphäre, Master Firethorn. Ich wünsche Diskretion.« Sie schenkte ihm ein langsames Lächeln. »Ich bin verheiratet.«

»Ihr könnt Euch völlig auf mich verlassen.«

»Denkt an meinen guten Ruf, Sir.«

»Das werde ich.«

Sie trat näher an ihn heran und flüsterte ihm ihre Befehle mit solcher Delikatesse ins Ohr, daß sich ein beseligtes Lächeln auf seinem Gesicht ausbreitete. Ellen genoß jede einzelne Sekunde.

»Kommt genau in einer Stunde in den Black Swan in der Wine Street«, instruierte sie ihn. »Mein Mann kommt erst sehr spät zurück. Nehmt den Hintereingang des Gasthauses, damit Ihr von niemandem gesehen werdet. Dort wartet Ihr auf meinen Kutscher. Er wird Euch zu mir führen.«

»Das Leben kann keine schöneren Versprechen machen.«

»In einer Stunde, Master Firethorn.«

»Lawrence«, korrigierte er sie.

»Lawrence«, wiederholte sie träumerisch. Dann gestattete sie ihm einen leichten Kuß auf die Wange und zog sich zurück. »Auf bald, bester Herr.«

»Im Black Swan.«

»Ich werde dort sein.«

Sie öffnete die Tür und war wie ein Geist verschwunden.

Nicholas Bracewell war von ihrer Ablehnung wie vor den Kopf gestoßen und konnte sich keine Erklärung für dieses Verhalten ausdenken, die seine verletzten Gefühle hätte besänftigen können. Mary Whetcombe befand sich irgendwie in ernsthaften Schwierigkeiten und hatte Nicholas als letzte Rettung eine Nachricht zukommen lassen. Darauf hatte er reagiert. Während einer langen und gefährlichen Reise hatte ihn der Gedanke aufrechterhalten, daß sie ihn brauchte, und er hatte sein Leben aufs Spiel gesetzt, um nach Barnstaple zu kommen. Von Anfang an war er der Auffassung gewesen, Susan Deakin sei Dienstmädchen in Marys Haushalt gewesen, und die kurze Reise von Bristol hatte zum einen diese Vermutung bestätigt und ihm zum anderen wertvolle Einblicke in ihre häuslichen Umstände gegeben. Wenn Mary einen Hilferuf losgeschickt hatte, warum weigerte sie sich dann, den Mann zu empfangen, der diesem Hilferuf unter so großen persönlichen Kosten Folge geleistet hatte? Wenn sie Susan Deakin nach London geschickt hatte, warum zeigte sie dann so wenig Interesse an Susan Deakins Schicksal?

Die Reise in die Crock Street hatte ein einziges Ergebnis erbracht. Lucy Whetcombe schien ihn zu kennen. Während dieser kurzen Begegnung im Haus spürte er, daß sich ein Band zwischen ihnen knüpfte, wagte aber nicht, darüber nachzudenken, welche Bedeutung das haben könnte. War Lucy ein Teil des Grundes, daß ihre Mutter sich weigerte, ihn zu sprechen? Wer waren die anderen Gesichter an den Fenstern? Was hielt das Kind in der Hand, als es ihm zuwinkte? Warum erinnerten ihr Haar und ihr Gesicht ihn an jemand anderes? Wer war dieses Kind?

Es gab eine Möglichkeit, dieses Geheimnis zu lüften. Nicholas verließ sein Zimmer im Dolphin Inn und trat auf die Joy Street hinaus. Er bog bei der ersten Kreuzung ab und betrat die große freie Fläche, auf der die Pfarrkirche St. Peter stand. Sie hatte sich verändert, seitdem er sie zum letztenmal gesehen hatte, aber sie besaß noch immer die Kraft, ihn zu verletzen. Er betrat den Kirchhof, ging als erstes zum Grab seiner Mutter und fuhr mit zärtlichen Fingern über den Namen, der in den moosüberwucherten Stein gemeißelt war. Es gab keinerlei Zweifel am Sterbedatum und der Todesursache seiner Mutter. Der Haß auf seinen Vater rührte sich kurz, aber er vertrieb den Tod aus seinen Gedanken. Es waren eine Heirat und eine Geburt, die ihn hier hergebracht hatten.

Nicholas betrat die Kirche, und schon umschwirrten ihn andere Erinnerungen wie Aaskrähen. Sie hackten so gierig in seinen Gedanken herum, daß er den Arm hob, um sie davonzujagen. Ein junger Hilfsgeistlicher näherte sich ihm mit neugierig aufgerissenen Augen und hieß ihn willkommen. Nicholas bat um einen Gefallen, und der junge Kurat war ihm gerne behilflich. Schon bald beugte sich der Besucher über ein Kirchenbuch, das im hinteren Teil des Gebäudes aufbewahrt wurde. Solche ledergebundenen Register gab es in jeder Kirche in England. Heinrich VIII., der Vater der jetzigen Königin, hatte angeordnet, daß alle Geburten, Heiraten und Todesfälle in einer Pfarre auf das genaueste vermerkt würden. Nicholas blätterte mit wachsenden Emotionen das Register durch.

Als erstes fand er das Hochzeitsdatum. Mary Parr und Matthew Whetcombe hatten an einem Samstag im Juni geheiratet. Nicholas war schockiert, daß dies so kurz nach seiner Flucht aus der Stadt geschehen war. Er konnte es Mary nicht übelnehmen, daß sie jemand anderen geheiratet hatte, nachdem er weg war, aber vielleicht hätte sie ja eine angemessene Zeit warten können, und sie hätte sich ganz sicher jemanden aussuchen können, der ihrer mehr wert war als ausgerechnet Matthew Whetcombe. Der Kaufmann war ein fleißiger Mann mit einem Gespür fürs Geschäft gewesen, aber ansonsten hochgradig unattraktiv. Mary hatte ihm, Nicholas, geschworen, sie würde niemals einen solchen Mann heiraten, und es schmerzte Nicholas zu sehen, wie leichtherzig und schnell dieser Schwur gebrochen wurde.

Nicholas betrachtete das Titelblatt des Kirchenregisters und las die eindrucksvollen Worte, die wie eine gewaltige Glocke klangen.

Hier folgen alle Namen derjenigen, die in der Pfarre von Bar' getauft wurden vom zehnten Tage des Oktobers des Jahres unseres Herrn und Gottes eintausendfünfhundertachtunddreißig bis zum Tage Mariä Verkündigung des nächsten entsprechend der Anordnung von Königs Gnaden und seines Vizeregenten des Lords Thomas Cromwell Lordsiegelbewahrer und Ritter des Hosenbandordens.

Der königliche Befehl trug die Jahreszahl 1538. Nicholas dachte flüchtig an Thomas Cromwell, dessen Name das Edikt trug. Zwei Jahre später hatte er die Gunst des Königs verscherzt und war auf barbarische Weise hingerichtet worden. Irgendwo in England gab es ein Kirchenregister, in dem auch sein Tod vermerkt worden war. Doch es war der Beginn eines Lebens, das Nicholas Bracewell jetzt interessierte, und er wendete die Seiten mit zitternder Hand um, bis er die Eintragung gefunden hatte. Sein Finger fuhr die Reihe der Namen entlang und fand den richtigen. Lucy Whetcombe. Das Kind war knapp zehn Monate nach der Hochzeit getauft worden. Matthew Whetcombe war als Vater eingetragen worden, doch das Geburtsdatum deutete eine überraschende andere Möglichkeit an. Nicholas dachte an Lucys Haar und Gesichtsfarbe. Er dachte an ihre Augen. Er entsann sich des Gefühls eines plötzlichen Wiedererkennens, als er sie zum erstenmal zu Gesicht bekam. Er erinnerte sich daran, daß Mary ihm an ihrem letzten Abend etwas hatte sagen wollen. Aber alles lag schon so viele Jahre zurück, daß er sich der Zeiten und Orte nicht mehr sicher war, dennoch begann ein Gedanke in seinem Kopf Gestalt anzunehmen. Vielleicht hatte das kleine Mädchen guten Grund, so auf ihn zu reagieren. Obwohl die aufgeschriebenen Daten etwas anderes aussagten, fragte er sich, ob es wohl ein besonderes Band zwischen ihm und dem Mädchen gab.

Könnte Lucy Whetcombe tatsächlich seine Tochter sein?

Gideon Livermores Zorn machte sich Luft in wütendem Geschrei, doch diesmal ließ Barnard Sweete sich nicht einschüchtern. Er antwortete mit beißendem Sarkasmus, der den Kaufmann schmerzhaft traf.

»Nicholas Bracewell ist tot«, höhnte der Rechtsanwalt. »Und falls er noch leben sollte, hat er keine Chance, näher als auf zehn Meilen an Barnstaple heranzukommen.«

»Er wird die Stadt nicht lebend verlassen, das weiß ich genau!«

»Wo stecken Eure Männer, Gideon? Warten die immer noch unter irgendeinem Baum am Straßenrand, um sich auf ihn zu stürzen? Jagen die immer noch hinter seinem Schatten her?«

»Hört auf damit, Barnard.«

»Ihr wollt ihn auf der Landstraße abfangen, und er reist per Schiff an.«

»Hört auf damit, sage ich!«

»Lamparde wird ihn erledigen. Was ist denn mit Lamparde passiert?«

»Er hat versagt.«

»Hier gibt es überhaupt nichts anderes als Versagen, Gideon!«

Sie befanden sich im Büro des Rechtsanwalts, der seine Worte nicht auf die Goldwaage legte. Barnard Sweete war schockiert gewesen, als Nicholas Bracewells Name in der Crock Street genannt wurde. Im gleichen Moment, in dem er um Mary Whetcombes Zustimmung zum Testament ihres verstorbenen Mannes kämpfte, klopfte unten genau der Mann an die Tür, der es als einziger anfechten konnte. Eine Partnerschaft mit Gideon Livermore war eine profitable Angelegenheit, aber sie beruhte auf einer Art Arbeitsteilung. Sweete kümmerte sich um die juristische Seite aller Geschäfte und überließ dem Kaufmann die weniger angenehmen Dinge. Und der hatte ganz eindeutig seinen Teil der Vereinbarung nicht erfüllt.

Gideon Livermore versuchte, seine Autorität wieder herzustellen.

»Meine Leute werden sich im Dolphin um ihn kümmern.«

»Seid Ihr wahnsinnig?« sagte der andere. »Nicholas Bracewell ist kein herumstreunender Wilddieb, den Ihr auf Eurem Land erwischt und umbringt, um dem Gesetz die Mühe der Strafverfolgung zu ersparen. Diesen Mann kennt man in dieser Stadt. Seine Familie lebt hier. Man hat ihn am Kai gesehen, im Haus, in der Kirche und im Gasthof. Das ist hier keine Arbeit für einen von Euren Lampardes. Wir hätten ganz Barnstaple im Nacken. Pfeift Eure Jagdhunde zurück. Diese Geschichte muß anders behandelt werden.«

»Dann sagt mir, wie.«

»Ich werde mit ihm reden.«

»Bieten wir ihm Geld?«

»Nein, Gideon«, sagte der andere voller Verzweiflung. »Geld kann diesen Mann nicht reizen. Zuerst finden wir heraus, wieviel Bracewell überhaupt weiß. Dann rede ich mit ihm.«

»Was ist, wenn er mit Mary redet?«

»Sie hat ihn abgewiesen und wird das auch wieder tun.«

»Wie könnt Ihr da so sicher sein?«

»Ich sah, wie sie sich krümmte, als sein Name genannt wurde.«

»Aber die Frau hat nach ihm geschickt.«

»Nein«, sagte der Rechtsanwalt. »In diesem Punkt haben wir uns geirrt. Susan Deakin ist nicht geschickt worden. Sie ist aus eigenem Antrieb nach London geritten.«

»Aber warum denn bloß?«

»Genau das ist es, was Bracewell herausfinden will.«

»Haltet ihn auf, Mann. Überzieht ihn mit juristischen Fallstricken!«

»Das mache ich schon gut genug. Aber wir haben ein anderes Problem, das uns hier Ärger macht. Wir müssen ihn von seinem Vater fernhalten.«

»Das ist keine große Sache. Er haßt Robert Bracewell.«

»Diesen Haß müssen wir noch verstärken.«

»Warum?«

»Weil uns das zugute kommt.«

»Die beiden zusammenzubringen könnte uns doch weit mehr helfen«, sagte Livermore. »Robert ist ein unberechenbarer Bursche, wenn er in Wut gerät. Wenn Vater und Sohn aneinandergeraten, wird Nicholas sich schnell wieder auf den Rückweg machen, und all unsere Sorgen sind vergessen.«

»Ihr überseht etwas, Gideon.«

»Was denn?«

»Matthew Whetcombes Testament.«

»Vergeßt es!« lachte Livermore. »Wieso, Mann, ich habe das Ding doch so gut wie frei erfunden. Ihr und die anderen waren Zeugen. Wir hörten ein mündliches Testament von jemandem, der zu krank war, um sprechen zu können. Ihr habt das niedergeschrieben, was ich Euch diktiert habe.«

»Ich rede von seinem früheren Testament.«

»Ihr habt gesagt, das hättet Ihr vernichtet.«

»Matthew hat eine Kopie behalten.«

Der Kaufmann ging in die Luft. »Wo ist sie?«

»Das weiß niemand«, sagte Sweete. »Aber wenn sie gefunden wird, könnte uns das noch immer zu Fall bringen.«

Gideon Livermore hatte jetzt einen neuen Grund, über Barnard Sweete herzuziehen. Dessen Aufgabe war es, sich um juristische Dinge zu kümmern und keine Schlupflöcher offenzulassen. Eine Kopie des ersten Testamentes konnte soviel Unheil anrichten wie der ungebetene Besucher aus London. Beides mußte unverzüglich erledigt werden. Dunkelrot im Gesicht vor Zorn, schlug Livermore mit der Faust auf den Tisch und fluchte wie ein König. Erst als sein Wutausbruch sich nach einiger Zeit legte, fiel ihm eine Frage ein, die er schon fast vergessen hatte.

»Was hat der Vater mit der ganzen Geschichte zu tun?« fragte er. »Was geht ihn ein Testament an, das Matthew Whetcombe gemacht hat?«

»Robert Bracewell war einer der Zeugen.«

Lawrence Firethorn war stets pünktlich, wenn es um ein Rendezvous ging. Zur angegebenen Zeit traf er an der Hintertür des Black Swan ein und stellte fest, daß der Kutscher bereits auf ihn wartete. Firethorn trug immer noch den schwarzen Samtanzug, mit dem er zuvor schon bekleidet war, doch jetzt hatte er noch einen grauen Samtumhang mit reicher Goldborte übergeworfen. In diesem Cape machte er einen verschwörerischen Eindruck, was seine Vorfreude noch erhöhte. Verbotene Vergnügungen waren die schönsten. Einem Ehemann die Hörner aufzusetzen würzte die Sache zusätzlich. Er und Penelope waren Verbündete der Sünde.

Er folgte dem Kutscher über die winkelige Hintertreppe und einen Flur entlang. Der Mann klopfte an eine Tür, erhielt Antwort und öffnete sie. Er hielt sie auf, damit Firethorn eintreten konnte, dann schloß er sie hinter dem Besucher und verschwand. Penelope wartete bereits auf Firethorn. Sie saß in einem Sessel mit hohem Rücken neben einem Tisch, der sich unter der Last von Wein und Früchten bog. Er verstand jetzt, warum sie es vorgezogen hatte, ihn hier zu empfangen anstatt in dem etwas profaneren Jolly Sailor. Das Zimmer war geräumig und luxuriös und hatte elegante Vorhänge an Wänden und Fenstern. Es war durch einen Vorhang abgeteilt, den sie an einer Ecke so weit zurückgezogen hatte, daß er das geräumige Bett sehen konnte, das auf sie wartete. Federbettenfreuden standen ihnen bevor. Sie würden essen und trinken und sich dann in die Arme sinken.

»Legt Euren Mantel ab, Sir«, gurrte sie.

»Das tue ich.«

Er zog ihn mit großer Geste von den Schultern, warf ihn über einen Stuhl und verbeugte sich so vor ihr, wie er es am Ende jeder Aufführung zu tun pflegte. Sie streckte die Hand aus, die er mit sanfter Leidenschaft küßte. Die Handschuhe, die sie zuvor getragen hatte, fehlten jetzt. Sie fühlte die Festigkeit seiner Lippen und seinen heißen Atem. Sie liebte die Art, wie sein Bart ihre Haut kitzelte.

Ellen vibrierte jetzt innerlich vor Erregung und kämpfte mit sich, um die Kontrolle nicht zu verlieren. Die Angst vor Entdeckung hatte zu sorgfältigsten Vorsichtsmaßnahmen geführt. Die Kerzen waren absichtlich so plaziert worden, daß ihr Licht nicht voll auf sie fiel. Als Firethorn ihr am Tisch gegenübersaß, sah er sie durch einen goldenen Schimmer, der ihr kastanienbraunes Haar aufleuchten ließ, die Konturen ihrer Gesichtszüge aber undeutlich machte. Was sie sah, war ein Mann, einmalig unter Tausenden, ein Schauspieler, dessen imposante Präsenz in privater Umgebung noch wirkungsvoller war als auf der Bühne, ein hübscher Kavalier, der sie durch den Lichtschimmer anlächelte. Ellen war vor der Enttarnung sicher, nicht aber vor sich selbst.

»Möchtet Ihr gerne Wein, Sir?« bot sie an.

»Danke«, flüsterte er, ergriff die Flasche und füllte ihre beiden Becher. »Auf Euch, mein Juwel!«

»Auf uns!«

»Amen!«

Sie stießen mit den Gläsern an und nippten am Wein. Er spähte durch den Spalt im Vorhang und stieß ein leises Lachen aus, das so beredt war wie sein schönster Monolog auf der Bühne. Lawrence Firethorn war kein langsamer und abwägender Liebhaber. Ein Glas Wein war alles, was er brauchte, um ihm den Pfad zu den raffinierteren Genüssen des Bettes zu ebnen. Ellen befand sich in einer Zwickmühle. Obwohl sie nur den Auftrag hatte, ihn eine Zeitlang festzuhalten, fühlte sie sich von ihm angezogen. Die neidischen Gefühle, die sie gespürt hatte, als sie Richard Honeydew beobachtete, kamen jetzt wieder an die Oberfläche; ihre Kühnheit drängte sie dazu, jene Liebesszene zu spielen, die ein Junge sich nicht einmal vorstellen konnte. Es würde nie wieder eine solche Gelegenheit geben. Zwanzig Minuten in den Armen eines Lawrence Firethorn waren so gut wie eine ganze Karriere auf der Bühne.

»Wartet auf mich, Sir«, sagte sie und erhob sich.

Er war betrübt. »Ihr verlaßt mich?«

»Nur für ein paar Sekunden. Habt Geduld.«

Firethorn verstand und hob sein Glas, um ihr seine Zustimmung zu zeigen. Sie wollte sich hinter dem Vorhang entkleiden und sich für ihn vorbereiten. Seine hübsche Penelope warf ihm einen Kuß zu und hob den Vorhang, den sie dicht hinter sich zuzog. Er konnte hören, wie sie an den Verschlüssen ihres Kleides nestelte.

Ellen legte ihre Halskrause ab, als Befürchtungen ihre Lust zu übertönen begannen. Das Risiko, das sie einging, war doch zu groß. Wenn sie ihn in ihr Bett holte, gab sie die Initiative und ihre Verkleidung auf. Ein leidenschaftlicher Liebhaber konnte ihre Perücke zum Verrutschen bringen. Selbst im Dunkeln würde er sie erkennen. Und wenn das nicht passierte, konnte es immer noch sein, daß ihr Mann zurückkam und sie im Bett entdeckte. Der Verlust eines Moments überschäumender Lust in Lawrence Firethorns Armen war nicht so schlimm wie ein Ende ihrer Partnerschaft mit Israel Gunby. Die Vernunft gewann die Oberhand und ließ sie den ursprünglichen Plan durchführen. Sie ergriff ihre Tasche und schlich zur anderen Tür. Sie würde das Gasthaus verlassen haben, bevor er überhaupt merkte, daß sie verschwunden war.

Doch Lawrence Firethorn hatte lange genug gewartet. Mit ungeduldiger Hand zog er den Vorhang unter lautem Rascheln zurück und stand vor ihr. Voller Entsetzen wirbelte Ellen herum. Sein triumphierendes Lachen erfüllte das Zimmer. Er zog seinen Degen und trat auf sie zu.

Israel Gunby ging rasch zum Jolly Sailor zurück. Er ließ es sich ein paar Münzen kosten, um zu erfahren, welches Zimmer Lawrence Firethorn hatte, und begab sich sofort nach oben. Der finstere Flur war völlig verlassen. Jetzt stand er vor Firethorns Tür und zog ein kleines Messer heraus, hatte jedoch keine Chance mehr, das Türschloß damit zu öffnen. Ein ältlicher Kammerdiener kam zittrig die Treppe vom obersten Stockwerk herunter. Das Licht seiner Kerze beleuchtete seinen kahlen Schädel und ein paar weiße Haarsträhnen. Über dem einen Auge trug er eine schwarze Klappe. Der ganze Körper des Mannes war in sich zusammengesackt.

Die Stimme des Kammerdieners hatte einen Gloucestershire-Akzent.

»Kann ich Euch helfen, Sir?« fragte er.

»Ich bin Kutscher beim Oberbürgermeister«, sagte Gunby voller Stolz. »Master Firethorn speist heute abend mit ihm, und ich soll ihn hinfahren. Aber der Gentleman hat ein Kästchen in seinem Zimmer vergessen und mich geschickt, es zu holen.«

»Hat er Euch denn keinen Schlüssel gegeben?«

»Doch, aber er scheint nicht zu passen.«

»Dann laßt mich meinen ausprobieren, Sir.«

Der Kammerdiener schlurfte zur Tür und nahm den großen Schlüsselring zur Hand, der an seinem Gürtel hing. Nach ein paar Versuchen hatte er einen gefunden, der paßte.

»Jetzt könnt Ihr hineingehen, Sir«, sagte er und stieß die Tür auf. »Ruft mich, wenn Ihr wieder geht, damit ich die Tür wegen der Diebe wieder abschließen kann. Man kann gar nicht vorsichtig genug sein.«

»So ist es.«

Israel Gunby trat ins Zimmer und machte die Tür hinter sich zu. Er ging sofort zum Bett und beugte sich nieder, um mit der Hand herumzutasten. Er entdeckte die schwere Schatulle und löste die Schnüre. Sekunden später wog er eine schwere Geldbörse in seiner Hand, deren Gewicht er mit Befriedigung abschätzte. Er schob die Schatulle zurück und drehte sich um, um zu gehen, doch die Zimmertür stand wieder weit offen, und der tatterige Kammerdiener schien um einiges größer geworden zu sein. Ein Degen blitzte ihn bedrohlich an.

Lawrence Firethorn riß sich die Perücke vom Kopf und schleuderte sie auf den Boden. Er hatte eine private Vorstellung gegeben, die niemand bestellt hatte. Israel Gunby stand wie zu Stein erstarrt. Er selbst hatte Firethorn zu einem Zimmer im Black Swan geführt. Wie konnte der Schauspieler gleichzeitig an zwei verschiedenen Orten sein?

»Setzt Euch und wartet, Sir!« befahl Firethorn. »Owen Elias wird gleich mit Eurer Frau hier eintreffen. Wenn Ihr einem Mann das Geld aus der Tasche stehlt, dann trefft Ihr nur seine Börse. Aber wenn Ihr seine Berufsehre antastet und ihn lächerlich macht, dann verletzt Ihr seinen Stolz, und das kann nicht toleriert werden.«

Israel Gunby lächelte respektvoll und begann dann zu lachen. Ein Mann, der es sich zur Lebensaufgabe gemacht hatte, andere zum Narren zu halten, war jetzt selbst zum Narren gemacht worden. Er genoß die Ironie der Situation.

»Am Galgen wird Euch das Lachen vergehen«, sagte Firethorn, »aber Westfield's Men haben Grund zur Freude. Wir bekommen nicht nur das Geld zurück, das Ihr uns gestohlen habt, sondern kassieren auch noch eine hübsche Belohnung für die Ergreifung von Israel Gunby.«

»Das habt Ihr verdient, Sir«, sagte der andere. »Das habt Ihr wirklich verdient.«

Er lachte immer noch, als die anderen eintrafen.

Nicholas Bracewell wußte, daß er verfolgt wurde. Der Mann war ihm nachgeschlichen, seitdem er die Crock Street verlassen hatte. Er trieb sich auf dem Kirchhof herum, als Nicholas herauskam. Es war keine bedrohliche Anwesenheit wie die eines Lamparde, aber die Tatsache ärgerte ihn. Der Himmel verdunkelte sich allmählich, der Kirchhof war bereits voller Schatten. Nicholas tat so, als wolle er nochmals ans Grab seiner Mutter treten, und kniete im stillen Gebet nieder. Der Mann schlich sich hinter einen Eibenbaum und beobachtete ihn. Als Nicholas sich erhob, zog er seinen Dolch aus der Scheide und drehte die Klinge nach innen, so daß nur der Griff sichtbar blieb. Er ging an dem Baum vorbei, hinter dem der Mann versteckt war, und um die Ecke eines Grabgewölbes herum. Der Mann wartete ein paar Sekunden und folgte ihm, doch seine Reise war nur kurz. Als er um die Ecke des Gewölbes spähte, konnte er niemanden sehen, der den Kirchhof verließ. Er machte einen Schritt nach vorn, doch da schlug Nicholas schon hart zu, indem er den Griff seines Dolches heftig auf den Hinterkopf seines Verfolgers niedersausen ließ. Der Mann sank bewußtlos zu Boden.

Als Nicholas das Tor des Kirchhofs erreichte, spürte er, daß er erneut von jemandem beobachtet wurde, und tastete nach seinem Dolch, doch diesmal brauchte er ihn nicht. Die Gestalt, die hinter der Mauer hervortrat, war klein und freundlich. Lucy Whetcombe sah ihn mit zögernder Neugier an, dann gab sie ihm die Hand. Sie traute ihm. Die Verbindung, die er schon zuvor gespürt hatte, war jetzt stärker denn je. Sie schienen sich zu kennen. Als ob sie um seine Probleme wüßte, führte sie ihn den Weg zurück, den sie gekommen war.

Mary Whetcombe saß im Vorderzimmer ihres Hauses und weinte bitterlich. Es war das Zimmer, in dem sie den größten Teil ihrer Ehe verbracht hatte. Während ihr Mann im großen Zimmer nebenan schlief, hatte sie ein gewisses Maß an Abstand von ihm gesucht, doch das war eine reine Illusion. Sein Geist folgte ihr überall hin, und es war viele Male vorgekommen, daß er sie ins Ehebett gezwungen hatte. Mary war nie über Nacht bei ihm geblieben. Das war der eine Punkt, bei dem sie keine Konzessionen machte. Matthew Whetcombe war gestorben und hatte sie von all dem befreit, doch jetzt drängte er ihr von jenseits des Grabes eine andere Form von Beschränkung auf. Um einige der Dinge, die sie liebte, behalten zu können, mußte sie sich dem Horror einer Ehe mit einem anderen reichen Kaufmann aussetzen. Gideon Livermore war nur eine andere Version von Matthew Whetcombe.

Sie war völlig verzweifelt. In dem Augenblick, in dem sie über eine schreckliche Zukunft nachdachte, tauchte ein Name aus ihrer Vergangenheit auf, der ihr Elend noch vergrößerte. Nach all den langen, von Reuegefühlen erfüllten Jahren war Nicholas Bracewell zurückgekommen. Als sie ihn brauchte, hatte er die Stadt verlassen. Warum kam er jetzt zurück, und was hoffte er zu erreichen? Mary konnte den Gedanken nicht ertragen, daß er sie in diesem Zustand zu Gesicht bekam. Sie war jung und glücklich gewesen, als sie zum letztenmal zusammenwaren. Diese Welt war vergangen.

Ein Klopfen an der Tür ließ sie im Bett auffahren.

»Geht weg«, rief sie. »Ich will nicht gestört werden.«

Das Klopfen wurde lauter. Sie betupfte ihre Augen.

»Laßt mich allein. Ich will niemanden sehen!«

Doch der Besucher war hartnäckig. Das Klopfen wurde noch lauter und beständiger und dauerte an, bis sie schließlich zur Tür ging, sie aufschloß und verärgert aufriß. Lucys weiße Handknöchel wollten gerade weiterklopfen, aber Mary sah ihre Tochter überhaupt nicht. Es war der große Mann, der ruhig hinter dem Kind stand, der ihre ganze Aufmerksamkeit auf sich zog. Sie stieß laut die Luft aus.

»Nicholas!«

»Ich muß mit dir sprechen, Mary.«

»Warum bist du hier? Wie bist du ins Haus gekommen?«

»Lucy zeigte mir einen Weg hinein.«

Das Mädchen schaute ihre Mutter hoffnungsvoll an, die sie jetzt endlich bemerkte. Da Nicholas an der Tür des Hauses abgewiesen worden war, hatte sie ihn durch den Geheimeingang in der Kornkammer hereingebracht. Mary war zwischen Erstaunen und Beunruhigung hin und her gerissen. Nicholas versuchte, ruhig zu überlegen. Die reine Freude, sie wiederzusehen, wurde durch ihr offenkundiges Leiden getrübt. Nur das Kind schien sich darüber zu freuen, daß alle drei zusammen waren. Zitternd vor Freude hielt Lucy die Hände der Erwachsenen einen Moment lang fest, dann rannte sie nach unten und ließ die beiden allein.

»Darf ich hereinkommen?« fragte Nicholas leise.

»Du solltest überhaupt nicht hier sein.«

»Wir müssen reden, Mary.«

Sie ging ins Zimmer zurück, er trat ein und schloß die Tür hinter sich. Als er sich im Raum umsah, fiel sein Blick auf das

Bett, einen Moment lang blinzelte er. Ihr letztes Zusammensein hatte ebenfalls in einem Schlafzimmer stattgefunden, das allerdings nicht so elegant ausgestattet war wie dieses. Als Mary sich setzte, holte er sich einen Stuhl und nahm ihr gegenüber Platz. Eine Zeitlang starrten sie sich in verletztem Schweigen gegenseitig an. Verblaßte Erinnerungen an das, was sie zusammengeführt hatte, hingen gleichsam in der Luft, doch sie wurden verdeckt von dem, was sie für immer trennen würde. Nicholas erkannte, daß der Strom, der sich geöffnet hatte, nicht überbrückt werden konnte. Alles, was er erhoffen konnte, war, leise hinüberzurufen.

»Du hast nach mir geschickt«, sagte er.

»Nein.«

»Aber ein Bote kam nach London.«

»Bote?«

»Susan Deakin.«

»Großer Gott!« stieß sie hervor und hob die Hände an den Mund. »Das war es also, wohin Susan gegangen ist? Den ganzen Weg nach London?«

»Ich dachte, sie wäre von dir gekommen, Mary.«

»Hat sie das gesagt?«

»Wir konnten nicht mehr miteinander sprechen.«

»Aber du hast doch gerade gesagt, Susan sei gekommen, um dich zu suchen.«

»Jemand hat sie daran gehindert, mich zu erreichen.«

»Und wo ist sie jetzt?«

Nicholas versuchte, es ihr vorsichtig beizubringen. »Ich fürchte, Susan wird nicht zurückkommen«, sagte er.

»Sie ist aber doch nicht etwa tot?«

Sein Gesichtsausdruck war Antwort genug. Mary verfiel in einen Weinkrampf. Nicholas legte ihr tröstend den Arm um die Schultern, doch sie brauchte Minuten, bevor sie wieder sprechen konnte. Ihr Körper wurde noch vom Schluchzen geschüttelt, als sie zu ihm aufsah. Ein neuer, tieferer Ausdruck der Verzweiflung trat in ihre Augen.

»Wie ist es passiert?« fragte sie.

»Darüber brauchst du dir keine Gedanken zu machen.«

»Wie ist es passiert? Ich muß es wissen, Nick.«

»Sie wurde vergiftet.«

»Gott im Himmel – nein!«

Wieder schwebte sie am Rande der Hysterie, er hielt sie weiter im Arm, doch sie brach nicht mehr zusammen. Schuld und Trauer übermannten sie. Ihre Stimme war ein entferntes schmerzvolles Murmeln.

»Ich habe dieses Mädchen umgebracht«, sagte sie.

»Nein, Mary.«

»Wegen mir ist sie nach London gegangen.«

»Du hast sie nicht dahin geschickt.«

»Susan wollte alles tun, was sie konnte. Sie war ein starrköpfiges Mädchen und ließ sich von niemanden etwas sagen.« Mary hob reuig die Schultern. »Ich war zutiefst beunruhigt. Ich brauchte Hilfe. Susan dachte, in London könnte sie sie finden.«

»Aber warum ist sie zu mir gekommen?« fragte Nicholas.

»Sonst gab es niemanden.«

»Das Mädchen kannte mich ja gar nicht.«

»Dein Name ist in diesem Hause oft genannt worden.«

Mary löste sich von ihm, machte ein paar Schritte zur Seite und trat dann an einen kleinen Tisch. Sie kämpfte mit den Resten ihrer Loyalität zu ihrem Ehemann, dann schaute sie auf die Papiere, die Barnard Sweete ihr gegeben hatte. Matthew Whetcombe hatte ihr keine Loyalität bewiesen, und deshalb schuldete sie ihm auch keine. Er hatte sie vollkommen sich selbst überlassen.

»Matthew und ich haben uns oft gestritten«, sagte sie und warf einen Blick zur Tür des großen Schlafzimmers. »Deinen

Namen hat er dabei oft genannt. Er sprach ihn mit großer Bitterkeit und immer im Zorn und mit lauter Stimme aus. Du bist bekannt hier, Nick. Jedem einzelnen Dienstboten im ganzen Haus, einschließlich Susan.« Sie wandte sich ab. »Und dann gab es da noch deinen Vater.«

Das riß ihn vom Stuhl. »Meinen Vater?«

»Eine Zeitlang kam er häufig hierher.«

»Warum?«

»Matthew und er hatten Geschäfte miteinander.«

»Du hast meinen Vater in dieses Haus kommen lassen, Mary?« klagte er sie an.

»Nur weil mein Mann ihn einlud«, sagte sie. »Der Name Bracewell ist in diesem Hause bekannt. Dein Vater hat niemals von dir gesprochen. Er wollte, daß alle glaubten, du seist auf See gestorben.« Sie wandte sich um und schaute ihn an. »Er sah dir so ähnlich, Nick.«

»Woher wußtest du, daß ich in London war?«

»Von meinem Mann.«

»Von Matthew?«

»Er hatte Erfolg, Nick. Er machte ein Vermögen. Aber je mehr Matthew hatte, desto mehr wollte er haben, und deshalb gründete er eine Gesellschaft in London. Im letzten September ist er nach London gefahren. Man führte ihn in sämtliche Theater.«

»Darunter bestimmt auch in das Queen's Head, nicht wahr?«

»Er hat Westfield's Men dreimal gesehen. Das letzte Mal ...«

»... hat er mich gesehen.« Sie nickte und biß sich auf die Zunge. »Da kommt doch noch mehr, Mary. Nimm keine Rücksicht auf meine Gefühle. Was hat dein Mann über mich gesagt?«

»Matthew konnte sehr grausam sein.« Sie holte tief Luft

und stieß die Worte hervor. »Er sagte, wenn ich dich geheiratet hätte, wäre ich jetzt die Frau eines Landstreichers in einer Theatergesellschaft. Er gab mir all dies – du konntest mir nichts bieten!«

»In gewisser Hinsicht ist das wahr«, sagte Nicholas traurig. »Mit Matthew warst du alles in allem besser dran.«

»Das war ich nicht!« gab sie heftig zurück. »Ich war mit einem Mann verheiratet, den ich verabscheute, anstatt mit dem, den ich liebte. Matthew mag mir all das hier gegeben haben – aber jetzt hat er mir alles wieder genommen!«

Die Heftigkeit ihres Ausbruchs hatte sie von dem Geräusch der sich öffnenden Tür abgelenkt. Lucy stand da und beobachtete sie aufmerksam. Mary faßte sich schnell wieder und ging, um rasch die Tür zu schließen, nachdem sie Lucy ins Zimmer gezogen hatte. Lucy hatte ihre Puppensammlung bei sich. Sie legte das Bündel vor Nicholas hin und rollte es vorsichtig auf. Nach und nach stellte sie die Puppen in einer Reihe auf. Als Lucy die letzte aufhob, hielt sie sie Nicholas hin.

»Nimm sie«, sagte Mary. »Ich glaube, das sollst du sein.«

»Ich?«

»Susan und Lucy haben die Puppen zusammen gemacht. Matthew hätte sie wieder verprügelt, wenn er es gemerkt hätte. Das bist du.«

Nicholas nahm die Puppe in die Hand und schaute das helle Haar an.

»Aber sie hatten doch keine Ahnung, wie ich aussehe.«

»Sie kannten deinen Vater.«

»Das bin ich?« sagte er überrascht, Lucy nickte heftig, als sie ihm die Worte von den Lippen ablas. Er bedankte sich mit einem Lächeln und schaute Mary an. »Bin ich für Lucy eine so wichtige Person?«

»Ja, Nick.«

Das Kind hockte jetzt auf den Knien, bewegte die Puppen hin und her und bildete kleine Gruppen aus ihnen. Nicholas schaute über sie hinweg und stellte mit den Augen eine Frage. Der Gedanke hatte sich in seinem Kopf schon fast zur Gewißheit entwickelt, aber Mary antwortete mit Tränen in den Augen und einem Kopfschütteln.

»Nein«, sagte sie, »Lucy ist nicht von dir.«

»Kannst du dir ganz sicher sein?«

»Sie war Matthews Kind. Ich muß es doch wissen! Die meiste Zeit hat er damit verbracht, mir die Schuld dafür zu geben. Deshalb bestraft er mich jetzt dafür. Wegen Lucy und wegen ...« Ihre Stimme wurde immer leiser.

Nicholas beobachtete Lucy, die friedlich spielte, gleichzeitig enttäuscht und erleichtert über die Neuigkeiten. Mary strich dem Kind mit zärtlicher Hand übers Haar, aber Lucy schaute nicht auf. Ihre Mutter wandte sich wieder an ihren Besucher.

»Susan war Lucys beste Freundin«, sagte sie. »In mancher Beziehung ihre einzige Freundin. Ich werde ihr niemals sagen können, daß Susan ...« Sie schlug die Hände vors Gesicht. »Es würde Lucy das Herz brechen.«

»Warum ist Susan Deakin zu mir gekommen?«

»Sie wußte, daß ich Hilfe brauchte.«

Mary nahm die Papiere vom Tisch auf und gab sie Nicholas. Er las die erste Seite des Testaments und verstand sofort die Art von Schwierigkeiten, um die es hier ging.

»Hat dein Mann dieses Testament gemacht?« fragte er.

»Sie behaupten, er habe es gemacht.«

»Es schließt dich ganz klar von der Erbschaft aus. Außer einem Haus, in dem du leben kannst, und einem kleinen Einkommen bekommst du gar nichts. Alles geht an Gideon Livermore.« Nicholas kannte diesen Namen und sprach ihn voller Verachtung aus. »Livermore gibt sich Vorrang vor der

Witwe eines Mannes und ihrer Tochter. Dieses Testament ist eine Beleidigung. Es ist geradezu obszön!«

»Der Rechtsanwalt versichert mir, es sei legal.«

»Er erbt sogar die MARY.«

»Das war Matthews Stolz und ganze Freude.«

»Sie müßte dir jetzt gehören«, sagte Nicholas. »Du wirst hier völlig mißbraucht, Mary. Dieses Testament muß angefochten werden.«

»Ich habe keine Möglichkeit, das zu tun«, beklagte sie sich. »Hier sind alle gegen mich. Der Rechtsanwalt, sein Partner, Gideon Livermore und sogar der Vikar. Wer kann sich gegen all diese Leute auflehnen?«

»Wir können es«, sagte er. »Zusammen.«

»Das ist nicht dein Kampf, Nick.«

»Doch, Mary. Susan Deakin hat mir das beigebracht.« Er hielt das Dokument hoch. »Das ist ein mündliches Testament. Hat Matthew kein eigenes geschrieben?«

»Doch, aber dieses zweite hebt das erste auf.«

»Wo ist das erste?«

»Es war beim Rechtsanwalt deponiert, wurde aber vernichtet, als dieses hier gemacht wurde.« Sie seufzte hilflos. »Matthew hatte eine Kopie des ersten Testaments, aber wir wissen nicht, wo er es aufbewahrt hat.«

»Wer waren die Zeugen?«

»Warum?«

»Die werden wissen, was drinstand.«

»Barnard Sweete war einer davon. Er ist Matthews Rechtsanwalt. Er schwört, das zweite sei fast völlig identisch mit dem ersten.«

»Weshalb hätte er es dann machen sollen?« fragte Nicholas. »Können die anderen Zeugen bestätigen, was dieser Rechtsanwalt behauptet?«

»Ich fürchte, das können sie, Nick. Es sind hauptsächlich

dieselben Männer, die das zweite Testament bezeugen. Es gibt nur eine einzige Ausnahme.«

»Ist es ein ehrlicher Mann?«

»Das kannst nur du allein wissen.«

»Sag mir, wer er ist, und ich gehe sofort zu ihm. Dieses Testament macht Gideon Livermore hier zum Herrn über alles. Du würdest aus deinem eigenen Haus vertrieben.«

Mary senkte den Kopf. »Er möchte, daß ich bleibe.«

Nicholas verstand, sein Ärger steigerte sich. Das Testament wurde nicht nur benutzt, um Mary Whetcombe um ihr rechtmäßiges Erbe zu betrügen. Es war darüber hinaus auch ein brutales Mittel, sie ins Bett eines ehrgeizigen Kaufmanns zu zerren. Susan Deakin kannte nicht alle Details der Probleme ihrer Herrin, aber genug, um Nicholas um Hilfe zu bitten. Sie war ermordet worden, weil man versuchte, Betrug und gravierendes Unrecht zu verschleiern. Ein rechtmäßiges Testament bedurfte keines professionellen Mörders, um in Kraft zu treten. Das Dokument war zum Nutzen anderer gefälscht worden und mußte unter allen Umständen angefochten werden. Ein gewaltiges Vermögen stand auf dem Spiel. Ein einziger ehrlicher Mann konnte es in die rechtmäßigen Hände bringen. Falls Nicholas ein paar Hinweise auf den Inhalt des ersten Testaments bekam, könnte er die Sache in Gang bringen. Aber dafür brauchte er unbedingt diesen anderen Zeugen.

»Wer war dieser Mann, Mary?« fragte er.

»Dein Vater – Robert Bracewell.«

11. Kapitel

Alexander Marwood hatte allen Glauben an die Vernunft göttlicher Einwirkung fahren lassen. Nach lebenslangem Studium dieses Phänomens kam er zu dem Schluß, daß es so etwas wie eine wohlwollende Gottheit, die mit sorgender Liebe über die Angelegenheiten der Menschen wachte, einfach nicht gab. Nichts, was die Gefährdeten vor dem Rad des Schicksals bewahrte. Marwood hatte den größten Teil seines Daseins unter diesen Rädern verbracht, was schwere Narben auf Geist, Körper und Seele hinterlassen hatte. Wenn es wirklich so etwas wie Mitleid im Himmel gab, dann wäre es gewiß jemandem wie ihm in seiner mißlichen Lage zuteil geworden, aber nichts kam, was die langandauernde Misere seines Lebens erleichtert hätte. Sein Elend hätte Engel dazu bringen müssen, in Tränen auszubrechen, und Erzengel, die Hände zu ringen vor lauter Mitleid, aber das Mitleid war immerzu im Urlaub. Er wurde gottlos.

Die Welt der Arbeit, sein Weib und Westfield's Men – das waren die drei Gründe seines Ruins. Ein Mann seines Temperaments hätte niemals Gastwirt werden dürfen. Er haßte Bier, er haßte Menschen, und er haßte Lärm, dennoch suchte er sich einen Beruf aus, der ihn mit all dem unlösbar verband. Seine introvertierte Natur war schlecht geeignet für das extrovertierte Geschwafel eines Schankraums. Es war kriminell, ihn seine Strafe im Queen's Head verbüßen zu lassen. Und seine Heirat hatte das Ganze zu einem nicht gemeldeten Verbrechen gemacht. Sybil Marwood kettete ihn an das Gasthaus und fesselte ihn an ihre Ziele. Ein Jahr gedämpften Glücks in ihren Armen hatte eine Tochter produziert, die merkwürdigerweise nichts von der auffälligen Häßlichkeit beider Eltern abbekommen hatte. Es hatte allerdings auch ein lauwarmes Ehebett in ein kaltes verwandelt, und inzwischen hatte sich so viel Eis darin angesammelt, daß Marwood das Gefühl hatte, er liege neben einer Polarbärin. Westfield's Men machten seinen Alptraum vollständig.

Schon für sich genommen, hätte jede seiner Sorgen ausgereicht, einem Mann das Herz und einem Tier das Rückgrat zu brechen. Zusammen waren sie unerträglich. Das Feuer im Queen's Head hatte irgendwie alles miteinander verschmolzen, und das vereinte Gewicht seiner Bedrängnis preßte ihm jetzt den letzten Lebensfunken aus der Seele.

»Hast du bereits eine Entscheidung getroffen, Alexander?«

»Noch nicht, meine Liebe.«

»Beeile dich, oder wir verlieren unseren Vorteil.«

»Es gibt keinen Vorteil bei einer Theatergesellschaft.«

»Warum umwirbt dieser andere Gastwirt sie dann so?«

»Wahnsinn.«

»Profit.«

»Selbstmord.«

»Respekt.«

»Gemeinheit.«

»Ruhm und Ehre!« kreischte Sybil. »Verlier das nicht, Alexander, oder wir sind erledigt. Sei schlau, sei stolz, sei berühmt!«

Mittlerweile brüllte die Polarbärin ihren Mann jeden Tag an.

Marwood ließ seine Frau im Schankraum zurück und flüchtete sich auf denHof, stählte sich vor dem Anblick der Verwüstung und schwor, Westfield's Men würden niemals wieder die Chance erhalten, sein Haus in Brand zu stecken. Ihm stand jedoch eine Überraschung vor Augen. Die Restaurierungsarbeiten schritten schneller voran als erwartet. Fleißige Zimmerleute hatten inzwischen alle angekohlten Balken entfernt und sie durch neue, stabile ersetzt. Hinter dem hölzernen Gerüst wurde das gähnende Loch zügig wieder geschlossen. Die Balkone senkten sich jetzt nicht mehr an der einen Ecke. Neue Stützbalken hatten sie in ihren richtigen Zustand zurückversetzt. Es gab immer noch viel zu tun, doch der Innenhof des Queen's Head war erkennbar verbessert.

Aber auch eine weniger angenehme Überraschung stand

ihm bevor. Obwohl überall fleißig gehämmert wurde, obwohl stark beschäftigte Stallburschen zahlreiche Pferde in die Stallungen führten und andere herausholten, war der Innenhof irgendwie ruhig. Da war keine Zuschauermenge, die sich hereindrängte, keine bis auf den letzten Platz besetzten Galerien, keine Schankkellner, die nach ihren Kunden riefen. Vor allem aber gab es keine Schauspieler, die auf der Bühne agierten und ihre Reden vortrugen, deren Worte in die Herzen der Zuschauer eindrangen. Da war kein Lawrence Firethorn, der seine Worte wie feurige Blitze verschoß, kein Barnaby Gill, der mit seinen lustigen Tanzszenen über die Bühne flog, kein Owen Elias, der den Zorn eines ganzen Landes in seine Stimme legen konnte. Und da war auch kein Applaus. Alexander Marwood vermißte all das. Es machte ihn ganz krank.

»Guten Morgen, Sir.«

»Ihr habt Eure Arbeit zu machen, Leonard.«

»Ich bin sofort dabei, sobald ich meine Pflicht erfüllt habe.«

»Welche Pflicht, Mann?«

»Gebt mir Zeit, Sir, gebt mir Zeit.«

Leonard wischte sich mit seiner gewaltigen Pranke über den Mund und winkte zwei Gestalten herbei. Anne Hendrik hatte auf dem Markt in der Gracechurch Street eingekauft und Preben van Loew mitgebracht, um zum Tuchmarkt zu gehen und Material für ihr Hutgeschäft zu erstehen. Weil sie sich in der Nähe des Queen's Head befanden, gingen sie hin, um zu schauen, ob die Restaurierungsarbeiten gut vorankamen. Sie war von Margery Firethorn umfassend instruiert worden und bereit, den Kampf um die Rückkehr von Westfield's Men in den Gasthof zu unterstützen. Obwohl es da noch gewisse Unsicherheiten in bezug auf ein bestimmtes Mitglied der Gruppe gab, war es ihr Wunsch, den anderen wieder zu einer Heimat zu verhelfen.

Marwood betrachtete die beiden mit vorsichtigem Respekt. Anne war ganz eindeutig eine Dame, aber die schlichte Kleidung und das ernsthafte Gehabe des Preben van Loew deutete darauf hin, daß er noch nie einen Schankraum von innen gesehen hatte. Leonard besaß keinerlei gesellschaftlichen Schliff, aber er schaffte ein paar schlichte Worte, um sie vorzustellen. Bevor er sich an seine Arbeit machte, steuerte er auf seine taktlose Weise noch eine zusätzliche Information bei.

»Mistress Hendrik ist die Freundin von Master Bracewell.«

Marwoods Gesicht verfinsterte sich. »Der hat meinen Hof niedergebrannt.«

»Da habe ich aber etwas anderes gehört«, sagte Anne und verteidigte den Impresario. »Die Berichte sagen, daß er Euren Gasthof vor der völligen Zerstörung bewahrt hat.«

»Er hat ein Feuer entfacht und es wieder ausgelöscht. Das soll heißen, erst hat er mich krank gemacht, und dann hilft er mir, wieder gesund zu werden. Aber mir wäre es lieber gewesen, wenn ich erst gar nicht krank geworden wäre.«

»Die Zimmerleute leisten gute Arbeit«, bemerkte Preben van Loew.

»Wenn ich sie dazu antreibe.«

»Eure Galerien werden besser sein als je zuvor«, sagte der Holländer und blickte sich um. »Ich bin früher schon einmal hier gewesen, um eine Vorstellung zu sehen, und habe bemerkt, daß eine Reihe Stützbalken ziemlich verrottet waren. Am schlimmsten waren sie in der Ecke, in der das Feuer ausbrach, deshalb fanden die Flammen dort auch soviel Nahrung. Morsches Holz brennt am besten. Wenn Ihr die alten Balken schon früher ersetzt hättet, wären sie in den Flammen nicht so stark beschädigt worden.«

»Macht Ihr mir gefälligst keine Vorschriften, wie ich mein Gasthaus zu führen habe, Sir«, sagte Marwood.

»Ich stelle nur eine einfache Tatsache fest. Jetzt habt Ihr neue Stützbalken, wo vorher nur verrottete waren. Solche Nachlässigkeit ist sehr gefährlich. Irgendwann wären die alten Balken unter dem Gewicht zusammengebrochen.«

»Preben hat recht«, sagte Anne. »Auf merkwürdige Weise hat das Feuer Euch einen Gefallen getan.«

»Allerdings, Mistress. Es hat mir meinen Fehler klargemacht.«

»Daß Ihr schlechte Balken nicht ersetzt habt?« fragte der Holländer.

»Weil ich das verdorrte Holz einer Theatergesellschaft toleriert habe.«

»Westfield's Men haben Euch einen guten Ruf verschafft.«

»Worauf ich sehr gut verzichten kann.«

»Das ist ein schlechter Lohn für ihren Schirmherrn«, bemerkte sie. »Lord Westfield hat den halben Königshof in Euer Gasthaus gebracht. War das etwa keine Ehre?«

»Doch, das war es.«

»Weshalb wollt Ihr das denn über Bord werfen?«

»Mit dem Alter kommt die Weisheit.«

»Dann müßt Ihr ja unermeßlich weise sein«, sagte Preben van Loew mit trockenem Lächeln. »Entschuldigt mich bitte.«

Er ging weg, um die Arbeiten aus der Nähe zu betrachten. Anne Hendrik blieb es überlassen, das Ansehen von Westfield's Men in den Augen des Gastwirtes zu verbessern.

»Sie werden umjubelt, wo immer sie auch auftreten,« sagte sie.

»Wer?«

»Westfield's Men.«

»Der Herr möge sie mir vom Halse halten.«

»In der Provinz haben sie viel Erfolg.«

»Dieser Erfolg soll sie so lange wie möglich dort festhalten.«

»Sie werden im Triumph in ihr neues Theater einziehen.«

Jetzt zeigte Marwood zum erstenmal Interesse. »Wißt Ihr, wo das ist?«

»In Southwark oder in Shoreditch.«

»Welches denn nun? Dazwischen fließt die Themse.«

»Welchen Unterschied macht das schon?« sagte sie. »Hier habt Ihr sie ja hinausgeworfen. Sie können überall hingehen, wo sie möchten.«

»Zu welchen Bedingungen denn?« wollte er wissen.

»Jedenfalls zu besseren, als sie ihnen hier geboten waren.«

»Das ist unmöglich.«

»Ich sage nur, was ich aus vertrauenswürdigen Quellen erfahren habe.« Anne erwähnte nicht, daß Margery Firethorn die vertrauenswürdige Quelle gewesen war. Nachdem sie jetzt seine Aufmerksamkeit gewonnen hatte, tat sie so, als wolle sie gehen. »Ich habe keine Zeit mehr. Ich muß gehen.«

»Wartet noch, so wartet doch!«

»Hier sind Westfield's Men doch tot. Ich muß sie irgendwo anders hinschicken.«

»Wen schicken?«

»Ich strapaziere nur noch Eure Geduld.«

»Nein, nein. Ihr spracht von Kundschaft.«

»In bescheidener Weise, Master Marwood«, sagte sie. »Mein Name ist zwar holländisch, aber ich bin Engländerin, wie man sieht. Ich spreche beide Sprachen, und das gibt mir in unserer Gemeinschaft einige Bedeutung.«

»Wir haben viele Holländer hier.«

»Und die meisten von ihnen werden wie alle anderen Ausländer abgelehnt. Aber ein Mann wie Ihr weist niemand ab. Deshalb wird Euer Gasthof auch immer Erfolg haben.«

»Ich bediene nicht viele Holländer«, sagte er und schaute sich nach Preben van Loew um. »Das sind keine Ale-Trinker.«

»Doch, das sind sie, wenn man es ihnen beibringt. Und Theaterbesucher sind sie auch. Das kann ich beweisen.« Sie zeigte auf ihren Mitarbeiter. »Preben arbeitet für mich und lehnt jedes Vergnügen ab. Aber als ich ihn einmal zu einer Vorstellung in diesen Hof brachte, da war er so begeistert, daß er ein Dutzend seiner Freunde herschickte. Jeder einzelne aus diesem Dutzend hat seinerseits eine Handvoll Leute hier hergeschickt, und so weiter. Könnt Ihr mir soweit folgen?«

»Ja, gewiß doch«, sagte Marwood gedankenschwer.

Anne war in ihrem Element. »Die ganze Zeit kommen Besucher aus Holland hierher. Wenn sie Unterhaltung wünschen, schicke ich sie in dieses Haus, weil Westfield's Men niemals enttäuschen. Dieses ganze Geschäft geht Euch verloren, wenn die Gruppe endgültig geht.«

»Sie muß gehen. Die haben mir das ganze Haus angesteckt.«

»Sie helfen Euch, es wieder aufzubauen.«

»Wieso das denn?«

»Seht Euch diese Handwerker doch einmal etwas genauer an«, schlug sie vor. »Der Mann da auf der Leiter ist Nathan Curtis, Schreinermeister bei Westfield's Men. Ich kenne ihn, er ist mein Nachbar in Bankside. Neben ihm sein Assistent, David Leeke. Als sich die Gruppe auf Tournee begab, blieben sie hier zurück, um alles wieder aufzubauen.«

»Auf meine Kosten! Solche Reparaturen sind teuer!«

»Bestreitet diese Kosten, Master Marwood.«

»Wenn ich nur wüßte, wie.«

»Es geht mich ja nichts an«, bemerkte sie, »aber ich habe selbst ein Geschäft, in dem ich allerdings nur eine Handvoll Leute beschäftige. Preben hier gehört dazu. Eines weiß ich allerdings genau. Wenn ich dieses Gasthaus zu führen hätte, dann würde ich versuchen, die Kosten der Instandsetzung breit zu verteilen.«

»Habe ich versucht, habe ich versucht.«

»Überall, aber nicht bei der richtigen Stelle.«

»Und wo wäre das?«

»Bei Westfield's Men.«

»Die sind doch nahezu ohne einen Penny.«

»Aber nicht, wenn sie Euch jeden Nachmittag den ganzen Innenhof mit Zuschauern vollpacken. Denkt mal über folgendes nach. Gesetzt den Fall, sie bezahlen die Hälfte aller Kosten, die Euch durch das Feuer entstehen. Würde das Euer Problem nicht halbieren?«

»Wie sollen sie das anstellen?«

»Erhebt einen Zuschlag auf jede einzelne Aufführung.«

»Das müßt Ihr mir bitte erklären.«

Anne wandte ihre ganze Überredungskunst an. »Westfield's Men zahlen doch Miete für die Benutzung Eures Hofes, nicht wahr? Erhöht diese Miete um eine Feuerversicherung. Das braucht ja nur ein kleiner Betrag zu sein, der über ein ganzes Jahr verteilt wird. Nach diesem Jahr hättet Ihr die Hälfte von allem zurück, was Ihr ausgegeben habt.« Sie sah, wie sich auf seinem Gesicht ein ganz zaghaftes Lächeln zu zeigen begann. »Und das wäre zusätzlich zu all dem Geld, das die Gesellschaft Euch sowieso einbringt. London hat sie bitterlich vermißt. Wenn sie zurückkehren, füllt sich dieser Innenhof hier innerhalb weniger Minuten.«

Alexander Marwood verstand zwar die Vernunft, die aus ihren Worten sprach, hatte jedoch noch heftige Aversionen. Anne Hendrik lieferte ihm noch eine weitere Idee, über die er sich Gedanken machen konnte.

»Die erste Vorstellung nach der Rückkehr wäre die allerbeste.«

»Wieso das?«

»Weil die gesamten Einnahmen an Euch gehen würden.«

»Das hieße ja, sie spielten völlig umsonst!«

»Als Geste des Vertrauens«, sagte Anne, »spenden sie die Einnahmen einer Nachmittagsvorstellung für den Reparaturfonds. Wenn das nicht großzügig ist, dann weiß ich nicht, was Großzügigkeit heißt.« Sie winkte Preben van Loew zu, zum Zeichen, nun sofort gehen zu wollen. »Wir müssen jetzt aufbrechen, Sir, aber eines sage ich Euch ganz privat. Ich würde nicht erlauben, daß Westfield's Men ihre Vorstellungen in diesem anderen Gasthaus geben.«

»Warum nicht?«

»Weil der Gastwirt ein absolut gemeiner Bursche ist. Lebt wohl!«

Es war schon dunkel, als Nicholas Bracewell das Haus in der Crock Street verließ, und es war völlig undenkbar, daß er jetzt noch losritt, um seinen Vater zu treffen. Außerdem mußte diese Begegnung vorher sorgfältig durchdacht werden. Nach seinem Gespräch mit Mary Whetcombe war er zum Kai gewandert und hatte jenen Ort noch einmal in Ruhe betrachtet, der ihm vor langer Zeit so viel bedeutet hatte. Er war jetzt leer, roch aber noch geradezu nach Arbeit und Aktivität. Er glaubte den Geruch der Waren zu spüren, die ausgeladen wurden, und die Geschäfte zu hören, die von klugen Kaufleuten abgeschlossen wurden. Als sein Vater ihn zum ersten Mal hier hergebracht hatte, gefiel Nicholas die heitere Geschäftigkeit des Kais von Barnstaple. Ein paar kleinere Schiffe schaukelten an ihren Ankerplätzen auf den Wellen, doch es war das Schiff, das mitten im Fluß vor Anker gegangen war, welches seine Aufmerksamkeit fesselte. Die MARY war ein hervorragendes Schiff, das immer noch von seinem Ruhm als Kaperschiff zehrte. Selbst im Mondlicht konnte er ihre besonderen Eigenschaften erkennen. Ein solches Schiff zu besitzen hieß, die ganze Stadt zu besitzen. Kein Wunder, daß Gideon Livermore bereit war, dafür zu töten.

Als die Abendglocke läutete, war er schon durch das Westgate in die Stadt zurückgekehrt und auf dem Weg zum Dolphin Inn. Der Schlaf übermannte ihn schnell. Am Morgen weckte ihn der Regen, der gegen sein Fenster schlug, aber es hatte aufgeklart, als er in den Schankraum ging, um zu frühstücken. Bei Toast und Ale las er den Brief, den Barnard Sweete für ihn beim Gastwirt abgegeben hatte. Es war eine Einladung an ihn, den Rechtsanwalt in seiner Kanzlei zu besuchen. Das Thema ihres Gespräches wurde nicht genannt, aber das konnte er sich schon denken. Mary hatte ihm genug über Barnard Sweete erzählt, um ihn vor den Tricks des Rechtsanwalts zu warnen, und Nicholas hatte bereits eine klare Vorstellung davon, welche Art von Mensch der Rechtsanwalt war. Bevor er sich jedoch mit ihm einließ, brauchte er mehr Beweise, und die konnten nur von seinem Vater kommen. Eine Ironie des Schicksals. Der Mann, der ihn von Mary Parr weggezerrt hatte, war jetzt vielleicht in der Lage, eine Art von Wiedergutmachung zu leisten.

Nicholas mietete ein Pferd und verließ die Stadt nordwärts, in Richtung Pilton. Diesmal folgten ihm zwei Männer, doch in beruhigender Entfernung. Sie waren hier, um ihn zu beobachten, nicht, um ihn anzugreifen. Nicholas lächelte, als er an einen Wegweiser kam, der ihm die Richtung zeigte. Das Dorf Marwood war eines von dreien, deren Name auf diesem Wegweiser genannt wurden, er kannte es seit seiner Kindheit. Der Namensvetter im Queen's Head hatte nichts von seinem ländlichen Charme und der freundlichen Gemütlichkeit.

Die Hütte lag nicht weit von Pilton entfernt, ihr erster Anblick schockierte ihn. Es war ein kleines, niedriges, zur Hälfte aus Holz errichtetes Häuschen mit einem Strohdach. Es stand auf einem kleinen Grundstück und machte einen vernachlässigten und heruntergekommenen Eindruck. Beim Näherkommen sah er Vogelnester unter dem Dachsims. Einer der

Bäume im Garten war von einem Sturm umgerissen worden und wurde jetzt von einem Holzbalken gestützt. In einem der oberen Fenster fehlte das Glas. Das Tor zum Garten war kaputt. Eine Ziege graste vor der Haustür.

Irgendwie fühlte er sich beleidigt. Als Nicholas noch ein Junge war, war sein Vater ein erfolgreicher Kaufmann gewesen, mit einer Frau, zwei Söhnen und drei Töchtern, die alle zusammen in einem großen Stadthaus in der Boutport Street wohnten. Sie besaßen Ansehen in der Stadt und wurden von allen respektiert. Aber jetzt hatte Robert Bracewell keinerlei gesellschaftliche Stellung mehr. Er war buchstäblich ein aus Barnstaple Ausgestoßener. Ein Mann, der früher einmal Schulter an Schulter mit Matthew Whetcombe und anderen führenden Kaufleuten gestanden hatte, war jetzt in die Bedeutungslosigkeit einer in Vergessenheit sinkenden Hütte auf dem platten Land verbannt worden. Das warf kein gutes Licht auf den Namen der Familie, aber Robert Bracewell verdiente kein Mitleid. Nicholas rief sich diese Tatsache ins Gedächtnis zurück, als er sein Pferd antrieb.

Er stieg am Gartentor ab, band das Pferd fest und ging die paar Schritte zur Haustür. Die Ziege schaute nicht einmal auf, sondern fraß seelenruhig weiter. Anklopfen war nicht nötig. Die Tür öffnete sich, und das mißtrauische Gesicht einer alten Frau wurde sichtbar. Sie war klein und dick und trug ein schlichtes Kleid. Graue Haarsträhnen schauten unter ihrer Kopfbedeckung hervor, ihre Hände waren von einem Netz bläulicher Adern überzogen. Nachdem sie ihn ein paar Augenblicke angestarrt hatte, schien sie ihn halbwegs wiederzuerkennen und zog sich in die Hütte zurück. Sie rief jemandem im Innern etwas zu und verschwand außer Sicht. Nicholas wartete. Ein kleiner Hund kam schwanzwedelnd heraus und bellte ihn fröhlich an. Die Ziege versuchte, ihm einen Tritt zu geben, wandte sich dann aber wieder ihrem Fressen zu.

Jetzt öffnete sich die Tür weiter, ein alter Mann in einem abgewetzten Gewand starrte ihn an. Zuerst hielt Nicholas ihn für einen Dienstboten, wie die Frau auch, doch dann dämmerte es ihm langsam, daß dieser Mann sein Vater war. Die Jahre hatten ihre Spuren auf ihm hinterlassen. Die großgewachsene Gestalt war in sich zusammengesunken, der kräftige Körperbau dahin. Haar und Bart waren grau, das Gesicht von tiefen Linien durchfurcht. Sein Sohn war erschrocken. Robert Bracewell war das Wrack des Mannes, der er einmal gewesen war. Er schien zu klein und unbedeutend, um all den Haß ertragen zu können, den sein Sohn für ihn empfand.

Ein Rest seiner alten Streitsucht schien noch übriggeblieben zu sein.

»Was wollt Ihr?« knurrte er.

»Ich bin gekommen, um Euch zu sprechen.«

»Wir wünschen keine Besucher. Wer seid Ihr?«

»Nicholas.«

»Wer?«

»Dein Sohn.«

Robert Bracewell starrte ihn jetzt aufmerksamer an als zuvor, dann winkte er mit der Hand ab. »Ich habe keinen Sohn namens Nicholas«, sagte er. »Der segelte mit Drake und verlor sein Leben auf See. Nicholas ist tot. Macht Euch nicht lustig über mich, Sir. Geht Eures Weges und laßt mich allein.«

Er trat zurück und versuchte, die Tür zu schließen, aber Nicholas war zu schnell für ihn. Er drückte mit der Schulter dagegen und hielt sie offen. Ihre Gesichter waren jetzt nur noch eine Handbreit voneinander entfernt. Seine Streitsucht verwandelte sich in eine fast kindliche Neugier.

»Nicholas? Bist du das wirklich?«

»Wir müssen miteinander reden, Vater.«

Robert Bracewell geriet plötzlich in Verlegenheit und fing an, sich für die dürftigen Umstände zu entschuldigen. Er führte Nicholas in den großen, feuchten Raum, der den größten Teil des Erdgeschosses einnahm. Die alte Frau lauerte am entfernten Ende des Zimmers. Als sie sie kommen sah, verzog sie sich in die Spülküche und zog die Tür hinter sich zu. Die Möbel waren besser, als man sie in einem solchen Haus vermutet hätte, Nicholas bemerkte einige Stücke, die er noch aus dem Haus in der Boutport Street kannte. Vor allem ein Rohrstuhl weckte besondere Erinnerungen. In diesem Stuhl hatte seine Mutter ihn gestillt. Robert Bracewell ließ sich jetzt mit der Müdigkeit eines Mannes auf diesen Stuhl fallen, der nicht die Absicht hat, so bald wieder aufzustehen. Nicholas hatte bereits den Geruch von Alkohol bemerkt. Er sah, daß die Hände seines Vaters ununterbrochen zitterten.

»Setz dich, Nick, setz dich«, sagte sein Vater.

»Danke.« Er fand einen Stuhl mit gerader Lehne.

»Warum bist du nach Barnstaple gekommen?«

»Man hat nach mir geschickt, Vater.«

»Mary Whetcombe?«

»Ich habe sie gestern aufgesucht.«

Robert Bracewell nickte und betrachtete seinen älteren Sohn mit einer Mischung aus Stolz und Angst. Sie hatten sich im Zorn getrennt. Noch immer bestand eine ausgeprägte Feindschaft zwischen ihnen.

»Wo lebst du jetzt?«

»In London.«

»Hast du Arbeit?«

»Ich arbeite für eine Theatergesellschaft.«

»Theater?« Angewidert rümpfte er die Nase. »Du gehörst zu einer dieser Gruppen von herumtingelnden Schauspielern? Sowas wie die, die im Sommer immer nach Barnstaple kamen?«

»Westfield's Men sind eine offiziell lizenzierte Gesellschaft.«

»Was soll das heißen?«

»Es würde zu lange dauern, dir das zu erklären.«

»Schauspieler? Niemals. Das ist kein Leben für einen Mann.«

»Das hier aber auch nicht.«

Diese Bemerkung entschlüpfte Nicholas, bevor er sie stoppen konnte; er sah, daß sie Robert Bracewell verletzte. Der setzte sich in seinem Sessel aufrecht und streckte das Kinn vor. »Das ist mein Haus hier, Bursche«, warnte er. »Beleidige es nicht.«

»Es tut mir leid.«

»Wenn du hiergeblieben wärst, befände ich mich jetzt nicht in dieser Situation.«

»Du hast mich davongejagt.«

»Das ist eine Lüge, Nick!«

»Peter hast du auch davongejagt.«

»Dein Bruder war anders.«

»Wir haben uns wegen dir geschämt.«

»Halt den Mund!«

Robert Bracewell schlug mit beiden Händen flach auf die Armlehnen seines Stuhls. Seine Wut erweckte ihn zum Leben. Er drückte den Rücken durch und hielt den Kopf hoch. Die Ähnlichkeit mit seinem Sohn war plötzlich sehr groß, was Nicholas mit Verwirrung bemerkte. Der laute Befehl des alten Mannes bewirkte, daß die Tür zur Spülküche geöffnet wurde; die Frau spähte heraus und zog sich mit beleidigtem Gesicht sofort wieder zurück. Sein Vater zitterte jetzt vor Wut am ganzen Körper, keine gute Voraussetzung für Nicholas' Absichten. Er bemühte sich, den alten Mann durch einen freundlicheren Ton zu besänftigen.

»Wir brauchen deine Hilfe«, sagte er.

»Wir?«

»Mary Whetcombe und ich.«

Ungläubiges Blinzeln. »Bist du wegen ihr zurückgekommen?«

»Ein Bote hat mich aus London herbeigerufen.«

»Mary würde dir niemals auch nur einen Blick gönnen.«

»Doch, das tut sie.«

»Nachdem du sie so hast sitzenlassen ...«

»Wir haben bei ihr zu Hause lange miteinander gesprochen.«

»Sie verachtet dich!«

Robert Bracewell hatte immer eine sehr deutliche Sprache gesprochen, was nicht gerade dazu beigetragen hatte, ihm viele Freunde zu machen. Nicholas und sein Bruder hatten eine kratzbürstige Erziehung genossen. Ihr Vater liebte sie auf seine eigene Weise und war unverblümt, wenn sie etwas machten, was er für falsch hielt. Nicholas fragte sich, wieso ihre Mutter es so lange bei ihrem Mann ausgehalten hatte. Robert Bracewell hatte seine Frau nicht geschont. Sie hatte die schlimmsten Seiten seiner grausamen Offenheit auszuhalten und auch all seine anderen Fehler zu erdulden gehabt, bis alles zuviel wurde und das Leben aus ihr herausgepreßt wurde. Nicholas dachte an ihr Grab auf dem Kirchhof und beschloß, seine Angelegenheiten hier zu einem Ende zu bringen, bevor er seinen Vater endgültig und für immer verließ.

»Was hat dich hergeführt, Nick?«

»Matthew Whetcombes Testament.«

»Das geht uns nichts an.«

»Mich schon.«

»Wieso?«

»Weil der Bote, der nach London kam, dort ermordet wurde, bevor er mir seine Botschaft überbringen konnte. Sie haben auch versucht, mich daran zu hindern, nach Barnstaple zu kommen. Ich wurde vom selben Mann überfallen.« Nicholas machte eine Pause. »Er liegt jetzt tot in Bristol.«

»Du hast ihn getötet?« Der alte Mann war entsetzt.

»In Notwehr.«

»Wer war der Verbrecher?«

»Sein Name war Lamparde.«

»Adam Lamparde?«

»Kennst du den Mann?«

»Ich kannte ihn früher einmal«, erinnerte sich sein Vater. »Lamparde war Seemann. Er stammte aus Tiverton. Ein guter Seemann, der es eines Tages zu einem eigenen Schiff gebracht hätte. Aber er geriet nur zu gerne in Raufereien. Eines Tages wurde ein Mann bei einer Wirtshausschlägerei getötet. Lamparde verschwand. Es hieß, er habe sich nach London geflüchtet.«

»Auf welchem Schiff ist er gefahren?«

»Auf der ENDEAVOUR. Sie hatte nur zwanzig Tonnen, aber zwischen Barnstaple und Brittany war sie so schnell wie ein Vogel.«

»Wem gehörte das Schiff?«

»Zwei oder drei Kaufleuten. Gideon Livermore gehörte dazu.«

»Sein Name hat mich hierhergeführt.«

Der alte Mann schnarrte. »Livermore ist der reinste Abschaum.«

»Er ist drauf und dran, den weitaus größten Teil von Whetcombes Vermögen zu erben.«

»Laß ihn doch. Was geht das mich an?«

»Du warst Zeuge, als der Mann sein Testament machte.«

»Ja«, sagte der Alte mit einem Seufzer des Bedauerns. »Damals konnte ich mit Matthew noch sprechen, sein Haus besuchen, Geschäfte mit ihm machen, mich mit seinen Freunden treffen.«

»Du hast dieses Testament gesehen, Vater.«

»Sonst hätte ich es auch nicht unterzeichnet.«

»Was stand drin?«

»Das ist eine private Angelegenheit.«

»Du könntest Mary retten, wenn du es uns sagst. Im zweiten Testament wird sie fast vollständig übergangen. Livermore bekommt fast alles. Ich kann einfach nicht glauben, daß das Matthew Whetcomes wahre Absicht war.«

»Er war ein sehr tiefgründiger Mann, dieser Matthew; sehr tiefgründig.«

»Was stand in dem ersten Testament?«

»Frag den Rechtsanwalt.«

»Du hast es selbst gelesen, Vater!« schrie Nicholas. »Um Himmels willen, sag uns, was drinstand! Hat er das Schiff an Gideon Livermore vererbt? Hat er ihm das Haus in der Crock Street vererbt? Hat er seine Frau und sein Kind so gut wie völlig enterbt? Sag es uns!«

Robert Bracewell beugte sich in seinem Sessel vor, als ob er seinen Sohn schlagen wolle, aber der Schlag kam nicht. Nicholas wurde statt dessen von einem solchen Ausbruch spöttischen Gelächters getroffen, daß er unwillkürlich wütend die Fäuste ballte.

»Aha, so sieht dein Spielchen also aus, mein Junge«, sagte sein Vater mit müdem Zynismus. »Deshalb bist du also zurückgekommen. Wegen ihr. Du wolltest Mary Parr damals schon, und heute willst du sie noch mehr, denn jetzt ist sie Mary Whetcombe und eine reiche Witwe. Das ist es also, in was mein Sohn sich verwandelt hat, nicht wahr? Ein Freibeuter! Drake hat dir alles gut beigebracht. Hoch die Flagge und Segel gesetzt! Hol dir den größten Schatz der Meere. Kein Wunder, daß du hinter ihr her bist. Mary Whetcombe ist eine Schatzkiste.« Das Lachen wurde gemeiner. »Aber dich will sie überhaupt nicht. Dann schon eher einen Burschen wie Livermore!«

Nicholas war so wütend, daß er sich nur mit größter Mühe

davon abhalten konnte, seinen Vater anzugreifen und ihn in Grund und Boden zu rammen. Die Worte seines Vaters hatten alte Wunden wie mit einem Skalpell aufgeschnitten, das durch den weichen Bauch eines Fisches fährt. Nicholas schloß die Augen und wartete, bis sich das Hämmern in seinen Schläfen beruhigte.

Robert Bracewell war ein typischer Vertreter der Kaufmannsklasse. Er war ein praktischer Mann, den eine strenge Erziehung und der ewige Kampf ums Überleben hart gemacht hatte. Für ihn war eine Ehe vor allem eine geschäftliche Angelegenheit. Kaufmannssöhne heirateten Kaufmannstöchter. Eine geschickte Wahl der Ehefrau trug einen größer werdenden Freundeskreis ein und Beziehungen, die die Zukunftsaussichten eines Mannes erheblich verbessern konnten. Auch die Mitgift war eine wichtige Sache. Sie konnte für einen Mann mit einem zu dünnen Bankguthaben die Rettung sein. Das war ein Punkt, der für Robert Bracewell schwerwiegende Bedeutung hatte, und auf dieser Grundlage hatte er eine Braut für seinen ältesten Sohn ausgesucht.

Väter machten ein Geschäft miteinander. Katherine Hurrell wurde für Nicholas Bracewell auf die gleiche Weise ausgesucht wie Mary Parr für Matthew Whetcombe. Liebe und Glück blieben dem Zufall überlassen. Die wirtschaftlichen Auswirkungen des Handels wurden als ungleich wichtiger angesehen. Väterlicher Druck auf allen Seiten war enorm, aber Nicholas und Mary sträubten sich. Sie lehnten die von anderen für sie ausgesuchten Partner einfach ab. Sie wollten sich heiraten, ganz gleich, was ihre Väter erwarteten. Robert Bracewell bestand jedoch darauf, daß sein Sohn Katherine Hurrell zur Frau nahm. Seine Bevorzugung ihrer Familie hatte sich zu einer Besessenheit entwickelt.

Nicholas erinnerte sich an den Grund dafür, sein Haß wurde noch größer.

»Du hast uns daran gehindert!« beschuldigte er seinen Vater.

»Ich mußte, Nick. Das mußt du verstehen.«

»Du hast all unsere Hoffnungen zerstört.«

»Mir blieb keine andere Wahl.«

»Mary wartete auf mich«, sagte Nicholas. »Sie wäre eher mit mir davongelaufen als ihn zu heiraten. Sie haßte Matthew Whetcombe. Er hatte ihr nichts zu bieten.«

»Doch, das hatte er«, sagte sein Vater. »Er bot etwas, an das sonst niemand heranreichte. Ein tiefgründiger Mann, glaub mir. Verborgene Qualitäten.«

»Mary hatte keine Zeit für ihn.«

»Das stimmt nicht.«

»Sie konnte den Kerl nicht in ihrer Nähe ertragen.«

»Trotzdem hat sie ihn geheiratet.«

Das hatte eine einfache Tatsachenfeststellung sein sollen, wirkte jedoch wie ein gezielter Schlag. Matthew Whetcombe hatte Mary Parr tatsächlich geheiratet, aber nur, weil Nicholas sie verlassen hatte. Seine einzige impulsive Handlung hatte eine Frau, die er ersehnte, in eine lieblose Ehe mit einem Mann gezwungen, bei dessen Tod sie nicht einmal trauern konnte. Und in der Folge wurde sie auch noch in die beschämende Situation gebracht, der sie sich jetzt gegenübersah. Wieder brachen Schuldgefühle über Nicholas herein, aber der wahre Schuldige saß seelenruhig vor ihm. Sein Vater genoß die mißliche Lage seines Sohnes.

Es war ein Fehler gewesen, ihn zu besuchen. Robert Bracewell hatte weder die Absicht, einem Sohn zu helfen, der von ihm weglief, noch einer Frau, die seine Heiratspläne für eben diesen Sohn durcheinanderbrachte. Der alte Mann würde sogar eine perverse Befriedigung darin finden, den beiden Hindernisse in den Weg zu legen. Nicholas stand rasch auf und ging zur Tür. Die Stimme seines Vaters ließ ihn innehalten.

»Ich habe das Testament bezeugt«, sagte er, »aber ich kann dir nichts über seinen Inhalt sagen. Das ist vertraulich. Wenn du darauf bestehst, mußt du dich an Barnard Sweete wenden. Er müßte eine Abschrift des ersten Testaments haben.«

»Die hat er vernichtet.«

»Matthew hatte ebenfalls eine Kopie davon.«

»Die ist auch verschwunden.«

»Finde sie, Nick.«

»Das Haus ist bereits von oben bis unten durchsucht worden.«

»Dann suche nochmals.«

»War Livermore der Meistbegünstigte des ersten Testaments?«

»Finde es, dann kennst du die Wahrheit.«

»Willst du uns denn überhaupt nicht helfen, Vater?«

»Was hast du denn getan, um dir meine Hilfe zu verdienen?« sagte der andere zornig. »Verschwinde aus meinem Haus! Verschwinde aus meinem Leben!«

»Hier wird ein Verbrechen begangen!« drängte Nicholas ihn. »Du kannst es verhindern. Wir brauchen dich!«

Aber Robert Bracewell hatte alles gesagt, was er zu diesem Thema zu sagen hatte. Das Gespräch, das für seinen Sohn eine Tortur gewesen war, hatte auch ihn erschöpft. Seine ganze Kraft hatte ihn verlassen, seine schlaffe Haut zitterte. Die alte Frau kam aus der Spülküche und stellte sich hinter seinen Stuhl, falls sie gebraucht wurde. Beide sahen wieder aus wie zwei alte Dienstboten in der Hütte eines Bauern. Nicholas war zutiefst betrübt.

Schnell verließ er das Haus, blieb aber nach ein paar Schritten auf dem Weg stehen, drehte sich um und rief eine Frage durch die offene Haustür.

»Warum bist du so oft in Matthew Whetcombes Haus gewesen?«

Robert Bracewell stand auf und schleppte sich zur Tür. Sich mit der Hand festhaltend, starrte er seinen Besucher mit einer Mischung aus Nostalgie und Bestürzung an.

»Warum bist du hingegangen?« wiederholte Nicholas.

»Um meine Enkelin zu sehen.«

Dann knallte er die Tür mit schallender Endgültigkeit hinter sich zu.

Seine Gedanken waren ein einziges Inferno, als er von der Hütte wegritt. Vergangenheit und Gegenwart schienen so unentwirrbar miteinander verknüpft zu sein, daß sie eins geworden waren. Mary Whetcombe hatte ihn an den jungen Mann erinnert, der er einmal gewesen war, und Robert Bracewell warnte ihn vor dem alten Mann, der er vielleicht einmal sein würde. Beide Erfahrungen hatten an ihm gezehrt. Er ritt in flottem Tempo und schwor sich, nie wieder zu dieser Hütte zurückzukehren. Die Begegnung mit seinem Vater hatte einige böse Geister verjagt, aber zu viele andere geweckt. Das Bild zweier alter Menschen in einer heruntergekommenen Hütte stand lebhaft vor ihm. Robert Bracewell hatte einmal mit einer hübschen Frau aus guter Familie gelebt, die ihn aufrichtig liebte und ihm fünf Kinder gebar. Diese Frau sank mit gebrochenem Herzen in ein frühes Grab. Alles, was der Kaufmann jetzt noch hatte, war eine herumschlurfende Dienstbotin, die sich um ihn kümmerte.

So vieles war geschehen, seit er nach Barnstaple gekommen war, daß er es gar nicht vollständig verarbeiten konnte. Nicholas Bracewell versuchte, die wesentlichsten Fakten zu ordnen. Mary Whetcombe drohte die ernstzunehmende Gefahr, aufgrund einer Verschwörung ihr gesamtes Vermögen zu verlieren. Gideon Livermore enterbte sie, um sie sich gefügig zu machen. Als wohlhabende Witwe würde sie sich niemals herablassen, einen Mann wie ihn auch nur eines Blickes zu würdigen, aber wenn eine Heirat ihr all das zurückgab, was sie jetzt verlor, würde sie vielleicht anders darüber denken. Mary war ein wichtiger Teil des Gesamtbesitzes, von dem Livermore sich nicht trennen würde. Sie war seinerzeit gezwungen worden, einen Mann zu heiraten, den sie haßte. Warum sollte sich das nicht wiederholen lassen?

Wenn sie Gideon Livermore jedoch ehelichte, würde sie ihr Leben mit einem Mörder verbringen. Lamparde hatte Susan Deakin umgebracht und das gleiche bei ihm versucht, aber der Auftrag dazu stammte von Gideon Livermore. Er gewann von allen am meisten und hatte genausoviel Blut an den Händen wie Lamparde selbst. Barnard Sweete war sein Komplize. Gegen zwei Männer von solcher Arglist hatte eine bekümmerte Witwe so gut wie keine Chance. Sie hatten sich sogar der Dienste des Vikars versichert, um Mary Whetcombe vollkommen hilflos zu machen.

Ein anderer Gedanke brannte sich in Nicholas' Gehirn ein. Mary war die Mutter seines Kindes. Das Gefühl, das Nicholas gespürt hatte, als er Lucy zum ersten Mal sah, hatte sich inzwischen verstärkt. Obwohl die Mutter alles abstritt, spürte er, daß dies sein Kind war, und sein Vater hatte dies bestätigt. Die bemitleidenswerte Kreatur, mit ihren Puppen eingesperrt in einem stummen Universum, war Nicholas' Tochter. Sie bedurfte ganz besonderen Schutzes.

Robert Bracewells regelmäßige Besuche im Haus an der Crock Street hatten jetzt eine Erklärung gefunden, dafür waren neue Fragen wegen Matthew Whetcombe aufgetreten. Wußte er, daß das Kind von ihm, Nicholas, stammte? Hatte seine Ablehnung ihren Grund in den körperlichen Gebrechen des Kindes, oder lag es an den wahren Eltern? Nicholas' Vater hatte den Kaufmann einen tiefgründigen Mann genannt. Würde ein solch stolzer Kaufmann ein Kuckucksei in seinem Nest tolerieren? Wußte er um Marys Schwangerschaft, als sie heirateten? Das Haus in der Crock Street steckte voller Geheimnisse.

Nicholas hatte sich so viel Mühe gegeben, um die Dämonen aus seinen Gedanken zu vertreiben, daß er der Daten und Zeiten nicht mehr sicher war. Die speziellen Umstände von Lucys Geburt hatten keine Bedeutung. Sein eigener Instinkt war verläßlicher, zumal er jetzt auch die Bestätigung seines Vaters hatte. Was ihn am meisten schmerzte, war, daß Mary ihn wegen des Kindes belogen hatte. Ihre Tochter war in Liebe gezeugt worden, wenn sie auch ohne viel Liebe aufgewachsen war. Nicholas war bedrückt, als er an den dünnen kleinen Körper und an das verkniffene Gesicht dachte, aber er spürte auch eine seltsame Freude. Endlich hatte er die Wahrheit herausgefunden.

Wieder passierte er den Wegweiser nach Marwood und ließ seine Gedanken zu der Theatergesellschaft abschweifen. Trotz aller Probleme und Zwänge war das Leben mit Westfield's Men seinem augenblicklichen vorzuziehen. Dort hatte er eine anerkannte Position und konnte eine gewisse Ordnung durchsetzen. Barnstaple war das reinste Chaos. Nicholas hatte in dieser Gesellschaft keinen Platz mehr, und seine Meinung darüber war zweigeteilt. Mary hatte ihn nicht gerade begeistert begrüßt, und sein eigener Vater behandelte ihn wie einen Einbrecher. Anstatt alles unter Kontrolle zu haben, wurde er von den Ereignissen mitgerissen.

Nicholas mußte sich auf seine Vorhaben konzentrieren. Es mußte etwas geschehen. Höchste Priorität hatte die Entdekkung des ersten Testaments. Gideon Livermore war der Architekt der ganzen Verschwörung, dennoch mußte seine Schuld erst noch bewiesen werden. Der Besitz des ersten Testamentes wäre ein ganz wesentliches Beweismittel gegen ihn. Wenn es sich nicht im Haus befand, wo könnte es möglicherweise stecken?

Er dachte immer noch über diese Frage nach, als er durch ein kleines Waldstück ritt. Das Pferd trabte dahin, der Reiter überließ es ihm, den richtigen Pfad zu finden. Das war ein Fehler. Die Vorderhufe des Pferdes strauchelten plötzlich über das kräftige Seil, das zwischen zwei Bäumen über den Pfad gespannt worden war. Hals über Kopf stürzte das Pferd zu Boden, Nicholas wurde zur Seite geschleudert. Er wußte sofort, daß dies eine Falle war. Er rollte über den feuchten Boden, suchte Deckung und warf sich blitzschnell hinter den nächsten Baum. Gerade noch rechtzeitig. Er hörte das schnappende Geräusch einer zurückschnellenden Sehne, und wenige Fingerbreit neben seinem Gesicht bohrte sich etwas in das Holz.

Er riß seinen Degen hervor, um sich zu verteidigen, und sprang auf die Füße, aber sein unsichtbarer Angreifer gab seinem Pferd bereits die Sporen und jagte davon. Nicholas untersuchte den kurzen Stahlpfeil, der in dem Baumstamm steckte. Es war der Pfeil einer Armbrust.

Sie hatten einen neuen Lamparde gefunden.

Barnard Sweete war wütend. Während er im Zimmer auf und ab ging, ließen Haltung und Gelassenheit sichtbar nach.

»Ihr hättet vorher mit mir sprechen sollen, Gideon!«

»Um Euch die Chance zu geben, mich daran zu hindern?«

»Ich habe Euch gewarnt, Hand an ihn zu legen.«

»Wer seid Ihr, um mir Befehle zu geben?« sagte Livermore.

»Das sind keine Befehle!« protestierte der Rechtsanwalt. »Ich möchte nur ganz einfach am Leben bleiben. Ihr könnt einen Mann wie Nicholas Bracewell nicht einfach angreifen. Es ist eine Sache, einen simplen Dienstboten Hunderte von Meilen von hier entfernt umzubringen, aber wir können doch eine Leiche wie die seine nicht vor unserer Haustür gebrauchen.«

»Er liegt nicht vor unserer Haustür«, sagte der andere mit zufriedenem Lächeln. »Mein Mann hat ihn inzwischen im Wald verbuddelt. Niemand wird Nicholas Bracewell jemals entdecken oder wissen, weshalb er nach Barnstaple gekommen ist.«

»Man wird Fragen stellen.«

»Wer denn? Mary? Etwa sein Vater?« Er hob die Schultern. »Denen sagen wir, er sei aus der Stadt geflohen. Er hat sie früher schon sitzenlassen, jetzt hat er es erneut getan. Sie werden niemals die Wahrheit erfahren. Vertraut mir, Barnard. Meine Methode ist die beste.«

»Sie macht uns zu Kriminellen.«

»Das hat Lamparde bereits getan.«

»Ja, fernab in London, aber nicht hier!«

Gideon Livermore lachte. »Ihr seid zu ängstlich, Mann. Seid mir lieber dankbar, daß ich uns dieses Problem vom Halse geschafft habe. Schließlich habe ich nur Euren Rat befolgt.«

»Meinen Rat?«

»Ihr sagtet, ich könnte ihn nicht abschießen wie einen Wilddieb, den ich auf meinem Land erwische. Aber das ist genau das, was ich getan habe. Mir gehört diese Stadt, und Nicholas Bracewell hat sie betreten. Ich habe lediglich dem Gesetz zur Geltung verholfen.«

Barnard Sweete blieb vor dem Tisch stehen. Er lehnte sich dagegen und wippte nervös mit dem Fuß, als er über die Auswirkungen nachdachte. Wenn Livermore sich seiner Feinde so gnadenlos entledigte, was würde dann dem Rechtsanwalt passieren, wenn sie sich jemals ernsthaft entzweiten?

»Mir gefällt es immer noch nicht, Gideon«, sagte er.

»Ihr werdet lernen müssen, damit zu leben.«

»Denkt doch mal an das Risiko, das Ihr eingegangen seid.«

»Ich bin Kaufmann«, sagte Livermore. »Risiken sind das

Herzstück meines Geschäftes. Jedesmal, wenn ich ein Schiff aufs Meer hinausschicke, übernehme ich das Risiko seines Verlustes. Jedesmal, wenn ich ein Geschäft vereinbare, riskiere ich hohe Kosten. Aber das sind kalkulierte Risiken, die sich in der Vergangenheit noch jedesmal ausgezahlt haben. Habt Vertrauen in meinen kaufmännischen Instinkt. Dies ist das einträglichste Geschäft, das ich jemals gemacht habe.«

Barnard Sweete beruhigte sich wieder. Als er von dem Hinterhalt im Wald gehört hatte, war er entsetzt gewesen, begann aber inzwischen auch positive Aspekte zu sehen. Nicholas Bracewell war eine Bedrohung des ganzen Unterfangens und mußte beseitigt werden. Die Methode war dramatisch und beunruhigend, räumte aber das letzte Hindernis beiseite. Als er seine Hände betrachtete, sah er, daß sie weiß und fleckenlos waren. Vielleicht spürte er das Blut an ihnen, aber zu sehen war nichts.

Gideon Livermore wünschte Ergebnisse. Nachdem er ein größeres Problem aus dem Weg geräumt hatte – wie er glaubte –, wartete er jetzt ungeduldig darauf, seinen Preis in Empfang nehmen zu können. Am Vormittag war er wieder draußen am Kai gewesen, um die MARY zu sehen, die mitten im River Taw vor Anker lag. Sie machte alle anderen Schiffe in ihrer Nähe zu Zwergen. Genau die gleiche Position würde Livermore in Kürze in Barnstaple einnehmen. Seine Tonnage würde in jeder Beziehung die größte von ganz Norddevon sein, und jeder würde ihm Platz machen, um nicht in seine Heckwelle zu geraten.

Während er noch dabei war, sich derart zu brüsten, klopfte es an der Tür, und ein ängstlicher Sekretär trat ins Zimmer. Als er ihnen sagte, wer in der Kanzlei eingetroffen war, wurden beide Männer blaß. Barnard Sweete erholte sich als erster von diesem Schrecken. Er befahl seinem Sekretär, den Besucher nach zwei Minuten hereinzuführen. Als er mit Gideon Livermore wieder allein war, überhäufte er den Kaufmann mit einem Schwall von Schmähungen. Der Kaufmann hatte sich mit der Beseitigung von Nicholas Bracewell gebrüstet, dennoch stand genau dieser Mann vor der Tür und wollte den Rechtsanwalt sprechen. Wieder mal war ein Plan des Kaufmanns gescheitert.

Nach einem heftigen Wortwechsel mit seinem Kumpan brachte Sweete den Kaufmann in ein Nebenzimmer und ließ die Tür einen Spalt offen, damit Livermore alles hören konnte. Dann holte er tief Luft, um sich zu fassen, und nahm hinter seinem Schreibtisch Platz. Nicholas Bracewell wurde hereingeführt. Nach kurzer gegenseitiger Vorstellung zog sich der Sekretär wieder zurück.

»Bitte, nehmt Platz, Sir«, sagte der Rechtsanwalt.

»Ich bleibe nicht lange«, antwortete Nicholas. »Warum wolltet Ihr mich sprechen?«

»Wegen einer Angelegenheit von gegenseitigem Interesse.« Sweete versuchte zu lächeln. »Es ist mir ein großes Vergnügen, ein weiteres Mitglied der Bracewell-Familie kennenzulernen. Ich habe bereits für Euren Bruder Peter gearbeitet und kenne auch Euren Vater gut.«

»Ich bin vor kurzem erst bei ihm gewesen.«

Nicholas stand herausfordernd vor dem Tisch. Sein Wams war zerknittert, im Gesicht hatte er Schmutzspuren, aber er war ganz eindeutig unverletzt. Ebenso eindeutig war er nicht in der Stimmung, nur höfliche Konversation zu machen. Der Rechtsanwalt kam deshalb direkt zur Sache.

»Ich denke, man hat Euch irregeführt, Sir.«

»In welcher Beziehung?«

»Gestern abend«, sagte Sweete, »wurdet Ihr beobachtet, wie Ihr das Whetcombe-Haus in der Crock Street verließt, wobei mein Informant nicht genau sagen konnte, wie Ihr überhaupt hineingekommen seid.«

»Ihr solltet Euch einen besseren Informanten aussuchen. Aber warnt ihn; wenn ich ihn nochmal zu Gesicht bekomme, kriegt er mehr ab als nur einen Schlag auf den Kopf.«

Der Rechtsanwalt mußte heftig schlucken. »Offensichtlich habt Ihr mit Mistress Whetcombe geredet«, sagte er. »Vielleicht hat sie das Testament ihres Mannes angesprochen. Auf den ersten Blick mag es ihr lieblos vorkommen, aber zwischen den Zeilen gibt es viel Trost für sie.« Er wartete auf eine Reaktion, die jedoch nicht kam. Er fuhr fort: »Ich bin außerdem in der Lage, gewisse Berichtigungen anzubieten.«

»Seid Ihr etwa befugt, das Testament zu ändern?«

»Aber keineswegs, Sir«, sagte der Rechtsanwalt übereifrig. »Es wurde unterzeichnet und beglaubigt, seine Angaben sind deshalb verbindlich. Dennoch kann eine Reihe von Konzessionen gemacht werden.«

»Wie?«

»In Form urkundlicher Schenkung.«

»Das verstehe ich nicht, Master Sweete.«

»Ich weiß nicht, wieviel Ihr über das Testament wißt.«

»Genug, um Euch nicht zu trauen.«

Der Rechtsanwalt versteifte sich. »Stellt Ihr meine Redlichkeit in Frage?«

»Ich glaube nicht, daß Ihr eine habt, die ich in Frage stellen könnte.«

»Aber wirklich, Sir!«

»Ihr spracht von Schenkung.«

»Wir sind eine respektable Kanzlei, Master Bracewell. Ich dulde es nicht, daß Ihr herkommt und mich auf diese Weise beleidigt. Versteht Ihr denn nicht? Ich möchte Euch doch nur helfen.«

»Wie sollte ich denn von dem Testament profitieren?«

»Wir könnten Eure Bedenken zerstreuen.«

»Bedenken wegen was?«

»Wegen Matthew Whetcombes Witwe.«

»Das könnte niemand«, murmelte Nicholas. »Sagt, was Ihr zu sagen habt, Master Sweete. Ich werde anderenorts gebraucht.«

Der Rechtsanwalt fühlte sich von Nicholas' massiver Präsenz und seiner kompromißlosen Haltung eingeschüchtert. Er stand von seinem Stuhl auf, um sich mehr Autorität zu geben, aber Nicholas war immer noch größer als er.

Sweete wurde aalglatt. »Der Meistbegünstigte des Testaments ist Gideon Livermore, ein Name, der Euch nicht unbekannt sein dürfte, vermute ich. Er ist ein großzügiger Mann und möchte eine gewisse Härte des Testaments dadurch mildern, daß er der Witwe bestimmte Dinge in Form der Schenkung überträgt. Das ist eine persönliche Angelegenheit zwischen diesen beiden Personen und völlig getrennt von der eigentlichen Erfüllung des Testaments selbst. Diese Schenkung ist großzügig.«

»Gut«, sagte Nicholas. »Mary Whetcombe akzeptiert den gesamten Besitz ihres Mannes, sein gesamtes Vermögen und das Schiff, das ihren Namen trägt.«

»Hört mit diesem Unsinn auf, Sir.«

»Dann hört Ihr mit Eurem auf. Das sind keine Schenkungen, das sind Nebensächlichkeiten, die den Schlag abschwächen sollen. Tricks, die eine hilflose Frau in die Falle locken sollen. Gideon Livermore gibt nichts heraus, was er nicht zurückzubekommen glaubt, sobald er sich diese Frau durch eine Heirat gefügig gemacht hat.«

Barnard Sweete flüchtete sich in eine Litanei von Protesten, aber Nicholas' erhobene Hand brachte ihn zum Schweigen. Nicholas erkannte die Strategie, die hier verfolgt wurde, und fuhr direkt dazwischen.

»Es hat ein früheres Testament gegeben«, sagte er.

»Inzwischen ungültig.«

»In dem das Erbe ehrlicher verteilt wurde.«

»Seine Vorschriften entsprachen dem späteren Dokument.«

»Warum ist das dann überhaupt gemacht worden?«

»Weil es ein paar unwesentliche Änderungen enthielt.«

»Allerdings«, sagte Nicholas. »Die Streichung von Mary Whetcombes Namen und die Einfügung des Namens von Gideon Livermore. Wegen dieser ›unwesentlichen Änderung‹ steht eine trauernde Witwe jetzt vor dem Ruin.«

»Nur wenn sie so dickköpfig bleibt.«

»Das erste Testament hat ihr alles übereignet.«

»Ich bestreite das, und das tun auch die anderen Zeugen. Darunter auch Euer Vater.« Er bemerkte, daß Nicholas zusammenzuckte, und ergriff seine Chance. »Ich stelle fest, daß Robert Bracewell nicht in der Lage war, Euch zu helfen. Euer Besuch in seiner Hütte war reine Zeitverschwendung. Selbst wenn er bereit gewesen wäre, in Mary Whetcombes Interesse zu lügen, hätte es nichts genutzt. Was wiegt das Wort eines betrunkenen und ehrlosen Mannes gegen das Wort dreier ehrbarer Bürger dieser Stadt? Ihr habt keine Chance, Sir.«

»Doch, durchaus. Sie wird durch das erste Testament gestützt.«

»Zeigt mir das Dokument.«

»Ich habe es noch nicht«, sagte Nicholas, um ihn zu bluffen. »Aber ich weiß, wo ich es finden kann.«

Barnard Sweete erbleichte. Als Nicholas zur Tür ging, lief er hinterher, um ihn aufzuhalten. Er ratterte sein Angebot nochmals herunter und schwor, die Schenkung werde jede Härte des mündlichen Testaments mildern.

»Gideon Livermore ist ein sehr großzügiger Mann«, wiederholte er immer wieder.

»Ich weiß«, sagte Nicholas, zog den Armbrustpfeil aus dem Wams und drückte ihn dem verblüfften Rechtsanwalt in die Hand. »Das hat er mir geschickt. In Form einer Schenkung.«

Lucy Whetcombe brauchte ihre Puppen nicht mehr in Susan Deakins Zimmer zu verstecken. Ihre Mutter schlug ihr vor, sie herzubringen und hier zu spielen. Das Kind saß auf dem Fußboden des vorderen Zimmers und löste die Schnüre des Bündels, in dem sie sich befanden. Ihre Mutter betrachtete das Kind mit sanfter Zuneigung. Mary Whetcombe war wie erstarrt gewesen, als Nicholas Bracewell unangekündigt ins Haus gekommen war, und war auch jetzt noch wie gelähmt, doch hatte der Besuch auch ein wichtiges Ergebnis gebracht. Er hatte ihre Gefühle für Lucy auf eine andere Ebene gehoben. Seit dem Tod ihres Mannes war sie nicht in der Lage gewesen, dem Kind jene Liebe und Geborgenheit zu geben, die es so verzweifelt brauchte.

Die Nachrichten über Susan Deakins Ermordung waren ein vernichtender Schlag gewesen, Mary wußte nicht, wie sie damit fertigwerden sollte. Matthew Whetcombe war friedlich im Bett gestorben, im Kreise seiner Familie, aber das Hausmädchen war in der Fremde ermordet worden, während sie nichts Schlimmeres tat, als Hilfe für eine in Schwierigkeiten geratene Witwe herbeizuholen. Seufzend schaute Mary auf ihre Tochter nieder. Die Behinderung des Mädchens beließ Lucy in einem kindhaften Zustand. Susan war nicht viel älter gewesen, wohl aber erheblich aufgeweckter und erfahrener. Sie war Lucy die wahre Mutter gewesen, eine Aufgabe, die Mary nun selbst wieder übernehmen mußte.

Lucy fand die kleine Puppe, die ihren Vater darstellen sollte, und schob sie außer Sicht unter die Umhüllung. Für ihn gab es in ihrem Spiel jetzt keinen Platz mehr. Mary ergriff ihre Chance. Sie kniete neben dem Kind nieder und nahm die Puppe auf, die Susan Deakins klare Gesichtszüge trug. Zuerst versuchte Lucy, sie davon abzuhalten, und hielt das Abbild ihrer Freundin fest in der Hand, aber Mary ließ sich nicht abweisen. Vorsichtig löste sie die Hand ihrer Tochter und legte die Puppe neben das Tuch. Lucy schaute zu ihr auf, sie verstand, was gemeint war, und ihre Augen füllten sich mit Tränen. Ihre geliebte Freundin würde nie mehr zu ihr zurückkehren. Mary nahm das Kind in den Arm, gemeinsam weinten sie um Susan Deakin. Sie hielten sich immer noch fest, als Nicholas Bracewell ins Zimmer geführt wurde.

Mary stand vom Boden auf, das Kind faßte sich ein wenig. Nicholas erkannte sehr schnell den Grund für ihre Trauer. Er hob das kleine Mädchen hoch und ließ zu, daß ihre Tränen seine Schulter benetzten, dann tröstete er Mary. In diesen kurzen Minuten hatte er das Gefühl, Teil einer kleinen Familie zu sein, und das verstärkte wieder das Gefühl, daß Lucy seine Tochter war. Aber er schnitt dieses Thema jetzt nicht an. Ein solches Gespräch konnte nur in einer völlig anderen Atmosphäre geführt werden. Jetzt war es das Hauptziel, Mary Whetcombe vor den Machenschaften eines Gideon Livermore zu schützen, und das konnte nur mit Hilfe eines juristischen Dokumentes gelingen.

»Hast du mit deinem Vater gesprochen?« fragte sie.

»Ja, Mary. Aber ich glaube, das war ein Fehler.«

»Konnte er nicht helfen?«

»Konnte schon, wollte aber nicht.«

»Warum nicht?«

Noch bevor sie die Frage ganz ausgesprochen hatte, wußte Mary bereits die Antwort. Die Vergangenheit war für Vater und Sohn eine zu große Belastung; zwischen ihnen stand so viel Bitterkeit, daß es für beide ein Ding der Unmöglichkeit geworden war, miteinander zu reden. Mary selbst war hoffnungslos in diese längst vergangenen Ereignisse verstrickt, was auch in ihr eine starke Verbitterung zurückgelassen hatte.

»Du hast also nichts von deinem Vater erfahren können?«

»Nein«, gestand er, »aber der Besuch bei ihm lieferte mir einen weiteren Beweis für Livermores verbrecherische Absichten.«

»Wie das?«

»Er baute eine Falle für mich auf.«

Mary hielt erschrocken die Luft an. »Man hat dich angegriffen?«

»Erfolglos. Irgendein Mietling mit einer Armbrust.«

»Nick!«

Ohne es zu merken, legte sie ihm die Hand auf den Arm; einen Augenblick lang flammte ihre Liebe zu ihm auf. Doch dieser Moment war schnell vorbei. Er riskierte sein Leben, um ihr zu helfen, und dafür war sie ihm für immer dankbar, aber das konnte den Schmerz nicht vergessen machen, den er ihr einst zugefügt hatte. Nicholas versuchte, sie aus einer Zwickmühle zu befreien, für die er indirekt verantwortlich war. Mary zog ihre Hand zurück, hörte aber aufmerksam zu, als er ihr über den Hinterhalt im Wald erzählte.

»Ich habe ihnen Angst eingejagt, Mary«, sagte er. »Wenn Livermore nichts zu verbergen hätte, bräuchte er mich nicht überfallen zu lassen. Jetzt werden sie um so wütender auf mich sein.«

»Warum?«

»Ich habe dem Rechtsanwalt gesagt, ich wisse, wo das Testament sei.«

»Und? Weißt du es?«

»Noch nicht, aber es ist wichtig, daß die beiden mir das glauben. Je mehr ich sie aus der Reserve locken kann, desto größer sind meine Chancen, ihre Pläne zu durchkreuzen.«

»Sei vorsichtig, Nick. Das sind gefährliche Männer.«

»Gefährlich und korrupt. Das ist der Grund, daß ich sie aufhalten muß.«

»Aber nicht, wenn es dich das Leben kostet.«

Wieder berührte ihre Hand unfreiwillig seinen Arm. Lucy schaute mit hoffnungsvoller Zuneigung zu ihm auf. Nicholas konnte diese beiden einfach nicht im Stich lassen. Er wandte sich an Mary.

»Wo hat Matthew seine geschäftlichen Angelegenheiten bearbeitet?«

»In seinem Kontor.«

»Kann ich es sehen?«

»Sie haben das Zimmer bereits durchsucht.«

»Aufmerksame Augen sehen manchmal etwas, was andere verpaßt haben.«

»Barnard Sweete hat sehr intensiv gesucht.«

»Irgendwo muß ich schließlich anfangen – und zwar sofort.«

Mary war pessimistisch. »Komm mit.«

Sie führte ihn in das Kontor und zeigte ihm den Tisch, an dem ihr Mann gewöhnlich gearbeitet hatte. Mappen voller Dokumente und Handelspapiere lagen überall herum, noch mehr davon stapelte sich in Kästen und Schubladen. Es würde eine Ewigkeit dauern, alles genau durchzusehen, aber Nicholas hatte keine unbegrenzte Zeit zur Verfügung. Er hatte Barnard Sweete vorsätzlich einen Köder hingeworfen, als er ihm sagte, er wisse, wo das erste Testament zu finden sei. Diese Drohung würde Livermore zum Handeln zwingen. Nicholas mußte darauf vorbereitet sein, aber seine Position wäre ungleich besser, wenn er das Dokument tatsächlich gefunden hätte.

Als Mary weg war, blätterte er rasch durch die Papiere auf dem Tisch und zog dann eine Schublade auf, in der sich ein Packen Briefe befand. Obwohl er nach einem Testament suchte, nahm er sich ein wenig Zeit, um einen Blick auf das Leben jenes Mannes zu werfen, der seinen Platz am Traualtar eingenommen hatte. Matthew Whetcombe war nicht nur ein erfolgreicher Kaufmann, er genoß auch enormen Respekt. Die Briefe stammten von Würdenträgern aus Stadt und Land, die ihm für großzügige Wohltaten dankten und die Herzensgüte seines Charakters lobten. Hier zeigte sich ein ganz anderes Bild seines Rivalen, Nicholas fühlte sich beschämt.

Er tadelte sich wegen seiner Neugier, hielt aber plötzlich inne. Gerade wollte er die Korrespondenz beiseite legen, da entdeckte er einen Brief von Gideon Livermore. In kurzen, präzisen Worten dankte er Matthew Whetcombe für ein Abendessen, das dieser in der Crock Street gegeben hatte. Der Inhalt dieses Briefes war für Nicholas ohne Interesse. Was ihn allerdings sehr stark interessierte, war die Handschrift. In der Innentasches seines Wamses befand sich der Brief, den er bei Lamparde in dem abgebrannten Lagerhaus gefunden hatte. Er hatte seinen Wert bereits bewiesen, denn die Behörden in Bristol hatten sich davon überzeugen lassen, daß Lamparde tatsächlich ein bezahlter Killer war und daß Nicholas ihn in Notwehr getötet hatte. Der Brief hatte jedoch einen doppelten Wert. Die Schrift stimmte mit dem anderen Schreiben überein. Die Hand, die einem Freund für ein Abendessen dankte, konnte also auch einen Mord befehlen. Dies war ein weiteres Beweisstück für Livermores Schuld.

Nicholas steckte beide Briefe ein, lehnte sich zurück und schaute sich im Kontor um. Es war der Mittelpunkt von Matthew Whetcombes geschäftlichem Bereich. Es bewies Macht und Bedeutung. Wenn Nicholas Kaufmann geblieben wäre, hätte er ebenfalls ein Büro mit dieser Ausstrahlung gehabt. Das war die Welt, der er den Rücken gekehrt hatte, irgendwo spürte er ein gewisses Bedauern. Hier war Sicherheit und Sinn, aber gleichzeitig auch eine geistige Verengung. Nicholas wollte sein Leben nicht an Stapeln geschäftlicher Vereinbarungen und Empfehlungs- oder Dankschreiben gemessen sehen. Ein solches Haus zu besitzen und es mit einer Ehefrau wie Mary zu bewohnen war ein verführerischer Gedanke, doch er kam zu dem Schluß, ein Leben mit Anne Hendrik und als Mieter sei doch besser für ihn.

Als seine Augen über die Wände des Büros glitten, fielen sie auf ein Bild in einem Goldrahmen. Immer, wenn Matthew Whetcombe von der Arbeit aufschaute, sah er es vor sich und schöpfte Kraft daraus. Es stammte von einem fähigen Künstler. Sein Pinsel hatte sogar die wechselnden Farben des River Taw festgehalten. Nicholas, der selbst Seemann gewesen war, bewunderte Schiffe aller Größenordnungen, doch der Anblick der MARY, die unter vollen Segeln durch das Wasser glitt, war durchaus erhebend. Der Stolz des Kaufmanns war verständlich, aber seine Prioritäten schockierten Nicholas. Das Gemälde des Schiffes hing an einem viel besseren Platz als das Bildnis der Frau, deren Namen es trug.

Er nahm seine Suche mit frischer Energie wieder auf. Es verging eine Stunde oder mehr, bis eine verängstigte Mary zurückkam.

»Sie beobachten das Haus immer noch«, sagte sie. »Ich glaube, sie warten, bis du herauskommst.«

»Auf offener Straße werden sie mich nicht angreifen«, sagte Nicholas. »Ich bin in Sicherheit, sobald ich den Dolphin erreicht habe.«

»Du wärst noch sicherer, wenn du hierbliebst.«

»Hier?«

»Lucy und ich würden uns auch sicherer fühlen.«

Nicholas war ihr für dieses Angebot dankbar. Der Gedanke, die Nacht unter demselben Dach zu verbringen wie die Frau, die seine Ehefrau hatte werden sollen, und das Kind, das vielleicht seine Tochter war, erregte ihn. Er war auch froh darüber, daß er den beiden das Gefühl größerer Sicherheit bieten konnte. Er trat zum Fenster und schaute auf die beiden

Männer hinunter, die das Haus unter Beobachtung hielten. Mary stand neben ihm.

»Die Feinde befinden sich nicht nur außerhalb des Hauses, Mary.«

»Was meinst du damit?«

»Es gibt auch einen im Innern.«

»Meinst du Master Calmady?«

»Gewiß, er ist Livermores Kreatur, aber wir müssen uns vor einem anderen Feind in acht nehmen – einem deiner Dienstboten.«

»Unmöglich!« protestierte sie.

»Wie kommt es dann, daß sie wußten, daß Susan Deakin ein Pferd genommen hatte und nach London geritten war? Irgend jemand hat dich ausspioniert. Er oder sie wird dafür bezahlt, Livermore oder Sweete alles genau zu erzählen, was in diesem Hause vor sich geht.«

»Einer meiner Dienstboten?« Mary war schockiert.

»Wer hat sie eingestellt?«

»Mein Mann.«

»Dann gehörte ihre Loyalität ihm.«

»Aber ich habe sie immer gut behandelt und wurde auch von ihnen respektiert.«

»Respekt allein reicht nicht«, sagte Nicholas. »Wenn jemand Angst hat, seine Stellung hier zu verlieren, könnte er unter Umständen nur zu gerne bereit sein, dich an seinen neuen Herrn zu verraten.«

»Wer könnte das denn sein?« fragte Mary und schaute sich nervös um. »Ich habe jedem einzelnen von ihnen vertraut. Wer könnte es sein?«

»Das werden wir noch herausfinden. Ich vermute, Livermore hat schon vor langer Zeit jemanden hier eingeschleust, der ihn über alles auf dem laufenden hält, was hier passiert. Er wußte Bescheid, als dein Mann starb, und wählte diesen Augenblick, um seinen Schachzug zu tun.« Er zog sie vom Fenster weg. »Sag aber zum jetzigen Zeitpunkt niemandem etwas und zeige keinerlei Mißtrauen. Wir werden den Spion gegen seinen Herrn einsetzen.«

»Wie denn?«

»Du wirst schon sehen.«

Mary nickte. »Ich lasse dir ein Bett zurechtmachen.«

»Danke. Ich weiß die Einladung zu schätzen.«

»Sie erfolgt nur im Interesse deiner Sicherheit.«

»Ich hatte auch nicht an irgendeinen anderen Grund gedacht.«

Sie schenkte ihm ein schwaches Lächeln und verließ rasch das Kontor.

Lawrence Firethorn trat auf den Hof des Jolly Sailor hinaus und ließ sich vom Stallburschen sein Pferd geben. Nach einem sehr erfolgreichen Aufenthalt wollten Westfield's Men jetzt nach Bath weiterziehen, wo sie zwei Vorstellungen im Haus von Sir Roger Hordley geben sollten, dem jüngeren Bruder ihres Schirmherrn. Erfolg hatten sie nicht nur auf der Bühne ihres Theaters gehabt. Mit tatkräftiger Unterstützung von Owen Elias hatte ihr Erster Schauspieler die einzigartige Leistung vollbracht, Israel Gunby dingfest zu machen, einen Straßenräuber, dessen zweifelhafter Ruf von Bristol bis nach London reichte. Das Geld, das er der Gruppe in High Wycombe gestohlen hatte, war wieder in ihrem Besitz; dazu eine nicht unerhebliche Belohnung für Gunbys Ergreifung. Was den Schauspieler jedoch am meisten freute, war nicht der Gedanke, daß er die beiden Komplizen ausgetrickst hatte, sondern daß seine Tat in einer Ballade der Nachwelt überliefert wurde. Die »Ballade von Israel Gunby« wurde an jeder Ecke der Stadt feilgeboten, Firethorn konnte sie bereits im Schlaf vortragen.

Die Gruppe war glücklich. Bath war ein vorprogrammierter Erfolg. Wenn ihnen auch danach härtere Zeiten bevorstanden, so dachten sie niemals weiter als bis zu den beiden nächsten Tagen. Als sie ihre Pferde bestiegen oder auf den Karren kletterten, waren sie voll und ganz zufrieden. Sogar George Dart lächelte. Die Aufführung des »Hektor von Troja« am vorigen Nachmittag hatte der stellvertretende Ersatz- und Hilfs-Impresario ohne größere Pannen überstanden. Firethorn hatte ihm doch tatsächlich ein Kompliment ausgesprochen. Dart war überglücklich. Man mochte ihn.

Die letzten im Sattel waren Barnaby Gill und Edmund Hoode. Gill hatte seine persönlichen Gründe, Bristol verlassen zu wollen, doch hatte er inzwischen die Auswirkungen des Überfalls von Lamparde überwunden und seinen alten Schwung auf der Bühne wiedergefunden. Edmund Hoode war so durch und durch mit sich zufrieden, daß Firethorn ihn beunruhigt anstarrte. Das letzte Mal, als der Stückeschreiber so glücklich ausgesehen hatte, war, als er verliebt gewesen war.

»Wer ist es, Edmund?« fragte Firethorn.

»Clio.«

»Ein hübscher Name für ein Kellnermädchen in einer Kneipe. Welche war es? Die triste mit dem verfilzten Haar, oder diese massige, fette Kreatur mit dem Silberblick?«

»Versucht doch nicht, mich auf Euer Niveau herunterzuholen, Lawrence.«

»Ah, ich verstehe. Ihr habt Eure Ziele höhergeschraubt.«

»Auf die absolute Spitze.«

»Dann muß diese Clio irgendeine saftige Hure in einem roten Taftkleid sein.«

»Sie ist die Muse der Historie«, sagte Hoode würdevoll. »Und sie war es, die mich bei meiner Geschichte von Calais inspiriert hat.«

»Euer Stück?«

»Endlich fertig!«

»Gottes Segen über Euch, Edmund!«

»Hebt Euch Eure Küsse für Clio auf.«

»Küsse, Umarmungen, äußerste Erregung und alles, was sie will«, sagte der begeisterte Firethorn. »Das verlangt eine Feier, Mann. Wann können wir das Stück aufführen?«

»Sobald Ihr es gelesen und ihm zugestimmt habt. Dann geht es nur noch darum, einen sauber arbeitenden Schreiber anzuheuern, der es in ordentliche Reinschrift bringt, und dann können wir mit den Proben für den ›Kaufmann von Calais‹ beginnen.«

»Diese gute Nachricht erfreut mich sehr, Edmund.«

»Ich hätte nie gedacht, es jemals fertigzustellen.«

»Wenn wir Euch in Ruhe gelassen hätten, würdet Ihr jetzt noch mit den Dingerchen Eurer Geliebten in London spielen. Frauen sind wunderbare Geschöpfe, doch die besten Theaterstücke können bei ihrer Entstehung zwischen den Mahlsteinen ihrer Schenkel zerrieben werden. Denkt darüber nach, Edmund. Erst schreiben, dann das Vergnügen.«

»Die Lektion habe ich allerdings gelernt«, sagte Hoode lachend. »Ich hätte nie gedacht, daß ich einmal einem Ehemann dankbar sein würde, der mich mit seiner Frau im Bett erwischt hat.«

Firethorn war sehr taktvoll. »Nein, mein Lieber. Ich habe ebenfalls allen Grund, dem Mann dankbar zu sein. Er gab mir nicht nur das Stück, sondern auch den Autor zurück.«

»Nick Bracewell war mein Meister.«

»Wie stets, wenn wir ihn brauchen.«

»›Der Kaufmann von Calais‹ hat Nick viel zu verdanken.«

»Wir geben ihm ein herzliches Willkommen, wenn er wieder bei uns ist.«

»Wo mag er jetzt wohl sein, was meint Ihr?«

»Er schreibt gerade sein eigenes Drama, Edmund.«

»Nick, ein Autor? Wie soll sein Stück heißen?«
»›Der Kaufmann von Barnstaple‹.«

Nach vielen ergebnislosen Stunden im Kontor dehnte Nicholas Bracewell seine Suche auf andere Gebäudeteile aus, doch das Testament war nicht zu finden. Als die Abenddämmerung einsetzte, war er immer noch damit beschäftigt, Schränke zu öffnen und in jeder Ecke und jedem Winkel zu suchen. Mit Hilfe einer Kerze fahndete er in jedem Raum nach Geheimtüren und dunklen Verstecken. Es war schon fast Mitternacht, als er die Suche schließlich aufgab. Alle anderen Bewohner des Hauses hatten sich bereits zurückgezogen, Nicholas machte sich auf den Weg in sein Schlafzimmer. Er legte sein Wams ab, warf sich aufs Bett und verschränkte die Hände hinter dem Kopf. Er war fest davon überzeugt, daß sich das Testament irgendwo im Hause befand, und zerbrach sich den Kopf darüber, wo Matthew Whetcombe es möglicherweise versteckt haben konnte.

Müdigkeit übermannte ihn, mit Mühe stand er wieder auf, um sich richtig auszuziehen. In diesem Moment hörte er, wie unten heftig an die Tür geklopft wurde. Beim ersten Mal ignorierte er es, doch das Klopfen hielt an. Nicholas hörte, wie jemand nach unten lief und die Tür öffnete. Im nächsten Moment kamen rennende Schritte an seine Tür, und jetzt klopfte jemand bei ihm an. Nicholas öffnete und sah einen keuchenden Diener im Nachthemd vor sich.

»Ihr habt einen Besucher«, sagte der Mann.

»Zu dieser Zeit?

»Er wartet unten und ist in schlechtem Zustand.«

»Wer ist es?«

»Euer Vater.«

Nicholas trug ihm auf, die Hausbewohner zu beruhigen, dann ergriff er eine Kerze und ging rasch nach unten. Robert

Bracewell wartete in der dunklen Halle und lehnte sich erschöpft an die Wand. Als die Kerze das Gesicht des alten Mannes beleuchtete, sah Nicholas das Blut und die Schrammen. Er streckte die Hand aus, um seinen Vater zu halten, führte ihn ins nächste Zimmer, schloß die Tür hinter sich und ließ ihn sich in einen Sessel setzen. Dann hielt er die Kerze näher, um die Verletzungen genauer zu betrachten.

»Wer war das?« fragte er.

»Wer wohl, eh?«

»Gideon Livermore?«

»Zwei seiner Leute kamen heute abend, um mich zu sprechen«, sagte sein Vater. »Sie fragten mich, was ich dir zuvor gesagt hätte. Als ich ihnen sagte, das gehe sie nichts an, fielen sie über mich her. Das sei nur eine freundliche Warnung, meinten sie. Wenn ich auch nur noch ein einziges Mal mit dir spräche, würden sie zurückkommen und ein bißchen anders mit mir umgehen.«

»Bleib hier sitzen«, sagte Nicholas.

Er ging in die Küche, um Tücher und Wasser zu holen. Dann wusch er seinem Vater das Gesicht, wischte das getrocknete Blut ab und legte die Wunden und Schrammen an Kinn und Schläfen frei. Das eine Auge war schwarz und glänzte. Robert Bracewells abgewetzte Kleidung war in der Schlägerei zerrissen worden. Nicholas war sehr bewegt. Sein Vater hatte Tapferkeit bewiesen, wie er mit der Drohung seiner Gegner umgegangen war. Er war durch die Nacht geritten, um den Überfall zu melden und seinem Sohn eine Waffe in die Hand zu geben, mit der er zurückschlagen konnte.

»Ich war Zeuge bei Matthew Whetcombes erstem Testament«, sagte er. »Es übertrug seiner Witwe alles.«

»Bist du dir völlig sicher?«

»Ich bin nicht den ganzen Weg hergeritten, um dir Märchen zu erzählen.«

»Wurde Livermore in dem Testament erwähnt?«

»Nur als unbedeutender Nutznießer.«

»Das Schiff blieb bei seiner Frau Mary?«

»Schiff, Haus und der größte Teil seines Erbes.«

»Würdest du das vor Gericht beschwören, Vater?«

»Wenn sie mich lange genug am Leben lassen.«

Impulsiv nahm Nicholas seinen Vater in den Arm, doch der alte Mann stieß ihn zurück. Trotz seiner Erschöpfung hatte Robert Bracewell noch genug Kraft, um in Zorn zu geraten.

»Bleib mir vom Leib!« zischte er. »Das ist alles durch dich gekommen!«

»Ich versuche nur zu helfen.«

»Und was hat deine Hilfe mir gebracht? Den Anblick eines Sohnes, von dem ich gehofft hatte, daß er tot ist, und fürchterliche Prügel. Auf beides lege ich keinen Wert. Verschwinde und laß mich allein.«

»Aber ich kann dich vor Livermore beschützen.«

Sein Stolz flammte auf. »Ich kann schon selbst auf mich aufpassen.«

»Natürlich, natürlich. Danke, daß du gekommen bist.«

»Ich bin nicht hier, um dir etwas Gutes anzutun, Nick. Ich bin nur gekommen, um Mary zu helfen – und um Gideon Livermore eins auszuwischen. Niemand macht mir Vorschriften, was ich sagen kann und was nicht. Sie haben mich zwar aus Barnstaple hinausgeworfen, aber ich bin immer noch Herr in meinem eigenen Haus.«

»Du mußt über Nacht hierbleiben«, sagte Nick.

»Niemals!«

»Aber du bist nicht in der Verfassung, zu reiten.«

»Wenn ich den ganzen Weg hierher geschafft habe, dann kann ich auch zurückreiten.« Er stand auf. »Es ist absolut unmöglich für mich, unter diesem Dach zu bleiben. Matthew Whetcombe hat mich mal aus diesem Haus gejagt. Seine Türen sind mir verschlossen. Eher würde ich draußen auf der Straße schlafen, als mich hier niederzulegen.«

»Vater – warte!«

»Geh mir aus dem Weg!«

»Nur ein Wort noch, bevor zu gehst. Dieses erste Testament ...«

»Ich habe seinen Inhalt bezeugt.«

»Das Dokument selbst wäre der bessere Beweis.«

»Dann finde es. Matthew hat sich bestimmt eine Abschrift gemacht.«

»Ich habe überall danach gesucht, leider vergeblich.«

»Du hast an den verkehrten Stellen gesucht.«

»Welches sind denn die richtigen?«

»Matthew Whetcombes Herz.«

»Ich kann dir nicht folgen.«

»Er war Kaufmann«, sagte der alte Mann. »Er dachte und fühlte wie ein Kaufmann. Versetz dich in seine Lage und frage dich, wo du ein wertvolles Dokument aufbewahren würdest.« Er versuchte, zur Tür zu gehen. »So, und jetzt aus dem Weg.«

»Laß mich mit dir kommen.«

»Nein!«

»Aber es ist gefährlich.«

»Gefahr ist ein alter Bekannter von mir, ich habe gelernt, allein damit fertigzuwerden. Ich würde mich niemals an dich um Hilfe wenden. Mein ältester Sohn lebt nicht mehr. Er ist auf See gestorben. Du bist nur ein billiger Abklatsch, der seinen Namen trägt.« Er ging an Nicholas vorbei. »Ich habe meine Pflicht diesem Hause gegenüber erfüllt und kann gehen, wann ich will.«

»Den ganzen Weg mitten in der Nacht?«

»Ich werde dort gebraucht.«

»Das ist keine Art, so zu leben.«

»Es ist mein Haus.«

»Du und diese alte Frau ...«

»Ruhe!«

Robert Bracewells Augen blitzten im Kerzenlicht. Jahrelanger Haß und Groll auf beiden Seiten entzündeten sich urplötzlich. Vater und Sohn starrten einander über einen Abgrund verlorener Liebe und verschwundener Nähe an. Es gab keine Hoffnung auf Versöhnung mehr. Für ihre letzte Begegnung hatten sie sich den angemessenen Platz ausgesucht. Oben im Vorderzimmer schlief die Frau, die zwischen sie getreten war, und Robert Bracewell konnte ihm das nie mehr verzeihen. Wenn sie nicht gewesen wäre, so dachte er, dann hätte sein Sohn Katherine Hurrell geheiratet, und alles hätte sich viel zufriedenstellender entwickelt. Nicholas betrachtete die Familie Hurrell mit durchaus anderen Augen. Sie hatten einen Vater, den er einmal respektiert hatte, in einen Mann verwandelt, den er haßte.

»Ich bringe dich zur Tür.«

»Ich weiß allein, wie ich hier rauskomme.«

»Wir sind dir sehr dankbar, daß du gekommen bist.«

Der alte Mann schaute nach oben. »Ich habe es für andere in diesem Haus getan, die meine Hilfe verdienen. Du verdienst sie nicht.«

Er öffnete die Zimmertür und schlurfte in den Flur. Nicholas ging mit der Kerze hinter ihm her, doch sein Vater öffnete bereits die Haustür. Ohne einen Blick zurückzuwerfen, trat Robert Bracewell auf die Straße hinaus und ging davon. Nicholas hatte das Gefühl, irgend etwas gesagt zu haben, was dem alten Mann schlimmere Wunden zufügte als die, welche er in der Schlägerei abbekommen hatte.

Nachdem er die Haustür wieder verriegelt hatte, ging Nicholas noch einmal ins Kontor. Er war hellwach und willens, die Suche nach dem Testament wieder aufzunehmen. Sein Vater hatte ihm einen Hinweis gegeben, dem er sofort nachgehen mußte, und dieser Hinweis führte ihn wieder in den Sessel, von dem aus Matthew Whetcombe seine Geschäfte betrieben hatte. Nicholas ließ seine Augen durch den Raum schweifen und überlegte, wo er wohl etwas Wertvolles verwahren würde. Robert Bracewell hatte ihm gesagt, er solle ins Herz des Kaufmanns schauen, aber der eiskalte und unnachgiebige Matthew Whetcombe schien nie eines gehabt zu haben. Er liebte die Frau und das Kind nicht, mit denen er sein Leben teilte. Er liebte weder seine Familie noch seine Freunde mit etwas, das auch nur entfernt an echtes Gefühl herankam. Konnte überhaupt irgend jemand oder irgend etwas den Weg ins Herz eines solchen Menschen finden?

Nicholas hatte seine Zweifel daran, bis sein Blick zu dem Gemälde wanderte. Die MARY war der wahre Stolz und die wahre Liebe dieses Kaufmanns. Sie war der Gipfel seines Erfolgs, das Zeichen seiner Vollkommenheit. Die MARY war das Symbol für alles, was Matthew Whetcombe am meisten liebte. Erregt sprang Nicholas auf. Sein erster Gedanke war, daß der Kaufmann das Dokument vielleicht in einer Kajüte seines Schiffes aufbewahrte, doch das hätte alle möglichen Arten von Risiken mit sich gebracht. Selbst Matthew Whetcombe würde ein solches Wagnis nicht eingehen. Die MARY würde sein Geheimnis bewahren, aber nicht, wenn sie auf See war. Für sein Testament brauchte er einen sichereren Ankerplatz. Er hing vor ihm an der Wand.

Nicholas hob das Bild vorsichtig vom Haken und legte es mit der Vorderseite nach unten auf den Tisch. Dünne Holzstäbchen waren auf der Rückseite quer über den Rahmen genagelt, um die Leinwand festzuhalten. Zusätzlich waren kleine hölzerne Latten am unteren Rand des Rahmens befestigt, und er sah auch schon bald den Grund dafür. In dieser taschenähnlichen Vertiefung entdeckte er ein Stück Pergament, das sorgfältig in diesen Hohlraum geschoben worden war. Gerade als er anfing, es hervorzuziehen, hörte er, daß sich hinter ihm die Tür öffnete. Mary Whetcombe stand im Nachthemd vor ihm und hielt eine Kerze in der Hand.

»Was machst du denn noch hier?« fragte sie.

»Ich suche nach deiner Rettung.«

»Ich habe Geräusche gehört. Jemand hat gegen die Tür geschlagen.«

»Ich erkläre es dir gleich.«

Nicholas zog etwas fester, bis sich das Dokument aus dem Versteck herausbewegen ließ. Er faltete es rasch auseinander und hielt es ins Licht, dann brach er in ein leises, triumphierendes Lachen aus. Wie sein Vater gesagt hatte – das echte Testament des Matthew Whetcombe war etwas gänzlich anderes als sein vermeintlicher Nachfolger. Er reichte es Mary, die die Kerze hinstellte, um das Pergament mit beiden Händen halten zu können. Sie las mit steigender Erregung. Als ihr die Bedeutung vollends bewußt wurde, stieß sie einen Schrei größter Erleichterung aus und wäre beinahe ohnmächtig geworden. Nicholas hielt sie fest und half ihr in einen Sessel.

»Wie um alles in der Welt hast du es gefunden?« fragte sie.

»Mit größter Geduld.«

»Ich kann dir nicht genug danken. Das ändert jetzt alles.«

»Nicht unbedingt.«

»Aber dies ist Matthews echtes Testament.«

»Das kann schon sein, Mary«, sagte er, »aber wir müssen das vor Gericht beweisen. Das zweite Testament könnte dieses hier ungültig machen, wenn es aufrechterhalten wird. Was wir allerdings haben, ist der Beweis, daß Gideon Livermore und Barnard Sweete uns belogen haben. Dieses Testament hier hat überhaupt keine Ähnlichkeit mit der mündlichen Version. Wir müssen es klug einsetzen, um sie bloßzustellen.«

»Wie fangen wir das an?«

»Das werde ich dir zeigen.«

Früh am Morgen ruderte Nicholas Bracewell zur MARY raus. Ihre Fracht war gelöscht worden, jetzt wartete sie auf eine Überholung, bevor sie auf eine weitere lange Reise ging. An Bord befand sich nur ein einzelner Seemann als Wache. Er war sehr mißtrauisch, als Nicholas seinen Kahn vertäute und an Bord kletterte, doch sein Verhalten wurde unterwürfig, als der Besucher ihm einen schriftlichen Beweis unter die Nase hielt, aus dem hervorging, daß er im Interesse von Matthew Whetcombe komme. Nicholas hatte die Schlüssel zur Privatkabine mitgebracht, die für den Schiffseigner reserviert war.

Neid regte sich in ihm, als er an Deck stand und die MARY etwas genauer betrachtete. Sie glich sehr dem Schiff, auf dem er seine Kaufmannslehre gemacht hatte, obwohl das kleiner gewesen war und ausschließlich friedlichem Handel diente. Die MARY erinnerte ihn auch an die GOLDEN HIND, auf der er mit Drake gesegelt war. Diese war schon ein paar Nummern größer gewesen, doch glich sie in vielen Punkten der MARY. Beide hatten eine doppelte Verkleidung am Bug, um ihn zu verstärken. Sie waren im französischen Stil gebaut, gut ausgerüstet und mit guten Masten, Takelagen und doppelten Segeln ausgestattet.

Wie die GOLDEN HIND, so hatte auch dieses Schiff Bramsegel für Haupt- und Fockmast, eine ungewöhnliche Erweiterung zum Standard-Rigg eines Schiffes mittlerer Größe, die ihm jedoch lebenswichtige zusätzliche Geschwindigkeit verschaffte. Die MARY hatte achtzehn Kanonen an Bord, die Hälfte davon waren Feldschlangen halber Größe für Distanz-Feuer mit neunpfündigen Kugeln. Nicholas vermutete, die Mannschaft habe ferner Arkebusen, Pistolen und Feuerkessel zur Unterstützung der schweren Kanonen zur Hand, ferner unterschiedliche Enterhaken, Degen, Schwerter und Armbrüste. Sir Francis Drake wäre stolz gewesen, die MARY zu befehligen. Sie war ein schwimmendes Arsenal und geradezu ideal zur Piraterie geeignet.

Er ließ sich von dem Seemann den Weg zeigen und ging unter Deck, um die Kabine zu suchen. Als er sie betrat, stellte er fest, daß sie zwar klein, aber sehr gut ausgestattet war. An den Wänden befanden sich eine niedrige Koje, Tisch und Stühle, die am Boden festgeschraubt waren, sowie einige Schränke zum Verstauen von Gegenständen. Über seinem Kopf schwang eine Laterne sanft hin und her. Wieder spürte Nicholas diesen Neid. Wie der Kaufmann, so hätte auch er sich eine Privatkabine eingerichtet und wäre so oft wie möglich auf der MARY gesegelt. Beide Männer waren von der Liebe zur See besessen.

Ein Bullauge erlaubte den Blick auf den Fluß und zeigte ihm den gewaltig aufragenden Schatten der Long Bridge. Das Geräusch von Ruderschlägen ließ ihn in die andere Richtung schauen, und er sah genau das, worauf er gehofft hatte. Gideon Livermore ließ sich von einer muskulösen Gestalt zum Schiff rudern. Er war über Nacht in der Stadt geblieben und schon früh von dem Dienstboten geweckt worden, den er bezahlte, um ihm alle Vorkommnisse im Hause Whetcombe zu melden.

Nicholas hatte Mary gebeten, freimütig darüber zu reden, das Dokument, das sie suchten, befinde sich an Bord der MARY. Diese Information verbreitete sich rasch im ganzen Haus und erreichte auch die gewünschte Zielperson. Livermore kam jetzt, um der Sache ein Ende zu bereiten.

Mit einem der mitgebrachten Schlüssel öffnete Nicholas einen Schrank und nahm ein paar Blätter Pergament heraus. Er wartete, bis er hörte, daß die beiden Männer an Bord kamen, dann tat er, als lese er mit größtem Interesse. Nicht lange, und die Tür wurde aufgestoßen. Gideon Livermore sah ihn mit offener Feindschaft an. Sein Begleiter war ein bulliger Mann mit gebrochener Nase. Nicholas vermutete, das könnte sehr gut der Bursche sein, der mit der Armbrust auf ihn geschossen hatte.

»Wo ist es?« wollte Livermore wissen.

»Was?«

»Das Testament.«

»Ihr habt es, Sir. Es ist bei Eurem Rechtsanwalt deponiert.«

»Ich spreche von dem ersten Testament. Das da in Eurer Hand.«

»Das ist jetzt ja nicht mehr gültig.«

»Ich möchte es sehen.«

»Nein«, sagte Nicholas und schob die Papiere in sein Wams. »Ihr wollt es lediglich vernichten.«

Gideon Livermore verlor keine Zeit. Er trat zur Seite, sein Kumpan sprang mit erhobenem Knüppel auf Nicholas los. Doch dessen primitive Muskelkraft war kein Problem für den wendigen Impresario. Als der Mann auf ihn zukam, unterlief Nicholas den Schlag, packte das dicke Handgelenk und riß den Mann mit einem gewaltigen Ruck gegen das Schanzkleid aus Eiche. Krachend brach er wie ein schlaffer Sack auf dem Fußboden zusammen und beteiligte sich fortan nicht mehr an den Vorgängen in der Kabine.

Nicholas zerrte Livermore in die Kajüte.

»Ich habe den Brief, den Ihr an Adam Lamparde geschrieben habt«, sagte er. »Ermordet das Mädchen, habt Ihr ihm aufgetragen. Er gehorchte. Jetzt ist er selbst tot. Dieser Brief wird Euch an den Galgen bringen.«

Gideon Livermore wurde dunkelrot vor Zorn. Er würde diesem Eindringling nicht gestatten, seine fein gesponnenen Pläne zu durchkreuzen. Er riß einen Dolch aus dem Gürtel und stach auf Nicholas ein. Der Impresario reagierte rasch, doch der Dolch schlitzte seine Hand auf, Blut spritzte heraus. Er sprang auf Livermore zu und packte ihn. Sie rangen miteinander in der engen Kajüte, prallten gegen die Wände und stolperten über die regungslose Gestalt am Boden.

Der Seemann, der an Deck Wache halten sollte, hörte die Kampfgeräusche und kam in die Kajüte gerannt, doch Nicholas befahl ihm, sich aus der Sache rauszuhalten. Der Seemann konnte ein wichtiger Zeuge eines Kampfes sein zwischen einem wahnsinnig gewordenen Kaufmann und einem unbewaffneten Mann. Livermore war sehr stark, und der Gedanke an das, was er möglicherweise zu verlieren hatte, gab ihm sogar noch mehr Kraft. Nicholas merkte, daß es schwer wurde, mit ihm fertigzuwerden. Er brauchte dringend mehr Raum, um sich bewegen zu können. Er brachte Livermore aus dem Gleichgewicht, ließ seinen Griff los und stieß ihn gleichzeitig von sich weg. Der Kaufmann stolperte nach hinten, was Nicholas genügend Zeit gab, aus der Kajüte hinaus und an Deck zu rennen.

Keuchend kam Gideon Livermore hinter ihm her. Sie waren jetzt genau dem Kai gegenüber, und auf der Brücke befanden sich weitere Zeugen des Geschehens, doch das hinderte den Kaufmann nicht. Seine ganze Planung konnte von diesem einen Mann vernichtet werden. Solange Nicholas Bracewell noch lebte, würde Gideon Livermore weder das Erbe antreten, noch Mary Whetcombe als zusätzliches, angenehmes Beutestück an sich reißen können. Vor allem aber würde er niemals die MARY bekommen. Und das war sein Traum. Gideon Livermore war ein Pirat, der versuchte, ein Piratenschiff in seinen Besitz zu bringen. Dies war der passende Ort, das Schicksal entscheiden zu lassen.

Die freiere Fläche gab Nicholas mehr Möglichkeiten, sein eigener Dolch lag jetzt fest in seiner Hand. Er blutete heftig, wagte es aber nicht, die Wunde auch nur anzublicken, denn Livermore durfte nicht unterschätzt werden. Obwohl er andere dafür bezahlte, daß sie in seinem Auftrag Morde ausführten, war er dazu auch durchaus selbst in der Lage. Der Kaufmann machte eine Finte und stieß vor, doch Nicholas zuckte zur Seite. Ein zweiter Angriff zwang den Impresario, sich etwas zurückzuziehen, und dabei stürzte er über ein zusammengerolltes Seil, das auf Deck lag. Der Kaufmann warf sich auf ihn, sein Gewicht trieb Nicholas die Luft aus der Lunge. Er hatte das Handgelenk seines Gegners umklammert, doch sein eigener Dolch war ihm aus der Hand geschlagen worden.

Sie rangen miteinander, rollten über das Deck, schlugen zu und würgten sich gegenseitig; Livermore versuchte sogar, Nicholas zu beißen. Mit einem plötzlichen Kraftschub warf er den Kaufmann von sich und sprang auf die Füße, doch Livermore war wie der Blitz hinter ihm. Der Vorteil lag jetzt wieder auf der Seite des Kaufmanns, der seinen Gegner verspottete und ihn immer dichter an die Reling drängte. Nicholas konnte sich kaum noch bewegen, er saß in der Zwickmühle.

»Raus mit dem Testament!« verlangte Livermore.

»Die MARY wird Euch niemals gehören.«

»Her mit dem Testament!«

Nicholas klopfte sich auf sein Wams. »Kommt und holt es Euch.«

Der Kaufmann brauchte keine weitere Einladung mehr. Er richtete die Spitze seines Degens auf Nicholas' Gesicht und machte einen Ausfall. Doch der Impresario war zu wendig für ihn. Er duckte sich, packte zu und riß hoch – und der Körper des Gideon Livermore kippte über die Reling und klatschte ins Wasser. Die Zuschauer auf der Brücke waren so beeindruckt, daß sie einen Schrei ausstießen. Vom Kai legten Boote ab und hielten auf die MARY zu.

Nicholas lehnte sich über die Reling, als der Kaufmann wieder auftauchte. Der Mann hustete und spuckte. Obwohl er im Fluß schwimmen gelernt hatte, war er niemals in voller

Bekleidung geschwommen und nach einem so heftigen Zweikampf. Livermore fing an, wild um sich zu schlagen und um Hilfe zu rufen. Er war dabei zu ertrinken. Nicholas riß sich das Wams vom Körper, warf die Schuhe zur Seite und sprang über die Reling ins Wasser. Sein Schwung war so heftig, daß er unter die Wasseroberfläche schoß und für ein paar Sekunden durch die schlammigen Tiefen des Flusses glitt, bevor er wieder hochkam. Er tauchte genau im richtigen Moment auf, um zu sehen, wie Livermore unterzugehen begann. Er packte den Mann von hinten, drehte ihn auf den Rücken, hielt ihm den Kopf über Wasser und schwamm rückwärts auf das Schiff zu.

Der Seemann stand bereit, um ihnen an Bord zu helfen, auch die anderen Boote waren jetzt in der Nähe. Die Zuschauer auf der Brücke und am Kai applaudierten Nicholas wegen seines Mutes, den ertrinkenden Mann zu retten. Doch Gideon Livermore hatte andere Absichten. Er würde das Erbe nicht antreten und die Frau, die er haben wollte, nicht heiraten können. Die MARY würde er niemals bekommen. Alles, was ihm bevorstand, war ein langer, beschämender Prozeß und an dessen Ende ein langer Strick. Das wollte er nicht auf sich nehmen.

Als Nicholas ihn endlich wieder auf dem Schiff hatte, wartete Livermore seine Chance ab, riß sich loß und warf sich kopfüber wieder in das dunkle Wasser. Nicholas sprang hinterher, wie auch ein paar Männer aus den Booten, die ihm helfen wollten, doch sie konnten den Kaufmann nirgendwo sehen. Es dauerte mehrere Minuten, bis der River Taw sein Opfer freigab. Als Gideon Livermore endlich auftauchte, mit dem Gesicht im Wasser, war er bereits jenseits aller juristischen Prozesse.

In einer einzigen Transaktion waren viele Schulden beglichen worden.

Es war ein windiger Nachmittag, aber das hinderte ihn nicht. Er machte einen langen, ziellosen Abschiedsspaziergang durch die Stadt, um sich einer Jugend zu erinnern, die hundert Jahre zurückzuliegen schien. Er wanderte durch Straßen, in denen er früher einmal gespielt hatte, und über ein Feld, auf dem er und sein Bruder zum erstenmal auf einem Pferd gesessen und Reiten gelernt hatten. Er legte Blumen auf das Grab seiner Mutter auf dem nahegelegenen Friedhof und ging dann langsam zurück zum früheren Haus seiner Familie in der Boutport Street. Es sah immer noch so aus wie damals, als seine Eltern in diesem Haus fünf Kinder großzogen. Im Vergleich zu der Hütte, in der sein Vater jetzt hauste, war es schon ein kleines Herrenhaus gewesen. Tiefer Schmerz zwang ihn dazu, sich abzuwenden.

Nicholas Bracewell ging durch das Stadttor und verließ die Stadt, wobei er fast sofort ein Gefühl der Erleichterung verspürte. Barnstaple war einmal die Welt für ihn gewesen, aber jetzt machte es den Eindruck eines Gefängnisses auf ihn. Die Freude, altbekannte Straßen und Plätze zu sehen, wurde durch den Schmerz überdeckt, den alte Erinnerungen in ihm wachriefen. Er schritt kräftig aus in der frischen Brise, bis er einen ummauerten Garten erreichte. Nicholas blieb erschrocken stehen. Seine Füße hatten ihn ohne sein Zutun und Wissen ausgerechnet zu dem einen Haus in der ganzen Umgebung geführt, von dem er sich geschworen hatte, es niemals wieder zu besuchen. Als er versuchte zurückzugehen, betrogen ihn seine Beine erneut und führten ihn genau vor das Tor in der Gartenmauer. Ein einziger Blick auf das halb aus Holz errichtete Gebäude brachte alles wieder zurück.

Das Anwesen der Familie Hurrell war früher einmal voller Leben und Lachen gewesen, jetzt aber schien es merkwürdig leer zu sein. Der Garten war überwuchert, und auch im Haus bemerkte er kein Anzeichen von Leben. Er stieß das Tor auf, dessen Scharniere quietschten, und betrat den Garten. Durch den heftigen Wind hatten sich einige Halme des Strohdaches gelöst, und irgendwo schlug ein Fenster hin und her. Nicholas folgte diesem Geräusch und befand sich jetzt auf der Rückseite des Gebäudes. Eine rechtwinklige Rasenfläche war von Blumenbeeten eingefaßt, die stark vernachlässigt waren. Das Gras reichte bis über die Knöchel. Dies war der Garten gewesen, in dem Nicholas gegen seinen Willen Katherine Hurrell den Hof hatte machen müssen. Das Zittern überkam ihn, als er sich daran erinnerte, daß er es zugelassen hatte, mit ihr verlobt zu werden, nur um beide Familien zufriedenzustellen.

Ein Geräusch ließ ihn hochschauen. Es war ein langgestrecktes, niedriges Haus mit Dachsimsen, die gerade über die Mauern reichten. Das offene Fenster gehörte zu einem Schlafzimmer, das er sofort erkannte, und das rhythmische Klappen des Fensters war wie der Schlag eines Hammers, der ihm einen Nagel in den Kopf trieb. Nicholas war wie gebannt. Dieses Haus und dieses Fenster hatten den ganzen Verlauf seines Lebens verändert. Viele Menschen hatten darunter zu leiden gehabt, und es gab einige Dinge, die er sich selbst niemals verzeihen konnte. Katherine Hurrell hatte sich so weit vom Schock seiner Abreise erholt, daß sie einen anderen Mann heiraten konnte, mit dem sie fortzog. Mary Parr war nicht so glücklich gewesen, und ihre Tochter auch nicht.

Nicholas starrte zum Fenster hoch, das hin und her schlug wie ein eingesperrter Schmetterling. Er hatte nicht den Wunsch, das Innere dieses Zimmers zu sehen. Es war das Grab für so viele seiner Hoffnungen und Pläne. Das Haus war verlassen und vernachlässigt, dennoch besaß es noch immer diese bedrohliche Ausstrahlung auf ihn. Als Nicholas dastand und hochblickte, wirkte das ganze Haus auf ihn, als wolle es sich auf ihn stürzen. Er konnte es nicht mehr länger aushalten. Schon einmal hatte das Hurrell-Haus ihn fertiggemacht. Bevor es das ein zweites Mal tun konnte, wirbelte er herum und rannte den ganzen Weg zur Crock Street zurück.

Es war an der Zeit, sich endgültig von Barnstaple zu verabschieden.

»Wann willst du abreisen?« fragte Mary Whetcombe.

»Morgen bei Tagesanbruch.«

»Schon so bald?«

»Die Theatertruppe wartet auf mich.«

»Kann nichts dich hier länger festhalten?«

»Nein, Mary, ich fürchte nicht.«

Sie befanden sich im großen Wohnzimmer des Hauses, das sie nun rechtmäßig von ihrem Mann geerbt hatte. Lucy saß am Tisch und spielte mit ihren Puppen. Nicholas hatte alles erledigt, weshalb er gekommen war. Susan Deakins Tod war gerächt, Mary Whetcombe vor einem elenden Schicksal bewahrt worden. Gideon Livermore war tot, Barnard Sweete und weitere Komplizen saßen hinter Gittern. Der Spion im Hause Whetcombe war entlarvt und davongejagt worden. Unklar war nur noch, was mit Arthur Calmady passieren würde, dessen Predigten sehr zaghaft und voller Entschuldigungen waren. Seine Besuche in der Crock Street waren zu einem plötzlichen Ende gekommen. Nicholas trug einen großen Verband an seiner verwundeten Hand, was ihn aber nicht davon abhielt, zu Schiff nach Bristol zu reisen.

Mary Whetcombe verzögerte seinen Aufbruch. Sie, die ihn zuerst nur unwillig betrachtet hatte, wünschte sich jetzt, er bliebe in Barnstaple, und Lucy fügte ein Lächeln hinzu, um ihn festzuhalten. Wenn diese drei zusammen waren, kehrte Glück in das Haus ein, zum erstenmal. Nicholas geriet nur kurz in Versuchung. Einige Erinnerungen waren ausgelöscht worden, dafür waren andere um so lebendiger. Robert Bracewell war noch immer in Barnstaple präsent.

»Zumindest weiß ich diesmal den Grund«, sagte Mary.

»Damals konnte ich dich nicht erreichen, bevor ich ging.«

»Du hast es nicht gewollt, Nick.«

»Ich schämte mich zu sehr.«

»Aber ich liebte dich doch.«

»Das war nicht genug. Ich konnte dir diese Schuld nicht auf die Schultern laden. Das wäre dir gegenüber unfair gewesen. Ich mußte einfach weg von ihm. Du mußt das verstehen.«

»Was hat dein Vater denn eigentlich getan?«

Das war eine Frage, die sie mit Recht stellen durfte, und er konnte ihr die Antwort auch nicht mehr länger vorenthalten. Mary Whetcombe hatte die Folgen eines Geheimnisses zu tragen gehabt, das er ihr nicht zu sagen gewagt hatte, aber sie hatte es verdient, die Wahrheit zu erfahren. Gleichzeitig wollte er die Bestätigung dafür haben, daß Lucy seine Tochter war. Mary warf einen Blick auf das Mädchen und schaute ihn wieder an. Im Haushalt eines Kaufmanns schlug dessen Witwe vor einer taubstummen Zeugin einen Handel vor. Wenn Nicholas ihr alles über die letzte Nacht berichtete, die sie zusammen verbracht hatten, dann würde auch sie ihm alles sagen.

»Ich wollte dich, Mary«, sagte er, »ich wollte dich mehr als alles andere in der Welt, aber mein Vater hatte Katherine Hurrell für mich ausgesucht. Er hatte bereits alles mit ihrer Familie arrangiert. Die Mitgift war umfangreich, mein Vater brauchte einen Teil davon, um sein eigenes Geschäft wieder ins Lot zu bringen. Doch meine Wahl warst du, aber deine Mitgift war kleiner, und dein Vater bestand auf einer Heirat in die Familie Whetcombe. Das Ganze war eine unmögliche Situation.«

»Es gab nur einen einzigen Weg, daraus auszubrechen.«

»Ich habe alles versucht, meinen Vater umzustimmen.«

»Ich weiß«, erinnerte sie sich. »Du gingst in jener Nacht

nach Hause, um ein letztes Mal mit ihm zu sprechen. Wenn das kein Ergebnis brachte, wollten wir eher zusammen weglaufen als getrennt zu werden. Aber du bist nicht wieder zu mir zurückgekommen.« Ihre Augen waren eine einzige Anschuldigung. »Was ist passiert, als du nach Hause gingst?«

»Ich bin nicht nach Hause gegangen, Mary.«

»Wohin bist du denn gegangen?«

»Zum Haus von Katherine Hurrell.«

»Aber warum denn?« sagte sie beleidigt. »Dafür gab's doch gar keinen Grund.«

»Wir waren miteinander verlobt. Sie hatte ein Recht, alles zu erfahren. Ich liebte dich, aber ich konnte nicht einfach von Katherine weggehen, ohne wenigstens ein Wort der Erklärung.«

»Für mich hattest du aber kein Wort der Erklärung übrig.«

»Dazu fehlte die Zeit.«

»Für Katherine Hurrell hast du aber Zeit gefunden!«

»Mary, bitte, hör mir zu!« Nicholas versuchte, die Ruhe zu bewahren. »Das alles ist schon schwierig genug für mich. Bitte, hab ein wenig Geduld.«

»Gut. Du bist also zu ihr gegangen ...«

»Ja.«

»Und bist über Nacht bei ihr geblieben – ist es das, was ich zu hören bekomme?«

»Nein.«

»Sag mir die Wahrheit!« sagte Mary und zitterte vor Eifersucht, die Jahre Zeit gehabt hatte, sich ein festes Fundament zu schaffen. »Sag mir die Wahrheit, Nick.«

»Katherine war nicht zu Hause«, sagte er. »Auch ihr Vater nicht. Das Haus war so gut wie leer.« Nicholas lief es eiskalt über den Rücken, als er sich des Anblicks erinnerte. »Ich tastete mich durch den Garten zur Rückseite des Gebäudes. Das Fenster von Katherines Schlafzimmer war am Ende des

Hauses. Ich hatte gehofft, ihre Aufmerksamkeit zu finden, um sie aus dem Haus zu locken, damit wir in Ruhe und ungestört reden konnten. Aber auf meinen Pfiff kam keine Antwort. Ich wagte es nicht, kleine Steine gegen ihr Fenster zu werfen, aus Angst, daß vielleicht jemand wach wurde, der sich irgendwo im Haus befand.«

»Was hast du also gemacht?«

»Ich kletterte am Rankgerüst des Efeus hoch, um in ihr Zimmer zu schauen.«

»Und?«

»Sie war nicht drin.«

»So«, drängte sie ihn. »Was dann?«

»Ich sah sie zusammen im Bett liegen.«

»Wen?«

»Katherines Mutter und ...«

»So sprich doch weiter.«

»... und meinen Vater«, sagte Nicholas. »Robert Bracewell. Er hatte eine Liebesaffäre mit Margaret Hurrell.« Mit neu aufwallender Bitterkeit schaute Nicholas sie an. »Das war der Grund, weshalb ich Katherine heiraten sollte – damit mein Vater seine ehebrecherische Beziehung mit ihrer Mutter um so leichter fortsetzen konnte. Ich war kein Sohn, der zu seinem Glück zum Traualtar geschickt wurde. Ich war nur ein Teil eines gemeinen Geschäfts, das mich zerstört hat.« Er zuckte sichtlich zusammen. »Meine Mutter wußte Bescheid, Mary. Das war es, was sie umgebracht hat. Sie wußte die ganze Zeit Bescheid, hatte aber nicht die Möglichkeit, ihn daran zu hindern. Sie wußte es, sagte aber nichts. Sie krümmte sich in ihrem Schmerz nur zusammen und starb.«

»Was hast du gemacht, als du sie zusammen im Bett entdecktest?«

»Ich bin weggelaufen«, sagte er einfach. »Mein einziger Gedanke war, von diesem Haus und diesen Leuten wegzurennen. Ich hatte immer zu meinem Vater aufgesehen. Es war schwierig, diesen Mann zu lieben, trotzdem hatte ich immer die Kraft bewundert, mit der er seine Rückschläge meisterte. Aber in dieser Nacht verlor ich jeglichen Respekt vor ihm und all seinen Eigenarten. Ich wollte nichts mehr zu tun haben mit Barnstaple und seinen Kaufleuten. Mein einziger Wunsch war es wegzukommen.«

»Hattest du keinen Gedanken an mich übrig?«

»Aber ja doch, Mary. Ich wollte dich da nicht mit reinziehen. Nachdem ich das gesehen hatte, fühlte ich mich wie befleckt und wollte diesen Schmutz nicht an dich weitergeben. Ich glaubte, wenn ich davonliefe, könnte ich dich davor bewahren.«

»Mich davor bewahren?« sagte sie ironisch. »Vor was?«

»Davor, den Namen Bracewell anzunehmen. Davor, dasselbe Gefühl der Schande ertragen zu müssen. Davor, unsere Schmach aushalten zu müssen.« Er stieß einen tiefen Seufzer aus. »Ich war jung, Mary. Mich belasteten diese Dinge sehr. Ich konnte dich einfach nicht bitten, einer solchen Familie anzugehören.«

»Was hast du dir denn vorgestellt, was mit mir passieren würde?«

»Daß du jemand anderen finden und mich vergessen würdest.«

»Oh, ich habe tatsächlich jemand anderen gefunden«, sagte sie. »Und unter diesen Umständen hatte ich sogar noch Glück dabei. Aber ich konnte dich nicht vergessen. Wie auch? Wir waren Liebhaber gewesen.«

Nicholas schaute auf Lucy nieder, dann wieder Mary an.

»Ist sie meine Tochter?«

»Nein, Nick.«

»Mein Vater sagte, sie sei es.«

»Das kann doch nicht wahr sein.«

»Doch, Mary. Genau mit diesen Worten.«

»Was genau hat er gesagt?«

»Ich habe ihn gefragt, warum er so oft in diesem Haus zu Besuch war.«

»Und er hat gesagt, um seine Enkeltochter zu besuchen.«

»Ja – Lucy.«

»Nein«, antwortete Mary. »Susan Deakin.«

»Das Dienstmädchen?«

»Sie war unsere Tochter, Nick.«

Er war wie vor den Kopf geschlagen. Dieses einfache Mädchen mit Gesichtszügen, die es ihr erlaubten, als Junge durchzukommen, war seine Tochter gewesen. Zunächst vermochte er es nicht zu glauben, doch mit dem Herzen erkannte er, daß er ein schwaches Aufleuchten des Erkennens gespürt haben mußte. Susan Deakin hatte ein starkes, verpflichtendes Gefühl in ihm erweckt, ihren Tod rächen zu müssen, ein persönliches Gefühl, dazu verpflichtet zu sein, wie es ein Mann einem Fremden aus irgendeiner weit entfernt lebenden Familie gegenüber niemals verspüren würde. Es war eben nicht nur der Wunsch gewesen, nach Barnstaple zu reisen, um der Frau zu helfen, von der er glaubte, sie habe ihn rufen lassen. Nicholas hatte auch Wiedergutmachung für den Tod seiner Tochter gewollt.

Fragend blickte er Mary an.

»Als wir uns in jener Nacht zum letztenmal sahen, trug ich dein Kind bereits seit Monaten unter dem Herzen.«

»Aber warum hast du mir nichts davon gesagt?«

»Ich hab's versucht, Nick, aber ich fand nicht die richtigen Worte. Ich hatte gehofft, dein Vater würde nachgeben, damit wir mit seinem Segen heiraten konnten. Alles wäre dann gut gewesen. Aber du gingst fort und ließt mich sitzen.« Sie zitterte wie ein verwundetes Tier. »Ich hatte niemanden, zu dem ich gehen konnte, und auch keine Chance, meinen Zustand noch länger verbergen zu können. Welches Leben hätte ich gehabt als unverheiratete Mutter mit einem Bastard als Kind? Du hattest deine Art von Schande, ich hätte eine andere zu tragen gehabt.« Verzweifelt schüttelte sie den Kopf. »Ich tat das einzige, was mir noch übrigblieb. Ich wandte mich Matthew Whetcombe zu.«

»Hast du ihm die Wahrheit gesagt?«

»Ja, Nick. Matthew war ein harter Mann, aber er wußte genau, was er wollte. Ich sollte unter allen Umständen seine Frau werden. Wir machten ein Geschäft miteinander, das ich dankbar annahm. Ich wurde ins Haus verbannt, allen wurde gesagt, ich sei bei Freunden in Credition zu Besuch.« Sie erschauerte. »Susan kam zu früh auf die Welt und wäre fast gestorben. Sie brauchte ständige Aufmerksamkeit und Pflege. Joan Deakin war bereits meine Amme gewesen, sie nahm Susan als ihr eigenes Kind an. Diesen Namen findest du im Kirchenregister, Susan Deakin.«

»Dann heiratetet ihr.«

»Sobald ich wieder bei Kräften war.«

»Und Lucy?«

»Sie wurde schon bald geboren.« Ein verteidigender Tonfall schlich sich in ihre Stimme. »Das mußte ich Matthew zuliebe tun. Er war bereit, meinen ›Balg‹ unter seinem Dach zu dulden – unter der Bedingung, daß er auch eigene Kinder mit mir haben könne. So lautete der Vertrag, und er bestand auf Erfüllung. Aber Lucy war das erste und letzte Kind.«

»Warum?«

»Es gab Komplikationen. Ich konnte keine weiteren Kinder mehr bekommen. Mein Mann konnte mir das nie verzeihen. Er hatte Susan akzeptiert, und alles, was ich ihm geben konnte, war diese kleine, behinderte Kreatur hier. Matthew fühlte sich betrogen. Dein Kind war kerngesund, während seines taubstumm war.«

Nicholas begann zu verstehen. Lucy war als Tochter des Hauses aufgezogen worden. Susan Deakin – Marys Kind mit ihm als Vater – wuchs als Dienstmädchen auf. Das starke Band zwischen den beiden fand jetzt seine Erklärung. Sie waren Stiefschwestern. Mary gab ihm weitere Einzelheiten.

»Kurz bevor Joan Deakin starb, sagte sie Susan die Wahrheit. Das Mädchen wußte, daß du ihr Vater bist. Deshalb hat sie dich in London besuchen wollen, Nick. Wir hatten Probleme, und du warst der einzige Mensch, der uns helfen konnte. Susan verehrte dich. Sie stahl Kleidung, nahm sich das beste Pferd im Stall und machte sich auf, um dich zu suchen. Kannst du dir das Risiko vorstellen, das sie auf sich nahm? So etwas hätte sie nur getan, um ihren Vater zu finden.«

Nicholas war ernüchtert. Er war von Barnstaple weggelaufen, andere aber waren dortgeblieben und hatten die Last getragen, vor der er davongerannt war. Es gab keine Möglichkeit, jeden seiner Schritte vollends zu rechtfertigen, aber wenigstens hatte er die Möglichkeit gehabt, einiges wiedergutzumachen. Er hatte Mary nicht vor der Heirat mit Matthew Whetcombe gerettet, aber einen anderen räuberischen Kaufmann daran gehindert, ihr legitimes Erbe zu ergaunern. Er hatte sein Leben aufs Spiel gesetzt, um Barnstaple zu erreichen – um Mary zu helfen, hatte er sich sogar dazu gezwungen, mit seinem Vater zu sprechen, den er verabscheute.

Er schaute auf Lucy nieder, die mit ihren Puppen spielte, beugte sich vor und gab ihr einen sanften Kuß auf den Kopf. Doch sein wirkliches Mitgefühl galt Susan Deakin. Seine Tochter war ihr ganzes Leben lang zu einer niederen Position degradiert worden. Als sie den Namen ihres richtigen Vaters erfuhr, erhielt sie zum erstenmal Status und Würde. Bei dem Versuch, mit ihm Kontakt aufzunehmen, hatte sie den Mut einer echten Bracewell bewiesen, doch sie starb, bevor sie noch ein Wort sagen konnte. Ihr Verlust lag ihm wie ein Stein auf dem Herzen. Das Mädchen war das glücklose Kind einer zum Scheitern verdammten Liebe. Sein einziger Trost war die Tatsache, daß er ihren Tod hatte rächen können.

Nicholas wollte keine weitere Nacht in dem Haus verbringen, in dem sie aufgewachsen war. Der Geist seiner Tochter lebte hier und belastete sein Gewissen. Er stand auf und begann sich zu verabschieden, doch die anderen reagierten erschrocken. Lucy klammerte sich an seinen Arm, und Mary bat ihn aus ganzem Herzen.

»Bleib hier bei uns, Nick.«

»Das kann ich nicht.«

»Was hält dich davon ab?«

»Für mich gibt es in diesem Haus keinen Platz.«

»Wir schaffen Platz für dich«, sagte sie und legte Lucy den Arm um die Schulter. »Wärst du nicht gewesen, wären wir von hier vertrieben worden. Wärst du nicht gewesen, hätte man uns alles, was uns rechtmäßig zustand, weggenommen. Du hast uns alles zurückgegeben und hast ein Recht darauf, an unserem Wohlstand teilzuhaben.« Lucy nickte eifrig, als habe sie jedes Wort gehört und verstanden. »Fang mit uns hier ein neues Leben an. Das ist auch das, was Susan sich gewünscht hätte.«

»Ist es auch das, was du wünschst, Mary?«

»Ich glaube schon.«

»Nach allem, was zwischen uns passiert ist?«

»Das ist tot und begraben«, antwortete sie. »Jetzt, nachdem du es mir erklärt hast, verstehe ich, warum du dich so verhalten hast, wie du es getan hast. Wenn ich dir in jener Nacht gesagt hätte, ich sei schwanger, dann hättest du völlig anders reagiert.«

»Das stimmt.«

»Bleib hier, Nick«, sagte sie leise. »Keiner von uns war in

der Lage, der armen Susan richtige Eltern zu sein. Du wußtest nicht einmal, daß sie überhaupt existierte, und ich mußte so tun, als ob mich das Kind nicht interessierte. Laß uns das an Lucy wieder gutmachen. Sie kann jetzt unsere Tochter sein. Ihr wirst du ein richtiger Vater sein.«

Das Kind nickte erneut und hielt zwei Puppen hoch. Nicholas erkannte sich und Mary, als Miniatur Seite an Seite. Ein eindringliches Bild, das ihn zutiefst anrührte. Seine Entschlossenheit geriet für einen winzigen Moment ins Schwanken, doch dann schüttelte er den Kopf.

»Es kommt nicht in Frage, Mary«, sagte er mit einem Blick in die Runde. »Ich bin nicht in der Lage, dich in diesem Stil zu unterhalten.«

»Das brauchst du auch nicht, Nick. Wir haben genug Geld, um hier bis zu unserem letzten Tag stilvoll leben zu können.«

»Ich könnte niemals von Matthew Whetcombes Reichtum leben.«

»Dann benutze ihn, um dir damit ein eigenes Einkommen zu schaffen. Du hast das Zeug zum Kaufmann in dir. Kaufe und verkaufe, wie Matthew es getan hat. Du hättest ein Schiff und seine Mannschaft zu deiner Verfügung. Hättest du nicht gerne den Befehl über die MARY?«

Das war allerdings eine große Versuchung, wieder wankte seine Entschlossenheit. Solch ein Schiff zu besitzen hieß, sich einen lebenslangen Wunsch zu erfüllen, und er könnte es dazu benutzen, dem Namen Bracewell in Handelskreisen wieder etwas Respekt zu verschaffen. Mary Whetcombe bewies mit diesem wirklich großzügigen Angebot, daß sie von Herzen verzeihen konnte. Trotzdem konnte er es nicht annehmen. Um die MARY zu bekommen, müßte er auch die Frau nehmen, deren Name das Schiff trug, und sie brächte eine gefährliche Ladung an Bord. Solange er in diesem Haus lebte, wäre er mit zu vielen Geistern darin eingesperrt.

»Ich danke dir, Mary«, sagte er. »Du hast mir Freundlichkeit und Nachsicht gezeigt, die ich nicht verdient habe. Ich liebe dich dafür. Trotzdem kann ich nicht hier bei dir und Lucy bleiben. Es ist unmöglich für mich, an einem Ort, der so viele alte Erinnerungen für mich besitzt, ein neues Leben zu beginnen. Um meines eigenen Seelenfriedens willen muß ich von Barnstaple weggehen.«

»Und auch weg von mir.«

»Vor allem weg von meinem Vater. Alles, was sich in der Vergangenheit zugetragen hat, stammt von ihm. Mir fällt es schwer, das zu verzeihen.«

»Sei nicht zu streng mit ihm.«

»Seine Gier nach einer anderen Frau hat meine Mutter umgebracht«, sagte er. »Er hat sie ins Grab getrieben. Er wurde von seinen eigenen Bedürfnissen so gebeutelt, daß er versuchte, seinen Sohn in die Familie Hurrell zu verheiraten, um ihm einen legitimen Grund zu liefern, häufig ins Haus kommen zu können. Nie hätte er unserer Verlobung zugestimmt. Für meinen Vater kamen seine eigenen lüsternen Absichten an erster Stelle.«

»Mit der Zeit hat er dafür bezahlt, Nick.«

»Wie wir alle.«

»Weiß du, was mit ihm passiert ist?«

»Das ist doch offenkundig. Er fiel in Ungnade.«

»Ja, aber weißt du auch, wie ... und wann?«

»Damit möchte ich mich lieber nicht befassen.«

»Aber das solltest du«, sagte sie mit Nachdruck. »Du kannst nicht über ihn richten, bevor du nicht die ganze Geschichte kennst. Ich hatte keine Ahnung, daß seine Affäre mit Margaret Hurrell so viele Jahre zurückreicht. Es kam erst raus, nachdem du von Barnstaple geflohen warst. Dein Vater war sehr diskret. Niemand kam jemals auf den Gedanken, es sei etwas Unanständiges passiert.«

»Noch nicht einmal Katherine selbst?«

»Sie paßte sich hervorragend an und heiratete schon bald. Sie lebt mit ihrer großen Familie in Exeter. Sie waren längst aus Barnstaple weg, als der Skandal herauskam.«

»Und wann war das?«

»Erst vor ein paar Jahren.«

»So lange konnten sie das geheimhalten?«

»Dein Vater war ein cleverer Mann«, sagte sie. »Er wußte, wie er die Dinge hinter seiner äußeren Haltung verbergen konnte. Und er konnte charmant sein, wenn er es wollte. Matthew mochte ihn so sehr, daß er mit ihm Geschäfte machte und ihn als Freund in sein Haus einlud. Schließlich hatten sie etwas gemeinsam.«

»Susan?«

»Niemand hat ihm etwas davon gesagt, dein Vater hat es selbst vermutet. Als er das Mädchen zum erstenmal sah, da wußte er, daß sie deine Tochter war. Er hat nie ein Wort darüber gesprochen, auch nicht, als Matthew ihm Hausverbot erteilte. Er hat uns niemals verraten.« Sie schob sich eine Locke aus der Stirn. »Zu Susan war er sehr freundlich. Er mochte sie und brachte ihr Geschenke mit. Auf seine eigene stille Art versuchte er, es an ihr gutzumachen. Sie war sehr verletzt, als er nicht mehr ins Haus kam.«

»Und wann war das?«

»Als die Wahrheit über ihn und Margery Hurrell schließlich ans Licht kam. Sie waren von ihrem Ehemann erwischt worden. Du kannst dir vorstellen, welcher Skandal das war. Robert Bracewell und die Ehefrau eines Mannes, mit dem er Geschäfte machte. Für deinen Vater war es das Ende. Barnstaple drehte ihm den Rücken zu. Matthew weigerte sich sogar, mit ihm noch ein einziges Wort zu reden. Die ganze Stadt behandelte ihn wie einen Aussätzigen.«

»Und dann mußte er die Stadt verlassen?«

»In völliger Ungnade.«

Nicholas entdeckte ein winziges Körnchen Mitleid für seinen Vater. Er verstand, was es hieß, aus einer Welt ausgestoßen zu werden, in der man sein ganzes Leben verbracht hatte. Die Schicht der Kaufleute von Barnstaple war eine engstirnige und nur an sich selbst interessierte Gruppe. Sie behandelte ihre Mitglieder mit großem Respekt, ging aber gnadenlos mit jenen um, die sich ihre Achtung verscherzten. Robert Bracewell war aus einer Stadt vertrieben worden, die er geliebt hatte. Doch Nicholas' Mitgefühl wurde schon bald wieder unter seinem Haß begraben. Weil sein Vater einer Frau so hemmungslos nachfolgte, brach er einer anderen das Herz. Nachdem er seine Ehefrau bereits durch seine Gier in den Tod getrieben hatte, war er auch willens, seinen ältesten Sohn dafür zu opfern.

»Was passierte mit Margaret Hurrell?« fragte er.

»Ihr Mann ließ sich von ihr scheiden.«

»Sie wurde also auch in die Wildnis gestoßen.«

»In gewisser Weise, Nick.«

»Was meinst du damit?«

»Sie heiratete deinen Vater. Sie lebten zusammen.«

Nicholas war verblüfft. Also war die alte Frau in der Hütte gar kein Dienstmädchen! Sie war einmal die Frau eines erfolgreichen Kaufmanns gewesen und hatte die Vorteile dieses Erfolgs auch genossen. Aber all das hatte sie riskiert, um bei dem Mann sein zu können, den sie wirklich liebte. Margaret Hurrell hatte Robert Bracewell so sehr geliebt, daß sie sogar bereit war, seinen Sturz in die Ungnade und seine armseligen Lebensumstände mit ihm zu teilen. Jetzt wurde Nicholas klar, warum sein Vater so verletzt gewesen war, als er, Nicholas, von der elenden Hütte und der alten Dienerin gesprochen hatte. Das war eine Beleidigung gewesen.

Mary Whetcombe wurde ein wenig philosophisch.

»Wir sind alle bestraft worden«, sagte sie.

»Bestraft?«

»Für verbotene Liebe. Du und ich, wir waren außerhalb der Ehe zusammen und bezahlten den Preis dafür. Es war falsch, was wir getan haben, Nick. Wir waren mit anderen Menschen verlobt.«

»Nur auf dem Papier.«

»Gott bestrafte uns auf die gleiche Weise, wie er deinen Vater und Margaret Hurrell bestraft hat.«

»Das kann man nicht miteinander vergleichen«, sagte er hitzig.

»Doch, Nick, das kann man. Ihr Fall ist nicht so sehr anders als unserer. Sie liebten, wo sie kein Recht hatten zu lieben. Ja, du magst das Lust nennen, aber es muß doch mehr als nur das gewesen sein. Lust hätte sich schon längst verzehrt. Was sie haben, hat sie ihr ganzes Leben aneinandergekettet.«

Es war ein demütigender Gedanke. Der strenge Vater, der versucht hatte, Nicholas aus wirtschaftlichen Gründen zu einer Ehe zu zwingen, hatte selbst eine zweite Frau genommen – rein aus Liebe. Wirklich ein krönender Widerspruch. Robert Bracewell hatte die Werte der Kaufmannsgemeinde, in der er sich einen Namen gemacht hatte, verraten. Ungeachtet des hohen Preises verbrachte er jetzt den Rest seines Lebens mit einer Frau, die er seit so vielen Jahren liebte.

Für Nicholas war das eine heilsame Lektion. Er mußte sich eine Frau suchen, indem er der Stimme seines Herzens folgte, und nicht auf der Suche nach finanziellen Vorteilen. Eine Heirat mit Mary Whetcome würde ihm eine völlig neue Welt öffnen, aber keine, die er verdient hatte. Auch würden sie es niemals schaffen, die Verliebtheit ihrer Jugend wieder aufleben zu lassen. Er war glücklich darüber, daß sie sich versöhnt hatten, und tief bewegt von ihrer Bitte, aber er konnte sich ihr gegenüber nicht verpflichten.

»Bleib bei uns, Nick«, sagte sie. »Wir brauchen dich.«

»Ich muß morgen abreisen.«

»Aber wir könnten gemeinsam einen neuen Anfang machen. Du, ich und Lucy.« Er senkte entschuldigend den Kopf, und sie verstand. »Es gibt eine andere.«

»Ja, Mary.«

»Wartet sie auf dich?«

»Ich hoffe es.«

Es gab nichts mehr zu sagen. Nicholas spürte, daß es unklug wäre, eine weitere Nacht in einem Hause zu verbringen, das mit grausamem Geflüster aus der Vergangenheit angefüllt war. Er wollte im Dolphin Inn übernachten und bei Tagesanbruch per Schiff abreisen. Mary Whetcombe warf sich ihm impulsiv in die Arme, Nicholas umarmte sie zum Abschied. Lucy nahm teil an dieser Umarmung, beide küßten Mary mit großer Herzlichkeit. Dann löste sich das Mädchen und öffnete die Stoffrolle, in der sie ihre Puppen verwahrte. Sie spürte, daß sie Nicholas nie wiedersehen würde, und wollte, daß er ein wichtiges Erinnerungsstück mitnahm. Nachdem sie eine der Puppen mit großer Zärtlichkeit gestreichelt hatte, legte sie sie Nicholas in die Hand.

Nicholas blickte auf das winzige Ding auf seinem Handteller.

Es war Susan Deakin. Seine Tochter.

Nachwort

Margery Firethorn war mittlerweile ein häufiger Gast im Queen's Head. Der sanfte Druck, den sie zunächst ausgeübt hatte, machte nach und nach einem Schub vereinter Kräfte Platz. Alexander Marwoods Widerstand war schließlich gebrochen worden – durch die gemeinsamen Anstrengungen von Anne Hendrik, Lord Westfield und der wertvollsten Verbündeten überhaupt, Sybil Marwood, Ehefrau des Hausbesitzers. Margery hatte ihre Truppen eingesetzt wie ein altgedienter Belagerungsveteran, und die steinharten Mauern des Marwoodschen Entschlusses waren am Ende durchbrochen worden. Er gestattete der Theatergesellschaft die Rückkehr in seinen Innenhof. Westfield's Men hatten wieder eine Heimat.

»Wann kommen sie?« fragte ein rotgesichtiger Leonard.

»Sie können jede Stunde eintreffen«, antwortete Margery.

»Es ist, als wären sie überhaupt nicht weggewesen.«

»Ein ganzer Monat, Leonard, in dem sie heftig vermißt wurden.«

»In der Tat. Aber sie kommen im Triumph zurück.«

»Ja«, sagte Margery. »Zu Beginn ihrer Tournee hatten sie Schwierigkeiten, aber am Ende war der Erfolg auf ihrer Seite. Der Brief meines Mannes erwähnt zahlreiche gloriose Aufführungen. Man hat ihm zu Ehren sogar eine Ballade gedichtet. Kein Zweifel, daß er mir die vorsingen wird.« Sie blickte sich im renovierten Innenhof um. »Ist hier alles fertig?«

»Das Queen's Head ist in bester Verfassung.«

»Alle Schreinerarbeiten erledigt, das Strohdach gerichtet?«

»Wir haben ein völlig neues Gasthaus, Mistress Firethorn.«

»Und ein neues Stück, um es einzuweihen.«

Leonard führte sie zur Besichtigung über den gesamten Hof, um ihr jede einzelne Verbesserung zu zeigen. Die Reparaturen waren teuer gewesen, doch die Handwerker hatten sich mit Begeisterung an die Arbeit gemacht und waren lange vor dem vereinbarten Termin fertig geworden. Sogar Marwood war mit dem Ergebnis zufrieden. Ein heruntergekommenes Stück seines Hauses war vom Feuer vernichtet worden, aber es war durch stabilere Konstruktionen ersetzt worden, und zwar in hervorragender Handarbeit. Westfield's Men würden von ihrem renovierten Theater begeistert sein, genau wie die regulären Kunden. Ein ganzer Monat ohne ihre geliebte Theatergesellschaft hatte die vergnügungssüchtige Öffentlichkeit ausgehungert und aufsässig gemacht.

»Werdet Ihr morgen hier sein?« fragte Leonard.

»Nichts könnte mich davon abhalten.«

»Ich werde mir einen Stehplatz nehmen.«

»Das habt Ihr Euch auch verdient, Leonard. Ihr habt dazu beigetragen, diesen idiotischen Hauswirt dazu zu überreden, Verstand anzunehmen. Westfield's Men werden morgen wieder spielen. Sie haben die Stadt wie Ausgestoßene verlassen, aber als Eroberer kehren sie zurück.« Ein Lächeln huschte über ihr Gesicht. »Ich werde meinem Mann ein Wiedersehensfest bieten, wie es einem siegreichen General gebührt.«

Nicholas fand schon bald die Stelle auf dem Friedhof, die man ihm beschrieben hatte. Ein kleiner Erdhügel markierte den Ort, an dem man seine Tochter begraben hatte. Nach einiger Zeit, sobald der Boden sich gesetzt hatte, könnte man hier einen Stein aufstellen, um das Grab zu kennzeichnen. Jetzt wußte er ja den Namen, der in den Stein gemeißelt werden mußte. Auf dem Erdhügel lag ein Blumenstrauß, und er wußte, daß der nur von Anne Hendrik stammen konnte. Er war zutiefst gerührt. Von jetzt an würden immer Blumen auf Susans letzter Ruhestätte sein, und ihr Vater würde kommen, wann immer es seine Zeit erlaubte, um sie zu besuchen. Er zog die kleine Puppe aus seinem Wams, die Lucy ihm gegeben hatte. Er hob eine kleine Vertiefung im Boden aus und legte sie zu dem jungen Mädchen, das sie darstellte. Nach einem letzten Blick darauf bedeckte er sie mit Erde.

Neben dem Grab kniend, sprach er ein Gebet, dann stand er auf. Der Rest der Gruppe war geradewegs zum Queen's Head gezogen, aber er hatte sich abgesetzt, um nach Southwark zu eilen. Nachdem er seine Tochter besucht hatte, wollte er jetzt mit Anne Hendrik sprechen. Die Gedanken an sie hatten ihn auf der Rückreise begleitet. Barnstaple lag jetzt hinter ihm, und sie konnte helfen, jeden Gedanken daran aus seinem Gedächtnis zu vertreiben. Als er vor der Tür stand, klopfte er vorsichtig an, unsicher, welche Art von Willkommen er erhalten würde; er hoffte auf einen herzlichen Empfang und fürchtete gleichzeitig einen frostigen.

Anne kam selbst an die Tür und lächelte ihn überrascht an.

»Nick!«

»Guten Tag dir, Anne!«

»Ich hatte gehört, daß die Gruppe heute zurückkäme.«

»Wir haben etwas, zu dem wir heimkehren können«, sagte er und forschte in ihren Augen. »Jedenfalls glauben wir das.«

»Komm rein.«

Nicholas bekam zwar nicht den Kuß, den er halbwegs erwartet hatte, aber zumindest erlaubte man ihm, das Haus zu betreten. Anne lief aufgeregt um ihn herum und stellte ein Dutzend Fragen, die er gar nicht alle beantworten konnte. Als sie ihn umarmte, spürte er, daß die ganzen Spannungen zwischen ihnen ein wenig nachließen.

»Margery sagt, ihr hättet ein neues Stück?«

»Den ›Kaufmann von Calais‹. Zum erstenmal in Bath aufgeführt, im Hause von Sir Roger Hordley. Lord Westfield ist sehr eifersüchtig, daß sein Bruder es früher gesehen hat als er.«

»Ich freue mich schon darauf, es im Queen's Head anzuschauen.«

»Edmund hat ein kleines Meisterwerk geschrieben.«

»Gehst du morgen damit in die Probe?« fragte sie.

»Nein, Anne.«

»Aber wenn es am Nachmittag aufgeführt werden soll ...«

»Westfield's Men können es proben – aber ich nicht.«

»Warum nicht?«

»Weil es Zeit ist, daß sie lernen, ohne mich auszukommen«, sagte er leichthin. »Ich habe dem Theater zu viele Jahre mein Herzblut gegeben. Heute habe ich bei der Gruppe meinen Abschied genommen. Sie sollen sich einen neuen Impresario suchen.«

Sie war verblüfft. »Du bist mit ihnen uneins geworden, Nick?«

»Nein«, sagte er rasch, »ich bin mir mit dir einig geworden. Westfield's Men haben mich von hier weggeholt. Das soll ihnen kein zweites Mal gelingen.«

»Was sagst du da?«

»Du hast mich gebeten, meine Wahl zu treffen. Jetzt treffe ich sie.«

»Aber die Wahl war zwischen Bleiben oder Gehen.«

»Das ist jetzt alles vorbei«, sagte er. »Ich besuche Devon nie wieder. Es gibt keinen Grund mehr dafür. Dieser Teil meines Lebens ist für immer abgeschlossen. Ich will dich, Anne.«

Er legte den Arm um sie, doch sie trat zurück und betrachtete ihn mit kritischen Augen. Die Begeisterung, ihn wiederzusehen, legte sich bereits, an ihre Stelle traten erhebliche Zweifel. Barnstaple war ja nicht bloß eine Stadt, die er von der Landkarte seiner persönlichen Erfahrungen abwischen konnte. Sie war so wichtig für ihn gewesen, daß er sie über seine Verpflichtung ihr gegenüber gestellt hatte, und sie wollte jetzt den Grund dafür ganz genau wissen.

»Sag mir alles, Nick«, sagte sie, »oder ich will nichts mehr von dir wissen.«

»Anne ...«

»Ich will einen ehrlichen Mann unter diesem Dach haben, und keinen, der irgendwelche Geheimnisse hat. Wer war dieses Mädchen, und warum bist du abgereist?«

»Um unerledigte Angelegenheiten endgültig zu erledigen.«

»Angelegenheiten welcher Art?«

»Es tut mir weh, auch nur daran zu denken.«

»Daran kann ich nichts machen«, sagte sie scharfzüngig. »Was glaubst du, welche Art von Schmerzen ich hier auszuhalten hatte? Es ging über jedes Maß hinaus. Du verschwandest im Nichts. Die einzige Nachricht über die Gruppe, die ich bekam, stammte von Margery Firethorn, die mir die Briefe ihres Mannes zeigte. Warum hast du mir nicht geschrieben?«

»Ich war mir nicht sicher, wie meine Briefe aufgefaßt würden«, sagte er.

»Jedenfalls besser als dein Schweigen!«

»Es war zu ... kompliziert, um es aufzuschreiben.«

»Dann erkläre es mir jetzt.«

»Manche Dinge sollten besser nicht ...«

»Sofort!« beharrte sie. »Ich habe jetzt lange genug gewartet!«

Anne Hendrik saß mit vor der Brust gekreuzten Armen auf einem Stuhl mit gerader Rückenlehne. Nicholas bewunderte ihr Engagement, doch hatte er gehofft, nicht auf diese Weise verhört zu werden. Einzelheiten, die er in kleinen Portionen mitteilen wollte, wurden jetzt vollständig und sofort von ihm verlangt. Er kratzte sich den Kopf, ging im Zimmer hin und her und wußte nicht, wie er anfangen sollte. Anne gab ihm das Stichwort.

»Wer war das Mädchen, das die Nachricht herbrachte?«

»Ein Dienstmädchen aus einem Haus in Barnstaple.«

»Da muß mehr dahinterstecken.«

»Ihr Name war Susan Deakin.«

»Du hältst etwas vor mir zurück, Nick.«

»Hör zu, können wir das nicht ein andermal diskutieren?«

»Wer war das Mädchen?«

»Meine Tochter.«

Anne brauchte eine Weile, bis sie den Schock verkraftet hatte und ihm ein Zeichen geben konnte weiterzusprechen. Ihr Gesichtsausdruck ließ darauf schließen, daß sie noch schlimmere Dinge befürchtete. Nachdem der Anfang nun gemacht war, ließ Nicholas die ganze Geschichte heraus. Er sprach in klaren, ungeschminkten Worten und hielt nichts zurück. Er erzählte sogar von dem Angebot, das Mary Whetcombe ihm gemacht hatte, wenn er sein Leben mit ihr teilen würde. Anne Hendrik hörte zu, ohne ihn zu unterbrechen. Ihre Gefühle waren tief aufgewühlt, rastlos bewegten sich ihre Hände hin und her. Nicholas war nicht sicher, wie sie auf sein Geständnis reagieren würde, beschönigte aber nichts. Offen und ehrlich sprach er über Fehler der Vergangenheit, und wie er sich bemüht habe, sie wiedergutzumachen. Als er Anne von seinem Besuch bei dem Grab erzählte, das sie mit Blumen geschmückt hatte, war sie gerührt. Sie stand auf und erlaubte ihm, ihre Hand zu nehmen. Tränen liefen über ihre Wangen.

Nicholas versuchte, sie wegzuküssen.

»Wir könnten ein neues Leben beginnen, Anne. Wir beide.«

»Einen Moment mal«, sagte sie und wischte sich die Tränen mit dem Handrücken fort. »Das ist nicht so einfach, wie du dir das vorstellst.«

»Ich hatte Wochen, um darüber nachzudenken, und weiß, was ich will.«

»Dann ist es an der Zeit, daß du erfährst, was ich will.«

»Du hattest recht mit deiner Kritik«, sagte er ruhig. »Ich habe dich als eine Selbstverständlichkeit betrachtet. Als ich hier wohnte und für Westfield's Men arbeitete, warst du ein wunderbarer Teil meines Lebens. Du hast es sehr bereichert. Aber ich habe dir nicht den Respekt gezollt, den du verdientest. Ich habe dich nicht ernst genug genommen.«

»Das ist dir leider zu spät klargeworden, Nick.«

»Ich betrachtete dich als einen Freund, der mir in Zeiten der Not beisteht«, gestand er. »Das ist jetzt alles vorbei.« Er versuchte, sie zu umarmen. »Was ich mir wünsche, ist eine Frau, die ihr ganzes Leben mit mir teilt.«

Sie stieß ihn zurück. »Dann hoffe ich, daß Ihr eine findet, Sir.«

»Anne, ich biete dir meine Hand!«

»Dafür danke ich dir, aber ich muß sie zurückweisen.«

»Aber ich liebe dich!«

»Auf deine eigene Art, glaube ich, tust du das wirklich.«

»Ich liebe dich – ich will dich!«

»Dafür steht jetzt zuviel zwischen uns«, sagte sie. »Vielleicht bist du in der Lage zu vergessen, was in Barnstaple passiert ist; ich kann es jedenfalls nicht. Der Anblick dieses toten Mädchens in meinem Schlafzimmer wird mir für immer vor Augen stehen. Die Tatsache, daß sie deine Tochter war, macht es mir sogar noch schwerer, die Erinnerung auszulöschen.« Anne schüttelte den Kopf. »Es tut mir leid, Nick. Während du weg warst, habe ich viel über dich nachgedacht und mich nach deiner Rückkehr gesehnt, aber meine Gefühle für dich haben sich verändert. Nach allem, was du mir erzählt hast, kannst du nie mehr das werden, was du einmal gewesen bist.«

»Du wolltest die Wahrheit hören, Anne.«

»Die hast du auch ehrlich ausgesprochen. Ich respektiere das.« Sie küßte ihn flüchtig. »Wir werden immer Freunde sein, und ich komme auch oft in das Queen's Head – aber ab jetzt ist dies die Grenze unserer Freundschaft.«

»Aber warum denn?« fragte er voller Bestürzung.

»Ich habe meine Vergangenheit und du hast deine. Ich werde immer Jacob Hendriks Witwe sein, und du bist für immer der Vater von Mary Parrs Kind. Das kann man nicht ändern, Nick. Ich werde niemals die Frau sein, die ich für dich sein sollte.«

»Ich wähle dich aus wegen deiner eigenen Vorzüge«, argumentierte er.

»Nein«, sagte sie und hob stolz das Kinn. »Du hast mich zurückgewiesen, als ich dich rief. London oder Barnstaple. Du hattest die Wahl und wolltest beides. Das hat mich dazu gebracht, weder dieses noch jenes zu wollen.«

Nicholas war verletzt. Er hatte ihr alles in der Hoffnung gesagt, es werde sein Verhalten erklären, aber seine Ehrlichkeit war vernichtend gewesen. Als er sie über gewisse Aspekte seines Lebens in Unwissenheit gehalten hatte, war sie glücklich und zufrieden gewesen und hatte ihr Bett mit ihm geteilt. Jetzt, da er ihr alles gesagt und durch seinen Heiratsantrag die höchste Verpflichtung auf sich genommen hatte, stieß sie ihn zurück. Auf der langen Heimreise hatte er die ganze Sache überdacht und sich eingeredet, Anne Hendrik zu heiraten sei der einzige Weg, ein unangenehmes Kapitel seines Lebens für immer abzuschließen. Sein Versagen war es, daß er ihre Gefühle nicht richtig bewertet hatte. Es war eine Ironie. Als er im Wohnzimmer jenes Hauses in der Crock Street stand, hatte Mary ihn gebeten, bei ihr zu bleiben. Damals hatte er gedacht, er habe zu wählen, welche von zwei Frauen er heiraten wolle. Indem er sich für Anne entschied, hatte er beide verloren.

»Es wäre nicht gutgegangen, Nick«, sagte sie und wandte sich praktischen Aspekten zu. »Wie hättest du für deine Frau sorgen wollen?«

»Ich hätte Arbeit gefunden.«

»Als Hutmacher? Ich habe genug Angestellte.«

»Mach dich nicht lustig über mich, Anne.«

»Ich weise dich lediglich auf die Realität hin.«

»Ich hätte dich in jedem Falle ernährt«, versprach Nicholas. »Ich kenne mich in vielen Berufen aus. Ich habe Talent.«

»In der Tat, das stimmt«, sagte sie mit ehrlicher Bewunderung. »Das sieht man am besten beim Theater.«

»Ich war bereit, dieses Leben für dich aufzugeben.«

»Das glaube ich dir, Nick. Aber wie lange hätte es gedauert, bis du dich wieder danach gesehnt hättest? Du verlangst zuviel von mir. Ich kann nicht alle deine Anforderungen erfüllen.« Sie legte ihre Arme um seine Hüften und schaute zu ihm auf. »Geh zurück zu Westfield's Men. Dort liegt deine wahre Familie.«

Nicholas gab ihr einen langen Abschiedskuß und ging.

Ausgelassene Kunden füllten den Hof des Queen's Head. Die Theatergesellschaft war wieder in London, noch dazu mit einem neuen Stück, und jetzt drängten die Massen in die Gracechurch Street. Lord Westfield hatte angeboten, die Schirmherrschaft über die Vorstellung zu übernehmen, und spendierte seiner Gruppe zehn Pfund. Das ermöglichte es ihr, das gesamte Eintrittsgeld als erste Teilzahlung in Alexander Marwoods Reparaturkosten-Fond einzuzahlen. Der Gastwirt würde zwar niemals richtig glücklich sein, doch die Aussicht auf Geld konnte seine ausgeprägte Trübseligkeit wenigstens zum Teil reduzieren. Lord Westfield höchstpersönlich war mit seinem ganzen Gefolge zur Stelle, residierte auf seinem angestammten Platz und genoß einmal wieder das Prestige, Schirmherr einer so brillanten Theatergesellschaft zu sein.

»Der Kaufmann von Calais« war ein neues Stück über alte Themen. Es drehte sich um Liebe und Ehe und finanzielle Transaktionen. Ein einsamer englischer Kaufmann stemmte sich gegen die sich immer weiter ausbreitende Macht der Franzosen in Calais. Das Stück stellte die Frage nach dem Wert des Reichtums und feierte das Ideal der Selbstaufopferung. Am Ende gab der Kaufmann von Calais alles, was er besaß, auf, um die Frau zu gewinnen, die er liebte, obwohl das hohe persönliche Verluste bedeutete. Eine verbotene Liebe erlangte ein Glück, das bei den arrangierten Heiraten der Kaufmannsklasse ein Ding der Unmöglichkeit war.

Eine muntere Komödie mit stilleren Untertönen, und von der ganzen Gruppe mit Begeisterung aufgeführt. Lawrence Firethorn war der Kaufmann, Barnaby Gill tanzte, und Owen Elias sang. Edmund Hoode steuerte eine ironische Nebenrolle bei als alter französischer Hirt – mit einem Akzent aus Oxfordshire. Richard Honeydew war eine liebreizende Heldin. George Dart absolvierte vier völlig vermasselte Auftritte als närrischer Konstabler und wurde von einem verwöhnten Publikum als geborener Komödiant betrachtet. Der Nachmittag war ein einziger Triumph.

Nicholas Bracewell betrachtete alles von seinem Beobachtungsposten hinter dem Vorhang aus. Für ihn hatte das Stück eine Bedeutung, die weit über den eigenständigen Wert als Drama hinausging. Elemente seiner eigenen Erfahrung wurden da vor ihm auf die Bühne gebracht, was ihn doch nachdenklich machte. Lawrence Firethorn sah nicht aus wie Robert Bracewell, doch klang er manchesmal genau wie er. Im letzten Monolog des Stückes verzichtete der Kaufmann mit unverrückbarer Entschlossenheit auf Reichtum und Ansehen.

Ein ehrenwerter Kaufmann bin ich, Abenteuers Erbe,
der Hoffnungen bindet an des Windes Wehn.
Des Seemanns Meister, des Soldaten Freund.
Zu neuen Ufern brech ich auf mit tapfrem Mut,
nicht Scylla noch Charybdis fürchte ich.
Kein Meereswesen kann mein Schiff versenken,
es segelt ewiglich mit stolzem Mast.
Der Wahrheit Panzer, Ehrlichkeit als Fracht,
die Mannschaft kühn, voll eifrigen Bestrebens.
Ich pflanze Früchte fremder Länder in der Heimat Erde,
fahr reiche Ernten in die Scheuer, Gold und Ruhm.

All das bedeutet gar nichts mir,
ich geb es hin für einen Kuß von dir.

Gib einem Kaufmann von Calais
dein Lieb und all dein Sinnen,
der allen Reichtum aufgibt, um dich zu gewinnen.

Donnernder Applaus brach los, als die Gruppe vor den Vorhang trat, um ihre Verbeugungen zu machen. Lawrence Firethorn, großspurig wie nie zuvor, saugte den Applaus auf, als sei er köstlicher Wein. Er hatte gerade Richard Honeydew zum zwanzigsten Male innerhalb eines Monats seine Liebe geschworen, aber das wirkliche und immerwährende Objekt seiner Leidenschaft saß auf der oberen Galerie und klatschte in die Hände. Margery Firethorn hatte schwer und listenreich gearbeitet, um die Reisenden wieder nach Hause zu bringen, und genoß jetzt das Vergnügen, die Lasten einer langen Abwesenheit zu überwinden. Neben ihr saß Anne Hendrik, wie immer von Westfield's Men begeistert, und fand in dem Stück tieferen Sinn als die meisten anderen Zuschauer. Sie wußte, wieviel von Barnstaple nach Calais übertragen worden war. Der Sankt Nicholas der Theatergesellschaft war in der Tat der Schutzheilige der Kaufleute.

Nicholas Bracewell hatte tief bewegt seine Heimatstadt auf der Bühne entstehen sehen, aber er sah sie von hinten. Für das Publikum war das Bild frisch und vordergründig und stand den Zuschauern direkt vor Augen – für ihn war es alt und losgelöst und versank in der Vergangenheit. Er konnte seinen Vater ohne wirklichen Schmerz hören, er konnte Ereignisse aus seinem eigenen Leben beobachten, ohne darunter zu leiden. Die Reise nach Barnstaple hatte ihm geholfen, zu verstehen, und durch die Probleme, denen er dort gegenüberstand, auch zu wachsen.

Als er durch einen Spalt des Vorhangs spähte, konnte er Anne Hendrik inmitten all der Gesichter erkennen. Sie trug einen auffallenden Hut, den einer ihrer Angestellten gemacht hatte. Er verspürte keine Bitterkeit wegen ihrer Trennung. Anne hatte seinen Heiratsantrag abgelehnt, ihre Entscheidung mußte respektiert werden. Er war dabei, zu erkennen, daß sie beide Vorteile davon hatten. Sie erhielt wieder die Unabhängigkeit, auf die sie so großen Wert legte, und er war freudigen Herzens wieder einer von Westfield's Men. Ihre beiden Welten mochten sich gelegentlich berühren, wie sie es jetzt taten, doch sie konnten sich nie ganz vereinigen. Wenn er Anne Hendrik geheiratet hätte, wäre dies ein Akt der Bigamie gewesen. Nicholas war nämlich bereits mit seinem Beruf verheiratet.

Als das Getöse des Applaus verebbte, führte Lawrence Firethorn sein Ensemble hinter die Bühne, der Kostümsaal verwandelte sich in eine wimmelnde Masse ungestümer Personen. Die Schauspieler entledigten sich rasch ihrer Kostüme und strömten in den Schankraum des Queen's Head. Stundenlang erfüllte heiter-spöttisches Wortgeplänkel die Luft, Marwoods Ale floß in Strömen. Edmund Hoode gehörte zu den letzten, die das Gasthaus verließen. Unterwegs legte er einen Arm um Nicholas Bracewells Schultern.

»Wir sind glücklich wieder im sicheren Hafen gelandet, Nick.«

»Und ich muß sagen, ich freue mich darüber.«

»Die, die wir zurücklassen mußten, gehören jetzt wieder zu unserer Gruppe. Westfield's Men sind wieder komplett. London ist das unmißverständlich klargemacht worden.«

Hoode wartete, bis sie weit genug vom Gasthaus entfernt waren, dann gab er seinem Freund einen sanften Stoß. Er wollte, daß ein bestimmtes Geheimnis endlich gelüftet wurde.

»Was war es denn nun wirklich, was Euch von uns weggeholt hat?« fragte er.

»Das wäre eine zu lange und zu verworrene Geschichte, Edmund.«

»Ich habe die ganze Nacht Zeit zum Zuhören.« Er lachte leise vor sich hin. »Nun kommt, Nick, mir könnt Ihr es erzählen. Wir haben doch keine Geheimnisse voreinander. Ihr habt von Eurem Vater gesprochen, und es klang, als sei er von Kopf bis Fuß ein echter Kaufmann. Aber er war doch nicht der Grund für Eure Reise nach Barnstaple, nicht wahr?«

»Nein, das war er nicht. Ihr habt die Zeichen schon richtig erkannt.«

»Das riecht mir sehr nach einer Romanze.«

»Das könnte ich nicht abstreiten.«

»Ihr hattet da unten in Devon eine stumme Frau.«

»Ich werde rot, aber Ihr habt recht.«

»Wer war sie, Mann? Ihr braucht mir nur ihren Namen zu nennen.«

Nicholas Bracewell lächelte ironisch. Es hatte eine ganze Reihe stummer Frauen in dieser Angelegenheit gegeben. Susan Deakin war die stumme Botin gewesen, die ihn auf die

Reise gebracht hatte. Lucy Whetcombe, von Natur aus sprachlos. Mary Whetcombe war eine stumme Frau, die aus seiner Vergangenheit zu ihm sprach, desgleichen Margaret Hurrell. Während seiner Abwesenheit war auch Anne Hendrik eine stumme Frau gewesen, und er hatte in seiner Dummheit ihr Schweigen als eine Form der Zustimmung interpretiert. Stummheit einer anderen Art hatte dazu beigetragen, die betäubenden Pläne von Gideon Livermore zu vernichten, der sich selbst im River Taw ertränkt hatte, ein Name, der »Der Stille« bedeutet. Nicholas Bracewell war allerorts von Stille und Stummheit umgeben gewesen.

Doch der Liste mußte noch ein weiteres stummes weibliches Wesen hinzugefügt werden.

»Nun, Nick«, sagte Hoode. »Sagt mir ihren Namen.«

»MARY.«

»Ein hübscher Name. Wo wohnte diese Dame?«

»Auf dem Fluß.«

Hoode war erstaunt. »Ihr habt eine schwimmende Mistress?«

»Sie liegt vor Anker.«

»Seid Ihr bei ihr an Bord gegangen?«

»Nur, um ein langes Stillschweigen zu brechen.«

»Was für eine merkwürdige Lady ist diese Mary?«

»Ein Schiff«, sagte Nicholas. »Sie war der wirkliche Grund für meine Reise nach Barnstaple. Ein Kaufmannsschiff von hundert Tonnen. Ich sage Euch, Edmund, die konnte einen Mann schon in den Wahnsinn treiben. Meine Aufgabe war es, ihre Ehre zu verteidigen. Die MARY war meine stumme Frau.«